KB262504

셜록 홈스의 라이벌들

셜록 홈스의 라이벌들

지은이 아서 코난 도일 외 **옮긴이** 정태원 **1판 1쇄 발행** 2011년 7월 18일 **1판 3쇄 발행** 2012년 4월 11일
발행처 도서출판 비채 **발행인** 박은주 **주소** 서울특별시 종로구 가회동 17
등록 2005년 12월 15일(제300-2005-212호) **주문 및 문의 전화** 031)955-3220 **팩스** 031)955-3111
편집부 전화 02)3668-3292 **팩스** 02)745-4827 **전자우편** viche@viche.co.kr

ISBN 978-89-94343-35-8 03840 책값은 뒤표지에 있습니다.

셜록 홈스의 라이벌들

THE RIVALS OF SHERLOCK HOLMES

아서 코난 도일 외 지음
정태원 옮김

비채

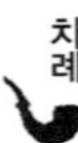

차례

THE RIVALS OF
SHERLOCK HOLMES

아서 코난 도일

영국의 의사이자 소설가이다. 셜록 홈스가 주인공으로 등장하는 시리즈로 전 세계적인 사랑을 받았으며, 여기에 수없이 많은 패러디와 뒷이야기들이 더해지면서 영미 문학사에 지대한 영향을 끼쳤다. 1902년 기사 작위를 받았다.

ARTHUR
CONAN DOYLE

사라진 특별열차

THE STORY OF THE LOST SPECIAL

마르세유에서 사형선고를 받고 대기 중인 에르베르 드 레르낙의 자백은 어느 나라의 범죄기록에도 전례가 없는, 금세기 가장 설명할 수 없는 어떤 사건에 광명을 던졌다. 당국은 현재도 이 사건이 공론화되는 것을 꺼리고 있고, 신문도 이 사건에 대해 아는 바가 거의 없다. 이 극악한 범죄자의 자백이 사실로 확인되자, 이 놀라운 사건 또한 마침내 해결되었다.

이 사건은 8년 전의 일인데, 당시 존재했던 정치적 위기로 세상의 이목이 모두 다른 쪽으로 집중되어 조금 애매해진 느낌이 있다. 그러니 현재까지 밝혀진 사실을 다시 여기에서 말하는 것도 독자들의 이해를 도울 것이다. 이것은 당시 리버풀 일간지와 기관사 존 슬레이터의 죽음과 관련된 조사기록에서 취재한 것이고, 런던 앤드 웨스트코스트 철도회사에서 친절하게도 열람을 허가해준 기록도 함께 참고했다. 다음은 내가 자료를 바탕으로 구성한 사건의 전말이다.

1890년 6월 3일, 루이 캐러탤이라고 밝힌 한 신사가 런던 앤드 웨스트코스트 철도회사의 리버풀 중앙역 역장, 제임스 블랜드에게 면회를 요청했다. 캐러텔은 체격이 작고 피부가 검은 중년으로, 등뼈가 기형이라고 생각될 정도로 등이 굽어 있었다. 그에게는 체격이 당당한 동행이 한 명 있었는데 계속 굽실대며 신사의 말에 귀를 기울이는 모습이 아랫사람으로 보였다. 친구인지 동료인지 알 수 없고 이름도 모르지만 가무잡잡한 피부색으로 보아 스페인이나 남미 사람 같았다. 이 남자에게는 특이한 점이 한 가지 있었다. 그는 왼손에 가죽으로 만든 자그마한 검정 서류가방을 들었는데, 가방에 끈을 달아 손목에 묶어놓은 모습을 한 역무원이 눈여겨보았던 것이다. 당시에는 그 사실을 대수롭게 여기지 않았지만 뒤이어 일어난 사건들로 중대한 의미를 갖는다는 것이 밝혀졌다. 캐러탤은 동행을 밖에 남겨둔 채 블랜드 역장의 사무실에 들어섰다.

10

캐러텔은 급히 용건을 말했다. 그날 오후 중앙아메리카에서 리버풀에 도착했는데 긴급 용건으로 파리에 갈 필요가 있다. 정말 일각을 다투는 상황으로, 런던 행 급행열차를 놓쳤으니 꼭 특별열차가 필요하다. 돈은 문제되지 않는다. 중요한 건 시간이다. 만약 철도회사가 자신의 요구에 응해준다면 요금은 회사에서 달라는 대로 주겠다는 것이었다.

블랜드 역장은 벨을 울려 운수과장 포터 후드를 불렀고, 일은 5분 만에 해결되었다. 열차는 45분 뒤에 출발하기로 정해졌다. 선로를 열려면 그 정도 시간이 필요했다. 로치데일 호라는 강력한 기관차(회사에는 247호로 등록되어 있다)에 객차 두 량을 연결하고, 후미에 차장용 유개차를 연결했다. 빈 객차 한 량은 단지 흔들림에서 오는 불쾌감을 경감시킬 목적으로 연결되었다. 캐러텔 일행이 타게 될 객차는 보통 객차처럼 네 개의 객실, 즉 일등실, 일등 흡연실, 이등실, 이등 흡연실로 나뉘어 있었다. 기관실에서 가장 가까운 일등실이 그들에게 제공되었다. 나머지 세 객실은 비어 있었다. 특별열차의 차장은 이 회사에서 오래 근무한 제임스 맥퍼슨이었고, 화부는 신참 윌리엄 스미스였다.

캐러텔은 블랜드 역장의 사무실을 나와 일행에게 돌아갔다. 두 사람 모두 한시바삐 출발하고 싶은 기색이 역력했다. 규정에 따라 1.6킬로미터에 5실링인 특별요금에 맞춰 50파운드 5실링을 치른 뒤 객차로 안내해줄 것을 요청했다. 선로가 정리되려면 한 시간 가까이 있어야 한

다는 설명이 있었지만 그들은 개의치 않고 바로 객
차에 자리 잡고 앉았다. 한편 방금 캐러탤이 나간
사무실에서는 묘한 일이 일어났다.

부유한 사업가로부터 특별열차 주문을 받
는 것은 그렇게 진기한 일은 아니다. 하지만
같은 날 오후에 주문이 두 개나 있다는 건
이례적이다. 어떻게 된 일인지 캐러탤이
블랜드의 사무실에서 나가자마자 다른 남
자가 찾아와 같은 부탁을 한 것이다.

호레이스 무어라고 이름을 밝힌 군인
스타일의 남자는 런던에 있는 아내가 갑
작스레 병이 나서 한시바삐 런던으로 가
야 한다고 말했다. 고통스러워하고 불안
해하는 무어를 보고 블랜드 역장은 그를
도울 방법을 찾아보기로 했다. 특별열차를
또 마련할 수는 없었다. 캐러탤에게 내준 특
별열차로 이미 기본열차 운행에 약간 차질을
빚은 터였다. 하지만 무어가 캐러텔 열차
비용의 반을 부담하고, 비어 있는 이등실
을 이용하는 대안이 있다. 그렇게 되면 쌍방
이의 없이 얘기가 될 거라고 생각했다. 하지만 포터
후드를 통해 의향을 물어보니, 캐러텔은 절대로 곤란하다고 단호히
거절했다. 이 열차는 자신의 것이니 다른 사람의 합승을 절대 거절한
다는 것이다. 계속 설득했지만 캐러텔이 완고하게 응하지 않아 이 안
은 단념할 수밖에 없었다.

덕분에 6시에 출발하는 완행열차를 이용하는 것 외에는 다른 방법
이 없다는 말을 듣고 호레이스 무어는 크게 낙심하여 역을 나갔다.

역 시계가 정확히 4시 31분을 가리키자 몸이 부자유스런 캐러탤과 그의 거구의 동행을 태운 특별열차가 증기를 내뿜으며 리버풀 역을 출발했다. 선로는 이제 정리되었고, 열차는 맨체스터 역에 도착할 때까지는 어떤 역에도 정차하지 않을 예정이었다.

런던 앤드 웨스트코스트 철도회사의 열차들은 맨체스터 시까지는 다른 회사의 선로를 이용했다. 그러므로 특별열차는 6시 전에는 맨체스터에 도착해야 했다. 그런데 6시 15분이 되어, 특별열차가 아직 도착하지 않았다는 전보가 맨체스터 역으로부터 도착해 리버풀 역은 적지 않은 놀라움과 충격에 휩싸였다. 그래서 리버풀 역과 맨체스터 역 구간 3분의 1 지점에 위치한 세인트헬렌스에 조회한 결과 다음과 같은 회신이 도착했다.

런던 앤드 웨스트코스트 리버풀 중앙역 역장 제임스 블랜드에게,
특별열차는 예정대로 4시 52분에 당 역을 통과했음.

세인트헬렌스 역장 도스터

이 전보는 6시 40분에 도착했다. 6시 50분에 맨체스터에서 두 번째 소식이 전해졌다.

당신들이 통보한 특별열차는 도착하지 않았음.

그리고 10분 뒤 도착한 세 번째 소식은 사람들을 더욱 어리둥절하게 만들었다.

특별열차 운행과 관련하여 착오가 있는 것 같음. 특별열차 뒤에 오기로 된 완행열차가 방금 세인트헬렌스에 도착했는데 특별열차는 보지

못했다고 함. 도움이 되었기를.

맨체스터 역

이 마지막 전보는 어느 면에서는 리버풀 역에 안도를 주었지만 문제는 더욱 놀라운 양상을 띠게 되었다. 만약 특별열차에 무슨 일이 있다고 하면 같은 선로를 주행한 완행열차가 못 보고 지나칠 리 없었기 때문이다. 완행열차는 아무것도 보지 못했다. 특별열차는 어디에 있는 걸까? 혹시 어떤 이유로 완행열차가 지나가도록 마련된 대피선로*에 들어간 걸까? 사소한 고장을 수리하기 위한 것이라면 이런 설명도 가능했다.

세인트헬렌스 역과 맨체스터 역 사이의 모든 역에 전보를 보냈다. 리버풀 역장과 운수과장은 행방불명된 특별열차의 소식을 들으려고 전신기에 달라붙어 극도의 불안에 떨며 오로지 답신이 오기를 기다렸다. 마침내 답신이 가까운 세인트헬렌스 역을 시작으로 차례로 들어왔다.

특별열차는 5시에 당 역을 통과했음. - 콜린스그린 역

특별열차는 5시 6분에 당 역을 통과했음. - 얼스타운 역

특별열차는 5시 10분에 당 역을 통과했음. - 뉴턴 역

특별열차는 5시 20분에 당 역을 통과했음. - 케넌 교차역

특별열차는 당 역을 통과하지 않았음. - 바턴모스 역

두 사람은 눈을 휘둥그렇게 뜨고 서로를 바라보았다.

"30년 철도 일을 하면서 이런 적은 처음이야." 블랜드 역장이 말

* 단선 철로에서 기차가 서로 엇갈릴 때 한쪽이 피하기 위해 옆에 부설한 선로

했다.

"정말 듣도 보도 못한 희한한 일이군요. 그러면 케넌 교차역과 바턴모스 역 사이에서 문제가 생겼다는 얘기인데요."

"그 두 역 사이에 대피선은 없어. 맙소사, 특별열차는 탈선한 게 분명해!"

"그렇다면 어떻게 4시 50분 발 팔리아멘트리 호가 특별열차를 못 보고 지나쳤지요?"

"하지만 그렇게밖에 설명할 수 없어, 후드. 탈선한 게 틀림없어. 완행열차가 단서가 될 만한 것을 보았을지도 모르겠군. 맨체스터 역에 전보를 쳐서 알아보게. 그리고 케넌 교차역에 연락해서 바턴모스 역까지 선로를 조사하도록 지시하고."

몇 분 뒤 맨체스터에서 회신이 왔다.

행방불명된 특별열차에 대해 새로 들어온 소식은 없음. 완행열차의 기관사와 차장에 따르면 케넌 교차역과 바턴모스 역 사이에서는 아무런 사고도 없었으며 선로에는 어떤 장애물이나 이상한 흔적도 없었다고 함.

맨체스터 역

"기관사도 차장도 서둘러!" 블랜드 역장이 버럭 소리를 질렀다. "탈선한 잔해가 있는데도 모르고 지나간 거야. 특별열차는 탈선 때 선로에 이상을 남기지는 않았어. 왜 그런 일이 있었는지 모르지만 어쨌든 그게 틀림없어. 곧 있으면 경사면 아래에서 특별열차를 발견했다는 전보가 케넌 교차역이나 바턴모스 역에서 날아올 걸세."

그러나 블랜드 역장의 예상은 빗나갔다. 30분 뒤 케넌 교차역 역장에게서 다음과 같은 소식이 도착한 것이다.

행방불명된 기차는 흔적조차 없음. 특별열차가 당 역을 통과한 뒤 바턴모스 역에 도착하지 않은 것만은 확실함. 화물차에서 떼어낸 기관차를 타고 직접 선로를 둘러봤으나 아무 이상이 없었으며 사고 흔적도 발견하지 못했음.

블랜드는 당황해서 머리칼을 쥐어뜯었다.

"후드, 정말 미치겠군!" 블랜드가 언성을 높였다. "이 영국에서 대낮에 열차가 사라진다는 말인가? 그건 말도 안 돼. 기관차에 탄수차, 객차 두 량에 유개차 한 량, 그리고 다섯 사람을 태운 채 커브 하나 없는 선로에서 갑자기 사라지다니! 한 시간 이내에 확실한 소식이 들리지 않으면 콜린스 경감을 데리고 내가 직접 가보겠어."

마침내 확실한 소식이 케넌 교차역에서 날아들었다.

유감스럽게도 특별열차 기관사 존 슬레이터의 시체가 케넌 교차역에서 3.6킬로미터 떨어진 가시금작화 덤불에서 방금 발견되었음. 존 슬레이터는 기관차에서 경사면으로 떨어진 뒤 덤불로 굴렀으며, 떨어지면서 머리에 입은 상처가 사인으로 보임. 시체가 발견된 주변을 철저히 수색했으나 실종된 열차는 발견하지 못했음.

앞서 말한 대로 국내는 정치 위기를 맞아 혼란스러웠고, 세상의 주목은 오로지 파리에서 일어난 선정적인 새 뉴스에 향해 있었다. 당시 파리에서는 정부를 전복시키고, 국내의 많은 지도자들의 명성을 땅에 떨어뜨릴 정도의 엄청난 스캔들이 터졌다. 신문은 그들 기사로 가득 차서, 아무 일도 없는 평온한 때라면 세간의 이목을 집중시켰을 이 특별열차의 불가사의한 실종은 그다지 주의를 끌지 못했다.

이 사건이 주목받지 못한 데는 사건 자체의 기이함도 한몫했다. 너

무도 해괴한 사건이라 언론이 이를 있는 그대로 믿으려 하지 않았던 것이다. 사실 런던의 신문 중 이 내용을 교묘하게 짠 일종의 기만으로 보고, 받아들이지 않은 곳도 한두 곳이 아니었다.

하지만 언론은 죽은 기관사의 사인 조사* 결과가 발표되기에 이르러, 어떤 중요한 발견은 없었지만 드디어 사건의 성질을 믿기에 이르렀다.

블랜드 역장은 사건 당일 저녁, 콜린스 경감을 대동하고 케넌 교차역으로 갔다. 두 사람은 다음 날까지 조사를 계속했지만 그럴싸한 결과는 전혀 없었다. 특별열차가 어떻게 되었는지 흔적도 없었을 뿐만 아니라, 어떻게 이런 일이 일어났는지 짐작할 수 있는 단서 하나 얻지 못했다.

그러나 콜린스 경감의 보고서(이 글을 쓰고 있는 지금 눈앞에 펼쳐 있다)는 이 사건에 생각지도 못할 정도로 많은 가능성이 존재했음을 보여주었다.

케넌 교차역과 바턴모스 역 사이에는 곳곳에 제철소와 탄광이 있다. 개중에는 조업 중인 곳도 있고 곧 문을 닫을 곳도 있다. 어쨌든 적어도 열두 곳 이상의 본선과 연결된 광차용 협궤가 있다. 물론 협궤는 논외로 해두겠다. 협궤를 제외하더라도 일곱 군데에는 생산물을 광산 입구에서 대규모 집하 장소로 실어 나르기 위하여 건설된 선로가 있다. 이들 선로는 각각 길어야 몇 킬로미터에 불과하다. 일곱 개 중 네 개의 선로는 석탄이 고갈되었거나 수직갱도 사용이 중단된 탄광으로 이어진다. 이들 탄광은 레드건틀릿, 히어로, 슬루 오브 디스폰드, 하치즈 탄광으로, 그중 하치즈 탄광은 10년 전까지만 해도 랭커셔에서 손꼽히는 큰 탄광이었다. 이들 네 선로는 만일의 사고에 대비해서 본선 근처 레일을 들어내 지금은 본선과 연결되지 않으므

---

* inquest, 영국의 사법제도에서 갑작스런 사망사건이 발생했을 때, 그 사인을 규명하기 위해 배심원 앞에서 열리는 심리를 말한다.

로 조사 대상에서 제외해도 좋을 것 같다. 나머지 선로 세 개는 다음
으로 이어진다.

    (a) 칸스톡 제철소
    (b) 빅벤 탄광
    (c) 퍼시비어런스 탄광

이중 빅벤 선로는 400미터도 채 안 되며 그 끝은 광구에 방치된 석
탄더미로 막혀 있다. 이곳에서는 특별열차와 관련한 어떤 단서도 발
견되지 않았다. 칸스톡 제철소 선로는 사건 당일인 6월 3일에 트럭
열여섯 대 분의 적철광을 실은 기차로 꽉 막혀 있었다. 이 선로는 단
선이므로 다른 것은 지나갈 수 없었다. 퍼시비어런스 선로는 복선으
로 탄광의 석탄 생산량이 많아 교통량이 상당하다.

그러나 사건 당일 기차 운행에 특이한 점은 없었다. 그날 선로공
무리를 포함한 수백 명의 일꾼들이 3.6킬로미터에 이르는 퍼시비어
런스 선로를 따라 일하고 있었다. 못 보던 열차가 나타났다면 그 많
은 사람들이 몰랐을 리 없다. 또한 퍼시비어런스 선로는 기관사가 발
견된 지점보다 세인트헬렌스 역에 더 가까이 있다. 그러므로 특별열
차는 퍼시비어런스 선로가 갈라지는 곳을 지나서 실종되었다는 말이
된다.

기관사 존 슬레이터의 외양이나 상처에서는 어떤 단서도 발견되지
않았다. 그가 왜 기관차에서 떨어졌으며, 그가 떨어진 뒤 기관차가
어떻게 되었는지는 전혀 알 수 없었다. 현재로서는 그가 기관차에서
떨어져 사망했다고만 말할 수 있을 뿐이다.

콜린스 경감은 런던의 여러 신문이 그에 대해 무능하다고 질책하
자 경찰국에 사표를 제출했다.

경찰도 회사도 진상 조사를 했지만 조금의 결과도 얻지 못한 채 한

달이 지났다. 그동안 현상금도 제시되었고, 자수하면 형을 면하게 해 준다고 고시도 했지만 아무 반응이 없었다. 사람들은 매일 아침 신문을 펼치며 오늘은 그 해괴한 사건이 해결되기를 기대했다. 그러나 한 주, 또 한 주가 지나도 사건은 해결될 기미가 보이지 않았다.

영국에서 가장 인구가 밀집한 곳에서, 6월의 어느 오후 훤한 대낮에 기차가 승객과 함께 감쪽같이 사라진 것이다. 정묘한 화학자가 마치 기화시키듯이 갑자기 모습을 감춘 것이다. 아니나 다를까, 신문에 실린 투서 몇 개는 초자연적 힘, 적어도 불가해한 힘의 작용이라고 진지하게 주장했다. 또 몸이 불편한 캐러텔은 기괴한 본명으로 알려진 사람이 변신한 인물이라고 주장하는 내용도 있었다. 그중에는 그 피부가 검은 일행이야말로 이 사건의 장본인이라는 설도 있었다. 하지만 그것만 가지고 그가 어떤 일을 했는지 명료하게 설명할 수 있는 사람은 없었다.

여러 신문에 나타난 추리와 개인이 내놓은 추론 중 한두 가지는 사람들의 관심을 모을 정도의 가능성을 갖고 있었다. 그중 하나인 〈타임스〉에 나온 기사는 당시 유명했던 시내의 아마추어 추리가의 서명이 있는 것으로, 비판적이고 과학적인 태도로 논하고 있었다. 흥미 있는 사람은 같은 해 7월 3일 〈타임스〉를 읽으면 좋겠지만 여기에는 간추린 기사를 싣는다. 그 논지는 다음과 같다.

불가능한 부분을 제외하고 남은 것은, 예를 들어 그것이 아무리 황당 무계하게 보여도 그 안에 반드시 진실이 있다. 이것은 실증적 추리에서 기본 원리의 하나다.

이번 사건에서 그 특별열차가 케넌 교차역을 통과한 것은 확실하다. 그 열차가 바턴모스 역에 도착하지 않은 것도 사실이다. 그럼 열차는 어떻게 됐을까? 두 역 사이에 있는 일곱 개의 선로 중 하나로 들어갔을 지도 모른다는 것은 원래 있을 수 없는 일이지만 가능성으로서는 생각

할 수 있다. 레일이 없으면 기차가 달리지 못하는 것은 자명하기 때문
이다.

그러니 문제를 세 개의 선로, 즉 칸스톡 제철소 선로, 빅벤 선로, 퍼
시비어런스 선로로 범위를 좁힐 수 있을 것이다. 또는 광부들 사이에
비밀 단체 같은 것이 존재해서, 그들이 기차와 승객을 모두 처치한 걸
까? 말도 안 되는 소리 같지만, 그렇다고 아주 불가능한 추론도 아니다.
솔직히 나는 이것 외에 다른 생각은 전혀 떠오르지 않는다. 나는 이 세
선로와 그 주변의 일꾼들을 관찰하는 데 전력을 기울이라고 회사에 당
부하고 싶다. 또 그 지역의 전당포를 꼼꼼히 조사하면 무언가 단서가
발견될지도 모른다.

이러한 문제에는 정평 있는 권위자의 발언이기 때문에, 이 설은 많
은 흥미를 갖고 세상의 관심을 모으는 한편 이 추론이 가난하지만 정
직한 광부들을 모함하고 있다는 비난도 만만치 않았다. 어쨌든 이를
뒤집으려면 더 그럴듯한 가설이 나와야 했다. 여기에 대해 곧바로 투
서가 두 통 도착했다(〈타임스〉 7월 7일자와 9일자). 그 하나는 열차
가 탈선해서, 수백 미터를 철도선로와 평행으로 흐르는 랭커셔 스테
포드셔 운하에 빠져 그곳에 수몰되어 있다는 것이다. 하지만 이 추론
은 발표된 운하의 깊이가 열차의 부피를 감출 수 없기 때문에 일고의
가치도 없었다.

두 번째 투서는 그 두 승객이 갖고 있던 유일한 짐인 가방에 주목
하며, 그 안에 무엇이든 가루로 만들 수 있는 강력한 신종 폭약이 숨
겨져 있었다는 것이다. 그러나 열차 전체를 가루로 만들었는데, 레일
이 아무 이상 없이 멀쩡한 것은 너무나 앞뒤가 맞지 않아 이와 같은
추리는 웃음거리에 지나지 않았다. 이렇게 조사가 가망 없이 표류하
고 있는 상황에 전혀 뜻밖의 사태가 발생했다.

실종된 기차의 차장 제임스 맥퍼슨이 아내에게 편지를 보낸 것이

다. 1890년 7월 5일 뉴욕 소인이 찍힌 것으로, 맥퍼슨 부인은 그 편지를 7월 14일에 받았다. 편지의 진위에 대하여 의문이 제기되었지만 맥퍼슨 부인은 남편의 필적이 틀림없다고 확인했다. 사실 5달러짜리 지폐로 100달러가 동봉되어 있다는 것만으로도 편지가 가짜라는 주장을 꺾기에는 충분했다. 보낸 사람의 주소는 없었지만 편지는 다음과 같은 말을 전하고 있었다.

사랑하는 아내에게

무척 오래 고민했지만 역시 당신을 포기할 수 없다는 결론을 내렸소. 리지에 대해서도 마찬가지요. 어떻게든 잊으려고 노력했지만 도저히 무리요. 돈을 조금 보내오. 영국 돈으로 20파운드가 될 거요. 20파운드만 있으면 리지와 당신이 대서양을 건널 수 있을 거요. 사우샘프턴에서 함부르크 사의 배에 타시오. 그쪽이 배도 고급이고, 리버풀에서 오는 배보다 저렴할 것이오. 여기에 도착하거든 존스턴 하우스로 오시오. 그러면 우리가 만날 방법을 전하리다. 지금은 나도 여러 가지로 어렵소. 당신과 리지 생각에 별로 행복하지도 못하오. 이만 줄이리다.

사랑하는 남편, 제임스 맥퍼슨

한때는 이 편지가 온 즉시, 이제 모든 게 밝혀질 거라고 크게 기대했다. 그때 행방불명된 차장으로 보이는 인물이 서머스라는 이름으로 사우샘프턴에서 6월 7일 출항하는 함부르크—뉴욕 간 정기선 비스툴라 호에 승선했다는 사실이 밝혀지자 더욱 그랬다.

맥퍼슨 부인과 부인의 여동생 리지 돌턴은 맥퍼슨이 시킨 대로 뉴욕으로 건너가 존스턴 하우스에서 3주나 머물렀다. 그러나 맥퍼슨에게서는 아무 소식도 없었다. 어쩌면 신문에 나온 두세 가지 무분별한 기사가 경찰이 두 사람을 미끼로 이용하고 있다는 의심을 불러일으켰기 때문일 것이다. 하나의 추정에 지나지 않지만 어쨌든 맥퍼슨은 편지도 보내지 않고 나타나지도 않아 맥퍼슨 부인과 리지는 리버풀로 돌아올 수밖에 없었다.

이렇게 사건은 벽에 부딪친 뒤, 1898년 현재까지 해결되지 않은 채로 남아 있었다. 믿을 수 없을지도 모르지만, 캐러텔과 일행을 태운 채 이 특별열차는 기괴하게도 어딘가로 사라져 완전히 소식이 끊어진 것이다. 두 승객의 전력을 면밀히 조사한 결과, 캐러텔은 중앙아메리카에서 유명한 금융업자로 정계에도 알려진 인물이었다. 그가 유럽 행 배에서 빨리 파리로 가야 한다며 안절부절못했다는 사실도 밝혀졌다.

동반자는 승객명부에 에두아르도 고메즈로 되어 있었다. 기록을 보니, 폭력전과가 있고 평판이 좋지 않았다. 하지만 캐러텔을 위해서는 충실하게 봉사했다는 흔적이 있기 때문에 몸이 불편한 캐러텔이 보디가드로 고용했을 것이다.

그러나 캐러텔이 어떤 목적으로 그렇게 여행을 서둘렀는지는 파리에서 아무 정보도 얻을 수 없었다.

이상이 봉바로라는 상인을 살해한 죄로 사형선고를 받은 에르베르드 레르낙의 자백이 최근 마르세유의 신문에 발표될 때까지 밝혀진 전부다. 그 자백을 번역하면 다음과 같다.

내가 이런 일을 밝히는 것은 단순히 허영이나 허풍은 결코 아니다. 그런 것이 목적이라면 이번 일이 아니라도 내가 해치운 대단한 행동은 한 다스나 있기 때문이다. 내 목적은 기다리고 있는 집행유예가 빨리 나오지 않는다면, 여기에서 캐러텔이 어떻게 됐는지를 모두 얘기해, 그 일이 누구의 이익을 위해서였는지 또한 몇 사람의 요청에 응해서였는지 남김없이 폭로할 수 있다는 것을 지금 파리에 있는 어느 신사 여러분에게 알리기 위해서이다.

22

그대들이여, 늦기 전에 내 경고를 받아들여라! 에르베르 드 레르낙이 어떤 인물인지, 또한 한 번 말한 것은 반드시 실행하는 남자인 것은 여러분이 더 잘 알 것이다. 그러니 서두르지 않으면 끝장이다!

몇 사람의 이름을 지금은 말하지 않겠다. 그 이름을 들으면 여러분은 놀랄 것이다. 하지만 여기에서는 그저, 내가 어떻게 교묘하게 그 일을 하고 도망갔는지 말하겠다. 당시 나는 고용자에게 충성을 다했다. 그러니 이번에는 그들도 나에게 성실하게 대해야 한다. 그런 마음이기 때문에 그들이 나를 배신한 것을 확인할 때까지는 전 유럽을 발칵·뒤집어놓을 이름을 밝히지 않겠다. 하지만 만일, 아니, 거기에 대해서는 아무 말도 하지 않겠다.

한마디로 1890년에 정재계에 걸쳐 무서운 스캔들과 관련된 유명한 재판이 파리에서 열렸다. 그 스캔들이 얼마나 어마어마한 것이었는지는 나 같은 비밀요원이 아니면 모른다. 프랑스의 주요 인사들이 명예와 지위를 잃을 위험에 처했다. 여러분은 아마 똑바로 서 있는 볼링핀을 본 적이 있을 것이다. 거기에 커다란 볼이 멀리서 굴러와 콰당하고 아홉 개의 핀을 쓰러뜨린다. 프랑스에서 이렇다 할 몇 사람이 이 핀처럼 쓰러지고, 캐러텔이 그 멀리서 굴러온 공이라고 생각해보라. 만약 캐러텔이 파리에 오면 거물들은 모두 쓰러질 것이다. 그래서 거물들은 무슨 수로든 캐러텔이 오는 것을 막아야 했다.

그들 전부가 어떻게 될지 알고 있었다고는 말할 수 없다. 앞에서도 언급했듯이 정계와 재계가 모두 위기에 있었기 때문에 사태를 해결하기 위한 일종의 조합이 만들어졌다. 그중에는 목적이 어디에 있는지도 모르고 이 조합에 가담한 사람도 있다. 하지만 대부분은 잘 알고 있었으며, 나 또한 지금까지 그들의 이름을 잊을 수 없을 정도로 각자의 공적이 있었다. 그들은 캐러텔이 남미를 출발하기 훨씬 전부터 그 일을 알고 있었다. 캐러텔이 가지고 있는 증거에 의해 자신들이 파멸의 괴로움을 보는 것도 잘 알고 있었다. 조합은 무제한으로(과장이 아니다), 정말이지 무한한 자금력을 지니고 있었다. 그래서 그들은 이 거대한 자금력을 행사할 능력이 있는 대리인을 찾기 시작했다. 대리인은 반드시 창의적이고 단호하며 대처능력이 뛰어난 최고의 인물이어야 했다. 그 결과 그들은 나 에르베르 드 레르낙을 택했고, 그들의 선택은 옳았다.

내 임무는 부하를 고른 뒤, 막대한 자금력을 이용해 캐러탤이 결코 파리에 도착하지 못하도록 막는 것이었다. 지령을 받고 한 시간 이내에 나는 특유의 추진력으로 활동을 개시했다. 이때 내가 택한 방법은 그보다 나은 대안이 없을 정도로, 목적 수행을 위한 최상의 것이었다.

나는 믿을 만한 부하를 한 명 즉시 남미로 보내 캐러탤과 함께 행동하도록 했다. 내 부하가 제때 도착했더라면 캐러탤이 탄 배는 리버풀에 닿지도 못했을 것이었다. 그러나 유감스럽게도 내 부하가 갔을 때 배가 이미 떠난 뒤였다. 항해를 저지하기 위해 무장한 소형 범선을 준비했지만 이번에도 운이 따르지 않았다. 하지만 모든 뛰어난 책사가 그렇듯 나 역시 실패할 경우에 대비해 여러 대안을 마련했다. 방법은 얼마든지 있고, 그 가운데 어느 하나는 꼭 성공할 것이다.

내가 맡은 일의 어려움을 결코 얕잡아봐서는 안 된다. 또다시 암살을 시도하면 되는 것 아닌가 하고 간단하게 생각해서도 안 된다. 단순히 캐러탤을 없애는 것뿐만 아니라 그가 가지고 있는 서류도 없애야 했다. 만약 그 비밀을 들어서 알고 있는 그의 동료가 있다면 그도 처리해야 했다. 더욱이 그들은 방심하지 않고 엄중히 경계하고 있었다. 그래서 이번 일은 어느 모로 보나 나에게 맞는 일이었다. 대부분의 남자가 겁을 먹고 물러나는 일에 나는 언제나 뛰어난 능력을 발휘했으니까.

나는 리버풀에서 캐러텔을 맞을 만반의 준비를 갖추고 있었다. 그리고 캐러텔이 일단 런던에 도착하면 즉시 철통같은 경호를 받게 된다는 것도 알고 있었기에 더욱 긴장했다. 캐러텔이 리버풀 부두에 내린 뒤 런던 앤드 웨스트코스트 철도로 런던 종착역에 도착하기 전에 어떤 방법으로든 해치워야 했다.

우선 우리는 비교적 단순한 방법에서 매우 복잡한 방법까지 여섯 가지 계획을 준비했다. 계획은 모두 정교했다. 어느 계획을 실행할 것인지는 캐러탤의 행동에 달려 있었다. 어떻게 행동해도 좋다. 거기에 따라 우리는 만반의 준비를 했으니까. 그가 리버풀에 머무를까? 우리는 그 준비를 했다. 또 완행열차, 급행열차, 또는 특별열차 중 어떤 것을 타도 대처할 방법이 있다. 우리는 모든 경우를 예상했고 그에 따른 준비를 했다.

이렇게 잘난 듯이 말해도, 나 혼자 이 모든 일을 했을 리 없다고 생각할지도 모르겠다. 그렇다. 프랑스인인 내가 영국 철도에 대해 무엇을 알겠는가? 하지만 돈만 주면 기꺼이 대리인을 해주는 사람은 세계 어디에 가도 있다. 나는 얼마 후 나를 도울 영국 최고의 두뇌를 구했다. 여기서 그의 이름을 밝히지는 않겠지만 공을 모두 내게 돌리는 것은 부당하므로 그의 존재를 밝히는 것이다. 영국인 동료는 이 일에 매우 적합한 사람이었다. 그는 런던 앤드 웨스트코스트 철도회사의 철도망을 속속들이 알고 있었고, 믿을 만하고 영리한 일꾼들도 다수 확보하고 있었다. 아이디어는 그가 내놓았고 나는 세세한 부분을 손보았다.

우리는 런던 앤드 웨스트코스트 철도회사의 직원 몇 명을 매수했다. 그중 가장 중요한 인물이 특별열차의 차장이 될 확률이 가장 높은 제임스 맥퍼슨이었다. 화부 스미스도 우리 편이 되었다. 기관사 존 슬레이터에게도 손을 뻗어보았지만, 완고하고 접근하기 어려운 인물이라서 매수를 포기했다.

캐러탤이 특별열차를 탈지는 확실하지 않았지만 가능성은 매우 높았다. 파리에 가는 것이 캐러탤에게는 일각을 다투는 문제였기 때문이다. 그래서 그 점에 맞추어 우리는 특별한 방법을 준비했다. 이 특별한 방법을 위해 우리는 캐러탤이 탄 기선이 영국 해안에 나타나기 훨씬 전에 아주 사소한 준비까지 끝냈다. 아마 여러분은 캐러탤이 타고 온 증기선을 부두에 정박시키기 위해 유도하는 수로 안내선에도 우리 편이 있었다는 사실을 알면 놀랄 것이다.

리버풀에 한 걸음 내딛는 순간부터 캐러텔은 위험을 느꼈는지 경계를 시작했다. 경호원으로 고메즈라는 인물을 동반했고, 그는 무기까지 갖고 있었다. 만약의 경우 언제라도 사용할 것이다. 이 남자는 또 캐러텔의 비밀서류를 갖고 있었고, 언제든 이 서류와 주인을 방어하려는 자세였다. 캐러텔을 죽여도, 고메즈를 제거하지 않으면 모처럼의 노력이 물거품으로 돌아갈 위험이 충분했다. 두 사람은 운명을 같이해야 하고, 그 때문에 그들이 특별열차를 신청한 것이 우리에겐 편한 일이었다. 특별열차에 탄 철도회사 직원 셋 중 두 사람은, 평생을 즐겁게 보낼 수 있는 돈으로 매수했다. 영국인들은 다른 나라 사람에 비해 정직하다고 하던데 꼭 그렇지는 않은 모양이다. 어쨌든 매수하는 데 많은 돈이 드는 것은 알았다.

영국인 부하를 사용하는 사실은 앞에서 말했다. 이 남자는 목에 끈이라도 걸어서 빨리 죽이지 않는 한, 장래 어마어마한 인물이 될 것이다. 리버풀에서의 수배는 모두 이 남자의 책임으로, 나는 케년의 한 여관에 머물면서 행동 개시의 암호통신이 오기를 기다렸다. 드디어 특별열차가 준비되었다는 소식이 전해지자, 그는 당장 모든 수배를 실시하도록 나에게 전보를 보냈다.

한편 내 부하는 호레이스 무어라는 이름을 사용해, 두 번째 특별열차를 내달라고 신청했다. 캐러텔의 기차에 동승하면 때와 경우에 따라 우리의 계획에 도움이 될 거라고 생각했기 때문이다. 예를 들어, 만일 우리의 계획이 실패해도 그가 캐러텔과 고메즈를 쏘아 죽이고 서류를 없앨 수도 있기 때문이다.

그러나 캐러텔도 경계하고 있었기 때문에 동승을 거절했다. 그래서 그는 물러났지만 다른 입구로 역 구내로 들어가 플랫폼 반대쪽에서 차장차에 올라타 맥퍼슨 차장과 행동을 같이했다.

그동안 내가 어떻게 행동했는지 여러분은 궁금할 것이다. 모든 준비는 며칠 전에 마쳤다. 남은 것은 마무리를 하는 것뿐이다. 우리가 선정한 선로는, 이전에는 물론 본선에 접속되어 있었지만 지금은 끊어져 있다. 그래서 레일을 몇 개 연결하기만 하면 됐다. 이 연결 레일은 사람 눈에 뜨이지 않는 곳까지는 이미 깔아두었다. 나머지는 본선에 접속하고, 포인트*를 원래대로 하는 것뿐이었다. 침목은 그대로 남아 있었고, 레일과 이음매판과 리벳도 빠뜨리지 않았다. 이것들은 폐기된 선로에서 가져온 것이다. 수는 적지만 유능한 일꾼들의 힘을 빌어 특별열차가 도착하기 훨씬 전에 모든 준비를 끝냈다. 드디어 특별열차가 왔고, 포인트의 떨림이 매우 경미해 두 승객도 모를 정도로 슬쩍 옆 선로에 들어갔다.

화부 스미스는 기관사 존 슬레이터를 클로로포름으로 마취시킨 뒤, 그를 두 승객과 함께 없애버릴 계획이었다. 그런데 바로 여기에서 계획이 실패했다. 물론 맥퍼슨이 멍청하게도 아내에게 편지를 쓴 건 별도로 하고.

화부 스미스는 멍청했기 때문에 격투 중에 슬레이터를 기관차에서 떨어뜨렸다. 그래도 슬레이터가 추락하는 바람에 목뼈가 부러진 것은 행운이었는데, 만약 그렇지 않았다면 분명히 완벽한 칭찬의 대상이 될 완전범죄에 일대 오점을 남겼을 것이다. 범죄전문가라면 존 슬레이터가 훌륭한 우리 조합의 유일한 약점이었다는 것을 알 것이다. 나처럼 많은 승리를 경험해본 사람이 처음 공언하는데, 나는 존 슬레이터를 약점이었다고 밝히는 것이다.

특별열차는 길이 2킬로미터, 정확히 말하면 1.6킬로미터 약간 넘는 짧은 인입선에 들어서는 데 성공했다. 여기는 지금이야말로 폐기되어 있지만, 한때는 영국 굴지의 하치즈 탄광으로 연결된 선로다. 그런 폐쇄된 선로에 열차가 달리는 모습을 아무도 보지 못한 것은 어떻게 된

---

* 철도에서 차량이나 열차를 다른 선로로 이동시키기 위하여 두 선로가 만나는 곳에 설치한 기계장치

일일까 궁금하겠지. 이 선로는 전 구간에 걸쳐 산을 깎아 생긴 깊은 골짜기에 있어서 골짜기 위에 있지 않는 한 열차를 볼 수 없는 것이다. 다만 골짜기 위에 그때 서 있던 사람이 있었다. 그게 바로 나다. 이제 내가 본 것을 이야기하겠다.

나는 선로가 나뉘는 지점에서, 포인트를 관리시키려고 부하 한 명을 배치해두었다. 이 남자에게는 다른 무장한 경비원 네 명이 붙어 있었다. 만일 특별열차가 옆 선로로 들어오지 않고 탈선이라도 하는 경우에(포인트가 녹슬면 얼마든지 있을 수 있는 일이었다) 대비한 것이다.

그러나 특별열차는 무사히 옆 선로로 들어왔고, 부하는 물러나고 이제는 내가 나설 차례였다. 그때 나는 광구가 보이는 지점에서 서 있었다. 데리고 온 부하 두 명과 마찬가지로 나도 무장하고 있었다. 어떤 일이 일어나도 내 준비는 완전하다.

특별열차가 선로 위를 잠시 달렸을 때 화부 스미스가 일단 속력을 늦췄다가, 엔진이 전속력이 되는 위치에 레버를 옮기고 맥퍼슨과 영국인 동료를 재촉해 서둘러 뛰어내렸다. 갑자기 열차의 속력이 늦어진 것을 두 승객은 어떻게 생각했을까? 하지만 그들은 바로 속력이 올라갔기 때문에 창을 열고 내다보려고 하지는 않았다. 그때 그들이 얼마나 낭패했을까를 생각하면 나는 언제나 웃음을 멈출 수 없다. 호화 객차에서 밖을 내다봤다니 자신들이 탄 열차가 오랫동안 사용하지 않아 붉게 녹슬어 있는 선로 위를 달리고 있는 것을 발견했을 때 그들의 마음을 상상해보라. 그 불길한 선로 위를 달리면서, 행선지가 런던이나 맨체스터가 아닌 '죽음'인 것을 알았을 때의 오싹한 마음은 어떨까?

하지만 열차는 그런 일에 관계없이 낡은 철로 위를 상하좌우로 흔들리면서 녹슨 철로 표면에 무서운 비명을 일으키며 앞으로 나아갔다. 나는 가까운 곳에 서 있었기 때문에 그들의 얼굴이 확실히 보였다. 캐러텔은 묵주 같은 것을 손에 들고 기도하는 것 같았다. 동행인 남자는 도살장에서 피 냄새를 맡은 황소처럼 길길이 날뛰었다. 그리고 고메즈는

둑 위에 서 있는 우리를 보고, 미친 듯이 손을 흔들었다. 그리고 손목에 달려 있던 가방을 풀어 창문 너머로 우리를 향해 던졌다. 물론 그것이 의미하는 것은 분명했다. 여기 증거가 있다. 목숨을 살려주면 입을 굳게 다물겠다는 것이었다. 우리도 그러고 싶었지만 어디까지나 일은 일이었다. 게다가 열차는 이미 멀리 달려가서 그때는 어떻게도 할 수 없었다.

기차가 덜커덩거리며 모퉁이를 돌자 눈앞에 시커먼 입을 크게 벌리고 있는 탄갱이 나왔고 고메즈는 더 이상 악을 쓰지 않았다. 이미 탄갱을 막고 있던 판자를 치우고 그 주위를 깨끗이 치워두었던 것이다. 석탄을 싣는 데 편리하도록, 전에는 선로가 수직갱도에서 매우 가까운 곳까지 나 있었다. 덕분에 이번 목적을 위해서는 수직갱도의 입구까지 거의 레일 두 세 개만 더 놓으면 선로를 연결할 수 있었다. 실제로 그렇게 해보니 레일의 길이가 꼭 맞지 않아서인지 수직갱도 가장자리에서 91센티미터나 튀어나와 있었다.

두 사람의 머리가 창문에 나타났다. 캐러텔은 아래에, 고메즈는 위에. 두 사람은 열차가 가는 쪽에 있는 것을 보고, 소리도 지르지 못했다. 몸도 움직이지 않고 창가를 벗어나지 않았다. 앞에 보이는 광경에 온몸이 마비된 것이다.

이전부터 나는 엄청난 속도로 달리던 기차가 내가 준비한 구덩이에 어떤 식으로 떨어질까 하는 상상을 해봤는데, 지금 그 결과를 직접 보고 싶어 시선을 집중하고 있었다. 우리 일행 중 한 명은 기차가 수직갱도를 건너뛸 것이라고 말했는데 실제는 그의 말과 크게 다르지 않았다. 하지만 다행히 기차는 탄갱을 뛰어넘지는 못했고 기관차의 완충기가 수직갱도의 반대편 가장자리에 충돌하며 무시무시한 굉음을 냈다. 굴뚝은 공중으로 날아갔다. 탄수차, 객차, 차장차가 모두 한 덩어리로 짓뭉개져 기관차 잔해와 함께 잠시 수직갱도 입구를 막았다. 그러더니 탄갱의 조금 낮은 부분에서 무언가가 쑥 밑으로 빠져나갔다. 뒤이어 연기

가 모락모락 나는 석탄, 쇠붙이, 바퀴, 목재 장식, 쿠션 할 것 없이 산산
조각 난 것들이 갱도 아래로 쏟아져 내렸다. 파편이 벽에 부딪치는 소
리가 우르르 울렸다. 그리고 잠시 후, 기차 잔해가 갱도 바닥과 충돌한
듯 엄청난 소리가 땅울림과 함께 들려왔다. 보일러가 폭발했는지 날카
로운 파열음이 들리고, 증기와 연기가 시커먼 구덩이에서 소용돌이치
며 솟구쳐 올라 우리 주위에 빗줄기처럼 쏟아져 내렸다. 하지만 그것도
마침내 점점 작아지더니 여름 햇살에 증발해버렸다. 하치즈 탄광은 다
시 정적에 감싸였다.

이렇게 해서 계획은 훌륭히 성공했다. 나머지는 흔적을 말끔히 없애
는 것이다. 이때 이미 선로의 한 끝에서는 우리 일꾼들이 포인트를 제
거하고, 모든 물건을 원래대로 돌려놓는 일을 시작했다. 우리는 탄갱
입구 주위에서도 바쁘게 움직였다. 굴뚝과 기타 파편을 수직갱도 안에
집어던지고 그 입구를 다시 판자로 덮었다. 새롭게 연결한 레일은 뜯어
내어 챙겼다. 그리고 모두 허둥대지도 꾸물거리지도 않고 영국을 떠났
다. 나와 대부분은 파리로 갔고 영국인 동지는 맨체스터로, 맥퍼슨은
사우샘프턴으로 갔다가, 거기에서 미국으로 건너갔다.

우리가 얼마나 철저하게 일을 처리했는지, 또 영리한 수사 당국이 어
떻게 일했는지는 당시 영국 신문을 보면 알 수 있을 것이다.

고메즈가 서류가방을 창밖으로 집어던졌던 일을 앞에서 말했다. 나
중에 그 가방을 챙겨 이 일을 의뢰한 신사에게 가져다준 것은 말할 필
요도 없다.

단 그 가방 속의 서류를 한두 장 기념으로 슬쩍했다는 걸 알면, 그 신
사도 재미있어할 것이다. 그 서류를 공개할 생각은 없지만, 이 세상에
서 나를 보호하려면 공개할 수밖에 없을 것 같다. 만약 내가 도움이 필
요할 때, 아무도 돕지 않는다면 달리 방법이 없지 않을까?

파리에 있는 신사들이여, 나 에르베르 드 레르낙은 같은 편일 때는
한없이 믿을 만하지만, 적으로 돌리면 무서운 존재라는 사실을 이제 알

것이다. 또한 당신들 모두 뉴칼레도니아*로 가는 것을 보기 전에는 내가 절대로 단두대에 오를 사람이 아니라는 것도 알 것이다. 그러니 내가 아니라 당신의 안전을 위해서라도 서두르기 바란다.

_____ 씨, _____ 장군, _____ 남작, 이 글을 읽으며 당신들이 직접 빈칸을 채우도록! 두 번째 자백을 쓸 때는 결코 빈칸이 없을 것이다.

추신: 내 자백을 훑어보니 한 가지 빠진 게 있다. 다름 아닌 가련한 맥퍼슨에 대한 이야기이다. 자기 아내에게 편지를 보내 뉴욕에서 만나자고 약속한 어리석은 인간 말이다. 위태로운 상황에 놓인 우리로서는 그처럼 어리석은 인간이 자기 비밀을 아내에게 털어놓을지도 모르는데 가만히 있을 수는 없었다. 아내에게 편지를 보냄으로써 맹세를 깬 이상 그를 신뢰할 수 없었다. 그래서 그가 아내를 만나지 못하도록 조치를 했다. 나는 그의 아내에게 이제는 재혼해도 괜찮다고 알려주는 편지를 써야 마땅하지 않을까 가끔 생각한다.

* 남태평양에 있는 프랑스령의 섬으로 당시 유형지였음

유대의 흉패

THE
STORY OF THE
JEW'S
BREAST-
PLATE

내 특별한 친구 워드 모티머는 동방의 고고학에 관한 여러 분야에서
당대 최고의 학자였다. 그는 전문 분야에서 많은 논문을 발표했고,
일찍이 테베*의 고분 지방에 2년 주재하면서 '왕가의 계곡'의 발굴도
했다. 마침내 필라이**에 있는 호루스*** 신전에서 클레오파트라의
미라로 추정되는 것을 발굴해 일대 화제를 불러일으켰다.

　서른한 살이라는 젊은 나이에 이처럼 업적을 올렸기 때문에 그의
앞날은 밝기만 했다. 그래서 그가 벨모어 가(家)박물관장으로 선출되고
오리엔탈 대학의 강사를 겸임한다고 했을 때 아무도 놀라지 않았다.
그리고 상속받은 토지는 가격이 내려가 수입이 줄어들긴 했지만 연
구자에게는 충분한 액수였다. 한마디로 그를 타락시키지 않을 만한
수입은 있었던 것이다.

　하지만 벨모어 가 박물관장이라는 워드 모티머의 위치를 조금 곤
란하게 하는 사정이 단 한 가지 존재했다. 그것은 그의 전임자의 드
높은 명성이었다. 안드레아스 교수는 고고학 분야에서 탁월한 학식
을 자랑하는 학자로 전 유럽에 명성이 자자했다. 그의 강의를 들으러
세계 각지에서 학생들이 모여들었다. 또한 그가 박물관의 소장품들
을 훌륭히 관리했다는 사실도 전문 학계에 잘 알려져 있었다. 때문에
안드레아스 교수가 쉰다섯 살의 나이에 갑자기 그 지위를 그만두고,
생계수단이자 삶의 기쁨이기도 했던 일에서 은퇴한다고 발표했을 때
사람들은 매우 놀랐다. 교수와 그의 딸은 박물관에 딸린 안락한 관사
를 떠났고 대신 독신인 내 친구 모티머가 그곳에 거주하게 되었다.

　모티머가 관장으로 선임되었다는 소식을 듣고, 안드레아스 교수는
매우 정겨운 축하 편지를 보냈다. 나는 두 사람이 처음으로 대면하는
자리에 함께 있게 되었다. 그때 나는 모티머와 함께, 오랫동안 애장

---

*　고대 이집트의 도시. 귀중한 유물이 발굴된 것으로 유명하다.
**　나일 강 상류의 섬
***　이집트신화에 등장하는 태양의 신

해온 훌륭한 수집품을 보여주며 안내하는 교수를 따라 박물관을 돌아보았다. 그 시찰에는 교수의 아름다운 딸과 머지않아 그녀의 남편이 될 윌슨 대위도 우리와 함께였다. 전시실은 열다섯 개 있었는데 그 가운데 바빌로니아실, 시리아실, 그리고 유대와 이집트의 유물을 전시한 중앙 홀이 가장 훌륭했다.

안드레아스 교수는 말이 없고 딱딱한 노신사로, 말끔하게 면도한 얼굴에 표정이 없었다. 그러나 전시품 가운데서도 진품이거나 아름다운 것을 가리킬 때면 까만 눈이 반짝반짝 빛나며 얼굴에 금세 생기가 돌았다. 그가 전시품을 귀여운 듯이 어루만지는 손길을 보면 교수가 얼마나 그것을 자랑하고 있는지, 자신의 손에서 다른 사람 손에 넘겨야 하는 지금 그 마음이 얼마나 슬픔에 가득 차 있는지를 확실히 느낄 수 있었다.

안드레아스 교수는 우리에게 자신이 관리했던 미라, 파피루스, 스카라브*, 비문碑文, 유대 민족의 유물, 신전에서 유명한 일곱 가지가 달린 촛대의 복제품(현물은 티투스 황제가 로마로 가져왔지만 지금은 티베르 강바닥에 묻혀 있을 것으로 추정된다)을 보여주었다. 그리고 교수는 홀 한가운데 유리 뚜껑이 덮인 진열장으로 다가가더니 경외감마저 어린 표정으로 안을 들여다보았다.

"모티머 씨, 당신 같은 전문가에게는 대단한 진품이 아니겠지만, 친구 잭슨 씨라면 틀림없이 흥미를 느낄 겁니다." 안드레아스 교수가 말했다

내가 들여다보니, 가로세로가 각각 13센티미터쯤 되는 네모난 판이 있었다. 금으로 만든 판에는 보석이 열두 개 박혀 있고 양 귀퉁이에 역시 금으로 된 고리가 달려 있었다. 보석은 전부 종류도 다르고 현란한 색깔도 달랐지만 크기는 같았다. 그 형태, 배열, 색채의 단계

---

* 기원전 2,000년경부터 고대 이집트인이 황금충 형상을 본떠 만든 석인石印으로 회문자, 왕명, 인명, 제신이나 성수의 모습을 음각하여 귀신을 쫓는 부적으로 몸에 간직했다

등은 그림물감 상자 같았다. 보석은 제각각 표면에 상형문자가 새겨
져 있었다.

"잭슨 씨, '우림과 둠밈'이라고 들어봤나요?"

그 말을 들어본 적은 있으나 무엇을 의미하는지 아는 바는 거의 없
었다.

"우림과 둠밈은 유대교의 제사장이 가슴에 차던 보석 박힌 판입니
다. 유대인들은 이 물건에 대해 매우 특별한 존경심을 가졌지요. 이
를 테면 고대 로마인들이 유피테르* 신전의 신탁信託에 대해 느낀 감

* 로마신화에 나오는 최고의 신 주피터

정과 같다고나 할까요. 보시다시피 여기에는 신비로운 문자가 새겨진 아름다운 보석이 열두 개 박혀 있어요. 왼쪽 위부터 홍옥수, 감람석, 에메랄드, 루비, 청금석, 줄마노, 사파이어, 마노, 자수정, 황옥, 녹주석, 벽옥이라오."

나는 각양각색의 보석이 뿜어내는 아름다움에 감탄을 금치 못했다.

"이 흉패에 특별한 내력이 있습니까?"

내가 질문하자 안드레아스 교수가 답했다.

"무척 오래되었고 이루 말할 수 없이 값진 물건이지요. 확언할 수는 없지만 이것이 솔로몬 신전에 있었던 우림과 둠밈일 가능성이 매우 높아요. 나는 유럽 어디에도 이보다 진귀한 소장품은 없다고 확신하는 바이오. 여기 윌슨 대위가 보석에 관해 권위 있는 사람이니 이 돌이 얼마나 값진 것인지 말해줄 겁니다."

윌슨 대위는 가무잡잡하고 냉정하고 예민한 표정의 남자로 약혼녀와 함께 진열장 반대편에 서 있었다.

"예, 이런 훌륭한 보석은 처음 봅니다." 윌슨 대위가 무뚝뚝하게 말했다.

"그리고 금세공도 주목할 만한 가치가 있어요. 고대인들은 금세공 기술이 빼어났지요."

안드레아스 교수가 말하는 것은 보석을 박아 끼우는 세팅이 분명했다. 갑자기 윌슨 대위가 교수의 말을 자르고 나섰다.

"고대인의 금세공이라면 이 촛대가 훨씬 뛰어납니다."

대위는 그렇게 말하며 다른 테이블로 걸음을 옮겼다. 우리도 그를 따라 자리를 옮겼다. 윌슨 대위는 돋을새김을 한 촛대 줄기와 정교하게 장식된 가지를 보며 찬사를 연발했다. 뛰어난 전문가에게서 이처럼 희귀한 유물들에 대한 설명을 직접 듣는 것은 흥미롭고도 새로운 경험이었다. 마침내 관람을 끝내고, 마지막에 안드레아스 교수가 내 친구에게 귀중한 소장품의 보관 책임을 정식으로 이양하는 말을 들고 있자니 나는 교수가 불쌍해졌다. 또 이와 같이 흥미로운 일에 나날을 보내게 된 그 후계자를 부러워할 수밖에 없었다. 일주일도 되지 않아 워드 모티머는 벨모어 가 박물관장으로 부임하고 관사로 짐을 옮겼다.

그로부터 2주일 후, 내 친구는 부임을 자축하기 위해 독신 친구 예닐곱 명을 불러 조촐한 저녁식사를 대접했다. 저녁식사가 끝나고 손님들이 가려고 하자 그가 내 소매를 당기며 남아 있으라는 신호를 했다.

"자네 집은 여기서 몇 백 미터밖에 안 되잖아."

당시 나는 올버니에 살고 있었다.

"잠깐 남아서 조용히 시가 한 대 피우자고. 자네에게 조언을 구해야 할 일이 있어."

나는 안락의자에 앉아 질 좋은 마트로나를 입에 물었다. 친구는 마지막 손님을 배웅하고 오더니 턱시도 주머니에서 편지 한 장을 꺼내 들고 맞은편에 앉았다.

"이건 오늘 아침 받은 편지야. 읽어볼 테니 자네 의견을 말해줘."

"자네에게 도움이 된다면 뭐든 협력하지."

"자, 읽겠네. '현재 당신이 위탁 관리하고 있는 수많은 귀중품에 대해 감시를 강화할 것을 충고합니다. 지금처럼 경비원 한 명이 지키는 것으로는 부족합니다. 부디 주의하십시오. 그렇지 않으면 돌이킬 수 없는 불행이 닥칠 것입니다.' 이렇게 쓰여 있어."

"그게 전부야?"

"그래, 이게 전부야."

"그렇다면 적어도 박물관에 야간 경비가 한 명밖에 없다는 걸 아는 누군가가 이 편지를 보냈군."

워드 모티머는 야릇한 미소를 지으며 내게 편지를 건넸다.

"자네는 필적을 구분할 줄 아나? 자, 이걸 한 번 봐!"

그가 또 하나의 편지를 내놓았다.

"여기 '축하합니다^{congratulate}.'의 c와 '위탁^{committed}'의 c를 봐. 그리고 대문자 I. 마침표 대신 일부러 대시 기호(—)를 넣은 걸 봐."

"이건 확실히 한 사람의 글씨야. 처음에 보여준 편지는 필적을 꾸미려 한 흔적이 있지만."

"두 번째 편지는 내가 박물관장으로 선임된 것을 축하한다고 안드레아스 교수가 보낸 편지야."

나는 깜짝 놀라 모티머의 얼굴을 뚫어지게 보았다. 그러다가 얼른 손에 쥔 편지를 뒤집어보았다. 아니나 다를까, 다른 쪽에는 '마틴 안드레아스' 라는 서명이 있었다. 필적학에 대해 지식이 있는 사람이라면 안드레아스 교수가 익명의 편지를 써서 후임자에게 도난을 경고하고 있다는 사실을 눈치채지 못할 리 없었다. 엉뚱하지만 틀림없었다.

"교수가 왜 이런 일을 할까?" 내가 물었다.

"그게 바로 내가 묻고 싶은 말이야. 불안하면 나를 찾아와 직접 말해도 될 텐데."

"교수에게 이 얘기를 할 거야?"

"잘 모르겠어. 그는 자기가 편지를 썼다는 걸 부인할지도 몰라."

"어쨌든 이 경고문은 좋은 뜻에서 쓴 것 같으니 거기에 기초해서 생각해야 해. 그의 말대로 하는 게 좋겠어. 현재의 경비 상황은 충분한가?"

"그렇다고 생각해. 관람객은 오전 10시부터 오후 5시까지만 출입이 허용되는데, 전시실 두 개마다 경비원이 한 명씩 배치되어 있어. 경비원은 두 전시실 사이의 문에서 양쪽을 감시하지."

"그러면 밤에는?"

"관람객이 모두 나가면 바로 철문을 내리니 도난방지에는 완벽하지. 야간 경비원은 유능한 사람으로 경비실에서 지키다가 세 시간에 한 번씩 박물관을 순찰해. 그리고 방마다 전등 하나를 밤새 켜두고 있어."

"그만하면 괜찮은 것 같군. 주간 경비원을 야간으로 돌리면 어떨까?"

"그럴 형편은 안 돼."

"그럼 충분하다고는 할 수 없지만 내가 경찰에 연락해서 벨모어 가 입구에 순경을 배치해달라고 하지." 내가 말했다. "그리고 그 편지는, 편지를 쓴 사람이 익명을 원하니 그 뜻을 존중해야 할 것 같아. 그가 왜 이렇게 묘한 방법을 선택했는지 머지않아 밝혀지겠지."

그렇게 해서 우리는 이야기를 마무리했다. 그러나 집으로 돌아와서도 밤새도록 안드레아스 교수가 자신의 후임자에게 익명의 경고문을 보낸 동기는 무엇일까 궁금했다. 그 경고장이 교수의 필적임을, 그가 쓰고 있는 것을 내가 본 것마냥 확신했기 때문이다. 교수는 그 수집품들에 어떤 위험이 생긴 것을 미리 알게 된 것이다. 그것을 미리 알았기 때문에 교수가 그 지위를 버린 것일까? 그렇다고 해도 왜 자신의 이름으로 모티머에게 경고하는 일을 주저하는 걸까? 계속 생각하다 뒤늦게 눈을 붙여서, 다음 날 아침은 평소보다 늦잠을 자고 말았다.

그날 아침, 나는 간결하고 효과적인 방법으로 잠에서 깨어났다. 9시쯤에 모티머가 낭패한 표정으로 방으로 뛰어 들어왔기 때문이다. 평소에 내가 아는 사람 중에서도 지독히 단정한 모티머는 이때 한쪽 목깃은 뒤집어지고 넥타이를 휘날리며 모자를 뒤로 걸쳐 쓰고 있었다. 핏발이 선 그의 눈을 보고 나는 사태를 즉시 파악했다.

"박물관이 털렸군!" 나는 침대에서 벌떡 일어났다.

"그런 것 같아! 그 보석! 우림과 둠밈에 박힌 보석이야!" 그는 가쁜 숨을 몰아쉬었다. "경찰서로 가는 길이야. 잭슨, 자네는 당장 박물관으로 가. 그럼 이따 보세!"

그는 정신없이 방에서 뛰어나갔고 이어서 계단을 내려가는 소리가 들렸다.

나도 곧장 지시대로 행동했다. 박물관에 도착해보니 이미 모티머가 경관과 노신사를 대동하고 와 있었다. 노신사는 이름난 다이아몬드 도매상인 모슨 앤드 컴퍼니의 공동 경영자 퍼비스였다. 보석 감정 전문가로서 평소에 경찰에게 참고의견을 말해주는 사람이었다.

세 사람은 유대 제사장의 흉패가 전시되어 있던 진열장 주위에 빙 둘러 서 있었다. 흉패는 진열장 유리 위에 놓여 있었고, 세 사람이 머리를 맞대고 그것을 들여다보는 중이었다.

"누군가 손을 댄 게 틀림없어요." 모티머가 먼저 말했다. "오늘 아침 이 방을 지나는데 이게 보였어요. 어제 저녁에도 여기를 확인했으니, 이 사건은 어젯밤에 일어난 게 확실합니다.”

모티머의 말대로 누군가 흉패에 손을 댄 것은 분명했다. 맨 위에 박힌 네 개의 보석, 홍옥수, 감람석, 에메랄드, 루비는 누군가가 그 주위 세팅을 비틀려고 했는지 들쭉날쭉했다. 다행히도 보석은 제자리에 있었지만 며칠 전 우리가 찬탄해 마지않았던 금세공은 흉하게 일그러져 있었다.

“아무래도 보석을 빼내려 했던 것 같습니다.” 경관이 말했다.

“빼내는 데 성공한 것 같은데요.” 모티머도 유감스럽다는 듯이 말했다 “이 보석 네 개는 정교한 모조품입니다. 진짜를 빼낸 뒤에 가짜를 박은 겁니다.”

보석전문가도 같은 의문을 떠올린 것 같았다. 노신사는 렌즈를 꺼내 그 보석을 조사했다. 그는 여러 가지 방법으로 조사하고, 뜻밖에도 밝은 표정으로 모티머를 돌아보았다.

“축하합니다.” 그의 말에는 진심이 담겨 있었다. “내 명예를 걸고 말하지만 이 보석 네 개는 모두 진품입니다. 그것도 아주 순도 높은.”

모티머의 굳은 얼굴에 화색이 돌았다. 긴 안도의 한숨을 쉬고 그가 말했다.

“아, 감사합니다! 그럼 도둑은 도대체 무엇을 노린 거지요?”

“보석을 꺼내려 했는데, 도중에 방해가 생겼을 겁니다.”

“그렇다면 하나라도 갖고 갔을 겁니다. 이 네 개의 보석 모두 세팅이 이렇게 헐거워져 있는데 보석은 그대로 있으니 정말 이상하군요.”

“참 이상하네요.” 경관이 말했다. “이런 사건은 처음입니다. 경비원을 만나야겠군요.”

제복을 입은 경비원이 불려왔다. 군인처럼 정직한 인상의 경비원은 워드 모티머만큼 걱정스런 표정이었다.

경관의 질문에 경비원이 대답했다.

"아뇨, 아무 소리도 듣지 못했습니다. 어젯밤은 평소처럼 네 번 순찰했는데 의심나는 사항은 없었습니다. 제가 이 일을 한 지 10년이 넘었지만 이런 일은 정말 처음입니다."

"도둑이 창문으로 들어올 수 있습니까?"

"불가능합니다."

"당신 몰래 문으로 들어올 수 있나요?"

"역시 불가능합니다. 저는 순찰을 돌 때를 제외하고는 자리를 절대 뜨지 않습니다."

"박물관에 다른 입구는 없나요?"

"관장님의 숙소와 연결된 문이 있습니다."

"하지만 밤에는 잠겨 있습니다." 모티머가 설명했다. "그리고 거기까지 가려면 내 방의 바깥문도 열어야 합니다."

"하인들은요?" 경관이 물었다.

"하인들 숙소는 완전히 다른 건물입니다."

"아, 정말 난해한 사건입니다. 하지만 퍼비스 씨 의견으로는 피해가 없단 말이죠?"

"이 보석이 진짜인 것은 확실합니다."

"그렇다면 이 사건은 단순한 훼손사건 같은데요. 하지만 박물관 내외를 구석구석 돌아보고 침입자가 남긴 흔적을 찾아야겠습니다."

경관은 오전 내내 능숙하고 꼼꼼하게 박물관을 조사했지만 큰 성과는 없었다. 그러나 경관은 우리가 미처 생각지 못했던 입구 두 개를 찾아냈다. 하나는 복도에 있는 뚜껑문을 이용해 지하실에서 들어오는 방법, 또 하나는 창고에 있는 천창을 사용하는 방법으로 이 천창은 도둑이 든 전시실을 내려다보게 되어 있다. 지하실에서 들어왔든, 천창으로 들어왔든 먼저 박물관 안에 들어온 다음에야 그곳으로 들어올 수 있기 때문에 실제로는 그렇게 중요하지 않았고, 지하실과 창고의 먼지 상태로 판단해 아무도 거기에 들어오지 않은 것을 알았다. 결국 누가, 어떻게, 왜, 보석 세팅을 훼손했는지에 대해서는 조사를 시작할 때와 같은 상태로 아무런 단서도 얻지 못했다.

그러나 모티머에게는 방법이 하나 있었고 그는 그것을 실행했다. 경관이 오후에도 조사를 하도록 놔두고, 모티머는 그날 오후에 안드레아스 교수를 함께 만나러 가자고 나에게 부탁했다. 모티머는 편지 두 통을 챙겼는데, 교수를 만나서 왜 익명으로 경고문을 보냈는지 솔직히 물을 생각이었다. 그리고 정말 그 편지에 적혀 있는 대로 사건이 일어났는데, 어떻게 정확히 그 사실을 미리 알았는지 물어보려고 했다.

교수는 북부 노우드의 작은 집에 살고 있었는데 우리가 방문했을 때는 부재중이었다. 우리가 실망한 기색을 보이자 하녀는 딸 안드레아스라도 만나보겠냐며 우리를 아담한 응접실로 안내했다.

교수의 딸이 매우 아름답다고 말한 바 있다. 그녀는 금발에 키가 크고 우아했다. 피부는 프랑스 사람들이 흔히 '마트' 하다고 일컫는 상아색, 즉 연노랑 장미꽃잎을 연상시키는 색이었다. 하지만 응접실로 들어오는 그녀가 지난 2주 동안 몰라보게 변한 모습을 보고 깜짝 놀랐다. 앳되어 보이던 얼굴은 수척했고 초롱초롱 빛나던 눈에는 수심이 잔뜩 어려 있었다.

"아버지는 스코틀랜드에 가셨어요." 그녀가 말했다. "요새 걱정거리가 많아서 좀 힘들어하셨어요. 바로 어제 떠나셨는데……."

"당신도 피곤해 보이는군요." 모티머가 말했다.

"아버지가 걱정되어서요."

"아버지가 가신 곳의 주소를 알 수 있을까요?"

"예, 아버지는 작은아버지 집에 계세요, 아버지의 동생은 데이비드 안드레아스라고 하고, 에드로선의 애런빌라스 1번지에서 목사를 하고 있어요."

워드 모티머는 주소를 적었다. 우리는 방문 목적에 대해서는 아무 말도 하지 않고 교수 집에서 나왔다. 우리는 그날 아침과 완전히 같은 심경으로 벨모어 가 박물관으로 돌아왔다. 우리로서는 그 편지가 유일한 단서였기 때문에, 모티머는 다음 날 에드로선에 가서 교수를 만나 익명편지의 진상을 규명하기로 마음먹었다. 하지만 새로운 사태가 발생하는 바람에 그 계획은 바뀌었다.

다음 날, 새벽부터 누군가 내 침실문을 두드려 잠에서 깼다. 문을 여니 심부름꾼이 모티머의 편지를 들고 서 있었다.

즉시 박물관으로 올 것. 사건이 점점 복잡해지고 있음.

서둘러 박물관에 가보니, 모티머는 흥분한 모습으로 중앙 홀을 서성거리고 있었다. 구석에는 군인 같은 경비원이 부동자세로 서 있었다.

"잭슨!" 모티머가 나를 보고 소리쳤다. "와줘서 정말 기쁘네. 정말 이상한 일이야!"

"또 무슨 일이야?"

그는 흉패가 담긴 진열장을 손으로 가리켰다.

"이걸 봐."

진열장 안을 들여다본 나는 무심코 비명을 질렀다. 흉패의 가운뎃줄 보석 세팅이 윗줄처럼 훼손되어 있었다. 보석 열두 개의 세팅 중 여덟 개가 똑같은 방식으로 우그러져 있었다. 맨 아랫줄 네 개의 세팅은 말끔했으나 다른 여덟 개는 보기 싫게 짓이겨져 있었다.

"보석이 바뀌었어?"

"아니, 맨 위의 네 개는, 어제 퍼비스 씨가 진짜라고 보증한 것은 같다고 생각해. 어제 이 에메랄드 귀퉁이에 자그맣게 빛이 바랜 듯한 부분을 봤는데, 그게 그대로야. 위의 네 개를 가져가지 않았다면 가운뎃 줄도 바꿨을 이유가 없지. 심슨, 자네는 아무 소리도 듣지 못했나?"

"예, 못 들었습니다. 하지만 해가 지고 첫 순찰을 돌 때 보석들을 들여다보고 이미 누군가 또 손을 댔다는 걸 금방 알았습니다. 그래서 관장님께 보고한 겁니다. 밤새 여기저기 둘러보고 다녔지만 아무도 못 봤고 어떤 소리도 듣지 못했습니다."

"자, 저쪽에서 식사라도 하지." 모티머는 나를 자기 방으로 데려갔다. "잭슨, 자네 생각은 어때?"

"이처럼 목적 없는 어리석은 짓은 정말 처음이군. 편집광이나 할 짓이지."

"구체적으로 설명할 수 없나?"

문득 묘한 생각이 떠올랐다. "이 물건은 매우 오래된 유대 민족의 유물이니까 혹시 반 유대주의와 관계있지 않을까? 반 유대주의를 열광적으로 지지하는 사람이 유대 민족의 유물을 훼손했을 수도……."

"아니, 그건 아냐!" 모티머는 거세게 부인했다. "그럴 리가 없어! 만약 그런 사람이 있다면 유대 민족의 유품을 완전히 망가뜨렸을 거야. 하룻밤에 네 개, 그것도 하나씩 정성 들여 세팅만 훼손했단 말인가? 그것보다 좋은 설명이 아니면 안 돼. 게다가 우리가 그걸 찾아내야 해. 경찰은 별로 도움이 될 것 같지 않아. 우선 경비원 심슨을 어떻게 생각하나?"

"그를 의심하는 이유라도 있나?"

"박물관 안에 있던 유일한 사람이니까."

"하지만 왜 그런 엉뚱한 짓을 하지? 사라진 것도 없을 뿐더러 경비원에겐 동기가 없어."

"머리가 이상해진 건 아닐까?"

"그럴 리가 없어. 그 점은 보증할 수 있어."

"다른 의견은 없어?"

"글쎄, 혹시 자네 짓은 아니야? 자네, 설마 몽유병자는 아니겠지?"

"정말 그럴 거야?"

"그럼 지금 얘기는 취소."

"이번 사건을 깨끗이 해결할 방법이 있어."

"안드레아스 교수를 방문하는 것?"

"아니. 굳이 스코틀랜드까지 가지 않아도 더 쉬운 해결 방법이 있어. 그걸 설명하지. 중앙 홀이 내려다보이는 곳에 천창이 있는 것을 알지? 홀에 전등을 켜놓고, 다락방에서 감시하는 거야. 그렇게 하면 우리 손으로 문제를 해결할 수 있어. 만약 이 불가해한 방문자가 하루에 네 개씩 보석 세팅을 손보는 거라면 아직 하룻밤 일이 남아 있어. 오늘 밤에도 일을 마무리하려고 올 거라고 생각해도 하나도 이상하지 않아."

"훌륭한 생각이야!"

"이 일은 우리만 아는 비밀이야. 경찰이나 심슨에게도 말하면 안돼. 어때, 나와 함께 하겠나?"

"물론. 기꺼이 참가하지."

그날 밤 10시에 나는 벨모어 가 박물관을 다시 찾았다. 모티머는 예상대로 잔뜩 흥분한 모습이었는데 다락방으로 가기에는 아직 이른 시간이었으므로 우리는 한 시간쯤 그의 방에서 지금부터 해결하려고 하는 문제의 가능성에 대해 검토했다. 그러는 가운데 핸섬마차* 바퀴 소리도, 귀가를 서두르는 발소리도 조금 가라앉고, 머지않아 밤을 즐기며 사는 사람들도 집과 역으로 돌아가게 되었다. 자정 가까이 되어 모티머는 박물관 중앙 홀을 내려다볼 수 있는 다락방으로 나를 안내했다.

모티머는 낮에 다락방에 와서 우리가 편하게 아래를 내려다볼 수 있도록 마대를 깔아두었다. 천창은 투명유리였지만 먼지가 두껍게 쌓여 있어 아래에서 올려다보아도 우리가 숨어 있다는 사실을 들킬

---

* 한 층 높은 마부석이 뒤에 있는 2인승 이륜마차

염려는 없었다. 우리는 아래 방이 잘 보이도록 유리 귀퉁이의 먼지를 잘 닦았다. 차갑고 하얀 전등 빛 속에서 사물이 제 모습을 숨김없이 드러냈다. 진열장에 든 전시품의 세세한 부분까지 보였다.

이렇게 잠복하다보니 흥미도 있고 공부도 되었다. 평소에는 무심히 지나치던 물건도 이렇게 되면 싫어도 지켜볼 수밖에 없기 때문이다. 몇 시간 동안 나는 여러 표본(벽에 기대어 둔 커다란 미라의 관부터 우리 바로 아래에 있는 유리 진열장 안에서 빛나는 것, 우리를 여기 숨게 만든 보석 등)을 열심히 보았다. 전시실에는 수많은 유리 진열장 안에 여러 가지 진귀한 금세공품과 값진 보석들이 많았지만, 우림과 둠밈에 박혀 있는 보석 열두 개는 그야말로 불타듯이 빛나서 다른 것을 초라하게 만들었다.

나는 차례로 시카라의 고분벽화, 카르나크*에서 출토된 장식 벽, 멤피스**의 조각상, 테베의 비문을 천천히 둘러보았다. 그러나 내 눈은 언제나 경이로운 유대 민족의 유물로 돌아왔고, 내 마음은 유물을 둘러싼 기괴한 사건에 사로잡혀 있었다. 이처럼 완전히 나만의 생각에 빠져 있는데 옆에 있던 모티머가 갑자기 숨을 들이마시며 내 팔을 잡아당겼다. 나는 그가 흥분한 이유를 바로 알았다.

입구 오른쪽(우리가 보기에 오른쪽이지만 문을 들어오는 사람에게는 왼쪽이 된다) 벽에 커다란 미라의 관이 기대어 있었다. 목소리도 나오지 않을 정도로 놀라운 일이지만, 그 미라의 관뚜껑이 천천히 열렸다. 조금씩 젖혀지면서 뚜껑이 열리고 그 사이로 보이는 어두운 틈이 점점 넓어졌다. 몹시 천천히 조심스럽게 열렸기 때문에 그 움직임이 거의 보이지 않을 정도였다. 숨을 죽이고 지켜보고 있으니, 열린 틈으로 하얗고 가느다란 손이 나타나 뚜껑을 밀어냈다. 그리고 다른 손 하나가 나오고 마침내 얼굴이…… 그런데 이게 웬일인가! 그 얼

48

굴은 우리 둘 다 익히 아는, 안드레아스 교수였다. 굴에서 나오는 여우처럼 교수는 미라의 관에서 나왔다. 그는 끊임없이 좌우로 머리를 돌리고 주의하면서 한 걸음 전진했다가 멈추고 다시 한 걸음 걸었다. 엄청나게 세심한 밤도둑이다. 거리 쪽에서 어떤 소리가 나자 교수는 움직임을 멈추고 귀를 쫑긋 세우고, 당장이라도 뒤에 있는 은신처로 도망칠 태세였다. 그렇게 발끝으로 아주 조심스럽게 걸어 방 가운데 있는 유리 진열장에 도달한 교수는 주머니에서 열쇠꾸러미를 꺼내 진열장을 열고 유대의 흉패를 꺼냈다. 그리고 눈앞의 유리상자 위에 올려놓은 다음 작고 반짝이는 도구로 그것을 만지기 시작했다. 교수가 바로 우리 아래에서 작업했기 때문에, 그의 머리에 가려 손 부분은 보이지 않았다. 그러나 손놀림을 보니 며칠 전부터 시작한 기괴한 훼손 작업을 하고 있는 건 분명했다.

모티머의 숨소리가 거칠어졌다. 내 손목을 쥐고 있는 그의 손이 부르르 떨렸다. 나는 내 친구가 꿈에도 생각하지 않았던 인물이 저지르고 있는 만행을 보고, 분노에 가득 차 있다는 것을 느꼈다. 2주 전에 경건한 태도로 이 귀한 유품에 경의를 표시하던 사람이(그 유물이 얼마나 오래되었으며 성스러운 것인지 강조하던 사람이) 지금은 이런 엄청난 일을 저지르고 있었다. 도무지 있을 수도 없고 생각할 수도 없는 일이었다.

그러나 밝은 불빛 아래 하얀 머리를 숙이고 팔꿈치를 달싹달싹하는 검은 형상이 그 일을 하고 있다. 이 밤마다 하는 비열한 짓에는 자신의 후임자에 대한 어떤 냉혹한 위선이나 뿌리 깊은 증오가 작용하고 있을까? 그것을 생각하는 것은 가슴 아픈 일이고, 그것을 지켜보는 것도 무서운 일이었다. 발굴 유물에 대해 전문가가 가진 강한 애정을 모르는 나조차 이처럼 오래된 유물이 고의로 파괴되는 일을 지켜보는 건 참을 수 없었다. 그래서 모티머가 내 소매를 당기면서 가자고 신호하고, 살짝 다락방을 나왔을 때는 안도감마저 들었다. 모티머는 자기 방으로 올 때까지 말이 없었는데, 이윽고 그가 말하는 내용을 듣고 그 분노가 얼마나 격렬한지를 확실히 알았다.

"난폭한 야만인이야! 도대체 믿어지나?"

"아니, 정말 어이가 없군."

"정말 악당이거나 정신병자야. 어쨌든 곧 알게 되겠지. 잭슨, 함께 가세. 이 음흉한 사건을 끝까지 밝히자고!"

그의 방에서 직접 박물관으로 갈 수 있는 문이 복도에 있었다. 모티머는 열쇠로 살그머니 문을 열고, 구두를 벗었고 나도 그를 따랐다. 우리는 발소리를 죽여 여러 개의 전시실을 지나 마침내 중앙 홀에 다다랐다. 그 흉악한 모습은 여전히 중앙의 진열장 위로 몸을 굽히고 작업에 열중하고 있었다. 아까 교수가 그랬던 것 못지않게 조심스런 걸음으로 그에게 다가갔다. 그렇게 살짝 움직였음에도 불구하고 교수가 눈치를 챘다. 10미터는 더 가야 하는데, 교수가 깜짝 놀라 돌아보고 쉰 목소리로 비명을 지르며 박물관 안으로 도망갔다.

"심슨, 심슨!" 모티머가 소리쳤다. 그러자 저만치 불빛이 환한 문들을 지나 군인 같은 건장한 모습이 갑자기 나타났다. 안드레아스 교수도 그 모습을 보고 절망의 몸부림과 함께 걸음을 멈추었다. 그와 동시에 우리 둘은 교수의 어깨에 손을 얹었다.

"아, 알았소. 여러분!" 교수가 헐떡였다. "당신과 함께 가겠소.

워드 모티머 씨, 당신 방으로 안내하시오. 설명해야 할 일이 있소.”

모티머는 격분한 나머지 교수의 말에 대꾸조차 하지 않았다. 우리는 교수 양옆에 붙어서 걸었다. 깜짝 놀란 경비원이 우리를 따라왔다. 진열장에 다다르자 모티머는 걸음을 멈추고 흉패를 조사했다. 이미 맨 아랫줄의 세팅 하나가 윗줄처럼 젖혀져 있었다. 모티머는 흉패를 들고 교수를 사납게 노려보았다.

“어떻게! 어떻게 이런 짓을 할 수가!”

“끔찍하군, 끔찍해!” 교수가 말했다. “화내는 것도 무리는 아니오! 그러니 방으로 갑시다.”

“이걸 이대로 두고 갈 수 없지!” 모티머는 흉패를 조심스럽게 손에 들고 걸음을 옮겼다. 나는 범인을 연행하는 경관처럼 교수 옆에서 나란히 걸었다. 영문을 몰라 눈만 끔벅이는 경비원을 뒤로한 채 우리는 모티머의 방으로 갔다.

교수가 안락의자에 털썩 주저앉더니 갑자기 창백해지는 바람에 우리의 분노는 잠시 걱정으로 바뀌었다. 하지만 교수는 독한 브랜디 한 잔을 마시고 비로소 화색이 돌았다.

“이제 좀 낫군! 지난 며칠은 정말 힘들었소. 더 이상 버틸 수 없다는 것을 알았지요. 내가 책임을 맡았던 박물관에서 도둑으로 잡히다니 정말 끔찍한 악몽이오. 하지만 물론 당신들이 나쁜 것은 아니오. 이렇게 하는 수밖에 다른 방법이 없었을 테니까. 다만 나는 눈치채기 전에 완전히 일을 끝내려고 생각했소. 더욱이 오늘 밤이 마지막 마무리였는데.”

“어떻게 들어왔습니까?” 모티머가 물었다.

“당신이 사용하는 전용 문을 멋대로 이용했소. 하지만 목적이 그것을 정당화해주었지. 목적이 모든 것을 정당화한 것이오. 자세한 사정을 알면 당신도 화를 가라앉힐 것이오. 아니, 적어도 내게 화를 내지는 않겠지. 나는 당신 방의 뒷문과 박물관 열쇠를 가지고 있었소. 사임할 때 그 열쇠들을 당신에게 건네지 않았지. 덕분에 내가 박물관에 들어오는 일은 그리 어렵지 않았소. 나는 거리에 사람들이 많은 시각에 박물관에 들어왔다가 미라의 관에 몸을 숨겨 순찰을 도는 심슨의 눈을 피했소. 심슨이 오는 것을 언제나 발소리로 알았기 때문이오. 박물관을 나갈 때도 들어올 때와 같은 방법을 썼소.”

“위험하다는 걸 알면서도 했군요.”

“어쩔 수 없었소.”

“하지만 왜? 도대체 당신의 목적은 뭡니까? 당신 같은 사람이 이런 짓을 하다니!” 모티머는 꾸짖듯이 말하고 탁자 위에 놓인 흉패를 가리켰다.

“다른 방법이 없었소. 아무리 생각해도 세상의 꺼림칙한 비난과 우리의 생활을 어둡게 하는 가정의 슬픔, 이 두 개를 구하려면 다른 방법은 없었소. 당신은 믿을 수 없을지 몰라도 나로선 최선의 방법이었소. 그러니 부디 해명할 기회를 주시오.”

“좋습니다. 교수님의 말을 모두 들어본 후에 조치하겠습니다.”

모티머가 심각한 표정으로 말했다.

“아무것도 감추지 않겠소. 모든 비밀을 두 사람에게 밝힐 겁니다. 지금부터 말하는 사실을 당신들이 어떻게 이용해도 모든 것은 당신들의 관용에 맡기겠소.”

“기본적인 사실은 우리도 이미 알고 있습니다.”

“하지만 당신들은 아무것도 이해하지 못하고 있소. 우선 몇 주 전에 일어난 일부터 이야기해야겠소. 그래야 모든 게 분명해지지요. 내가 하는 말은 조금도 거짓이 없다는 것을 믿어주시오.

당신도 윌슨 대위라고 자칭하는 남자를 만났지. 내가 ‘자칭’ 이라고 말했는데, 그건 그 남자의 본명이 아니기 때문이라오. 그가 어떤 방법으로 내게 보내는 소개장을 손에 넣고, 나의 우정뿐만 아니라 딸의 애정까지 획득했는지 자세한 이야기를 하면 너무나 길어지는데, 어쟀든 그 남자가 외국에 있는 내 동료의 소개장을 가지고 와서 나는 결국 그를 신용하게 되었소. 그리고 그는 뛰어난 재능으로 어느새 우리 집을 방문하고, 기분 좋게 대우받기에 이르렀소. 그러는 동안 그가 딸의 애정을 얻게 되었다는 것을 알았을 때도, 조금 이르다고는 생각했지만 어떤 사교계에 나가도 눈에 뜨이는 훌륭한 태도와 화술을 가진 남자라 조금도 놀라지 않았지.

그는 동방의 옛 유물에 관심이 많았고, 그 지식과 흥미가 거짓이 아니라는 걸 보여주고 있었소. 저녁에 얘기하고 있으면 그 남자는 자주 박물관에 들어가 진열품을 천천히 보고 싶다고 내 허락을 얻기도 했지요. 나 같은 고고학자가 그런 부탁을 기꺼이 허락한 걸 보면 상상할 수 있을 것이오. 게다가 그 남자가 계속 찾아오는 것도 나에게는 이상하지 않았소. 앨리스와 정식으로 약혼한 뒤에는 거의 매일 저녁을 우리와 함께 보냈고, 그중 한두 시간은 박물관에 틀어박혔소. 그가 자유로이 박물관을 둘러볼 수 있도록 했고, 내가 저녁에 외출할 때도 박물관에서 그가 하고 싶은 대로 내버려두었소. 이와 같은 상태가 중단된 건 결국 내가 박물관을 그만두고 노우드에 가서 계획했던 저술에 전념하게 되었기 때문이오.

그 직후, 일주일쯤 지났을까. 나는 내가 경솔하게도 가정으로 불러들인 남자의 본성을 알게 되었소. 외국에 있는 친구에게서 편지를 받았는데 윌슨 대위가 가져온 소개장이 가짜라는 것이오. 이 의외의 발견에 놀라서 이 청년이 매우 교묘하게 나를 기만한 목적이 무엇일까 자문해보았소. 누가 내 재산을 노릴 만큼 나는 부자가 아니오. 그러면 그는 왜 내게 왔을까? 나는 즉시 깨달았소. 그는 내 관리 아래에 있는 유럽에서 가장 값나가는 보석들을 넣은 진열장에 접근하려고 교묘한 이유를 늘어놓았던 것이오. 그는 어마어마한 범죄를 계획한 악당이었지. 어떻게 하면 이 남자에게 열중하고 있는 딸에게 타격을 주지 않고 그가 세우고 있는 계획을 막을 수 있을까? 내가 한 방법은 어설펐지만 보다 효과적인 방법이 떠오르지 않았소. 만약 내가 이름을 밝히고 당신에게 편지를 보냈다면 당신은 내가 말하고 싶지 않은 세세한 부분까지 설명을 요구했을 거요. 그래서 박물관 경계를 강화하도록 익명으로 편지를 보낸 거요.

내가 벨모어 가에서 노우드로 거처를 옮긴 뒤에도 그가 계속 찾아왔소. 그는 진심으로 깊은 애정을 갖고 내 딸을 사랑하는 것 같았소. 딸도 완전히 그를 사랑하고 있었고. 두 사람의 연애가 어느 정도 진행되었고, 두 사람 사이에 신뢰가 어느 정도인지는 그가 확실히 본성을 보여준 저녁까지 나도 잘 몰랐소. 그날 저녁 그가 집에 찾아왔을 때, 나는 평소의 거실이 아닌 서재로 불렀소. 그리고 그가 오자마자 단도직입적으로 말했소. 나는 모든 사실을 알고 있고, 이미 범행을 막기 위한 조치를 했다고, 나도 딸도 다시는 그를 보고 싶지 않다고 말이오. 그리고 내가 평생을 걸고 지켜온 소중한 보물이 도난당하기 전에, 그의 정체를 알게 된 것을 신에게 감사한다고까지 말했소.

그러나 그는 확실히 대담한 인간이었지. 내 말에 놀라지도 않고 반박하지도 않고 눈썹 하나 까딱하지 않더니 내 말을 끝까지 들었소. 그리고 말없이 일어나 방구석으로 가더니 벨을 울렸소.

'안드레아스 양에게 이리 좀 오시라고 하게.'

그가 하인에게 지시했소. 딸이 서재로 들어오자 그는 문을 닫고 딸의 손을 쥐더군.

'앨리스, 아버지가 지금 내가 악한이라는 걸 아셨다는군요. 아버지는 또 당신이 이전부터 그 사실을 알고 있던 것도 알았다는군.'

딸은 잠자코 서 있기만 했소.

'우리가 영원히 헤어져야 한다고 아버님이 말씀하시는대.'

딸은 그의 손에서 손을 빼려고 하지 않았소.

'당신은 끝까지 나와 같이 하겠습니까? 아니면 내 생애에 두 번 다시 올 것 같지 않은 새 사람이 될 기회를 앗아가겠소?'

'존.' 딸이 애절하게 부르짖었소. '당신을 포기할 수 없어요! 절대로, 절대로! 온 세상이 다 당신의 적이 되어도 말이에요.'

나는 딸과 의논하고 설득했지만 듣지 않았소. 갖은 애를 써도 아무 소용없었지. 딸의 인생은 내 앞에 있는 이 남자에게 얽매여 있었소. 내 딸은 내가 이 세상에서 유일하게 사랑하는 사람이오. 그런 딸을 파멸에서 구하지 못하는 무능력에 내 마음은 찢어질 것 같았소. 그런데 내가 괴로워하는 것을 보고 그의 마음이 움직였던 모양이오.

'교수님이 생각하는 것만큼 상황이 나쁜 건 아닙니다.' 그는 조용하면서도 단호하게 말했소. '저는 이처럼 과거가 있는 사람마저도 변화시킨 강한 사랑으로, 앨리스를 사랑합니다. 어제 저는 그녀가 부끄러운 치욕이라고 생각하는 행동을 두 번 다시 하지 않겠다고 앨리스에게 맹세했습니다. 저는 그 일을 실행할 결심을 했습니다. 이제껏 제가 결심하고 실천하지 않은 일은 없습니다.'

너무나 신념에 찬 말투로 말하고 나서 그는 주머니에서 판지로 만든 작은 상자를 꺼냈소.

'제 결심이 확고하다는 증거를 보여드리지요. 앨리스, 이것이 당신이 나를 바른 길로 인도한 데 따른 첫 번째 결실이오. 교수님의 추측대로, 저는 교수님이 관리하는 보석을 훔칠 계획을 세웠어요. 이와 같은 대담한 시도에 저는 매력을 느낍니다. 모험이 위험할수록 얻는 보상이 크기 때문이지요. 유대 제사장의 보석은 제 담력과 능력을 시험하기에 충분한 물건이었습니다. 그래서 저는 그것을 훔치기로 결심했어요.'

'그 정도는 알고 있어.'

'교수님이 예상하지 못한 게 하나 있습니다.'

'뭔가?'

'보석을 이미 훔쳤다는 것입니다. 이 상자 안에 있습니다.'

그는 상자를 열어 손바닥에 기울이고, 안에 든 것을 내 책상에 놓았소. 그걸 보는 순간 나는 머리털이 쭈뼛쭈뼛 서고 소름이 끼쳤소. 거기에는 신비한 문자가 새겨진 열두 개의 네모난 보석이 있었소. 틀림없는 우림과 둠밈의 보석이었소.

'오, 맙소사! 아무도 몰랐단 말인가?'

'특별히 주문 제작한 열두 개의 모조품입니다. 진짜와 똑같기 때문에 그 차이를 알 수 없지요.'

'그럼 지금 있는 보석은 가짜인가?'

'이미 몇 주 전에 가짜로 바뀌었습니다.'

우리는 한동안 아무 말없이 서 있었소. 딸은 얼굴이 하얗게 질렸지만 여전히 그의 손을 잡고 있었소.

'이제 내게 어떤 능력이 있는지 알았지요, 앨리스?'

'네. 당신은 잘못을 뉘우치고 있고, 갱생할 수 있는 능력이 있어요.'

'그래요, 모두 당신 덕분이오! 이 보석을 교수님에게 맡기겠습니다. 알아서 처리하세요. 그러나 교수님이 제 행동에 대해 어떤 결정을 내리든 그 결정이 미래의 사위에게 하는 것임을 잊지 마세요. 앨리스, 곧 소식 전하겠소. 당신의 여린 마음을 아프게 하는 건 이번이 마지막이 될 것이오.'

그는 이 말을 남기고 우리 집을 나갔소.

나는 매우 난처한 상황에 놓이게 되었소. 귀중한 유물을 소유하게 되었지만, 어떻게 하면 소문내지 않고 박물관에 돌려줄 수 있을까? 나는 딸의 성격을 잘 알기에 딸을 그에게서 떼어놓을 수 있으리라고는 생각지 않았소. 게다가 딸이 그를 착하게 감화시킬 능력이 있다면 과연 딸을 그에게서 떼어놓는 게 옳은지도 자신이 없었소. 딸에게 상처를 주지 않고 그의 죄를 고발하려면 어떻게 하면 좋을까? 또 자진해서 자신을 내 처분에 맡긴 사람을 고발하는 일은 올바른 일일까? 나는 고민을 거듭한 끝에 마침내 한 가지 결론을 내렸는데, 아마도

56

당신들에게는 어리석게 보일 것이오. 그러나 다시 같은 상황에 놓이게 된다 해도 역시 이 방법을 최선으로 선택할 것이오.

내가 생각한 방법은 아무도 모르게 보석을 원래의 장소에 가져다놓는 것이었소. 열쇠가 있어 언제고 박물관에 들어갈 수 있었고, 심슨이 언제 어떻게 순찰을 도는지도 잘 알고 있었으므로 그의 눈에 띄지 않을 자신이 있었소. 나는 아무에게도 내 계획을 털어놓지 않았소. 딸에게도 말이오. 그리고 딸에게 스코틀랜드에 있는 동생에게 간다고 말해두었소. 며칠은 들고나는 것이 자유로울 필요가 있어 그날밤부터 하딩 가에 방을 빌렸소. 주인에게는 신문기자라 밤늦게 다닌다고 둘러대고 말이오.

그날 밤, 나는 박물관에 잠입하여 보석 네 개를 원래대로 돌려놓았소. 작업이 어려워서 하룻밤이 꼬박 걸리더군요. 나는 순찰을 도는 심슨의 발소리가 들리면 미라의 관에 몸을 숨겼소. 내가 금세공에 약간의 지식이 있다고는 하나 전문 도둑에 비하면 형편없지. 그가 바꿔놓은 세팅은 하도 감쪽같아서 누구도 달라진 점을 눈치채지 못할 정도였소. 그러나 내 솜씨는 형편없었지. 그래도 그 흠패를 적어도 내가 일을 마칠 때까지는, 그렇게 신경 써서 볼 사람은 없을 거라고 생각했소. 다음 날 나는 가운데 보석 네 개를 더 바꿔놓았소. 그리고 오늘 밤 마지막 마무리를 하려고 했는데, 불행하게도 여러분에게 발견되고, 숨기고 싶었던 일도 완전히 밝혀지게 되었소. 지금 얘기한 사실이 이 이상으로 확대될지 아닐지는 당신들의 양식과 동정심에 맡기겠소. 나 자신의 행복과 딸의 미래, 그리고 그 남자의 새 삶이 모두 당신들의 결정에 달려 있소."

"그 결정은," 모티머가 말했다. "끝이 좋으면 다 좋은 법입니다. 모든 문제는 이 자리에서 끝내기로 하죠. 내일, 헐거워진 보석을 전문 세공사를 불러 세팅에 맞게 조여놓겠습니다. 그걸로 솔로몬 신전이 파괴된 이후, 우림과 둠밈에 닥친 최대 위기도 사라집니다. 자, 제 손을 잡아요. 안드레아스 교수님, 이처럼 어려운 상황에 처했을 때 교수님처럼 저도 사심 없이 행동할 수 있기를 바랄 뿐입니다."

이 이야기에 하나만 각주를 붙이겠다. 한 달 뒤, 앨리스 안드레아스는 한 남자와 결혼했다. 만약 내가 그 남자의 이름을 부주의하게 여기에 공표한다면 현재 널리 알려진 유명 인사인 그의 정체에 독자 여러분은 감탄할 게 틀림없다. 하지만 이러한 진상이 알려지면, 명예가 그에게만 돌아가는 것이 아니라 어두운 길에 깊이 빠진 악당을 빛으로 이끈 상냥한 여자가 있었다는 사실에도 감동하게 될 것이다.

검둥이 의사

THE
STORY OF THE
BLACK
DOCTOR

비숍스크로싱은 리버풀 항구에서 남서쪽으로 16킬로미터쯤 떨어진 곳에 있는 작은 마을이다. 1870년대 초, 이 마을에 알로이시오 라나 의사가 진료소를 열었다. 그의 경력과 왜 이런 랭커셔 주의 촌구석까지 흘러 들어왔는지에 대해서는 지역 사람은 아무도 몰랐다. 그래도 이 인물의 두 가지는 알았다. 하나는 그가 글래스고 의대를 뛰어난 성적으로 졸업하고 의사가 되었다는 것이고, 또 하나는 그가 분명히 열대지방 종족의 피를 받아 피부색이 너무나 검다는 것이었다. 아마 인도인의 피를 받은 게 틀림없었다. 하지만 그 뛰어난 용모는 유럽인에 가까웠고 품위 있는 태도는 스페인계로 생각되었다. 그의 거무스름한 피부와 까만 머리, 숱 많은 눈썹 아래 이글거리는 검은 눈동자는 금발이거나 적갈색 머리가 많은 영국 사람과는 묘한 대조를 이루었다. 사람들은 그를 '비숍스크로싱의 검둥이 의사'라고 불렀다. 처음에는 반감과 조소의 뜻을 품은 호칭이었지만, 몇 년이 지나면서 하나의 존칭이 되었고 좁은 마을뿐만 아니라 이 지역 전체에 알려지게 되었다.

더욱이 이 신참 의사는 외과의로서 유능할 뿐만 아니라 일반 내과의로도 실력이 있다고 알려졌다. 당시 이 지방에서는 리버풀 시의 자문의원이었던 윌리엄 로우 경의 아들 에드워드 로우가 의료를 담당했는데, 그는 아버지만큼 재능이 없었다. 덕분에 라나 의사의 실력과 인품이 로우 의사를 경쟁권 밖으로 쫓아버렸다. 라나 의사의 사회적 지위 확립은 그 직업 분야만큼 신속했다. 벨턴 경의 둘째아들 제임스 로리 경의 수술 치유에 성공을 거둔 일이 그를 이 지방 사교계에 소개하는 계기가 되었는데, 뛰어난 화술과 세련된 태도로 커다란 인기를 끌었던 것이다. 과거가 알려지지 않았다거나, 그 지방에 가족이 없다는 사실은 사교계 진출에 방해가 되기보다 오히려 유리한 부분이 되는 일도 많다. 라나 의사의 경우도 예외는 아니어서, 이 미남 의사가 가진 뛰어난 개성은 그것만으로도 큰 호감을 주었다.

　환자가 보기에 이 사람에게는 단 하나의 결점이 있었다. 그가 확고한 독신주의자라는 점이었다. 큰 저택에서 살고, 진료소가 번창한 덕분에 저축이 상당한 액수에 이르렀다는 사실이 알려지면서 그 사실은 한층 현저해졌다. 지역의 중매쟁이들도 처음에는 좋은 신붓감의 리스트를 만들어 줄줄이 가져오곤 했다. 하지만 몇 년이 지나도 그가 결혼하려고 하지 않는 것을 보고, 어떤 이유든 그는 결혼할 수 없을 거라고 다들 이해하게 되었다. 그중에는 라나 의사가 이미 결혼생활에 실패했기 때문에, 비숍스크로싱에서 숨어 지내는 거라고 말하는 사람도 있었다. 그런데 지역의 중매쟁이들이 실망하며 단념할 즈음, 갑자기 그는 리 홀의 프랜시스 모튼 양과 약혼한다는 사실을 발표했다.

　모튼 양은 아버지 제임스 핼데인 모튼이 비숍스크로싱의 대지주라서, 지역에서도 잘 알려진 젊고 교양 있는 숙녀였다. 하지만 부모는 이미 죽었고, 그녀는 모튼 가를 상속한 오빠 아서 모튼과 단둘이 살고 있었다. 모튼 양은 키가 크고 위풍당당하며 성급하고 개성이 강한 성격으로 유명했다. 그녀는 어느 가든파티에서 처음 라나 의사를 알게 되고, 두 사람의 우정은 급속히 연애로 발전했다. 두 사람의 헌신적인 애정은 더없이 각별했다. 다만 두 사람의 나이는 조금 차이가 있었다. 라나 의사가 37세인데 모튼 양은 24세였다. 하지만 이 점을 제외하면 배우자로서 참기 어려울 정도의 문제는 없었다. 2월에 약혼식을 올렸고 결혼식은 8월에 하기로 했다.

　6월 3일, 라나 의사는 외국에서 온 편지 한 통을 받았다. 비숍스크로싱처럼 작은 마을에서는 우체국장이 동시에 소문의 총책을 겸하고 있다. 우체국장 뱅클리도 많은 마을 사람들의 비밀을 알고 있었다. 라나 의사에게 온 이 편지는 기묘한 봉투에 남자의 필적이었고 아르헨티나의 우표가 붙어 있었으며 부에노스아이레스의 소인이 찍혀 있었다. 우체국장 뱅클리가 알기로는 라나 의사가 외국에서 편지를 받은 일은 이번이 처음이었다. 그래서 그 편지를 집배원에게 건네기 전에 유심히 보았던 것이다. 편지는 그날 오후에 라나 의사에게 배달되었다.

다음 날인 6월 4일 아침 라나 의사가 모튼 양을 방문했다. 두 사람은 오랫동안 이야기했고, 이야기를 마치고 귀로에 오른 라나 의사는 몹시 동요한 것처럼 보였다. 모튼 양은 그날 종일 방에서 나오지 않았다. 하녀는 그녀가 눈물을 흘리는 모습을 몇 번이나 보았다고 했다.

그로부터 일주일 후, 두 사람의 파혼이 마을의 공공연한 비밀이 되었다. 라나 의사가 모튼 양에게 부끄러운 행동을 했고, 그녀의 오빠아서 모튼이 라나 의사를 말채찍으로 때려주겠다고 공언하고 있다는 소문이 돌았다. 라나 의사가 어떤 나쁜 짓을 했는지, 이것저것 억측하는 사람은 있지만 구체적인 일은 무엇도 알지 못했다. 하지만 라나 의사가 리 홀 앞을 지나는 것을 피해서 몇 킬로미터 돌아가는 것도 마다하지 않는 걸 보거나, 모튼 양을 만날지도 모르기 때문에 주일 아침 예배에 참석하지 않는 것을 보면 분명히 마음이 꺼림칙해서 일 거라고 수군거렸다.

그리고 때를 같이 해서 의학 전문지 〈랜싯〉에 진료소 양도 광고가 실렸는데 여기에 이름은 밝히지 않았다. 하지만 일부 사람들은 이 광고가 비숍스크로싱과 관계가 있다고 보고, 모처럼 성공한 라나 의사가 이 마을을 떠날 생각이라고 해석했다. 이상이 6월 21일 월요일까지의 상황인데, 그날 저녁 이 문제에 새로운 전개가 있었고 지금까지 한촌의 소문에 지나지 않았던 일이 전국의 이목을 모으는 비극으로 발전하게 되었다. 그날 저녁의 일의 나중에 무척 중요한 의미를 갖게 되는 만큼, 어떤 일이 있었는지 자세하게 밝혀둘 필요가 있다.

라나 의사의 집에는 마사 우즈라는 점잖은 중년 가정부와 메리 필링이라는 젊은 하녀 두 사람이 함께 살고 있었다. 마부와 진료소의 조수는 통근했다.

의사는 서재에 밤늦게까지 머무는 습관이 있었다. 서재는 하인이 있는 곳과는 맞은편 건물에 있고 수술실 옆이었다. 이 건물에는 환자의 편의를 위해 다른 입구가 있고, 오는 사람은 하인들과 관계없이 라나 의사가 직접 맞게 되어 있었다. 하녀와 가정부들은 밤에 일찍 자기 때문에, 밤늦게 오는 환자는 라나 의사 자신이 그 문으로 출입시키는 것이 일상적인 일이었다.

사건이 있던 날 밤, 마사 우즈 가정부는 9시 30분에 서재에 들렀다. 의사는 책상에서 무언가를 쓰고 있었다. 가정부는 의사에게 안녕히 주무시라고 인사한 뒤 하녀를 잠자리에 들게 했다. 가정부는 10시 45분까지 집안일을 정리했다. 그리고 자신의 방으로 올라갈 때, 홀의 시계가 11시를 알렸다. 방에 들어가서 15분에서 20분이 지났을까, 집 안에서 비명인지 부르는 소리인지 모를 소리가 들렸다. 잠시 기다려 보았지만 소리는 다시 들리지 않았다. 소리가 무척 크고 급박해 불안해진 부인은 가운을 입고 서둘러 서재로 달려갔다.

"누구요?"

그녀가 문을 두드리자 목소리가 대꾸했다.

"저예요, 우즈 부인이에요."

"조용히 혼자 있고 싶소. 당장 방으로 돌아가시오!"

우즈 부인이 아는 한 주인의 목소리였다. 그러나 평소와 달리 너무도 거칠어서 놀랐고 상처를 받았다.

"절 부르신 줄 알았어요." 그녀는 변명했지만 대답은 돌아오지 않았다. 우즈 부인이 방으로 돌아오며 시계를 보니 11시 30분이었다.

그날 밤 11시부터 12시 사이(우즈 부인은 몇 시인지 정확하게 기억하지 못했다, 손님이 한 명 찾아왔지만 라나 의사로부터 아무 대답도 듣지 못했다) 심야의 방문자는 매딩 부인이라는 마을의 식료품점 주부로 남편이 장티푸스에 걸렸다고 했다. 라나 의사는 그녀에게 자기 전에 남편의 용태를 잘 지켜보다가 자신에게 알려달라고 지시한 것이다. 매딩 부인은 서재에서 램프 빛이 새어나오는 것을 보았으나 진료실 문을 아무리 두드려도 대답이 없자 의사가 왕진을 간 모양이라고 생각하고 하는 수 없이 집으로 돌아갔다.

라나 의사의 집에서 골목으로 나가면, 짧게 구부러진 마차 돌리는 곳이 있고 그 출구에 가로등이 있다. 매딩 부인이 문을 나서는데 오솔길을 따라 한 남자가 걸어왔다.

라나 의사가 왕진에서 돌아오는 모양이라고 생각한 매딩 부인은 그가 가까이 오기를 기다렸다. 그런데 놀랍게도 가까이 다가온 남자는 젊은 대지주 아서 모튼이었다. 가로등 불빛에 비친 모튼은 몹시 흥분해 있었고 손에는 사냥용 채찍까지 들고 있었다.

문으로 들어서려는 그를 매딩 부인이 불러 세웠다.

"선생은 안 계세요."

"그걸 어떻게 아시오?" 그가 거칠게 물었다.

"진료실 문을 두드려보았어요."

"하지만 불이 켜져 있는데." 아서 모튼은 목을 빼고 저택 쪽을 보았다. "저긴 서재가 아니오?"

"네. 하지만 확실히 안 계세요."

"그렇다면 언젠가는 들어오겠지." 모튼은 문 안으로 들어섰고 매딩 부인은 그녀의 집으로 걸음을 옮겼다.

새벽 3시, 매딩의 병세가 다시 나빠졌다. 그 모습을 보던 부인은, 빨리 의사를 불러야 한다고 생각해 즉시 집을 나섰다. 그녀는 라나 의사의 집 문에 들어섰을 때, 월계수 덤불에 숨어 있는 사람을 보고 깜짝 놀랐다. 남자가 확실했고 아서 모튼 같았다. 그러나 남편 일이 다급해 더는 그에게 신경을 쓰지 않고 의사의 집으로 서둘러 갔다.

집에 도착해보니 놀랍게도 서재에는 아직 불이 켜져 있었다. 그래서 부인은 진료실 문을 두드렸지만 대답이 없었다. 다시 몇 번 문을 두드렸지만 아무 반응도 없었다. 매딩 부인은 라나 의사가 자고 있건, 왕진으로 외출했건 이렇게 불을 켜둘 리는 없다고 생각했다. 어쩌면 의자에 앉은 채 잠들었을지도 모른다고 판단했다. 그래서 이번에는 서재의 창문을 두드렸는데 역시 아무런 반응이 없었다. 그녀는 문득 커튼과 창틀 사이에 자그마한 틈이 있는 것을 보았다. 그녀는 그 틈으로 안을 들여다보았다.

그 작은 서재에는 중앙의 탁자 위에 밝게 빛나는 큰 램프가 의사의 책과 의료기구를 비추고 있었다. 그러나 사람은 없었다. 탁자가 드리운 그림자 한구석에 더러운 흰 장갑 하나가 있는 것 외에는 이상한 점도 없었다. 하지만 그때, 눈이 방의 어둠에 익숙해지자 탁자 그늘 저쪽에 부츠가 하나 있는 것이 보였고, 이어서 장갑이라고 생각한 게 바닥에 쓰러져 있는 인간의 손이라는 것을 깨닫고는 오싹해졌다. 뭔가 무서운 일이 일어난 걸 알고, 그녀는 밖으로 나와 벨을 울려 우즈 부인을 깨웠다. 우즈 부인은 하녀를 경찰서로 보낸 뒤 매딩 부인과 함께 서재로 달려갔다.

창문에서 멀리 떨어진 탁자 옆에서 엎드린 채 발견된 라나 의사는 이미 숨이 끊겼다. 한쪽 눈이 시커멓게 멍들고 얼굴과 목에 타박상을 입은 것으로 보아 폭행당하고 죽은 게 틀림없었다. 얼굴이 조금 부어 있어 어쩌면 질식사일지도 몰랐다. 입고 있는 옷은 평소의 의사 가운이고 발에는 천 슬리퍼를 신고 있었다. 슬리퍼 바닥은 아주 깨끗했다.

카펫에는 발자국이 많았는데 특히 문 옆은 흙발자국 투성이로 살인자가 남긴 것 같았다. 가해자는 분명히 진료실로 침입해서 죽이고 도망간 것 같다. 발자국 크기와 폭행의 성질로 봐서 가해자가 남자인 것은 분명했는데, 경찰도 그 이상은 알아내지 못했다.

금품을 도둑맞은 흔적은 없었다. 피해자의 금시계도 주머니에 그대로 있었다. 이 서재에는 커다란 금고가 있는데, 잠겨 있었으나 열어보니 안이 텅 비어 있었다. 금고에는 언제나 큰돈이 들어 있었다고 우즈 부인은 생각했지만, 마침 그날 주인이 곡물대금으로 많은 현금을 지불했기 때문에 도난당한 게 아니라고 추정됐다.

다만 없어진 물건이 하나 있기는 했다. 매우 암시적인 물건이었다. 지금까지 옆 테이블 위에 놓여 있던 모튼 양의 사진이 사라진 것이다. 액자는 두고 사진만 갖고 갔다. 그날 저녁 주인의 식사 시중을 들 때, 우즈 부인은 사진이 그곳에 있는 걸 보았다. 그 사진이 지금 없는 것이다. 대신 녹색 안대가 바닥에 떨어져 있었고 그 안대는 가정부가 지금까지 본 적이 없는 물건이었다. 하지만 피해자가 의사이기 때문에 안대가 있는 게 이상한 일도 아니었고, 또 이 범죄와 어떤 관계가 있는지도 알 수 없었다.

혐의는 한 방향으로 쏠렸고, 젊은 대지주 아서 모튼이 즉각 체포되었다. 그에게 불리한 증거는 상황에 의한 것이었지만 결정적이었다. 그는 동생을 몹시 아꼈다. 동생과 라나 의사의 약혼이 파혼된 것을 알고, 라나 의사를 향한 격렬한 복수의 말을 자주 했다. 앞에서 말한 대로, 그가 그날 밤 11시쯤 사냥용 채찍을 들고 라나 의사의 집 앞길에 들어서는 모습을 목격한 사람도 있었다. 그리고 경찰의 의견에 따르면, 그는 라나 의사의 서재에 들어갔다. 그때 커다란 공포 혹은 분노의 외침소리가 우즈 부인의 귀에까지 들렸다. 우즈 부인이 내려가 보니, 라나 의사는 이미 방문자와 이야기하고 있는 중이어서 그녀를 방으로 돌려보냈다. 두 사람의 대화는 오랫동안 계속되었고 시간이 갈수록 격렬해졌다. 결국 두 사람은 몸싸움을 하기에 이르렀고 그 결과 라나 의사가 목숨을 잃었다.

사실 그는 심장이 매우 나빠서(살아 있을 때는 누구도 몰랐던 사실이다), 보통의 건강한 사람이라면 치명적이 아닌 일도 그에게는 끔찍한 결과가 될 수 있음이 부검 결과 밝혀졌다. 그 후에 아서 모튼은 동생의 사진을 액자에서 꺼내들고 밖으로 나갔다. 그러나 매딩 부인이 문으로 들어서는 모습을 보고 월계수 덤불에 몸을 숨겼다. 이것이 기소 내용인데, 누구에게나 결정적으로 보였다.

하지만 변호인 측에도 유력한 논거가 없는 것은 아니었다. 모튼은 동생처럼 다혈질에 성격이 급했지만 사람들은 모두 그를 존경하고 좋아했다. 솔직하고 정직한 성품이라 누구도 이런 범죄를 저질렀다고는 믿지 않았다. 아서 모튼의 해명은 이러했다.

그는 가족의 급한 일로(끝까지 동생의 이름조차 말하지 않았다) 라나 의사와 이야기를 나누어야 했다. 그 이야기가 불쾌한 내용이라는 것은 부인하지 않았다. 어느 환자에게서 의사가 외출 중이라는 말을 듣고 새벽 3시까지 돌아오기를 기다렸다. 그러나 그때까지 의사가 돌아오지 않아 포기하고 자신의 집으로 돌아갔다. 라나 의사의 죽음에 대해서는 자기를 체포하러 온 경관과 마찬가지로 아무것도 몰랐다. 전에는 피해자와 친밀한 사이였지만 어느 사정 때문에 감정이 멀어져 있었다. 그 사정에 대해서는 말하고 싶지 않다고 버텼다.

아서 모튼의 무죄를 뒷받침하는 사실도 몇 개 있었다. 첫째, 라나 의사는 11시 30분까지 확실히 서재에 살아 있었다. 그 시간에 주인의 목소리를 들은 사실을 우즈 부인이 증언했기 때문이다. 피고의 지지자들은 그 시간에 라나 의사가 서재에 혼자 있지 않았던 것은 당연하다고 인정했다. 처음 가정부의 주의를 끈 비명소리와 막상 가서 보니 의사가 평소와 달리 거친 목소리로 즉시 물러가라고 말한 사실도 이를 뒷받침했다. 만약 그 사실이 정확하다면 그가 죽은 시점은 가정부가 그 소리를 들었을 때부터, 매딩 부인이 처음 찾아와 문을 두드렸는데도 반응이 없었던 때까지의 사이로 볼 수 있다. 이 시점이 라나 의사가 살해당한 시간이라면 매딩 부인이 대지주 모튼을 문에서 만난 것은 그 후였기 때문에 아서 모튼은 범인이 아닌 것이다.

만약 이 가설이 옳다면, 다시 말해 매딩 부인이 아서 모튼을 만나기 전에 라나 의사가 누군가와 함께 있었다면 그 인물은 누구일까? 또 범인은 라나 의사에게 어떤 악의와 동기를 갖고 그를 죽였을까? 피고의 지지자들이 이 점을 밝힐 수만 있다면 피고의 무죄를 입증하는 데 큰 도움이 될 것이다.

반면 세상의 일반적인 견해로는 아서 모튼 이외의 사람이 현장에 있었다는 증거는 아무것도 없고, 거기에 반해 그가 좋지 않은 감정으로 박사를 찾아갔다는 증거는 많이 있다는 점을 지적했다.

매딩 부인이 처음 의사를 찾아왔을 때 그는 이미 침실로 갔을지도 모르고, 아니면 당시 그녀가 생각했듯이 외출 중이었는데 돌아왔더니 아서 모튼이 자기를 기다리고 있었는지도 모른다. 피고의 지지자들 중에는 피해자의 서재에서 사라진 모튼의 동생 프랜시스의 사진이 오빠의 소유물 속에 없었다는 사실에 중점을 두는 사람도 있었다. 하지만 이 논증은 채택되지 않았다. 모튼이 체포되기 전에 사진을 불태우거나 없애버릴 시간이 충분했기 때문이다.

이 사건에서 유일하게 명확한 증거인 진흙 묻은 발자국은 카펫이 너무 푹신한 탓에 발자국이 희미해서 도움이 될 만한 단서를 얻을 수 없었다. 다만 카펫의 발자국이 아서 모튼의 그것이라는 주장과 상반되지는 않았다. 그날 밤, 아서 모튼의 부츠에 진흙이 잔뜩 묻어 있었다는 사실이 밝혀졌으니 말이다. 물론 사건이 있던 날 오후에 소나기가 내려 다른 사람들의 신발에도 진흙이 묻어 있기는 마찬가지였다.

이상이 '랭커셔 비극'으로 세상의 주목을 모은 기묘하고 로맨틱한 일련의 사건 개요다. 특별하게 뛰어난 인물이며 수수께끼에 싸인 의사의 정체, 살인죄로 기소된 인물의 사회적 지위, 그 범죄에 앞서 일어난 연애문제, 이들 모든 것이 결합해 전 국민의 흥미를 끄는 드라마가 된 것이다. 잉글랜드, 웨일스, 스코틀랜드 어디에 가도 이 비숍스크로싱의 검둥이 의사 피살사건을 두고 논쟁을 벌였고 진실이 무엇인지에 대해 무수한 추측을 내놓았다. 하지만 그 가운데 공판 첫날에 놀라운 흥분을 불러일으키고, 둘째 날에 빨리도 클라이맥스에 이른 그 예상치도 못한 전개를 추측한 사람은 단 하나도 없었다.

이 글을 쓰고 있는 지금 내 앞에는 당시 이 사건을 다룬 〈랭커셔 위클리〉의 두꺼운 서류가 있다. 나는 공판 첫날 저녁에 프랜시스 모튼의 증인이 사건 해결에 놀라운 광명을 던졌을 때까지의 개요를 말하는 것으로 만족할 수밖에 없다.

검사 폴록 카는 평소의 노련한 모습으로 당당하게 주장했고, 시간이 흐름에 따라서 변론이 예정되어 있는 변호사 험프리의 앞길에는 쉽지 않은 어려움이 놓여 있었다. 대지주인 젊은이가 라나 의사에 대해 심한 말을 했고, 또 라나 의사가 동생을 부당하게 대우한 일과 관련하여 몹시 분개했다는 몇 사람의 증언이 잇따랐다. 매딩 부인은 아서 모튼이 밤늦게 피해자를 방문했다는 사실을 여기에서도 증언했고, 또 다른 증인은 라나 의사가 매일 밤늦게까지 외딴 서재에 홀로 머무는 습관이 있다는 사실을 아서 모튼이 알고 있었으며, 그래서 일부러 밤늦은 시간을 선택해 방문한 것 같다고 증언했다.

아서 모튼 저택의 한 하인은, 주인이 그날 새벽 3시쯤 돌아오는 소리를 들었다고 마지못해 인정했는데, 이 증언은 매딩 부인이 두 번째로 라나 의사를 찾아갔을 때 문 옆 월계수 덤불에서 모튼을 보았다는 증언과 일치하는 것이었다. 진흙 묻은 신발과 현장에서 발견된 발자국의 유사성 여부도 면밀히 검토되었다. 이상이 검찰 측의 증거로 제시되자 아무리 정황증거라 할지라도 너무도 완벽하고 설득력이 있는지라, 변호인 측에서 예상치 못한 증거가 나와 이를 뒤집지 않는 한 피고의 운명은 결정된 것이나 다름없었다.

그런데 폐정시간인 오후 4시 30분에 심리는 생각지도 못한 새로운 방향으로 전개되었다. 이하 필자는 아까 말한 〈랭커셔 위클리〉에서 그 경위를 아니, 그 일부를 발췌한다. 다만 변호인의 모두발언은 생략했다.

변호인 측 증인으로 처음 피고의 동생 프랜시스 모튼이 호명되자 방청석은 술렁이기 시작했다. 독자는 이 젊은 숙녀가 한때, 라나 의사의 약혼녀였음을 기억할 것이다. 그 약속을 라나 의사가 갑자기 파기해서 그녀가 분개했고 그 사실이 그녀의 오빠로 하여금 이번 범행을 저지르게 한 원인이 되었다고 많은 사람들이 생각했다. 하지만 모튼 양은 오늘까지의 사건에 직접적인 관련이 없고, 사인 조사나 경찰 재판소 등에 출두한 적은 한 번도 없었다. 그런 그녀가 피고를 위해 주요 증인으로 등장했기 때문에 방청객은 술렁거렸다.

키가 크고, 짙은 갈색머리의 미인인 프랜시스 모튼은 낮은 목소리지만 명확하게 증언했는데, 계속 격렬한 흥분을 억누르고 있는 것처럼 보였다. 우선 라나 의사와의 약혼을 언급하고 그 파탄에 대해서도 선선히 말했는데, 파탄의 원인은 상대의 개인적인 사정에 있다고만 말했다. 그리고 오빠의 격노에 대해 그것이 부당하다고 말해서 방청객을 놀라게 했다. 변호인의 직접신문에는 라나 의사에게 어떤 원한도 없고, 라나 의사 또한 훌륭한 태도로 그녀를 대했다고 밝혔다. 하지만 일의 진상을 전혀 모르는 오빠는 다른 견해를 갖고, 그녀가 간절히 부탁했음에도 불구하고 의사에게 폭력을 휘두르겠다고 지껄였으며, 비극이 있던 밤에도 '오늘이야말로 그놈과 담판을 짓겠다.'고 말했다고 한다. 그녀는 적극적으로 오빠의 마음을 가라앉히려고 노력했지만, 오빠는 한 번 감정적이 되면 편견을 가진 매우 완고한 인간이 된다고 말했다.

여기까지의 그녀 증언은, 피고에게 유리한 것이 아니라 오히려 불리한 것으로 보였다. 하지만 변호사 험프리의 다음 신문은 즉시 사건을 외의의 방향으로 전개시켰다.

험프리: 당신은 이 사건에서 오빠를 유죄라고 믿습니까?

재판장: 그 질문은 허용할 수 없습니다, 험프리 변호사. 당 법정은 사실을 판단하려는 것이지 믿음을 판단하려는 것이 아닙니다.

험프리: 정정합니다. 당신은 오빠가 라나 의사의 죽음과 관계없는 것

을 알고 있습니까?

프랜시스 모튼: 예.

험프리: 어떻게 그 사실을 압니까?

프랜시스 모튼: 라나 의사는 죽지 않았으니까요.

법정은 술렁였고, 증인의 발언이 잠시 중단되었다.

험프리: 라나 의사가 죽지 않았다는 것을 어떻게 알았습니까?

프랜시스 모튼: 라나 의사가 죽은 것으로 처리된 날 이후 그에게서 편지를 받았기 때문입니다.

험프리: 그 편지를 가지고 있습니까?

프랜시스 모튼: 예, 하지만 보여드릴 수는 없습니다.

험프리: 봉투라도 보여줄 수 있습니까?

프랜시스 모튼: 예, 여기 있습니다.

험프리: 소인이 어디에서 찍혔습니까?

프랜시스 모튼: 리버풀입니다.

험프리: 날짜는요?

프랜시스 모튼: 6월 22일입니다.

험프리: 라나 의사가 사망한 걸로 처리된 날 이후이군요. 필적이 그 사람의 것이라고 단언할 수 있습니까?

프랜시스 모튼: 물론입니다.

험프리: 재판장님, 변호인은 여섯 명의 증인을 출정시켜, 이 필적이 라나 의사의 필적인지 입증할 준비가 되어 있습니다.

재판장: 그렇다면 내일 그들을 소환토록 하십시오.

폴록 카: 재판장님, 잠깐 기다려주십시오. 우리는 이 서류의 인도를 요구합니다. 전문가에게 감정시켜 그 서류가, 우리가 이미 죽었다고 확신하는 신사의 필적을 어느 정도 모방하고 있는지 증명해 보이겠습니

다. 말할 필요도 없이, 갑자기 피고 측에서 이런 주장을 하는 것은 재판장 이하 배심원 여러분의 판단을 흐리기 위한 것임은 두말할 필요도 없습니다. 젊고 교양 있는 이 숙녀는, 같은 사람의 자유로운 진술에 의하면 본건의 사인 조사와 경찰재판소에서의 심리기간 동안 본 문서를 소유하고 있었다는 사실에 주목하시기 바랍니다. 모튼 양이 피고의 무죄를 입증하는 데 결정적인 증거를 확보하고 있었다면 왜 사건이 이렇게 진행되도록 보고만 있었을까요?

험프리: 이에 대해 설명할 수 있습니까, 모튼 양?

프랜시스 모튼: 라나 씨가 비밀을 지켜달라고 했기 때문입니다.

폴록 카: 그러면 왜 여기에서 발표하는 겁니까?

프랜시스 모튼: 오빠를 구하기 위해서입니다.

그러자 모튼 양을 동정하는 수근거림이 방청석에서 흘러나왔다. 그러나 재판장의 제지로 방청석은 곧 잠잠해졌다.

재판장: 험프리 변호사, 모튼 양의 증언을 일단 받아들이겠습니다. 대신 라나 의사의 친구들과 환자들이 확인했던 그 시체가 의사가 아니면 누구였는지는 변호인 측에서 밝혀내도록 하십시오.

어느 배심원: 지금까지 의사의 시체에 대해 의심을 표명한 사람이 있습니까?

폴록 카: 제가 아는 한은 없습니다.

험프리: 저희가 이 문제를 명확히 밝히겠습니다.

재판장: 오늘은 이것으로 폐정합니다.

재판이 새로운 국면으로 치닫자 사람들의 호기심은 극에 달했다. 신문의 논평은 재판이 진행 중이라 금지되었다. 도대체 모튼 양의 발언 중 어디까지가 진실인지, 혹시 오빠를 구하기 위해 대담한 책략을

꾸민 것인지에 대해 가는 곳마다 논쟁이 일었다. 행방을 알 수 없게 된 라나 의사의 처지는 분명히 딜레마이고, 만약 어떤 이상한 상황 아래에서 그가 생존해 있다면 그의 서재에서 죽은 그와 닮은 인물의 죽음에 라나 의사가 관계하고 있는 것이 된다. 모든 양이 공표를 거부한 라나 의사의 편지는 아마도 죄의 고백일 것이고, 그녀로서는 오빠를 구하기 위해 옛 애인을 교수대로 보내야 하는 무서운 처지에 놓이게 된 것이다.

다음 날 아침, 법정은 방청객으로 만원이었다. 노련한 변호사답지 않게 격양된 표정으로 입장한 험프리가 검사에게 다가가 뭐라고 말을 건네자 방청객은 호기심으로 술렁이기 시작했다. 거친 몇 마디가 두 사람 사이에 오고간 후(언쟁 중간에 폴록 검사의 얼굴은 경악으로 바뀌었다), 험프리는 재판장에게 어제 당 법정에서 증언을 한 젊은 여성은, 검사의 동의 하에 더 이상 소환하지 않기로 했다고 말했다.

재판장: 험프리 변호사, 그렇다면 문제가 어중간하게 되지 않습니까?

험프리: 재판장님, 다음 증인이 그 문제를 명확히 해줄 겁니다.

재판장: 좋습니다. 증인을 부르십시오.

험프리: 알로이시오 라나 의사, 나와주십시오.

이 박식한 변호사는 한창 활약할 때도 법정에서 자주 유효한 소견을 발표했지만, 이렇게 짧은 문구로 커다란 소동을 일으킨 적은 없었을 것이다. 죽음으로써 그렇게 문제가 되었던 그 인물이 증인석에 나타나는 것을 봤을 때, 방청석은 경악이 아니라 망연자실했다. 방청객 중 비숍스크로싱에서부터 라나 의사를 아는 사람들은 현재의 그가 야위었고 얼굴에는 깊게 주름이 팬 것을 보았다.

하지만 우울한 표정과 불쌍한 태도에도 불구하고 그의 탁월한 인

격은 보는 사람을 감탄시켰다. 라나
의사는 재판장에게 고개를 숙인 뒤
진술해도 되겠느냐고 물었다. 재판장
은 진술이 본인에게 불리하게 쓰
일 수도 있다는 점을 환기시켰
다. 라나 의사는 한 번 더
고개를 숙이고 말문을
열었다.

"나는 아무것
도 숨기지 않습
니다. 솔직한 마
음으로 6월 21일
밤에 있었던 일을
털어놓으려 합니다.

죄 없는 사람이 고통받고, 이 세상
에서 제가 가장 사랑하는 사람들이 곤경에
처하게 된 것을 알았다면 나는 훨씬 전에 자진해서
출두했을 겁니다. 그러나 이와 같은 사정이 내 귀에 들어오
는 것을 막는 이유가 몇 개 있었습니다. 나같이 부적절한 인물은 세상
에서 사라져야 한다는 게 나의 소망이었는데, 그 때문에 내 행동이 다
른 사람에게 영향을 미칠 줄은 미처 예상하지 못했습니다. 이제 내가
범한 잘못을 보상하는 데 전력을 다하려고 합니다.

아르헨티나 공화국의 역사를 아는 사람이라면 '라나'라는 이름을
잘 알 것입니다. 내 아버지는 스페인에서도 최고의 가문 출신으로 높
은 지위에 있었고, 산후안에서 발생한 폭동으로 돌아가시지만 않았
더라면 대통령도 되었을 겁니다. 그 때문에 빛나는 앞길이 기대되었
던 나와 쌍둥이 형 에르네스트는 경제적 파탄으로 자활의 길을 찾아

야 할 운명이 되었습니다. 이와 같이 예전 일을 말하는 것은 이번 사건과 아무 관련 없는 얘기 같지만, 이야기가 진행됨에 따라서 필요한 부분이라는 것을 알게 될 겁니다.

방금 말했듯이 나에게는 에르네스트라는 쌍둥이 형이 있었는데 나와 정말 닮았습니다. 두 사람이 같이 있으면 사람들이 구별을 못할 정도로 작은 점에 이르기까지 똑같았습니다. 하지만 성장하면서 표정이 달라졌기 때문에 이 비슷함은 점차 약해졌습니다. 그래도 쉬거나 잠들었을 때는 우리 형제의 차이가 거의 없었습니다.

죽은 사람에 대해 이러쿵저러쿵 이야기하고 싶지 않습니다. 죽은 사람은 하나밖에 없는 나의 형입니다. 형에 대한 판단은 형을 잘 아는 사람들에게 맡기겠습니다. 다만 나는 이 말만 하겠습니다. 나는 형을 무척 두려워했어요. 나의 내부에 형에 대한 반감이 넘치는 이유가 있습니다. 형의 행실이 좋지 않아 제 평판에까지 영향을 미쳤기 때문입니다. 두 사람이 워낙 닮아서 형의 행동 대부분이 내 평판으로 돌아왔기 때문입니다.

결국 형은 어느 파렴치한 문제로 세상의 모든 비난을 나에게 받게 했고, 나는 영원히 아르헨티나를 떠나 유럽에서 생활할 수밖에 없었습니다. 다시는 고국 땅을 밟지 못하게 되었지만 형에게서 벗어난 것만으로도 나는 충분히 만족했습니다. 내게는 글래스고 대학에서 의학교육을 받을 정도의 돈은 있어서 그곳을 졸업했고, 비숍스크로싱에 진료소를 열었습니다. 이곳은 랭커셔 주의 벽촌으로 형과의 관계도 완전히 끝났다고 믿었습니다.

몇 년 동안 나는 희망하는 생활을 즐겼지만, 결국 형은 끝내 저를 찾고 말았습니다. 부에노스아이레스를 방문한 한 리버풀 사람이 형에게 제 이야기를 흘린 것입니다. 그때 빈털터리가 된 형은 내게 와서 돈을 뜯어내야겠다고 결심했습니다. 내가 두려워하는 것을 잘 아는 형은 당연히 내가 돈을 내놓으리라 생각했겠지요. 먼저 형으로부터 방문하겠다는 편지가 왔습니다. 마침 나는 결혼을 앞둔 매우 중대한 시기였지요. 지금 형이 오면 귀찮고 좋지 않은 일이(경우에 따라선 특히 그와 같은 일이 없도록 보호해야 할 인물에게) 일어날 것 같았습니다. 그래서 나는 어떠한 재난이든, 그것이 나에게만 일어나도록 처리하려고 했습니다. 그리고……"

그는 잠시 피고를 돌아보았다.

"나는 비난을 감수하고 그런 행동을 했던 것입니다. 내 행동의 동기는 단 하나, 사랑하는 사람을 추문과 불명예로부터 보호해야겠다는 생각뿐이었습니다. 형이 가져올 추문과 불명예는 내게 예전의 삶이 되풀이된다는 것을 의미했습니다.

편지를 받고 며칠 되지 않은 어느 밤에 형이 찾아왔습니다. 하인들은 모두 침실로 올라갔고, 서재에 혼자 앉아 있었습니다.

그때 밖의 자갈길을 밟는 소리가 들리고, 창문으로 들여다보는 형의 얼굴이 보였습니다. 나처럼 말끔히 면도를 한 남자로 나와 너무 비슷하게 생겨서 순간 내 얼굴이 유리창에 비친 거라고 생각했습니다. 그때 형은 검은 외눈 안대를 하고 있었지만 그래도 얼굴은 나와 똑같았습니다. 나는 형의 소년시절부터의 버릇인 냉소적으로 찡그린 얼굴을 보고, 이 사람은 나를 고국에서 추방시키고 명예 있는 가문을 더럽힌, 예전의 모습과 전혀 달라진 게 없는 형이라고 확신했습니다.

어쨌든 나는 문을 열고 형을 맞아들였습니다. 그때가 밤 10시쯤이었습니다.

밝은 램프 불빛에 비친 형의 얼굴을 보니 그동안의 고생을 알 수 있었습니다. 형은 리버풀에서부터 걸어와 지쳐 있었고 몸 상태도 좋지 않았습니다. 형의 안색을 본 나는 더욱 놀랐습니다. 나의 의학적 소견으로 볼 때, 몸에 큰 질병이 있었던 겁니다. 여전히 술을 마시고 어디의 뱃사람들과 주먹다짐이라도 했는지 얼굴에 멍이 들어 있었습니다. 서재로 들어와서는 안대를 벗었는데, 그것도 눈 주위의 부상을

숨기려고 했던 겁니다.

형은 선원들이 입는 피^{pea}재킷과 플란넬 셔츠를 입고 있었는데, 부츠는 다 해어져 발가락이 보였습니다. 하지만 그의 곤궁함은 나에 대한 흉포한 복수심을 더 강하게 만들 뿐이었습니다. 나에 대한 증오는 거의 광기에 가까웠지요. 형이 보기에 자신은 남미의 땅에서 굶주리고 있었는데, 나는 영국에서 많은 돈을 벌고 있다고 생각한 겁니다. 그때 형이 어떤 말로 나를 위협하고 어떤 모욕을 했는지 여기에서 자세히 말할 수는 없습니다. 생활의 고난과 방탕의 결과가 형의 이성을 마비시켰습니다. 술과 돈을 달라고 강요하고, 그 밖에 듣고 있을 수 없는 말을 하면서 형은 야수처럼 방 안을 돌아다녔습니다. 나도 성질이 급하지만 그때는 자제했고, 결코 손을 들지 않았다는 것을 신 앞에서 감사와 함께 공언할 수 있습니다. 나의 냉정함은 형을 드디어 격분시켰습니다. 형은 욕설과 저주를 퍼붓고 눈앞에서 주먹을 흔들었습니다. 그러다 갑자기 얼굴에 심하게 경련을 일으키더니 두 손으로 옆구리를 누르고 날카로운 비명을 지르며 제 발치에 쓰러졌습니다. 나는 즉시 형을 일으켜 소파에 뉘였는데, 아무리 불러도 대답이 없었고 내가 쥐고 있던 형의 손은 차갑고 땀으로 축축했습니다. 건강하지 못했던 심장이 결국 망가진 것입니다. 자신의 폭력이 자신을 쓰러뜨린 겁니다.

마치 악몽을 꾸듯이 나는 한동안 멍하니 형의 시체를 보았습니다. 형이 죽을 때 내지른 단말마의 비명을 듣고 달려온 우즈 부인의 노크 소리에 퍼뜩 정신이 들었습니다. 나는 우즈 부인을 침실로 돌려보냈지만 잠시 후, 이번에는 환자가 진료실 문을 두드렸습니다. 그러나 내가 응답을 하지 않자 환자는 그대로 돌아갔습니다.

그렇게 넋을 놓고 앉아 있는 동안, 어떤 계획 하나가 머릿속에서 저절로 모양을 갖추기 시작했습니다. 마치 자동적이라고 해도 좋을 묘한 상태였습니다. 의자에서 일어날 때는 의식적인 사고 과정에 관계없이 미래의 계획이 확실히 만들어졌습니다. 그 계획은 나를 한 방향으로 밀어내는 본능적인 것이었습니다.

이제 비숍스크로싱이라는 땅은 나에게 꺼림칙한 곳이 되었습니다. 생활의 계획이 좌절되었을 뿐만 아니라 내가 동정을 기대했던 사람은 성급한 판단으로 나를 비난했습니다. 형이 죽음으로써 내가 형 때문에 추문에 말려들 일이 없어진 건 사실이지만 그래도 과거를 생각하면 무조건 안심할 수도 없고, 완전하게 원래대로는 되지 않을 거라고 느꼈습니다.

내가 너무 신경질적이었고, 다른 사람에 대해 충분히 고려하지 않았는지는 모르겠습니다. 느낀 대로 솔직히 말하는 겁니다. 당시에 나는 비숍스크로싱과 그곳 주민들로부터 도망갈 수 있는 기회가 있다면 어떤 일이라도 환영할 마음이었습니다. 그런데 여기에 원하지도 않았던 좋은 기회가, 과거와 완전히 결별할 수 있는 기회가 온 것입니다.

눈앞의 소파에 시체가 누워 있습니다. 조금 살집이 있고 얼굴이 거친 것을 제외하면 나와 똑같은 남자입니다. 형이 여기에 온 사실을 아는 사람은 아무도 없었고, 따라서 형이 없어졌다고 이상하게 생각할 사람도 없었습니다. 우리는 둘 다 면도를 했고 머리 길이도 비슷했습니다. 여기에서 나와 형이 옷을 바꿔 입으면, 알로이시오 라나 의사가 서재에서 죽은 것이 되고, 이상으로 한 사람의 불행한 인생 행로는 끝나는 겁니다.

서재에는 현금이 꽤 있었습니다. 이 돈을 갖고 어딘가 다른 곳에서 재출발하면 됩니다. 형의 옷을 입고, 밤에 걸으면 사람들에게 발견되지 않고 리버풀까지 갈 수 있습니다. 그 커다란 항구라면 어떻게든 이 나라를 떠나는 방법도 있겠지요. 모든 희망을 잃은 당시의 나는 미지의 땅에서 가능한 한 소박한 존재가 되기로 결심했습니다. 비숍스크로싱의 의사로서 내가 얼마나 성공하고 높이 평가되었든, 이제

다 잊고 싶었던 것이지요.

나는 그대로 실행했습니다. 회상은 경험만큼 고통을 동반하니까, 자세한 이야기는 하지 않겠습니다. 한 시간도 지나지 않아 형은 완벽하게 나의 복장을 하고 누웠고, 나는 진료실 문을 살짝 나왔습니다. 서둘러 밭으로 향하는 뒷길을 더듬어 나와 지름길로 날이 새기 전에 리버풀에 도착했습니다. 집에서 가져 나온 것은 돈이 들어 있는 가방과 사진 한 장뿐이었는데, 서두르는 바람에 형이 차고 있던 안대를 갖고 오는 것을 잊었습니다. 그 밖의 형의 물건은 모두 갖고 나왔습니다.

맹세하지만 사람들이 내가 살해되었다고 생각할 줄은 전혀 몰랐고, 내가 새 생활을 하려고 세운 책략이 관계없는 사람을 중대한 위험에 빠지게 하리라고는 꿈에도 생각하지 못했습니다. 나는 언제나 마음에 걸렸던 불쾌한 라나라는 존재를 없앰으로써 사람들의 마음을 편하게 해준다고 믿었습니다. 리버풀에 도착한 그날, 코루나로 떠나는 범선이 있어서 나는 그 배를 탔습니다. 항해를 하며 마음의 평정을 찾고 미래의 계획을 세우려 했지만 출항 전에 내 결심은 누그러졌습니다. 단 한 시간이라도 슬픔을 주고 싶지 않은 사람이, 이 세상에 있는 것을 알았습니다. 그녀의 친척들이 아무리 무정하고 냉혹하게 대한다 해도 그녀만큼은 마음으로 슬퍼해줄 겁니다. 그녀는 내가 한 일의 동기를 잘 알고 진상을 감지하고 있기 때문에 그녀의 가족이 모두 나를 외면해도 그녀만은 나를 잊지 않을 것입니다. 그래서 나는 근거 없는 슬픔에서 그녀를 구하기 위해, 비밀을 지켜야 한다는 조건으로 편지를 보냈습니다. 어쩔 수 없이 그녀가 약속을 깼지만, 나는 전면적인 동정과 관용을 베풀 생각입니다.

나는 어젯밤에 영국에 돌아왔습니다. 그동안 계속 내가 죽었다는 사실이 빚어내는 소동도, 아서 모튼 씨가 그 사건과 관련되어 기소된 사실에 대해서도 전혀 몰랐습니다. 어제 늦은 석간에서 사건에 대해 처음 알고, 진실을 입증하기 위해 오늘 아침 급행열차로 달려온 것입니다."

이상이 재판을 당장 종국으로 이끈 알로이시오 라나 의사의 놀라운 진술이었다. 그 후 조사 결과, 라나 의사의 형 에르네스트 라나가 남미에서 타고 온 배가 밝혀졌고, 이 진술의 진실성이 확인되었다. 그 배의 선의는 에르네스트가 항해 도중 심장질환을 앓았고 그 증상은 갑작스러운 죽음을 맞이할 수도 있었다고 증언했다.

알로이시오 라나 의사는 그 후 극적으로 자취를 감추었던 마을로 돌아왔고 아서 모튼과도 깨끗이 화해했다. 아서 모튼이 의사가 동생과의 약혼을 파기한 동기를 완전히 오해했다고 인정했기 때문이다. 이어서 또 하나의 화해가 이루어졌는데 그 내용은 〈모닝포스트〉에 실린 다음 소식을 보면 알 수 있을 것이다.

아르헨티나 공화국 전 외무장관 돈 알프레도 라나 씨의 아들 알로이시오 자비에르 라나 의사와 랭커셔 주 비숍스크로싱의 리 홀의 치안판사를 역임한 고(故) 제임스 모튼 씨의 외동딸 프랜시스 모튼 양이 9월 19일 비숍스크로싱 교구 교회에서 스티븐 존슨 목사의 주례로 결혼식을 올릴 예정이다.

시계를 많이 가진 남자

THE STORY OF THE MAN WITH THE WATCHES

1892년 봄, '럭비 미스터리'라는 표제로 당시의 신문을 떠들썩하게 한 기괴한 사건을 아직 기억하는 사람들이 많을 것이다. 이 사건은 유난히 따분한 시기에 일어나서 부당하게 세상의 주목을 받기는 했지만 변덕과 비참함이 교차했기 때문에, 일반 대중의 호기심을 자극하기 쉬웠고 한층 평판이 높아졌다고도 할 수 있다.

그렇다고는 해도 몇 주에 걸친 수사가 아무 결과도 없고, 사건은 미궁에 빠진 것으로 알려지자 대중의 흥미도 시들해졌다.

그런데 최근 도착한 편지에 의해(그 편지의 신빙성에 관해서는 문제가 없다) 사건에 새로운 광명이 비쳐왔다. 그 편지를 공표하기에 앞서, 독자의 기억을 새롭게 하기 위해 편지의 근원을 만든 기괴한 '럭비 미스터리'의 개요를 말해두는 것도 좋을 것이다. 사건의 대략은 다음과 같다.

1892년 3월 18일 오후 5시, 맨체스터를 향해 기차 한 대가 유스턴 역을 출발했다. 그날은 비가 오고 바람도 불어서 시간이 흐를수록 날이 점점 더 험악해졌다. 어지간한 일이 있는 사람이 아니고는 여행을 생각할 수 없는 나쁜 날씨였다.

그래도 이 기차는 도중에 세 곳의 역에만 정차하고, 네 시간 20분밖에 걸리지 않기 때문에 런던에서 돌아오는 맨체스터의 사업가 사이에서 평판이 좋았다. 그래서 그날도 험악한 날씨에도 승객은 상당히 많았다. 그날 차장은 회사에서 신뢰받는, 22년 동안 무사고로 승객으로부터 불평 한 번 듣지 않은 존 파머였다.

역의 시계가 5시를 쳤기에 차장은 기관사에게 평소처럼 출발신호를 보내려 했다. 그때 늦게 온 승객 두 명이 플랫폼을 달려오는 모습이 보였다. 한 사람은 매우 키가 큰 남자로 깃과 소매 끝에 아스트라한 모피를 댄 검은색 긴 외투를 입고 있었다. 그날 날씨가 좋지 않았다고 했는데, 그는 옷깃을 바짝 세워 3월의 차가운 바람으로부터 목

을 보호하고 있었다.

차장이 재빨리 판단하기에도 그의 나이는 쉰에서 예순 정도로, 젊었을 때의 기력과 다부짐이 남아 있는 것 같았다. 그는 갈색 글래드스턴 가죽가방을 한 손에 들고 있었다. 다른 한 승객은 날씬하고 키가 큰 여자로, 꼿꼿이 서서 기운찬 걸음걸이로 동행인 남자를 앞서고 있었다. 여자는 노란빛이 도는 긴 더스트 코트를 입고 꼭 맞는 검은색 토크*를 쓰고 있었으며, 얼굴은 검은 베일에 가려 거의 보이지 않았다. 아버지와 딸이라고 해도 이상하지 않았다. 그들은 객차의 창문을 하나 하나 들여다보면서 빠른 걸음으로 왔다. 차장 존 파머가 그들에게 다가갔다.

“자, 조심하세요. 지금 기차가 출발합니다.”

“일등실을 찾고 있소.” 남자가 급히 말했다.

차장은 가까이 있는 객차의 문을 열었다. 그 객차 안에는 몸집이 작은 남자가 시가를 물고 앉아 있었다. 이 남자의 인상은 왠지 강하

* 테가 없는 둥글고 작은 여성용 모자

게 차장의 뇌리에 각인되어, 나중에 차장은 그 남자의 인상과 외모를
정확하게 기억했다. 나이는 서른너덧 살쯤으로 보였고 회색 옷을 입
고 있었다. 태양빛에 탄 붉은 얼굴은 기민해 보였고, 코가 뾰족하고
검은 턱수염을 짧게 깎았다. 문이 열리자 그 남자는 얼굴을 들었고,
키 큰 남자가 계단을 올라서다 멈칫하더니 차장을 돌아보았다.

"여긴 흡연실이군. 일행인 여자가 담배를 싫어하는데."

"알겠습니다! 그럼 이쪽으로 타세요!"

존 파머는 흡연실의 문을 쾅 닫고 옆 객차의 문을 열었다. 거기에
는 아무도 없어서 두 승객을 밀어 넣었다. 동시에 발차신호의 호각을
불었고, 기차바퀴가 움직이기 시작했다. 그러자 시가를 물고 있던 남
자가 달리는 차창 밖으로 얼굴을 내밀어, 앞을 지나는 차장에게 뭐라
고 이야기했다. 하지만 그의 말은 기차 소음에 묻혀 들리지 않았다.
파머는 자기 앞으로 차장차가 다가오자 훌쩍 올라타고 시가를 물고
있던 남자의 일은 금세 잊었다.

12분 후, 기차는 윌레스덴 역에 도착해 잠시 정차했다. 나중에 기차
표를 조사해보니, 그동안 타거나 내린 손님은 한 사람도 없었다. 5시
12분에 도착해서 14분에 다시 맨체스터를 향해 출발했다. 그리고 6시
50분에 럭비 역에 도착했는데, 5분 연착이었다.

럭비 역에서 일등차 하나의 문이 열려 있는 것을 역무원이 발견했
다. 그는 그 객차와 바로 옆 객차를 조사해보고, 묘한 사태가 벌어진
것을 알아챘다.

검은 수염을 기른 작고 붉은 얼굴의 승객이 앉아 있던 흡연실이 텅
비어 있었다. 반쯤 피우다 만 시가만 바닥에 떨어져 있을 뿐 타고 있
어야 할 손님은 보이지 않았다. 객차 문은 닫힌 채였다. 옆 객차에는
처음부터 문이 열려 있었기 때문에 역무원의 주의를 끌었는데, 아스
트라한 깃의 신사와 일행인 젊은 여자도 보이지 않았다. 승객 세 명
이 사라진 것이다.

한편 키 큰 남자와 젊은 여자가 타고 있던 객차에는 대신 멋진 옷차림에 잘생긴 젊은 남자가 타고 있었다. 이 남자는 두 무릎을 세우고 머리를 반대쪽 문에 기대고 한 팔은 좌석 위에 올려놓은 채 죽어 있었다. 총알이 심장을 관통하면서 즉사한 게 틀림없었다. 이 남자가 기차에 타는 것을 본

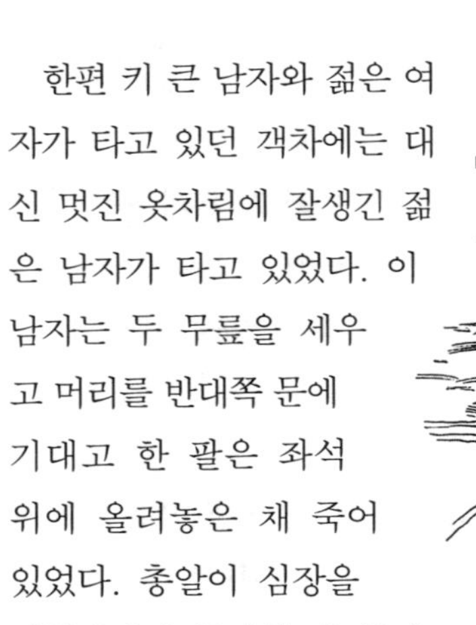

사람은 아무도 없었고, 시체의 주머니에서는 기차표도 발견되지 않았다. 그의 속옷에는 어떤 이니셜도 없었고, 신원을 알 수 있는 단서가 될 만한 물건은 하나도 갖고 있지 않았다. 그가 누구이고 어디에서 왔으며 왜 이렇게 죽음을 맞게 되었는지는, 한 시간 30분 전 윌레스덴 역에서 일등실 객차 두 칸에 탄 세 사람의 남녀가 어떻게 되었을까 하는 것과 함께 풀어야 할 수수께끼였다.

시체는 신원을 알 만한 소지품을 아무것도 갖고 있지 않았지만 주목할 만한 특징이 있기는 했다. 이 남자의 주머니에서 값비싼 금시계가 여섯 개나 발견된 것이다. 금시계 세 개는 조끼의 여기저기 주머니에 들어 있었고, 하나는 상의 주머니에 또 하나는 가슴 주머니에 들어 있었다. 그리고 마지막 하나는 작은 것으로 가죽 끈에 끼어 남자의 왼쪽 손목에 채워져 있었다. 이들 여섯 개의 시계 모두 미국제로 영국에서는 진기한 모델이었다. 이 남자는 소매치기가 틀림없고 시계들은 모두 도난품이라고 보는 견해도 있었다. 여섯 개 가운데 세 개는 로체스터 시계회사의 마크가 새겨져 있었고, 하나는 엘미라*의 메이슨 사 제품이었으며, 또 하나는 상표가 없었다. 죽은 남자가 손

목에 차고 있던 작은 시계는 훌륭한 보석을 장식한 물건으로 뉴욕 티파니 사의 제품이었다. 그 밖에 주머니에서 나온 것은 셰필드**의 로저스 사의 코르크 따개가 달린 상아 나이프, 지름이 2.5센티미터인 작은 원형 거울, 라이섬 극장 재입장권 한 장, 밀랍성냥이 가득 든 은상자, 셔루트*** 두 개비가 든 갈색 가죽 시가 상자, 그리고 현금 2파운드 14실링이 들어 있었다.

이 남자의 사인은 무엇인지 모르지만 강도에게 희생당하지 않은 것은 분명했다. 앞에서도 말했듯이 새것으로 보이는 이 남자의 속옷에는 이니셜이 없었고, 옷에도 양복점의 이름은 없었다. 남자는 젊고 키가 작았으며 수염을 기르지 않았고 얼굴은 섬세했다. 그리고 앞니 하나가 눈에 띄는 금니였다.

이 슬픈 소식을 듣고, 즉시 모든 승객의 숫자를 파악하고 표를 조사했다. 그 결과 행선지를 알 수 없는 표가 세 장 나왔다. 사라진 세 승객의 것이었다. 곧바로 급행열차는 다시 출발하게 되었는데, 존 파머는 증인으로 럭비 역에 남고 다른 직원이 차장으로 탔다. 문제의 두 객차는 기차에서 분리된 뒤 대피선에 세워졌다. 곧이어 런던 경찰국의 베인 경감과 철도회사에서 고용한 탐정 핸더슨 씨가 도착해 면밀히 조사했다.

우선 범죄가 일어난 것은 분명했다. 작은 피스톨로 쏜 것인지 리볼버로 쏜 것인지 알 수 없지만 옷이 조금도 타지 않은 것을 보면 조금 떨어져서 쏜 것으로 생각되는데, 객차에서 권총은 발견되지 않아 자살은 아니라고 할 수 있었다. 또 차장이 목격한, 키가 큰 남자가 손에 들고 있던 갈색 가죽가방도 보이지 않았다. 여자용 양산이 선반 위에 있었지만 그 밖에 그들의 흔적은 어느 객차에도 남아 있지 않았다.

---

* 미국의 뉴욕 주 중남부의 도시
** 이 지명은 영국에도 미국에도 있다. 영국의 셰필드는 칼 제품으로 유명
*** 양끝을 자른 시가

범죄의 문제는 잠시 뒤로 하더라도, 그 승객 세 명은(더욱이 그 가운데 한 명은 여자다) 정차하지 않고 달리는 윌레스덴 역과 럭비 역 사이에서 어떻게 차 밖으로 사라졌을까? 또 죽은 남자는 어떻게 승차할 수 있었을까? 이 문제는 당시 세상의 호기심을 자극하고 런던의 신문들도 앞다투어 이런저런 추측을 실었다.

당시 조사에서 차장 존 파머는 단서가 되는 사실을 몇 가지 말했다. 그의 진술에 따르면 트링 역과 체딩턴 역 중간에서, 선로 수리를 하는 바람에 몇 분 동안이지만 열차는 시속 13킬로미터에서 16킬로미터 아래로 서행했다. 그 구간에서라면 굳이 남자가 아니라도 활동적인 여자라면 큰 위험 없이 열차에서 뛰어내릴 수 있다는 것이다.

그 구간에 있었던 선로공들은 열차가 오면 선로 사이의 땅에 서서 대피하는데 뛰어내리는 사람을 전혀 보지 못했다고 증언했다. 그때는 땅거미가 질 때였으니, 누군가 기차에서 뛰어내렸더라도 선로공들이 보지 못했을 수 있다. 문이 열린 객차가 멀었던 데다가, 선로가 높은 제방 위에 있기 때문에 반대쪽으로 뛰어내리면 인부들의 눈에는 보이지 않는다.

그리고 차장은 다음과 같이 증언했다. 윌레스덴 역의 플랫폼은 상당히 혼잡했고 이 기차에 타거나 내린 사람이 없었던 것은 확실하지만, 승객 가운데 누군가가 다른 객차로 옮겼을 수는 있다고 말했다. 남자 승객이 흡연실에서 시가를 피우고 공기가 탁해지자, 다른 객차로 이동하는 일은 결코 진기한 일이 아니다. 만약 검은 수염을 기른 남자가 윌레스덴 역에서 그렇게 했다면, 피우고 남은 시가가 그곳 바닥에 떨어져 있었던 사실은 이 가정을 증명한다고 생각할 수 있다, 그는 당연히 가장 가까운 객차로 들어갔을 텐데 거기에는 사라진 두 사람이 있었을 것이다.

이 사건의 전반은 그런대로 가능한 이야기를 추측할 수 있다. 하지만 그러고 나서 어떻게 되었는지, 결국 어떤 일이 일어났는지는 차장이나 경험이 풍부한 경감조차 상상도 할 수 없었다.

윌레스덴 역과 럭비 역 사이의 선로를 샅샅이 조사한 결과, 이번 사건과 관련이 있을지 모르는 물건을 발견했다. 트링 역에서 가까운, 기차가 속력을 늦췄던 바로 그 지점의 경사면 아래에서 낡아 너덜너덜해진 휴대용 성경을 발견한 것이다. 런던 성경협회에서 출간된 것으로 '앨리스에게, 1856년 1월 13일, 존', 그 아래에는 '제임스, 1859년 7월 4일', 또 그 아래에 '에드워드, 1869년 11월 1일'이라고 쓰여 있었다. 모두 같은 필적이었다. 이것을 단서라고 할 수 있다면, 경찰이 입수한 유일한 단서였다. 그리고 검시법정에서 내린 '누군지 알 수 없는 1인 이상이 저지른 살인'이라는 결정으로 이 특이한 사건은 만족스럽지 못하게 끝났다. 광고, 현상금, 탐문수사는 아무런 소득 없이 마무리되었다. 기타 수사방침을 확립할 자료도 전혀 얻을 수 없었다.

그러나 이들 여러 사실을 설명하기에 충분한 견해가 하나도 없었다는 것은 잘못이다. 영국과 미국의 신문들은 대부분 명백한 우론이긴 하지만 각종 시사와 억측들을 발표했다. 예를 들어, 속옷, 옷, 구두는 모두 영국제이지만, 시계가 모두 미국제라는 사실과 앞니 하나가 금니라는 특징은 희생자가 미국 시민인 것을 나타낸다고 할 수 있다. 일부에서는 그 남자가 좌석 아래에 숨어 있다가 발견되어, 아마 어떤 비밀을 엿들었기 때문에 다른 승객에게 살해되었다는 추측도 있었다. 이 추측은 잔학하고 교활한 무정부주의자 단체 혹은 여타 비밀 조직이 개입되었다는 주장과 맞물려 그 어떤 추측보다 합리적으로 들렸다.

죽은 남자가 표를 지니지 않았다는 사실은 그가 기차에 숨어 있었다는 주장과 맞아떨어졌다. 여자들이 무정부주의자 단체에서 활발하게 활동한다는 것도 잘 알려진 사실이었다.

그러나 차장의 진술을 참고한다면, 죽은 남자가 거기에 숨어 있었던 시점은 두 남녀 승객이 타기 이전이어야 하는데, 두 남녀가 마침 스파이가 숨어 있는 객차에 타는 것은 우연치고도 너무나 큰 우연이었다. 게다가 이 설명은 흡연실에 있던 남자를 잊고 있고, 그 남자가 때를 같이해서 모습을 감추었다는 문제를 조금도 설명하지 못했다. 경찰 당국은 이와 같은 견해로 모든 사실을 설명하는 데 그다지 어려움을 느끼지 않았다. 하지만 여기에 대신할 설명을 하기에는 증거가 몹시 부족해서 고민했다.

마침 그때, 유명한 범죄연구가의 편지가 〈데일리 가제트〉에 발표되면서 많은 논쟁을 불러일으켰다. 이 편지의 내용은 여러 사람에게 추천할 만한 독창성을 가진 가설을 담고 있었기에 여기에 소개하기에는 원문 인용보다 좋은 방법이 없을 것이다.

사건의 진실이 무엇이든, 기괴하고 희귀한 우연의 일치에 의해 발생한 것은 틀림없다. 그렇다고 사건을 설명하는 데 있어서, 관계된 사항을 가정하는 일을 주저해서는 안 된다. 자료 없이는 사건의 분석도 과학적 조사도 할 수 없으니, 종합적인 방법에 의해 추론할 수밖에 없다. 즉, 이미 알고 있는 사실을 종합해서 진상을 규명할 뿐만 아니라 사실과 모순되지 않는 한, 상상력을 구사해서 사건의 진상을 귀납하는 것이다. 이렇게 해서 그 후 분명해지는 새로운 사실을 모순되는 일 없이 검토하는 것이다. 거기에 모순이 없으면 가정은 일단 올바른 것으로 인정하고, 새로운 사실이 나타날 때마다 검토를 하면 그 가설의 정확도는 기하급수적으로 증가하고 가정은 단정이 될 것이다.

이번 사건에서 당연히 문제가 되어야 함에도 불구하고, 지나친 사실이 하나 있다. 해로우 역과 킹스랭글리 역 사이를 달리는 완행열차가 있는데, 선로공사 때문에 시속 13킬로미터로 속도를 줄이고 부근에서 문제의 급행열차를 먼저 보내게 되어 있었다. 그 다음, 두 기차는 한동안 같은 방향을 비슷한 속도로 나란히 달렸을 것이다. 누구나가 경험하는 일이지만 이런 경우 두 열차의 승객은 서로 상대열차의 승객 얼굴을 뚜렷이 볼 수 있다. 급행열차의 램프는 윌레스덴 역에서 점등해 모든 객차가 환했기 때문에, 기차 바깥에서 객차 내부가 훤히 들여다보였을 것이다.

이제부터 필자가 상정하는 이 사건의 경과를 재구성해보겠다. 이상하게 많은 시계를 가지고 있던 젊은 남자는 처음에 완행열차의 한 객차에 홀로 앉아 있었다. 표와 신문, 장갑 등 소지품은 그의 옆에 있었다고 가정하자. 그는 아마 미국인이고, 지성이 그다지 뛰어난 사람은 아니다. 값비싼 물건을 많이 갖고 있었던 이유는 정신병의 초기 징후라고 볼 수 있다.

젊은 남자는 선로의 특수한 상황 때문에 자기가 탄 기차와 같은 속도로 달리는 급행열차의 객차를 무심히 보다가, 문득 그 안에 아는 승객이 있는 것을 발견했다. 여기에서 편의상 그가 아는 사람을, 그가 사랑했던 여자와 증오했던 남자라고 가정해보자. 그 상대 남자도 그를 증오하는 것은 물론이다. 그는 흥분하기 쉽고 충동적이었다. 그래서 재빨리 객차의 문을 열고 완행열차의 발판에서 급행열차의 발판으로 옮겨 타, 문을 열고 그 두 사람이 있는 객차로 들어갔다. 이 특별한 기술은 두 열차가 같은 속도로 달리고 있었다는 가정 하에서라면 생각처럼 위험하지 않을 것이다.

젊은 남자가 표도 없이, 나이 든 남자와 젊은 여자가 탄 객차에 쳐들어갔으니, 분명히 폭력사태가 일어났을 것이라고 상상할 수 있다. 남녀 일행인 손님도 마찬가지로 미국인일 것이다. 남자가 피스톨을 갖고 있었던 것을 생각하면 한층 확실해진다. 영국인은 대개 피스톨을 갖고 다니지 않으니까. 뛰어 들어온 청년이 정신병 초기라는 추정이 맞는다면, 그가 상대 남자에게 폭력을 휘둘렀다고 생각할 수도 있다. 엎치락뒤치락하다가 나이 든 남자가 젊은 남자를 총으로 쏜 뒤 젊은 여자를 데리고 객차에서 도망쳤다.

이 모든 일은 매우 짧은 시간 내에 일어났고, 더욱이 급행열차가 서

행 중이었으니 두 사람이 기차에서 뛰어내리는 데 어려움은 없었을 것이다. 시속 13킬로미터 정도의 서행이라면 여자라도 안전하게 뛰어내릴 수 있다. 실제로 그 여자는 그렇게 도망쳤다.

다음은 흡연실에 있던 남자를 이야기에 끼워 맞추어보자. 앞에서 말한 추정에 과오가 없다면, 이 인물의 존재는 지금까지 말해온 결론에 어떤 변경도 요구하지 않는다. 필자의 견해에 의하면 이 인물은 청년이 완행열차에서 급행열차로 옮겨 타는 장면을 보았고, 문을 여는 소리와 피스톨의 발사음을 들었다. 그러고는 두 사람이 차 밖으로 뛰어내리는 모습을 보았고, 즉시 살인이라는 것을 깨달아 자신도 추적하기 위해 뛰어내렸다. 그 남자의 그 후의 소식은 왜 알려지지 않았을까? 추적 중에 죽었거나 아니면 이쪽이 가능성이 더 높지만 도중에 자신이 관여할 일이 아니라는 것을 깨닫고 추적을 단념했거나. 이것은 현재로서는 설명할 수 없는 지엽적인 문제다. 필자는 이 추론으로 설명하기 어려운 점이 있는 것을 인정한다. 언뜻 보면 이처럼 위급한 경우에 살인자가 휴대품인 갈색 가죽가방을 들고 도주한다는 것은 믿기 어렵지만, 가방을 남겨두면 자신의 신원이 밝혀질 수도 있다는 사실을 그는 잘 알고 있었던 것이다.

필자의 이 추론이 맞는지는 하나만 조사하면 알 수 있다. 필자는 3월 18일, 해로우 역과 킹스랭글리 역 사이의 완행열차에서 주인 없는 표가 발견되었는지를 엄중히 조사하도록 요구한다. 표가 발견되었다면 필자의 추론이 맞다는 것을 입증하는 것이다. 혹시 표가 발견되지 않더라도 청년이 표 없이 승차했거나, 표를 분실했을 수도 있기 때문에 필자의 추론이 성립되지 않는 것은 아니다.

이 상당히 구체적이고 설득력 있는 가설에 대한 경찰과 철도회사의 답변은 다음과 같았다. 첫째, 그와 같은 표는 발견되지 않았다. 둘째, 완행열차는 급행열차와 나란히 달린 적이 없다. 셋째, 급행열차는 완행열차가 킹스랭글리 역에 정차하고 있을 때 시속 80킬로미터의 빠른 속도로 통과했다고 한다.

이렇게 해서 유일했던 이 만족스러운 설명도 무너지고, 그 후 새로운 답을 얻지 못한 채 지금까지 5년이 덧없이 지났다. 그런데 마침내 이 사건의 각각의 조건을 만족시키고, 완전하게 해명하는 하나의 진술이 나타났다. 더욱이 믿을 만한 확실성을 갖춘 것이다. 바로 누군가가 뉴욕에서 편지로 위에 인용한 범죄연구가에게 보낸 것이다. 그 편지를 원문대로 옮긴다. 다만 첫 두 문장은 개인적인 내용이기 때문에 여기에서는 생략했다.

우선 이 편지에 실명을 사용하지 않은 것을 이해해주십시오. 어머님이 살아 계셨던 5년 전에 비해 그 필요성이 줄어들긴 했지만 역시 우리의 이름과 신분은 가능한 감추고 싶어서입니다. 그러나 나는 귀하에게 설명할 의무가 있습니다. 귀하가 발표한 추정은 틀리긴 했지만 훌륭하고 독창적이었기 때문입니다.

이 이야기를 완전히 이해하기 위해서는 시간을 조금 거슬러 올라가야 합니다. 우리 일가는 잉글랜드 버킹엄셔 출신으로, 1850년대 초에 미국으로 이주해서, 먼저 뉴욕 주 로체스터에 정착했습니다. 아버지는 그곳에서 커다란 포목점을 열었고, 나 제임스와 동생 에드워드가 태어났습니다. 나는 동생보다 열 살이 많았는데, 아버지가 돌아가신 뒤 형들이 으레 그러듯 아버지 노릇을 했지요. 에드워드는 머리가 좋고 쾌활했으며 매우 잘생긴 아이였습니다. 하지만 성격이 모질었고, 그 결점은 마치 치즈에 핀 곰팡이처럼 크게 퍼져가는 한편, 어떻게도 손 쓸 수 없었습니다. 어머니도 그 사실을 잘 알았지만 고치려 하기보다는 감싸기만 했지요. 동생에게는 그 누구도 자기를 거부할 수 없게 만드는 묘한 매력이 있었습니다. 그래도 나는 그런 동생을 바로잡으려 노력했는데, 그럴수록 동생은 나를 더 미워했습니다.

92

그러다가 에드워드가 완전히 망가졌고, 나는 도무지 그를 다룰 길이 없었지요. 동생은 뉴욕으로 떠났고 그곳에서 급속도로 타락했습니다. 처음에 동생은 그저 동네 건달에 불과했지만 결국 나쁜 일을 하게 되었고 1~2년 뒤에는 뉴욕에서 손꼽히는 악당이 되었지요. 그리고 그때 사기꾼이며 위조지폐 제조자 스패로우 맥코이와 친해졌습니다. 그들은 카드 사기를 치면서 뉴욕의 고급 호텔들을 뻔질나게 드나들었습니다.

내 동생은 연기력이 뛰어나서(그에게 그럴 생각만 있었다면 연극 쪽에서 이름을 날렸을 것입니다), 젊은 영국 귀족이 되거나, 서부 출신의 순진한 청년이 되거나, 또는 스패로우 맥코이의 주문을 받아 대학생이 되기도 했습니다. 어느 날인가는 여장을 했는데, 그 모습이 하도 그럴듯하고 미끼 역할을 훌륭히해서 나중에 그들은 즐겨 이 수법을 쓰게 되었습니다. 그들은 부패정치가나 경찰 당국과도 잘 지냈고, 당시는 아직 렉소 위원회* 이전의 시절이어서 좋은 배경만 있다면 무엇이든 생각대로 할 수 있는 시대였습니다.

에드워드와 맥코이가 뉴욕에 틀어박혀 사기도박만 했더라면 아무 문제도 없었겠지만 어느 날 로체스터에 가게 되었고, 거기에서 가짜 수표를 사용한 것이 밝혀졌지요. 실제로 수표를 위조한 이는 동생이었는데, 그 배후에 스패로우 맥코이가 있다는 것을 모르는 사람은 없었습니다. 나는 그 수표를 꽤 비싼 돈을 주고 샀습니

---

* 1894년 뉴욕 주 상원에서 뉴욕 경찰의 부패를 조사하기 위해 구성한 위원회

다. 그리고 동생을 만나러 가서 수표를 꺼내 탁자 위에 올려놓고 당장 미국을 떠나지 않으면, 이 일을 당국에 고소하겠다고 했습니다.

처음에 동생은 그저 웃을 뿐이었습니다. 형이 그런 일을 할 수 있을까? 그렇게 하면 어머니 마음만 아프게 할 뿐인데 형이 그렇게 할 수 있을까? 하고 말하더군요. 내가 할 수 있는 일은 없다는 것이지요. 나는 어떤 상황이든 어머니가 상처받을 것은 뻔하니까, 네가 뉴욕에서 호텔을 전전하며 사기 치는 꼴을 보느니 차라리 로체스터 감옥에 집어넣겠다고 말했지요. 그러자 동생도 항복하고 유럽으로 보내서 제대로 된 일을 시켜주면 앞으로 스패로우 맥코이를 만나지 않고 열심히 살겠다고 약속했습니다.

나는 당장 오랜 집안 친구인 미국 시계 수출상 조 윌슨에게 동생을 데리고 가서 약간의 봉급과 총매출의 15퍼센트 수수료를 받는 조건으로 런던에 대리점을 열도록 부탁했습니다. 노인은 동생의 외모와 태도가 훌륭하다며 그 자리에서 채용했고, 일주일 뒤 동생은 시계 샘플이 가득 든 가방을 들고 런던으로 떠났습니다.

그 수표사건에는 동생도 단단히 겁을 먹은 것 같았고, 앞으로는 성실한 생활을 할 것 같았습니다. 그전에 어머니와도 진지하게 이야기를 나누었는데, 어머니의 말에 마음이 움직인 것 같았지요. 세상에 그렇게 상냥한 어머니는 없었고, 어머니에게 동생은 언제나 괴로움만 안겨주었으니까요.

하지만 스패로우 맥코이의 영향력은 무서운 것이어서, 나는 동생을 갱생시키려면 그와 완전히 헤어져야 한다고 생각했습니다. 그즈음 나는 뉴욕 경찰의 형사를 알고 있었기 때문에 그 형사에게 부탁해 맥코이를 감시하게 했습니다. 동생이 떠난 2주일 뒤, 맥코이가 에트루리아 호에 선실을 예약했다는 정보를 입수했습니다. 그가 에드워드를 구슬려 예전의 나쁜 길로 끌어들이기 위해 영국으로 가려 한다는 사실은 본인에게서 직접 듣는 것만큼이나 명확했지요. 그래서 나도 함께 영국으로 가서 에드워드를 맥코이의 손에서 구하려고 결심했습니다.

이 승부는 내게 승산이 없는 걸 알고 있지만 그렇게 하는 것이 의무라고 생각했고, 어머니의 의견도 그랬습니다. 출항 전날 밤은 어머니와 둘이서 기도했는데, 그때 어머니는 결혼식 날 아버지에게 받은 성경을 나에게 주며 늘 품에 간직하라고 하셨지요.

나는 스패로우 맥코이와 함께 같은 증기선을 탔습니다. 이 항해 중에 그의 작은 사업을 방해한 일은 무엇보다 통쾌합니다. 승선한 그날 저녁에 흡연실로 갔더니 맥코이가 테이블 앞에 앉아 머리는 텅 빈 주제에 가슴만은 따뜻하다는 유럽 행 젊은이를 다섯 명 모아놓고 있었습니다. 사기도박으로 몇 푼 벌려고 할 생각이겠지요.

"여러분, 지금 누구를 상대하는지 아시오?" 내가 물었습니다.

그러자 맥코이가 불평을 하며 대꾸했지요.

"그게 당신과 무슨 상관이오? 신경 끄시지!"

"대체 이 사람이 누구요?" 젊은이 중 한 명이 물었습니다.

"스패로우 맥코이. 미국에서 가장 악명 높은 사기도박꾼이지!"

맥코이는 발끈하며 병을 집어 들고 자리를 박차고 일어났지만, 여기는 법률의 엄정함이 살아 있는 영국 국기 아래이고 뉴욕 부패정치가의 힘이 닿지 않는다는 사실을 깨달았겠지요. 폭력과 살인에는 감옥과 교수대가 기다리고 있을 뿐입니다. 뒷문으로 도망치는 것도 대서양을 가로지르는 여객선에서는 불가능했지요.

"당신, 증거 있어?"

"물론이지!" 내가 대답했습니다. "셔츠의 오른쪽 소매를 어깨까지 걷어보시지. 그래도 아무것도 나오지 않는다면 내 말을 취소하겠어!"

맥코이는 아무 말도 못하고 얼굴이 창백해졌습니다. 사실 나는 그의 수법을 알고 있었지요. 사기도박꾼들은 어깨에서 고무줄을 늘어뜨리고 그 끝에 클립을 달아, 그것을 손목 부분에 내리고 있습니다. 그리고 그 클립을 사용해 손 안의 카드를 소매 속에 감추고, 다른 곳에 감춰두었던 카드를 꺼내 사용합니다. 그 수법을 지적한 것인데, 과연 그대로였습니다. 맥코이는 욕설을 퍼부으며 슬그머니 흡연실을 빠져나갔습니다. 그리고 항해가 끝날 때까지 내 앞에 나타나지 않았지요. 어쨌든 나도 한번은 스패로우 맥코이에게 한방 먹인 셈입니다.

하지만 그는 곧 나에게 복수했습니다. 동생에 대한 영향력에서는 언제나 그가 이겼기 때문이지요. 런던으로 간 에드워드는 처음 몇 주는 착실히 지내며 미국 시계 판매도 조금 나아졌는데 호시절도 이 악당을 만날 때까지였습니다. 나는 최선을 다했지만 결과적으로 아무 도움도 되지 않았습니다. 결국 내가 들은 말은 노섬벌랜드 거리의 어느 호텔에서 충격적인 사건이 있었다는 것이었습니다. 한 여행자가 2인조 사기도박꾼에게 거액을 잃은 사건이 발생하여 런던 경찰국이 조사 중이라는 겁니다. 나는 석간을 읽고 동생과 맥코이가 그 짓을 다시 시작했음을 즉시 알았습니다.

그래서 에드워드의 하숙으로 달려갔지요. 하숙집 여주인은 동생이 키 큰 남자와 함께(그가 맥코이인 것은 분명합니다) 짐을 챙겨 나갔다고 했습니다. 하숙집 여주인은 그들이 출발할 때, 마부에게 말하는 소리를 들었는데 그 마지막에 유스턴 역을 얘기했다는 것, 그리고 키 큰 신사가 맨체스터가 어떨까 하고 말했다고 알려주었습니다. 여주인은 아마 그들의 목적지에 대한 이야기일 거라고 말했지요.

기차시간표를 보니 4시 35분에 출발하는 열차가 있었는데, 어쩌면 거기에 탔을지도 모르지만, 더 가능성이 높다고 생각되는 것은 5시 출발열차였습니다. 어쨌든 나는 시간상 5시 기차를 탈 수밖에 없었습니다. 유스턴 역에 도착해보니 동생 일행은 역에도 기차에도 없었습니다. 4시 35분 기차를 타고 간 모양이었습니다. 나는 일단 맨체스터로 가서 그곳 호텔을 뒤져 그들을 찾기로 했습니다. 찾으면 어머니를 생각해서라도 마음을 잡으라고 마지막으로 설득할 계획이었지요.

나는 너무 긴장한 나머지 마음을 가라앉히려고 시가를 피워 물었습니다. 그때 기차가 막 출발했는데 내가 타고 있던 객차 문이 갑자기 활짝 열리고, 맥코이와 동생이 플랫폼에 있는 광경이 보였습니다.

두 사람 모두 변장을 하고 있었습니다. 런던 경찰이 자기들 뒤를 쫓고 있다는 사실을 알고 있었기 때문이지요. 맥코이는 큼직한 아스트라한 깃을 세우고 있어 눈과 코밖에 보이지 않았습니다. 에드워드는 여장을 하고 검은 베일로 얼굴을 반쯤 가리고 있었지만 내가 동생을 몰라볼 리 없지요. 동생이 과거부터 여장을 한다는 사실을 몰랐더라도 마찬가지였을 겁니다.

나는 깜짝 놀라 일어났고, 맥코이도 나를 알아보았습니다. 그가 뭐라고 말하자 차장이 다시 문을 닫았고 그들은 옆 객차로 옮겼습니다. 나는 어떻게 해서든 기차를 세우려 했지만 이미 기차는 움직이고 있었습니다.

기차가 윌레스덴 역에 정차하자마자 동생이 있는 객차로 옮겨 탔습니다. 그런데 그때 플랫폼이 복잡했기 때문에 내가 다른 객차로 옮겨 탄 것을 아무도 몰랐던 모양입니다. 맥코이는 내가 나타날 것을 예기하고 있었는지, 유스턴 역에서 윌레스덴 역으로 오는 동안 동생의 마음이 바뀌지 않도록, 다시 말해 나에게 대항하도록 설득한 모양입니다. 이때처럼 고집 센 동생을 본 적이 없었습니다.

나는 반복해서 에드워드를 설득했습니다. 영국의 감옥에 들어가게 될 거라고 했지요. 그 소식을 갖고 돌아갔을 때 어머니가 얼마나 슬퍼하시겠냐고 애원했습니다. 나는 동생의 마음을 움직일 수 있는 말을 다했지만 소용없었습니다. 동생은 그 잘생긴 얼굴에 잔뜩 비웃음을 띠고 꼼짝도 하지 않았습니다. 그러는 동안 스패로우 맥코이는 계속해서 내게 모욕적인 시선을 보내거나 동생의 결심이 흔들리지 않도록 부추겼습니다.

"주일학교 선생을 하면 잘하겠구려."

맥코이는 내게 이렇게 말하고 동생에게 "자네 형은 자네가 의지가 없는 사람인 줄 알아. 자네를 아직 어린애라고 생각하고 자기 맘대로 하려 한다구. 자네도 형과 마찬가지로 남자라는 것을 보여줘."라고 말했습니다.

이런 그의 말에 나도 화가 나서, 결국 거친 말이 오고 갔습니다. 그런 소동으로 시간을 보냈기 때문에 기차는 어느새 윌레스덴 역을 벗어나 있었습니다. 나는 결국 자제심을 잃고 폭발했지요. 태어나서 처음으로 나에게도 격렬한 면이 있다는 것을 동생에게 보여준 겁니다. 지금 생각하면 동생에게 그런 모습을 좀 더 일찍, 그리고 자주 보였어야 했다는 생각이 듭니다.

"남자라고!" 나는 코웃음을 쳤습니다. "그것을 보증해줄 친구가 있는 것은 좋은 일이지. 우선 누가 봐도 너는 기숙학교의 아가씨 같은 모습이야. 너 같은 앞치마를 두른 인형은 이 나라 전체를 찾아도, 아무 데도 없을 거다."

동생은 얼굴이 빨개졌는데 원래 자존심이 강하기 때문에 조롱당하자 기가 죽었습니다.

"이건 더스트 코트일 뿐이야!" 동생은 앞치마를 벗었습니다. "경찰을 따돌리려면 어쩔 수 없었어."

동생은 베일이 달린 토크 모자도 벗어 코트와 함께 갈색가방에 넣었습니다. "차장이 오기 전에 다시 입으면 돼."

"그럴 필요 없어!" 나는 그렇게 말하며 가방을 있는 힘껏 창밖으로 던졌습니다. "이제 내 앞에서 다시는 여장할 생각 마라! 네가 변장을 해야 감옥 행을 피할 수 있다면 차라리 감옥에 가는 게 낫다!"

이것이 동생을 다루는 가장 좋은 방법이었습니다. 이겼다고 생각했습니다. 동생은 달래기보다는 거칠게 다뤄야 말을 들었습니다. 그는 이내 부끄러운 듯 얼굴을 붉히고 눈에는 눈물이 맺혔는데, 맥코이는 형세가 좋지 않다고 보았는지 "에드워드는 내 동업자야. 그러니 괴롭히지 마!" 하고 갑자기 소리쳤습니다.

"에드워드는 내 동생이야. 네가 동생을 망치게 둘 순 없어!" 나도 반박했습니다. "너를 동생에게서 떼어놓으려면 감옥에 처넣는 게 가장 좋지. 곧 감옥에 보내주지. 그래도 나를 탓하지는 마!"

"오, 경찰에 찌르겠다고?" 맥코이는 말을 끝내기가 무섭게 번개같이 리볼버를 꺼내 들었습니다. 나는 총을 뺏으려 그에게 몸을 날렸지만 너무 늦었다는 걸 알고 잽싸게 옆으로 피했습니다. 동시에 맥코이가 방아쇠를 당겨서 나를 노린 총알이 불쌍한 동생의 심장을 관통했습니다.

동생은 신음도 내지 못하고 그대로 바닥에 쓰러졌지요. 맥코이와 나는 놀라서 동생 옆에 무릎을 꿇고 그를 살려내려 안간힘을 썼지요. 그때 맥코이는 총알이 장전된 리볼버를 그대로 들고 있었는데, 이 갑작스런 비극 앞에 서로에 대한 적개심을 잠시 잊은 상태였습니다. 상황을 먼저 깨달은 사람은 맥코이였습니다. 열차는 그때 무슨 이유에서인지 무척 천천히 달리고 있었지요. 맥코이는 도망가려면 지금이라고 생각했을 겁니다. 재빨리 달려가서 객차의 문을 열었는데 나도 그 못지않게 빨랐습니다. 날쌔게 뛰어서 그를 붙들고 늘어졌지요. 우리는 기차에서 떨어져서 서로를 부둥켜안은 채 가파른 경사면을 데굴데굴 굴렀습니다. 둘이 한데 엉켜 구르다가 경사면 아래에서 돌에 머리를 부딪쳐 나는 그만 정신을 잃었습니다. 깨어나보니 철로에서 멀지 않은 야트막한 덤불 속에 쓰러져 있었습니다. 그리고 누군가 젖은 손수건으로 내 머리를 닦고 있었습니다. 다름 아닌 스패로우 맥코이였습니다.

"당신을 버리고 갈 순 없었소." 맥코이가 말했습니다. "하루 사이에 동생을 죽이고 형까지 죽게 만들긴 싫었소. 당신이 동생을 사랑했다는 건 잘 알지만 그 점에 대해서는 나도 결코 지지 않소. 비록 그 방법이 잘못되었다고 당신이 비난하더라도 말이오. 어쨌든 에드워드가 없는 세상은 텅 빈 것이나 다름없소. 그러니 당신이 나를 교수대로 보낸다 해도 아무 상관없소."

맥코이는 기차에서 뛰어내리다 발목을 삐었습니다. 그는 걸을 수 없는 발을 어루만졌고, 나는 지끈지끈한 머리를 감싸고 그 자리에서 오랫동안 이야기를 나누었습니다. 그러다보니 어느덧 그에 대한 미움이 누그러지고 연민이 싹텄습니다. 동생의 죽음을 나 못지않게 슬퍼하는 이 남자에게 복수해서 뭘 어쩌겠다는 건가? 그리고 점차 분별을 되찾으면서 내가 맥코이에게 죄를 물으면 그 결과는 나와 내 어머니에게 돌아올 수밖에 없다는 데까지 생각이 미쳤습니다. 동생의 부끄러운 전력을 공표하지 않고(그야말로 내가 가장 피하고 싶은 일입니다) 어떻게 맥코이를 처형할 수 있을까? 사건을 비밀로 하고 싶은 것은 맥코이뿐만 아니라 나도 몹시 바라는 일입니다.

우리가 있던 곳은 영국에서 흔히 볼 수 있는 꿩 사냥구역의 하나로, 함께 그곳을 빠져나와 걸으면서 어떻게 하면 이 사건을 숨길 수 있을까 하고, 나는 동생을 죽인 남자와 상담했습니다.

맥코이의 얘기를 통해 동생의 주머니에서 내가 모르는 서류라도 들어 있지 않은 한, 경찰이 동생의 신원을 확인하거나 그 열차에 탄 방법을 절대로 알 수 없다는 사실을 알았습니다. 표는 맥코이의 주머니에 있었고, 역에서 맡긴 두세 개의 짐표도 마찬가지였습니다. 미국인들이 그렇듯 동생은 뉴욕에서 옷가지를 가져오는 것보다 런던에서 사는 것이 더 싸고 편리하다는 걸 알았기에, 그의 속옷과 겉옷은 모두 새것이었고 이름도 표시되어 있지 않았지요. 내가 창밖으로 던진 가방에도 더스트코트가 들어 있을 뿐입니다. 가방은 근처 관목 숲에 떨어져 아직 발견되지 않고 그대로 있거나, 떠돌이가 주워갔거나, 아니면 사건을 조사하는 경찰의 수중에 들어갔는데 공표하지 않고 있는지는 알 수 없었습니다. 어쨌든 이것들에 대해 런던 신문에는 아무 기사도 실리지 않았습니다. 동생이 지니고 있던 시계들은 사업상 동생이 위탁받은 시계들 중 일부였습니다. 어쩌면 동생은 시계를 판매하러 맨체스터에서 가져갔을지도, 아니, 이제 와서 이런 이야기를 한들 무슨 의미가 있겠습니까?

이 사건에서 경찰의 무능을 탓하고 싶지는 않습니다. 실제로 그보다 달리 좋은 수사방법은 없었을 겁니다. 사실 경찰이 놓친 단서가 있긴 했지만 그건 아주 작은 단서입니다. 동생의 주머니에서 나온 작고 둥근 거울 말입니다. 젊은 남자가 그런 물건을 가지고 다니는 것이 흔한 일이 아니지요. 하지만 도박사에게 물어보면(특히 카드 사기도박사에게) 그것이 무엇을 의미하는가를 가르쳐줄 겁니다. 테이블에서 조금 떨어져 앉아, 무릎 위에 거울을 위로 향하게 놓으면 상대방에게 나누어주는 카드를 모두 볼 수 있습니다. 상대가 들고 있는 카드를 모두 알면 콜*을 할지 레이스**를 할지 결정하기는 어렵지 않습니다. 그 거울은 스패로우 맥코이가 팔에 두르고 있던 클립 달린 고무줄만큼이나 사기도박꾼에게 중요한 도구입니다. 때문에 경찰이 이 일과 당시 여기저기 호텔에서 일어난 사기도박을 연결해서 생각했다면 사건의 실마리를 찾았을지도 모릅니다.

이제 설명할 일은 별로 없는 것 같군요. 그날 저녁 우리 두 사람은 도보여행을 즐기는 신사 행세를 하며 애머샴이라는 마을에 도착했습니다. 그리고 조용히 런던으로 돌아왔지요. 거기에서 맥코이는 카이로로 갔고 나는 뉴욕으로 돌아왔습니다.

그 후 어머니는 6개월 뒤에 돌아가셨는데 다행히 눈을 감는 날까지 무슨 일이 일어났는지 전혀 알지 못하셨습니다. 에드워드가 런던에서 정직하게 살고 있는 것으로만 생각하셨지요. 나는 감히 어머니께 진실을 말할 수 없었습니다. 동생은 편지를 보낸 적이 없기 때문에 어머니는 조금도 신경 쓰지 않았습니다. 어머니는 동생의 이름을 부르며 숨을 거두셨습니다.

마지막으로 당신에게 부탁이 하나 있습니다. 내가 자초지종을 털어 놓은 것에 대한 보답이라 생각하고 부탁하는 것입니다. 당신은 제방 아래에서 발견된 성경을 기억하겠지요? 내가 항상 안주머니에 지니고 다

---

* 같은 액수의 돈을 거는 것
** 앞의 사람보다 많은 액수의 돈을 거는 것

니던 성경인데, 아마 기차에서 떨어질 때 빠진 모양입니다. 나와 동생이 태어났을 때 아버지가 앞 장에 나와 동생의 출생일을 적어놓은 것으로 내게는 소중한 물건입니다. 성경이 어디에 있는지 알아봐서 내게 보내주면 고맙겠습니다. 다른 사람에게는 아무 쓸모 없는 물건이니까요. 뉴욕 브로드웨이 바사노 도서관, X 앞으로 보내면 내가 받을 수 있을 것입니다.

The Black Bag Left on a Door-step

캐서린 루이자 퍼키스

영국의 여류작가이
다. 여성탐정 러브데
이 브룩 시리즈로 명
성을 얻은 후, 동물보
호가로도 활동했다.

CATHERINE
LOUISA
PIRKIS

문간의 검은 가방

THE BLACK BAG LEFT ON A DOOR-STEP

"이 사건, 대박인데요?"

플리트 가의 린치 코트에 위치한 유명 탐정사무소. 에버니저 다이어 소장에게 러브데이 브룩이 말했다.

"신문기사가 맞다면 레이디 캐스로는 3만 파운드에 상당하는 보석을 도둑맞았어요."

"요즘 신문이 상당히 정확해. 이번 도난사건은 일반적인 컨트리하우스의 도난사건과 좀 달라. 범행은 가족과 손님들이 테이블에 모여 앉은 저녁식사 시간에 일어났어. 비번인 하인들은 자신들의 방에서 밥을 먹고 있었지. 크리스마스이브였기 때문에 하인들의 경계심이 평소보다 흐려졌을 거야. 대개의 범인들은 드레스룸 창문에 사다리를 걸어 침입하지만, 본 사건의 경우 1층 방의 창문으로 들어갔어. 창문 하나에 문 두 개가 있는 작은 방인데, 문 하나는 열려 있었고 다른 하나는 2층으로 통하는 뒤쪽 계단에 있지. 이 댁 신사분이 외출에서 돌아와 모자와 옷을 두는 방이라더군."

"그 방이 이 집의 약점이라 할 수 있을까요?"

"물론, 결정적인 약점이지. 조지 경과 레이디 캐스로가 사는 크레이겐 코트는 다소 특이하게 지어진 오래된 집으로, 건물이 여러 방향으로 뻗어 있어. 아무것도 없는 벽을 향해 난 스테인드글라스 창문은 튼튼한 놋쇠 자물쇠로 항상 걸려 있지. 위쪽에 유리 환기장치가 있기 때문에 낮이고 밤이고 창문을 열지 않아. 하지만 지면에서 겨우 121센티미터 높이밖에 안 되는 창에 쇠창살도 덧문도 달지 않은 건 멍청한 짓이지. 그래서 이 사건이 일어났겠지만."

"하인들을 의심하나요?"

"의심할 여지없이 그렇지. 자네가 침투할 곳도 하인들의 방이고. 도둑은 집 안을 완벽히 꿰뚫고 있어. 레이디 캐스로의 보석은 드레스룸 금고에 있었네. 드레스룸은 식당 위에 있는데, 조지 경은 늘 '가장 안전한 방'이라고 익살을 섞어 자랑했던 모양이야. 그의 명령에 따라, 드레스룸 바로 아래쪽의 식당 창은 저녁식사 동안 덧문을 닫지 않고 블라인드도 없는 상태야. 그 창을 통해 바깥 테라스로 불빛이 비치기 때문에 몰래 사다리를 거는 건 불가능해."

"신문을 보니 조지 경은 크리스마스이브마다 손님들을 잔뜩 초대해 대규모 만찬을 열었다더군요."

"조지 경과 레이디 캐스로는 나이가 들었지만 가족이 없고 친척이 몇 명 있을 뿐이야. 그래서 많은 시간을 친구들과 보낸다더군."

"금고의 열쇠는 레이디 캐스로의 하녀에게 맡겼을 거라 생각되는데요?"

"그렇지. 스테파니 델크르와라는 젊은 프랑스 아가씨야. 여주인이 나간 즉시 드레스룸을 정리하는 일을 하고 있지. 보석을 넣은 금고를 잠그고, 여주인이 침실에 올라올 때까지 열쇠를 갖고 있어. 그런데 도난이 있던 밤에는 그렇게 하지 않았어. 여주인이 드레스룸을 나가자마자 그녀는 계단을 달려 가정부의 방으로 내려가, 자신에게 온 편지가 없는지 확인하고 다른 하녀와 잠시, 얼마나 시간이 지났는지 기억하진 못하지만 대화했다고 해. 그녀의 고향인 생트 오메르에서 오는 편지는 늘 7시 30분 즈음에 도착하곤 했어."

"오, 그렇다면 편지를 확인하러 달려 내려가는 건 스테파니의 오랜 습관일 거예요. 도둑은 분명 집안일을 완벽히 아는 데다 이 일도 알고 있었을 거고요."

"아마도. 아무튼 현재 상황은 스테파니에게 너무나 불리해. 그녀의 태도 역시 조사에 협조해 의혹을 풀려는 것 같지는 않았어. 그녀는 히스테리 발작을 일으켰고, 입만 열면 모순된 말을 했어. 영어를 모른다고 유창한 프랑스어로 말했지. 연기하듯 과장되게 행동하더니 끝내 발작을 일으켰다더군."

"완전히 프랑스 스타일이군요, 그렇죠?" 러브데이가 대답했다. "런던 경찰국은 그날 밤, 금고를 잠그지 않은 사실에 수사의 초점을 맞추고 있겠군요."

"그리고 그들은 그녀의 '있을지도 모르는 애인'에 대해 조사를 시작했어. 베이츠가 그 마을에 머물면서 여러 외부적인 정보를 모으고 있지만 그들에게 진짜로 필요한 건 '애인의 존재'를 밝혀낼 사람이지. 스테파니는 그 집 하녀 대부분과 사이가 좋았고, 애인이 있었다면 분명 이야기를 했을 거야. 그래서 나에게 의뢰가 왔다네. 여자 탐정 중에서 이 목적에 맞는, 가장 빈틈없고 똑똑한 사람을 보내줄 수 있느냐고. 브룩 양, 자네를 보내기로 했어. 칭찬의 뜻이라고 생각해도 좋아. 이제 노트를 꺼내게. 출항명령을 내릴 테니."

러브데이 브룩은 이때 서른 살을 조금 넘었다. 그녀에 대한 묘사는 '부정'의 단어가 들어 있는 편이 어울린다.

그녀는 키가 크지도 작지도 않다. 피부는 검지도 하얗지도 않고, 아름답지도 추하지도 않다. 그녀의 모습은 전체적으로 설명하기 힘들다. 유일하게 눈에 띄는 것은 눈을 지그시 감아 눈동자가 선처럼 가늘게 보이는 모습으로, 그녀가 생각에 빠져 있을 때의 버릇이다. 그녀는 그 가는 틈으로 세상을 보는 것 같았다.

그녀의 드레스는 언제나 검은색이고 퀘이커 교도들처럼 정확하고 청결했다.

5~6년 전 러브데이는 운명의 장난으로 빈털터리가 된 채 세상에 나왔다. 장사에 대한 재능이 없는 것을 안 그녀는 곧바로 전통을 거스르면서 지금까지의 사회적 지위에서 한층 멀어지게 만드는 직업을 선택했다. 그리고 다시 5~6년 동안 밑바닥부터 꾸준히 일했고 드디어 기회가, 정확히 말하자면 꼬일 대로 꼬인 복잡한 범죄가 그녀를 린치 코트의 유명 탐정사무소로 이끌었다. 에버니저 다이어 소장은 즉시 그녀의 능력을 간파하고 사건을 맡겼다. 물론 사건은 그와 러브데이의 수입과 평가를 동시에 높여주었다.

늘 냉정을 유지하는 듯한 에버니저 다이어는 때로 브룩 양의 자질에 대해 줄줄이 이야기를 늘어놓곤 했다.

"여자라면 얼마든지 있다 이건가?" 브룩 양의 자질에 의문을 품는 사람을 만날 때마다 그는 이렇게 말했다. "그녀가 숙녀든 아니든 나는 상관하지 않아. 단지 내가 지금껏 만난 여성 중 가장 사려 깊고 실제적이라는 사실을 알 뿐이지. 첫째, 그녀는 능력이 있어. 여성에게는 아주 드문, 명령을 글자 그대로 올바르게 실행하는 능력이. 둘째, 그녀는 고정불변의 이론에 구속받지 않는 총명하고 기민한 머리를 갖고 있어. 셋째, 가장 중요한 점인데, 그녀는 다방면에 걸쳐 풍부한 지식을 갖고 있고 가히 천재적이라고까지 할 수 있어. 아, 정말 천재적이야."

러브데이와 에버니저 다이어는 '편한 마음으로 우호적인 분위기 속에' 일했는데, 다시 말하자면 서로를 향해 마음껏 고함을 지르곤 했다.

지금도 그렇게 될 것 같은 분위기다.

러브데이는 공책을 꺼내지도, '출항명령'을 받으려 하지도 않았다.

"알고 싶은 게 있어요." 러브데이가 입을 열었다. "어느 신문에서 봤는데…… 도둑 하나가 떠나기 전에 일부러 금고문을 닫고 분필로 '빈방 있음, 가구 없음'이라고 썼다던데 사실인가요?"

"백 퍼센트 사실이야. 하지만 그 '사실'에 중점을 둘 필요는 없어. 악당들은 대개 오만과 허세에 찌들어 그런 짓을 하니까. 일전의 라이게이트 강도사건에서도 강도들은 레이디의 장식상자에서 공책을 꺼내, 자물쇠를 수리하지 않은 그녀의 친절에 대한 감사의 말을 써놓았다지. 자, 이제 자네는 공책을 꺼내고……."

"서두르지 말아요." 러브데이가 조용히 말했다. "당신이 이것을 봤는지 알고 싶어요." 그녀가 문서상자에서 꺼낸 것은 신문에서 오려낸 작은 기사였다.

키가 크고 다부진 체격의 다이어는 큰 머리에 꽤나 호감을 주는 벗겨진 이마, 그리고 상냥한 미소를 갖고 있었다. 다만 그 미소는 함정이라는 것을 곧 알게 된다. 그는 상당히 성급하며 뜻밖의 말에 화를 내기 때문이다.

그 미소는 신문기사를 받아들자마자 사라졌다.

"잊지 않았으면 좋겠어, 브룩." 다이어가 엄격하게 말했다. "나는 일을 서두르는 편이지만, 결코 성급하지는 않아. 오히려 칠칠치 못하거나 시간을 지키지 않는 것에 더욱 날을 세우고 있지."

그러고 나서, 다이어는 그녀의 말에 반발이라도 하듯 신중하게 기사를 펼치고 단어와 음절을 매우 천천히 발음하기 시작했다.

기묘한 발견

어제 아침 이른 시각, 스미스의 신문배달 소년이 이스터브룩과 레포드 사이의 도로에 있는 나이 든 독신여성의 집 문 앞에서 검은 가죽가방(대형 여행가방)을 발견했다. 가방 안에는 목사용 칼라와 넥타이, 기도서, 설교집, 버질의 작품, 마그나카르타의 사본과 그 번역, 검은 염소 가죽 장갑 한 쌍, 브러시와 빗, 신문, 그리고 목사의 것으로 생각되는 소지품 약간이 들어 있었다. 가방 표면에는 다음과 같은 이상한 문구가 가늘고 길게 자른 종이에 연필로 쓰여 붙어 있었다.

'운명의 날은 왔다. 나는 이미 존재하지 않는다. 여기에서 떠나 이제 누구에게도 보이는 일은 없다. 하지만 검시관과 배심원에게 내가 정상적인 인간이라는 것, 일시적 광기의 결과라는 평결은 나의 경우 지독히 잘못된 것이라는 것을 알리고 싶다. 그것이 자살이라도 나는 상관없다. 나는 온갖 괴로움에서 도망칠 수 있기 때문이다. 나의 생명 없는 불쌍한 신체를 가장 가까운 장소에서 정성 들여 찾는 것이 좋겠다. 차가운 히스, 선로 또는 건너편 다리 옆의 강을…… 조금만 찾아보면 내가 떠난 방법을 알 수 있다. 내가 만약 올바른 길을 걸었더라면 나는 지금 자격 없는 사제가 아니라 교회의 힘이 되었을지 모른다. 하지만 도박이라는 젠장맞을 죄가 나를 붙잡는다. 도박은 지금껏 수많은 사람을 파멸시켰듯이 나를 파멸시켰다. 젊은이여, 마권 판매인과 레이스 트랙을 피하라. 악마와 지옥 보듯 하라. 잘 있거라, 매춘부 갱생원의 동료들이여. 안녕, 그리고 이 경고를 받으라. 나는 공작, 백작, 주교와 인척이라 주장할 수 있다. 나는 고귀한 여성의 아들이지만 동시에 부랑자이며 낙오자다. 사실이다. 감미로운 죽음이여, 너에게 경의를 표한다. 나는 굳이 내 이름을 서명하지 않으련다. 여러분, 안녕. 오, 나의 가련한 백작부인인 어머니여. 죽음의 키스를 당신에게. 명복을 비오.'

경찰과 철도직원은 역 주변을 '철저히 수사' 했으나 '생명 없는 불쌍한 신체' 는 발견하지 못했다. 경찰은 아직 수사를 계속하고 있지만, 편지에 대해서는 장난이라는 쪽으로 의견이 기울고 있다.

다이어는 기사를 도로 접어 러브데이에게 돌려주었다.

"질문해도 되나?" 그는 비꼬듯이 말했다. "자네와 나의 귀중한 시간을 헛되이 만드는 이 멍청한 장난에 뭐가 있다는 건가?"

"알고 싶은 게 있어요." 러브데이는 역시 변함없는 말투로 말했다. "당신이라면 이 발견과 크레이겐 코트에서 일어난 도난사건을 어떻게 연결하겠어요?"

다이어는 놀란 나머지 머쓱해져서 그녀를 보았다.

"내가 어렸을 때," 그는 역시 비꼬듯이 말했다. "'뭘 생각해?' 라는 게임을 했었지. 누군가 엉뚱한 것을 생각하면, 예를 들어 기념비의 꼭대기라든가, 다른 누군가가 그것이 무엇인지 추리하는 거야. 이를테면 그의 왼쪽 부츠 끝 같은 것. 그리고 그는 왼쪽 부츠 끝과 기념비 꼭대기와의 관계를 설명해야 해. 미스 브룩, 자네와 나를 위해 지금 그 멍청한 게임을 할 생각은 없네."

"오, 좋아요." 러브데이는 조용히 말했다. "전 당신이 얘기하고 싶어 할 줄 알았는데, 그것뿐이에요. 당신이 말하는 나의 '출항명령'을 주세요. 그곳에 가서 이 프랑스인 하녀와 그녀의 많은 애인들에게 주목받기 위해 노력하겠어요."

다이어는 다시 상냥해졌다.

"그게 자네가 생각할 포인트야." 그가 말했다. "내일 첫 기차로 크레이겐 코트로 가게. 그레이트 이스턴 기차로 약 96.5킬로미터이지. 헉스웰이 바로 자네가 내리는 역이야. 크레이겐 코트에서 온 마부 한 명이 자네를 그 집까지 데려다줄 거야. 그곳의 가정부 윌리엄스 부인은 아주 훌륭하고 견실하다네. 자네는 그녀의 조카야. 기숙학교 교사 시험을 치르려고 열심히 공부한 다음 일자리를 찾으러 왔다는 사전 광고를 대대적으로 해놓았네. 물론 지나친 공부로 건강과 눈이 나빠져서 푸른 안경을 쓸 수 있어. 자네 이름은 제인 스미스, 메모해두는 게 좋을걸. 일이라곤 저택의 하인들 사이에 섞이는 것뿐이니 조지 경과 레이디 캐스로를 만날 필요는 없어. 그들에게는 자네의 방문의도를 알리지 않았다네. 아는 사람이 적을수록 좋을 테니. 그러나 베이츠는 자네가 그 집에 들어갔다는 소식을 듣는 즉시 반드시 자네를 만나러 올 거야."

"베이츠는 뭔가 중요한 것을 찾았대요?"

"아직. 스테파니의 애인 중 하나라는 홀트라는 젊은 농부를 발견했는데, 무척이나 정직하고 훌륭한 남자라 그다지 의미가 없어."

"이제 물어볼 것은 아무것도 없네요." 러브데이는 몸을 일으켰다. "필요하면 평소 쓰던 암호로 전보를 보낼게요."

다음 날 아침, 비숍스 게이트를 출발한 러브데이 브룩은 상류층의 하인에게 어울릴 법한 아름다운 검은 옷을 입고 헉스웰로 향하는 첫 기차의 승객들 사이에 섞여 있었다. 여행의 지루함을 쫓으려 《암송용 문장의 보고寶庫》라는 조그만 책을 들고 있었다. 1실링이라는 푼돈에 팔리는, 삼류 아마추어 암송가를 위한 쉬운 읽을거리였다.

헉스웰로 가는 여정의 절반이 지나기까지 브룩 양은 책에 상당히 집중하는 것 같았지만 이윽고 잠을 자거나 생각에 빠진 듯 눈을 감고 기대어 앉아 있었다.

기차가 헉스웰에서 멈추자 그녀는 눈을 뜨고 짐을 챙겼다.

플랫폼에 선 수많은 짐꾼들 속에서, 크레이겐 코트에서 온 말쑥한 마부를 찾는 일은 어렵지 않았다. 동시에 마부 옆에 있던 누군가가 그녀의 시선을 끌었는데, 행상인 모습으로 전통적인 행상가방을 손에 든 베이츠였다. 붉은 머리에 붉은 수염을 기른 작고 마른 남자로, 배고픈 표정을 짓고 있었다.

"추워서 반쯤 얼었어요." 러브데이는 조지 경의 마부에게 말했다. "코트까지 걸어가고 싶은데요, 제 짐만 좀 실어주시겠어요?"

마부는 러브데이에게 길을 알려주고 짐을 싣고 떠났다. 시골길을 함께 걸으며 비밀이야기를 나누려는 베이츠의 소원은 그렇게 이루어졌다.

그날 아침, 베이츠는 기분이 좋은 것 같았다.

"매우 단순한 사건입니다, 브룩 양." 그가 입을 열었다. "길을 따라 걸어가는 것처럼 간단해요. 당신은 성벽 안에서 움직이고 내가 바깥을 파내죠. 아직 복잡한 일은 아무것도 일어나지 않았어요. 일주일이 지나기 전에 스테파니를 감옥에 보내지 못하면 내 이름은 제러마이어 베이츠가 아니요."

"프랑스 하녀를 말하는 건가요?"

"물론이오. 스테파니가 금고와 창문을 열었다는 것은 거의 확실해
요. 브룩 양, 나는 이렇게 생각합니다. 모든 아가씨들은 애인이 있지
요. 하지만 그 프랑스 하녀처럼 예쁜 아가씨라면 보통 여자의 두 배
는 될 거예요. 애인이 많으면 많을수록 그 가운데 범죄자가 있을 가
능성도 높아집니다. 지극히 명백한 사실 아닙니까?"

"정말 간단하군요."

베이츠는 자신을 얻고 말을 이었다.

"얘기를 계속하자면, 이렇습니다. 이 여자는 그저 예쁘고 어리석은
여자일 뿐 뛰어난 범죄자는 아니다. 그렇지 않았더라면 금고문을 잠
그지 않은 것을 인정하지 않았을 테니. 충분한 길이의 줄만 있다면
분명 목을 매고 말 겁니다. 하루 이틀 내버려두면, 자신에게 범죄를
시킨 녀석에게 도망갈 거고요. 우리는 그 둘을 이곳과 도버 해협 사
이 어디쯤에서 체포하고, 그들이 공범임을 증명하는 단서를 얻을 겁
니다. 에, 브룩 양, 할 가치가 있는 일 아닙니까?"

"의심할 여지가 없네요. 저런 속도로 마차를 타고 오는 사람은 누
구일까요?"

그들의 등 뒤에서 마차 바퀴소리가 바짝 다가왔다.

베이츠도 고개를 돌렸다. "홀트입니다. 아버지의 농장이 3.2킬로미
터 떨어진 곳에 있다지요. 스테파니의 애인 중 한 명인데 그중에서
가장 낫습니다. 그렇다고 스테파니가 그를 가장 마음에 들어 하는 것
같진 않아요. 내가 듣기로는, 나쁜 일을 계획한 건 다른 누군가인 듯
해요. 도난사건 이후, 스테파니가 홀트에게 냉정해졌다고요."

마차가 가까이 다가오며 속도를 줄였다. 러브데이는 그 젊은이의
얼굴에 깃든 솔직하고 정직한 표정에 감탄할 수밖에 없었다.

"한 자리가 비어 있는데…… 타고 가시겠습니까?" 홀트가 다가와

말을 붙였다.

앞으로 한 시간은 족히 밀담을 나누어야 할 베이츠에게 말할 수 없는 혐오를 느낀 브룩 양은 재빨리 마차에 올라타 그의 옆에 앉았다. 홀트에게 자신의 목적지는 크레이겐 코트로, 처음 오는 곳이라 길에서 가장 가까운 곳에서 내려달라고 설명했다.

크레이겐 코트라는 말에 홀트의 얼굴이 어두워졌다.

"그곳에서 귀찮은 일이 일어나서 다른 사람들에게 피해를 주고 있습니다." 그의 목소리가 약간 신랄하게 들렸다.

"알고 있어요." 러브데이는 동정하듯 말했다. "흔히 있는 일이죠. 이런 경우 결백한 사람에게 혐의가 걸리기 마련이에요."

"바로 그거예요!" 그는 흥분해서 소리쳤다. "그 집에 들어가면 그녀에 대한 온갖 나쁜 이야기가 들리고, 모든 일이 그녀에게 불리하게 되어 있을 겁니다. 하지만 그녀는 결백해요. 맹세하건대 당신과 나처럼 그녀는 결백합니다."

그의 목소리가 말발굽소리보다 높게 울렸다. 처음 보는 러브데이에게 누구 이야기인지 이름을 말하는 것조차 잊은 것 같았다.

"누가 범인인지는 신만이 알 겁니다." 그는 한순간 멈추었다가 말을 이었다. "그 집의 누군가에게 오명을 씌우는 것은 내 일이 아니지만 그녀가 결백하다는 것만은 말하고 싶어요. 목숨을 걸어도 좋습니다."

"당신처럼 믿고 신뢰해주는 사람이 있다니 그 아가씨는 운이 좋군요." 더욱 동정적인 목소리로 러브데이가 대답했다.

"그녀가요? 그녀가 그 운을 이용하면 좋겠어요. 그러면," 그는 날카롭게 대답했다. "그런 처지에 있는 대부분의 여자는 좋든 싫든 남자가 옆에 있어주는 것을 기뻐할 겁니다. 그런데 그녀는 그렇지 않아요! 그 불길한 도난사건 이후, 나를 만나기를 거부하고 있어요. 편지에 답장도 하지 않아요, 전갈도 보내지 않아요. 정말이지! 나는 내일 당장이라도 그녀와 결혼할 수 있습니다. 세상이 그녀에게 뭐라고 하든 말입니다."

그는 조랑말을 채찍질했다. 길가의 풍경이 빠르게 날아가듯 그들을 스쳤다. 러브데이가 반쯤 왔나 생각하기도 전에 그는 크레이겐 코트 입구에서 고삐를 당기고, 그녀가 내리는 것을 도왔다.

"기회가 되면 그녀에게 5분이라도 좋으니 만나달라는 말을 전해주시겠습니까?" 러브데이는 젊은이의 친절한 배려에 감사하며 그의 말을 꼭 전하겠다고 약속했다.

가정부 윌리엄스 부인은 하인 홀에서 러브데이를 환영하고, 그녀를 방으로 데려가 짐을 풀도록 해주었다. 윌리엄스 부인은 런던 상인의 미망인으로, 상냥하고 호감 가는 태도에 말과 행동은 일반 가정부의 수준 이상이었다. 그들은 차를 마시며 서로의 마음을 터놓고 얘기했다. 러브데이는 편안한 분위기 속에서 대화를 이어가며 도난사건의 모든 경위와 그날 밤 만찬에 있었던 손님들의 숫자와 이름, 그리고 사소한 정황들을 이끌어냈다.

부인은 하인들 모두가 직면한 비통한 처지를 숨기려 하지 않았다.

"우리 모두 제정신이 아니에요." 그녀는 러브데이에게 차를 따라주고 난롯불을 키웠다. "다른 사람들이 모두 자신을 의심하고, 과거의 언행을 일일이 들추어 증거로 삼으려 한다고 생각하죠. 이 집 전체가 의혹의 그늘 아래 있어요. 1년 중 가장 즐거운 시기에!" 그녀는 천장에 드리워진, 호랑가시나무와 겨우살이로 만든 크리스마스 장식을 슬프게 바라보았다.

"지금껏 크리스마스는 아래층에서 즐겁게 보내셨겠죠?" 러브데이가 말했다. "하인들의 무도회를 열고 연극도 하면서?"

"맞아요! 작년 이맘때쯤 우린 모두 즐거웠는데, 도저히 같은 집에 있다고 생각할 수 없네요. 하인들의 무도회는 늘 주인마님의 무도회 뒤에 열렸죠. 우리는 친구를 부를 수도 있었고, 얼마든지 늦게까지 즐길 수 있었어요. 음악을 연주하고 시를 암송하며 시작해 저녁식사를 하고 아침나절까지 춤을 췄죠. 하지만 올해는!" 그녀는 말을 맺고 우울하게 머리를 흔들었다. 그 행동이 책 한 권만큼의 긴 이야기처럼 느껴졌다.

"그렇다면," 러브데이가 덧붙였다. "당신 친구들 중에는 재주 있는 악사와 암송가가 있겠군요?"

"물론이죠. 훌륭한 사람들이에요. 조지 경과 마님도 초반에는 참석하시는 걸요. 작년, 해리 에메트가 죄수복을 입고 뱃밥*을 손에 든 채 〈고귀한 죄수〉를 노래했는데, 조지 경께서 매우 즐거워하셨어요. 경은 그가 무대에 서면 틀림없이 한 재산 모을 거라고 칭찬하셨죠."

"차 좀 더 마실 수 있을까요?" 러브데이는 자신의 잔을 내밀었다. "해리 에메트는 어떤 사람인가요? 어떤 하녀의 애인이라든가?"

"오, 모든 하녀들에게 입에 발린 소리를 늘어놓지만 그는 사실 누구의 애인도 아니에요. 그는 조지 경의 친한 친구로, 제임스 대령의 하인이지요. 늘 이곳저곳에 주인의 전언을 전달하러 다녀요. 그의 아버지는 런던에서 마차를 몰 겁니다. 해리도 한때는 그 일을 했어요. 하지만 신사의 하인을 동경했고, 결국 꿈을 이뤄서 만족하고 있어요. 머리가 좋고 잘생긴 데다 즐거운 이야기를 많이 알아서 누구나 그를 좋아하지요. 아이쿠, 이런 얘기만 해서 당신을 지루하게 했네요. 다른 이야기도 나누고 싶지요?" 끔찍한 도난사건이 뇌리에 되살아났는지 부인은 다시 한숨을 쉬었다.

"전혀요. 하인들의 무도회 이야기가 정말 재미있어요. 해리 에메트는 아직 근처에 있나요? 그의 암송을 직접 들어보고 싶어요. 재미있을 것 같아요."

"유감이지만 그는 여섯 달 전 제임스 대령을 떠났어요. 우리 모두

---

* 낡은 밧줄을 푼 것

그 일을 안타깝게 생각했죠. 어찌나 선량하고 마음이 착한지, 할머니를 도우러 가야 한다지 뭐예요. 어디서 과자가게를 하고 있다는데, 어디인지 생각이 나지 않네요.”

러브데이는 의자에 기댄 채 눈을 내리깔고 그녀만의 ‘틈’으로 사물을 보고 있었다. 그녀는 별안간 화제를 바꾸었다.

“레이디 캐스로의 드레스룸을 보려면 언제가 좋을까요?”

부인은 시계를 보았다. “바로 지금이네요. 지금이 4시 45분인데, 마님은 저녁 정찬을 위해 옷을 갈아입으시기 전에 30분 정도 쉬시거든요.”

“스테파니는 아직 레이디 캐스로의 시중을 들고 있나요?” 브룩 양은 가정부를 따라 뒷계단*으로 올라가면서 물었다.

“네, 요즘 같은 시련의 시기에 조지 경과 레이디 캐스로는 선량함 그 자체랍니다. 그분들은 우리가 유죄라고 증명될 때까지는 결백하다면서, 누구의 직무도 변경하지 않도록 하셨어요.”

“스테파니는 자신의 직무를 거의 하지 못하리라 생각합니다만.”

“그렇지요. 스테파니는 형사가 오고 처음 며칠은 거의 아침부터 밤까지 히스테리 상태였어요. 지금은 뚱해져서 아무것도 먹지 않고, 우리들 누구와도 꼭 필요한 말이 아니면 하지 않아요. 여기가 마님의 드레스룸이에요. 들어와요.”

화려한 가구가 있는 큰 방이었다. 러브데이는 자연히 방에서 가장 시선을 끄는 곳으로 곧장 다가갔다. 드레스룸과 침실을 구분하는 벽에 묻힌 쇠 금고.

단단한 철문과 처브 자물쇠**를 갖춘 일반적인 금고문에는 ‘빈방 있음, 가구 없음’이라는 글이 분필로 크고 대담하게 쓰여 있었다.

러브데이는 이 금고 앞에서 5분쯤 서서, 그 크고 대담한 글자를 주

* 하인 구역에 가까운 좁은 계단으로, 손님의 눈에 띄지 않게 하인들이 출입한다.
** 자물쇠 브랜드의 하나

의 깊게 관찰하고 수첩에서 가늘고 긴 트레이싱 페이퍼*를 꺼내, 글자 하나하나를 금고문의 글과 비교했다. 그 일이 끝나자마자 러브데이는 이제 아래층 방으로 가도 좋다고 말했다.

윌리엄스 부인은 놀라는 것 같았다. 브룩 양의 전문적인 능력에 대한 그녀의 평가는 상당히 낮아져 있었다.

"신사 탐정분은 이 방에서 한 시간 이상 보냈어요. 바닥을 부지런히 오가고 초의 길이를 재고……."

"윌리엄스 부인," 러브데이가 끼어들었다. "이제 아래층 방을 볼 차례입니다." 어느새 그녀의 태도는 가십을 나누는 우호적인 태도에서 엄격하고 성실하게 직무를 이행하는 모습으로 바뀌어 있었다.

윌리엄스 부인은 한마디도 덧붙이지 않고, 언뜻 보기에도 이 집의 '약점'이라 할 수 있는 작은 방으로 안내했다. 그들은 뒷계단으로 통하는 복도 쪽으로 난 문을 통해 들어갔다. 방은 다이어 씨가 묘사한 그대로였다. 언뜻 보아도 창문에 놋쇠 빗장이 걸려 있지 않아서, 누구라도 바깥에서 열고 들어올 수 있었다.

러브데이는 굳이 시간을 낭비하려 하지 않고 방을 가로질러 반대쪽 문으로 나온 게 다였다. 윌리엄스 부인은 더욱 놀라고 실망한 기색이 역력했다.

"이 의자는 언제나 저 자리에 있나요?" 러브데이는 문득 발을 멈추더니 방금 나온 방 바로 바깥에 있는 떡갈나무 의자를 가리켰다.

부인은 그렇다고 대답했다. 그곳은 특히 따뜻했고, 전언을 들고 이 집을 찾아오는 사람들을 위해 마음 편한 장소를 마련해두라는 마님의 배려심이 깃들어 있었다.

"그럼, 이제 제 방을 볼게요. 그리고 이 지역 가게 명단을 좀 보여주시겠습니까? 이 집에는 그런 것이 있겠지요?"

---

* 반투명으로 된 필기용지. 투사지

윌리엄스 부인은 화를 참으며 침실이 있는 구역으로 다시 한 번 안내했다. 훌륭한 가정부로서 미스 브룩이 이 집의 '구경'이나 방에 흥미를 보이지 않아 자신의 권위가 어딘지 손상되었다고 느끼는 것 같았다.

"짐 푸는 것을 도울 사람을 보낼까요?" 그녀는 러브데이에게 조금 딱딱하게 물었다.

"아니, 됐어요. 짐이 많지 않으니까요. 내일 아침 첫 기차로 출발합니다."

"내일 아침이요? 모두에게 당신이 적어도 2주는 있을 거라고 말했는데요!"

"아, 그렇다면 갑자기 전보를 받고 떠났다고 설명해야겠네요. 이런, 나 때문에 변명을 하게 생겼네요. 하지만 저녁식사 때까지는 아무에게도 말하지 마세요. 당신과 함께 식탁에 앉을 거니까요. 그때 스테파니를 만날 수 있을까요?"

부인은 그렇다고 대답하고 브룩 양의 기묘한 태도를 수상하게 생각하며 나갔다.

하지만 저녁식사 시간, 하인들이 가장 기다리는 식탁에는 놀라운 일이 그들을 기다리고 있었다. 스테파니가 나타나지 않은 것이다. 동료 하녀가 방으로 부르러 갔지만 방은 비어 있고, 스테파니는 어디에도 없었다.

러브데이와 윌리엄스 부인은 함께 스테파니의 침실로 갔다. 모든 것이 평소와 같았다. 짐을 싼 것 같지는 않고, 모자와 재킷 이외에는 아무것도 갖고 나가지 않은 것 같았다.

조사해보니 스테파니는 평소처럼 레이디 캐스로가 만찬을 위해 옷을 갈아입는 것을 도왔고, 그 후에 아무도 그녀를 보지 못했다는 것이다.

윌리엄스 부인은 사건의 심각성을 인지하고 곧바로 주인과 마님에게 알렸다. 조지 경은 즉시 킹스 헤드에 심부름꾼을 보내 베이츠를 호출했다. 러브데이는 다른 곳, 즉 농장에 있는 홀트에게 심부름꾼을 보내 스테파니의 실종을 알렸다.

조지 경에게 간단한 사정을 듣고 기쁜 듯 서재를 나선 베이츠는 크레이겐 코트를 떠나기 전, 잠시 마차길에서 이야기를 나눴으면 한다는 전갈을 러브데이에게 전해왔다.

러브데이는 모자를 쓰고 그가 있는 곳으로 나갔다. 베이츠는 너무나 기쁜 나머지 당장 춤이라도 출 것 같았다.

"말했지요! 말했지요! 어떻습니까, 브룩 양?" 그가 소리쳤다. "우리는 아침이 되기도 전에 스테파니의 소재를 찾아낼 겁니다. 걱정 마세요. 준비는 완벽합니다. 나는 그녀가 무엇을 생각하는지 알고 있었어요. 그 아가씨가 뛰쳐나간다면 분명 레이디 캐스로에게 만찬 드레스를 입힌 다음일 거라고요. 자유시간이 두 시간 정도 있고, 집에서 사라져도 아무도 알아차리지 못하며, 크게 곤란한 일도 없어요. 그저 헉스웰 발 레포드 행 기차에 타기만 하면 됩니다. 하지만 레포드에 내리는 순간, 그녀가 가는 곳을 한 걸음 한 걸음 뒤쫓게 되어 있지요. 바로 어제 그곳에 이런 종류의 일을 아주 잘하는 사람을 배치해서 자세한 지시를 해두었습니다. 그녀를 제대로 추적하도록. 아무것도 갖고 가지 않았다고요? 그게 무슨 의미가 있습니까? 필요한 건 뭐든 손에 넣을 텐데요. 오늘 아침에 내가 말하지 않았습니까, 하하! 이제 그 구멍으로 숨어드는 대신, 그녀는 우리 쪽 탐정에게 그곳에서 대기하고 있는 공범을 넘기게 될 겁니다. 다음 48시간이 지나기 전에, 그들을 잡지 못하면 내 이름은 제러마이어 베이츠가 아닙니다."

"당신은 이제 어떻게 할 거예요?" 상대의 긴 말이 끝나자 러브데이가 물었다.

"지금부터! 킹스 헤드로 돌아가 레포드에 나가 있는 동료의 전보를 기다립니다. 그녀를 잡는 즉시 만날 곳을 알려주기로 되어 있습니다.

알겠습니까? 헉스웰은 외딴 곳이죠. 7시 30분에서 10시 15분 사이에 나가는 기차라곤 딱 하나뿐이기 때문에 레포드야말로 그녀의 목적지라는 걸 확신할 수 있습니다."

"그래요?" 러브데이는 진지하게 대답했다. "나는 여자의 다른 목적지를 알아요. 오늘 아침 우리가 마차로 지난 작은 개울이죠. 조심히 가세요, 베이츠 씨. 밖은 꽤 춥네요. 뭔가 새로운 정보를 얻으면 조지 경에게 전해주시길."

집안사람들은 그날 밤 늦게까지 일어나 있었지만 스테파니에게서는 어떤 소식도 없었다. 베이츠는 휴 앤드 크라이*를 조직해봤자 스테파니를 되려 겁먹게 하고, 그들이 그토록 만나고 싶은 '공범'과 합류하는 것을 막기 때문에 좋지 않다고 조지 경을 설득했다.

"조지 경. 우리는 그녀의 뒤를 살금살금 쫓아 그림자처럼 남자를 미행할 겁니다." 그는 호언장담했다. "그러고는 틀림없이 그 도난당한 물건도 찾을 겁니다." 과연 조지 경은 베이츠의 희망대로 하인들을 설득했다. 러브데이가 저녁 일찍 홀트에게 전언을 보낸 것을 제외하면 집 밖의 누구도 스테파니의 실종을 몰랐다.

러브데이는 아침 일찍 집을 나와, 레포드 행 8시 기차의 승객 속에 섞였다. 출발하기 전, 그녀는 린치 코트에 있는 상사에게 전보를 보냈다. 다음과 같은, 조금은 기묘한 내용이었다.

크래커 발사. 레포드로 출발, 거기에서 전보 보냄. L. B.

기묘하게 보이지만 암호책이 필요하지는 않았다. '크래커 발사'는 사무소의 탐정용어로 '단서를 잡았다'는 의미라는 것을 다이어는 기

억하고 있었다.

"흠, 이번엔 꽤나 순식간에 돌아가는군." 그는 다음 전보의 내용을 추측하며 혼잣말했다.

30분 후, 그에게 런던 경찰국 경관이 찾아와 스테파니의 실종과 이를 둘러싼 온갖 추측을 알렸다. 그는 러브데이의 전보와 새로 접한 정보를 대조한 후 그녀가 잡은 단서는 스테파니의 유죄 여부와 현재 있는 장소에 관한 것이라는 결론을 내렸다.

그러나 잠시 후 받은 또 하나의 전보는 이 가설을 완전히 뒤집었다. 앞의 것과 마찬가지로 사무실에서 통용되는 수수께끼 같은 말로 쓰여 있었지만 그보다 훨씬 길고 복잡했기에 암호책이 필요했다.

"대단하군! 사건을 완전히 해결했잖아!" 마지막 말까지 해독을 마친 다이어는 소리쳤다. 10분 후 그는 주임에게 사무실을 맡기고, 마차를 달려 비숍스게이트 역으로 향했다.

거기에서 그는 운 좋게도 출발 직전의 레포드 행 기차에 탈 수 있었다.

"오늘의 이벤트는," 그는 구석자리에 마음 편히 앉아 혼잣말했다. "돌아오는 기차에서 브룩 양이 어떻게 사건을 해결했는지 들어주는 것이 되겠군."

오후 3시 가까이 되어서야 그는 오래된 상업도시 레포드에 도착했다. 그날은 마침 우시장이 서는 날로, 역은 가축상인과 농부들로 몹시 붐비고 있었다. 전보로 사륜마차라고 알렸듯 러브데이는 역 바깥에서 그를 기다리고 있었다.

"괜찮아요. 우리가 추적하는 것을 알았다고 해도 그는 도망갈 수 없어요. 지역 경찰 두 명이 집 밖에서 치안판사가 서명한 체포영장을 갖고 버티고 있거든요. 하지만 나는 린치 코트 사무실이 왜 이토록 신용받지 못하는지 모르겠어요. 그래서 당신에게 체포를 지휘하도록 전보를 보냈지요."

그들은 하이 가를 통해 교외로 나섰다. 상점과 사무실로 임대된 주택들이 한데 섞여 있었다. 마차가 어느 건물 앞에서 멈추자, 사복 경관이 와서 다이어에게 경례를 했다.

"그는 지금 저쪽에서 사무를 보고 있습니다." 경찰 하나가 입구 바로 앞의, 검은 글자로 '영국 마부 지원협회'라고 쓰인 문을 가리켰다. "그러나 오늘이 그가 여기에 있는 마지막일 겁니다. 일주일 전 사직서를 냈다니까요."

그가 말을 끝냈을 무렵 협회 회원으로 보이는 한 남자가 돌계단을 올라왔다. 그는 입구 근처를 서성이는 무리를 흥미롭게 바라보더니 회비라도 지불하려는 듯 손 안에서 동전을 짤랑이며 사무실 쪽으로 향했다.

"죄송하지만 저쪽의 에메트 씨에게 전해주시겠습니까?" 다이어가 남자에게 다가가 말했다. "밖에서 한 신사가 기다리고 있다고요."

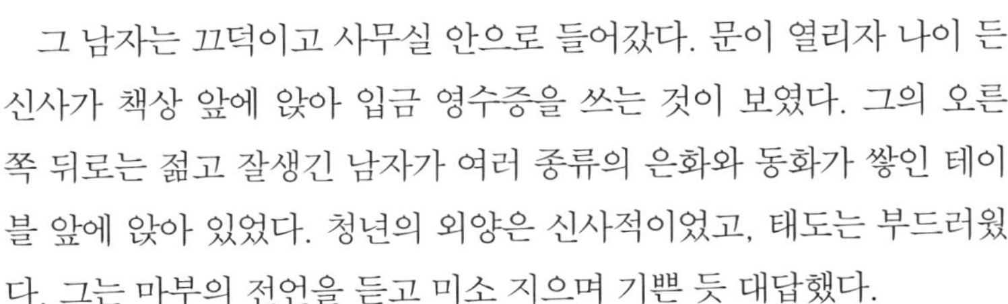

그 남자는 끄덕이고 사무실 안으로 들어갔다. 문이 열리자 나이 든 신사가 책상 앞에 앉아 입금 영수증을 쓰는 것이 보였다. 그의 오른쪽 뒤로는 젊고 잘생긴 남자가 여러 종류의 은화와 동화가 쌓인 테이블 앞에 앉아 있었다. 청년의 외양은 신사적이었고, 태도는 부드러웠다. 그는 마부의 전언을 듣고 미소 지으며 기쁜 듯 대답했다.

"1분도 걸리지 않을 거요." 그는 문을 향해 걸어가며 다른 책상에 앉은 동료에게 말했다. 그러나 문 밖에 나오자마자 그는 몸집 좋은 세 남자에게 둘러싸였다. 그중 한 명이 그에게, 크레이겐 코트 도난사건

124

의 피의자로 해리 에메트에 대한 체포영장을 갖고 있다고 말했다.

"저항해도 소용없으니 얌전히 따라오는 게 좋아."

에메트는 어떤 일이 이어질지 곧 깨닫고 한순간 죽은 사람처럼 창백해지더니 이윽고 제정신을 차렸다.

"내 모자와 코트를 좀 가져다주시겠습니까?" 그는 애써 의젓하게 말했다. "다른 사람들이 내린 결정으로 감기에 걸려 죽을 이유는 없으니까요."

모자와 코트가 전달되자 그는 두 경관 사이에 끼어 마차에 탔다.

"충고 하나 하지, 젊은이." 다이어는 마차문을 닫고, 창 너머로 에메트를 들여다보며 말했다. "노부인의 문간에 검은 가방을 버린 건 비록 위법행위는 아니지만, 그 가방이 아니었더라면 자넨 지금쯤 전리품을 안고 안전하게 튀었을 거야."

오만불손한 에메트는 이미 대답을 준비하고 있었다. "더 멋지게 말씀하실 순 없습니까, 경찰 선생? 내가 선생이라면 이렇게 말할 겁니다. '젊은이, 자네는 자신의 실수로 공정하게 벌을 받네. 자네는 평생 동포를 쥐어뜯어 왔는데, 지금부터는 그들이 자네를 쥐어뜯을 거야.'"

그날 다이어의 직무는 해리 에메트를 지역 유치장에 넣는 것으로 끝나지 않았다. 그는 에메트의 하숙방과 소지품을 수색하는 현장에 입회했고, 분실된 보석의 3분의 1이 그곳에서 발견되었다. 이를 통해 그의 공범이 3분의 2의 위험을 부담했음을 알 수 있었다.

방에서 여러 편지와 메모가 발견되고 수사는 공범 수색으로 발전했다. 귀중한 자산을 잃은 레이디 캐스로는 도둑들이 그 죄에 따른 형벌을 받게 되는 것을 알고 만족했다.

이윽고 한밤중이 되어갔다. 다이어는 기차에서 브룩 양을 마주 앉히고 처음으로 대화를 나눴다. 그녀가 하찮은 물건이 들어 있는 검은 가방과 귀중한 보석 도난사건을 연결한 추리 과정을 물을 여유가 생긴 것이다.

러브데이는 예의 고지식한 방법으로 모든 일을 재빨리, 순서에 따라 설명했다.

"다른 사람들과 마찬가지로, 저 역시 같은 날 같은 신문에서 두 개의 사건기사를 읽었죠. 하지만 다른 사람들과 달리, 각각의 사건이 재미있다고 느꼈어요. 사람들이 범죄를 저지르는 동기에 공감하면서, 범죄자의 여러 성격을 조사하는 사람은 별로 없다는 사실을 알았어요. 대개 범인이라면 무서운 동기를 품고 세상을 서성거린다고 생각하기 마련인데, 정직한 사람들이 본업을 하는 중간중간 눈을 돌리듯, 그 또한 눈을 빛내면서 재미있고 지능적으로 일을 한다고는 생각하지 않잖아요."

여기에서 다이어는 조금 신음했는데, 동의한다는 의미 같기도 하고 아닌 것 같기도 했다.

러브데이는 말을 이었다.

"물론 가방에서 발견된 편지의 내용이 터무니없다는 건 신문을 읽는 사람 대부분이 알았을 거예요. 이 이상한 글에는 기묘하게도 친숙한 울림이 있었어요. 어디에선가 들었거나 읽은 기억이 났죠. 처음엔 정확히 어디에서 본 내용인지 분명하게 생각나지 않았어요. 굳이 런던 경찰국까지 가서 가방과 그 내용물을 보고, 트레이싱 페이퍼에 한두 줄을 베껴 쓴 건 결코 단순한 호기심 때문만은 아니에요. 나는 이 편지의 필적이 가방 안에 있던 마그나카르타의 번역과 다르다는 것을 확인했고, 편지를 쓴 인물이 가방과 그 내용물을 어딘가의 철도역에서 훔쳐온 사람이란 걸 알았죠. 훔친 목적을 달성한 사람은 가방이 부담스러워지자 가장 간단한 방법으로 그것을 처분했어요. 편지는 물론 경찰의 주의를 흩어놓을 목적으로 쓴 것이지요. 농담을 좋아하는 마음을 억누르지 못한 그는 성직자용 비품을 노부인의 문간에 두고, 비극적으로 끝나야 할 편지를 웃기는 것으로 만들어버렸어요."

"여기까지 매우 천재적이야." 다이어가 중얼거렸다. "가방의 내용

물이 기사를 통해 널리 알려지면 소유자가 나타나 자네의 가설이 옳은지 증명하게 될 거야."

"런던 경찰국에서 돌아오니," 러브데이는 말을 이었다. "당신의 메모가 있었어요. 당신은 보석 도난 건으로 나를 만나려 했어요. 그러기 전에 다시 한 번 사건에 관한 신문기사를 읽고, 상세한 내용을 알아둬야겠다고 생각했어요. 도둑이 금고문에 썼다는 '빈방 있음, 가구 없음'이라는 말을 보았을 때, 내 머릿속에서는 검은 가방의 편지가 떠오르면서 '나의 가련한 백작부인인 어머니여. 죽음의 키스를 당신에게'라는 문장과 경마장과 마권 판매장에 대한 엄숙한 경고가 즉시 떠올랐지요. 그리고 맑은 하늘에 떨어지는 벼락처럼 모든 일이 분명해졌어요. 2~3년 전이었던가, 런던 남부 빈민가의 싸구려 책방에서 열리는 암송회에 몇 번 간 적이 있어요. 책방 점원들과 동료들은 자신의 배움을 큰 소리로 낭독하고 과시하며 기뻐했었죠. 모임에는 여러 종류의 사람이 섞여 있었기 때문에 암송작은 누구나 아는 쉬운 작품들이 선정되었어요. 이런 모임에 참가하는 동안 낭독하는 사람들 사이에서 큰 인기를 얻는 책이 한 권 있기에 그 책을 샀어요. 바로 이거예요."

러브데이가 코트 주머니에서 꺼낸 책은 《암송용 문장의 보고》였다.

"색인을 보면 내가 당신의 주의를 끌려 했던 작품의 서명이 있을 거예요. 처음 것은 〈자살의 이별〉이에요. 둘째는 〈고귀한 죄수〉, 셋째는 〈빈방 있음, 가구 없음〉."

"뭐라고? 이런!" 다이어는 놀라 소리쳤다.

"〈자살의 이별〉에는 검은 가방 편지의 첫 부분, '운명의 날은 왔다'는 도박에 대한 경고로, 그리고 '생명 없는 불쌍한 신체'에 대한 언급이 있어요. 〈고귀한 죄수〉에는 귀족계급과 친척관계와 백작부인이라는 어머니에 대한 죽음의 키스가 나와요. 세 번째 작품 〈빈방 있음, 가구 없음〉은 터무니없이 짧은 시지만 청중들을 곧잘 웃게 만들었어요. 가구 없는 방을 찾아온 독신자가 그 집의 아가씨에게 반하고, 그녀에게 자신의 마음을 바치며 "가구 없이 빌려준다"고 하는 내용이에요. 하지만 아가씨는 그것을 거절하고, 그의 머리도 가구도 없이 임대 중이라고 생각하지요. 이 세 작품을 보고, 검은 가방의 편지를 쓴 사람과 크레이겐 코트에서 빈 금고에 낙서한 도둑을 연결하는 끈을 찾는 일은 어렵지 않았어요. 이 실을 따라 나는 해리 에메트, 즉 하인이자 암송자이며 누구나 좋아하게 되는 남자, 그 장난꾸러기의 존재를 밝혀냈어요. 이어서 나는 트레이싱 페이퍼의 필적을 금고문의 낙서와 비교하고, 분필과 강철 펜의 차이를 고려해서, 두 개 모두 같은 사람이 쓴 것이 거의 틀림없다는 결론에 이르렀지요. 하지만 그전에 나는 가장 중요하다고 생각되는 다른 증거의 연결 고리를 하나 손에 넣었어요. 에메트가 사제복을 어떻게 사용했는지."

"아, 자네, 그걸 어떻게 찾아냈지?" 다이어는 팔을 무릎에 대고 몸을 내밀었다.

"가장 이야기를 듣기 쉬운 윌리엄스 부인과의 대화에서, 나는 크리스마스이브 만찬에 왔던 손님의 이름을 들었어요. 그들 모두 의심하기 힘든 이웃 사람들이죠. 만찬의 시작 직전에 젊은 성직자가 현관에 나타나서, 교구 목사와 얘기하고 싶다고 했대요. 교구 목사는 크리스마스이브에는 언제나 크레이겐 코트에서 만찬을 들었지요. 이름을 밝히지 않은 젊은 성직자는 어느 성직자로부터 교구에서 부목사를 필요로 하고 있다는 얘길 듣고, 런던에서 일부러 그 자리에 봉사하러 왔다는 겁니다. 그는 목사관에 가서 하인에게 목사가 어디에서 만찬을 들고 있는지 묻고, 부목사가 될 기회를 잃는 것을 걱정해서 그를 따라 코트까지 왔어요. 그런데, 부목사 자리는 지난주에 채워졌다네요. 저녁시간을 방해받은 목사가 조금 화가 난 채로 젊은이에게 부사제는 필요 없다고 말했어요. 불쌍한 젊은이가 눈물을 한두 방울 흘리며 낙담하는 것을 보고, 그의 마음은 곧 부드러워졌죠. 목사는 그에게 역으로 가기 전에 좀 쉬라고 말하고, 조지 경에게 와인 한 병을 보내달라고 말했지요. 젊은이는 도둑이 들었던 방 바로 옆에 있는 의자에 앉아 있었어요. 그 젊은이가 누군지는 말할 필요도 없고, 당신에겐 힌트조차 필요 없겠지요. 하인이 그를 위해 와인을 가지러 간 사이, 또는 아무도 없는 것을 확인하자마자, 그는 작은 방으로 들어가 창의 빗장을 풀고 마당에 숨어 있던 동료를 들어오게 했어요. 가정부는 이 점잖은 젊은 부사제가 검은 가방을 갖고 있었는지 아닌지는 몰라요. 개인적으로 나는 그 가방 속에 모자, 커프스, 칼라, 기타 해리 에메트의 의상이 틀림없이 들어 있었을 거라 생각해요. 그는 거기서 옷을 갈아입고 레포드의 숙소로 돌아와 성직자용 내용물과 바꿔 넣고, 농담이 섞인 편지를 썼어요. 그리고 이 가방을 아침 일찍, 아무도 일어나기 전에 이스터브룩 로드의 집 문간에 버린 거예요.”

다이어는 길게 숨을 내쉬었다. 그의 마음은 천재적인 영감이라고 말할 수밖에 없는 동료의 솜씨에 완전히 감탄하고 있었다. 누구에게나 그녀에 대한 찬사를 늘어놓고 싶은 마음이었지만 본인에게 직접 대놓고 할 생각은 없었다. 상승 중인 실무자에게 과도한 칭찬은 나쁜 영향을 주기 때문이다.

그래서 그는 이렇게 말하는 것으로 만족하기로 했다.

“그래, 아주 만족했어. 그런데 어떻게 그를 그 소굴까지 추적했는지 알려주겠나?”

“오, 아주 쉬운 일이에요.” 러브데이가 대답했다. “윌리엄스 부인이 나에게 말하길, 그는 여섯 달 전에 과자가게를 하고 있는 사랑하는 할머니를 보살펴야 한다면서 제임스 대령을 떠났대요. 어디에 있는지는 모른다고 했구요. 에메트의 아버지가 마차의 마부라는 말을 듣고, 내 생각은 즉시 마부의 기호에 이르렀지요. 당신도 틀림없이 몇 개쯤 알고 있을 거예요. 그들은 협회를 ‘사랑하는 할머니’라고 부르고, 그들이 지불하거나 돈을 받는 사무실을 ‘과자가게’라고 해요.”

"하하하! 선량한 윌리엄스 부인은 그것을 글자 그대로 받아들였군, 그렇지?"

"윌리엄스 부인은 그랬어요. 그리고 젊은이가 얼마나 아름다운 마음의 소유자인지를 생각했어요. 당연하지만 나는 가장 가까운 시장 도시에 협회 지부가 있을 거라 생각했고, 가게 명단을 확인해보니 레포드에 지부가 있더군요. 검은 가방이 어디에서 발견됐는지 생각하면 에메트 청년이 틀림없이, 아버지의 영향과 사람 좋은 태도와 모습으로 레포드 지부에서도 신용 있는 어떤 지위를 얻었을 거라고 생각했지요. 하지만 그가 돈을 받는 일을 하고 있으리라고는 생각지도 못했어요. 나는 즉시 그곳 경찰과 연락했는데, 그 다음은 당신도 잘 알 거예요."

다이어는 흥분을 억제할 수 없었다.

"처음부터 끝까지. 그게 가장 중요해!" 그가 소리쳤다. "이번에 자네는 자신을 뛰어넘은 거야."

"나를 슬프게 한 유일한 일은," 러브데이가 말했다. "그 불쌍한 스테파니에게 찾아온 어이없는 운명이었어요."

스테파니에 대한 러브데이의 불안은 24시간이 지나자 공포로 변했다. 다음 날 아침, 첫 우편으로 윌리엄스 부인이 보낸 편지가 도착했다. 부인은 날이 밝기 전, 크레이겐 숲 가운데를 흐르는 개울가에서 추위와 공포로 반쯤 죽어 있는 아가씨를 발견했다고 알려왔다.

발견했어요. 그녀를 발견해야 할 바로 그 사람, 홀트 청년이요! 그는 그녀를 사랑해요. 사랑하고 있습니다. 정말이지 감사한 일입니다! 그녀는 용기가 바닥난 최후의 순간, 다행히 개울에 몸을 던지지는 않았지만 정신을 잃고 물가에 쓰러져 있었어요. 홀트는 곧바로 그녀를 자신의 어머니에게 데려갔고, 지금 스테파니는 모두의 보살핌과 사랑을 받고 있답니다.

아서 모리슨

영국의 작가이자 저널리스트이다. 영국의 이스트앤드를 무대로 한 탐정 시리즈를 선보였다. 여러 탐정 캐릭터를 선보였는데, 그중에서도 마틴 휴이트가 많은 사랑을 받았다.

ARTHUR MORRISON

새미 크로켓의 실종

THE LOSS OF
SAMMY
CROCKETT

어떤 계층의 사람들 속에 있어도 마음을 편안하게 갖고, 그들이 안고 있는 여러 문제를 해결하면서 자신의 지적인 능력을 마음껏 발휘하는 것. 이것이 마틴 휴이트가 평소 하는 일이다. 만약 그가 손에 넣은 어떤 종류의 '거래'에 관한 지식이 없었다면, 그가 맡은 '거대한 사건'을 해결할 가능성도 없었을 것이다.

이 거대한 사건 자체는 스포츠와는 전혀 관계가 없고, 크게 재미있는 이야기도 아니다. 다만 마틴 휴이트에게 '거래'의 정보를 제공한 사람은 프로 도보경주자의 보호자, 후원자 또는 매니저 역할을 하고 있는 남자였는데, 그가 금전적으로 그 '거래'와 관련되었기 때문에 휴이트의 눈에 띈 것이다.

그 남자는 스포츠를 좋아하는 작은 도시, 패드필드 북쪽 교외에서 술집을 경영하고 있었다. 휴이트는 이 술집 '토끼와 사냥개들'을 자주 방문해, 스포츠에 대한 자기의 관심을 알리는 것을 일과로 삼았다. 술집 주인 켄티시는 목이 굵은 단단한 체격으로 처음에는 속을 잘 터놓지 않았다. 하지만 조금 얼굴이 익숙해지자 그는 마음을 터놓고 상당히 유쾌하게, 더욱이 지적으로 자신의 스포츠 모험담을 끝없이 늘어놓았다. 또한 그는 '토끼와 사냥개들'에서 제대로 된 저녁식사를 내는 일도 있었다. 휴이트가 그를 자신의 테이블로 불러서는 가장 좋은 술을 주문해 같이 마시자고 자주 권하면서 두 사람은 바로 의기투합했다. 실은 켄티시와 사이가 좋아지는 것이 바로 휴이트의 커다란 목적이었다. 그가 찾는 정보는 대충하는 질문으로는 결코 끌어낼 수 없는 것으로, 반드시 이 술집 주인이 툭 터놓고 하는 얘기로 끌어내야 했기 때문이다.

"아, 자네." 어느 날 켄티시가 말했다. "자네에게 권하고 싶은 게 있어. 정말 좋은 이야기야. 물론 자네도 패드필드 123.4미터 핸디캡 레이스*가 이미 시작된 것은 알겠지?"

"물론이죠. 보러 간 적은 없지만요." 휴이트가 대답했다. "지난 토

요일과 월요일에 예선 라운드가 있었죠?"

"그래. 그거야." 켄티시는 기대어 있던 테이블을 두드리면서 연극조의 낮은 목소리로 말했다. "사실 이 집에 그 레이스의 우승 예정자가 있어."

그는 머리를 끄덕이고 시가 연기를 한 번 내뿜고 평소의 목소리로 덧붙였다. "아무 말도 하지 마."

"물론 잠자코 있지요. 돈을 걸 수 있나요?"

"당연하지. 무슨 말을 하는 거야? 얼마든지 걸 수 있어. 이것 때문에 그를 돕고 있지. 그는 2위를 19미터 차이로 이겼고 언제나 스피드가 일정해. 사실이야! 그는 뒤로 달려도 이겼을 거야. 월요일 레이스에서 이겼는데 계속 그런 상태야!"

켄티시는 그 이상 멋진 표현을 할 수 없어 탁 하고 손가락을 울리고 이야기를 계속했다. "더 편하게 이길 수도 있지만 그렇게 하면 돈을 거는 재미가 없지. 어쨌든 지금은 거는 비율도 적당하니 자네는 내 말대로 걸면 돼. 목표는 다음 토요일 2회전과 결승전이야. 특히 결승전에서는 상당히 벌 수 있을 거야. 하지만 아까도 말했듯이 이 일을 떠들고 다니지는 마. 이것은 자네와 나만의 비밀이니까."

"고마워요. 당신의 친절은 잊지 않겠어요. 그리고 물론 당신 말대

---

* 모든 출장 선수에게 평등한 기회를 부여하기 위한 방법으로 핸디캡은 최근의 성적, 획득 상금, 컨디션, 성별, 연령 등에 따라 부여된다. 중량조정 경주라고도 한다. 핸디캡을 부여받지 못한 경기자는 출발선에서, 핸디캡을 부여받은 경기자는 부여된 거리만큼 주로의 전방에 위치해서 일제히 스타트한다. 승패는 결승선에 도착한 순서로 결정된다

로 하지요. 하지만 다크호스가 나오는 거 아닐까요?"

"그런 의외의 선수는 없어. 나는 출장 선수에 대해서는 모두 알고 있어. 콥에 살고 있는 테일러 노인은 아주 좋은 선수를 데리고 있지. 2위를 16미터 차이로 이긴 뛰어난 선수야. 이번 레이스에도 그가 강적이지만, 불쌍하게도 나와 내 선수에게는 이길 수 없어. 나는 선수를 내보낼 때는 언제나 최고를 노리고, 이번에도 절대로 확실한 우승을 노리고 있어. 나는 실수는 절대 하지 않아. 자네는 그에게 걸어."

"당신이 그렇게 자신 있다면 그러지요. 그는 누굽니까?"

"아, 이름은 크로켓이야. 새미 크로켓. 신인이라고 보면 돼. 나는 젊은 트레이너 스테글스를 붙여서 그를 보살피게 하고 있는데, 아주 밀랍처럼 딱 달라붙어 있지. 이 집 뒤에서 잠시 쉬고 있어. 숲 뒤에 석탄재를 깔아 다진 경주용 단거리 트랙이 만들어져 있거든. 나는 그에게서 눈을 떼지 않도록 하고 있어. 새미는 순진한 청년이고, 나에게 붙어 있으면 손해는 아니라는 걸 알고 있지만, 누가 쓸데없는 참견이라도 할지 모르잖아. 방심할 수 없는 실정이야. 어쨌든 큰돈이 걸려 있으니까."

그리고 즉시 두 사람은 식당에서 바 쪽으로 나갔다. "새미가 스테글스와 함께 있을 거야." 주인이 말했다. "그를 지나치게 숨기진 않으려고 해. 그랬다가는 뭔가 특별한 일을 하고 있다는 의심을 사니까."

바에는 갸름한 얼굴에 처진 어깨를 가진 철사처럼 마른 젊은이와 정말로 그의 주인이자 감시인 같아 보이는 보통 체격의 남자가 앉아 있었다. 주위에는 그 밖에도 몇 사람이 자리에 있었다. 커다란 웃음소리가 들렸고, 마른 젊은이는 당황과 분노의 기분을 얼굴에 드러냈다.

"새미, 그건 안 돼." 누군가가 말했다. "낸시 웹에게 끌리는 것 같은데, 그 여자에게는 이도 안 들어가."

"자네처럼 뼈와 가죽뿐인 남자는 싫어해." 다른 목소리가 말했다. "안 돼, 새미. 자네는 그 여자에게 어울리지 않아. 내가 보기에 그 여자는⋯⋯."

"낸시 웹이 어떻다고?" 켄티시가 문을 열면서 말했다. "새미는 어차피 괜찮아. 자네는 언젠가 나처럼 집을 갖게 돼. 여자에게 신경 쓰지 마. 이봐, 새미는 맥주를 마셨나?" 마지막 질문은 래기 스테글스에게 한 말로, 래기는 긍정의 대답을 하면서 자신이 맡았던 새미를 말뚝처럼 보았다.

"하루에 약한 맥주 두 잔만 마시게 하지." 주인이 휴이트에게 말했다. "군살이 생기면 안 되니까 그도 참는 거야. 자, 가서 연습해." 그는 스테글스에게 고개를 끄덕였고, 그는 일어나 새미 크로켓을 연습시키러 갔다.

다음 날인 목요일 오후, 휴이트와 켄티시가 켄티시의 방에서 이야기하고 있는데 스테글스가 매우 당황하여 허둥거리며 들어와서 빠른 말로 떠들어댔다.

"그가, 그가 도망갔어요. 도망갔어요!"

"뭐라고?"

"새미가 사라졌어요! 달아났어요! 그가 보이지 않아요."

주인은 어리둥절하여 트레이너를 보고, 트레이너는 손에 든 스웨터를 흔들며 선 채 멍청한 눈으로 그를 보았다.

"어떻게 된 거야?" 켄티시가 겨우 말했다. "멍청한 소리 하지 마! 여기 어딘가에 있을 거야. 찾아!"

하지만 스테글스는 누구라도 찾을 수 있다면 찾아보라고 대답했다. 이미 찾아본 것이다. 그는 숲 뒤의 석탄재를 깔아 다진 연습용 경주로에서 레이스용 복장을 입은 크로켓과 헤어졌다. 크로켓은 경주로와 집 사이에서 추위에 몸을 지키기 위해 긴 외투를 입고 모자를 썼다고 한다. "피스톨을 사용해서 스타트 준비를 한두 번 했습니다." 트레이너가 설명했다. "그런데 맞은편에 도착하자 그가 '래기, 바람이 조금 차군. 스웨터를 입었으면 하는데. 내 의상상자에 하나 있지?' 하고 말하는 겁니다. 그래서 나는 스웨터를 가지러 왔는데, 의상상자에 없어서, 다른 데서 겨우 찾아 갖고 돌아왔더니 새미가 없었어요. 동료들은 그를 전혀 보지 못했고 그는 어디에도 없었어요."

휴이트와 주인도 놀라 여기저기 찾아보았지만 딱히 그럴싸한 목표는 없었다.

"도대체 왜 여기에서 도망쳤지?" 켄티시는 걱정으로 땀을 흘리면서 물었다. "조금도 춥지 않아. 오늘은 따뜻해서 스웨터는 필요 없다고. 지금까지 그런 것을 입은 적도 없었어. 그건 방해되는 자네를 쫓아 보내기 위한 구실이었어. 이건 멋진 이야기군. 나는 새미를 이용해 2년분의 벌이를 할 수 있었는데…… 어떻게든 그를 찾아!"

"아, 하지만 어떻게요?" 허둥거리는 트레이너는 춤추듯 산만하게 움직이며 외쳤다. "나도 모을 수 있는 만큼 전부 그에게 걸었어요. 어디를 찾을까요?"

여기가 휴이트가 기다리던 기회였다. 그는 켄티시를 옆으로 데리고 가서 속삭였다. 그가 말한 것은 이 주인을 상당히 놀라게 했다.

"좋아. 모두 이야기하지. 자네가 원하는 게 그것만이라면." 주인이 말했다. "내가 말하든 안 하든, 나에게는 아무 이득도 손해도 되지 않는 일이야. 하지만 자네가 정말 그를 찾을 수 있나?"

"약속할 수는 없어요. 하지만 당신은 내가 누구인지, 왜 여기에 왔는지 알았어요. 만약 내가 찾는 정보를 준다면 나는 이 사건을 조사할 테고 물론 수수료는 요구하지 않습니다. 잘될지도 모르지만 약속은 할 수 없어요."

주인은 잠시 휴이트의 얼굴을 보고 말했다. "알았네. 이 건은 자네에게 맡기지."

"좋습니다." 휴이트가 대답했다. "당신이 갖고 있는 거래에 관한 서류를 모아서 주시면 오늘 밤이라도 일을 하겠습니다. 크로켓의 일은 아무에게도 말하지 마세요. 가게 안의 사람이 모두 알고 있으니, 어차피 알려지겠지만 불필요한 소동을 일으키면 아무 일도 되지 않습니다. 조심을 위해 다른 선수에게 거는 일이나, 다른 사람의 주의를 끄는 일은 하지 마세요. 그러면 뒤로 가서 그 연습용 경주로를 봅시다."

이때 옆에 서 있던 스테글스가 어떤 일을 생각했다. "주인님, 콥에 사는 테일러 노인은 어떻습니까?" 그가 의미 있게 말했다. "테일러 노인이 데리고 있는 젊은이는 새미가 나오지 않으면 우승할 정도로 빠르고, 테일러는 그에게 듬뿍 걸 겁니다. 이번 일은 그가 뭔가 알고 있다고 생각하지 않습니까?"

"있을 수 있는 일이지." 휴이트가 켄티시에게 대답할 틈도 주지 않고 말했다. "그래, 스테글스. 자네가 콥에 가서 뭔가 들을 수 있지 않을까? 한두 시간 거기를 지켜보면 어때? 물론 자네는 모습을 보이면 안 돼."

켄티시가 동의해서 트레이너는 외출했다. 휴이트와 켄티시가 숲 뒤의 연습용 경주로에 도착하자, 휴이트는 즉시 지면을 조사하기 시작했다. 가는 석탄재를 단단하게 간 길에 상당히 큰 구멍이 한두 개 있었다. 술집 주인의 설명에 의하면 구멍은 크로켓이 스타트 연습하면서 생긴 거라고 했다. 그 뒤에 새로운 스파이크 신발 자국이 몇 개 있었다. 발자국은 토지를 구분하는 높은 담에서 1.8미터까지 이어졌고, 그곳에서 갑자기 완전하게 끊어져 있었다. 발자국이 끊어진 곳 오른쪽 담에 튼튼한 문이 있었다. 휴이트는 그 문이 반쯤 열려 있는 것을 발견했다.

"거기에는 언제나 빗장을 걸어두지." 켄티시가 말했다. "새미는 거기로 나갔군. 집 안을 지나가지 않았다면 달리 나갈 길은 없으니까."

"하지만 그의 보폭이 2.7미터 가까이 되지는 않겠지요?" 휴이트가 마지막 발자국을 가리킨 다음 거기에서 2.7미터쯤 앞에 있는 문을 가리키며 물었다. "게다가 여기에도 밖에도 발자국은 하나도 없어요."
그는 문을 열면서 말했다.

문 밖은 길이고 반대쪽은 담과 울창한 숲이었다. 켄티시는 발자국을 보고, 문을 보고, 작은 길에 시선을 주고 마지막으로 집 쪽을 돌아보았다. "묘하군!" 그가 말했다.

"상당히 조용한 길입니다." 휴이트가 말했다. "집은 보이지 않는군요. 이 길은 어디로 통합니까?"

"그쪽으로 가면 올드 킬른스, 지금은 사용하지 않는 가마 자리요. 이쪽으로 가면 패드필드와 캐튼 로드로 갈리는 길이고."

휴이트는 연습용 경주로로 다시 돌아와 다시 한 번 발자국을 조사했다. 발자국을 따라서 풀밭에서 집 쪽으로 돌아왔다. "그가 집으로 돌아오지 않은 것은 확실해요." 그가 말했다. "여기에는 발자국이 두 줄 나란히 집에서부터 계속되고 있는데, 발끝에 쇠가 붙은 스테글스의 보통 부츠와 크로켓의 펌프스* 발자국이에요. 여기에 스테글스의 발자국 하나만 반대로 향하고 있는데, 스웨터를 가지러 올 때 생긴 것이겠지요. 크로켓은 남아 있었어요. 보세요. 연습용 경주로 옆의 길이 느슨해진 곳에 그가 여기저기 움직인 발자국이 있고, 그곳에서 두세 걸음 담 쪽으로(문 쪽이 아니에요) 가서 딱 멈췄는지 다른 발자국은 앞에도 뒤에도 없어요. 그에게 날개가 있다면 그곳에서 곧바로 하늘로 날아 올라갔다고 생각하고 싶은 부분입니다. 대지가 그를 삼킨 다음 지표에 주름 하나 남지 않게 구멍을 닫았다면 몰라도."

켄티시는 우울하게 발자국을 보고 아무 말도 하지 않았다.

"하지만 나는 여기를 잠시 걸으며 다시 한 번 생각해보지요." 휴이트는 계속했다. "당신은 집으로 가서 바에 있어요. 누가 크로켓은 어떠냐고 물으면, 덕분에 아주 잘 있다고 하세요. 그건 그렇고 이 뒷길

* 코트 슈즈

로 테일러 노인의 집이 있다는 콥으로 갈 수 있습니까?"

"그렇소. 캐튼 로드로 통하는 곳까지 가서, 왼쪽으로 가면 처음 나오는 오른쪽 집이오. 누구에게 물어도 콥이라면 알려줄 거요." 켄티시는 탐정 뒤에서 문을 닫았다. 휴이트는 그대로 걸었다. 올드 킬른스 방향이었다.

휴이트는 한 시간 후에 돌아왔다. 이미 해질 녘이 되어 주인은 조금이라도 밝은 쪽인 작은 방의 옆 창가에서 상자의 서류를 찾고 있었다.

"자네가 필요하다는 서류를 모았네." 휴이트가 들어가자 그가 말했다. "뭔가 새 소식이 있나?"

"중요한 것은 없어요. 여기에 누구의 것인지 알고 싶은 필적이 몇 개 있습니다. 불을 켜세요."

켄티시가 램프를 켜고 휴이트가 테이블 위에 찢어진 작은 종이 여섯 개를 늘어놓았다. 분명히 찢은 편지조각 같았다. 주인은 수상하다는 듯이 종이를 뒤집어보았다. "누가 쓴 글인지 못 알아보겠는데. 이것을 어디서 찾았나?"

"뒷길에서 조금 간 곳에 떨어져 있었어요. 분명히 새미나 그와 비슷한 이름의 누군가에게 보낸 편지의 조각이에요. 이 '미^{mmy}' 라는 글자가 있는 첫 종이를 보세요. 이 글자와 위의 깨끗한 종이 끝 사이에 아무것도 쓰여 있지 않으니, 편지의 처음이 확실하지요. 게다가 같은

행에 이어지는 글자도 없어요. 그 밖에도 이유가 있어서, 나는 이것을 크로켓에게 보낸 편지라고 생각했는데, 누군가 새미라는 이름으로 크로켓에게 썼을 겁니다. 편지의 조각을 이것밖에 찾지 못한 게 유감입니다. 편지를 찢은 사람은 나머지를 주머니에 넣었고, 이것은 우연히 떨어졌을 겁니다."

편지조각 하나하나를 조사하던 퀸티시가 슬픈 듯이 말했다.

"아, 그가 배반한 게 확실해. 우리를 배반했어. 그것도 하수구에서 구해준 나를. 이걸 보게. '그들을 버려throw them over.' 달리 생각할 수 없소. 새미는 나를 버리고 내 친구들도 버렸어. 그렇게 잘해준 이 나를! 그리고 '즉시right away', 즉시 도망가라는 것이겠지. 그가 한 대로. 그리고," 그는 조각을 만지작거리다 마침내 그중 두 개를 조합했다. "그래, 이걸 보라고, 이 '좁은 길lane' 이라는 것이 '버려라.' 위에 맞고, 여기의 찢어진 부분에는 'poor f' 라고 쓰여 있어. '불쌍한 바보 poor fool' 라는 의미일 것이오. 이 내가 '바보'나 뭔가 그런 의미의 것이 겠지. 좋아, 만약 잡을 수 있다면 그의 목을 비틀어주겠어. 비틀어주고 말고!"

휴이트는 웃었다. "그렇게 무례한 편지는 아닐지도 모릅니다." 그가 말했다. "이 필적이 기억에 없다면 신경 쓰지 마세요. 다만 그가 당신을 배반하고 도망갔다면 그를 찾아도 크게 도움이 되지는 않겠지요? 게임에 무리하게 끌려나가도 일부러 지면 되니까요."

"내 눈앞에서 그런 짓을 해봐. 내가, 이 내가……"

"글쎄요. 잘하면 그를 데려오고 그를 열심히 달리게 할 수 있겠지요. 그도 최선을 다해 달릴 겁니다. 하나 확실한 것은, 그는 자신의 의지로 여기에서 떠난 겁니다. 그리고 그는 지금 패드필드에 있을 겁니다. 시내 쪽으로 갔을 거예요. 아마 그는 당신을 배반하지는 않았을 겁니다."

"그럴 거야. 그가 나에게 붙어 있으면 나도 그 만한 가치가 있는 일을 해주니까. 내 주머니에서 50파운드나 내서 그를 위해 걸었고 그에게도 그렇게 얘기했거든. 만약 그가 우승하면 상금과 그 밖에 상당히 벌 수 있는 건 아이라도 알고 있는 것 아니오? 어쨌든 그는 나를 궁지에 빠뜨렸어."

"그를 만나보면 알겠지요. 하지만 지금은 내가 한 말을 다른 사람에게 하지 마세요. 스테글스에게도요. 그는 우리에게 도움도 안 되고, 무심코 말할지 모르니까요. 이 편지조각에 대해서는 아무 말도 하지 말아요. 내가 맡아두지요. 스테글스는 벌써 돌아왔나요? 오늘 밤은 그가 사람들 앞에서 어슬렁거리지 않도록 하세요. 나도 오늘 밤은 여기에 묵고, 크로켓의 일은 내일 아침 다시 계속하지요. 지금은 내가 부탁한 일을 처리해요."

다음 날 아침, 휴이트는 방에서 아침 식사를 하면서 바 쪽에서 들려오는 모든 대화에 주의 깊게 귀를 기울였다. 9시가 지나자 즉시 달려온 이륜마차가 앞에 멈추고, 얼굴이 붉고 목소리가 큰 남자가 어깨를 흔들면서 들어와 켄티시에게 친절이 담긴 떠들썩한 인사를 했다. 켄티시와 한 잔 마시면서 그가 말했다.

"어떤가? 핸디캡 레이스에 재미있는 게 있나? 자네도 젊은이를 내보내겠지?"

"그래." 켄티시가 대답했다. "크로켓이야. 아직 이렇다 할 실적도 없는 젊은이지. 이번에도 우승은 테일러가 데리고 있는 젊은이겠지."

"우승은 그의 것이야." 상대는 자신 있게 끄덕이며 대답했다. "그렇게 되어도 전혀 놀랍지 않아. 자네도 그에게 돈을 걸었나?"

“아니, 그럴 생각은 없어. 이번에는 그만둘 생각이야. 재미로 조금 걸지도 모르지만 그뿐이야.”

흔한 대화를 조금 더 나누고 얼굴이 붉은 남자는 마차를 타고 떠났다.

“누구입니까?” 방 창문에서 손님을 지켜보고 있던 휴이트가 물었다.

“저 사람이 댄비, 마권업자야. 빈틈없는 녀석이지. 크로켓이 사라진 소식을 그가 들은 것은 분명하고, 나를 정탐하러 여기에 온 거야. 당연히 아무것도 도움이 되지 않았겠지만. 그래서 나는 일부러, 물론 제삼자를 통해 그의 진영에서 새미 크로켓에게 걸었지.”

휴이트는 모자를 들었다. “지금부터 30분 외출하겠습니다. 내가 돌아오기 전에는 스테글스를 내보내지 마세요. 그에게는 연습용 경주로의 발자국을 완전히 지우라고 하면 될 겁니다. 나중에 댁의 아들을 빌릴 수 있을까요? 바깥일로 도움이 조금 필요할지도 모르니까요.”

“좋아. 아들을 집에 있도록 하지. 하지만 왜 연습용 경주로를 청소해야 하나?”

휴이트는 미소 짓고 주인의 어깨를 두드렸다. “때가 되면 모두 설명하지요.” 휴이트는 가게 밖으로 나갔다.

패드필드에서 세드비 마을로 가는 도중 ‘쟁기’라는 맥주가게가 있다. J. 웹이 맥주 소매 면허를 갖고, 술꾼들의 기호대로 가게에서 마시거나 집으로 가져갈 수도 있도록 팔고 있었다. 피부가 새하얗고 매우 곱슬곱슬한 앞머리에 입을 크게 벌리고 웃을 때마다 가지런한 이가 보이는 낸시 웹은 지팡이를 손에 들고 안경을 낀 뚱뚱한 노신사가 부르자 바로 나갔다.

뚱뚱한 노신사는 쓴 맥주를 한 잔 마시고, 귀가 거의 들리지 않는 사람 특유의 조용한 목소리로 말했다. “미안하지만 캐튼 로드로 가는 길을 가르쳐주겠소?”

"이 길을 똑바로 가서 네거리에서 오른쪽으로 돌아 다음에 왼쪽으로 돌면 돼요."

노신사는 귀에 손을 대고 그녀가 말을 끝내도 잠시 그대로 기다렸는데, 마침내 또 속삭이는 목소리로 말했다. "아무래도 오늘 아침은 귀가 잘 들리지 않는군." 노인은 주머니를 찾아 수첩과 연필을 꺼냈다. "미안하지만 여기에 써주겠소? 가끔 전혀 귀가 안 들려서. 아, 고맙구려."

여자가 길 안내를 다 쓰자, 노신사는 그녀에게 인사하고 나갔다. 그는 길을 따라 지팡이를 짚으며 천천히 걸었다. 네거리에서 돌아 지팡이를 옆에 끼고 안경을 주머니에 넣고 큰 걸음으로 걸었다. 마틴 휴이트의 평소 걸음이었다. 그는 수첩을 꺼내 미스 웹이 쓴 안내를 매우 주의 깊게 보다가 결국 전혀 방향이 다른 '토끼와 사냥개들'로 걸어갔다.

켄티시는 침울하게 바에서 어슬렁거리고 있었다.

"아," 휴이트가 말했다. "스테글스에게 연습용 경주로를 청소시켰나요?"

"아직 말하지 않았어. 하지만 그는 그 주변에 있고 지금 지시할 거요."

"아니, 됐습니다. 어차피 그 일은 할 수 없어요. 그는 바로 나갈 겁니다. 낮 동안에 말이죠. 어디든 마음대로 가게 하세요. 나는 2층 클럽실에 잠시 있을 겁니다."

"좋아. 하지만 스테글스가 나가고 싶어 하는 걸 어떻게 알지?"

"글쎄, 그는 자기가 보호하던 사람이 사라졌기 때문에 매우 불안정하지요? 언제까지나 어슬렁거리지는 않을 겁니다."

"크로켓 찾는 일은 포기했나?"

"오, 아닙니다. 당신도 초조해하지 마세요. 아직 찾을 거라는 자신은 없지만. 보세요, 시간이 그다지 없잖아요. 하지만 적어도 해가 지기 전에는 좋은 소식을 갖고 올 겁니다."

휴이트는 클럽실에서 점심식사를 하고 오후까지 있었다. 정면 창문으로 마침내 래기 스테글스가 길을 가는 것이 보였다. 곧바로 휴이트는 아래로 내려가 문으로 향했다. 길은 약 73미터 앞에서 굽어 있고, 스테글스가 그 모퉁이를 돌자 탐정도 서둘러 뒤를 따랐다.

패드필드 시내의 반 이상을 지날 때까지 휴이트는 트레이너를 미행했다. 드디어 스테글스는 어느 거리 모퉁이에서 걸음을 멈추고, 옆에서 놀고 있던 작은 남자아이에게 메모를 건넸다. 아이는 그 편지를 갖고 모퉁이 맞은편의 잘 관리되어 빛나는 집으로 달려갔다. 마틴 휴이트는 그 집의 뒷마당 옆에 있는 문의 간판에 'H. 댄비 — 부동산'이라고 쓰여 있는 글자를 보았다. 5분도 지나지 않아 그 옆문이 열리고 얼굴이 붉은 남자의 머리와 어깨가 나타났다. 스테글스는 곧바로 길을 건너 그 문으로 들어갔다.

이것은 흥미롭고 암시적인 일이었다. 휴이트는 길옆에서 기다렸다. 10분쯤 지나 트레이너는 다시 나타났고 자신이 왔던 길을 서둘러 갔다. 휴이트는 신중하게 길에서 몸을 감추었다. 그리고 휴이트는 성큼성큼 그 세련된 집으로 갔다. 작은 앞뜰의 구석 울타리 가까이 유리판으로 덮인 작은 녹색 모직 천 게시판이 기둥 두 개 위에 서 있었다. 그 상단에는 '매매 및 임대, H. 댄비'라는 글자. 하지만 안의 녹색 모직 천에 핀으로 꽂혀 있는 것은 오래되어 먼지투성이가 된 종이 한 장으로, '어떤 장사에도 좋고 주거로도 좋다'는 세 가게의 임차인을 찾는 내용이었다.

휴이트는 바깥문을 밀어 열고 현관의 벨을 울렸다.

"임대가게가 있다고 해서요." 그는 하녀가 나오자 말했다. "열쇠를 빌릴 수 있으면 구경하고 싶습니다."

"주인이 부재중이라서 가게를 월요일까지는 볼 수 없어요."

"유감이군요. 나는 월요일까지는 기다릴 수 없습니다. 댄비 씨는 누군가가 가게를 보러왔을 때를 위해 뭔가 지침을 남기지 않았습니까?"

"네, 지금 말씀드린 대로입니다. 가게를 보러온 사람에게는 월요일에 다시 오라고 했어요."

"아, 그런가요? 그렇다면 그렇게 하는 수밖에 없군. 이 가게 중에는 하이 가에 있는 것도 있겠지요?"

"아니요. 모두 저 신新 개발지, 그랜빌 로드에 있어요."

"아, 그럼 그다지 좋지 않군. 하지만 어쨌든 보러 가지요. 감사합니다."

마틴 휴이트는 두 블록쯤 걸어가서 그랜빌 로드로 가는 길을 물었다. 마침내 복잡한 개발지역의 진흙투성이 간선도로, 벽돌더미, 반쯤 완성된 길을 찾았다. 그는 끝에서 끝까지 천천히 걸어보았다. 계획이 좌절된 도시의 쓸쓸한 견본이었다. 열 개가 넘는 가게가 물건을 찾는 주민이 입주하기 전에 세워져 있었다. 미래의 가게 주인들이 그런 가게의 대부분을 차지하고 있지만 실패와 실망이 창문에서 얼굴을 내밀고 있었다. 몇 가게는 셔터를 반쯤 내린 채였는데, 남은 반을 채우기에 상품이 부족하기 때문이었다. 완전히 가게를 닫았는데도 문을 열고 있는 가게들은 주인들의 출입을 위한 것이고, 아마 셔터를 내리지 않은 가게는 조금이라도 바깥의 빛을 들어오게 하기 위해서인지도 몰랐다. 더욱이 아직 완전히 몰락하지는 않았지만 용감하게 악전고투하며 영업 중인 가게도 있다. 가게 맞은편은 아직 먼지투성이의 상처받은 산울타리와 황량한 들로, 거기에는 건축용 임대지라는 낡은 간판이 있었다. 전체적으로 세상에서 가장 우울한 곳이었다.

H. 댄비의 세 곳의 임대가게를 찾는 것은 그리 힘들지 않았다. 세 가게는 나란히 중앙 부분에 있었고, 아직 입주하지 않은 곳은 그 세 곳뿐인 것 같았다. 더러운 '임대' 표찰이 각각 창문에 걸려 있고, 거

기에는 'H. 댄비 또는 7호점에 문의하시오' 라고 쓰여 있었다. 7호점은 우울한 빵집으로 재고품은 식빵 세 덩이에 딱딱해진 번빵*이 쟁반에 한 무더기 있을 뿐이었다. 실의에 빠진 빵집 주인은 평소에는 집주인 댄비 씨가 빈 가게의 열쇠를 맡기는데, 어제는 천장을 본다고 열쇠를 가져가서 돌려주지 않았다고 했다.

"하지만 이곳에서 가게를 빌릴 생각이라면, 이런 말을 하기는 뭐하지만, 권하고 싶지 않습니다. 나도 몹시 실망했으니까요."

휴이트는 빵집 주인에게 충고에 대한 감사의 말을 하고 앞으로 더 잘되도록 빌겠다고 하며 나갔다. '토끼와 사냥개들' 로 가는 그의 발걸음은 빨랐다.

"아, 오늘은 전체적으로 상당히 좋은 날이었어요." 그는 켄티시의 질문하는 듯한 시선을 보고 말했다. "우리가 찾는 남자가 지금 어디에 있는지 알고 있고, 조금 머리를 쓰면 간단하게 그를 되찾을 수 있어요."

"그는 어디에 있나?"

"패드필드입니다. 곧 알게 되겠지만 그는 자신의 뜻과 상관없이 거기에 갇혀 있어요. 당신의 친구 댄비 씨는 마권업자이면서 부동산업도 하더군요."

"제대로 된 부동산업자는 아니지. 가끔 신흥 주택가에 투기를 할 뿐이니까. 그런데 이 사건에 그가 얽혀 있다고?"

"그는 누구보다 깊게 연결되어 있다고 생각합니다. 그렇게 단숨에 감정적으로 굴지 마세요. 그 밖에도 몇 가지 있는데 진정하지 않으면 망치게 됩니다."

"당장 경찰을 부를 거야. 그놈들이 새미 크로켓을 가두고 있는 곳이 어디인지 안다면 데리러 가자고. 왜 그렇게……."

* 건포도 등이 든 단맛이 많이 나는 작고 동그란 빵

"달리 방법이 없다면 그렇게 하세요. 하지만 경찰의 도움이 없이도, 불필요한 소동을 일으키지 않고 구출할 수 있어요. 당신에게도 그렇게 하는 게 이익이 아닌가요? 살짝 새미를 데려와서, 내일 레이스가 있을 때까지 댄비를 포함한 아무에게도 알리지 않는 것이 이득이 아닐까요?"

"그건 그렇지."

"좋아요. 그러면 그렇게 하지요. 입을 다물고 있으라는 말을 잊지 말아요. 스테글스에게도 다른 사람에게도 아무 말도 하지 마세요. 오늘 밤, 당신의 아들과 내가 사용할 수 있는 이륜마차나 브로엄*이 있습니까?"

"마구간에 랜도마차**가 있는데 그거라도 된다면."

"훌륭합니다. 준비가 되면 즉시 그걸로 시내까지 달려가겠습니다. 하지만 그전에 크로켓에 대해 한마디 묻죠. 그는 어떤 타입의 젊은이입니까? 동료를 애먹이거나 난폭하거나 요란하게 떠듭니까?"

"아니, 그렇지는 않아. 확실히 용기는 없지. 그의 남자다움은 다리에만 있소. 머리도 좋지 않아서 속기 쉬운 타입이야. 적어도 나는 그렇게 생각해."

"좋아요. 그쪽이 더 좋습니다. 그렇다면 그는 피해를 받지 않았을 테고, 감시하는 사람도 한 명밖에 없을 거예요. 그럼 마차를 준비해 주세요."

켄티시의 아들은 키가 182센티미터였다. 그는 보병 병장으로 휴가로 집에 와 있어서 편안한 사복을 입고 있었다. 그와 휴이트는 마차를 타고 시내로 갔다. 목표하는 가게의 90미터쯤 앞에서, 마부에게 기다리라고 하고 그들은 마차에서 내렸다.

"지금부터 비어 있는 가게를 세 곳 자네에게 보여주지." 휴이트가

---

* 상자형 객석이 달린 마차를 말 한 필이 끄는 사륜마차
** 지붕을 덮은 포장이 앞뒤로 나뉘어 접히게 되어 있는 사륜마차

젊은 켄티시와 그랜빌 로드를 걸으면서 말했다. "그 가운데 한 곳, 내 느낌으로는 가운데 가게에 새미 크로켓이 감금되어 있을 거야. 지나가면서 슬쩍 보는 거야."

그 가게 앞을 천천히 지나면서 휴이트가 말했다. "어때, 뭔가 수상한 것을 발견했나?"

"아니요." 켄티시 병장이 대답했다. "모두 빈집이라는 것밖에 아무것도 모르겠는데요. 그리고 앞으로도 변할 것 같지 않아요."

"그럼 지금부터 우리가 온 길을 돌아가면서, 우리를 보는 사람이 없으면 창문 안을 들여다봐야 해." 휴이트가 말했다. "그들은 새미를 가운데 집에 가두었을 거야. 그들의 목적에는 그게 가장 적당하기 때문이지. 세 가게의 좌우 건물에는 사람이 있어. 만약 새미가 소리치거나 소동을 일으킨다면, 사람이 살고 있는 가게라면 소리를 들을 수 있을 거야. 그러니 가운데 가게가 가장 좋지. 그리고 저걸 봐." 문제의 가게 창문 앞에서 걸음을 멈추면서 그는 얘기를 계속했다. "저 안쪽에 아직 칸막이로 둘러싸이지 않은 계단이 있어. 위로도 아래로도 통하는 계단이지. 그 계단 위와 주위의 바닥에 흙 묻은 발자국이 있어. 오늘 찍힌 게 틀림없어. 지난 일주일 동안 소나기가 오지 않았기 때문에 오늘 찍힌 게 아니라면 진흙이 아니라 마른 먼지 자국이었을 거야. 다시 걸어. 이제 가게 안에는 다른 흔적이 없는 것을 알았어. 그리고 흙 묻은 신발을 신은 남자는 앞문으로 들어온 게 아니라 뒷문으로 들어왔어. 그렇지 않으면 앞문 앞에 발자국을 남겼을 거야. 그러니 우리도 뒤로 돌아가지."

해가 지고 있었다. 가게들 뒤쪽의 작은 마당은 낮은 울타리로 싸여 있고 집마다 각각의 문이 있었다.

"물론 이 문은 안에서 빗장이 걸려 있어." 휴이트가 말했다. "하지만 마당으로 넘어 들어가는 것은 어렵지 않아. 어두워질 때까지 마당에서 기다리는 게 좋겠어. 그동안 누군지 모르지만 감금하고 있는 감시자가 나올지도 몰라. 그렇다면 그가 문을 여는 순간 습격해야 해. 자네는 주머니에 끈을 갖고 있나? 그것과 둥글게 말아놓은 내 손수건이 재갈을 물리는 데 도움이 되지. 자, 시작하지."

두 사람은 울타리를 넘어 조용히 집으로 접근해서 창문에서 보이지 않는 창고 그늘에 섰다. 아무 소리도 들리지 않고 빛도 보이지 않았다. 지면 위 30센티미터 부근에 창문이 있었다. 쇠창살이 있는 지하실의 채광창 같았다. 갑자기 휴이트가 켄티시 병장의 팔을 잡고 창문을 가리켰다. 희미하게 부스럭부스럭 소리가 나고, 하얀 블라인드나 가리개 같은 것으로 안쪽에서 창유리를 가리는 것이 어둡지만 확실히 보였다. 그리고 성냥을 켜는 소리가 나고 창문 한쪽에 희미한 빛줄기가 하나 나타났다.

"있어!" 휴이트가 속삭였다. "우리가 불러내볼까. 자네는 문 한쪽의 벽에 몸을 기대고 서고, 나는 반대쪽에 서서 그가 나오면 잡아야 해. 조용히. 지금 내가 그를 깜짝 놀라게 할 테니까."

그는 마당에 흩어진 쓰레기 사이에서 적당한 돌을 주워 그 돌을 창문에 던져 유리를 깼다. 안에서 크게 외치는 소리가 나더니 블라인드가 떨어지고, 누군가가 뒷문으로 달려와 문을 열었다. 즉시 켄티시가 오른주먹을 날리고, 그 남자는 스키틀*처럼 쓰러졌다. 즉시 휴이트가 그에게 올라타 입에 재갈을 물렸다.

"이 녀석을 꼼짝 못하게 해." 휴이트가 재빨리 속삭였다. "나는 다른 사람이 있는지 보러 갈게."

그는 낮은 창문을 통해 지하실을 내려다보았다. 안에는 새미 크로켓이 긴 외투 아래에서 맨발을 흔들거리며 짐 상자에 앉아 창문을 등지고 기대어 있었다. 촛농이 녹아서 흘러내린 초가 맨틀피스 위에 있고 창문에 붙인 신문지가 찢어져 바닥에 흩어져 있었다. 새미 외에는

---

* 영국에서 '스키틀' 게임에 쓰는 병 모양의 물체

아무도 없었다.

　두 사람은 잡은 남자를 안으로 끌고 들어갔다. 켄티시 병장은 그 남자가 술집에서 언제나 빈둥거리는 경마장의 건달로 이웃에 잘 알려진 남자라고 기억했다.

　"역시 자네였나, 브로디?" 그가 말했다. "한 방 강하게 날렸지만 원한다면 더 날릴 수도 있어. 하지만 이 일이 마무리되기 전에 자네도 어떤 형태든 지독한 꼴을 당하겠지."

　새미 크로켓은 구출된 것을 매우 기뻐했다. 비록 지독한 취급을 받지는 않았지만 그를 얌전하고 솔직하게 만들기 위해 가끔 쇠막대기로 격렬하게 위협한 브로디에 대해서는 완전히 겁을 먹은 모양이었다. 먹을 것은 주었고, 얇은 저지 속옷과 무릎까지 오는 팬츠 덕분에 몸이 약간 경직되었지만 그 이상의 피해는 아무것도 없었다.

　켄티시 병장은 브로디의 팔을 뒤로 해서 단단하게 묶고 남은 로프를 두 발목에 감아서 사지를 단단하게 묶었다. 그리고 한쪽 손목을 묶은 끈을 목덜미 뒤로 넘겨 다른 손목을 연결해 이 포로를 칭칭 얽어맨 상태로 새미의 침상이었던 짚더미 위에 쓰러뜨렸다.

"당분간 그다지 좋은 기분은 아닐 거야." 퀜티시가 말했다. "소리칠 수도 걸을 수도 없고, 자신이 끈을 풀 수 없다는 것도 알겠지. 그리고 잠시 배가 고프겠지만 식욕증진이 되어서 나중에는 오히려 좋을 거야. 댄비가 오지 않는 한 자네가 구출되는 것은 빠르면 내일이 되겠지. 그게 싫다면 지금부터 경찰에 끌려가도 좋고."

두 사람은 브로디를 그곳에 남기고, 새미를 낡은 마차로 데려갔다. 새미는 슬리퍼를 신고 스파이크 구두는 끈을 잡아 손에 들고 있었다.

"아," 휴이트가 말했다. "그 슬리퍼를 준 젊은 여자의 이름을 알고 있는데."

크로켓은 얼굴이 붉어지고 동시에 분노의 표정이 되었다.

"네." 그가 말했다. "그들이 나를 한 방 먹였어요. 하지만 나는 분명히 그 여자에게 이 원한을……."

"쉿, 안 돼!" 휴이트가 말했다. "숙녀에게 나쁜 말을 하면 안 돼. 이 마차에 타면 집까지 갈 거야. 내가 자네의 모험을 실수 없이 이야기할 수 있는지 어떤지, 해보지. 우선 자네는 웹 양으로부터 자네가 그녀에게 바보 취급당했다고 오해하고 있고, 자네가 질투하는어떤 남자에게 완전히 싫은 기분이 되어서 그 남자와 헤어졌다고 하는 내용의 편지를 받았어. 그렇지?"

"네, 맞아요." 젊은 크로켓은 마차의 램프 아래에서 새빨개져서 대답했다. "하지만 당신이 어떻게 그것을 알았는지 모르겠군요."

"그리고 그녀는 자네에게 목요일 오후, 잠시 스테글스를 피해서 뒷길에서 이야기하고 싶다고 썼어. 그런데 자네의 경주용 구두는 구두창이 종이처럼 얇고 굽이 없는 데다 긴 스파이크가 달려서, 단단한 지면을 걸었다면 지독히 다리를 아프게 했을 거야. 그렇지?"

"네, 그렇습니다. 잘못하면 발이 다치지요. 그걸 신고 단단한 지면을 걷는 일은 없어요."

"크리켓 구두와는 다른 것 같군."

"전혀 달라요. 크리켓 구두라면 어디라도 걸을 수 있겠죠."

"어쨌든 그녀는 이 사실을 알고 있었어. 그리고 누가 그녀에게 이야기했는지 나는 알 것 같아. 아무튼 그녀는 자네에게 새로운 슬리퍼를 가져와서 자네가 나갔다 오도록 담 너머로 던진다고 약속했어."

"그녀가 당신에게 그 이야기를 모두 했나요?" 크로켓은 애절하게 말했다. "당신이 편지를 봤을 리가 없어요. 그녀가 그 편지를 찢어서 조각을 자기 주머니에 넣는 것을 이 눈으로 봤거든요. 그녀가 작은 길에 나오자 편지를 돌려달라고 말했어요. 스테글스에게 발견되지 않도록."

"자네는 스테글스를 잘 피했고, 슬리퍼가 제대로 와서 그것을 신고 뒷길로 나갔어. 하지만 그녀와 함께 그 길의 마지막까지 갔을 때 재갈을 물리고 마차에 실렸지."

"그 짓을 한 놈이 브로디였어요." 크로켓이 말했다. "그리고 다른 한 명은 내가 모르는 사람이에요. 아니, 여기는 패드필드의 하이 가지요?" 그는 창밖을 보고 익숙한 상점가에 깜짝 놀랐다.

"물론 그래. 어디라고 생각했어?"

"그러면 나를 찾은 곳은 어디입니까?"

"패드필드의 그랜빌 로드. 아마 그들은 자네에게 다른 도시에 있다고 말했겠지?"

"뉴스테드 해치라고 말했어요. 서너 시간 마차를 달려갔고, 가는 곳이 보이지 않도록 나를 좌석 사이의 바닥에 엎드리도록 했어요."

"두 가지 이유가 있어." 휴이트가 말했다. "첫째는 자네를 혼란스럽게 만들어서 이 음모를 지시하는 사람을 밝혀내지 못하도록 하기 위해서. 둘째는 밤이 될 때까지 기다려서 사람 눈에 뜨이지 않게 자

네를 집 안으로 넣는 것. 어쨌든 이것으로 마차가 있는 곳까지는 자네가 알고 있는 것을 모두 얘기했어.

이제 '토끼와 사냥개들'에 거의 다 왔어. 여기에 마차를 세우고 방해하는 사람이 있는지 정찰하러 갈 거야. 켄티시 씨도 자네가 다른 사람 눈에 띄지 않고 들어오기를 원할 거야."

몇 초 후에 휴이트가 돌아왔고, 크로켓은 옆문을 지나 안으로 들어갔다. 휴이트가 이 집 주인에게 한 지시는 간단하지만 단호했다.

"스테글스에게는 이 이야기를 하지 마세요." 그가 말했다. "뭔가 이유를 대서 그를 밖으로 내보내고 집 안으로 못 들어오게 해요. 크로켓은 그의 방이 아니라 다른 침실에 있도록 하고 아들에게 보살펴 도록 시켜요. 이 일들을 마치고 당신이 여기에 오면 모든 얘기를 하지요."

새미 크로켓이 켄티시 병장의 손으로 하얀 약을 바른 마사지를 받는 동안 주인은 휴이트에게 돌아왔다.

"댄비는 당신이 새미를 찾아온 것을 알고 있나?" 주인이 물었다. "어떻게 데리고 왔지?"

"댄비는 아직 몰라요. 잘되면 내일 크로켓이 달리는 것을 볼 때까지 모를 겁니다. 당신을 배반한 사람은 스테글스입니다."

"스테글스?"

"스테글스입니다. 처음에 스태글스가 새미 크로켓이 사라졌다고 보고하러 뛰어 들어왔을 때부터 나는 그를 의심했지요. 당신은 그렇지 않았나요?"

"아니. 그는 언제나 성실했고, 그 또한 다른 사람처럼 놀라는 얼굴을 하고 있잖았는가."

"그렇습니다. 그는 매우 뛰어난 연기를 했지요. 하지만 그의 이야기에 의심스러운 점이 있었어요. 그가 뭐라고 말했지요? 크로켓이 춥다며 스웨터를 가져다달라고 했고, 자기가 가지러 갔다고 했지요. 그런데 잠깐 생각해보세요. 이런 것을 알게 될 겁니다. 자신의 일을 자랑하는 트레이너가 춥다고 하는 선수에게 집 밖에서 저지를 스웨터로 갈아입게 하기 위해 가지러 갈까요? 물론 그런 일은 하지 않습니다. 선수를 다시 실내로 데려가, 지붕 아래서 갈아입혔겠죠. 그리고 만약 정말로 스테글스가 크로켓의 실종에 놀랐다면 주위를 둘러본 다음 문이 열려 있는 것을 발견하고, 처음에 달려왔을 때 문이 열려 있다고 말했겠지요? 하지만 그는 그런 내용은 전혀 말하지 않았고, 문이 열려 있는 것은 내가 발견했죠, 그래서 나는 처음부터 스테글스에게 의심을 갖고 있었지요."

"자네 이야기는 지금 듣고보니 아주 확실하군. 당연히 그때는 생각지도 못했지만. 하지만 만약 스테글스가 배반했다면 새미에게 한 잔 마시게 하거나 뭔가로 되지 않았을까? 그쪽이 일은 간단했을 텐데."

"스테글스는 솜씨 좋은 트레이너이고 좋은 평판을 지켜야 했지요. 자신이 관리하던 선수에게 누가 약을 먹였다고 하면 그의 이름에 금이 가지요. 그런 일이 생기면 당신의 그에 대한 평가는 떨어질 게 틀림없습니다. 유괴되었다고 생각하게 하는 쪽이 훨씬 안전하지요. 일을 모두 다른 친구에게 맡기면, 설령 책략이 실패로 끝나도 자신은 안전하니까요. 그런데 크로켓의 스파이크 구두 발자국이, 담의 2.7미터 앞에서 갑자기 사라진 것을 기억합니까?"

"그래. 그가 허공으로 날아간 것 같다고 자네가 말했지, 확실히 그래 보였어."

"하지만 크로켓이 나간 것은 그 문이고, 다른 곳은 아니라는 확신이 나에게는 있었지요. 사람에게 들키지 않고 집 안을 빠져나갈 수는 없고, 다른 길도 없어요. 빗장을 제거한 문이라는 장소를 빼면. 발자국이 그렇게 끊어졌고, 길 어디에도 다시 나타나지 않았기 때문에 그가 스파이크 구두를 벗은 것을 알았지요. 아마 다른 것으로 바꾸었겠지요. 선수는 맨발로 걸으면 발을 다칠 수 있기 때문에 매우 신경 쓰니까요. 보통 넓이의 바닥이 매끈매끈한 슬리퍼라면 거친 석탄재 트랙에는 발자국이 나지 않고, 그 반대편의 단단한 길에는 스파이크가 달린 구두가 아니면 발자국이 남지 않습니다. 스파이크 자국은 문 쪽이 아닌, 담 쪽을 향하고 끊어졌습니다. 누군가가 담 너머 슬리퍼를 건네거나 던졌고, 그는 그 자리에서 바꿔 신었습니다. 적은 우리가 작은 길에 남은 스파이크 자국을 더듬을 거라고 계산하고, 그 방법을 쓴 겁니다.

여기까지는 좋았습니다. 하지만 작은 길의 문 근처에서 아무 발자국도 발견하지 못했습니다. 그때 내가 스테글스에게 콥을 감시시킨 일을 기억하지요? 물론 스테글스에게 방해받고 싶지 않아서였습니다. 나는 혼자서 그 길로 나가 끝까지 걸어가봤습니다. 먼저 올드 킬른스까지 가서 돌아왔습니다. 그 작은 편지조각 이외에는 도움이 될 만한 것은 찾지 못했지만, 그러고 보니 그 조각들은 아직 내 지갑에 있군요. 물론 그 '미^{mmy}'는 '새미'와 마찬가지로 '지미'이거나 '토미'의 '미'일지도 모르지만, 어쨌든 그 점을 제외하고 생각할 수 없었습니다. 크로켓을 당신의 집에서 힘으로가 아닌, 속여서 데리고 간 것은 틀림없습니다. 그렇지 않으면 석탄재를 간 경주로에 격투 흔적이 남아 있어야 하니까요. 그리고 그가 스웨터를 찾았다는 것이 그저 구실에 지나지 않는다면, 그는 이미 나갈 계획이었지요. 왜냐하면 그날 오후는 춥지 않았거든요. 추리의 핵심은 편지를 받았다는 것, 더욱이 여기에 편지조각이 있다는 것이었죠. 그럼 지금까지 내가 말한 것을 이해하고 이 종이를 보세요. 우선 '미'인데 이것은 내가 이미 설명했습니다. 그리고 이 '그들을 버려'를 보세요. 이것은 분명히 글자 그대로 슬리퍼 한 쌍을 담 너머로 던지라는 의미일 겁니다. 그리고 '불쌍한 f^{poor f}'는 그 행의 바로 앞에 있고, 이것을 다른 단편과 맞추어보면 '불쌍한 발^{poor feet}'이라는 의미입니다. 이런 일치가 겹쳐서 편지의 본질을 깨달았고, 내가 받은 그때까지의 인상이 증명되었죠. 하지만 다른 것도 있습니다. 다른 두 개의 종이는 분명히 '그를 떨어져서left him' 와 '즉시 right away' 로, 스테글스를 '즉시' 쫓아버리라는 걸 겁니다. 하지만 또 하나 '그가 싫다hate his' 라는 문자가 거의 다 쓰여 있고, 'hate' 에 밑줄이 그어 있는 게 있습니다. 밑줄까지 그어서 강조한 'hate' 라는 글자를 쓴 것은 누구일까요? 여자일까요? 글자는 크고 그다지 정연하지 않습니다. 특별한 교육을 받지 않은 여자의 것이라고 쉽게 생각할 수 있습니다. 여기서 새미는 여자에게 유혹되어 끌려간 거라는 사실을 더욱 확신하게 되었습니다.

수요일에 바 쪽에 당신과 함께 갔을 때, 크로켓의 친구 몇 명이 낸시 웹의 일로 그를 놀리고 있었고, 그 놀림은 확실히 눈에 보여서 사실이라는 것을 깨달았죠. 새미 크로켓을 가장 간단히 불러낼 수 있는 여자는 낸시 웹입니다. 나는 낸시 웹이 누구인지 찾아서, 그녀에 대해 더 자세히 알려고 했습니다.

그러는 한편 나는 작은 길을 벗어나 도로를 보러 갔지요. 그곳은 지대가 낮고, 나뭇가지가 많이 덮여 있어 오솔길보다 습기가 차 있었

어요. 바퀴 흔적이 많이 있었는데, 그 도로로 들어가 시내 쪽으로 돌아간 자국은 한 쌍이 있었습니다. 폭이 좁은 마차 바퀴 자국이었습니다. 크로켓은 갇히기 전에 오랫동안 마차에 타고 있었다고 했어요. 아마 처음에 마차를 탔을 때는 즉시 그를 숨길

그 장소에 데려갈 수 없다는 것을 그들도 눈치채지 못했을 겁니다.

두세 번 물어서 '쟁기'와 낸시 웹을 찾았지요. 거기에 가까이 갔을 때, 나는 그 부근을 보려는 호기심이 생겼는데, 마침 그 가게의 뒤뜰에서 스테글스와 젊은 여자가 열심히 얘기하고 있지 않겠습니까!

여러 가지 억측이 하나의 확실한 사실이 되었지요. 스테글스야말로 크로켓이 질투하고 있던 그의 연적이었고, 그가 낸시 웹을 이용해서 새미를 불러낸 겁니다. 나는 스테글스가 돌아오는 것을 지켜보고 당신에게 그를 집 안에 잡아두도록 했습니다.

이제 스테글스에게 이런 일을 시킨 고용주를 찾는 것이 남았습니다. 댄비가 찾아왔을 때, 나는 기뻤습니다. 물론 그는 당신이 뭔가 말하는 것을 듣고 싶었고, 가능하면 당신이 취한 방법을 찾으려고 온 것입니다. 물론 실패했지만요. 확인하기 위해 나는 오늘 아침 귀가 먼 노신사를 가장해 미스 웹에게 이 종이에 있는 세 단어, '왼쪽', '오른쪽', '길'의 단어를 사용한 길 안내서를 받았지요. 보세요, 특징 있는 f와 s가 모두 일치해요.

나는 스테글스가 그날 돈을 받으러 가는 것은 완전히 틀렸다고 생각했지요. 처음부터 나는 프로 도보경주자의 어두운 뒷거래에 관련되어 있는 인간들은 서로 그다지 신뢰하지 않는다는 것을 알고 있었습니다. 서로를 잘 알고 있으니까요. 때문에 스테글스도 뇌물을 먼저 받지는 못했을 겁니다. 하지만 그는 토요일 레이스 전에 그 돈을 어떻게든 손에 넣고 싶었을 겁니다. 레이스가 다 끝나면 주범은 지불을 거절할지도 모르고, 그러면 스테글스도 어떻게 할 수 없기 때문이지요. 그래서 나는 다시 스테글스를 미행할 수 있을 때까지 그를 밖으로 나가지 못하게 한 것이고, 그날 오후에 그를 외출하게 한 다음 미행한 겁니다. 결국 그가 댄비 집의 골목 입구로 들어갔다가 나오는 것을 보게 되었죠. 역시 이 일을 꾸민 것은 댄비였고, 이 레이스에서 크로켓의 우승에 대한 확률을 신경 쓴 사람도 그 사람밖에 없었습니다.

크로켓은 어떻게 찾았을까요? 나는 크로켓이 댄비의 집에는 없을 거라고 생각했지요. 하인들과 다른 사람들 때문에 너무나 위험한 방법이니까요. 나는 댄비가 부동산업자로 임대가게를 세 곳 갖고 있는 것을 알았어요. 그의 집 앞에 붙인 종이에 쓰여 있었습니다. 빈집만큼 사람을 가두는데 적당한 곳은 없을 겁니다. 나는 댄비의 집을 방문하고, 그 가게의 열쇠를 빌리고 싶다고 했지요. 열쇠는 빌릴 수 없었습니다. 하녀는 댄비가 부재중이라고 말했는데, 이것은 분명히 거짓말이죠, 내가 직접 그를 봤으니까요. 하녀는 월요일까지는 누구에게도 그 빈 가게를 보여줄 수 없다고 말했습니다. 하지만 나는 가게의 위치를 하녀에게 들었고, 그때 나에게 필요한 것은 그것뿐이었습니다.

그럼 왜 월요일까지 그 빈 가게를 누구에게도 보이지 않을까? 이 기간이 수상했지요. 크로켓을 그 빈집 중 하나에 가두었다면 토요일 레이스 뒤에 크로켓을 다시 풀어주기에 충분합니다. 나는 바로 댄비의 집을 떠나 그 가게를 찾았고, 세 채 가운데 어느 것이 댄비의 목적에 가장 맞는지 결론을 내려고 했지요. 여기에서 나는 내 가설의 또 하나의 증명을 얻었습니다. 그 가게 중 하나인 파산을 앞둔 불쌍한 빵집 주인이 빈 가게의 열쇠를 관리하고 있었습니다. 하지만 그 역시 열쇠를 빌려주지 못한다고 했습니다. 댄비가 어떤 이유로 열쇠를 목요일에 갖고 가서 아직 반납하지 않았다는 겁니다. 이상이 내가 찾았고 기대했던 단서의 전부였습니다. 모든 것은 확실했습니다. 그리고 그 다음은 모두 아시는 대로입니다."

"음, 확실히 당신은 세상이 인정하듯이 영리하군. 하지만 만약 댄비가 그 임대가게의 종이를 치우고 있었다면 자네는 어떻게 했을까?"

"그래도 나에게는 방법이 있지요. 댄비의 집으로 가서 그의 이 작은 게임의 모든 것을 얘기한 다음, 법률을 내세워 위협하고 항복시켜 크로켓을 되찾을 수 있었어요. 하지만 그는 아직 아무것도 모르고,

적어도 내일 오후까지는 크로켓이 무사히 여기에 돌아와 있는 것을 모를 겁니다. 당신은 아마 그때까지 기다려서 그에게 게임에서 손해를 보게 하겠죠. 당신이 분명히 잘 알고 있는 그 천재적인 투기수단 같은 것을 사용해서."

"그래, 그렇게 하지. 그는 지금 크로켓에 대항하는 도박이라면 얼마라도 걸 테니까. 내가 직접 걸면 어떨지 모르지만."

"하지만 지금 크로켓은," 휴이트가 계속했다. "저렇게 갇혀 있어서 하루 이틀은 그의 다리도 속도가 떨어지는 게 아닐까요?"

"아, 그럴지도 모르지." 주인이 대답했다. "하지만 그건 문제가 안 돼. 내일 레이스에 나오는 상대 네 명 중 두 사람이 강적이 아닌 건 알고 있고, 나머지 두 사람은 언제라도 금화 두 개를 주면 어떻게든 할 수 있지. 3회전과 결승전은 다음주고, 그때까지는 크로켓도 전처럼 건강해질 테지. 안전한 도박인 것은 변함없소. 자네는 얼마 걸겠나? 안전하니까 자네 몫도 모두 그대로 걸지 그래? 떨어지는 돈을 거저 줍는 것 같은 기회라고."

"고맙습니다. 하지만 나는 그런 일에는 관심 없어요. 이런 프로 레이스는 아무래도 깨끗하다고 생각할 수 없군요. 나는 도덕가는 아니지만 내 생각에 돈을 줍는 게임이라고는 말할 수 없을 것 같아요."

"그렇다면 좋아. 자네가 그런 생각이라면 무리하게 권하지는 않겠네. 역시 자네는 생각만큼 영리하지는 않군. 그렇다고 해도 서로 싸울 일은 없어. 자네는 나에게 엄청난 행운을 가져다주었고, 그것만은 인정할 수밖에 없으니까. 하지만 이에 대해 보상하지 않으면 내 마음도 편하지는 않지. 그래, 자네에게도 나와 마찬가지로 직업이 있으니 청구서를 보내면 왕처럼 기분 좋게 지불하겠어. 자네에게 무료로 신세 지는 것보다 그쪽이 마음 편해. 물론 자네가 가져다준 행운 이상을 답례할 수는 없지만. 다만 돈을 지불하는 것이 좋다고 생각할 뿐이고, 그건 사실이지."

"무슨 말을 하십니까? 이 지불은 끝났습니다." 휴이트는 웃으며 말했다. "그 서류로 선불을 치렀습니다. 이건 그런 거래였습니다. 그렇죠? 내 일에 협력해주시면 나도 힘을 빌려드리는 겁니다. 거래는 거래고, 서로 그 역할을 끝냈습니다. 그리고 방금 내가 한 말은 마음에 두지 마세요."

"마음에 두다니! 하지만 래기 스테글스는 달라. 내일 레이스가 끝나면 내 그 자식을!"

다음주 일요일, 런던 자신의 방에서 마틴 휴이트는 신문을 펴고 '패드필드 금년 123.4미터 핸디캡 레이스' 라는 표제 아래에 '결승전. 크로켓 1위. 윌리스 2위. 트루비 3위. 오웬 0. 하웰 0. 1위는 2.7미터 차이로 우승.' 이라는 발표를 읽었다.

포갯 살인사건

THE CASE OF MR. FOGGATT

마틴 휴이트가 사건수사를 함에 있어 거의 유일하게 믿는 신조는 축적된 개연성과 관련된 것이었다. 일견 너무나 사소해 보이는 것들, 때로는 너무나 보편적이고 일상적인 것들을 어떻게 단서로 삼아 추적할 수 있냐고 내가 물을 때마다 그는 이렇게 대답했다. 만약 두 가지 하찮은 단서가 같은 방향을 가리키고 있다면 그 일치로 인해 하찮아 보이던 단서들이 즉시 중요한 고려 대상으로 바뀐다는 것이다. "내가 한 남자를 찾고 있다고 하세." 그는 이렇게 설명을 시작했다.

"가늘게 째진 실눈에 오른손에 반점이 있고 절뚝거리며 걷는다는 것이 내가 그에 대해 아는 전부라고 했을 때, 첫 번째 특성과 일치하는 한 남자를 봤다 해도 그것은 사소한 단서에 불과하고 특별한 의미를 갖지 못할 걸세. 가늘게 째진 눈을 한 남자가 어디 한두 명이겠느냐 말이지. 헌데 그 남자가 살짝 움직일 때 오른손에 있는 반점이 보였다면, 실눈과 반점이 단서로서 지니는 가치는 이내 백배, 아니 천배 이상 증가하게 되겠지. 따로 있으면 의미가 없어도, 같이 모이면 그 의미가 훨씬 커진다는 얘기일세. 증거로서의 가치가 정확히 두 배가 된다고 말해서는 안 되네. 실눈을 가진 사람들의 절반이 오른손에도 반점이 있다면야 그럴 수 있겠지만, 실제로는 그럴 확률이 천 분의 일이나 될까 말까 아니겠나. 물론 확인할 방법이 있을지 모르겠네만. 두 가지의 사소한 사실이 같은 방향을 향하고 있다면 증거로서 막강한 힘을 갖게 되는 걸세. 만약 앞의 그 남자가 절뚝거리기까지 하는 또 하나의 사소한 특징도 갖고 있다면 나머지 두 가지 특성을 강하게 뒷받침하며 확고한 증거로 굳혀주겠지. 베르티용 범인식별법* 역시 사소한 특징들을 요약해놓은 것이 아니고 뭐겠나? 키가 같은 사람, 발길이가 같은 사람, 머리둘레가 같은 사람, 여타 다른 부위의 치수가

* 파리 경찰의 범죄감식 반장이던 베르티용이 1882년 개발한 것으로 세밀한 인체측정을 통해 범죄자들의 신체특징과 인상착의를 여러 범주로 나누어 범인식별에 사용했다. 목격자의 진술에 주로 의존하던 경찰이 도입한 최초의 과학적인 범인식별법으로, 이후 지문감식법으로 대체되긴 했으나 범죄인 기록사진이나 범죄현장 촬영방법 등에 많은 영향을 주었다.

일치하는 사람들의 숫자는 각각의 것들을 따로 놓으면 수없이 많을 수밖에 없지. 하지만 몇 가지 측정치들이 동시에 일치할 때, 비로소 범인으로 구분할 수 있는 거라네. 자네 친구들 중에도 개인적인 특징 두 가지가 일치하는 경우가 얼마나 되겠나.”

휴이트가 신봉하는 이 논리는 생각지도 못했던 아주 가까운 곳에서 검증되기에 이르렀다.

내 방과 휴이트의 사무실이 있는 낡은 건물에는 1층부터 3층까지 사무실이나 독신자 숙소가 있었다. 나를 제외하고도 독신자가 두세 명 더 있었는데, 건물 꼭대기 층의 뒤켠에 있는 방 네 개짜리 숙소에 세 든 사람은 포갯이라는 뚱뚱한 중년 남자였다. 그 남자의 이름을 알게 된 것은 내가 그곳에 산 지 한참 지난 어느 날, 가정부가 지나가듯 하는 말을 듣고서였다. 그의 이름은 그의 방문에도 쓰여 있지 않았고, 다른 사람들처럼 건물 1층의 현관에도 표시돼 있지 않았다.

포갯은 친구가 별로 없는 것 같긴 했지만, 세 들어 사는 나이 든 독신자치고는 사치에 가까운 생활을 하고 있었다. 샴페인이 든 상자가 꼭대기 층으로 올라가는 모습은 일상적인 풍경이었고, 가난한 기자의 마음에 잠자고 있던 질투심이라는 괴물을 깨우고도 남을 정도로 멋진 그림이 배달되는 장면을 본 것도 여러 차례였다.

그는 호감을 주는 인상은 아니었다. 뚱뚱해서인지 목은 축 늘어지고 머리는 쑥 내민 채, 쏟아질 듯 튀어나온 지나치게 동그란 눈(물고기를 제외하고 그렇게 생긴 눈은 난생 처음 보는 것이었다)으로 주위를 두리번거리는 그의 모습을 떠올려보라. 전체적으로 그의 외모는 천박하고 오만해 보였으며, 뭐라 정확히 표현할 순 없지만, 왠지 수상쩍은 느낌을 풍기고 있었다. 결국 그는 자신의 거실에서 총에 맞아 숨진 채 발견되었다.

사건은 이러하다. 휴이트와 나는, 내가 다니는 클럽에서 함께 저녁을 먹고 저녁 늦게 내 방으로 돌아와 담배를 피우며 그저 머리에 떠오르는 대로 이런저런 얘기를 나누고 있었다. 나는 그날 서점에서 사색적인 내용이 담긴 오래된 책 두 권을 샀는데 책마다 숨겨진 선물처럼 낡은 지폐가 들어 있었다. 우리는 이 책들의 책장을 넘기며 대화를 이어나갔고, 그렇게 시간이 얼마나 흘렀을까, 귀청을 때리는 갑작스런 소음에 우리는 깜짝 놀랐다. 그건 분명 건물 안에서 들려온 소리였다. 우리는 잠시 동안 귀를 기울였지만 소리는 더 이상 나지 않았다. 그때 휴이트가 방금 그 소리는 총소리였을 거라는 의견을 냈다. 주거지에서 총을 쏜다는 것은 일반적인 일이 아니었기에 나는 계단으로 가서 위아래를 살펴보았다.

위쪽 층계참에 가정부 클레이톤 부인이 있었다. 겁에 질린 그녀가 방금 그 소리는 포갯 씨 방에서 난 것이라고 말했다. 그녀는 벽난로 선반에 항상 놓여 있던 권총에 그가 사고를 당한 것인지도 모른다고 했다. 우리는 다 함께 위층으로 올라갔고 그녀가 포갯의 방문을 두드렸다.

아무 대답이 없었다. 문 위에 난 채광창을 통해 불빛이 흘러나오는 걸로 봐서 포갯 씨가 방 안에 있는 것이 분명하다고 클레이톤 부인은 말했다. 우리는 더 세게 노크했고 그의 이름까지 불렀지만 역시 대답은 없었다. 문은 잠겨 있었고 가정부가 보관하고 있던 비상열쇠로 문을 열어보려 했지만 자물쇠 안에 포갯의 열쇠가 끼워진 채라 소용이 없었다. 무슨 사고가 난 게 분명하다는 클레이톤 부인의 확신에 우리는 점점 불안해졌고, 결국 휴이트가 작은 쇠꼬챙이로 문을 비틀어 열었다.

끔찍한 광경이었다. 거실 테이블 위에 머리를 처박고 쓰러진 포갯은 미동조차 하지 않았다. 그의 머리는 차마 쳐다보기 힘든 상태였고 그 옆에는 커다란 연발권총이 놓여 있었다. 클레이톤 부인은 희미한 비명을 지르며 계단으로 뒷걸음질했다.

"브렛. 서둘러!" 휴이트가 말했다. "의사와 경찰을 불러주게!"

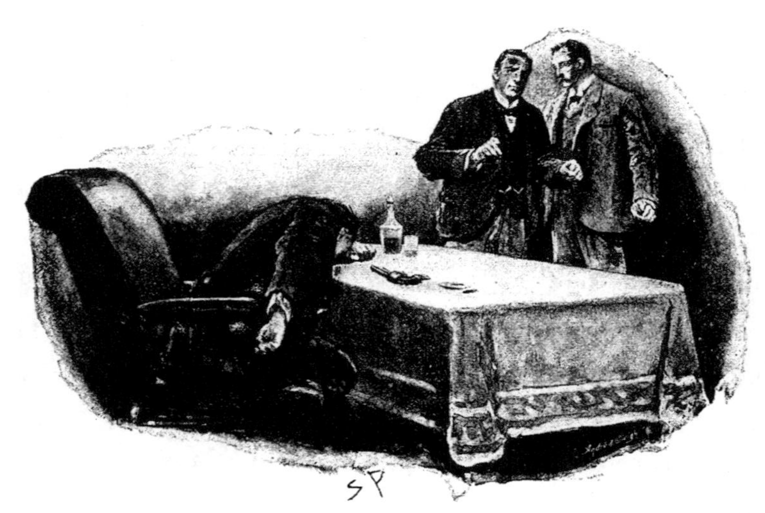

나는 한 번에 계단의 반을 훌쩍 뛰어 내려갔다. '일단,' 나는 생각했다. '의사를 불러야겠지. 그가 죽지 않았을 수도 있으니까.'

인근에 의사가 없다는 것에 생각이 미친 나는 경찰보다는 의사를 찾을 확률이 더 높은 스트랜드 위쪽으로 방향을 잡고 달리기 시작했다. 고급 하숙집 앞의 빨간 불빛을 병원으로 착각하여 잠깐 헤매다보니 의사를 찾는 데 족히 5분이 걸렸고, 뒤이어 경찰을 불러오는 데 5분이 더 소요됐다.

조사 결과 포갯은 사망한 것이 확실했다. 총에서 떨어진 화약가루와 다른 여러 상황을 종합해봤을 때, 그가 자살한 것 같다는 것이 의사의 소견이었다. 방문을 통해 밖으로 나간 사람은 분명 없었다. 만약 있었다면 그 사람은 내 방 앞의 계단을 지나갔을 테지만, 문이 안에서 잠겨 있었다는 사실로 미루어봐도 그것은 불가능했다. 포갯의 거실에는 창문이 두 개 있었는데 둘 다 닫혀 있었다. 하나는 걸쇠로 잠겨 있었지만 다른 하나는 걸쇠가 낡아 망가져 있었다. 그 창문들 아래로는 15미터는 충분히 되는 가파른 벽이 이어져 있었고, 근처에는 발을 디딜 만한 곳이나 손으로 붙잡을 만한 것이 하나도 없었다.

다른 방의 창문들은 모두 잠겨 있었다. 총을 만지작거리다 부주의로 인해 일어난 사고가 아니라면 분명 그것은 자살로 보였다. 방은 곧 경찰들로 북적였고 우리는 그 방을 나왔다.

가정부의 주방에서는 그녀의 딸이 물을 섞은 진 한 잔을 클레이톤 부인에게 마시게 하며 안정시키고 있었다.

"클레이톤 부인, 너무 상심 마십시오." 휴이트가 말했다. "여기 사는 다른 사람들을 생각해서라도 부인이 기운을 차리셔야죠. 의사는 사고사로 판단하고 있어요."

그는 주머니에서 재봉틀 기름이 들어 있는 작은 병을 꺼내서는 잘 썼다는 인사와 함께 클레이톤 부인의 딸에게 건네주었다.

사인 조사에 제시된 증거는 거의 없었다. 총소리가 났고 시체가 발견된 것이 사건과 관련된 사실의 전부였다. 죽은 남자에겐 친구도 친척도 없었다. 의사는 자살이나 사고의 가능성에 대한 자신의 의견을 피력했고, 경찰 증거 역시 같은 방향으로 기울고 있었다. 사건이 있던 날 밤 다른 누군가가 죽은 남자의 방에 있었다는 사실을 밝힐 수 있는 증거는 아무것도 발견되지 않았다. 한편 그의 서류들과 통장 등을 통해 그가 상당한 재력가였다는 사실이 밝혀졌고, 이렇다 할 자살 동기는 없어 보였다. 경찰은 포갯의 친척은 고사하고, 클럽에서 몇 번 만났거나 오가며 인사 정도 나누는 사람 이외에는 그와 친밀한 관계를 유지한 사람 역시 찾아내지 못했다. 배심원은 포갯이 사고에 의해 사망한 것으로 평결했다.

"브렛." 휴이트가 내게 물었다. "배심원 평결에 대해 어떻게 생각하나?"

나는 보편적인 관점에서 내린 합리적이고 공정한 평결인 것 같다고 대답했다.

"그래." 그가 대답했다. "그럴 수도 있지. 배심원의 관점에서 봤을 때나 또 그들에게 주어진 정보를 고려했을 때, 그 판결은 상당히 타당한 셈이지. 하지만 총을 쏜 사람은 포갯이 아니야. 그는 키가 크고 행동이 민첩한 청년에게 총을 맞은 거지. 아마 그 청년은 선원 아니면 운동 선수일 거야. 만약 내가 그와 마주치게 된다면 난 그를 알아볼 수 있어."

"하지만 자네가 어떻게 그런 사실을 알고 있지?"

"아주 단순하게 생각해낼 수 있는 추론들을 통해서지. 잘 생각해보면 자네도 쉽게 추측할 수 있는 것들이야."

"그렇다면 왜 사인 조사에서 얘기하지 않았어?"

"이봐, 배심원들은 추론이나 추측 따위는 원치 않아. 그들이 원하는 건 오직 증거뿐이지. 물론 내가 살인자에 대한 확실한 단서를 찾았다면야 경찰에 먼저 얘기를 했을 테지만. 사실 경찰도 나만큼이나 현장을 살펴봤으니 이 사건에 대해 나만큼, 아니 나보다 더 많은 것을 알고 있을지도 몰라. 경찰은 심리審理에서 모든 정보를 공개하진 않거든. 다 쓸모 있는 건 아니니까."

"하지만 자네 추론이 옳다면 그 남자가 어떻게 방을 빠져나갔다는 건가?"

"자, 집에 거의 다 왔군. 그럼 건물 뒤쪽에서 살펴보도록 하세. 우리가 알고 있듯이 그는 포갯의 방문을 통해서는 밖으로 나갈 수 없었어. 내 확신하네만 그는 분명 그 방에 있었어. 물론 굴뚝으로 도망칠 수도 없었지. 벽난로에 불이 활활 타고 있었으니까. 그는 창문을 통해 달아난 게 틀림없어. 다른 창문들은 모두 안쪽에서 잠겨 있었기 때문에 탈출이 가능한 창문은 단 하나뿐이었지. 왜 걸쇠가 부서진 창문이 하나 있지 않았나. 그 창문을 넘어서 밖으로 나간 거지."

"하지만 어떻게? 창문은 지상에서 15미터의 높이에 있어."

"물론 그렇지. 하지만 왜 자네는 창문을 통해 도망치는 방법이 밑으로 내려가는 것만 있다고 생각하나? 자, 이제 위를 한 번 올려다보게.

저기 꼭대기 층에 있는 창문이네. 창턱도 아주 널찍하지. 창 위쪽으로
는 평평한 박공벽*뿐이지만 창문 꼭대기에서 오른쪽 위로 30~60센
티미터 떨어진 곳에 쇠로 된 낙수받이의 끝부분이 보일 거야.

자세히 봐. 비록 함석 재질은 아니지만 끝부분을 철제 받침대가 지
탱하고 있는 튼튼한 낙수받이인 셈이지. 키가 큰 남자라면 창턱의 끝
에 서서 왼손으로 자기 몸을 지탱한 채로 오른쪽으로 몸을 최대한 뻗
으면 오른손으로 그 낙수받이의 끝부분을 잡을 수 있을 거야. 거기에
닿으려면 발가락에서부터 손가락 끝까지 쭉 폈을 때 약 2미터 20센
티미터 정도가 돼야 하지. 내가 미리 재봤다네. 유연한 체조 선수나
선원이라면 약간의 점프로도 낙수받이를 붙잡을 수 있었을 테고, 지
붕 위로도 충분히 올라갈 수 있었을 거야. 그게 가능하려면 굉장히
민첩하면서도 침착한 사람이어야 할 거라고 자네는 말하겠지. 그래
분명 그런 사람일 거야. 그리고 그 사실이 우리를 도와주게 되지. 왜
냐! 추적의 범위를 좁혀줄 테니까. 우리는 우리가 찾아야 할 남자의
특징을 잘 알고 있네. 분명히 방 안에 있었던 그가 어떤 방법으로 방
을 빠져나갔는지 알고 있기 때문이지. 내가 설명한 그의 탈주법이 마
치 묘기처럼 아슬아슬해 보이지만 그가 빠져나갈 수 있는 방법은 오
직 그것뿐이었어. 그가 창문을 빠져나온 뒤 자신의 몸 뒤로 창문을
닫았다는 사실은 지면으로부터 그렇게 높은 위치에서도 그가 침착함
과 균형을 유지할 수 있는 사람이라는 사실을 더욱 강하게 증명하는
것이지.

모든 것이 명백했지만, 가장 중요한 핵심은 여전히 모호한 채였다.

"자네는 다른 사람이 방 안에 있었다고 확신하는군." 내가 말했다.
"그걸 어떻게 알았어?"

"말한 것처럼 명백한 추론에 의해서지. 자, 내가 어떻게 해서 그런

* gable-end, 박공처마 밑에 있는 삼각형 모양의 벽

추론에 이르게 됐는지, 이제 자네가 한 번 추측해보게. 자네는 종종 내가 하는 일에 흥미를 보였고 내가 맡은 사건의 추이를 주의 깊게 지켜보곤 하지 않았나. 간단한 연습이라고 생각하게. 자네는 나와 마찬가지로 방 안에 있는 모든 걸 보았어. 기억 속에 그 장면을 다시 떠올려봐. 그리고 여기저기 흩어져 있는 여러 가지 작은 물체들과 그것들이 사건에 어떻게 영향을 주고 있는지 생각해보게. 날카로운 관찰력이 내가 하는 일의 첫 번째 필수요건이지. 자네, 방 안에 신문지가 있던 걸 기억하나?"

"그래. 바닥에 석간신문이 하나 있었지. 하지만 자세히 살펴보진 않았어."

"그 밖에 다른 건?"

"테이블 위에는 진열장에서 가져온 위스키가 든 유리병이 있었고 유리잔도 한 개 있었어. 그것만 봐도," 내가 덧붙였다. "방엔 한 사람만 있었던 것 같았어."

"썩 타당한 추론은 아니지만 그렇게 판단할 수도 있지. 계속 해보게!"

"진열장 위에 과일을 담아두는 큰 그릇이 있었고, 그 옆에 놓인 접시 위에는 호두껍질 약간과 사과 한 조각, 호두까기 한 개, 그리고 오렌지 껍질도 약간 있었던 것 같아. 방 안엔 일반적인 가구들이 있었는데, 포갯이 앉아 있던 것 말고는 테이블 주위에 다른 의자는 없었어. 이게 내가 기억하고 있는 전부야. 잠깐. 테이블 위에 재떨이가 하나 있었어. 옆엔 타다 만 시가가 놓여 있었지. 시가 역시 한 개였네."

"훌륭해. 기억력과 관찰력만을 평가한다면 아주 우수한 실력이야. 자네는 모든 것을 정확하게 관찰했고 또 전부 다 기억하고 있군. 그럼 그 방에서 빠져나간 누군가가 있다는 사실을 내가 어떻게 발견해냈는지 이제 자네도 알겠지?"

"아니. 그건 모르겠어. 재떨이 안에 다른 종류의 재가 섞여 있었을까?"

"꽤 괜찮은 가정이긴 한데, 거기엔 한 가지의 재만 있었어. 테이블 위에 있던 시가에서 나온 재였지. 우리가 아래층으로 내려갈 때 내가 했던 행동들도 모두 기억하고 있나?"

"자네가 기름 한 병을 가정부의 딸에게 돌려주었지, 아마."

"그랬지. 거기서 어떤 힌트가 떠오르지 않나? 자, 이쯤 되면 분명 뭔가 떠올랐을 텐데?"

"아니."

"그럼 아직은 말할 수 없어. 자넨 아직 자격이 안 되는군. 계속 생각해봐. 그리고 적어도 한 가지 추론이 완성될 때까진 그 사건에 대해 언급하지 마. 방법은 명백해. 관찰하고 기억하는 것이지. 하지만 자네가 보려고 하지 않는 게 있어. 자네가 원한다면 스스로 알아낼 수 있는 사실을 내가 굳이 알려줌으로써 자네의 생각이 되는 대로 뻗어나가게 만들고 싶지는 않아. 들어가. 나는 가볼 데가 있어. 처리해야 할 사건이 있거든."

"그럼, 이 사건은 더 이상 조사하지 않겠다는 건가?"

휴이트는 어깨를 한번 으쓱했다. "난 경찰이 아니야." 그가 말했다. "그들 손에서 잘 처리되겠지. 물론 누군가 날 찾아와서 이 사건을 의뢰한다면 정식으로 맡아 처리하겠지만 말이야. 아주 흥미로운 사건이지만 이것 때문의 내 본연의 업무를 소홀히 할 순 없잖은가. 어쨌든 이 사건에 대해서 눈과 귀를 열어놓을 거야. 내가 파악한 사실들도 잘 기억하고 있을 거고. 때론 중요한 단서가 제 발로 찾아올 때도 있지. 물론 한 사람의 성실한 시민으로서 이 사건 해결에 내가 할 수 있는 일이 생긴다면 언제든 나설 준비는 돼 있다네. 오 르브와*!"

나 역시 한가한 사람은 아니어서 얼마 동안은 휴이트가 얘기했던

* Au revoir, '또 만나요' 라는 뜻의 프랑스어

수수께끼와도 같은 문제에 대해 거의 생각할 시간이 없었다. 사실 생각을 하긴 했지만 도저히 답을 찾아낼 수 없었다. 심리가 있었던 날로부터 일주일 뒤 나는 휴가를 냈는데, 지난 5년 동안 나는 하루도 빠짐없이 저녁 사설을 써왔던 터였다. 6주 동안 휴이트를 볼 수 없었다. 여행에서 돌아온 뒤, 아직 며칠 남은 휴가를 집에서 보내고 있던 어느 날, 휴이트와 나는 저녁식사를 하기 위해 코벤트리 가에 있는 루자티 식당을 찾았다.

"최근에 여기 몇 번 왔었지." 휴이트가 말했다. "음식이 꽤 훌륭하더군. 아니, 그 테이블은 됐어." 비어 있는 테이블로 향하는 내 팔을 잡아끌며 그가 말했다. "외풍이 심할 것 같아서." 그는 살빛이 어둡고 호리호리한 체격에 키가 큰 젊은이가 앉아 있는 기다란 테이블로 나를 데려갔고 그 청년 맞은편에 자리를 잡았다.

우리가 자리에 채 앉기도 전에 휴이트는 자전거에 대한 얘기를 쏟아내기 시작했다. 우리가 앞서 나누었던 대화는 문학에 관한 것이었는데, 휴이트가 자전거에 흥미를 가지고 있다는 사실을 처음 알게 된 나는 놀라지 않을 수 없었다. 어쨌거나 다방면의 것들을 취재하는 기자로서 나는 전문가가 아닌 일반적인 문외한의 이해력으로 그 주제를 따라갔고 그럭저럭 대화를 이어나갈 수 있었다.

우리가 대화하는 동안 맞은편 젊은이의 얼굴이 흥미로 반짝이는 것을 볼 수 있었다. 그는 꽤 잘생긴 청년으로 좀 그을리긴 했지만 깨끗한 피부를 가지고 있었다. 하지만 화난 듯 매서운 눈매와 도드라진 광대뼈, 각진 턱 때문에 호감이 가는 인상은 아니었다. 그러나 휴이트가 쉬지 않고 얘기하는 동안 그 청년의 표정은 흥미로운 대화 주제에 즐거워하는 듯 보였다.

"물론," 휴이트가 말했다. "요즘 선수들 실력도 좋기야 하지. 하지만 예전에 활동했던 선수들이 정말 대단했어. 지금이야 기억하는 사람들이 얼마 없겠지만 5년, 10년, 아니 15년 전까지 거슬러 올라가면 대단한 선수들이 엄청 많아. 요즘 선수들 중에서 오스몬드를 능가할 친구는 없어. 퍼니벌은 항상 최선을 다했기 때문에 그에게 도전한다는 것 자체가 곤혹스러운 일이었지. 코티스는 좀 아쉽긴 해. 기량이 뛰어나서 연전연승이었는데, 한 명한테 지고 말았거든. 어디 보자, 그게 누구였더라? 거참, 기억이 안 나는군."

"라일즈요." 맞은편의 젊은이가 재빨리 올려다보며 말했다.

"아, 그래. 라일즈였어. 찰스 라일즈. 선수권대회였던가요?"

"1880년, 마일 선수권대회에서였죠. 그래도 그때 나머지 세 경기는 코티스가 다 이겼습니다."

"맞아요. 그랬죠. 코티스가 기존의 3.96킬로미터 기록을 처음으로 깼을 때 그를 봤던 기억이 나는군요." 휴이트는 이내 자전거, 경기기록, 힐리어, 시니어, 노엘 화이트닝, 테일러슨, 애플야드 등의 사이클 선수들을 둘러싼 얘기를 막힘없이 풀어나갔다. 대화에서 소외된 채 조용히 자리만 지키고 있던 나와는 반대로 맞은편에 앉은 청년은 휴이트와 활기 넘치는 대화를 이어가고 있었다.

우리의 새로운 친구는 몇 년 전에 실제로 자전거 선수로 활동하며 두각을 나타낸 적이 있었고, 휴이트의 요청으로 그는 이내 자신의 회중시계 줄에 매달아놓은 말끔한 금메달을 보여주었다. 그것은 예전 안장이 높은 자전거들이 유행할 때 우승하고 받은 것으로, 당시는 도로 사정이 좋지 않아 사고가 끊이지 않았으며, 자전거 선수들은 모두 얼굴에 상처를 훈장처럼 달고 다녔다고 그가 설명했다. 그는 자기 이마의 파란 흉터를 가리키며 자전거에서 심하게 넘어졌을 때 생긴 상처로 그때 이빨 두 개가 빠지고, 여기저기 뼈마디도 심하게 부러졌다고 했다. 치아 사이의 벌어진 틈새들이 그의 미소 사이로 확연히 드러났다.

잠시 후, 웨이터가 디저트를 가져왔고 젊은이는 사과를 집어 들었다. 디저트가 담긴 쟁반에 놓인 호두까기와 과도가 우리를 향하고 있었기 때문에 휴이트가 방향을 살짝 돌려 청년 쪽으로 과도를 밀어주었다.

"괜찮습니다." 그가 말했다. "전 사과는 깨끗이 닦아서 껍질째 먹거든요. 너무 두꺼운 외래종만 아니라면 말이죠."

그는 어린 소년이나 건강한 운동 선수가 그럴 법하게 사과를 우적우적 베어 먹기 시작했다. 이내 그가 고개를 돌려 커피를 주문했다. 웨이터가 등을 돌리고 있었기 때문에 그는 두 번이나 불러야 했다. 바로 그때 휴이트가 테이블을 잽싸게 가로질러 젊은이의 접시에 놓인 반쯤 남은 사과를 낚아채 자기 주머니에 집어넣고는 무슨 일 있었냐는 듯 천연덕스럽게 천장에 그려진 큐피드를 바라보았다. 순식간에 일어난 일에 난 그저 말문이 막힐 뿐이었다.

청년이 테이블로 다시 얼굴을 돌렸을 때, 자신의 접시와 식탁보를 보는 그의 눈빛은 의혹으로 가득했다. 뒤이어 그의 날카로운 눈빛이 휴이트를 훑고 지나갔다. 그러나 그는 아무 말도 하지 않고 커피를 마시고 계산서를 챙겼다. 그는 천천히 커피를 마시며 휴이트를 조용히 응시했다. 그러고는 돈을 지불하고 그곳을 떠났다.

휴이트가 옆에 세워져 있던 우산을 들고는 곧바로 그를 뒤따라 갔다. 그가 문가에 다다랐을 때 청년이 몸을 홱 돌렸다.

"당신 우산 맞죠?" 휴이트가 우산을 내밀며 물었다.

"네, 고맙습니다." 그러나 그 남자의 눈빛은 훨씬 더 차갑게 변해 있었고 그의 턱은 단단히 굳은 듯 보였다. 그는 뒤 돌아 문을 나갔다. 테이블로 돌아온 휴이트가 말했다.

"계산하지. 자넨 집으로 돌아가게. 난 좀 있다 가겠네. 저자를 따라가봐야겠어. 포갯 사건과 관련된 친구야." 그가 나가고 마차 한 대가 급히 출발하는 소리가 들렸다. 뒤이어 또 다른 마차가 떠나는 소리가 이어졌다.

난 계산을 하고 집으로 돌아갔다. 휴이트가 돌아온 시간은 밤 10시였다. 그는 아래층의 자기 사무실에 들른 후, 내 방으로 올라왔다.

"시드니 메이슨." 그가 말을 꺼냈다. "경찰이 포갯 사건 용의자로 내일부터 이 사람을 추적할 거야. 처음 만났을 때부터 그는 꽤나 똑똑해 보였어. 오늘 저녁엔 나를 두 번이나 골탕 먹인 셈이지."

"식당에서 우리 맞은편에 앉았던 그 남자를 말하는 건가?"

"맞아. 그 친구가 내게 메달을 보여줬을 때 뒷면에 새겨진 그의 이름을 확인했지. 하지만 내가 주소를 알아내지 못하게 교묘한 방법을 쓰더군. 그가 나를 의심한 것은 분명해. 그는 내가 모든 상황을 다 알아차릴 만큼 빈틈없이 자신을 감시하고 있었는지를 확인하기 위해 일부러 우산을 놓고 자리를 떠났어. 그리고 내가 자기 뒤를 미행하게 만들었지. 너무 조급했던 나는 그자의 덫에 걸려들고 말았지. 그는 루자티 식당에서 마차를 타고 떠났고 나 역시 그 뒤를 쫓았어. 그는 런던 전역을 빙빙 돌며 내가 자기 뒤를 쫓게 만들더군. 덕분에 마부들만 수입이 좋았을 거야. 결국 그는 어떤 건물로 들어갔고 난 그곳 주소를 적어왔네. 하지만 그의 진짜 집은 아닐 거야. 물론 그 친구는 뒷문을 통해서 금세 빠져나갔겠지. 나한테 자기 집을 알려줄 만큼 어리석은 친구는 아니니까. 하지만 경찰은 그 집에서, 분명 뭔가를 알아낼 수 있을 거야. 그건 그렇고, 자네 내가 어떻게 이 사건이 살인사건이라는 걸 알아냈는지, 그 간단한 그 수수께끼를 아직 풀지 못했나? 지금쯤이면 알 때도 된 것 같은데."

"자네가 훔친 그 사과와 관계가 있나?"

"사과와 관계가 있다고? 자네는 참 단순해. 생각을 좀 진척시켜봐. 클레이톤 부인의 재봉틀 기름을 다시 빌릴 생각이네. 우리가 포갯의 방을 부수고 들어갔던 그날 밤 자네는 진열장 위에 있는 호두껍질과 먹다 남은 사과조각을 보았어. 나중에도 그걸 기억하고 있었고. 하지만 자네는 증거로 상당히 중요한 가치를 지니게 될 그 사과를 자세히 보진 못했지. 그래서 자네가 나처럼 어떤 결론을 이끌어낼 수 있을 거라고 기대하진 않았네. 내 경우엔 그 사과를 관찰하고 거기에 필요한 어떤 처치를 할 수 있었던 10분이라는 시간을 확보할 수 있었으니까 말이야. 하지만 적어도 자네는 그 사과가 중요한 증거가 될 수도 있다는 가능성에는 주의를 기울였어야 했어.

우선 그 사과는 흰색이었어. 자네도 알겠지만, 사과의 베어진 자리는 그 상태로 오래 두게 되면 붉은빛이 감도는 갈색으로 변하게 되지. 사과의 종류에 따라 색이 변하는 속도가 다르긴 하지만, 갈변*은 항상 씨가 있는 부분부터 시작된다네. 이런 사실을 알고 있는 사람은 많지 않지. 셀 수 없이 많은 사소한 지식들 중 하나에 불과하니까. 하지만 나와 같은 일을 하는 사람에겐 알아둘 만한 가치가 있는 유용한 사실이지. 러셋 종의 사과는 갈변이 굉장히 빠르지. 진열장 위에 있던 사과는 뉴타운 피핀이나 그와 유사한 종이었어. 그건 씨가 있는 부분에서 갈변이 일어나는 데 20~30분쯤 걸리지. 그리고 나머지 부분까지 갈색으로 변하가는 데 15분 정도의 시간이 더 필요하고. 우리가 사과를 발견했을 때는 씨 있는 부분만 희미한 갈색 빛을 띠었고 나머지 부분은 흰 빛깔이었어. 즉, 누군가 15분에서 20분 전에 그 사과를 먹었다는 것을 추론할 수 있지. 그리고 그 추론은 누군가 그것을 일부분만 먹었다는 사실에 의해 더 강화되게 되지.

그 사과를 살펴보던 중, 베어 문 곳의 이빨 자국이 일정치 않다는 것을 발견했어. 자네가 의사와 경찰을 부르러 나간 사이 나는 그 위에 기름칠을 했지. 그리고 내 방으로 뛰어 내려가 이런 작업을 해야 할 경우를 대비해 보관하고 있었던 소석고**를 가져와 치아 자국이 선명하게 남아 있는 부분의 본을 떴다네. 그런 다음, 경찰이 필요하다면 살펴볼 수 있도록 사과를 제자리에 갖다놓았지. 내가 뜬 본을

---

* 褐變. 어떤 과일이나 채소 따위를 칼로 깎았을 때, 그 부분이 갈색으로 변하는 일
** 燒石膏. 석고를 가열하여 만든 흰색가루. 물기가 있으면 다시 굳어지는 성질이 있으므로 거푸집이나 모형, 분필 따위를 만드는 데 쓴다

보게나. 이 사과를 베어 먹었던 사람은 치아가 두 개 없다는 것을 정확히 보여주고 있네. 위아래 한 개씩으로, 정확히 대칭되는 자리는 아니지만 거의 비슷한 위치에 있지. 나머지 치아는 견고한 듯 보여도 크기와 배열이 불규칙해. 그럼, 죽은 사람의 치아는 어땠나. 우리가 이미 봤듯이, 그는 모양도 크기도 일정하고 빠진 곳도 없는 아주 가지런한 의치를 하고 있었어. 그렇다면 누군가 다른 사람이 그 사과를 먹었다는 것이 분명해지네. 내 설명이 이해가 되나?"

"물론이지! 계속하게!"

"사소하지만 역시 같은 방향을 가리키고 있는 추론 근거들이 몇 가지 더 있었어. 예를 들면, 일반적으로 포갯 정도의 나이 든 남자들은 소년들처럼 깎지 않은 사과를 그냥 베어 먹진 않지. 그래서 사과를 먹은 사람은 젊고 건강한 청년이라고 추리할 수 있었네. 그 남자가 키가 크고 행동이 민첩한 운동 선수나 선원일 거라는 결론에 다다른 건 내가 미리 말했듯이 우리가 건물 밖에서 포갯의 창문을 살펴보고 나서였지. 방 안에 아무것도 손댄 흔적이 없는 것으로 봐서 도둑질을 하러 들어온 게 아닌 것도 분명했네. 술을 마시고 사과를 먹은 흔적이 있는 걸 보면 친근한 대화가 살인으로 빗나간 게 아닌가 싶네. 내가 말하지 않은 이러한 것들을 경찰들이 과연 알아챘는지는 모르겠어. 최고의 수사관들이 일을 맡았다면 분명히 알아냈을 거라고 생각해. 하지만 꼼꼼하지 못한 관찰자들에겐 그저 부주의한 사고나 자살로 비춰질 게 뻔하지. 그렇지 않을 수도 있다는 가능성은 간과한 채 말이야.

내가 말했듯, 심리가 열렸던 그날 이후로 이 사건을 위해 따로 시간을 뺄 수는 없었지만 내 눈과 귀는 항상 열려 있었다네. 키가 크고 건장한 체구에 행동이 민첩하고, 왼쪽 아랫니와 그보다 약간 더 왼쪽의 윗니가 빠진, 치열이 고르지 못한 젊은이가 내가 찾아야 할 사람이었지. 내가 이 건물에서 마주친 적이 있는 사람일 가능성이 높았어. 난 사람 얼굴을 잘 기억하지 않나. 물론 아닐 수도 있지만 말일세.

자네가 휴가에서 돌아오기 바로 전, 루자티 식당에 있던 나는 이 건물에 있는 사무실 어디선가 본 적이 있는 걸로 기억되는 한 젊은이를 발견했네. 키가 크고 젊다는 건 한눈에 알 수 있었지만 그때 난 고객을 만나고 있었기 때문에 그의 다른 여러 특징들은 주의 깊게 관찰하지 못했어. 사실 난 이 사건에 전적으로 관여하고 있지도 않았고, 주위에 키 큰 청년들이 여럿 있었기에 크게 신경을 쓰진 않았지. 하지만 오늘 저녁, 그날 봤던 그 청년의 맞은편 자리가 비어 있는 걸 발견했을 때, 나는 그 친구에 대해 좀 더 알아볼 수 있는 기회가 왔다는 걸 알았어."

"자넨 그를 정확히 찍어낸 셈이군."

"맞아. 세상에서 가장 쉽게 구별해낼 수 있는 부류가 바로 자전거 선수라네. 백발백중은 아니더라도 꽤 신빙성 있는 구별법을 알고 있거든. 어떤 사람이 건강해 보이고 운동도 많이 한 것 같은데, 어깨가 약간 구부정하다 싶으면 그 사람은 회중시계 줄에 자기 메달을 달아 놓고 있을 확률이 높아. 더 확실하게 알고 싶으면 그 사람 앞에서 자전거경주에 관련된 얘기를 살짝 꺼내기만 하면 되지. 난 메이슨을 방심하게 만들어서 그의 메달을 볼 수 있었어. 그렇게 그의 이름까지 알아냈고, 치아의 모양도 확인할 수 있었지. 게다가 그가 직접 자기 치아에 얽힌 얘기를 들려주지 않았나. 그곳엔 키가 크고 운동 선수 같은 체격을 가진 청년들이 몇 명 더 있었어. 그중 몇 명은 이도 빠져 있었고. 하지만 왼쪽 아랫니와 약간 더 왼쪽의 윗니, 이렇게 정확히 두 개의 치아가 없는 사람은 바로 이 청년뿐이라는 것이 확실해졌지. 사소한 사실들 몇 가지가 같은 방향을 향하고 있다면 중요한 가치를 가지게 된다고 하지 않았나. 게다가 그의 치열은 전체적으로 가지런하지 못했고 내가 본을 떴던 그 치아의 모양과 무척 비슷해 보였다네."

그는 주머니에서 길이가 7.6센티미터쯤 되는 울퉁불퉁한 석고모형 덩어리를 꺼냈다. 그 모형의 한쪽은 6개나 8개의 정도의 이빨이 있는 두 줄의 치열을 보여주고 있었고, 위아래 모두 이빨이 하나씩 빠져서 큰 틈이 나 있었다. 그는 설명을 계속했다.

"이것은 적어도 내가 그 청년을 찾아낼 수 있는 데 결정적인 역할을 했다네. 그가 접시에 사과를 놓고 고개를 돌렸던 바로 그 순간이 내겐 엄청난 기회였던 셈이네. 그가 껍질째 먹던 사과 기억하지? 그건 또 하나의 사소하지만 아주 중요한 증거가 됐지. 나는 예의에 어긋나는 행동을 하고 싶지 않았고 그의 의심을 살 수도 있었기에 참으려 했지만 그 사과를 훔치고 싶은 유혹을 떨칠 수 없었어. 그래서 자네가 본 것처럼 사과를 가져왔고, 그게 바로 여기에 있네."

그는 코트 주머니에서 사과를 꺼냈다. 베어 문 한쪽을 석고모형의 위쪽 치열에 갖다 대자, 사과의 튀어나온 부분이 모형의 이가 빠져 비어 있는 부분을 감쪽같이 채우고 들어갔다. 다른 쪽 역시 모형의 아래쪽과 일치했다.

"보다시피, 이건 부정할 수 없는 증거야." 휴이트가 말했다. "치아를 관찰하는 선에서 끝났다면 하나의 가능성 정도로만 남았겠지만, 이렇게 본을 떠서 맞춰보기까지 했으니 필체나 지문만큼 확실한 증거가 된 셈이지. 자, 여기 클레이톤 부인의 기름이 있네. 이제 이 사과를 가지고 또 하나의 본을 뜰 거네. 그런 다음 두 모형을 비교해보는 거지."

그는 사과에 기름을 칠하고 신문지 위에 약간의 반죽을 쏟아붓고는 내 컵에 든 물을 좀 붓나 싶더니 금세 딱딱한 본을 만들어냈다. 사과의 단면은 당연히 일치하지 않았지만, 치열은 두 모형 모두 정확히 일치했다.

"이제 됐어." 휴이트가 말했다. "브렛, 내일 아침 난 이것들을 싸서 보우 가*로 가져갈 생각이야."

"하지만 그것들이 충분한 증거가 될까?"

"경찰의 목적엔 충분히 부합하지. 그 남자의 행적을 밝혀내는 건 그리 어렵지 않을 걸세. 여하튼 그건 경찰이 할 일이니까."

다음 날 아침, 내가 아침식사를 막 시작하려던 참에, 휴이트가 방에 들어와서 내 앞에 장문의 편지를 내려놓았다.

"어젯밤에 만난 그 친구한테서 편지가 왔어." 그는 말했다. "읽어 보게나."

편지는 날짜도 없이 바로 시작하고 있었다. 내용은 다음과 같았다.

마틴 휴이트 선생에게

선생, 오늘 저녁 나의 이름을 알아내기 위해 당신이 보여준 그 교묘한 기술에 기꺼이 찬사를 보냅니다. 선생을 따돌리는 데 일단은 성공했지만, 당신이 이 편지를 읽고 있을 때쯤이면 아마 법조인 명부를 통해 내 주소를 알아냈을 거라 생각합니다. 내가 사무변호사인 것도 알고 계실 테지요. 하지만 별 소용은 없을 겁니다. 당신이라 해도 결코 찾아내지 못할 곳으로 난 사라질 테니까요. 사실 선생의 얼굴은 몇 번 본 적이

* 중앙 경찰재판소가 있는 거리

있었습니다. 그렇다고 아는 사이라도 되는 양 선생의 대화에 이끌려 들어가다니 참 어리석었지요. 하지만 내가 죽인 그 악당의 사인 조사에 목격자로 참석한 당신이 거의 아무런 말을 하지 않는 것을 본 뒤였기 때문에 당신과 얘기를 하는 것이 그렇게 위험한 일이 될 줄은 전혀 몰랐습니다. 선생이 무례하게도 내 사과를 가져갔을 때 우선은 깜짝 놀랐습니다. 사실 당신이 정말로 가져간 것이 아닐지도 모른다는 생각도 조금은 했고요. 그것은, 나로서는 이해할 수 없었지만, 선생께서 나를 상대로 게임을 하는지도 모른다는 경고신호이기도 했습니다. 이내 한 가지 생각이 떠오르더군요. 그 비열한 자가 응당한 종말을 맞았던 바로 그날 밤, 내가 그의 방에서 그가 권했던 술 대신 사과를 먹었다는 사실이었습니다. 감히 선생의 수사방식의 깊이를 추정하진 못하더라도, 나는 당신이 두 개의 사과를 비교해볼 속셈이라는 걸 파악할 수 있었습니다. 당신이 맡았던 사건들에 관해 많은 얘기를 들어왔지만, 직접 겪고 보니 역시 당신의 그 빈틈없는 일처리에 진심으로 경의를 표하지 않을 수 없습니다. 나도 남에게 뒤지지 않을 만큼 예리한 사람이라는 평가를 받아왔고 오늘 밤에도 어느 정도 선방했다고 생각하지만, 이번 일 하나만 두고 보더라도 당신의 예리함은 제가 결코 능가할 수 없다는 것을 인정하겠습니다.

누구의 부탁을 받고 선생이 나를 쫓는 건지는 모르겠습니다. 뿐만 아니라 당신이 나와 내가 죽인 그 사람 사이의 연관성을 어느 정도까지 파악했는지도 모르겠습니다. 하지만 나는 선생을 깊이 존경하고, 당신이 부디 나를 사악한 범죄자로 여기지 않길 바라고 있습니다. 그리고 이 사건에서 표면적으로 보이는 것이 전부는 아니라는 사실을 이해시키고자 이렇게 시간을 쪼개어 편지를 쓰는 것입니다. 내가 조급하고 난폭한 기질을 가졌다는 것을 인정합니다. 하지만 지금도 나는 나를 여기까지 오게 만든 그 범죄를 잊을 수 없습니다. 엄격히 따져봐도, 그것은 범죄가 확실합니다. 왜냐하면 이 세상 사람들 앞에서 나의 부친을 파렴치한 사기꾼으로 만들어 수치심 속에 돌아가시게 만든 사람이 바로 포 갯, 그자였기 때문입니다. 나의 어머니를 살해한 사람 역시 그자입니다. 어머니는 마음의 병으로 돌아가셨는데 그게 누구로 인한 것이었겠습니까? 그가 도둑놈이요, 위선자라는 것은 내겐 아무런 의미도 없는 사실이었습니다. 내게 중요한 것은 그가 부모님을 죽인 원수라는 것이었지요.

아버지에 대한 기억은 거의 없습니다. 애석하게도 아버지는 많은 면에서 유약하고 무능한 분이었나 봅니다. 사업수완도 없었고요. 본인이 관리했던 까다로운 사업들을 제대로 이해하지도 못하셨을 겁니다. 포갯은 편법과 술수에 능한 사람인지라 회사 설립과 증권거래를 통해 거액을 벌어들였고 많은 경쟁자들을 파멸시켰죠. 하지만 그는 몇 년 전 대규모 금융 사기사건에 연루된 전력으로 업계에서 기피 대상이 된 터라 사업상 전면에 나설 수 없는 입장이었습니다. 이런 상황에서 그는 아버지와 모종의 동업관계를 맺었습니다. 대외적으로는 아버지가 단독으로 사업을 이끌고 있는 것처럼 보였지만, 실상 아버지는 자기가 무슨 일을 하고 있는지 정확히 이해하지도 못한 채, 순진한 아이처럼 포갯의 지시대로 움직였습니다. 소소했던 거래는 점점 규모가 커져갔고, 떳떳했던 사업은 점차 음지의 것으로 변질돼갔습니다. 아버지는 포갯을 절대적으로 신뢰했고 그의 우월한 능력에 전적으로 의지했습니다. 지시사항이 매일 저녁 은밀히 전달됐고, 아버지는 그에 따라 주식을 매매하고 공모안내서를 인쇄하거나 계약을 체결했습니다. 모든 일들이 사업의 유일한 대표자인 아버지의 단독책임 하에 진행되는 동안, 포갯은 엄청난 규모의 자금을 뒤로 빼돌리고 있었지요. 간단히 말해, 어리석고 불쌍한 제 아버지는 배후에서 모든 것을 조종하던 그 교활하고 무책임한 악당에게 철저히 이용된 도구에 불과했던 겁니다. 종국에는 아버지가 경영을 책임지고 있던 회사 세 개가 무더기로 도산하고 말았습니다. 온갖 사기행위가 거래내역을 빼곡히 채우고 있었죠. 포갯은 빼돌린 돈을 챙겨 자취를 감췄고, 남겨진 아버지는 파멸과 치욕의 고통을 혼자 감당한 채로 감옥에 가야 했습니다. 처음부터 끝까지 모든 책임은 오직 아버지에게만 있었습니다. 포갯이 관여됐다는 증거는 한 조각도 나오지 않았고, 아버지는 꼼짝없이 모든 걸 뒤집어쓸 수밖에 없었습니다. 아버지는 자신의 순진함을 이용했던 그 악당에게 철저히 버림받은 채 3년 동안 옥살이를 하다, 수치심과 비통에 억눌려 세상을 떠났습니다.

그때는 아무것도 몰랐습니다. 어린 시절, 다른 집은 그렇지 않은데 왜 우리 집엔 아빠가 없는 거냐고 어머니께 수없이 물어보던 기억이 납니다. 철없는 저의 질문으로 어머니의 여린 마음에 상처가 난 게 한두 번이 아니었을 겁니다. 내 기억 속에 어머니는 창백한 얼굴로 흐느끼며 내가 한시라도 곁에서 떨어지면 불안해서 어쩔 줄을 모르던 연약한 여인의 모습으로 남아 있습니다.

딱히 친구가 없었던 어머니가 내게 조금씩 털어놓은 얘기들을 통해 나는 어머니의 마음속에 어떻게 비탄이 자리 잡게 되었는지를 차차 알게 되었습니다. 그러자 어린 마음에 복수심이 싹텄고, 아버지를 감옥에서 돌아가시게 만들고 어머니를 눈물 속에 살게 만든 그 악한을 죽일 궁리를 하게 되었지요. 처음 생각한 방법은 식사용 나이프로 그를 찔러 죽이는, 참으로 어설픈 것이었습니다.

하지만 단 한 가지, 그 악한의 이름만은 알 수 없었습니다. 커가면서 알려달라고 조른 적이 한두 번이 아니었지만, 그때마다 어머니는 복수는 인간의 영역을 넘어서는 것이라고 타이르시며 더는 말씀하지 않으셨습니다.

어머니는 내가 열일곱 살 때 돌아가셨습니다. 아들에 대한 강한 애착과 아들이 성인으로서 인생을 제대로 시작하는 것을 반드시 확인하겠다는 강렬한 열망으로 어머니는 그렇게 오랜 시간을 버텨내실 수 있었던 겁니다. 어머니가 돌아가신 후, 나는 어머니가 그동안 아끼고 아껴서 약간의 돈을 모아두셨다는 걸 알게 되었습니다. 사실 그 돈은 변호사 시험을 준비하는 데 드는 경비를 충당하고도 남는 액수였죠. 나는 예전에 부친의 법률자문을 해주셨던 어른들의 아낌없는 도움도 받을 수 있었습니다. 그분들은 내게 일자리를 알아봐주셨고 한결같은 친절함으로 나를 대해주셨습니다.

이후 몇 년 동안 나는 그 일을 실행하겠다는 생각은 하지 않았습니다. 나는 많은 도움을 받았던 한 은인의 사무실에서 사무변호사로 일하게 되었고, 곧 능력 있는 직원으로 인정받게 되었죠. 어머니의 생전의 뜻을 지키고자 그곳에서 일하는 내내, 부모님의 인생을 파멸시킨 그자의 이름과 행방을 우연이라도 알게 되는 일이 없도록 늘 조심했습니다. 어느 날 클리프톤 클럽의 회원이었던 동료와 함께 그곳을 찾은 나는 처음으로 그를 만나게 됐습니다. 나를 보고 어쩔 줄 몰라 하던 그의 행동이 그때는 의아하기만 했죠. 업무 차 다른 사무실을 방문할 일이 많았던 나는, 그로부터 일주일 뒤 선생의 사무실이 입주해 있는 그 건물을 방문하게 됐습니다. 선생 사무실의 위층에서 일하고 있는 변호사를 만나기 위해 계단을 올라가던 중에 나는 포갯과 세게 부딪칠 뻔했죠. 그는 대경실색하여, 무슨 이유에서인지 나를 잔뜩 경계하는 기색으로 혹시 자기를 만나러 왔냐고 따져 물었습니다.

'아닙니다.' 난 대답했습니다. '여기 살고 계신 줄은 몰랐는데요. 저는 다른 사람을 만나러 왔습니다. 괜찮으십니까?'

그는 못 믿겠다는 듯 나를 쳐다보더니, 이내 썩 괜찮은 건 아니라고 대답했습니다.

그 후로도 몇 번 더 그와 마주치게 되었습니다. 그는 점점 더 내게 친근하게 굴었지만 비굴하게 내 비위를 맞추려는 꼴이 과히 기분 좋은 것은 아니었고 더구나 아들뻘 되는 젊은이를 대하는 사람의 태도로는 더 거북한 것이었습니다. 어떻든 간에 나는 항상 그 사람을 정중히 대했습니다. 어느 날인가는 그가 나를 자기 방으로 초대해서 자기가 최근에 구입한 멋진 그림을 보여주더군요. 그런 다음 벽난로 위 선반에서 묵직한 연발권총을 들어 보였습니다.

'보게나. 이건 반갑잖은 손님이 내 작은 은거隱居에 방문할 경우를 대비해서 마련해놓은 것이지. 헤헤!' 나는 당연히 도둑을 뜻하는 것이려니 생각했지만 그가 왜 억지웃음을 쥐어짜내는지는 알 수 없었습니다. 계단을 내려가면서 그가 말했습니다. '메이슨, 이제 우리도 서로에 대해 꽤 많이 아는 것 같지 않나? 자네가 법조계에서 좀 더 성장할 수 있도록 내가 도울 수 있다면 참으로 기쁠 것이네. 젊은 친구가 노력을 많이 하고 있다는 거 내 잘 알지. 헤헤!' 그가 또다시 억지웃음을 뱉었고, 초조한 듯 말을 이었습니다. '그러니,' 그가 말했죠. '내일 저녁에 들러준다면 내가 조그만 제안을 하나 할까 하는데. 와줄 텐가?'

과연 어떤 제안일지 궁금했던 나는 그러겠다고 했습니다. 그 노신사는 상궤에서 벗어난 듯 보이긴 해도, 나를 무척 돕고 싶어 하는 걸 보면 어쨌든 좋은 사람이라는 생각이 들더군요. 그간의 이상한 행동들도 친해지기 전까지의 어쩔 수 없는 어색함 때문이었을 수도 있구요. 든든한 친구가 별로 없었던 나는 그를 내칠 수 없었습니다. 그가 내게 일을 맡길 수도 있었으니까요.

나는 과할 정도의 환대를 받으며 그의 집에 들어섰습니다. 그와 오래도록 이런저런 얘기를 나누다보니 내가 가장 알고 싶어 하는 문제에 대해 포갯이 언제쯤 말을 꺼낼지 슬슬 궁금해졌습니다. 그가 몇 차례 술과 담배를 권했지만, 운동으로 몸을 단련하면서 두 가지를 멀리 해온 터라 사양했습니다. 드디어 그가 나에 관한 얘기를 하기 시작했습니다. 안타깝게도 국내에서는 법률가로서의 전망이 그리 밝지 않지만, 남아프리카 같은 식민지에서는 젊은 변호사들에게 많은 기회가 열려 있다는 얘기를 들었다는 것이었습니다.

'자네가 갈 생각만 있다면 말이지.' 그가 말했습니다. '내 장담컨대, 약간의 돈만 있으면 자네처럼 똑똑한 젊은이는 금방 개인 사무실을 차릴 수 있을 걸세. 아니면 탄탄한 법률회사에서 좋은 자리를 구할 수도

있을 테고. 내가 500파운드를 주지, 양에 안 찬다면 더 주겠네. 그리고……'

　나는 깜짝 놀라 일어섰습니다. 생판 남이나 다름없는 이 사람이 왜 내게 500파운드를 주겠다는 것일까? '양에 안 찬다면' 더 주겠다고? 내가 요구하기라도 했단 말인가? 물론 그는 베풀고 싶은 마음에서 그런 것이었겠지만, 적어도 나는 자존심을 재산으로 여기는 신사였습니다. 그는 더듬더듬 두서없는 말을 계속 늘어놓고 있었습니다. 그러다 이윽고 내 정신을 번쩍 들게 하는 한마디가 흘러나왔습니다.

　'과거의 일 때문에 원한을 품지는 않았으면 하네.' 그가 말했습니다. '자네 모친, 돌아가신 자네 모친은…… 나로서는 유감이네……. 말도 안 되는 의심을 했지……. 정말이야……. 모두를 위한 최선의 선택이었어……. 자네 아버지께는 항상 감사히 여겼지……'

　나는 의자를 제자리에 돌려놓은 다음 그자 앞에 똑바로 섰습니다. 마른 입술 사이로 힘겹게 한 마디씩 뱉어내고 있는 이 비굴한 인간이 바로 내 부모님의 인생에 비참한 파국을 가져온 그놈이었습니다. 모든 것이 명백해졌습니다. 나에 대한 두려움에 빠진 그는 내가 자기 정체를 모를 리가 없다고 생각했고 결국 돈으로 나를 매수하려 한 겁니다. 상심한 채 돌아가신 어머니에 대한 기억을 500파운드로, 그것도 아버지를 이용해 훔쳐낸 바로 그 돈으로 지워버릴 수 있다고 생각했다니! 나는 아무 말도 하지 않았습니다. 그러나 어머니가 견뎌야 했던 그 힘겨운 세월에 대한 기억과 짐승만도 못한 이 악당에게서 받은 참을 수 없는 모욕감이 분노가 되어 순식간에 나의 이성을 덮쳤고 나는 이내 야수로 변했습니다. 그렇다 해도 한마디의 참회, 단 한 번의 진실한 반성만 있었다면 나는 결코 그를 죽이지 않았을 겁니다. 그러나 그는 눈꺼풀을 축 내리깔고 웅얼웅얼 변명을 늘어놓으며 '부당한 의심'이라거나 '원한을 갖지 말라' 따위의 말을 더듬거렸습니다. 나는 그냥 내버려두었습니다. 이윽고 그가 고개를 들어 나의 얼굴을 보았고 공포에 짓눌린 듯

의자 뒤로 나자빠졌습니다. 나는 난로에 있는 권총을 낚아채서 총구를 그의 얼굴에 겨눈 뒤, 앉아 있는 그를 쏘았습니다.

그 후의 내 침착하고 조용한 태도는 돌이켜 생각해보니 참 대단한 것이었습니다. 나는 모자를 챙겨 문으로 향했습니다. 하지만 계단에서 말소리가 들리더군요. 방문은 안에서 잠겨 있었기에 그대로 두었습니다. 나는 물러나 조용히 창문을 열었죠. 창문 아래로 깎아지른 낭떠러지가 어둠 속으로 이어져 있었고 위쪽은 평평한 벽이었습니다. 하지만 옆으로 좀 떨어진 곳으로, 경사진 지붕 가장자리를 따라 이어진 낙수받이의 끝부분이 보였고 아래쪽의 튼튼한 받침대가 그것을 지탱하고 있었습니다. 도망칠 곳은 거기뿐이었습니다. 나는 바깥 창턱으로 나온 다음 몸 뒤로 창문을 조심스럽게 닫았습니다. 그땐 벌써 사람들이 문을 두드리고 있었으니까요. 창턱 끝에 서서 한 손으로 바깥쪽 창틀을 잡고 몸을 옆으로 기울인 채 최대한 팔을 뻗어 낙수받이를 움켜쥔 뒤 몸을 날려 매달린 다음 지붕 위로 기어 올라갔습니다. 이어진 지붕을 계속 넘어가다보니 대로에 인접한 지점이 나왔고 공사 중이던 어떤 집 앞에 사다리 하나가 수직으로 묶여 있는 것이 보였습니다. 사다리 앞에 판자들이 묶여 있긴 했지만 그걸 타고 금세 아래로 내려갈 수 있었습니다.

나 자신을 제외하고, 포갯의 죽음에 누가 책임이 있는지를 알고 있는 유일한 사람인 선생께서 내 죄를 정확히 평가할 수 있는 근거를 드리기 위해 나는 지금 이렇게 편지를 쓰고 있습니다. 지금까지 말씀드린 것 중에 당신이 이미 알고 있었던 것이 어느 정도나 되는지는 모르겠군요. 당신의 관점에서 보면 나는 냉혈한 악한이자 흉악범이겠지요. 하지만 나는 내 관점에서 판단합니다. 나는 내 어머니의 삶과 죽음을 기억하고 있습니다!

나를 잡기 위해 잠시지만 내 친구가 되어주었던 당신이 나(범인이라고 해야겠지요)의 도덕적 일탈을 용서해주시리라 믿습니다. 당신의 충실한 추종자.

시드니 메이슨 올림

나는 편지를 휴이트에게 돌려주었다.

"소감이 어때?" 휴이트가 물었다.

"메이슨은 꽤 똑똑한 사람 같군." 내가 말했다. "절대 어리석진 않아. 그의 이야기가 사실이라면, 포갯이 죽었다고 슬퍼해야 할 이유도 없을 것 같고."

"그의 얘기가 진짜라면 그렇지. 난 그 얘기를 믿는 쪽이네."

"편지는 어디서 보낸 건가?"

"부친 편지가 아니야. 오늘 아침 소인이 찍히지 않은 채로 다른 우편물들과 함께 내게 전달된 거지. 그가 간밤에 직접 두고 간 게 분명해. 종이는……." 휴이트가 불빛에 비춰보며 말을 이었다. "터키 밀 제지공장에서 생산된 것이고, 괘선이 그려져 있는 풀스캡* 판이야. 그리고 봉투는 파란색 규격봉투에, 연하게 피리^{Pirie}란 글자가 인쇄돼 있군. 둘 다 평범해. 특이한 점은 없어."

"그는 어디로 사라졌을까?"

"추측할 수 없어. '당신이라 해도 결코 찾아내지 못할 곳'이라는 표현을 들어 그가 자살을 암시하고 있다고 해석하는 사람도 있겠지만 그는 절대 그런 결정을 할 사람은 아니야. 그건 말도 안 되지. 그의 마지막 주소지에 가보면 뭔가 알아낼 수도 있겠지만 메이슨 같은 사람이 불가능할 거라고 말했다면 그건 정말 어려운 일이라는 뜻이야. 그런 말을 허투루 할 사람이 아니니까."

"이제 어쩔 셈인가?"

---

* Foolscap, 보통 432×343밀리미터 크기

"이 편지도 치아모형과 같이 상자에 넣어서 경찰에 넘겨야지. 하늘이 무너져도 정의는 세워야 하니까*. 감정에 치우쳐서야 되겠나. 경찰이 나중에 사과를 돌려준다면 그건 자네에게 선물로 줌세. 이번 사건에 참여했던 기념품으로 간직하게나. 자네가 자만에 빠질 때마다 자네 관찰력이 썩 좋지는 않았었다는 사실을 상기시켜주겠지. 그럼 금세 정신을 차릴 수 있지 않겠나."

이것이 나의 진열장에 있는 수많은 석기와 몇 개의 모형 로마제국 함선 사이에서 어색하게 자리를 차지하고 있는 다 시들어 빠지고 돌덩이처럼 딱딱해진 반쪽짜리 사과에 얽힌 이야기이다. 시드니 메이슨의 소식은 그 뒤로 전혀 들은 바가 없다. 경찰이 최선을 다해 찾았지만 그의 흔적은 아무 데도 남아 있지 않았다. 그의 방은 전혀 흐트러지지 않은 상태였다. 아무것도 가져가지 않고, 행선지에 대한 아무런 단서도 남기지 않은 채 그는 홀연히 사라졌다.

---

* Fiat justitia, 정의를 세우라는 뜻의 라틴어로 법언(法言)에 많이 등장하는 문구이다. 영국 공군 헌병대의 모토이기도 하다.

딕슨 어뢰 사건

THE
CASE OF THE
DIXON
TORPEDO

오후 1시 30분에 마틴 휴이트는 안쪽 사무실에 앉아, 커다란 렌즈를 이용해 편지 두 통의 필적을 감정하고 있었다. 점심시간이라고 생각한 그는 렌즈를 놓고 맨틀피스의 시계를 보았다. 그때 사무원이 미지의 손님을 받기 위해 준비한 전표용지를 한 장 손에 들고 조용히 방으로 들어왔다. 거기에는 서두른 듯 거의 판독하기 어려운 글씨가 쓰여 있었다.

이름 : F. 그레엄 딕슨
주소 : 챈서리 레인
용건 : 내밀하게 긴급을 요함

"딕슨 씨를 안내하게." 마틴 휴이트가 말했다.

딕슨은 50대로 여위었고 옷차림에는 그리 신경을 쓰지 않는 것 같았다. 핼쑥한 얼굴과 멍청한 눈에는 생애 내내 격렬한 두뇌노동을 해온 사람 특유의 표정이 있었다. 그는 휴이트가 권한 의자에 앉아 걱정스러운 듯이 몸을 내밀고 몸짓손짓을 해가며 이야기를 시작했다.

"휴이트 씨, 소문이 나 있으니 당신도 정부가 채용하려고 하는 신형 이동식 어뢰에 대해 알고 있겠지요. 사실 그 딕슨 어뢰는 내가 발명한 겁니다. 나 개인의 의견뿐만 아니라 정부전문가들도 지금까지 제조된 것 중에서 성능이 가장 뛰어난 어뢰라고 확신하고 있습니다. 현재 생산되고 있는 어떤 어뢰보다 최장 365미터 이상 사정거리가 늘어났고, 이게 중요한데 목표를 완벽한 정확도로 맞추며, 게다가 전례 없이 많은 화약을 적재합니다. 그 밖에도 속력, 간단한 조작 등의 이점이 있는데 장황하게 설명하지는 않겠습니다.

이 어뢰는 오랜 세월에 걸친 시행착오의 성과입니다만, 그 설계는 이론과 실제의 미묘한 균형을 맞춰서 성공한 것이고, 그것은 도면 네 장에 설계되어 있습니다. 말할 필요도 없지만 모두 극비이기 때문에,

그 가운데 한 장을 잃어버렸다면 지금의 내 심경은 당신도 판단이 되겠지요."

"집에서 잃어버렸습니까?"

"챈서리 레인에 있는 나의 사무실에서 오늘 아침 도난당했습니다. 도면 네 장은 이렇게 나뉘어 있습니다. 두꺼운 종이에 그린 완성도 두 개와 그것의 복사가 해군본부에 있습니다. 나머지 두 개는 내 사무실에 있는데, 색칠을 하지 않은 연필로 그린 겁니다. 밑그림을 완성한 것이지요. 아시겠지요? 그리고 해군본부에 있는 것과 같은 사본이 한 세트 있습니다. 사라진 것은 이 마지막 한 세트입니다. 두 세트 모두 내 방의 서랍에 함께 있었습니다. 오늘 아침 10시에는 두 개 모두 거기에 있었어요. 내가 사무실에 도착하고 즉시 그 서랍에서 다른 것을 꺼냈기 때문에 그 점은 확실합니다. 그러나 12시에는 복사한 것이 사라졌습니다."

"누군가 의심 가는 사람이 있습니까?"

"없습니다. 정말 놀라운 일입니다. 오늘 아침 10시부터 아무도 사무실에서 나가지 않았어요. 물론 저는 예외입니다만 여기에 온 게 답니다, 손님도 오지 않았습니다. 그런데 도면이 사라졌습니다!"

"사무실은 찾아보셨겠지요?"

"물론 찾았습니다. 없어진 것을 안 것은 12시이지만, 그때부터 조수들과 함께 사무실 전체를 철저히 찾았습니다. 서랍을 모두 비우고, 책상도 테이블도 전부 움직이고, 바닥의 카펫과 리놀륨까지 모두 벗겨보았지만 도면은 보이지 않았습니다. 나는 조수들을 한순간도 의심한 적은 없지만 그들은 주머니를 전부 뒤집어 보여주면서까지 결백을 주장했습니다. 글쎄, 도면을 아무리 작게 접는다고 해도, 상당한 크기의 주머니가 아니면 들어가지 않습니다만."

"조수들은, 두 명 있다고 하셨죠?, 모두 사무실에서 나가지 않았다고 했지요?"

“그렇습니다. 두 사람 모두 지금 사무실에 있습니다. 워스폴드가 수수께끼를 해명할 어떤 단서를 잡을 때까지 사무실에서 움직이지 않는 것이 좋다고 말했지요. 아까 말씀드린 대로, 나는 두 사람을 조금도 의심하지 않습니다만 그렇게 하도록 했습니다.”

“그렇다면 당신은 그 도면을 나에게 찾아달라고 말씀하시는 겁니까?”

딕슨은 조급하게 고개를 끄덕였다.

“좋습니다. 당신 사무실에 가보지요. 그러나 그전에 당신의 조수들에 대해 알고 싶군요. 두 사람 앞에서는 내게 말하기 어려운 일을 의미합니다. 예를 들어, 워스폴드 씨는?”

“그는 제도공입니다. 아주 우수하고 머리가 좋은 남자로 상당히 영리하지만 의심의 여지는 없다고 확신합니다. 워스폴드는 지금까지 이럭저럭 10년 가까이 나의 중요한 도면을 많이 그렸는데 언제나 신용할 수 있는 남자였습니다. 물론 이번에는 유혹도 크겠지요. 그렇다고 해서 그를 의심할 수는 없습니다. 정말 그런 상황에서 누구를 의심하겠습니까?”

“그러면 다른 한 명은?”

“이름은 리터라고 합니다. 그는 단순한 복사공으로 충분히 숙련을 쌓은 제도공은 아닙니다. 상당히 괜찮은 젊은이고 이미 2년쯤 함께 일했는데 특별히 영리하지는 않습니다. 그러나 그를 의심할 이유도 전혀 없습니다. 방금 전에도 말했듯이 누군가를 의심하는 것은 이치에 맞지 않습니다.”

“좋습니다. 괜찮다면 챈서리 레인으로 가지요. 가면서 질문하겠습니다.”

“마차를 기다리게 했습니다. 더 알고 싶은 게 있습니까?”

“현재 상황은 이렇습니다. 당신이 도착했을 때 도면들은 모두 사무실에 있었다. 그러나 아무도 출입하지 않았는데 어느새 도면은 사라졌다. 그렇지요?"

"그렇습니다. 절대로 아무도 들어오지 않았습니다. 물론 우편집배원은 별도입니다. 오전에 편지를 두 통 갖고 왔습니다. 나는 아무도 카운터처럼 보통 젖빛 유리틀이 있는 작업실 선반을 넘지 않았다고 말하는 겁니다."

"잘 알았습니다. 하지만 설계도는 제도공들이 있는 작업실이 아니라 당신 방의 서랍에 있었다고 했는데, 어떻습니까?"

"그대로입니다. 사실 안쪽 방이라기보다는 나란히 이어진 방입니다. 보세요, 지금 나온 당신의 방과 마찬가지입니다."

"당신이 사무실에서 한 걸음도 나가지 않았는데 도면이 사라졌다. 당신이 그 방에 있는 동안에 보이지 않는 누군가가 훔쳐갔다고 말하는 겁니까?"

"더 확실히 설명하지요." 마차는 스트랜드 가를 거침없이 달리고, 기사는 수첩과 연필을 꺼냈다. "아무래도 설명하는 것이 조금 혼란스러웠던 것 같습니다." 그는 계속했다. "물론, 나도 상당히 흥분했으니까요. 지금 보여드리지만, 내 사무실은 방이 세 개입니다. 복도 한쪽에 방 두 개, 그 맞은편에 방 하나로 이렇습니다." 딕슨은 재빨리 연필로 방의 스케치를 그렸다.

"조수들은 언제나 바깥 작업실에서 일하고 나는 안의 사무실에서 일합니다. 보시는 대로 이 방 두 개는 문으로 통합니다. 평소에 방을 드나들 때는 복도로 통하는 바깥 작업실 문을 사용하는데, 먼저 카운터의 판을 올리고 지나갑니다. 안쪽 사무실에서 복도로 통하는 문은 언제나 잠가두고 있고, 지난 두세 달

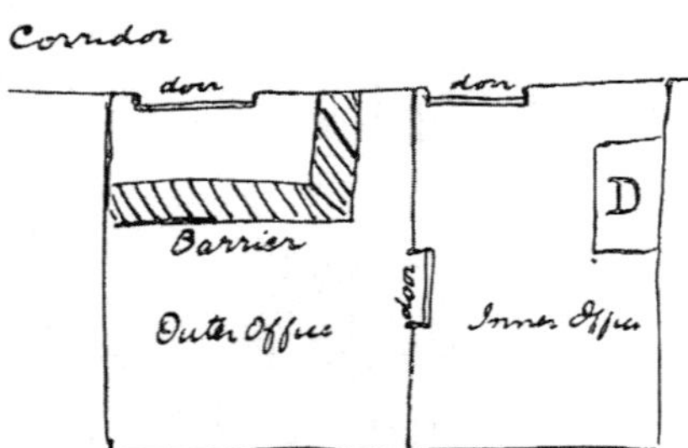

동안 한 번도 열지 않았습니다. 물론 오늘 아침에도 계속 잠겨 있는 채였습니다. 사라진 도면을 보관하고 있던 서랍은 D라고 적은 것인데, 오늘 아침 10시에 거기에 있는 것을 내가 확인했어요. 도면이 평평하게 들어가는 얇은 서랍이 있는 커다란 서랍장입니다.”

“그런데 반대쪽에 ‘개인 방’이 있군요. 그 방은 뭡니까?”

“비밀상담 이외에는 거의 사용하지 않는, 내 전용 거실 같은 곳입니다. 나는 사무실에서 한 걸음도 나가지 않았다고 했는데, 사무실에서 전혀 몸을 움직이지 않았다는 의미는 아닙니다. 나는 사무실과 작업실을 왔다 갔다 했고, 한 번은 5분 정도 개인 방에도 갔습니다만, 그동안 어느 방에도 누구도 출입하지 않았습니다. 개인 방의 문이 열린 채였고, 책을 찾으러 간 나는 문 바로 안쪽의 책장 앞에 서 있었기 때문에 반대쪽 문 두 개는 잘 보였습니다. 게다가 워스폴드는 그 짧은 동안에도 바깥 작업실 문 앞에 있었어요. 나에게 질문하러 왔었거든요.”

“그러면 모두 최초의 단순한 이야기로 돌아가는군요.” 휴이트가 대답했다. “집배원 이외에 아무도 사무실에 출입하지 않았고, 집배원은 도면에 가까이 갈 수도 없었다. 그런데 도면은 사라졌다. 여기가 당신의 사무실입니까?”

마차는 커다란 석조건물 앞에 멈추었다. 딕슨이 내려서 1층으로 안내하고, 휴이트는 각 방을 자연스럽게 둘러보았다. 카운터 위의 젖빛 유리는 손님과 대화를 나누기 위해 열고 닫을 수 있게 만들어져 있었다. 이것을 휴이트는 크게 밀어서 열고 그대로 두었다.

탐정과 기사는 안쪽 사무실로 들어갔다.

“워스폴드와 리터에게 질문할 게 있습니까?” 딕슨이 물었다.

“나중에요. 작업실 문 바로 오른쪽의 우산꽂이 위에 걸려 있는 외투는 두 사람의 것입니까?”

“네, 외투, 모자, 지팡이, 우산 모두 두 사람의 물건입니다.”

“저 외투도 조사했겠지요?”

“네.”

“그리고 이 서랍도 물론 철저하게 조사했겠지요?”

“네, 그렇습니다. 서랍을 모두 꺼내 거꾸로 뒤집어봤습니다.”

“그렇다면 당신의 수색은 완벽했다고 생각합니다. 그러면 알려주
세요, 당신과 두 사람의 조수 이외에 도면의 존재를 알고 있는 사람
이 있습니까?”

“내가 알고 있는 한 없습니다.”

“하인은 없습니까?”

“네. 가끔 편지를 부치러 가는 일밖에 할 일이 없고, 그 일은 리터
를 시켜도 충분하니까요.”

“10시에 도면이 거기에 있었다고 확인했으니까 크게 상관없지만
조수가 사무실 열쇠를 갖고 있는지 아닌지 알고 싶군요.”

“아무도 갖고 있지 않습니다. 각 문에는 특허 자물쇠가 설치되어
있고 열쇠는 전부 제가 갖고 있습니다. 만약 워스폴드나 리터가 아침
에 나보다 먼저 도착하면 내가 열어줄 때까지 기다려야 합니다. 게다
가 방을 청소할 때는 언제나 직접 입회해서 주의를 게을리 하지 않고
있습니다.”

“알겠습니다. 도둑의 목적은 아주 명백합니다. 도둑은 도면을 어딘
가 외국 정부에게 팔겠지요?”

“물론입니다. 아마 상당한 금액으로 팔 겁니다. 이런 일은 말할 필
요도 없지만 나는 그 발명으로 많은 돈을 확보할 수 있다고 기대했는
데, 만약 도면이 외국으로 팔리게 되면 정말이지 파멸입니다. 해군본
부와 엄격한 기밀유지 계약을 맺었기 때문에 지금까지의 노력과 고
생이 모두 헛되게 될 뿐만 아니라, 해군본부에서 얻은 신뢰를 모두
잃고…… 사실 나에게 얼마나 괴로운 사건인지 도저히 입으로 말할
수 없습니다. 만약 당신에게 도움을 받지 못하면 무서운 결과가 될

겁니다. 물론 우리나라의 군에도 불리하게 됩니다."

"잘 알겠습니다. 그러면 이것만 알려주세요. 도둑은 기밀을 팔려고 하는 상대에게 도면을 보여야겠지요. 즉, 도면에 대해서 말로 설명하는 것은 무리라고 생각합니다만."

"네, 안 됩니다. 불가능합니다. 정말로 복잡하게 그려진 도면이고 엄청난 숫자가 빼곡합니다. 숙련된 전문가가 아니면 그 설계를 모두 정확히 파악하는 것은 무리입니다. 유체역학, 화학, 전기, 거기에 기력학氣力學 등 여러 가지 원리가 더없이 정교하게 구사되고 조정되어 있기 때문에, 아무리 작은 실수나 어느 한 부분만 탈락되어도 전체를 망가지게 합니다. 네, 도면은 꼭 필요합니다. 그게 없어진 겁니다."

이때 작업실 문을 여는 소리가 들리고 누군가가 들어왔다. 두 방 사이에 있는 문이 조금 열려 있어서, 휴이트는 카운터 위에 열려 있는 유리문을 통해 맞은편을 볼 수 있었다. 옷을 잘 입고 검은 턱수염을 기른 남자가 손가방을 들고 거기에 서 있다가, 가방을 앞의 카운터에 놓았다. 휴이트는 딕슨에게 잠자코 있으라고 손을 들었다. 남자는 사투리가 약간 섞인 상당히 높은 목소리로 얘기했다.

"딕슨 씨 계십니까?"

"지금 바쁘십니다." 제도공 한 명이 대답했다. "아무래도 시간이 나지 않을 것 같으니 오늘 오후는 만날 수 없을 것 같습니다. 전할 말이라도 있습니까?"

"저는 오늘 두 번이나 왔습니다. 두 시간 전에 다시 찾아오라고 딕슨 씨가 말했어요. 저는 아주 중요한, 상당히 값싸고 매우 뛰어난 증기포장기를 보여드렸습니다." 남자는 가방을 두드렸다. "방금 전에도 대형 철도회사에서 주문을 받았습니다. 1초라도 좋으니 만날 수 없습니까? 방해는 하지 않겠습니다만."

"정말 오늘 오후는 안 됩니다. 면회 사절이니까요. 하지만 성함을 알려주시면……."

"제 이름은 헌터입니다만 이게 뭡니까? 잠시 후 다시 찾아오라고 해놓고, 왔더니 이번에는 바쁘다고 하다니. 매우 유감입니다." 남자는 가방과 지팡이를 들고 화난 듯이 성큼성큼 나갔다.

휴이트는 문의 작은 틈을 통해 모든 상황을 보고 있었다.

"헌터라는 남자가 저런 억양으로 말을 하리라곤 생각 못했군요?"

"프랑스 억양도 아니고 독일 억양도 아닌 외국어 억양이군요. 저 남자를 압니까?"

"아니요, 모릅니다. 저 남자는 12시 30분쯤 모두 한창 수색에 바쁘고 나도 도면의 분실로 낙담하고 있을 때, 여기에 왔습니다. 나는 바깥 작업실에 있었는데, 나중에 다시 찾아오라고 했어요. 여기에는 온갖 공학기구 판매에 열심인 저런 판매원이 많이 옵니다. 그런데 이제 어떻게 하시겠습니까? 조수들을 만나겠습니까?"

"생각해봤는데," 일어서서 휴이트가 말했다. "당신이 두 사람에게 질문하세요."

"내가요?"

"네, 이유가 있습니다. 맞은편 개인 방의 열쇠를 저에게 빌려주시겠습니까? 당신이 이 방에서 조수들에게 이야기하는 동안, 나는 잠시 저쪽에 있겠습니다. 두 사람을 여기로 데려와서 문을 닫으세요. 보세요, 작업실이라면 복도 너머에서 잘 보이니까요. 두 사람에게는 오늘 아침 사무실에서의 각자의 정확한 행동을 자세히 물어보고, 또 이번 주 초부터 여기에 온 손님을 모두 물어보도록 하세요. 이유는 나중에 알려드리지요. 2~3분 후에는 저에게 오세요."

휴이트는 열쇠를 받아 들고 작업실에서 복도로 나갔다.

10분 후, 제도공들에게 질문을 끝낸 딕슨은 휴이트를 만나러 갔다. 휴이트는 개인 방의 테이블 앞에 서 있었는데, 그 위에는 트레이싱 페이퍼에 그린 도면이 몇 장 놓여 있었다.

"이것을 보세요, 딕슨 씨." 휴이트가 말했다. "이게 당신이 찾던 도면입니까?"

기사는 환희의 소리를 지르며 달려들었다. "그, 그렇습니다." 도면을 넘기면서 그는 소리쳤다. "전부 있습니다. 그런데 어디에, 어떻게! 역시 사무실 안에 있었습니까? 나는 왜 이렇게 멍청할까!"

휴이트는 고개를 저었다. "딕슨 씨, 당신은 당신이 생각하는 만큼 운이 좋지 않은 것 같습니다." 그가 말했다. "이 도면들이 잠시 이 건물에서 나간 것은 틀림없어요. 어떻게 해서인지 그 얘기는 나중에 하지요. 꾸물거릴 시간이 없습니다. 자, 알려주세요. 우수한 제도공이 이 도면을 복사하는 데 시간이 얼마나 걸립니까?"

"이틀이나 이틀 반. 필사적으로 하지 않으면 제대로 복사하는 것은 무리입니다." 딕슨이 열심히 대답했다.

"아, 그러면 내가 걱정한 대로입니다. 이 도면을 사진으로 찍었을 겁니다. 딕슨 씨, 우리의 일에는 온갖 난국이 기다리고 있습니다. 만약 보통 방법으로 복사했다면 그 복사지를 손에 넣을 희망도 있지만 사진이라면 끝입니다. 깜짝 놀랄 정도로 쉽게 복사지를 많이 만들 수 있으니까요. 도둑이 일단 일을 시작하면 거의 따라잡을 수 없습니다. 유일한 희망은 사진으로 인화하기 전에 네거티브 필름을 압수하는 겁니다. 나는 즉시 행동할 겁니다. 우리끼리 얘기지만 이 건으로 나도 법률을 어길 일을 할지도 모릅니다. 그 네거티브 필름을 손에 넣기 위해 남의 집을 침입해야 할지도 몰라요. 잠시도 지체할 수 없습니다. 법적수속 등을 기다릴 시간이 없어요. 그렇지 않으면 곤란하게 됩니다. 솔직히 말해 당신에게 어떤 법적 구제책이 있는지 꼭 물어보고 싶습니다."

"휴이트 씨, 부탁입니다. 할 수 있는 일은 뭐든 해주세요. 말할 필요도 없지만 내가 갖고 있는 것이라면 무엇이든 마음대로 사용하세요. 어떤 사태가 되어도 당신에게 피해가 가지 않도록 제가 보증합니다. 부탁이니 가능한 일은 뭐든 해주세요. 어떤 결과가 될지 생각해 보세요!"

"네, 그렇게 하지요." 휴이트는 미소하며 말했다. "만약 내가 강도죄로 고발되면 누구의 보증이라도 죄를 경감시킬 수 없는 결과가 될 테지요. 그러나 애국심에서라도 내가 할 수 있는 일은 하겠습니다. 그러려면 리터를 만나야 합니다. 그 남자가 우리 진영의 배반자입니다."

"리터가요? 어떻게?"

"그 일은 지금은 됐습니다. 당신은 또 흥분했습니다. 무심코 말하면 안 되니 잠시 필요 이상의 것은 모르는 게 좋습니다. 리터와는 잘 교섭해야 합니다. 모르는 것을 알고 있는 척하면, 그는 내가 진짜 알고 있는 일도 허세라고 생각할 겁니다. 우선 그 도면을 눈에 뜨이지 않는 안전한 곳에 숨기세요."

딕슨은 그것을 책장 뒤에 살짝 넣었다.

"그러면," 휴이트는 계속했다. "워스폴드 씨를 불러서 저쪽 사무실로 가도록 뭔가 구실을 말하고, 다음에 리터를 오도록 해주세요."

딕슨은 주임제도공을 불러 설계도를 찾느라 난잡하게 된 사무실 서랍 안의 도면을 정리하라고 시키고, 휴이트가 말했듯이 리터를 들어오라고 지시했다.

리터는 몹시 공손한 태도로 개인 방에 들어왔다. 매우 작은 눈과 느슨하고 변하기 쉬운 입에 얼굴이 부은 건강해 보이지 않는 젊은이였다.

"앉게, 리터." 엄한 목소리로 휴이트가 말했다. "자네 친구 헌터와의 최근 거래는 딕슨 씨도 나도 잘 알고 있네."

처음에는 의자에 편하게 앉아 있던 리터였지만 이 말을 듣고 창백해져서 몸을 앞으로 내밀었다.

"깜짝 놀라는군. 그러나 자네가 친구를 다른 사람에게 알리고 싶지 않다면, 문밖에서 행동에 더 신경을 썼어야지. 딕슨 씨가 잃어버린 도면을 헌터가 갖고 있는 것을 알고 있어. 그 남자에게 도면을 건네준 것은 자네가 틀림없어. 알겠나? 그것은 절도이고 법률이 가혹한 처벌을 준비하고 있지."

리터는 완전히 허물어져서 애원하듯이 딕슨을 보았다.

"절도라니 말도 안 됩니다. 정말입니다. 솔직히 꼬드김을 당해서 도면을 숨기기는 했지만, 사무실 안에 있기 때문에 당신에게 돌려드릴 수 있습니다. 바로 돌려드리겠습니다."

"사실인가?" 휴이트는 계속했다. "그렇다면 당장 가져오는 게 좋아. 자, 가서 가져오게. 자네가 숨긴 장소를 볼 생각은 없으니까. 다만 자네가 길을 잃고, 계단을 내려가지 않도록 이 문은 열어두지."

불쌍한 리터는 고개를 힘없이 숙이고 맞은편 방으로 살금살금 들어갔다. 그리고 머지않아 아까보다 오싹할 정도로 창백해져서 나타났다. 리터는 차라리 도망가려고 생각한 듯 꾸물꾸물 복도에 시선을 떨어뜨리고 있었는데, 휴이트가 걸어가서 개인 방으로 돌아오도록 신호했다.

"바보 같은 짓은 하지 마." 한층 엄한 말투로 휴이트가 말했다. "도면이 없어졌고, 그것을 훔친 사람은 자네야. 그건 잘 알 거야. 그럼 내 말을 들어. 만약 자네가 상응하는 벌을 받을 생각이라면 딕슨 씨는 즉시 경관을 불러 자네가 당연히 있어야 할 감옥에 처넣겠지. 하지만 불행하게도 도면을 갖고 있는 사람은 헌터라고 자칭하는 자네의 공범이야. 그 남자가 그 밖에도 다른 이름을 사용하는 것을 나는 우연히 알고 있는데, 어떻게 해서든 이 도면을 되찾을 필요가 있어. 그러려면 이 악당과 어떤 거래를 해야 하고, 어쩌면 상대를 매수하는 일도 필요할 거야. 당장 그 펜과 종이를 들고 내가 부르는 대로 자네의 동료에게 편지를 쓰게. 만약 귀찮은 일이라도 일어나면 어떻게 되는지는 알겠지?"

리터는 떨리는 손으로 펜을 들었다.

"평소처럼 주소를 써." 휴이트는 계속했다. "내용은 이렇다. '설계에 한 부분 변경이 있다.' 알겠나? '설계에 한 부분 변경이 있다. 6시에는 여기에 아무도 없다. 꼭 올 것.' 됐어? 좋아. 서명하고 봉투에 이름을 써. 그는 여기에 올 수밖에 없고, 그가 온 다음에 이야기를 마무리하지. 그때까지 자네는 저 사무실에서 나오지 마."

마틴 휴이트는 주소는 보지도 않고, 편지를 자신의 주머니에 넣었다. 하지만 리터가 사무실에서 나가자 다시 꺼내서 주소를 읽었다. "그런가? 헌터라는 같은 이름을 사용하는군." 휴이트가 말했다. "주소는 웨스트민스터 리틀 카튼 가 27입니다. 나는 편지를 갖고 즉시 그곳에 가겠습니다. 만약 남자가 여기에 온다면 리터와 함께 가두고, 경관을 부르는 게 좋을 겁니다. 그걸로 상대는 깜짝 놀랄 테니까요. 내 목적은 물론 그 남자를 따라가서, 어떤 방법으로든 집에 들어가, 네거티브 필름이 거기에 있다면 훔치거나 파기하는 겁니다. 어쨌든 내가 돌아올 때까지 여기에 계세요. 도면에 열쇠를 채워두는 것을 잊지 말고요."

휴이트가 혼자서 돌아온 시간은 6시쯤으로 한눈에 좋은 일이 있는 듯 웃는 표정이었다.

"딕슨 씨." 개인 방의 안락의자에 앉아서 그가 말했다. "먼저 나는 놀라울 정도로 운이 좋았다는 말로 당신을 안심시켜드려야 할 것 같습니다. 이제 내게 걱정거리는 아무것도 없습니다. 이게 필름입니다. 내가 훔쳐야 한다고 했던 그 필름인데, 아직 완전히 마르지 않았어요. 그래서 조금 달라붙었고 필름은 이미 못 씁니다. 하지만 당신에게는 어떻든 좋은 일이지요?"

휴이트는 신문지에 싼 작은 꾸러미를 테이블 위에 놓았다. 딕슨은 서둘러 종이를 찢고 반절 사이즈의 유리 사진 원판 대여섯 장을 손에 들었다. 모두 젖어 있어서 감광막이 두 장씩 밀착해 있었다. 그는 그것을 한 장씩 창문의 빛에 비추어보았다. 그리고 후우 하고 크게 한숨을 쉬고, 원판을 난로 바닥에 늘어놓은 다음 부지깽이로 산산조각을 냈다.

잠시 동안 아무도 말을 하지 않았다. 마침내 딕슨은 의자에 몸을 던지고 말했다.

"휴이트 씨, 당신에게 감사하다는 말조차 할 수 없군요. 만약 당신이 실패했다면 어떤 사태가 되었을지 생각하는 것도 싫습니다. 하지만 리터는 어떻게 했을까요? 다른 남자는 아직 여기에 오지 않았거든요."

"네, 사실 그 편지는 배달되지 않았습니다. 그 훌륭한 신사가 직접 나왔기 때문에 내 수고도 덜었죠." 휴이트는 웃었다. "어쩌면 그 남자는 한 번에 두 종류의 도둑질을 하려고 바보짓을 한 것 같습니다. 당신의 어뢰 설계도를 훔친 죄로, 다른 건과 합해서 3년 이상의 징역형이 될 것이라고 들어도 당신은 불쌍하게 생각하지 않겠지요. 어떤 일이 일어났는지 이야기하지요.

웨스트민스터의 리틀 카튼 가는 쇠퇴한 곳으로, 옛날에는 화려했던 오래된 거리입니다. 집 한 채에 상당히 많은 사람들이 함께 살고 있어요, 아주 커다란 집뿐이지요. 문의 옆 기둥에는 벨 손잡이가 마치 오르간의 스톱 키*처럼 늘어져서 많이 달려 있어요. 27번지의 1층 정면은 이발소라서 나는 거기에 갔지요. '헌터 씨가 이 집의 어디에 사는지 알려주시겠습니까?' 이발사는 의심스런 얼굴을 했어요. 나는 계속해서 '그의 친구입니다. 본명은 생각나지 않지만 피부가 검고 덥수룩한 턱수염을 기른 외국인입니다.' 하고 말했습니다.

이발사는 바로 이해했지요. '아, 그렇다면 머스키군요. 그러고 보니 헌터라는 이름으로 몇 번 편지가 왔어요. 내가 받았으니까요. 가장 위의 막다른 방입니다.'

여기까지는 잘됐습니다. '헌터'의 다른 이름도 알았지요. 꼭대기 층의 막다른 방의 문 앞에 서서, 문을 열려고 했지만 잠겨 있었어요. 안에서 누군가가 짐을 갖고 당황해 도망가는 발소리가 들려, 다시 노크했지요. 즉시 문이 30센티미터쯤 열렸고 거기에 서 있는 것은 헌터,

* 오르간 등의 음색 음질의 변환 조절장치

또는 머스키로, 다시 말해 증기포장기의 주문을 받으려고 오늘 여기에 두 번이나 왔던 남자였습니다. 그는 상의를 벗은 셔츠 차림이었고, 주름투성이의 손수건에 싼 물건을 황급히 옆구리에 끼었습니다.

'머스키 씨에게 직접 전할 편지를 갖고 왔습니다만.' 내가 말했습니다.

'아, 네.' 그는 당황해서 대답했어요. '알았습니다. 알았어요. 잠깐 실례합니다.' 그리고 꾸러미를 갖고 계단을 달려 내려갔습니다.

생각지도 않았던 기회가 찾아왔습니다. 순간 나는 그 꾸러미에 뭔가 재미있는 것이 있을지도 모른다, 짐작하고 그를 따라가는 것도 생각해봤습니다. 하지만 재빨리 마음을 정하고 방을 찾아보기로 했지요. 나는 살짝 안으로 들어갔습니다. 문 안쪽에 열쇠가 꽂혀 있어서 얼른 문을 잠갔습니다. 너저분한 방의 한쪽 구석에는 소형 금속 침대가 있고, 맞은편에는 나무판을 댄 것 공간이 있었어요. 이거야말로 사진 암실이라고 짐작하고 가까이 가보았지요.

문을 여니 내부가 상당히 밝아서, 나는 즉시 개수대에 고정되어 있는 건조용 선반에 가까이 갔습니다. 안에는 네거티브 필름이 몇 장 있었고, 나는 서둘러 한 장씩 조사했지요. 그러는 중에 머스키가 돌아와서 소리를 질렀습니다.

그때 나는 당신이 지금 산산조각 낸 네거티브 필름의 첫 장을 발견했습니다. 정착과 수세가 방금 끝나고 필름은 선반에서 건조 중이었어요. 나는 그것과 그 옆에 걸려 있던 다른 필름을 잡았습니다. '안에 있는 것은 누구요?' 머스키는 계단의 층계참에서 화가 나 소리 질렀습니다. '누구야, 이런 식으로 내 방에 들어가다니? 빨리 문을 열어. 그렇지 않으면 경찰을 부르겠다!'

나는 무시했지요. 각 도면에 해당하는 네거티브 필름을 모두 손에 넣었지만 그가 예비로 또 한 세트 복사했을지 모르기 때문에 선반을 찾았습니다. 아무것도 없어서 이번에는 현상하지 않은 건판을 전부 열고 꺼내는 작업을 했지요. 혹시 예비로 한 세트가 더 있어서 아직 현상하지 않았을 수도 있으니까요.

머스키는 태도를 바꿨습니다. 잠시 문을 두드리고 소리치더니, 마침내 무릎을 꿇고 열쇠구멍으로 안을 들여다보는 것 같았습니다. 나는 열쇠를 꽂아두었기 때문에 아무것도 보이지 않았겠지요. 하지만 그는 열쇠구멍 너머로 외국어로 뭐라고 말했습니다.

나는 도대체 종잡을 수 없었지만 러시아어라고 생각했습니다. 그 때는 왜 저 남자가 내가 러시아어를 안다고 생각했을까, 상상도 하지 못했지만 지금은 그 이유를 알고 있습니다. 나는 상관하지 않고 계속 건판을 파괴했지요. 분명히 신품 건판이 들어 있는 상자가 몇 개 있었는데, 그것이 정말 사용하지 않은 필름인지, 아니면 당신의 도면이 이미 화학적으로 태워져서 아직 현상되지 않은 필름인지 판별할 방법이 없었기 때문에, 나는 사정없이 모두 부수어서 햇빛에 비추었습니다. 사용했든 아니든 그걸로 끝이기 때문입니다.

머스키가 말을 끊고 살짝 물러가는 소리가 들렸어요. 아마 그의 양심은 경찰에 호소할 정도로 충분히 깨끗하지 않겠지만, 그때는 아무래도 경찰을 부르러 간다고 생각했지요. 그래서 나는 빨리 작업했습니다. 암상자를 세 개 발견했는데, 당신도 알고 있듯이 사진기 뒤에 달려 있는 건판을 넣는 부분입니다. 그 가운데 두 개는 사진기 본체에 장착되어 있었지요. 나는 이것을 전부 열고 아까처럼 건판을 햇빛에 비추어 못쓰게 했습니다. 아마 사진 스튜디오에서도 내가 했듯이 겨우 10분 동안에 그 정도로 파괴한 사람은 지금까지 없었을 겁니다.

발견한 건판을 남김없이 못쓰게 하고, 현상이 끝난 네거티브 필름을 안전하게 주머니에 넣었을 때, 개수대 아래의 사기 대야에 문득 시선이 멈추었습니다. 그 안에 네거티브 필름이 한 장 있어 주워들었습니다. 그건 당신 도면의 필름이 아니라, 러시아 정부의 20루블의 지폐를 촬영한 필름이었습니다!

대단한 발견이었습니다. 누구인지 은행권을 사진으로 찍어서 위폐 제조를 위한 동판을 만들려고 한 것이니까요. 나는 당신의 네거티브 필름을 발견했을 때처럼 기뻐했지요. 이렇게 되면 상대가 차라리 경찰을 데려오는 게 좋다고 생각했지요. 완전히 처지가 역전되었으니까요. 나는 그 밖에도 이 네거티브 필름과 관계있는 것을 찾았지요.

그러자 잉크 롤러와 동판에서 인쇄하는 데 사용하는 낡은 담요조각이 눈에 들어왔고, 바닥 구석의 오래된 신문과 잡동사니더미 아래에서 소형인쇄기도 발견했어요. 부식용 산이 들어 있는 작은 접시도 있었는데, 부각판과 인쇄된 지폐는 발견하지 못했지요. 내가 네거티브 필름과 잉크 롤러를 두 손에 들고 인쇄기를 보고 있으니, 사람 그림자가 창문에 다가왔습니다. 재빨리 얼굴을 들고 보자, 머스키가 창틀에 매달려서 공포와 불안의 눈초리로 똑바로 나를 보고 있었지요.

얼굴은 곧바로 사라졌습니다. 창문에 손을 대려면 테이블을 움직여야 했는데, 내가 창문을 열었을 때는 이미 방 주인의 그림자도 없었습니다. 이걸로 그 남자가 꾸러미를 계단 아래로 갖고 간 이유를 확실히 알았지요. 아마 그 남자는 나를, 기다리고 있던 다른 손님으로 잘못 생각하고, 그 손님을 자신의 방에 들어오게 할 수밖에 없었기 때문에 당황한 나머지 인쇄기에 신문과 잡동사니를 덮고, 동판과 지폐를 싸서 자신이 작업한 것을 보이지 않도록 계단 아래 어딘가에 감춘 것입니다. 이제 내 임무는 경찰에 연락하는 겁니다. 그래서 아래 이발사의 도움을 얻어 심부름꾼을 불러 런던 경찰국에 편지를 보냈지요. 물론 나는 경찰이 도착할 때까지, 다시 한 번 실내를 둘러봤지만 그 밖의 중요한 것은 무엇도 발견하지 못했어요. 형사가 도착하고 그는 당장 일의 중대함을 인식했지요. 최근 유럽에 대량의 가짜 러시아 지폐가 돌고 있는데, 아무래도 런던이 출처라는 의심이 있었거든요. 러시아 정부도 그 건으로 이곳 경찰 앞으로 지급 전보를 보냈다고 합니다.

물론 당신의 일에 대해서는 아무것도 말하지 않았지만, 내가 런던

경찰국의 형사와 얘기하는 동안 심부름꾼이 머스키 앞으로 편지를 가져왔어요. 그 편지는 물론 증거 물건으로 당연히 당국이 조사했는데, 봉투에 '러시아 대사관'이라는 글자와 러시아 제국의 문장이 있는 것을 알고, 나도 적지 않은 흥미를 가졌지요. 왜 머스키는 러시아 대사관과 연락해야 했을까요? 설마 자신이 러시아 지폐의 위조라는 수지맞는 일을 하고 있는 것을 일부러 대사관원에게 알리기 위해서는 아닐 겁니다. 그렇다면 아마도 당신의 도면을 입수하기 전에 최고 기밀 정보를 팔겠다는 편지를 썼고, 이 편지가 그 답장일 것입니다. 그래서 내가 러시아 이름(머스키)으로 그를 부르고 '직접 전할 편지'라고 말했을 때, 그는 대사관에서 마침내 편지에 답장을 보냈고, 나를 그 운반자로 오해한 것입니다. 틀림없이 그렇다고 생각합니다. 그러면 열쇠구멍으로 러시아어로 말을 한 이유도 설명이 됩니다. 물론 러시아 대사관 직원에게는 어떤 일이 있어도 자신의 사소한 인쇄 실험의 현장을 보이고 싶지 않았겠죠. 어찌 됐든 당신의 도면은 이제 안전합니다."

휴이트는 이야기를 끝냈다. "게다가 셔츠 한 장만 걸치고 소지금도 없는 남자가 도망갈 희망은 거의 없기 때문에, 머스키는 곧 잡히고 분명하고 페테르부르크에서 투옥되거나 시베리아로 보내지거나 장기형을 받게 될 테니 당신도 마음껏 분을 풀게 되겠지요."

"네, 하지만 나는 도면에 대해서 지금도 확실히 모르겠습니다. 도대체 어떻게 그것을 사무실에서 갖고 나갔는지, 또 어떻게 당신이 그것을 찾았는지 말이죠?"

"이렇게 간단한 것은 없습니다. 다만 상당히 교묘한 계획이었죠. 어떻게 그 진상을 내가 알았는지 정확히 이야기하지요. 처음 당신의 사건 설명을 들으면, 대부분의 사람은 불가능한 일이 일어났다고 생각할 겁니다. 아무도 드나들지 않았는데 도면이 사라졌으니까요. 하지만 불가능한 일은 어차피 불가능합니다. 도면은 혼자서 없어진 건 아니고, 이상하게 생각할지도 모르지만 분명히 누군가가 갖고 나간 겁니다. 도면은 안의 사무실에 있었고, 당신 이외에 도면에 가까이 갈 수 있는 사람은 조수 두 명뿐입니다. 그러니 적어도 그 한 사람이 사건에 관계하고 있음이 명백합니다. 워스폴드는 우수하고 머리가 좋은 제도공이라고 말했지요. 네, 만약 그와 같은 남자가 배반을 계획했다면 아마 설계를 머릿속에 넣고, 한 번에 조금씩이라도 갖고 나갈 수 있겠지요. 도면 한 세트를 훔치는 위험을 범할 필요는 전혀 없습니다. 하지만 리터는 조금 떨어지는 남자라고 당신은 말했습니다. '특별히 영리하지는 않습니다.' 그것이 당신의 말이었습니다. 단순히 기능적인 복사공입니다. 그 남자에게는 당신의 설계 같은 복잡한 정보를 머리에 넣는 것은 우선 불가능하고, 게다가 하급자 지위이기 때문에 사무실에서 도면을 복사하는 일이 불가능하다는 것도 알았지요. 당연히 나는 유망한 길부터 출발했습니다.

각 방을 둘러보았을 때, 나는 어디에서 무슨 일이 일어나도 잘 보이도록 선반의 유리문을 열어놓고, 사무실문도 조금 열어놓았습니다. 사실 확실한 진전은 기대하지 않았지만, 당신과 얘기하고 있는데 우연히 머스키가 밖에서 바깥 작업실로 들어와서 나는 그의 행동에 주의했습니다. 당신은 뭔가를 알았습니까?"

"아니요. 전혀 몰랐습니다. 그는 여행자나 주문받으러 온 업자처럼 행동했어요."

"내가 알았던 것은 그 남자가 들어와서 맞은편 문 옆 자신이 서 있는 바로 곁의 우산꽂이에 지팡이를 꽂은 사실입니다. 당신이 있는지 어떤지도 모르는 손님으로서는 상당히 엉뚱한 행동이지요. 그래서 나는 그 남자를 주의해서 관찰했어요. 더욱이 이것 또한 기묘한 일인데, 그의 지팡이가 전부터 거기에 꽂혀 있던 것과 종류도 형태도 똑같은 것을 발견하고 흥미가 솟구쳤습니다. 나는 지팡이 두 개에서 눈을 떼지 않았습니다. 그 남자가 나갈 때, 자신이 갖고 온 것이 아니라, 다른 지팡이를 우산꽂이에서 꺼내 갖고 간 것을 목격하고 점점 흥미가 생겨 알게 된 것이 있습니다. 그 남자의 뒤를 따라가도 좋았지만, 여기에 있는 쪽이 더 잘 알 수 있다고 결정했고 사실, 그대로 증명되었습니다. 이게 그 남자가 갖고 갔던 지팡이입니다. 리터의 것이기 때문에 웨스트민스터에서 멋대로 가져왔습니다."

휴이트는 지팡이를 꺼냈다. 수사슴의 뿔 손잡이와 은테가 들어간 보통 굵기의 등나무 지팡이였다. 휴이트는 무릎에서 휘어보고 테이블 위에 놓았다.

"네, 리터의 지팡이입니다." 딕슨이 대답했다. "우산꽂이에 있는 것을 자주 봤어요. 하지만 도대체 그것이……."

"잠깐 기다리세요. 머스키가 두고 간 지팡이를 가져오지요." 휴이트는 복도로 나갔다.

그리고 똑같은 지팡이를 갖고 돌아와 다른 지팡이 옆에 놓았다.

"조수들이 안쪽 사무실에 들어갔을 때, 나는 이 지팡이를 1~2분 조사했습니다. 워스폴드의 것이 아닌 것은 우산꽂이에 그의 머리글자가 들어 있는 우산이 있었기 때문에 알았습니다. 이것을 보세요."

마틴 휴이트는 손잡이를 돌려 끝에서 재빨리 손잡이를 분리했다. 그 지팡이는 진짜 등나무 지팡이처럼 색칠한 아주 얇은 금속 통이었다.

"등나무 지팡이가 아닌 것은 즉시 알 수 있습니다. 휘어지지 않으니까요. 이 안에 둥글게 만 도면의 복사가 있었어요. 얇은 트레이싱 페이퍼라면 작게 감으면 좁은 통 속에 놀라울 정도로 많은 양을 넣을 수 있습니다."

"그러면 이, 이런 식으로 그것을 찾았습니까?" 딕슨은 절규했다. "이제 확실히 알았습니다. 하지만 어떻게 갖고 나갔지요? 지금도 모르겠습니다."

"그런 일은 없습니다. 알겠습니까? 머스키는 리터에게서 당신의 도면을 손에 넣어 사진으로 촬영하기로 결심했습니다. 즉, 리터가 공모자로 도면을 건네면 머스키는 잠시라도 분실을 눈치채지 못하도록 가능한 빨리 돌려놓는다는 작전입니다. 리터는 언제나 이 등나무 지팡이를 갖고 다녔는데, 잔머리를 잘 굴리는 머스키는 지팡이처럼 통을 만들었지요. 오늘 아침, 진짜 지팡이는 머스키에게 맡기고, 리터는 통을 갖고 사무실로 왔습니다. 그리고 아마 당신이 이 방에 있고, 워스폴드가 복도에서 당신과 이야기할 때, 도면을 손에 넣고, 잘 말아 통에 넣어서 우산꽂이에 그 통을 놓은 겁니다. 12시 30분쯤 머스키가 진짜 지팡이를 갖고 처음 등장하고, 나중에 도면을 돌려놓을 때처럼 그것을 바꾼 겁니다."

"네, 하지만 머스키가 온 것은 없어진 30분 후, 아, 그래! 나는 정말 멍청했어! 잊고 있었습니다. 처음에 설계도가 없어졌을 때, 그것은 무사히 이 지팡이 안에 있었던 것이로군요. 거기에 손이 닿았는데! 내 머리칼을 쥐어뜯어야겠군요."

"그렇습니다. 그리고 머스키는 당신의 바로 눈앞에서 그것을 갖고 갔습니다. 설계도가 없어졌다는 게 알려졌을 때, 리터는 매우 겁이 났겠지요. 아마 그 남자는 한두 시간이라면 도면이 사무실에서 나가도 당신이 모를 거라고 생각했을 거예요."

"그 한 장에 연필로 표시를 한 것은 정말 행운이었지요! 어딘가 다른 곳에 표시를 해도 상관없지만 그렇게 했다면 설계도가 사라진 것을 절대로 몰랐겠지요."

"네, 그들은 당신에게 도면 분실을 알 수 있는 시간을 거의 주지 않았어요. 그런데 나중에 상당히 확실해졌지요. 내가 도면을 여기에 갖고 왔을 때, 나는 가짜 지팡이의 손잡이를 닫고 돌려놓았습니다. 당신이 도면을 확인하고 한 장도 없어지지 않았다고 확인해주었기 때문에 당신이 당연히 리터에게 분개할 것은 알았지만, 당신이 화난 상태에서 내 의도를 망치는 말을 할 게 두려워서 그가 실제로 한 짓을 일체 말하지 않았지요. 나는 도면을 찾은 일과 어떻게 그것이 도난당했는지는 알고 있었지만 전혀 모르는 척하고, 다만 머스키의 일이라면 무엇이든 알고 있는 척했지요. 실제로는 그 남자는 아마 다른 이름을 사용하고 있을 거라는 정도 외에는 아무것도 몰랐지만요. 여기서 리터는 완전히 내 수법에 걸렸지요. 모든 게 끝났다고 믿은 리터는 거짓 자백을 했어요. 도면은 아직 지팡이 안에 있고, 그 행방을 우리가 모른다고 리터는 믿고 있었기 때문에 사무실 안에 있는 도면을 자신이 갖고 오겠다고 말한 겁니다. 내가 예상했듯이 말이죠. 나는 리터에게 혼자서 가져오게 했는데 그가 도면이 지팡이에 없다는 걸 발견하고 낙담해서 돌아왔을 때 그는 완전히 내 생각대로 움직였지요. 하지만 만약 도면이 책장 뒤에 있다는 것을 깨달았다면 그는 다시 뻔뻔하게 도면은 원래 거기에 있었다고 했을 거고 나는 손을 들었겠지요. 절도로 고소하겠다고 협박해도, 물건을 그대로 당신이 갖고 있는 것을 알고 있기 때문에 그만큼 떨게 할 수는 없었을 테지요.

그는 완전히 가면을 벗었고, 머스키의 주소를 봉투에 썼죠. 내가 빈집털이를 하는 동안(부끄러운 방법이지만 하는 수 없었어요) 그가 방해하지 않도록 편지를 썼어요. 전체적으로 사건은 상당히 잘 진행되었지요."

"당신 덕분에 이상할 정도로 잘됐습니다. 하지만 리터를 어떻게 할까요?"

"여기에 그의 지팡이가 있으니 원한다면 이것으로 계단에서 때려서 떨어뜨리세요. 하지만 나라면 통은 기념으로 갖고 있겠습니다. 저 훌륭한 머스키가 찾으러 오지는 않을 거니까요. 하지만 리터는 문에서, 뭐하면 창문에서라도 즉시 두드려 내쫓아야겠지요."

머스키는 체포되고, 경찰재판소에서 두 번이나 인도 요청을 받은 후에 러시아 지폐위조죄로 본국으로 송환되었다. 휴이트가 추리했듯이 그는 어느 귀중한 정보를 팔려고 대사관에 편지를 썼었다. 휴이트가 도착한 것을 보았다는 편지는 그 답장으로, 더 확실하고 자세한 내용을 요구한 것이었다. 이 덕분에 오히려 머스키가 러시아 당국에 위조지폐 건을 통보한 인상을 준 것 같았다. 그의 본래의 목적은 전혀 달랐지만 거기까지는 아무도 짐작하지 못했다.

"아직도 모르겠어." 휴이트는 한두 번 이렇게 말한 적이 있다. "만약 내가 머스키의 작은 지폐공장을 조사하지 않았다면 러시아 당국은 이득을 보았을까? 분명 딕슨 어뢰는 대량의 20루블 지폐 이상의 가치가 있었을걸."

스탠웨이 카메오 미스터리

THE STANWAY CAMEO MYSTERY

그 유명한 스탠웨이 카메오*가 사라지는 소동이 있고 나서 이미 상당한 세월이 지났고, 이 사건의 진상을 비밀로 해야 했던 유일한 관련자의 친척과 기타 대표들도 모두 세상을 떠난 지 오래되었다. 따라서 이 사건의 비밀이야기를 공표해도 아무런 피해도 없을 뿐더러, 반대로 이 수수께끼에 쌓인 사건에 완전히 실패했다고 알려진 휴이트의 직업적 평판을 재입증할 기회가 생긴 것이다. 현재 고미술 감정가들은 그렇게 갑자기 발견되어, 그렇게 재빨리 도둑맞은 훌륭한 카메오가 두 번 다시 대중의 눈앞에 나타날 수 있을까 하는 질문을 자주 듣고 있다. 이 질문은 더 이상 할 필요가 없다.

당시 발표된 온갖 표현 중에서 기억나는 것은 이 카메오가 현존하는 최고의 물건이라는 것이다. 세 가지 색이 겹쳐진 돌에 장인이 부조를 새긴 진기한 3층짜리 붉은 줄무늬 마노 카메오로서 가장 아래 바탕과 중간층, 위층에 각각 다른 디자인의 부조를 해놓았다. 그 크기도 카메오로서는 커다래서 세로 19.5센티미터, 가로 15.2센티미터에 가까웠다. 지금 러시아 황제가 갖고 있는 유명한 곤자가 카메오와 비슷한 물건으로, 로마 황제 티베리우스 클라우디우스와 그의 셋째 부인 메살리나를 조각해놓았다. 전문가들은 이 카메오가 서력 1세기의

* 돌을새김을 한 작은 장신구

유명한 보석세공의 장인 안테니온이 만든 것이라고 생각했다. 현존하는 그의 가장 유명한 다른 작품은 신화를 소재로 한 조금 작은 카메오로 바티칸에 보존되어 있다.

가치 있는 골동품과 미술품을 찾아서 전 유럽을 돌고 있는 여행자한 명이 이름도 없는 이탈리아의 마을에서 스탠웨이 카메오를 발견했다. 그 남자는 서둘러 이 물건을 갖고 런던으로 갔고, 그런 물건들의 거래로 이름이 알려진 세인트 제임스 가의 클라리지에게 팔았다. 클라리지는 카메오의 중요성과 가치를 즉시 인지했다. 그는 기회를놓치지 않고 그 존재를 발표해서, 즉시 클라우디우스 카메오라는 최초의 통칭으로 전 세계에 이름을 알렸다. 많은 고미술전문가가 감정했고 구입을 위해 고액을 제안했다. 결국 대영박물관에 기증하기 위해 스탠웨이 후작이 5천 파운드에 카메오를 구입했다. 후작은 그 카메오를 며칠 동안 시내의 저택에 두고, 친구들에게 보였는데 국가 컬렉션에 추가하기 전에 확실하게 손질하기 위해 클라리지에게 돌려보냈다. 이틀 후 밤, 클라리지의 가게에 도둑이 들었고 카메오는 도둑맞았다.

이런 줄거리는 스탠웨이 카메오의 경력으로 누구나 아는 이야기이다. 도둑이 들어간 정확한 상황은 다음과 같다. 클라리지는 그날 저녁 8시쯤 마지막으로 가게를 나왔고, 평소대로 작은 옆문을 잠갔다. 조수 커틀러는 그보다 한 시간 반 전에 돌아갔다. 클라리지가 가게를나왔을 때, 모든 것은 이상 없었다. 거리 맞은편에 서서 근무하는 순경도 가게에서 나오는 클라리지에게 안녕하세요, 하고 인사했고, 그날 밤 같은 장소에서 밤새도록 근무한 교대 순경도 이상한 것은 보지못했다.

하지만 다음 날 아침 9시를 지나서, 먼저 가게에 온 조수 커틀러는한눈에 무언가 바람직하지 않은 일이 일어난 것을 깨달았다. 그도 열쇠를 갖고 있는 문은 확실히 잠겨 있었고 손을 댄 흔적은 없었다. 하지만 가게 안의 방에 있는 클라리지의 개인 책상이 억지로 열려 있고 내용물이 엉망으로 뒤집혀 있었다. 계단으로 통하는 문도 억지로 열려 있었다. 계단을 올라가본 커틀러는 계단 위에서 작은 방으로 통하는 또 하나의 문이 열려 있는 것을 발견했다. 이 문은 안쪽에 붙어 있는 잠금장치의 나사를 푸는 간단한 수법으로 연 것이다. 그 방 천장에 천창이 있고, 이것이 20센티미터쯤 열려 있었다. 창문은 밖에서 쇠지렛대로 열었는지, 반쯤 떨어진 볼트에 걸려 있었다.

분명히 이것은 혼자인지 다수인지 모르지만 도둑이 들어온 경로였다. 천창으로 들어왔고, 그 다음에 문 두 개를 열고 책상을 뒤진 것이다. 나중에 커틀러는 이때 무엇을 도둑맞았는지 짐작도 못했고, 카메오를 지난 밤 어디에 넣었는지도 몰랐었다고 설명했다. 클라리지가 직접 카메오를 손질했고, 자신이 돌아갈 때도 아직 그 일을 하고 있었다고 조수는 말했다.

하지만 클라리지가 10시에 가게에 오고부터는 카메오가 없어진 사실에 의문의 여지가 없었다. 클라리지는 이 분실에 완전히 당황해 자신의 어리석음을 저주했다. 어젯밤에 너무나 피곤해서 그 귀중한 물건의 손질을 그만두고, 책상에 넣고 자물쇠를 잠갔다. 하지만 가게의 다른 곳에 있는 금고까지 일부러 가져가는 수고를 하지는 않았다고 횡설수설 설명했다.

당장 경찰을 불렀고, 수사가 진행되었다. 클라리지는 그 카메오를 찾는 데 500파운드의 상금을 걸었다. 사건은 석간 1판에 크게 보도되었고, 낮에는 전 세계가 스탠웨이 카메오의 놀라운 도난사건을 알게 되었다. 붉은 줄무늬 마노 카메오가 정확히 어떤 것인지도 잘 모르는 사람들이 이 사건의 여러 가능성에 대해 의견을 내놓았다.

스탠웨이 경이 마틴 휘이트를 찾아온 것은 그날 오후였다. 후작은 키가 크고 날씬하고 활동적인 성격으로, 의회의 일원이자 예술의 막강한 후원자로 널리 알려진 존경받는 남자였다. 그는 이름을 말하고

218

휴이트의 방으로 서둘러 들어와, 휴이트가 의자를 권하자마자 즉시 본론으로 들어갔다.

"휴이트 씨, 아마 당신도 내가 어떤 일로 왔는지 이미 짐작할 겁니다. 석간을 이미 봤겠지요? 사실 그대로입니다. 당신이 이미 알고 있는 사실을 여기에서 다시 말할 필요는 없지요. 물론 경찰도 클라리지의 가게에서 열심히 조사하고 있지만, 나는 만족하지 못하오. 나도 현장에 두세 시간 있었는데 경찰들이 나 이상으로 뭔가를 알았다고는 생각할 수 없소. 물론 그들의 입장에서 당연하고 정당한 일이겠지만 경찰로서는 범인을 찾는 것이 첫째고, 도둑맞은 카메오를 찾는 일은 그 다음인 것 같소. 하지만 내 처지에서 말하면 주요 관심은 물건이라오. 나도 가능하다면 도둑을 잡아서 정당한 벌을 주고 싶지만, 그보다 더욱더 나는 그 카메오가 필요하오."

"확실히 상당한 손실입니다. 5천 파운드라니……."

"아, 당신은 나를 오해하고 있소! 내가 아까워하는 것은 금전적 가치가 아니오. 사실 그 점은 모두 변상받았다오. 클라리지는 정말 훌륭한 태도로, 아니, 훌륭하다는 말로는 부족하지. 사실 내가 이 분실에 대해 처음 안 것은 그가 보낸 5천 파운드와 편지 때문이지요. 내가 지불한 금액을 돌려주는 게, 그가 말하는 용서받을 수 없는 부주의에 대한 마음의 보상이라는 것이지요. 나는 법적으로 도난예방에 대한 그의 눈에 띨 정도의 태만을 구체적으로 입증할 수도 없을 뿐만 아니라 그에게 어떤 요구를 할 수 있을지 확신할 수 없었소.”

“그럼 스탠웨이 경.” 휴이트가 말했다. “경은 돈보다도 카메오가 훨씬 중요하다고 생각합니까?”

“물론이오. 그렇지 않다면 그 카메오에 그만한 돈을 기꺼이 지불하지도 않았을 거요. 확실히 거액의 가치가 있는 물건이지만 역시 시가보다는 훨씬 비쌌을 겁니다. 하지만 나는 그 카메오만은 이 나라 밖으로 내보내고 싶지 않았소. 솔직히 우리나라가 지금까지 확보한 컬렉션은 아직 만족할 만하다고는 말할 수 없다오. 간단하게 말하면 나는 카메오 수집을 결심했고, 다행히 몇 천 파운드의 경비에 개의치 않고 그 결심을 실행에 옮겼지요. 때문에 잘 알고 계시는 대로 내 바람은 돈이 아니라 그 물건이라오. 사실 나는 클라리지가 보낸 돈을 이대로 갖고 있으려는 생각은 없어요. 이 사건은 그의 실수라기보다 그의 불운이지요. 하지만 당분간은 이 돈을 그에게 돌려준다고 말하지 않을 거라오. 그렇게 하는 게 탐색에 가담한 모두의 사기를 높이는 효과가 있을지도 모르니까 말이요.”

“그럴 겁니다. 그러면 나에게도 이 사건을 독자적으로, 경을 위해 조사하라는 말입니까?”

“그렇소. 가능하면 모든 것을 내 처지에서 조사해달라는 거요. 유일한 목적은 그 카메오를 찾는 것이오. 물론 도둑도 잡으면 그쪽이 훨씬 좋소. 하나를 찾는 것은 또 다른 발견의 시작이니까요.”

“꼭 그렇다고는 할 수 없지만 대부분의 경우가 그렇습니다. 카메오와 도둑이 지금 함께 있지 않더라도, 어느 순간엔 분명 함께였을 것이고, 한쪽을 잡는 것은 또 하나에 대해서도 아주 커다란 한 걸음을 내딛는 것입니다. 그럼 처음에 의심했던 사람은?”

"경찰은 아무 말도 하지 않지만 그건 발표할 만한 사실을 찾지 못했기 때문일 거요. 클라리지도 누군가를 의심하는 말을 하지 않습디다. 하지만 범인이 누구든, 그는 어젯밤에 뒤창에서 클라리지를 감시했고, 카메오를 책상에 넣은 모습을 보고 있던 게 틀림없소. 도둑은 곧장 그곳으로 간 것 같으니까. 클라리지는 두 사람 가운데 한 사람을 의심한다고 생각하오. 봐요, 이런 뛰어난 도둑은 다른 도둑과 다르지. 그런 카메오는 팔기 위해서 훔쳤다고는 생각할 수 없소. 너무나 유명한 물건이기 때문이지. 마치 런던탑을 팔러 다니는 것과 같아요. 그런 물건을 사는 사람은 극히 한정되어 있고, 그런 사람들은 모두 알고 사는 거요. 상인은 그런 것에 손을 대지 않지. 팔기는커녕 다른 사람에게 보이는 것만으로도 엄청난 결과를 낳기 때문이지. 그러니 사실은 그런 물건을 단순히 사랑하기 때문에 갖고 싶다고 하는 사람이 훔쳤다고 생각하는 게 맞을 거요. 말하자면 수집가이지요. 얻은 것을 비밀리에 숨겨두고 누구에게도 결코 보여주지 않으며, 자신이 죽고 나서 발견되어 훔친 사실이 밝혀질 것을 걱정하면서 살아가는 사람 말이오. 물론 그저 덜렁거리는 도둑이 가치도 모르고 훔치지 않았다면 말이지만."

"그런 일은 있을 수 없어요." 휴이트가 말했다. "그 가치에 대해서 무지한 도둑이라면 클라리지의 가게처럼 가까이에 더욱 화려한 물건이 많은데, 하필 카메오를 훔치지는 않습니다."

"사실이오. 나도 그렇다고 생각하지. 하지만 경찰은 쇠지렛대 흔적 때문에 분명히 일반적인 범죄자가 들어온 방법이라고 생각하는 것 같소."

"그건 그렇고, 클라리지가 의심하는 두 사람은 누구입니까?"

"물론 그가 두 사람을 의심하는 이유는 내게 말하지 않았고, 나는 그저 그의 말에서 그렇지 않을까 추측했을 뿐이라오. 클라리지는 진지하게 누군가를 의심할 수는 없다고 말합디다. 그 한 사람은 그에게 그 카메오를 팔았던 여행자 한^{Han}이오. 이 남자의 성격은 완전무결하다고는 할 수 없고, 어느 골동품상도 그를 신용하지 않지. 물론 클라리지는 이 카메오 대금을 그 남자에게 얼마 지불했는지 말하지 않았지만 그런 사람은 돈벌이에 관해서는 아주 입이 무겁소. 다섯 배 정도 버는 경우가 흔히 있는 것 같습디다. 하지만 한은 클라리지가 그 카메오를 판 금액에 따라 추가금을 받기로 거래를 한 모양이요. 약속에 의하면 오늘 아침 나타나기로 했는데 그는 모습을 보이지 않았고, 그의 정확한 소재를 아무도 모르지."

"과연, 그리고 다른 한 사람은?"

"그게, 그의 이름은 그다지 말하고 싶지 않소. 왜냐하면 그는 틀림없이 신사이고, 그가 조금이라도 자신의 명예에 상처받는 일을 하리라고는 믿을 수 없으니까 말이요. 물론 수집가는 자신의 도락에 관해서는 양심 같은 게 없다고 하지만. 확실히 울레트는 다른 사람 못지 않은 열렬한 수집가지. 그의 집은 클라리지의 가게 앞을 지나서 다음 모퉁이를 꺾어진 곳, 실제로 그럴 마음만 있다면 클라리지의 가게 뒤 창이 들여다보이는 곳이오. 내가 구입하기 전에 그도 그 카메오를 몇 번이나 주의 깊게 보았고, 상당히 높은 가격을 몇 번 제시하면서 몹시 손에 넣고 싶어 했소. 내가 그것을 산 뒤에 그는 내가, '지나친 가격을 지불해서 시장을 혼란시켰다.'라는 상당히 강한 말을 했고, 그 물건이 없어졌을 때 말하자면 '떠돌이'가 벌을 받았다고까지 비방했다오."

스탠웨이 경은 잠시 한숨 돌리고 다시 말을 계속했다. "이런 사건에 관해서 조금이라도 울레트의 이름을 말해야 하는지 어떤지 나는 잘 모르겠고, 나 개인으로서는 그도 나와 마찬가지로 훔칠 수 없다고 완전히 믿고 있소. 다만 나는 알고 있는 것을 모두 얘기할 뿐이오."

"당연합니다. 이런 사건에서는 아무리 이야기를 들어도 부족합니다. 결백한 50명의 사람을 모두 조사하는 것만으로는 아무런 손해가 없을 테고, 그것만으로도 도둑에 대해 아무것도 모르고 돌아다닌다고 하는 위험을 없애줄지도 모릅니다. 그런데 그 울레트의 방입니다만, 클라리지의 가게에서 가깝습니까? 두 채의 지붕을 연결하는 뭔가가 있습니까?"

"있소. 함석지붕을 따라가면 서로 다닐 수 있다고 들었소."

"좋습니다! 그 밖에 내게 도움이 되는 정보가 생각나지 않으신다면, 스탠웨이 경, 나는 당장 현장을 보러 가겠습니다."

"꼭 그렇게 해주시오. 나도 함께 가볼 생각이오. 이 건에 관해서는 멍하니 있을 기분이 아니니까. 다른 정보는 아무것도 생각나는 것이 없소."

"그런데 클라리지의 조수 말입니다. 그에 대해 아는 것은?"

"언제나 예의 바르고 성실한 사람이라는 것밖에 모르오. 정직하다고 할 수도 있겠지. 그렇지 않으면 클라리지가 그렇게 오래 고용하지 않았을 테니. 클라리지의 가게에는 귀중품이 상당히 많잖소. 그런데 그 남자는 가게에 들어가는 열쇠를 갖고 있으니, 굳이 지붕으로 들어올 필요가 없을 텐데."

"요약하면," 휴이트가 말했다. "이 카메오에 직접 관계가 있는 사람은 경을 제외하면 그 사람들뿐이라는 것입니다. 골동품상 클라리지, 클라리지의 조수 커틀러, 클라리지에게 카메오를 판 여행자 한, 그리고 카메오를 사려고 했던 울레트. 그뿐이지요?"

"내가 알고 있는 한 그들뿐이네. 그 밖에도 사고 싶어 했던 신사는 있었지만 나는 모르오."

"이 사람들을 순서대로 생각해보지요. 클라리지는 평판을 잃지 않도록 애써야 할 상인으로 그 카메오의 시가 이상인 5천 파운드를 즉시 경에게 보내지 않았다고 해도 문제 밖입니다. 조수는 평판이 좋은 남자고 가게에 몰래 들어올 필요도 없으며 사라진 보석을 팔려고 하는 순간 추적의 눈이 번쩍인다는 것쯤은 알고 있을 겁니다. 한은 이력이 수상한 남자이고, 아마 그만한 물건을 어떻게 하면 처리할 수 있는지(만약 처리할 수 있는 가능성이 조금이라도 있다면 말이지만), 잘 알고 있을 정도로 빈틈없는 남자입니다. 그리고 돈을 받을 약속이 있었음에도 불구하고 오늘 클라리지의 가게에 나타나지 않았어요. 마지막으로 울레트는 누구보다도 훌륭한 경력의 신사이지만, 광적인 수집가로 경이 그 카메오를 구입하기 전에 그것을 구입하려고 온갖 노력을 했어요. 더욱이 그는 클라리지가 뒷방에서 일하는 것을 엿볼 수도 있고, 클라리지 집의 지붕으로 간단히 갈 수도 있어요. 이걸 가지고도 아무것도 발견하지 못하면 실제로 증거로 보이는 것을 조사해봐야 합니다.”

휴이트가 스탠웨이 경과 함께 클라리지의 가게에 도착했을 때, 그는 가게를 보고 검소함에 놀랐다. 칙칙하고 낡은 건물로 창문에 묘한 파란 도자기 꽃병이 두 개, 고문서, 오래된 은으로 만든 구두 죔쇠 몇 개와 기묘한 단검 등을 진열하고 있었다. 지나가는 사람도 열 명 중 아홉 명은 눈길도 주지 않았지만, 한 사람 정도는 이 가게를 통해 움직인 골동품 고미술의 수량과 가격이 전 세계에서 손꼽힌다는 사실을 알 것이다.

이날은 목적도 없이 걸어 다니는 두세 명이 도둑이야기를 듣고, 창문을 보호하는 난간 사이로 가까이 와서 어떤 만족을 얻기 위해 들여다보고 있었다. 안에서는 활기차고 통통하며 체격이 작은 클라리지가 제복 차림의 무뚝뚝한 경감과 열심히 얘기하고 있었다. 나름대로 아마추어 탐정의 일을 하려는 커틀러가 오래된 도자기와 산산이 해체된 갑옷 부품 사이를, 도둑이 떨어뜨리고 갔을지도 모르는 단서라도 발견하지 않을까 하는 공허한 희망을 품고 끈기 있게 둘러보고 있었다.

클라리지가 간절히 앞으로 나왔다.

"스탠웨이 경, 당신이 돌아가고 나서 다행히 가죽 케이스를 찾았습니다."

"물론 비어 있었겠지?"

"유감이지만 그렇습니다. 여기에서 한두 채 앞의 지붕 굴뚝 뒤에 도둑이 버리고 간 것 같아요. 경찰이 그곳에서 찾았습니다. 단서가 될 거예요."

"아, 그러면 이 신사가 그것에 대해서 의견을 들려줄 걸세." 스탠웨이 경이 말하면서 휴이트를 돌아보았다. "클라리지, 이쪽은 마틴 휴이트 씨로, 친절하게도 의뢰를 받아 즉시 여기까지 함께 왔다네. 한쪽에서는 경찰이, 한쪽에서는 휴이트 씨가 맡았으니까 그 카메오도 꼭 찾을 거라고 생각한다네."

클라리지는 허리를 숙이고 안경 너머로 휴이트에게 미소를 보냈다. "휴이트 씨가 와주셔서 정말 고맙습니다." 그가 말했다. "사실 나도 지금까지 경찰에 맡겼지만 아무것도 나오지 않아 휴이트 씨에게 부탁하려고 생각했었습니다."

휴이트는 답례를 하고 물었다. "파손된 물건들을 보여주시겠습니까? 손을 대지 않았다면 좋겠습니다만."

"무엇 하나 손을 대지 않았습니다. 가능한 그대로 두었지요. 말할 필요도 없지만 이 가게에서는 뭐든 마음대로 하세요, 물론 상황은 다 알고 계시지요?"

"대강은 알고 있습니다. 집에 거주하는 가정부는 없는 것 같은데 그렇습니까?"

"네." 클라리지가 대답했다. "없습니다. 가끔 우리 물건을 밤에 전당포로 운반하는 하녀를 고용한 일도 있었는데, 집에 돌아가도 여기 물건이 못쓰게 되는 것은 아닐까 걱정되서 잠도 못 자고 한순간도 편하지 않았습니다. 그래서 거주하는 가정부는 두지 않습니다. 길 건너편에 언제나 경관이 보초 근무를 서고 있기 때문에 그렇게 해도 어느 정도는 안심했습니다."

"망가진 책상을 볼 수 있습니까?"

클라리지가 가게 뒤의 방으로 안내했다. 책상은 작업대의 일종으로, 열리는 뚜껑이 있고 자물쇠가 달려 있었다. 그 상판이 지렛대 같은 도구를 아래에 넣어 억지로 열어서 잠금장치가 떨어져 있었다. 휴이트는 망가진 부분과 지렛대 흔적을 주의 깊게 보고 뒤 창문 밖을 보았다.

"창문이 몇 개 있군요." 그가 중얼거렸다. "저 창문에서 이 방을 들여다볼 수 있을지 모릅니다. 저기 살고 있는 사람을 압니까?"

"두세 명 알고 있습니다." 클라리지가 대답했다. "하지만 여기서 거의 정면으로 보이는 창문 두 개는 빌려준 방이나 사무실 같습니다. 누구든 저기에 들어가서 감시할 수 있습니다."

"저 창문이 있는 집의 지붕은 어떻게 당신 집의 지붕으로 연결되어 있습니까?"

"정면의 것은 연결되어 있지 않아요. 왼쪽에서는 올 수 있습니다. 함석지붕을 따라서 여기까지 올 수 있지요."

"그러면 저 창문이 있는 집의 주인은?"

클라리지는 머뭇거렸다. "그게, 울레트 씨의 집입니다. 나의 훌륭한 고객이지요. 하지만 그분은 신사이고 그리고…… 어쨌든 그분을 의심하는 것은 터무니없다고 생각합니다."

"이런 사건에서는 불가능한 일 이외에는 무엇도 제외해서는 안 됩니다." 휴이트가 대답했다. "울레트 씨나 다른 누군가가 저 창문들에서 이 방을 엿볼 수 있었고, 마찬가지로 저곳의 지붕에서 이쪽 지붕으로 올 수 있었을지도 모릅니다. 그러니 우리는 울레트 씨를 잊으면 안 됩니다. 이 근처에서 그날 밤에 도둑이 든 집이 있습니까? 즉, 당신의 천창으로 가고 싶어 했던 침입자가 당신 집의 지붕에 올라가기 위해 먼저 이웃의 다른 집으로 들어갔는지도 모릅니다."

"아니요." 클라리지가 대답했다. "그런 일은 없었습니다. 경찰도 그걸 가장 먼저 확인했습니다."

휴이트는 망가진 문을 조사하고 다른 일행과 함께 계단을 올라갔다. 위층 뒷방의 나사가 풀린 자물쇠는 조금 조사해볼 필요가 있었다. 천창 아래의 방에는 먼지투성이의 테이블이 있었고, 그 위에 의자가 하나 놓여 있었다. 테이블 맞은편에는 휴이트도 잘 알고 있는 플러머 경감이 있었다.

"안녕하세요." 휴이트가 그에게 말을 걸자 그도 답례하고 메모를 계속했다.

"이 의자와 테이블은 이 상태로 발견되었습니까?" 휴이트가 물었다.

"네." 클라리지가 말했다. "도둑들은 천창에서 뛰어내려, 안을 뒤져보았고, 돌아갈 때는 이 의자를 올려놓고 이용했을 겁니다."

휴이트는 천창으로 나가서, 위에서 내리는 그 문을 보았다. 문은 바깥으로 창고의 문에 사용되는 긴 경첩 같은 것이 달려 있었고, 책상을 부순 것과 마찬가지 방법으로 망가뜨려져 있었다. 지렛대를 틀과 문 사이, 빗장 옆으로 넣어 문을 부쉈고, 그 바람에 빗장이 나사에서 비틀어져 있었다.

플러머 경감도 바로 수첩에 메모를 하고 휴이트의 뒤를 따라 지붕으로 올라가 두 사람은 함께 케이스를 발견한, 한 집 건너의 굴뚝 바로 아래로 향했다. 플러머가 코트 주머니에 넣었던 케이스를 휴이트에게 보이려고 꺼냈다.

"여기에는 별로 이상한 점은 없지만 어떻습니까?" 그가 말했다. "마침 여기에서 발견해 그들의 발자취를 알았습니다만."

"그렇군요." 휴이트가 말했다. "이대로 더듬어가면 울레트 씨 집의 천창에 도착하겠지요?"

경감은 입을 다물고 미소를 띠며 어깨를 으쓱했다. "물론 우리도 그 사실을 밝히는 것을 지금까지 기다리고 있었던 건 아닙니다."

　　“물론 그렇겠지요. 당신 말대로 이 가죽 케이스를 조사할 만한 가치가 딱히 있는 것 같진 않습니다. 완전히 신품이고 아무 표시도 없군요.” 휴이트는 케이스를 경감에게 돌려주었다.

　　“그렇다면,” 플러머는 케이스를 주머니에 넣으면서 말했다. “당신의 의견은?”

　　“상당히 나쁜 상황입니다.”

　　“그래요, 우리끼리 얘기지만 저 집을 엄중하게 감시하고 있어요.” 플러머는 울레트의 방을 턱으로 가리켰다. “이 도난 자체가 진기한 사건이니까요. 가능한 동기는 두 개밖에 없습니다. 카메오를 팔거나, 갖고 있거나. 판다는 것은 당신도 알다시피 논외입니다. 그런 물건은 팔려고 해도 상대방이 도둑이라고 신고해 체포될 테고, 그러니 혼자 갖고 있으려는 사람이 훔친 거라 봐야 합니다. 수집가 중에서도 특히 광적인 사람이 아니라면 욕심내지 않겠지요." 경감은 다시 울레트의 집을 턱으로 가리켰다. "그 선에서 상황을 바꾸어 생각해보지요." 그는 덧붙였다. "당신도 그 선은 이미 밝혀볼 가치가 조금은 있다고 동의할 겁니다. 물론 이 일에서 자물쇠를 연 수법 등 몇 가지는 보통 도둑들이 사용하는 방법과 상당히 비슷해 보여요. 하지만 그 카메오를 매우 욕심내는 누군가가, 그런 작업을 할 수 있는 도둑을 고용했다고 생각할 수도 있습니다."

"그렇지요."

"한이라는 여행자에 대해서는 알고 있습니까?" 플러머가 잠시 후 물었다.

"아니, 몰라요. 그를 찾았습니까?"

"아니요. 하지만 추적하고 있습니다. 하루 이틀 전에 채링 크로스에 있었고, 대륙행 표를 신청한 것을 조사했지요. 그것과 그가 오늘 여기에 나타나지 않은 사실을 조합해보면 그를 놓치지 말아야 할 충분한 이유가 있다고 판단됩니다. 약간의 돈이라도 끌어낼 기회를 이유도 없이 포기할 남자는 아니니까요."

두 사람은 방으로 돌아왔다.

"어떻소?" 스탠웨이 경이 말했다. "조사 결과는 어떻소? 영리한 당신들 두 사람이 옥상에서 사건을 논하는 동안 우리는 상당히 힘들게 여기서 기다렸는데."

천창 바로 아래 벽에 먼지투성이의 낡은 실크해트가 못에 걸려 있었다. 휴이트는 그 모자를 내려서 매우 유심히 보았다. 그의 손가락이 안쪽 천의 먼지로 더러워졌다.

"이것도 당신의 골동품들 중 하나입니까?" 휴이트가 웃으며 클라리지에게 물었다.

"날씨가 나쁠 때 쓰려고 여기에 둔 낡은 모자에 지나지 않습니다."

클라리지는 이 질문에 조금 놀라는 것 같았다. "1년 이상 손도 대지 않았습니다."

"오, 그렇다면 이 모자는 어젯밤의 방문자가 여기에 남긴 것은 아니군요." 휴이트가 말하고 다시 못에 걸었다. "당신은 어젯밤 여기를 8시에 나갔다고 했지요?"

"8시 정각. 아니, 1분인가 2분 전후였는지도 모릅니다."

"좋습니다. 괜찮다면 층계참의 맞은편 방도 보고 싶습니다."

"물론, 보고 싶다면 보세요." 클라리지가 대답했다. "하지만 도둑은 그쪽에는 들어오지 않았습니다. 전부 그대로 있으니까요. 보다시피 그저 창고입니다." 그는 문을 활짝 열면서 말했다.

이 방에는 뚜껑을 연 포장용 나무상자 몇 개가 다른 많은 잡동사니와 함께 흩어져 있었다. 휴이트는 가장 새것 같은 나무상자 하나의 뚜껑을 잡고, 힐끗 주소 라벨을 보았다. 그리고 벽에 기대어 세워 있던 녹슨 쇠상자로 다가갔다.

"이 안을 보고 싶군요." 휴이트는 양손으로 쇠상자를 끌어당기면서 말했다. "무겁고 지저분해요. 이 방에는 지레로 사용할 수 있는 건 없습니까?"

클라리지는 고개를 저었다. "그런 것은 이 집에 없습니다."

"좋습니다." 휴이트가 대답했다. "이 낡은 상자를 움직이는 일은 다음에 하지요. 움직인다고 해도 막상 그럴싸한 수확은 없을지도 모르니까요. 나는 잠깐 경찰에 가서 밤에 이 앞에서 근무했던 순경과 애기할 생각입니다. 스탠웨이 경, 여기에서는 필요한 것을 모두 봤습니다."

"이 사건에 대해 당신이 어떤 생각을 정리했는지 묻는 것은 아직 이르겠지요?" 클라리지가 물었다.

"글쎄요. 그래요, 조금 빠릅니다." 휴이트가 대답했다. "하지만 한두 시간 안에 여러분을 깜짝 놀라게 할지도 모릅니다. 물론 약속은 할 수 없습니다. 그건 그렇고," 그는 갑자기 덧붙였다. "어젯밤 그 천창의 빗장은 확실히 걸려 있었나요?"

"물론입니다." 클라리지가 웃는 얼굴로 대답했다. "그렇지 않으면 빗장이 왜 망가져 있겠습니까? 실제로 이 천창은 몇 달 동안 열지 않았습니다. 커틀러, 자네 이 천창을 언제 열었지?"

커틀러는 고개를 저었다. "반년 동안 열지 않은 것은 확실합니다."

"아, 좋습니다. 별로 중요한 일은 아니니까요." 휴이트가 대답했다.

일동이 가게 밖으로 오자, 거리의 문에서 얼굴이 붉은 노신사가 뛰어 들어왔다. 그 바람에 어두운 구석에 세워져 있던 우산에 발이 걸려 우산을 3미터나 걷어차고 말았다.

"도대체 무슨 생각이오?" 그는 클라리지에게 달려들었다. "내 방에 이런 경관을 정탐하러 보내고, 하인들에게 질문을 하다니! 왜 나를 도둑 취급하시오? 전에 이 가게에 물건을 보러 왔고, 당신의 엉뚱한 부주의로 물건이 사라졌다고 해서, 이 내가 훔쳤다고 의심하는 건가? 이 문제를 해결하지 않으면 나는 변호사에게 상담할 생각이오. 그리고 만약 당신의 스파이가 또 집의 계단이나 지붕 위를 기어 다니면 나는, 나는 그를 쏠 것이오!"

"울레트 씨……." 클라리지가 조금 당황해서 말했지만 분노한 노신사는 들으려고 하지 않았다.

"나에게 아무 말도 하지 마시오. 할 말이 있으면 변호사에게 말해요. 그리고 스탠웨이 경." 그는 스탠웨이 경을 보았다. "이런 일은 당신의 허락을 받고 하는 거라 짐작하는데 그렇습니까?"

"지금까지의 일은 경찰이 독자적으로 한 겁니다." 스탠웨이 경이 대답했다. "클라리지 씨가 꼬드긴 것은 전혀 아니고, 물론 나도 어떤 의견을 내거나 하지 않았습니다. 클라리지 씨의 개인적인 의견이나, 물론 나의 의견도 그렇지만, 당신 같은 위치의 사람에게 이런 지독한 사건으로 혐의를 거는 것은 터무니없는 일입니다. 그리고 당신도 사

태를 냉정하게 생각하면……."

"냉정하게 생각하라고요? 스탠웨이 경, 이런 일을 냉정하게 생각
할 수 있습니까? 나는 냉정하게 생각할 수 없어요. 나는, 나는, 싫습
니다. 다시 우리 집 지붕에 누군가 올라가는 것을 본다면 내던질 겁

니다!" 말을 끝내고 울레트는 다시 거리로 뛰어나갔다.

"울레트 씨는 짜증이 났군요." 휴이트가 웃는 얼굴로 말했다. "플러머 경감의 부하가 예의 없는 짓을 했나 봅니다."

클라리지는 아무 말도 하지 않았지만 울레트 씨가 제일 훌륭한 고객이기 때문에 상당히 어두운 표정이었다.

스탠웨이 경과 휴이트는 천천히 거리를 걸었다. 휴이트는 깊이 생각하며 보도를 보고 있었다. 스탠웨이 경은 한두 번 그를 보았지만 그의 생각을 방해하지는 않았다. 드디어 스탠웨이 경이 입을 열었다.

"휴이트 씨, 뭔가 생각하고 있군. 단서가 될 만한 것인가?"

휴이트는 즉시 생각에서 빠져나왔다.

"단서요? 이 사건은 단서로 꽉 차 있습니다. 내가 이상하게 생각하는 건 언제나 영리한 플러머가 그 하나를 아직 찾지 못한 것입니다. 하지만 사건 자체는 분명히 매우 진기합니다."

"특히 어떤 점이 진기한가?"

"동기에 관해서입니다. 플러머가 옥상에서 나에게 말했듯이 이런 도난사건에는 생각할 수 있는 동기가 두 개뿐입니다. 그만큼 고생해서 위험을 무릅쓰고 클라리지의 가게에 들어간 남자가 카메오를 좋은 가격에 팔고 싶었거나 아니면 그런 물건의 애호가로서 자신이 갖고 싶었든지 둘 중의 하나입니다. 하지만 실제 동기는 이 두 개가 아닙니다."

"어쩌면 몸값 같은 형태로, 나에게서 큰돈을 뺏으려는 건지도 모르지."

"아니, 그렇지 않습니다. 질투나 원한 같은 것도 아닙니다. 나는 동기는 알고 있고, 내 생각은…… 어쨌든 먼저 한을 잡고 싶습니다. 30분쯤 나는 입을 다물겠습니다. 다시 한번 진행 상황을 머릿속으로 복습해야 합니다."

"그전에 당신의 프로로서의 신중함과는 별도로 내가 알고 싶은 것은 카메오를 당신이 되찾을 수 있을까 하는 것이오.”

“그렇습니다.” 휴이트는 길모퉁이에서 발을 멈추면서 말했다. “찾지 못할 것 같은 기분이 듭니다. 나뿐만이 아니라, 다른 누구라도 말입니다. 다만 도둑이 누구인지는 상당히 확실히 말할 수 있습니다.”

“그렇다면 그 사람에게서 카메오를 찾을 수는 없소?”

“물론 그 가능성도 있습니다. 하지만 오늘 저녁 경은 그 물건을 찾고 싶지 않을 수도 있습니다.”

스탠웨이 경은 멍하니 눈을 깜박였다.

“찾고 싶지 않다니?” 그가 소리쳤다. “왜지? 물론 찾고 싶소. 당신 말을 잘 모르겠군. 수수께끼 같은 말만 하니까. 당신이 말하는 그 도둑은 누구요?”

“스탠웨이 경.” 휴이트가 말했다. “그 답은 실수할지도 모르니 조사가 모두 끝날 때까지 말하지 않는 게 좋겠습니다. 이 사건은 매우 이상하고, 처음에 순진하게 상상했던 것과는 상당히 다른 성격이라 나도 실수할 가능성이 있습니다. 하지만 틀릴 거란 우려는 거의 없으니, 몇 시간 후에 소식을 갖고 피커딜리에서 경을 기다릴 겁니다. 나머지는 경관들을 만나는 일뿐입니다.”

“물론, 언제라도 좋을 때에 와주시오. 하지만 왜 경관을 만나지요? 그 집이나 그 부근에 이상한 일은 아무것도 없었다고 그들은 이미 확실히 단언했는데.”

“나는 그 집에 대해 경관들에게 묻지 않았습니다.” 휴이트가 대답했다. “그들과 잠시 얘기했을 뿐, 날씨에 대해서 말이지요.” 그리고 생긋 웃고 인사를 하고 방향을 바꾸었다. 스탠웨이 경은 이 특별한 탐정에게 바보 취급당하는 건 아닌가 하는 표정으로 휴이트의 뒷모습을 지켜보았다.

한 시간이 지나고, 휴이트는 다시 클라리지의 가게에 돌아왔다.

"클라리지 씨, 우리 둘만 있을 때 당신에게 한두 가지 질문을 하고 싶은데요." 그가 말했다. "당신 사무실에서 얘기할 수 있을까요?"

두 사람은 사무실로 들어갔다. 휴이트는 의자를 창문 앞으로 가져가서 빛을 등지고 앉았다. 골동품상은 문을 닫고 그와 마주 보고 빛을 정면으로 받으면서 앉았다.

"클라리지 씨." 휴이트가 천천히 말을 시작했다. "스탠웨이 경의 카메오가 가짜인 것을 언제 처음 알았습니까?"

클라리지는 글자 그대로 의자 위로 뛰어올랐다. 그의 얼굴은 창백해졌고 더듬는 말투로 가까스로 말했다. "그, 그게, 무, 무슨 말입니까? 가짜라니요? 내가 가짜를 팔았다는 말입니까? 가짜라니? 카메오는 가짜가 아닙니다!"

"그렇다면," 휴이트는 변함없이 느린 말투로, 상대의 얼굴을 잠시 보면서 말했다. "그게 가짜가 아니었다면 왜 그것을 망가뜨리고, 자기 집의 천창과 책상을 부수고, 도둑 흉내를 냈습니까?"

골동품상의 얼굴에 땀이 흠뻑 흘렀고 숨을 헐떡였다. 그는 힘을 모아 필사적으로 외쳤다. "그것을 망가뜨리다니! 뭐, 뭐라고? 나는 그런, 그걸 망가뜨린 적이 없어!"

"그것들을 강에 던졌지요? 얼버무리지 마세요."

"아니요. 거짓말이야. 누가 그런 말을 했지? 돌아가시오! 나를 모욕하는 거요!" 클라리지는 거의 악을 썼다.

"글쎄요, 클라리지 씨." 휴이트는 다 알고 있다는 듯 너그럽게 말했다. "그렇게 괴로워하지 말고 나를 속이려고도 하지 마세요. 그렇게 할 수 없다는 것은 내가 보장하지요. 당신이 어젯밤 여기를 나가기 전에 한 일을 나는 모두 알고 있어요. 처음부터 끝까지."

클라리지의 얼굴이 고통스러운 듯 일그러졌다. 한두 번 다시 분노의 대답을 하려고 했지만 망설이다가 완전히 굴복했다.

"휴이트 씨, 이 일은 밝히지 말아주시오!" 그는 애원했다. "밝혀지지 않도록 이렇게 부탁합니다. 나는 나 이외의 누구에게도 피해를 주지 않았습니다. 스탠웨이 경에게도 정확한 금액을 돌려주지 않았습니까. 카메오가 가짜였는지는 손질을 시작하기 전까지 나도 몰랐습니다. 밝혀지지 않도록 부탁드립니다!"

휴이트의 목소리가 부드러워졌다. "그런 일로 불필요한 문제를 만들지는 않습니다." 그가 말했다. "댁의 사이드보드에 디캔터가 보이는데, 브랜디를 조금 물에 타서 드세요. 자신의 책상을 억지로 열고, 자기 집의 천창을 부수는 일이 범죄는 아니라고 생각하니까요. 물론 나는 이 사건에서는 스탠웨이 경의 대리인으로 일하고 있고, 경에게는 숨기지 않고 보고해야 할 의무가 있습니다. 하지만 스탠웨이 경은 신사이고 당신이 솔직하게 밝힌다면, 사려 깊지 못한 일은 하지 않을 사람입니다. 이 사건에 대해 다시 한 번 나에게 얘기해주세요."

"처음에 나를 한 방 먹인 사람은, 사기꾼 한이었습니다." 클라리지가 말했다. "나는 지금까지 카메오에 대해 실수한 적이 없었고, 그렇게 똑같은 가짜가 있으리라고는 생각하지도 않았어요. 가능한 한 주의 깊게 조사했고, 많은 전문가에게도 보였지만 마찬가지로 속았습니다. 현존하는 카메오 중에서 최고라고 할 수는 없어도 최고 중의 하나를 손에 넣은 것은 틀림없다고 만족했지요. 카메오가 완벽한 가짜라는 게 확실해진 것은 스탠웨이 경에게서 돌려받고, 그저께 밤에 더러움을 제거하는 작업을 할 때였습니다. 유리를 3겹으로 겹쳐 만든 것에 지나지 않더군요. 다만 그 유리를 내가 지금까지 몰랐던 수법으로 가공했고, 표면도 보통 검사로는 발견되지 않도록 교묘하게 만든 것입니다. 전세기前世紀 후반에 만들어진 모조 유리 카메오 중에는 작품으로서 훌륭한 것도 있고 확실히 상당한 가치도 있습니다만, 이 카메오는 그 방법을 완전히 초월한 것이었습니다.

나는 기가 막혔고 공포를 느꼈습니다. 그 물건을 두고 집으로 갔지요. 어떻게 하면 좋을까 결정도 하지 못하고 밤새도록 고민했습니다.

그 카메오를 내 손에서 떠나게 할 수는 없었습니다. 언젠가는 가짜라는 것이 밝혀질 테니까요. 나는 이런 물건에 관해서는 우리나라에서 최고라고 자부하는 데다, 정직한 거래와 올바른 판단으로 50년 가까이 명예를 지켜왔습니다. 이 명성을 영원히 잃게 됩니다.

그건 그렇다 치고, 나는 유리조각 값으로 스탠웨이 경에게서 5천 파운드나 받았기 때문에 그 돈을 당연히 반납해야 합니다. 하지만 어떻게 합니까? 스탠웨이 카메오의 이름은 이미 전국적으로 알려졌고, 모든 것이 사기였다고 자백한다면 나의 평판과 과거, 현재, 미래의 영업 신용 모두가 파괴되겠지요. 어떻게 해도 나는 파멸입니다. 예를 들어, 만일 내가 스탠웨이 경에게 진실을 밝힌 다음 돈을 돌려주고, 카메오를 망가뜨렸다면 어떻게 될까요? 이렇게 유명한 물건이 갑자기 사라지면 그 즉시 이야깃거리가 됩니다. 카메오는 대영박물관에 기증되기로 되어 있었는데, 향후에 박물관의 컬렉션에도 나타나지 않고 그 후의 보도도 나지 않으면 세상은 곧장 진상을 추측할 겁니다. 내가 속았다고 말해봤자 아무 도움도 되지 않겠지요. 속지 않는 것이 내 일이니까요. 내 손에 넣은 가장 값비싼 물건이 가짜였다는 것이 알려지면, 내가 악당처럼 속여서 팔았다고 해도, 바보처럼 발견하지 못해서 팔았다고 해도, 전부 나의 파멸입니다.

감정가로서 나의 명성은, 내 심장이나 마찬가지입니다. 그런 내가 그런 가짜 물건을 교활하게 판매했다고 알려지면 그건 말할 수 없는 굴욕입니다. 내가 뭘할 수 있었을까요? 모든 방편이 무익하고 단 하나만 도움이 될 것 같았는데, 그게 바로 내가 한 그 방법이었습니다. 솔직한 방법이 아닌 것은 인정하지만, 아, 휴이트 씨! 그 유혹을 생각해보세요. 그리고 그 방법이라면 누구 한 사람 상처받을 우려가 없다는 것도.

다음 날, 즉 어제, 마음속으로 열심히 트릭을 생각했는데, 사실 단순한 트릭이지요. 당신이 어떤 놀라운 방법으로 모두 밝혀냈으니까

요. 그것밖에 없다고 생각했어요. 달리 뭐가 있습니까? 더 이상 얘기
할 필요도 없는, 당신이 알고 있는 대로입니다. 지금은 그저 스탠웨
이 경에 대한 당신의 영향력으로, 경이 나를 세간의 웃음거리로 만들
지 않도록 부탁해달라고 마음을 다해 빌 뿐입니다. 뭐든 하겠습니다.
얼마든지 보상하겠습니다. 밝혀지지 않기만 한다면요."

"그 문제인데," 휴이트가 친절히 대답했다. "나는 스탠웨이 경이
당신에게 여러 가지 배려를 해줄 것은 의심하지 않아요. 그리고 당신
이 지금처럼 있을 수 있도록 나도 가능한 일을 하지요. 다만 당신은
이미 어느 정도 피해를 주었다는 사실을 잊어서는 곤란합니다. 적어
도 한 사람, 정직한 남자에게 의혹을 가지게 만들었습니다. 그리고
평판 문제라면, 나에게도 직업상의 명성이라는 게 있습니다. 당신 직
업상의 실패를 숨기는 데 협력하면, 나는 내 일에 실패한 것처럼 생
각될 겁니다."

"하지만 휴이트 씨, 사정이 다릅니다. 생각해보세요. 사람들이 당
신이 언제나 성공한다고 기대하지는 않습니다. 그런 일은 불가능하
니까요. 당신이 이 사건에 나선 것을 알고 있는 사람도 두세 명뿐입
니다. 그리고 당신한테는 그 밖에도 뚜렷한 성공이 많이……."

"그건 나중 일입니다. 다만 하나 알 수 없는 것은, 당신은 천창을
비틀어 열었는데, 다른 창문에서 지붕으로 올라갔는지, 아니면 천창
을 통해 나가 창틀로 통하는 끈을 사용해서 빗장을 걸었는지 하는 겁
니다."

"이용할 수 있는 창문이 없었기 때문에, 당신 말대로 끈을 사용했
습니다. 나의 얕은 지혜를 당신은 모두 읽는군요. 천창의 그 문제를
생각하는 데 몇 시간이나 걸렸죠. 진짜처럼 흔적을 남기고 비틀어 열
어야 하는데, 어떻게 하면 좋을까? 특히 지붕 위에 나가서 안쪽의 빗
장을 어떻게 걸까 하고요. 의심받을 걱정이 없는 성공이라고 생각했
는데. 내가 절대 안심이라고 생각한 공작을 어떻게 알았습니까? 처음

부터 그 카메오가 가짜라는 것은 도대체 어떻게 안 거죠? 봤습니까?"

 "아니요. 그리고 만약 봤다고 해도 거기에 대해서 나는 의견을 말할 수 없었을 겁니다. 나는 감정가가 아닙니다. 사실 처음엔 카메오가 가짜라는 걸 몰랐습니다. 처음 알게 된 것은 당신이 자신의 가게를 부수고 침입했다는 것. 거기에서 여러 가지로 생각해보니, 그 카메오는 가짜가 틀림없다는 결론에 이르렀습니다. 돈벌이를 위해서라는 것은 문제 밖이었습니다. 다른 사람이라면 몰라도 당신이 스탠웨이 카메오를 이중으로 팔 리가 없고, 이미 돈도 스탠웨이 경에게 반납했습니다. 만약 카메오를 자신 곁에 두고 싶어서라고 해도, 가게에서 도난사건이라는 추문을 일으킬 리가 없습니다. 처음부터 아무 조작도 하지 않으면 수상한 점도 없고, 자기가 처분하지 않고 가지고 있을 수 있었으니까요. 그래서 나는 다른 동기를 찾아야 했습니다. 처음에는 다른 동기가 없는 것 같았습니다. 5천 파운드나 잃으려고 도대체 왜 당신이 이런 수고를 했을까? 당신에게는 아무 이득도 없었습니다. 때문에 어떤 것을 지키려고 했을 겁니다. 예를 들어, 직업적인 명성. 그렇게 생각하자 당신이 카메오를 숨긴 사실이 확실해졌습니다. 아니, 망가뜨렸겠지요. 한 번 당신의 손에 돌아오면, 두 번 다시 빛을 보지 못하도록. 이제 수수께끼는 해결될 전망이 보였습니다. 당신은 팔고 나서 그 카메오가 진짜가 아닌 것을 알았어요."

 "네, 그렇습니다. 하지만 당신은 처음부터 내가 내 가게에 침입한 것을 알았다고 했습니다. 어떻게 알았습니까? 나는 그런 단서를 남긴 것 같지 않은데……."

 "아, 당신은 가는 곳마다 단서를 남겼어요. 처음에 나는 여기에 오기 전부터, 도난 발견 한 시간쯤 뒤에 스탠웨이 경에게 당신이 5천 파운드의 수표를 보냈다는 사실에 묘하게 끌렸습니다. 마치 카메오가 절대 돌아오지 않는다는 확신을 갖고 있는 것 같았고, 의혹을 피하려고 서두르는 것 같았지요. 이 점은 기억할 가치가 있었고, 실제로 나는 잊지 않았습니다.

여기에 왔을 때, 여기저기 이상한 징후를 봤지만 결정적인 증거는 천창 아래에 걸려 있던 그 낡은 모자였습니다."

"하지만 나는 그 모자에는 손도 대지 않았어요. 정말입니다. 휴이트 씨, 모자에는 손을 대지 않았어요, 몇 달 동안 그 모자에는……."

"물론이지요. 만약 당신이 모자에 손을 댔다면, 나는 단서를 잡지 못했을지도 모릅니다. 지금 모자 문제를 얘기해야겠군요. 처음 내 주의를 끌었던 것은 모자가 아니라 천창이었습니다. 생각해보세요. 그 천창은 경첩이 바깥에 있어 불안정하게 달려 있었어요. 도둑은 스크루드라이버를 갖고 있었지요. 아랫방의 자물쇠를 그것으로 열었으니까요. 그러면 왜 간단하게 그 경첩을 빼서 천창을 열지 않았을까요? 지렛대로 비틀어 열면 소리가 나고 힘이 들 게 당연한데 말입니다. 그리고 만약 그 사람이 처음 왔다면 바깥에서 쇠지렛대를 넣어 안쪽의 빗장을 제거했을 겁니다. 천창의 틀에 흔적은 한군데만 있었고, 그것도 정확하게 똑바른 위치에 있었습니다.

그 다음, 나는 가죽 케이스를 봤습니다. 우연히 떨어진 게 아닙니다. 그렇다면 떨어졌을 때의 흔적이 어딘가의 모퉁이에 남아 있었을 겁니다. 그러나 케이스는 발견된 장소에 신중하게 놓여 있었습니다. 하지만 이런 것은 모자에 비하면 크게 중요하지 않습니다.

그 모자는 당신도 알고 있듯이 먼지가 두껍게 쌓여 있었습니다. 몇 달 동안 쌓인 거지요. 그런데 천창 쪽을 향한 꼭대기에 빗방울 자국이 스무 개쯤 있었습니다. 새로운 흔적입니다. 그 위에 먼지가 없었으니까요. 그런데 어젯밤 7시 조금 지나 강한 소나기가 내렸고 그 후 비는 내리지 않았습니다. 그 시간에 당신의 증언으로는 당신은 가게에 있었습니다. 당신은 8시에 가게를 나왔고, 비는 7시 10분에서 15분 사이에 완전히 멈추었습니다. 당신은 천창을 몇 달이나 열지 않았다고 했습니다. 사실은 명백했습니다. 당신이나 다른 누군가가 당신이 여기에 있을 때, 다시 말해 소나기가 올 때 혹은 그전에 천창을 열었습니다. 그때 나는 아무 말도 하지 않았지만 가게를 나가자마자 경찰서에 갔습니다. 그날 바깥에서 근무한 순경에게 물어보고 밤중에는 비가 전혀 내리지 않았다는 사실을 확인했습니다. 비는 내리지 않았어요. 덕분에 나는 모든 것을 알았지요.

다른 모든 것과 함께 사실을 나타내는 증거가 또 하나 있습니다. 가죽 케이스에 비 맞은 흔적이 없었던 것. 즉 가죽 케이스는 비가 멈추고 나서 지붕 위에 놓아둔 것입니다. 어떤 도둑이라도 훔친 물건을 숨기고, 망가지지 않도록 도와주는 케이스를 버리지 않을 테고, 자신의 도망 방향을 나타내는 단서를 남기듯이 버리지는 않을 것입니다. 나는 또 창고에서 많은 나무상자를 봤습니다. 하나는 이틀 전 날짜의 짐표가 붙어 있었는데, 쇠지렛대로 열었더군요. 그런데 내가 쇠지렛대를 빌려달라는 구실을 붙여 말했을 때, 당신은 우리 집에는 그런 것은 없다고 말했지요. 당신은 그 쇠지렛대를 책상과 천창에 생긴 흔적과 비교할 수 없도록 하려는 것이었지요. 그렇지요?"

클라리지는 슬프게 바닥을 내려다보았다. "나는 당신 같은 사람을 속이기 위해 내 지혜에 의지하려는 부적절한 생각을 한 것 같습니다." 그가 말했다. "나의 방어에 약점은 하나도 없다고 생각했는데, 당신은 한 번에 그 방어선을 태연하게 무너뜨렸습니다. 왜 나는 그 빗방울 자국을 생각하지 못했을까요?"

"아직도 뉘우치지 않는 것 같군요." 휴이트가 웃으며 말했다. "나는 지금부터 스탠웨이 경에게 갑니다. 내가 당신이라면 어떤 형태로든 울레트 씨에게도 사과할 겁니다."

스탠웨이 경은 휴이트와 헤어져서 한두 시간 생각했다. 자신이 고용한 탐정이 가끔 머리가 이상해질 때가 있다고 생각한 터라 휴이트의 이야기를 듣고 물론 놀랐다. 스탠웨이 경도 카메오의 실종을 둘러싼 사실을 솔직하게 공표하는 것 이외에 올바른 해결 방법은 없다고 생각해 잠시 고민했지만, 결국 울레트 씨가 클라리지의 사과를 쾌히 받아들였다는 말을 듣고 이 사건을 없던 일로 했다.

클라리지는 적어도 돈의 손실과 자신이 엉뚱한 짓을 했다는 부끄러움으로 충분히 벌을 받았다. 하지만 그에게 가장 괴로운 최후의 타격은, 이틀 후에 한이 싱글벙글 웃으며 그의 가게로 와서 카메오의 판매 가격에 따라서 약속한 여분의 돈을 청구했을 때 날아왔다. 그는 방문하기로 했던 날에 갑자기 다른 곳에 갈 일이 있었다고 했다. 한은 자신이 약속한 날에 나타나지 않아서 불편하지 않았느냐고 물었다. 카메오 도난에 대해서는 물론 매우 안됐다고 생각하지만 '거래는 거래니까' 하고 약속한 금액의 수표를 주면 고맙겠다고 말했다. 불행한 클라리지는 이 남자에게 한 방 먹은 것을 알면서도 이 남자가 그 사실을 공표하는 것을 막기 위해 돈을 지불할 수밖에 없었다.

카메오 발견자에 대한 현상금은 오랫동안 걸려 있었다. 나중에도 현상금은 정식으로 취소되지 않았고, 아마 클라리지가 죽은 후에도 남아 있을 거라고 생각된다. 그리고 유력 일간지들은 유명한 사립탐정 마틴 휴이트의 과대평가된 통찰력이 어느 평범한 도둑에 의해 완전히 패배했다고 발표했다.

그랜트 앨런

소설가이자 과학 저술가이다. 캐나다에서 태어나 미국과 프랑스, 영국에서 활동했다.

GRANT ALLEN

멕시코의 예언자

THE
EPISODE OF THE
MEXICAN
SEER

내 이름은 시모어 윌브러햄 웬트워스. 남아프리카의 대부호로 유명한 금융가 찰스 밴드리프트 경의 매제이자 그의 비서이다. 몇 년 전, 찰스 밴드리프트가 케이프타운의 신출내기 변호사였던 무렵, 나는 그의 여동생과 결혼할 수 있는 행운을 거머쥐었다.

그리고 몇 년 후에, 킴벌리* 가까이에 있는 밴드리프트 명의의 토지와 농장이 점차 개발되어 클로에테도프 골콘다스 주식회사로 발전했을 때, 처남은 나에게 비서라는 고급 지위를 주었다. 이후에도 계속해서 나는 그의 충실하고 마음에 맞는 동료였다.

찰스 밴드리프트는 일반적인 사기꾼의 손에 걸리는 인물은 아니다. 보통 키에 떡 벌어진 체격, 긴장된 입가, 날카로운 눈, 머리가 좋은 성공한 천재 사업가를 그림으로 그린 듯한 인물이다. 나는 그런 찰스 경을 한 방 먹인 사기꾼을 한 명 알고 있는데, 그라면 니스의 경찰이 이야기했듯이, 비독이며, 로베르 우댕, 칼리오스트로의 일당도 한 방 먹일 수 있을 것이다.

우리는 사교 시즌의 몇 주를 리비에라에서 보냈다. 그 목적은 금융 조작에서 떠난 완전한 휴식과 오락이고, 우리는 아내를 동반할 필요가 있다고 생각하지 않았다. 사실 레이디 벤드리프트는 런던에서의 환락에 완전히 잠겨 있었고, 지중해 연안 시골의 좋은 점을 몰랐다. 찰스 경과 나는 집에서는 일에 몰두하기 때문에, 런던의 금융가를 떠나 그윽한 향기가 풍기는 식물과 맑은 공기가 볼을 간질이는 몬테카를로의 테라스에서 완벽한 변화를 철저히 즐겼다. 우리는 그곳의 경치가 정말 마음에 들었다. 당당한 도박장은 말할 것도 없고 알프스를 뒤로하고 푸른 바다가 정면에 펼쳐져 있는, 모나코의 암초 너머로 보이는 상쾌한 경치는 유럽에서도 가장 아름답다고 생각한다.

찰스 경은 이 땅에 감상적이라 할 수 있는 애착을 갖고 있다. 그는

* 남아프리카의 유명한 다이아몬드 광산

런던의 소란을 떠나, 몬테카를로의 상쾌한 미풍과 선인장과 야자에 둘러싸여 오후 한때 룰렛으로 수백 파운드를 땄는데, 그것이야말로 마음을 산뜻하게 하고 몸을 회복시키는 방법이라고 생각했다. 정말이지, 피곤해진 지성을 위한 나라다! 하지만 우리는 어떤 일이 있어도 절대로 수도에는 머물지 않았다. 찰스 경은 사업가의 편지 주소가 몬테카를로라면 곤란하다고 생각한 것이다. 그는 니스의 '프롬나드 데 장글레*'에 있는 쾌적한 호텔을 선택해, 매일 해안을 따라 있는 도박장에 가서 건강을 회복하고 신경을 기민하게 했다.

이 특별한 시즌에 우리는 '오텔 데 장글레Hotel des Anglais' 라는 호텔에서 느긋하게 쉬고 있었다. 우리는 2층에 거실, 서재, 침실로 이루어진 방을 잡고 아주 화기애애한 국제 사교 모임을 만들었는데, 마침 그때 니스 전체에 이상한 사기꾼의 소문이 퍼져 있었다. 이 남자는 천리안의 능력이 있다고 한다. 한편 유능한 처남에게는 사기꾼을 만나면 반드시 그 사기꾼의 정체를 밝히려는 이상한 버릇이 있었다. 처남은 원래 영리한 사업가일 뿐, 다른 사람의 사기를 간파하는 일은 순수한 즐거움에 불과했다. 호텔에 있는 많은 여자 중에는 '멕시코의 예언자'와 직접 만나서 이야기를 나눈 사람도 있어서, 우리에게 그의 기적들을 끊임없이 말했다. 그 남자는 어느 여자에게는 가출한 남편이 현재 있는 곳을 밝히고, 다른 여자에게는 다음 날 밤의 룰렛의 맞는 번호를 정확히 알려주고, 게다가 세 번째 여자에게는 그녀가 이미 몇 년이나 다른 사람 모르게 흠모했던 남자의 이미지를 스크린에 투영해 보였다. 물론 찰스 경은 그런 이야기는 믿지 않았지만, 호기심이 생겨 그 훌륭한 독심술사를 직접 만나서 판단하고 싶어 했다.

"개인적으로 교령회**를 열면 요금은 얼마입니까?" 그는 피카르데 부인에게 물었다. 예언자에게 룰렛에서 이기는 행운의 숫자를 받았

* Promenade des Anglais, 영국인 산책로
** 산 사람들이 죽은 이의 혼령과 교류를 시도하는 모임

던 부인이었다.

"그분은 돈이 목적이 아니에요." 피카르데 부인이 대답했다. "인류의 행복을 위해서 하는 거예요. 틀림없이 쾌히 와서 그 기적적인 능력을 그냥 보여줄 거예요."

"말도 안 돼!" 찰스 경이 말했다. "사람이 살아가려면 식량도 필요합니다. 그 남자가 나를 만나주면 5기니를 지불하지요. 그는 어느 호텔에 묵고 있습니까?"

"코스모폴리탄일 거예요." 부인이 대답했다. "아, 아니에요. 지금 생각났어요. 웨스트민스터입니다."

찰스 경은 나를 보고 속삭였다. "시모어, 저녁식사가 끝나면 바로 이 남자에게 가서 5파운드 지불할 테니, 즉시 내 방에서 교령회를 열도록 해주게. 내 정체는 말하지 말고 이름도 절대로 말하지 마. 그리고 자네가 딱 붙어서 그 남자를 곧바로 여기 2층까지 데려오면, 그의 동료가 얽힐 틈도 없겠지. 그가 어떤 예언을 하는지 모두 구경하지 않겠나?"

나는 그의 지시대로 했다. 예언자는 눈에 띄게 흥미로운 인물이었다. 키는 찰스 경과 비슷하지만, 그보다 날씬하고 등이 곧았다. 매부리코, 묘하게 찌를 듯한 눈, 크고 새카만 눈동자, 깨끗하게 면도를 한 음영이 깊은 훌륭한 얼굴은 메이페어 저택의 홀에 있는 안토니우스의 흉상 같았다. 하지만 가장 특징적인 것은 준수한 하얀 이마와 섬세한 옆얼굴 주위에 후광처럼 돌출한, 패데레브스키처럼 주름져 물결치는 이상한 머리칼일 것이다. 나는 왜 이 남자가 여자들을 그렇게 쉽게 매료시키는지 한눈에 알았다. 다시 말해, 그는 시인이나 가수, 예언자의 풍모를 하고 있었다.

"나는 친구의 방에서 당신이 즉시 교령회를 열 수 있는지 알아보려 왔습니다." 내가 말했다. "그 사람은 여흥의 답례로 5파운드를 지불하겠다고 했습니다."

세뇨르 안토니오 헤레라라고 이름을 밝힌 그는 인상적인 스페인 스타일로 정중히 내게 인사했다. 그리고 힐끗 경멸의 미소를 짓더니 짙은 올리브색 볼에 주름을 만들고 엄숙하게 말했다.

"나의 신비한 능력을 팔지는 않습니다. 나는 그것을 공짜로 나누어 주고 있습니다. 만약 당신의 익명의 친구가 나의 두 손에서 만들어지는 우주의 불가사의를 보고 싶다면, 기뻐하며 보여드리겠습니다. 회의론자를(나는 당신의 친구가 회의론자인 것을 직관적으로 알았지요), 믿게 하거나 당황하게 할 때는 흔히 그렇지만 다행히 오늘 저녁은 전혀 약속이 없습니다."

예언자는 근사한 긴 머리카락을 반사적으로 어루만졌다. "예, 갑니다."

마치 천장 근처에 떠 있는 어떤 미지의 생령에게 말하듯이 그는 계속했다. "갑니다. 함께 와주세요!"

그리고 그는 붉은 리본이 달린 큰 솜브레로를 쓰고, 외투를 어깨에 걸친 다음, 담배에 불을 붙이고 '오텔 데 장글레'를 향해 나란히 큰 걸음으로 걷기 시작했다.

도중에 그는 거의 말을 하지 않았고 내 말에 두세 마디 대답했을 뿐이었다. 마치 깊은 명상에 빠져 있는 것 같았다. 호텔 현관에 도착해서 내가 안으로 들어가도, 자신이 어디에 따라왔는지도 모르는 것처럼 한두 걸음 지나칠 정도였다. 그리고 곧바로 가슴을 펴고, 한순간 주위를 둘러보고 "아, 앙레다." 하고 말했다. 덧붙여 말하면 그의 영어는 조금 남방 억양이 있지만 자연스럽고 뛰어났다. "아, 여기입니다. 여기입니다!" 예언자는 다시 한 번 미지의 생령에게 말했다.

이런 유치한 책략으로 찰스 밴드리프트 경을 속일 생각일까, 하고 나는 미소 지었다. 런던의 시티 전체에 알려져 있듯이 찰스는 사기에 걸리는 남자가 아니다. 게다가 이런 짓은 모두 가장 흔한, 정말이지 싸구려 마술사의 수법이 아닌가?

우리는 2층 방으로 갔는데, 찰스는 너덧 명을 구경꾼으로 불러놓고 있었다. 예언자는 넋을 잃고 방으로 들어갔다. 그는 야회복을 입고 있었지만 허리에 감은 붉은 장식 띠가 화려해서 눈에 띄었다. 예언자는 계속 두리번거리며 객실 중앙에 잠깐 멈췄다가 마침내 찰스에게 곧바로 걸어가 검은 손을 내밀고 말했다.

"안녕하세요. 당신이 주인이군요. 나의 영혼이 그렇게 알려줍니다."

"맞아!" 찰스 경이 말하고 나서 옆의 부인에게 속삭였다. "봐요, 매켄지 부인, 이런 친구는 감이 좋지 않으면 안 됩니다. 그렇지 않으면 밥줄이 끊어지지요."

예언자는 주위를 둘러보고, 두세 사람의 얼굴을 전생에 본 적이 있는 것처럼 공허한 미소를 보냈다. 찰스가 먼저 그를 시험하기 위해 질문을 몇 개 했다. 자신의 일이 아닌 나에 관한 질문이었는데, 예언자는 그 대부분에 정확하게 정답을 말했다.

"저분의 이름입니까? 이름은 S로 시작하고 당신은 그를 시모어라고 부릅니다."

진실이 천천히 떠오른 것일까? 그는 각 단어 사이를 길게 끌었다.

"시모어, 윌브러햄, 스트래포드 백작. 아니, 스트래포드 백작이 아니야! 시모어 윌브러햄 웬트워스입니다. 여기에 계신 어느 분의 마음 속에는, 웬트워스와 스트래포드와의 사이에 어떤 관계가 있는 것 같습니다. 나는 영국인이 아니기 때문에 그것이 어떤 의미인지는 모릅니다. 하지만 어쨌든 그건 같은 이름입니다."

예언자는 주위를 빤히 보고 확인을 원했다. 한 여자가 그를 구했다.

"웬트워스는 스트래포드 대백작*의 성이예요" 그녀는 상냥하게 말했다. "당신이 말했듯이 웬트워스 씨는 백작의 후예에 해당해요."

"그렇습니다." 예언자는 검은 눈을 빛내면서 대답했지만, 나는 이상하다고 생각했다. 내 아버지는 혈연관계의 실재를 언제나 주장하고 있었지만, 이러한 계통도를 완성하려면 고리가 하나 빠져 있다. 아무리 아버지라도 우리의 조상인 브리스톨의 말거간꾼 조나산 웬트워스의 아버지가 토머스 윌브러햄 웬트워스 각하 그 사람이라고 확인할 수는 없었다.

"내가 태어난 곳은?" 찰스 경은 갑자기 자신을 화제로 했다.

---

* 1593~1641. 정치가, 찰스 1세의 고문관

예언자는 마치 파열하는 것을 억제하듯이 두 손으로 관자놀이를 받쳤다.

"아프리카," 사실이 상세하게 떠오르는지 그는 천천히 말했다. "남아프리카, 희망봉, 얀센빌, 드 위트 가. 1840년."

"와, 정확해." 찰스 경이 중얼거렸다. "확실히 정답이야. 하지만 미리 나에 대해 조사했는지도 모르고, 여기로 오는 도중에 알았는지도 몰라."

"나는 절대로 힌트를 주지 않았어." 내가 대답했다. "그는 호텔 현관에 도착할 때까지 내가 어느 호텔로 안내하는지도 몰랐으니까."

예언자는 턱을 가볍게 어루만졌다. 만족스러워 웃는 눈빛이었다.

"봉투에 들어 있는 지폐의 번호를 말해볼까요?"

그는 가볍게 물었다.

"사람들에게 지폐를 보이는 동안, 당신은 방에서 나가 있어."

세뇨르 헤레라는 밖으로 나갔다. 찰스 경은 지폐를 한 번도 손에서 놓지 않고, 손님들에게 돌려가며 번호를 보여주었다. 그리고 봉투에 지폐를 넣고 단단하게 봉했다.

예언자가 돌아왔다. 그는 날카로운 눈으로 일동을 둘러보고 텁수룩한 머리를 흔들었다. 그리고 봉투를 두 손에 들고 뚫어지게 쳐다보았다.

"AF, 73549." 그는 천천히 말했다. "몬테카를로에서 어제 딴 금화와 카지노에서 교환한 50파운드의 영국 은행권입니다."

"어떻게 했는지 알았어." 찰스 경은 우쭐거리며 말했다. "그가 거기서 직접 교환한 돈을 내가 또 교환한 거야. 사실은 머리가 긴 남자가 주위를 어슬렁거리는 걸 봤거든. 하지만 뛰어난 마술이야."

"물체투시도 할 수 있어요." 한 여자가 끼어들었다. 피카르데 부인이었다. "상자 안의 것을 볼 수 있어요." 그녀는 드레스 주머니에서 우리 할머니가 사용했던 것 같은 작은 순금 향수병을 꺼냈다.

"이 안에 무엇이 있지요?" 그녀는 향수병을 예언자 앞에 들이대며 물었다.

세뇨르 헤레라는 그것을 응시했다.

"금화 세 개." 상자를 투시하기 위해 이마에 주름을 만들면서 그가 대답했다. "하나는 미국의 5달러 금화. 하나는 프랑스의 10프랑 금화. 하나는 빌헬름 황제의, 독일 20마르크 금화입니다."

그녀는 상자를 열어 그것을 모두에게 돌렸다. 찰스 경은 조용히 미소 지었다.

"공모共謀야!" 그는 혼잣말처럼 중얼거렸다. "공모!"

예언자는 불복하듯이 그를 돌아보고 당당한 목소리로 말했다. "당신은 더한 기적을 원합니까? 당신이 믿을 수밖에 없는 기적을! 좋습니다. 당신은 조끼 왼쪽 주머니에 편지를, 꾸깃꾸깃하게 구겨진 편지를 가지고 있습니다. 그걸 내가 읽을까요? 원하시면 그렇게 하겠습니다만."

찰스 경을 알고 있는 사람은 믿지 않을지도 모르지만, 처남은 얼굴이 붉어졌다. 그 편지에 무엇이 쓰여 있는지 나는 모르지만, 찰스는 화난 것처럼 또는 회피하듯이 이렇게 대답했을 뿐이다.

"아니, 됐습니다. 그렇게 하지 않아도 됩니다. 이런 종류의 당신 솜씨는 이미 충분히 보았습니다."

찰스는 세뇨르 헤레라가 편지를 읽는 것 자체를 두려워하는 것 같았다. 찰스의 손끝은 조끼 주머니 부분을 신경질적으로 더듬었다.

게다가 찰스는 조금 걱정스럽게 피카르데 부인을 본 것 같았다.

예언자는 정중하게 인사하고, "세뇨르, 당신의 뜻에 따르겠습니다. 나는 모든 것을 투시할 수 있지만, 언제나 비밀과 존엄을 존중하는 주의입니다. 그렇지 않으면 사회를 파괴할지도 모릅니다. 왜냐하면 우리의 적나라한 진실이 밝혀져도 태연히 있을 분이 이 안에 계십니까?" 그는 빤히 방 안을 둘러보았다. 거북한 분위기가 흘렀다. 우리의 대부분은 이 기괴한 중남미인이 정말로 지나치게 알고 있다고 느꼈다. 그리고 그중에는 금융조작에 관여하고 있는 사람도 있었기 때문이다.

"예를 들어," 예언자는 부드럽게 계속했다. "나는 몇 주 전에 아주 총명한 회사 발기인과 우연히 파리에서 여기까지 기차로 함께 여행했습니다. 그분은 가방에 기밀서류를 넣고 있었습니다." 그는 찰스 경을 힐끗 보았다. "그런 종류의 일이라면 당신도 알겠군요. 전문가인 광산기사로부터의 보고서입니다. '극비'로 표시된 그런 서류를 당신도 보신 적이 있겠지요."

"고도의 재정적 요소를 형성하고 있습니다." 찰스 경은 냉정하게 인정했다.

"그렇습니다." 예언자는 중얼거렸는데 순간 스페인 사투리가 전보다 약해졌다. "극비 표시가 되어 있기 때문에 물론 나는 비밀을 존중합니다. 내가 말하고 싶은 것은 그것뿐입니다. 이러한 능력을 부여받은 이상, 동포를 괴롭히거나 폐를 끼치는 일에는 사용하지 않는 것이 나의 의무라고 생각합니다."

"훌륭한 마음가짐입니다." 찰스 경은 조금 신랄하게 말하고 나에게 귀엣말을 했다.

"괘씸할 만큼 영리한 악당이야, 시모어. 여기에 데려오는 게 아니었어."

세뇨르 헤레라는 직관적으로 이 원망을 알고 있는 것처럼 보였고, 보다 쾌활하고 밝은 소리로 끼어들었다.

"그러면 지금부터 더 재미있는 오컬트 파워의 기적을 보여드리지요. 그러기 위해서는 실내의 조명을 조금 어둡게 할 필요가 있습니다. 주최자 분, 나는 의도적으로 이곳 참석자들의 머릿속에 새겨져 있는 당신의 이름을 읽지 않고 있습니다, 이 램프의 불을 조금 약하게 해도 되겠습니까? 네! 좋습니다. 그러면 이것과 그리고 이것. 그렇습니다! 그것으로 좋습니다." 예언자는 주머니에서 가루를 한 줌 꺼내 작은 접시에 떨어뜨렸다. "다음에, 미안하지만 성냥을. 고맙습니다."

이윽고 기분 나쁜 녹색 불길이 타올랐다. 그는 주머니에서 카드와 작은 잉크병을 꺼내고 물었다.

"누가 펜을 가지고 있습니까?"

254

내가 펜을 가져오자, 예언자는 그것을 찰스 경에게 건넸다.

"자, 거기에 당신의 이름을 써주세요."

그는 가장자리가 도드라지고, 한가운데 색깔이 다른 정사각형이 그려진 카드를 가리켰다.

찰스 경은 이유도 모르고 자신의 이름을 서명하는 것에 당연히 마음이 내키지 않았다.

"그걸 어떻게 하려는 거지?" 찰스 경이 물었다. 백만장자의 서명에는 다양한 용도가 있다.

"봉투에 카드를 넣고, 불에 태울 겁니다. 그 다음에 당신의 이름이 필적 그대로 내 팔에 피 글씨로 써지는 것을 볼 수 있습니다."

찰스 경은 말없이 펜을 들었다. 서명한 다음 즉시 태운다면 신경 쓸 것은 없다. 처남은 평소의 힘 있고 명료한 서체로 이름을 썼다. 자신의 가치를 알고, 5천 파운드의 수표를 작성하는 것도 두려워하지 않는 남자의 필적이다.

"카드를 계속 보세요." 방 맞은편에서 예언자가 소리쳤다. 그는 찰스 경이 쓰는 것을 보지 않았다.

찰스 경은 카드를 가만히 보고 있었다. 예언자는 정말로 영향을 주기 시작하고 있었다.

"지금 카드를 봉투에 넣으세요." 예언자가 말하자, 찰스 경은 새끼 양처럼 지시에 따랐다.

예언자가 큰 걸음으로 나아갔다. "봉투를 주세요." 그는 봉투를 받아 난로 쪽으로 걸어가서 엄숙하게 그것을 태웠다. "보세요! 재가 되었습니다."

그리고 방 중앙으로 돌아와 녹색 조명 가까이 가서, 소매를 걷어 올리고 찰스 경 앞에 그 팔을 내밀었다.

거기에 피와 같이 붉은 글자로 '찰스 벤드리프트'라고 자신의 필적 그대로 이름이 쓰여 있는 것을 처남은 보았다.

"어떻게 했는지 알았어." 뒷걸음을 하면서 찰스 경이 중얼거렸다. "교묘한 착각이지만, 그래도 나는 간파했어. '유령의 책'과 마찬가지야. 당신의 잉크는 짙은 녹색이고 조명도 녹색이야. 그걸 계속 보고 있던 나는, 같은 것이 당신의 피부에 보색으로 쓰여 있다고 착각한 거야."

"당신은 그렇게 생각합니까?" 예언자는 입술을 기묘하게 뒤틀며 말했다.

"틀림없어." 찰스 경이 대답했다.

전광석화처럼 예언자는 소매를 걷어 올렸다.

"이것은 당신의 이름이지만 정식 이름은 아닙니다." 그는 소리쳤다. "그럼 오른손은 어떻습니까? 이것도 또 보색입니까?" 예언자는 벌써 한쪽 팔을 쭉 내밀었다. 거기에는 바다와 같은 녹색으로 '찰스 오설리번 벤드리프트'라고 쓰여 있었다. 이는 처남의 정식 세례명인데 사실을 말하자면 그는 '오설리번'이 마음에 들지 않아서 이미 몇 년 전부터 빼고 있었다. 처남은 아일랜드라는 외가의 가계를 조금 부끄러워하고 있었다.

찰스는 당황해서 그것을 보았다. "맞았어. 그대로야!" 하지만 그의 목소리는 공허했다. 그는 교령회를 계속할 생각이 없는 것 같았다. 물론 이 이 남자를 간파할 수 있다고 해도, 그가 불쾌할 정도로 우리를 잘 알고 있다는 것은 분명했다.

"불을 밝게 해." 내가 하인에게 말했다. "커피와 베네딕틴을 부탁

할까?" 나는 벤드리프트에 속삭였다.

"뭐든지 좋으니 이 친구를 점잖게 있도록 해주게! 그에게 담배를 권하는 게 좋다고 생각하지 않나? 이 여자분들 중에도 담배는 아무렇지도 않은 분이 있으니."

모두들 안도의 숨을 쉬었다. 램프는 밝게 타올랐다. 예언자도 이때만은 그의 일에서 벗어나 마음 편히 구석에서 커피를 마시면서, 스트래포드를 가르쳐준 부인과 매우 공손하게 대화하고 있었다. 그는 세련된 신사였다.

다음 날 아침. 나는 호텔의 홀에서 산뜻한 여행복을 입고 역으로 가려는 피카르데 부인을 만났다.

"외출입니까, 피카르데 부인?" 내가 소리쳤다.

그녀는 미소 짓고 귀여운 장갑을 낀 손을 내밀었다. "네, 출발합니다." 그녀는 장난스럽게 대답했다. "피렌체나 로마로요. 니스의 맛있는 부분은, 오렌지처럼 짜냈어요. 즐거움도 모두 만끽했고요. 이번에는 그리운 이탈리아에 갑니다."

하지만 이탈리아가 목적지라는 그녀가 파리 행 특급에 연결되는 합승마차를 타고 있었기 때문에 나는 이상하다고 생각했다. 그러나 세상에 익숙한 남자라면 아무리 알 수 없는 일이라도 숙녀가 말하는 것을 인정하게 된다. 고백하지만 부인의 일도 예언자의 일도 이미 나의 머리에는 없었다.

그리고 열흘쯤 지나 런던의 은행에서 2주마다 보내는 예금통장이 도착했다. 2주에 한 번 이 통장을 결산하고 지불이 끝난 수표를 찰스 경의 수표책과 대조하는 것이 백만장자의 비서로서 나의 의무이기도 했다. 하필이면 이때 나는 매우 중대한 문제를 발견했다. 5천 파운드의 차이가 있었던 것이다. 즉, 찰스 경의 통장에는 수표책에 기재되어 있는 합계액보다 5천 파운드나 많은 금액이 차변*에 기입되어 있었다.

나는 통장을 주의 깊게 조사했는데 잘못의 출처는 분명했다. 그것은 찰스 경의 서명이 있는 5천 파운드의 '서명인 또는 소지인에게 지불'하는 수표로, 앞에 다른 사무소의 도장과 표시가 전혀 없었기 때문에, 런던의 은행 카운터에서 지불된 것은 분명했다.

나는 거실에 있던 처남을 서재로 불렀다.

"찰스, 이걸 봐. 자네가 기입하지 않은 수표가 통장에 올라와 있어."

나는 아무 말도 하지 않고 수표를 그에게 건넸다. 왜냐하면 경마나 카드로 인한 약간의 구멍을 메우기 위한 것이거나 또는 나에게 말하고 싶지 않은 어떤 문제를 처리하기 위해 지출한 것이라고 생각했기 때문이다. 이러한 일은 백만장자에게 일어나기 쉽다.

찰스 경은 수표를 노려보았다. 그리고 입을 오므리고 "호오!" 하고 길게 내뱉었다. 수표를 뒤집어보고 처남이 말했다. "시모어, 우리는 제대로 한 방 먹었어."

나는 수표를 흘끗 보고 물었다. "어떤 의미야?"

"봐, 예언자야." 아직도 유감스럽게 수표를 보면서 그가 말했다. "5천 파운드는 상관없지만 그가 나를 그런 식으로 먹이다니. 정말 굴욕적이야!"

"예언자라는 걸 어떻게 알지?"

"녹색 잉크를 봐. 그리고 나는 내가 마지막 글자를 갈겨쓴 모습을 확실히 기억하고 있어. 흥분했을 때 그런 식으로 조금 갈겨쓰는데, 보통 서명에서는 그렇게 하지 않으니까."

"그에게 당했군." 나는 이해하고 대답했다. "하지만 도대체 어떻게 서명을 수표에 옮겼을까? 이것은 자네의 자필 같아, 찰스. 교묘한 위조가 아니야."

"그래. 나도 그건 인정해. 부정할 수 없어. 완전히 경계했는데도 그

* 부기에서 계정계좌의 왼쪽. 자산의 감소. 손실을 기입하는 부분

에게 속았어! 바보 같은 오컬트 트릭이나 그의 말에는 전혀 걸리지 않았지만, 이런 방법으로 나에게서 돈을 뺏어가리라고는 생각도 못했어. 돈을 빌려달라거나 협박은 예상했지만 내 서명을 도용해서 백지수표에 쓰다니. 지독해!"

"어떻게 했지?" 내가 물었다.

"전혀 짐작도 가지 않아. 다만 알고 있는 것은 정말로 내가 쓴 글자라는 거야. 맹세할 수 있어."

"그렇다면 수표의 지불을 거절할 수 없나?"

"유감스럽지만 할 수 없어. 진짜 내 서명이니까."

우리는 그날 오후, 서둘러 경찰서에 가서 서장을 만났다. 서장은 전혀 관리 냄새가 나지 않는 신사적인 프랑스 사람으로, 젊은 시절 10년쯤 뉴욕에서 탐정을 한 일이 있어 미국 억양의 유창한 영어를 썼다.

"당신은 이곳의 클레이^{Clay} 대령에게 당한 것 같습니다." 우리의 이야기를 다 듣고, 서장은 천천히 말했다.

"클레이 대령은 누구입니까?" 찰스 경이 물었다.

"우리도 알고 싶습니다." 서장은 기묘한 미국과 프랑스 억양의 영어로 대답했다. "그가 대령인 것은 종종 자기 스스로에게 장교 직을 내리기 때문입니다. 그가 클레이 대령으로 불리는 것은 탄성고무 같은 얼굴을 하고 있기 때문이고, 그 얼굴을 옹기장이 손의 점토처럼 마음대로 할 수 있기 때문입니다. 본명은 모릅니다. 주소는 언제나 유럽으로 프랑스와 영국의 이중국적입니다. 나이는 원하는 대로입니다. 직업은 그레방 박물관 전속의 밀랍인형사입니다. 그 경험을 살려서 밀랍을 코와 볼에 붙여 원하는 인물이 됩니다. 이번에는 매부리코였습니까? 어떻습니까? 이 사진과 닮았습니까?"

서장은 책상 안을 찾아 사진 두 장을 우리에게 건네주었다.

"조금도 닮지 않았습니다." 찰스 경이 대답했다. "아마 목을 제외하고는 이 사진과 닮지 않았습니다."

“그렇다면 대령입니다!” 서장은 기쁨에 손을 비비면서 단호히 말했다. “이것을 보세요.” 그리고 연필을 꺼내 이렇다 할 특징도 없는 사람 좋아 보이는 젊은이의 얼굴 윤곽을 재빠르게 스케치했다. “꾸미지 않은 얼굴의 대령입니다. 그러면 보세요. 우선 코의 여기에 밀랍을 붙였다고 생각해보세요. 매부리코입니다. 네, 금방 만들어지지요. 턱도 간단합니다. 그리고 머리카락은 가발로. 얼굴빛은 아주 간단합니다. 어떻습니까? 이것이 악당의 프로필입니까?”

“완전히 그대로다.” 우리는 중얼거렸다. 연필로 곡선 두 개를 그리자 텁수룩한 머리카락으로 얼굴은 금방 변했다.

“하지만 그 남자는 매우 큰 눈과 눈동자를 가지고 있습니다만.” 나는 반론했다. “이 사진의 남자는 눈이 작아서 데친 물고기 같군요.”

“그렇습니다.” 서장이 대답했다. “벨라도나로 만든 독약 한 방울은 동공을 확대시키고 예언자는 완성됩니다. 아편 5그레인은 동공을 수축시켜 죽은 듯한 흐릿한 눈초리가 됩니다. 이 사건은 나에게 맡기세요. 나는 끝까지 지켜볼 겁니다. 그를 잡는다고는 말하지 않겠습니다. 지금까지 아무도 클레이 대령을 잡지 못했으니까요. 하지만 어떤 트릭을 사용했는지는 설명할 수 있겠지요. 5천 파운드가 푼돈에 지나지 않는 당신과 같은 경우에는 그것이 위로가 되겠지요.”

“서장, 당신은 파격적인 프랑스의 공무원이군요.” 나는 감히 말참견했다.

“그렇습니다.” 서장은 대답하고 보병 대장처럼 가슴을 폈다. 그리고 가득 위엄을 갖추고 프랑스어로 이렇게 말했다.

“두 분, 나는 범죄를 추궁하고 가능하면 범인 체포를 하려고 본서의 총력을 동원하고 있습니다.”

물론 우리는 런던에 전보를 보내고, 용의자의 자세한 인상서를 첨부해 은행에도 편지를 보냈다. 하지만 성과는 없었다고 추가할 필요도 없다.

사흘 후, 서장은 우리의 호텔을 찾아왔다.

"아, 기쁘게도 모든 것을 알았습니다."

"네? 그 예언자를 체포했습니까?" 찰스 경이 물었다.

서장은 그 말을 두려워하듯이 뒷걸음질을 쳤다.

"클레이 대령을 체포했냐고요?" 그가 소리쳤다. "하지만, 무슈, 우리는 그저 인간입니다! 그를 체포했냐고요? 말도 안 됩니다. 하지만 어떻게 했는지는 밝혀냈습니다. 클레이 대령을 밝히는 데는 그것으로도 충분합니다."

"무엇을 알 수 있었습니까?" 찰스 경은 의기소침했다.

서장이 앉고는 자신이 발견한 것에 만족하며 말했다. 교묘하게 계획된 범죄에 희열을 느끼는 것이 분명했다.

"가장 먼저, 무슈." 서장이 말했다. "그날 밤, 당신의 비서가 세뇨르 헤레라를 부르러 갔을 때, 세뇨르 헤레라가 누구의 방으로 가는지 몰랐다고 하는 당신의 잘못된 생각을 지우세요. 실제는 완전히 그 반대입니다. 세뇨르 헤레라, 혹은 클레이 대령, 좋을 대로 부르세요. 아무튼 그가 이번 겨울에 니스에 온 목적은 다름 아닌, 당신으로부터 돈을 뺏기 위해서라고 나는 확신하고 있습니다."

"하지만 그를 부른 것은 납니다." 처남이 말했다.

"그렇습니다. 그는 당신이 그를 부르도록 했어요. 말하자면 카드를 던진 거지요. 그 정도를 할 수 없으면, 일류 마술사라고는 할 수 없습니다. 그는 부하 여자를, 아마 아내나 여동생이겠지요. 이곳 호텔에 묵게 했어요. 피카르데 부인입니다. 그리고 그녀를 통해서, 당신 주위의 여자 몇 명을 교령회에 불렀습니다. 여자들은 죄다 그 남자의 소문을 말해 당신의 호기심을 긁었습니다. 그는 당신들 두 분에 관한 여러 사실을 완전히 조사한 다음, 충분히 준비하고 방으로 왔다고 믿어도 좋습니다."

"시모어, 정말 멍청했어!" 처남이 큰 소리를 냈다. "이제 모두 알았어. 그 교활한 여자는 저녁식사 전에 내가 만나고 싶어 한다고 그에게 알렸어. 때문에 자네가 거기에 도착할 때 그는 이미 나에게 한 방 먹일 준비가 되어 있었어."

"그렇습니다." 서장이 대답했다. "그는 미리 두 팔에 당신의 이름을 써두었고, 훨씬 중요한 다른 준비도 했습니다."

"수표 말이군요. 하지만 어떻게 그것을 손에 넣었을까?"

서장은 문을 열고 "들어오세요." 하고 말했다.

그러자 젊은 남자가 들어왔는데, 우리는 그가 리비에라 일대의 주요 은행, 마르세유 은행 외화 담당이라는 사실을 알고 있었다.

"이 수표에 대해 알고 있는 것을 말해주세요." 서장은 증거 물건으로 우리가 경찰에 건넨 수표를 보이면서 남자에게 말했다.

"약 4주 전의 일입니다만……." 담당이 이야기를 시작했다.

"당신이 교령회를 열기 열흘 전입니다." 서장이 끼어들었다.

"머리를 길게 기르고, 매부리코에 피부가 검은 잘생긴 낯선 신사가 내 부서로 찾아와서, 찰스 벤드리프트 경의 런던 은행의 이름을 알려 줄 수 있는지 물었습니다. 그는 당신의 계좌에 송금할 게 있다고 우리에게 송금을 의뢰한 겁니다. 나는, 찰스 경은 우리 은행에 계좌가 없기 때문에 돈을 받는 것은 규칙상 할 수 없지만, 당신의 런던 거래 은행이 더비 드라몬드 앤드 로젠버그라고 알려주었습니다."

"그대로요." 찰스 경이 중얼거렸다.

"이틀 후, 우리의 고객인 피카르데 부인이 최고의 신용이 있는 분의 서명이 있는 300파운드의 신용 수표를 가지고 와서, 부인 대신 그 수표를 더비 드라몬드 앤드 로젠버그 은행으로 송금하고 런던에 계좌를 열고 싶다고 연락했습니다. 우리는 계좌를 열고 수표책을 받았습니다."

"거기에서 이 수표가 나왔습니다. 런던에서 보낸 전보에서 번호로 알았습니다." 서장이 끼어들었다. "더구나 당신의 수표가 현금화된

바로 그날, 피카르데 부인은 런던에서 자신의 예금 잔고를 전부 인출했습니다."

"하지만 어떻게 나에게 수표에 서명을 시켰을까요?" 찰스 경이 외쳤다. "어떻게 카드에 장치를 한 겁니까?"

서장은 주머니에서 비슷한 카드를 꺼내 보이고 물었다. "이런 겁니까?"

"그겁니다! 똑같아요."

"그렇습니다. 대령이 종교 모임의 입장용으로 만든 이런 카드를 마세나 광장의 가게에서 한 상자 산 사실을 알아냈습니다. 그는 중앙을 도려내고, 여기를 보세요……." 서장은 카드를 뒤집어, 뒤에 종이가 풀로 깨끗이 붙여 있는 것을 보였다. 종이를 벗기자, 그 안에 예언자가 우리에게 보인 서명하는 부분만 표면에 나타나게 접은 수표가 들어가 있었다.

"그야말로 교묘한 트릭입니다." 서장은 정말로 훌륭한 사기에 대한 직업적인 감동을 담아 말했다.

"그러나 그는 내 눈앞에서 봉투를 태웠어." 찰스 경이 외쳤다.

서장이 대답했다. "테이블에서 난로에 갈 때까지 당신 모르게 봉투를 바꿀 수 없다면 마술사라고 할 수 있을까요? 기억해두세요. 클레이 대령은 사기꾼의 프린스입니다."

"어쨌든 범인과 한패였던 여자의 정체를 알아서 잘됐네요." 안도의 한숨을 쉬고 찰스 경이 대답했다. "다음에 이들 단서로 그 두 사람을 영국까지 쫓아가 체포하는 겁니까?"

서장은 어깨를 으쓱했다. "그 두 사람을 체포한다고요!" 그는 배를 잡고 웃으며 외쳤다. "아, 무슈, 당신은 낙천가로군요! 관헌은 지금껏 아무도 그 카우슈크 대령(우리는 프랑스 말로 그렇게 부릅니다만) 을 체포할 수 없었어요. 그 남자는 장어처럼 잡기 힘듭니다. 우리의 손에서 빠져나가지요. 당신에게 묻겠지만, 그를 체포했다고 해서 우리가 무엇을 증명할 수 있습니까? 한 번 그를 본 사람도 다음 변장 때는 알아볼 수 없어요. 대령은 훌륭해요. 만약 내가 그를 체포한다면 스스로 유럽에서 가장 솜씨가 뛰어난 경찰이라 자부할 겁니다.”

“그러면 내가 그를 잡겠습니다.” 찰스 경은 그렇게 대답하고 입을 다물었다.

다이아몬드 커프스

THE
EPISODE OF THE
DIAMOND
LINKS

"스위스로 여행을 가요." 레이디 밴드리프트가 말했다. 아멜리아를 알고 있는 사람이라면 우리가 그 말대로 스위스로 여행했다고 들어도 놀라지 않을 것이다. 찰스 경을 움직이는 것은 그의 아내뿐이기 때문이다. 그리고 아멜리아를 움직일 수 있는 사람은 아무도 없다.

처음에는 여러 가지 곤란이 있었다. 우리들은 미리 호텔에 방을 확보하지 못했고, 시기는 성수기였기 때문이다. 하지만 황금의 열쇠를 평소처럼 작동시키는 것으로 결국 이 곤란은 극복되었고, 우리는 예정대로 루체른에 마음 편히 묵을 수 있었다. 유럽에서도 가장 쾌적한 슈바이첼호프 호텔에서.

우리는 네 명이었다. 찰스 경과 아멜리아, 나 그리고 이자벨이다. 우리는 호수를 내려다보는 1층의 크고 훌륭한 방을 차지했다. 우리 중 누구도 불쾌한 비탈과 불필요한 눈이 쌓여 있는 높은 산에 오르려는 욕망을 보이는 광기의 징후는 없었기에, 나는 모두 함께 즐기자고 제안했다. 우리는 거의 하루 종일 작은 기선으로 호수를 유쾌하게 유람하며 보냈다. 그리고 리기 산과 필라투스 산에 오를 때는 동력이 우리의 육체노동을 대신해주었다.

평소처럼 호텔에는 아주 많은 사람들이, 특히 우리의 마음에 들려는 듯이 정열을 불태우고 있었다. 인간이 얼마나 우호적이고 느낌 좋은 것인지 알고 싶다면, 일주일 동안 잘 알려진 백만장자가 되어보라. 당신은 분명 뭔가를 배울 것이다. 찰스 경은 가는 곳마다, 성공한 지인을 얻으려고 하는 느낌 좋은 공평한 사람들에게 둘러싸였다. 그들은 모두 굉장한 투자와 기독교적 자선을 찰스 경에게 원하고 있었다. 찰스 경의 매제이자 비서로서 감사의 마음을 갖고, 굉장한 투자를 거부하며, 자선 목적에 찬물을 끼얹는 게 내 임무였다. 나 자신조차 위대한 인물의 사회복지사로서 몹시 쫓기고 있다. 사람들은 내 앞에서 아주 자연스럽게 "웬트워스 씨, 컴버랜드의 가난한 부목사를 아시지요?" 하는 말을 꺼내고, 또는 콘월의 미망인, 작품을 책상에 쌓

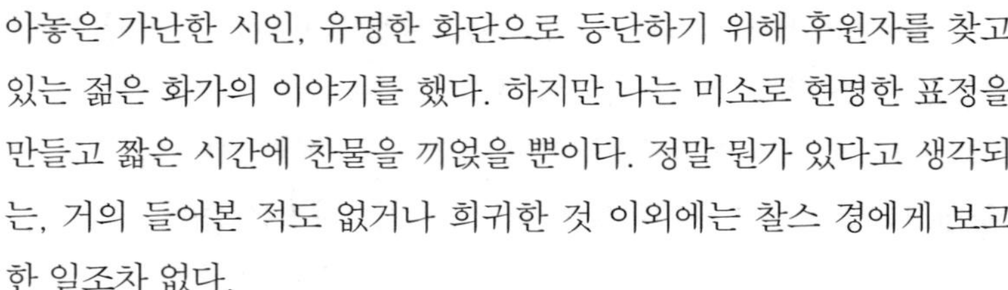

아놓은 가난한 시인, 유명한 화단으로 등단하기 위해 후원자를 찾고 있는 젊은 화가의 이야기를 했다. 하지만 나는 미소로 현명한 표정을 만들고 짧은 시간에 찬물을 끼얹을 뿐이다. 정말 뭔가 있다고 생각되는, 거의 들어본 적도 없거나 희귀한 것 이외에는 찰스 경에게 보고한 일조차 없다.

니스에서 예언자와 사소한 모험이 있은 후, 원래 주의 깊은 성격의 찰스 경은 혹시 나타날지도 모르는 사기꾼에 대해 한층 더 주의를 기울였다. 그리고 슈바이첼호프에서 정식을 먹고 있을 때(정식을 선택한 것은 아멜리아의 변덕으로 그녀는 하루 종일 '너무 많은 가족'과 방에 갇혀 있는 것은 참을 수 없다고 말했다), 우리들 바로 맞은편에 검은 머리에 검은 눈동자를 빛내는 흉악하게 보이는 남자가 있었다. 그 짙은 눈썹이 눈에 뜨였다. 우리 옆에 앉아 있던 체격이 작은 목사가 내게 그 문제의 눈썹을 주지시켰다. 목사는 남자의 눈썹이 굵고 뻣뻣한 털이라고 말했는데, 그 뻣뻣한 털은 목사의 말에 따르자면 다윈에 의해 우리의 조상인 원숭이까지 추적할 수 있을 것 같았다. 이 젊은 목사는 아주 유쾌한 작은 남자였다. 그는 나이 어린 멋진 신부, 매력적인 사투리로 이야기하는 밝은 스코틀랜드 아가씨와 함께 신혼여행 중이었다.

나는 그 눈썹을 빤히 보았다. 그러자 갑자기 어떤 생각이 떠올랐다.

"저 눈썹이 진짜라고 생각합니까?" 내가 목사에게 물었다. "아니면 변장하려고 붙인 걸까요? 거의 그렇게 보이는데요."

"설마, 그런……." 찰스가 말했다.

"그렇게 생각해." 내가 대답했다. "예언자야!" 그렇게 말한 후, 내 실수를 알고 얌전히 아래를 보았다. 사실 밴드리프트는 훨씬 전에 니스에서 우리의 쓰디쓴 경험에 대해 아멜리아에게 말하면 안 된다고 나에게 확실히 말한 바 있다. 만약 그녀가 들었다면 찰스는 평생 그 일에 대해 잔소리를 들어야 할 것이다.

"예언자라니요?" 작은 목사는 성직자로서의 흥미에서 물었다.

눈썹이 늘어진 남자는 자신이 묘하게 주목을 끌고 있는 것을 깨달았다. 찰스의 눈은 나에게 고정되어 있었다. 나는 무슨 말을 해야 좋을지 몰랐다.

"아, 작년에 니스에서 우리와 함께 있었던 사람입니다." 나는 필사적으로 무관심을 가장하면서 말했다. "소문난 사람이에요, 그것뿐." 그리고 나는 화제를 바꾸려고 했다.

하지만 목사는 당나귀처럼 원래의 화제로 돌아왔다.

"그 사람은 저런 눈썹을 하고 있었습니까?" 그는 소리를 낮추어 물었고, 나는 정말 화가 났다. 만약 저 사람이 클레이 대령이라면, 목사는 분명히 그에게 신호하는 꼴이 되고, 우리가 그를 체포하기는 어려워진다. 지금 그럴 기회를 만날지도 모르는데.

"아니, 그 사람이 아닙니다." 나는 즉시 대답했다. "힐끗 보았을 뿐이기 때문에. 하지만 저 사람은 아니에요. 의심할 것도 없이 다른 사람입니다." 나는 그를 살짝 팔꿈치로 찔렀다.

작은 목사는 어떤 일에도 순진했다. "아, 알았습니다." 그는 그렇게 말하고 다 알겠다는 얼굴을 했다. 그리고 그는 아내를 향해 눈에 띌 정도로 찡그린 얼굴을 했다. 이 광경을 눈썹이 짙은 남자가 놓칠 리가 없었다.

다행히 몇 테이블에서 진행되던 정치적 논의가 우리 쪽으로도 전해와서 잠시 주의를 벗어날 수 있었다. 글래드스톤이라는 마법의 이름이 우리를 구한 것이다. 찰스 경은 기세를 올렸다. 나는 정말 기뻤다. 이번만큼은 아멜리아도 흥미로 가득 찼기 때문이다.

저녁식사 후, 당구실에서 커다란 눈썹의 남자는 옆걸음 치듯 다가와서 우리에게 말을 걸었다. 남자가 클레이 대령이라면, 그가 우리에게서 뺏은 5천 파운드에 대해 우리에게 어떤 유감도 없는 게 분명했다. 반대로 기회가 있으면 또 5천 파운드를 뺏으려고 충분히 준비하고 있을 것이다. 그는 헥터 맥퍼슨 의사라고 자기를 소개하고, 브라질 정부에서 아마존 강 상류에 광대한 광구 독점권을 부여받았다고 말했다. 그는 은, 백금, 현존하는 루비, 가능성 있는 다이아몬드 등 그 지역의 굉장한 자원에 대해 나에게 이야기하기 시작했다. 나는 이야기를 듣고 미소했다. 다음에 어떤 이야기가 나올지 알고 있었다. 이 멋진 광구를 개발하려면 자본이 필요할 뿐이다. 몇 천, 몇 만 파운드의 가치 있는 백금과 마차에 쌓여 있는 루비가 있는데도, 그것들을 적절히 확보하기 위한 수백 파운드의 돈이 없기 때문에, 흙 속에서 썩고 있거나 강에 쓸려가는 것을 보는 일은 무척 괴롭다. 만약 지금 누군가 투자할 사람이 있으면, 나는 그 사람에게 확실한 보증과 함께 원금의, 아니, 40퍼센트 배당이라는 유일무이한 거금을 벌 기회를 제공하겠다.

"누구에게나 이런 말을 하는 것은 아니오." 헥터 맥퍼슨 의사는 등을 펴고 말했다. "하지만 언제라도 현금을 낼 수 있는 사람이 있으면, 전례가 없는 속도로 그의 지갑을 불려줄 수 있소."

"엄청나게 흥미가 없습니다." 나는 그의 눈썹을 보며 차갑게 말했다.

작은 목사는 그동안 찰스 경과 당구를 쳤다. 그의 눈은 순간 원숭이 같은 눈썹 털에 머물렀다.

"만든 거야. 분명히 만든 거야." 그는 입술만으로 그렇게 말했다. 고백하지만 나는 지금까지 입술을 움직이는 것만으로 이렇게 말을 잘하는 인물을 만난 적이 없다. 목소리는 조금도 나지 않았지만 한 마디 한 마디 확실히 알아먹겠다.

그날 밤, 헥터 맥퍼슨 의사는 고약처럼 계속 나에게 달라붙어서 나를 거의 초조하게 만들었다. 아마존 강 상류이야기는 지긋지긋했다. 그동안 나는 루비를 발견한다 해도 싫을 정도로 루비 광산을 열심히 돌아다녔다. 물론 사업계획서 안에서의 일이지만. 특별히 너그러운 찰스는 과거에 동생 이자벨에게 루비 목걸이를 준 적이 있는데 그녀와 결혼하는 영예를 얻은 나는 그때 사파이어와 자수정으로 바꾸었다. 그쪽이 그녀의 피부색에 더 어울렸기 때문이다(이자벨의 피부색에 대해 잘 알고 있던 이 일로 나는 점수를 땄다). 침실로 갈 때까지 나는 아마존 강 상류를 바다에 빠뜨리고, 채굴권과 가짜 눈썹을 단 남자를 나이프나 총 혹은 독으로 중상을 입힐 각오를 했다.

다음 사흘 동안 그는 간헐적으로 그 얘기를 하러 왔다. 그는 백금과 루비로 나를 죽을 만큼 지겹게 만들었다. 그는 개인적으로 활동하는 투자가는 필요 없다고 말했다. 투자가에게는 자기 회사의 채무증서와 광구의 선취특권을 주고, 모두 자신이 관리하고 싶다고 했다. 나는 그 말을 듣고 미소하고, 그 말을 듣고 하품하고, 그 말을 듣고 심술부리고, 마침내 전혀 듣지 않게 되었다. 그래도 그는 중얼중얼 계속 말했다. 어느 날 나는 기선 위에서 잠들었다가 10분 후에 눈을 떴는데, 그가 아직도 중얼중얼 말하는 소리가 들렸다.

"더욱이 백금의 산출량은 톤 단위이고……."

나는 몇 파운드인지 몇 온스인지 몇 페니웨이트인지 잊었다. 이 조사 결과는 나의 흥미를 끌지 못했다. '유령을 믿지 말라'는 사람처럼 나는 그냥 지나쳤다.

하지만 생생한 얼굴의 목사와 그의 아내는 전혀 다른 사람이었다. 목사는 크리켓을 하는 옥스퍼드 남자이고, 아내는 하이랜드의 건강한 공기가 느껴지는 쾌활한 스코틀랜드 여자였다. 나는 그녀를 '화이트헤더* 라고 부르기로 했다. 그들의 성은 브라바존이라고 했다. 백만장자는 여러 종류의 탐욕스런 사람들에게 둘러싸여 있는데 익숙해서, 단순하고 소박한 젊은 커플을 만나 순수하게 인간적인 관계가 연결되면 크게 기뻐한다. 우리는 이 신혼여행 커플과 몇 번이나 함께 피크닉이나 여행을 갔다. 그들은 애정 표현이 솔직했고, 놀려도 반발하지 않아 우리는 정말로 그들이 좋았다. 내가 그 귀여운 여자를 '화이트헤더' 라고 부르면 언제나 그녀는 놀라서 "오, 웬트워스 씨군요." 하고 소리쳤다. 우리는 최고의 좋은 친구였다.

목사는 어느 날, 호수에서 보트를 타자고 말했다. 스코틀랜드 여자도 자신은 남편과 마찬가지로 보트를 잘 젓는다고 말했다. 그러나 보트는 아멜리아의 소화기관에 좋지 않은 영향을 주었기 때문에 우리는 그 제안을 받아들이지 않았다.

"좋은 젊은이 아닌가? 저 브라바존이라는 남자는." 어느 날, 부두를 어슬렁거리고 있던 찰스 경은 나에게 이렇게 말했다. "성직자 추천권과 다음 임용이야기를 전혀 하지 않아. 시골의 부목사인 것에 만족하고 생활할 수 있으면 그 이상은 바라지 않는 것 같아. 부인도 돈을 아주 조금 갖고 있어. 나는 시험할 목적으로 오늘 그가 데리고 있는 가난한 사람에 대해 물어봤어. 대부분의 목사들은 언제나 가난을 미끼로 사람들로부터 무언가 얻어내려고 하지. 나 같은 위치에 있는 사람은 이런 종류의 인간들이 언제나 주위에 있다는 말이 진실이라는 것을 알고 있기 때문에 조심한 거지. 자네, 믿지 못하겠나? 그는 자신의 교구에는 가난한 사람은 없다고 말했어. 모두 부유한 농민으로 훌륭한 일꾼이기 때문에, 유일하게 두려워하는 것은 누군가가 와서 그들을 가난하게 만드는 것이라고 하더군. '만약 자비 깊은 사람이 오늘 나에게 50파운드를 주면서 엠핑엄에서 사용하라고 말해도,'

---

* 낮은 산과 황야 지대에 나는 야생화. 보라, 분홍, 흰색 꽃이 핀다.

하고 그가 말했어. '정말입니다, 찰스 경. 나는 어떻게 해야 좋을지 모르겠어요. 제시에게 새로운 드레스도 사주고 싶지만(그녀는 마을의 다른 사람들처럼 그것을 갖고 싶어 했어요), 돈은 전혀 필요 없습니다.'라고 말이야. 자네에게 추천할 목사야, 시모어, 셀든에도 저런 사람이 있으면 좋을 텐데."

"확실히 그는 자네에게 뭔가 얻으려고 생각하지 않는 것 같아." 내가 대답했다.

그날 밤, 저녁식사 자리에서 조금 기묘한 일이 일어났다. 눈썹이 짙은 남자는 언제나처럼 아마존 강 상류의 채굴권에 대해 테이블 너머로 얘기했다. 나는 가능한 정중하게 그를 조용히 시키려고 했는데, 그때 아멜리아의 눈을 보았다. 그녀의 눈초리에 나는 놀랐다. 그녀는 옆에 있는 찰스에게 작은 목사의 기묘한 커프스 버튼을 보라고 신호를 보냈다. 나는 양팔의 커프스 버튼을 보고 당장 그게 지나치게 야단스럽지 않은 인물에게는 특별한 물건이라고 생각했다. 버튼은 짧은 금막대기와 금사슬, 그리고 내 수많은 경험으로 봤을 때 제1급의 다이아몬드로 이루어져 있었다. 사람의 눈을 끄는 형상과 광채가 빛나는 상당히 커다란 다이아몬드였다. 곧바로 나는 아멜리아의 의도를 알았다. 그녀는 인도산 다이아몬드 목걸이를 갖고 있는데, 그녀의 상당히 풍만한 목에 걸기에는 보석 두 개만큼이 짧았다. 그래서 그녀는 오랫동안 자신의 세트에 맞는 다이아몬드 두 개를 찾고 있었다. 하지만 그녀가 갖고 있는 다이아몬드의 특별한 형태와 구식 커팅 때문에, 적어도 최고 품질의 가장 큰 보석을 사치스럽게 커팅하지 않는 한 목걸이를 완벽한 것으로 만들 수 없었다.

그때 스코틀랜드 여자가 아멜리아의 눈을 보고, 기쁜 듯이 미소를 띠었다.

"딕, 당신 사람들의 시선을 끌고 있군요!" 그녀는 쾌활하게 남편에게 소리쳤다. "레이디 밴드리프트가 당신의 다이아몬드 커프스 버튼을 보고 있어요."

"아주 좋은 보석들이네요." 아멜리아는 무심코 말했다(그녀가 그 다이아몬드를 사려고 생각했다면 가장 경솔한 표현이다).

하지만 유쾌한 목사는 훤히 들여다보일 정도로 단순한 머리의 소유자로, 이 실언을 이용하려고 생각하지 않았다.

"좋은 보석입니다." 그가 대답했다. "아주 좋은 보석이지요. 사실을 말하면 다이아몬드는 아닙니다. 동양의 고대 유리 중 가장 좋은 것입니다. 저의 증보부가 세링가파탐이 포위된 후, 티푸 술탄의 궁전을 약탈한 세포이에게 몇 루피에 산 겁니다. 증조부는 당신처럼 보물을 잡을 마음이었지만 전문가에게 조사시켰더니 단지 고대의 유리, 훌륭한 유리일 뿐이었습니다. 모조가 너무나 정교해서 아마 티푸도 속았을 겁니다. 그래도 아마 50실링 가치는 있을 겁니다."

그가 말하는 동안, 찰스는 아멜리아를 보고 아멜리아는 찰스를 보았다. 그들의 눈은 많은 것을 말하고 있었다. 저 다이아몬드 버튼은 티푸의 진품 컬렉션에서 온 것이다. 다시 말해 여기에 있는 것은 인도의 궁전이 점령되는 혼란의 와중에 다른 보석에서 떼어낸 두 개의 같은 보석이다.

"풀어서 보여주실 수 있습니까?" 찰스 경은 무례한 부탁을 했다. 그의 말투는 거래를 의미했다.

"물론입니다." 작은 목사는 웃으며 대답했다. "푸는 데 익숙합니다. 언제나 사람들이 관심을 갖지요. 그 포위전투 이후, 가치 없는 가보로 대대로 전해왔습니다. 이야기가 재미있지요? 본 사람은 모두 당신처럼, 자세히 조사해보라고 말합니다. 전문가라도 처음에는 속아요. 하지만 이것은 역시 납유리입니다. 완전히 동양의 납유리일 뿐입니다."

그는 두 개 모두 풀어서 찰스에게 건넸다. 나의 처남보다 뛰어난 보석감정가는 영국에 없다. 그는 상세하게 조사했다. 처음에는 육안으로, 이어서 언제나 갖고 다니는 작은 확대경으로.

"훌륭한 모조품이야." 그는 그것을 아멜리아에게 건네면서 중얼거렸다. "경험 없는 사람이 속아도 놀랍지 않아."

하지만 그의 목소리의 상태로 미루어 나는 즉시 찰스 경이 그 보석이 신비한 가치를 가진 진짜라고 확신한다는 사실을 깨달았다. 나는 찰스의 거래법을 잘 알고 있다. 아멜리아에 대한 눈초리는 다음 내용을 의미했다. "당신이 오랫동안 찾고 있던 보석이 여기에 있군." 하는.

스코틀랜드 여자는 즐거운 듯 웃었다. "구멍이 날 정도로 보고 있어요, 딕." 그녀는 소리쳤다. "찰스 경은 꼭 다이아몬드감정가 같아요!"

아멜리아는 커프스 버튼을 뒤집었다. 나는 아멜리아도 잘 알고 있다. 아멜리아의 눈초리를 통해 그녀가 구입하고 싶은 마음을 알아챘다. 그리고 아멜리아가 무언가를 손에 넣고 싶을 때는 거스르지 않는 게 좋다.

아름다운 다이아몬드였다. 우리는 나중에 작은 목사의 설명이 완전히 정확하다는 것을 알았다. 그 보석들은 아멜리아의 다이아몬드 목걸이와 마찬가지로, 티푸가 사랑하는 아내를 위해 만든 목걸이에서 나온 것이었다. 티푸의 사랑하는 부인은 아마도 내가 사랑하는 처남댁과 마찬가지로 광대한 매력의 소유자 같았다. 이것보다 완벽한 다이아몬드는 좀처럼 볼 수 없다. 보석도둑과 감정가를 동시에 흥분시키고 칭찬하게 만들 것이다. 아멜리아는 나중에 내게, 세포이가 목걸이를 궁전의 자루에서 훔쳤지만 그때 다른 사람과 싸웠다는 전설에 대해 들려주었다. 그녀는 난투 중에 보석 두 개가 떨어졌고, 제삼자인 방관자가 가격도 모른 채 주워서 도망갔다고 믿고 있었다. 아멜리아는 자신의 목걸이를 완벽하게 하기 위해 그 보석을 몇 년 동안 계속 찾고 있었다.

"아름다운 납유리입니다." 찰스 경은 그것을 돌려주면서 말했다. "1급 감정가가 아니면 진짜인지 가짜인지 구별할 수 없어요. 레이디

밴드리프트가 거의 비슷한 목걸이를 갖고 있는데 진짜 보석이지요. 이 커프스 버튼은 그것과 아주 닮아서, 그녀의 세트를 완벽하게 만들 겁니다. 이것 두 개에 10파운드를 지불하겠소."

브라바존 부인은 기뻐하는 눈치였다. "팔아요, 딕!" 그녀가 소리쳤다. "그 돈으로 브로치를 사고 싶어요! 보통 커프스 버튼을 해도 당신은 상관없잖아요. 납유리 두 개가 10파운드라니 큰돈이에요."

그녀가 스코틀랜드 사투리로 매우 부드럽게 말해 딕이 그 제안을 거절하리라고는 생각할 수 없었다. 하지만 그럼에도 불구하고 그는 거절했다.

"안 돼, 제스." 그가 말했다. "가치가 없는 것은 알지만, 몇 번이나 말했듯이 나에게는 감상적인 가치가 있어. 어머니가 살아 계시는 동안 이걸 귀걸이로 사용했고, 어머니가 돌아가시자 내가 언제나 갖고 다닐 수 있도록 커프스 버튼으로 세공한 거야. 이 물건에는 역사적인 가치와 가족적인 가치가 있어. 가치 없는 가보라도 결국 가보는 가보이니까."

헥터 맥퍼슨 의사는 우리를 보고 끼어들었다. "제 광구 일부에서," 그가 말했다. "두 번째 킴벌리가 곧 발견될 겁니다. 찰스 경, 언제라도 제 다이아몬드가 보고 싶으시면 말씀만 하세요. 당신에게 그것을 넘겨 감정받는 일이 제 인생 최대의 기쁨이 될 겁니다."

찰스 경은 이미 참을 수 없었다. "잠깐, 자네." 그는 가장 엄숙한 태도로 의사를 보며 말했다. "자네의 광산이 뱃사람 신밧드의 작은 길처럼 다이아몬드로 가득 차 있다고 해도, 나는 관심이 없어. 나는 광산사기를 잘 알고 있거든." 그리고 그는 눈썹이 늘어진 남자를 산 채로 잡아먹을 듯이 노려보았다. 불쌍한 헥터 맥퍼슨 의사는 당장 물러갔다.

얼마 후에 알았지만 그는 단순한 미치광이로, 전망이 좋은 루비 광산과 백금 암초의 이야기를 갖고 세계를 떠돌고 있다는 것이었다. 그는 이 두 가지 투기로 파산해서 머리가 이상해졌고, 지금은 미얀마와 브라질 또는 다른 어딘가에 있다는 가공의 권리를 갖고 재기하려는 것 같았다. 더욱이 그의 눈썹은 결국 자연이 만들어낸 것이었다. 우리는 이 사건을 미안하게 생각했지만, 찰스 경 같은 위치의 사람은 악당들이 노리는 목표이기 때문에 재빨리 경계하지 않으면 언제든 그들에게 당하게 될 것이다.

그날 밤 우리가 방에 올라갔을 때, 아멜리아는 소파에 털썩 주저앉았다.

"찰스." 그녀는 비극의 여왕 같은 목소리로 말했다. "진짜 다이아몬드였어요. 그것을 손에 넣을 때까지 나의 불행은 계속될 거예요."

"그건 진짜 다이아몬드야." 찰스의 목소리는 울렸다. "당신의 물건으로 만들어주지, 아멜리아. 가치는 3천 파운드 이상이지만 나는 부드럽게 값을 매길 거야."

다음 날, 찰스는 목사와 가격 교섭을 시작했다. 하지만 브라바존은 팔 생각이 없었다. 자신은 돈만 아는 사람이 아니라고 주장했다. 찰스 경이 100파운드를 주겠다고 말해도, 돈보다는 어머니의 유품과 가족의 전통을 중요시하는 것 같았다. 찰스의 눈이 빛났다.

"하지만 200파운드 낸다면," 그가 넌지시 말했다. "이런 기회는 다시 오지 않습니다! 당신은 마을학교에 새로운 교사를 지을 수 있습니다."

"학교에는 충분히 여유가 있습니다." 목사가 대답했다. "나는 팔 생각이 없습니다."

그래도 그의 목소리는 어딘지 흔들렸고 뭔가 호기심에 차서 보석을 내려다보고 있었다.

찰스는 너무 서둘렀다.

"100파운드 늘려도 좋습니다." 그가 말했다. "아내는 여기에 집착하고 있어요. 아내를 기쁘게 하는 것은 남자의 의무 아니겠습니까?

그렇지요, 브라바존 부인? 300파운드 내지요.”

귀여운 스코틀랜드 여자는 손을 꽉 움켜쥐었다.

“300파운드요! 오, 딕! 그 돈으로 얼마나 즐거울지, 얼마나 좋은 일이 생길지 생각해봐요! 그걸 이 사람에게 줘요.”

그녀의 억양에는 거절할 수 없는 무엇이 있었다. 하지만 부목사는 고개를 저었다.

“불가능해.” 그가 대답했다. “어머니의 귀걸이야! 오브리 삼촌은 내가 판 것을 알면 화를 낼 거야. 그럼 나는 오브리 삼촌을 뵐 면목이 없어.”

“그는 오브리 삼촌으로부터 유산을 받게 되어 있습니까?” 찰스 경이 화이트헤더에게 물었다.

브라바존 부인은 웃었다. “오브리 삼촌이요? 오, 아니에요. 불쌍한 오브리 삼촌! 연금 이외에는 즐길 돈이 조금도 없으니까요. 그는 퇴직한 우체국 주임이에요.” 그녀는 노래하듯 웃었다. 매력적인 여자다.

“그렇다면 나는 오브리 삼촌의 마음은 무시합니다.” 찰스 경은 단호하게 말했다.

“아니요, 아닙니다.” 부목사가 대답했다. “불쌍한 오브리 삼촌. 나는 삼촌을 짜증 나게 하는 일은 무엇 하나 하고 싶지 않습니다. 삼촌은 틀림없이 이 일에 대해 알 겁니다.”

우리는 아멜리아에게로 돌아갔다.

“구입했어요?” 그녀가 물었다.

“아니.” 찰스 경이 대답했다. “아직. 하지만 그는 올 거야. 지금은 망설이고 있어. 자신도 팔고 싶지만 오브리 삼촌이 뭐라고 할까봐 두려워하고 있어. 부인은 오브리 삼촌의 기분에 대해 필요 없는 걱정은 하지 말라고 설득하고 있어. 내일은 거래를 결정할 거야.”

다음 날 아침, 우리는 평소 아침식사를 하는 살롱에 늦게까지 있었다. 점심식사 직전까지 사람들이 모이는 장소에 내려가지 않았다. 찰스 경과 나는 쌓인 편지를 정리하느라 바빴다. 우리가 내려갔을 때, 안내원이 아멜리아 앞으로 온 구겨진 작은 여성용 편지지를 가져왔다. 그녀는 편지를 받아서 읽었다. 그녀의 표정이 어두워졌다.

"봐요, 찰스." 그녀는 소리치고 편지를 그에게 건넸다. "당신은 기회를 잃었어요. 나는 결코 행복해질 수 없어요! 다이아몬드와 함께 날아갔기 때문이에요."

찰스는 편지를 받아 읽었다. 그리고 그는 편지를 나에게 건넸다. 내용은 짧고 결정적이었다.

목요일 오전 6시
레이디 밴드리프트

알리지도 않고 갑자기 떠나는 걸 용서하세요. 딕의 사랑하는 여동생이 파리에서 열병에 걸려 위독하다는 무서운 전보를 받았어요. 떠나기 전에 친절하게 대해주신 당신과 악수하고 싶었는데 아주 이른 아침열차라서, 바로 나가야 하기 때문에 당신을 방해할 수 없었어요. 아마 언젠가 또 만나겠지요. 북쪽의 한촌에 묻혀 있을 거라 그다지 기대하지는 않지만, 어차피 당신은 고마운 기억으로 남아 있을 거예요

이만 마칩니다
제시 브라바존

추신: 찰스 경과 웬트워스 씨에게도 안부 전해주세요. 괜찮다면 저의 키스를 당신에게 보냅니다.

"그녀는 어디로 간다고도 쓰지 않았어요." 아멜리아는 기분이 매우

278

상해서 소리쳤다.

"호텔 안내원이 알고 있을 거예요." 이자벨이 내 어깨 너머로 말했다.

우리는 그의 사무실에서 물어보았다.

"네, 그 신사의 주소는 노섬버랜드 주 엠핑엄, 홈 부시 코티지, 리처드 페플로 브라바존 목사입니다."

"편지를 보내려는 데 파리의 주소는?"

"앞으로 열흘 동안은 연락이 있을 때까지 애버뉴 드 로페라의 호텔 드 몽드입니다."

아멜리아는 즉시 결정했다.

"쇠는 뜨거울 때 치는 법이예요." 그녀가 외쳤다. "여동생의 병은 신혼여행의 막바지에 일어났고, 그간 비싼 호텔에서 열흘이니 묵어서 아마 목사의 예산은 엉망이 되었을 거예요. 지금이라면 기꺼이 팔 거예요. 300파운드에 살 수 있어요. 처음부터 그렇게 비싼 값을 부르다니 찰스가 멍청했어요."

"어떻게 하는 게 좋을까?" 찰스가 말했다. "편지, 전보?"

"아, 당신은 정말 바보에요." 아멜리아가 소리쳤다. "이게 편지로 할 수 있는 거래에요? 하물며 전보로? 아니에요, 시모어가 당장 야간 열차로 파리에 가서, 도착한 순간부터 목사나 브라바존 부인과 만나서 얘기해야 해요. 브라바존 부인이 좋아요. 그녀는 오브리 삼촌에 대한 멍청하고 감상적인 허튼소리를 하지 않으니까."

다이아몬드의 브로커를 맡는 것은 비서의 직책 가운데는 없지만, 아멜리아가 결정하면 할 수밖에 없다. 그래서 정말 그날 밤 나는 편안한 파리 행 침대차에 타고, 다음 날 아침 스트라스부르 역에서 내렸다. 내가 받은 명령은 그 다이아몬드를, 말하자면 생사를 불문하고 주머니에 넣고 루체른으로 돌아가는 것이었다. 그 자리에서 구입하기 위해, 2천 500파운드까지 필요한 액수를 제시할 것이다.

내가 드 몽드에 도착하자, 불쌍한 목사와 그의 아내는 다소 흥분한 상태였다. 두 사람 모두 병이 난 동생 옆에서 밤을 새웠다고 했다. 수면부족과 불안은 그들이 긴 철도여행을 한 사실을 틀림없이 웅변해주고 있었다. 둘 다 창백하고 피곤한 얼굴이지만 브라바존 부인은 유난히 몸이 안 좋아 보여서 정말로 화이트헤더와 너무 비슷했다. 나는 이런 때에 그들을 다이아몬드 건으로 번민하게 하는 것이 상당히 부끄러웠지만 아마도 아멜리아가 옳았다고 하는 생각이 솟아났다. 그들은 대륙여행을 하기 위해 모아놓은 돈이 다 떨어졌기 때문에, 현금이라면 결코 싫어하지 않을 것이다.

나는 신중하게 이야기를 꺼냈다. 레이디 밴드리프트의 변덕입니다, 하고 내가 말했다. 그녀는 싸구려 물건에 홀딱 반했습니다. 이것을 갖고 싶어서 가만히 있지 못합니다, 하고. 하지만 목사는 고집이 셌다. 그는 아직 오브리 삼촌을 핑계로 대고 있었다. 300파운드? 아니, 절대로 안 됩니다! 어머니의 유품입니다. 안 돼, 제시!

제시는 부탁하고 매달렸다. 레이디 밴드리프트가 진짜 좋아졌다고 그녀는 말했다. 하지만 목사는 그 말을 듣지 않았다. 바로 400파운드로 올렸다. 그는 비통한 얼굴을 흔들었다. 이것은 돈의 문제가 아니라 애정의 문제라고 했다. 이 방법으로는 안 되겠다고 나는 확신했고 결국 다른 방법을 동원했다.

"이 돌은," 내가 말했다. "고백하지만 진짜 다이아몬드입니다. 찰스 경은 확신을 갖고 있습니다. 당신 같은 직업과 지위의 남자가 몇백 파운드나 하는, 이와 같은 커다란 보석을 보통 커프스 버튼으로 몸에 갖고 다니는 게 좋은 일일까요? 여자요? 그래요, 그렇다면 좋습니다. 남자에게는 그게 정말 남자다운 일입니까? 게다가 당신은 크리켓 선수입니다!"

그는 나를 보고 웃었다. "왜 그런지 아십니까?" 그는 소리를 높였다. "이미 여러 곳의 보석점을 통해 조사했고, 우리는 이게 고대의 유

리라는 걸 알고 있습니다. 마음이 내키지 않지만 이걸 진짜인 체하고 당신에게 파는 것은 올바른 일이 아닙니다. 나는 그렇게 할 수 없습니다."

"그럼," 나는 그의 요구에 따라서 말했다. "이렇게 하지요. 이 보석은 고대의 유리입니다. 하지만 레이디 밴드리프트는 이걸 자신의 것으로 하고 싶다고 하는 억제할 수 없는, 설명할 수 없는 욕구를 갖고 있습니다. 돈은 그녀에게는 문제가 아닙니다. 그녀는 당신 부인의 친구입니다. 오직 개인적인 호의로 1천 파운드에 그녀에게 팔겠습니까?"

그는 고개를 저었다. "안 됩니다. 일종의 범죄입니다."

"하지만 우리가 모든 위험을 감수하지요." 내가 목소리를 높였다.

그는 정말 완고했다. "성직자로서 해서는 안 된다는 마음이 듭니다."

"당신은 어떻습니까, 브라바존 부인?" 내가 물었다.

귀여운 스코틀랜드 여자는 몸을 앞으로 내밀고 속삭였다. 그녀는 그를 달래듯이 설득했다. 그녀는 끊임없이 구슬리고 알랑거렸다. 내게는 그녀의 말이 들리지 않았지만 그는 마침내 꺾인 것 같았다.

"나는 밴드리프트 부인이 이 커프스 버튼을 갖기를 원해요." 그녀는 내 쪽을 돌아보고 작은 소리로 말했다. "그녀는 좋은 사람이니까요." 그녀는 남편의 소매에서 커프스 버튼들을 풀어 나에게 건넸다.

"얼마입니까?" 내가 물었다.

"2천 파운드?" 그녀는 묻는 것처럼 대답했다. 갑자기 가격이 껑충 뛰어올랐는데, 이게 바로 여성의 방법이라는 것이다!

"알겠습니다!" 내가 대답했다. "당신은 괜찮습니까?"

목사는 부끄럽다는 얼굴로 나를 올려다보았다.

"알겠습니다." 그는 천천히 말했다. "제시가 원하니까. 하지만 성직자로서 또 장래의 오해를 피하기 위해, 나는 이것이 오래된 동양의 납유리로 만들어져 있고, 진짜 보석이 아니라는 것, 그리고 그 이외

에는 품질에 대해 아무것도 말하지 않겠다는 것을 명확히 선언하고,
당신이 그 사실을 인정하고 구입한다는 것을 기록해놓고 싶습니다."

나는 기뻐하며 보석을 지갑에 넣었다.

"물론입니다." 나는 종이를 꺼냈다. 찰스는 그의 정확한 사업본능
에 따라 이러한 요구를 예상한 내용의 동의서에 서명하고 나에게 건
넨 바 있다.

"수표면 되겠습니까?" 내가 물었다.

그는 망설였다.

"프랑스 은행의 지폐가 좋습니다만." 그가 대답했다.

"좋습니다." 내가 대답했다. "가서 찾아오지요."

정말 의심이라는 것을 모르는 사람이 있을까! 그는 나를 나가게 했
다. 보석을 주머니에 넣은 채로!

찰스 경은 2천 500파운드까지 발행할 수 있는 백지수표를 나에게
주었다. 나는 수표를 우리의 대리인에게 갖고 가서 프랑스 은행의 지
폐로 바꾸었다. 목사는 기뻐하며 돈을 움켜쥐었다. 나는 그날 밤 진
짜의 가치보다 1천 파운드나 싸게 이 다이아몬드를 구입한 실감에 정
말 기뻐하면서 루체른으로 돌아왔다.

루체른 역에서 아멜리아가 나를 맞았다. 그녀는 상당히 흥분해 있
었다.

"시모어, 그것을 샀어요?" 그녀가 물었다.

"그래요." 나는 자랑스럽게 전리품을 들고 대답했다.

"오, 정말 끔찍해!" 그녀는 소리를 지르고 몸을 폈다. "진짜라고 생
각해요? 그가 속이지 않았다고 확신할 수 있어요?"

"틀림없어요." 나는 커프스 버튼을 들여다보며 대답했다. "다이아
몬드에 관해서는 누구도 나를 속이지 못합니다. 도대체 왜 의심하는
거죠?"

"내가 호텔에서 오헤이건 부인에게 말을 걸었을 때, 그녀는 이와

비슷한 잘 알려진 속임수가 있다고 말했어요. 그녀는 책에서 읽었답니다. 사기꾼이 두 세트를 갖고 있는데, 하나는 진짜고 하나는 가짜래요. 진짜를 보여주고 가짜를 파는 거죠. 특별한 행위의 증거로 판다고 주장하면서."

"걱정할 것 없어요." 내가 대답했다. "나는 다이아몬드감정가니까요."

"안심할 수 없어요." 아멜리아는 투덜거렸다. "찰스에게 보일 때까지는."

우리는 호텔로 갔다. 내가 찰스에게 보석을 건네고 그가 조사를 시작했을 때, 아멜리아는 태어나서 처음으로 정말 안절부절못했다. 그녀의 걱정은 전염되었다. 그가 일이 잘되지 않을 때 그러듯이 낮고 짧은 말을 뱉으면서 발작을 일으키는 것은 아닌가 하고 두려워질 정도였다. 하지만 내가 가치를 묻자, 그는 미소 지었다.

"진짜 가격보다 800파운드 싸게 샀어." 그는 충분히 만족하며 대답했다.

"진짜는 틀림없지?" 내가 물었다.

"물론." 그는 커프스 버튼을 보면서 대답했다. "진짜 보석이야. 아멜리아의 목걸이와 품질도 타입도 완전히 같아."

아멜리아는 안도의 한숨을 쉬었다. "위로 올라갈게." 그녀는 천천히 말했다. "내 것을 갖고 올 테니 비교해봐요."

1분 후, 그녀는 헐떡이면서 계단을 뛰어 내려왔다. 아멜리아는 마른 체격은 아니지만, 그녀가 이렇게 격렬하게 움직이는 것을 본 적이 없다.

"찰스, 찰스." 그녀가 소리쳤다. "어떤 무서운 일이 일어났는지 알아요? 원래 있던 보석이 두 개 없어졌어요. 그자가 나의 목걸이에서 다이아몬드를 두 개 훔쳐서, 그걸 나에게 판 거예요."

그녀는 다이아몬드 목걸이를 꺼냈다. 확실히 보였다. 보석이 두 개 없었다. 그리고 그 두 개의 보석은 빈자리에 딱 맞았다.

내 머릿속에서 섬광이 번뜩였다. 나는 이마를 손으로 두드렸다. "어떻게 된 거야!" 내가 소리쳤다. "그 작은 목사는, 클레이 대령이야!"

이번에는 찰스가 이마를 손으로 두드렸다. "그리고 제시야!" 그는 소리를 질렀다. "화이트헤더, 그 순수하고 귀여운 스코틀랜드 여자! 그 매력적인 하이랜드 억양에도 불구하고 나는 자주 그녀의 목소리를 들은 것 같았어. 제시는, 피카르데 부인이야!"

우리에게는 아무 증거도 없지만 니스의 서장처럼 본능적으로 그 사실을 확신했다.

찰스 경은 이 악당을 체포할 결심을 했다. 두 번이나 속았기 때문에 그는 필사적이었다.

"그의 가장 지독한 점은," 그가 말했다. "체계가 있다는 거야. 그는 우리를 속이기 위해 자신의 길을 벗어나지 않았어. 오히려 우리가 길을 벗어나서 속아 넘어가도록 한 거야. 그는 함정을 파고, 우리는 거기에 거꾸로 뛰어들었어. 시모어, 내일은 파리까지 그를 쫓아가."

아멜리아는 오헤이건 부인이 말한 내용을 그에게 설명했다. 찰스는 평소의 영리함으로 단숨에 이해했다.

"알았어." 그가 말했다. "그 악당이 우리를 속이려고 이런 속임수를 사용한 이유를. 만약 우리가 의심하면, 그는 우리의 진짜 다이아몬드를 보여줘서 검사를 피했을 거야. 우리의 눈을 도난 사실에서 등 돌리게 한 거지. 발각되었을 때는 모습을 감추고 파리에 갔어. 엉뚱한 악당이군! 나를 두 번이나 속이다니!"

"하지만 그가 어떻게 내 보석상자에 접근했을까요?" 아멜리아가 소리쳤다.

"그게 문제야." 찰스가 대답했다. "당신이 제대로 챙기지 않았겠지!"

"그러면 그는 왜 당장 목걸이 전체를 훔쳐서 보석을 팔지 않았지?"

내가 물었다.

"그 점이 현명해." 찰스가 대답했다. "이건 정말 잘 만들어진 사업이야. 그런 식으로 큰 물건을 처분하는 것은 쉬운 일이 아니지. 첫째, 보석은 크고 가치가 있어. 둘째, 잘 알려진 물건이야. 어떤 중개상도 밴드리프트의 목걸이를 알고 있고, 그 형태를 사진으로 봤을 거야. 말하자면 표시가 있는 보석이지. 그는 잘해냈어. 그 목걸이 보석들의 몇 개만 떼어내서, 세상에서 의심하지 않고 사줄 유일한 인물에게 제공하다니. 그는 그 사기를 하기 위해 여기에 온 거야. 그 형태대로 커프스버튼을 미리 만들고 보석을 훔쳐 거기에 박은 거지. 훌륭하고 영리한 속임수야. 내 영혼에 걸고 말하지만, 나는 그를 존경해."

찰스는 한 사람의 사업가로서 그의 사업능력만은 높이 평가했다.

클레이 대령이 어떻게 해서 그 목걸이에 대해 알고 보석 두 개를 훔쳤는지, 상당히 나중에야 알았다. 나는 그 일이 여기서 폭로되는 것은 원하지 않는다. 한 번에 하나라는 것이 인생에서 좋은 법칙이다. 당장은 그는 우리 모두를 속이는 데 성공했다.

어쨌든 우리는 프랑스 은행에 지불을 정지하라고 전보를 치고, 그를 파리까지 추적했지만 헛수고였다. 내가 수표를 지급한 30분 후에는 환금되어 있었다. 목사와 그 아내는 '호텔 드 몽드'를 그날 오후에 체크아웃한 것을 알았다. 그리고 클레이 대령이 언제나 그렇듯이 증거 하나 남기지 않고 우주 속으로 사라졌다. 다시 말하면 그들은 변장을 바꾸고, 그날 밤 어딘가 다른 인격으로 나타난 게 틀림없었다. 어쨌든 리처드 페플로 브라바존이라는 인물의 그 후 소식을 들은 적은 없다. 그리고 당연하지만 노섬버랜드에 엠핑엄이라는 마을은 존재하지 않았다.

우리는 사건을 파리 경찰에 알렸다. 그들은 전혀 동정하지 않았다.

"틀림없이 클레이 대령입니다." 우리가 만난 경찰들은 그렇게 말했다. "하지만 당신에게는 그에 대해 고충을 말할 정당한 근거가 없습니다. 내가 보기에는 양쪽이 똑같이 나쁩니다. 당신 무슈 슈발리에는 납유리 값으로 다이아몬드를 사려고 했습니다. 당신 부인은 다이아몬드 가격으로 납유리를 사는 건 아닐까 걱정했습니다. 당신 비서는 의심할 수 없는 인물로부터 반값으로 돌을 사려고 했습니다. 그는 당신들 전원을 손에 갖고 논 것입니다. 용감한 클레이 대령은, 다이아몬드로 다이아몬드를 커트한 겁니다.”

그의 말은 의심할 수 없는 사실이지만 결코 위로는 되지 않았다.

우리는 그랜드 호텔로 돌아왔는데, 찰스는 분해서 씩씩거렸다.

“이건 정말 지나치군.” 그는 외쳤다. “정말 대담한 악당이야! 하지만 그는 이미 나를 속였어, 시모어. 다시 한 번 시도해보고 싶군. 그를 체포하고 싶어. 이번에 만나면 변장하고 있어도 틀림없이 알아볼 거야. 이런 상태로 두 번이나 당하다니 멍청해. 하지만 내가 살아 있는 한 결코 당하지 않아. 결코 당하지 않아. 자네에게 맹세하네.”

“살아 있는 한 결코 *Jamais de la vie!*” 홀 중앙 가까이 있던 안내원이 똑같이 중얼거렸다. 우리는 그랜드 호텔의 베란다 아래의 커다란 유리를 낀 안뜰에 있었다. 나는 그 안내원이 사실은 클레이 대령이 변장한 모습이라고 믿어 의심치 않는다.

하지만 우리는 세상 어느 곳에 가도 그가 있다고 생각하게 될 것이다.

배로니스 에뮤스카 오르치

헝가리 출신의 영국 작가이자 아티스트이다. 새로운 탐정상을 개척한 '구석의 노인' 시리즈로 잘 알려져 있다. 화가로도 활동, 런던의 로열 아카데미에서 그녀의 그림을 만날 수 있다.

BARONESS
EMMUSKA
ORCZY

요크 미스터리

THE
YORK
MYSTERY

1

그날 아침 구석의 노인은 매우 쾌활하게 보였다. 우유를 두 잔 마시고 치즈 케이크를 먹은 등 그로서는 진기한 사치를 부렸다. 나는 노인이 경찰이나 살인 이야기를 하고 싶어 한다는 걸 바로 알았다. 노인은 가끔 은밀한 시선으로 나를 보고 주머니에서 끈을 꺼내 묶거나 풀면서 복잡한 매듭을 무턱 대고 만들었다. 마침내 그는 수첩에서 사진을 두세 장 꺼내 내 앞에 놓았다.

"누군지 아나?" 한 장을 가리키면서 그가 물었다.

나는 사진의 얼굴을 보았다. 여자의 사진으로, 특별히 미인은 아니지만 부드럽고 천진난만한 얼굴, 큰 눈에 이상한 정열을 숨긴 모습이 보는 사람의 마음에 호소했다.

"레이디 아서 스켈머튼이지." 그가 말했다. 순간 내 마음에는 이 사랑스러운 여자의 마음을 찢어놓은 음울한 비극이 되살아났다. 레이디 아서 스켈머튼! 그 이름은 미궁에 빠진 수많은 형사사건 중에서도 특히 수수께끼에 가득 찬 하나의 사건과 연결되어 있다.

"그래. 불행한 사건이었지." 노인은 내 생각을 읽은 듯이 말했다. "경찰이 그만큼 무능하지 않았다면 그 사건도 세상에 완전히 드러나서 대중의 호기심을 만족시켰겠지. 그 사건을 처음 시작부터 순서대로 얘기해볼까?"

내가 아무 말도 하지 않자, 노인은 대답을 기다리지 않고 얘기했다.

"사건은 요크에서 경마가 있었던 주간에 일어났어. 보통은 조용한 대성당이 있는 거리에 어두운 그림자 같은 사람들이(아낌없이 돈과 이성을 날려버린 사람들 주위에 몰려드는 거품 같은 이들이지) 찾아오는 일주일이었지. 런던의 사교계와 경마 서클에서 이름이 알려진 아서 스켈머튼 경은 경마장이 보이는 장소에 작은 저택을 한 채 빌렸고, 그는 소유한 말 페퍼콘을 그레이트 이보의 핸디캡 레이스에 출정시키기로 했지. 페퍼콘은 뉴마켓의 우승마로 이번 이보에서도 우승할 확률이 높아 보였어.

요크에 가면 '언덕길'이라고 부르는 도로에 정면은 차고를 향하고, 마당은 경마장에 면해 모든 코스가 한눈에 보이는 작고 아름다운 저택이 많이 있다는 걸 알 거야. 그중의 하나 '느릅나무 저택'으로 불리는 집을 아서 스켈머튼 경은 여름 동안 빌렸지.

레이디 아서는 레이스가 시작되기 조금 전에 하인을 몇 명 데리고 왔어. 아이는 없어. 그녀는 존 에티 경의 딸로 요크에 많은 친척과 친구가 있었지. 에티 경은 코코아 제조업자로 엄격한 퀘이커 교도였기 때문에 지갑의 끈은 언제나 굳게 닫혀 있고, 명문 출신인 사위가 게임과 도박에 열중하는 것을 좋게 생각하지 않았어.

딸 모드 에티는 아버지의 반대를 물리치고 경기병 부관이자 미남인 그와 결혼했지. 외동딸을 몹시도 사랑했던 존 경은 긴 반대 끝에 결혼을 허락했어.

하지만 토박이 요크셔 남자인 아버지는 공작의 아들이 코코아 제조업자의 딸과 결혼하려는 동기 가운데 애정은 조금밖에 없는 것을 알았지. 그는 상대가 재산에 끌려 딸과 결혼하는 이상, 자신이 살아 있을 때 그 재산을 딸의 행복을 위해 확보해두려고 결심했어. 그는 레이디 아서가 된 딸에게 자본을 증여하는 걸 거부했지. 아무리 주도면밀한 조건을 붙여서 약속해도 틀림없이 그 돈은 아서 경의 도박 상대의 주머니에 들어갈 게 뻔했으니까. 대신 그는 딸에게 용돈을 많이 주었어. 연 3천 파운드쯤으로 그녀의 새로운 신분에 맞는 몸치장을 할 수 있는 금액이었지.

이런 일들은 극히 비밀리에 결정되었음에도 불구하고 찰스 라벤더 살인으로 마을 전체에 소동이 났을 때 일반에게 알려졌지. 사람들은 아서 스켈머튼 경이라는 놀기 좋아하는 사람의 낭비스럽고 실속 없는 사생활을 호기심의 눈으로 더듬고 있었어.

그리고 불쌍한 레이디 아서가 남편의 노골적인 방치에도 잘생긴 남편을 계속해서 숭배했다는 소문도 있었지. 부인은 남편에게 상속자를 낳아줄 수 없다는 열등감에서, 한심한 자신의 존재를 그에게 사과하고 남편의 모든 결점과 악덕을 용서하는 것 같았지. 그래서 그 남편에게 날카롭게 눈을 빛내는 아버지 존 경에게 그는 매우 가정적이고 모범적인 남편이라고 두둔했어.

아서 스켈머튼 경은 돈이 많이 드는 도락 중에서도 특히 경마와 카드에 빠져 있었지. 결혼 당시, 그는 도박 몇 건으로 수입을 올려 마구간 경영을 시작했어. 운이 좋아 이 사업에서 상당한 정기 수입이 들어왔지.

그런데 뉴마켓에서 훌륭한 성적을 보인 페퍼콘은 다음 경기에 완전히 기대를 벗어났어. 요크에서의 실패는 코스의 땅이 너무 단단했다는 것 외에도 몇 가지 원인이 있었는데 누구보다 영향을 크게 받은 사람은 아서 스켈머튼 경이었지. 그는 자신의 말에 가진 돈을 모두 걸었기 때문에 그날 하루에 5천 파운드가량을 잃고 궁지에 빠졌어. 인기 있던 말이 쓰러지고 전혀 예상도 하지 못했던 킹콜이라는 말이 우승했거든. 이 일은 도박꾼들에게 크나큰 이익을 주었고, 요크의 호텔들은 경마협회의 축하파티로 붐볐어. 다음 날인 금요일에는 그다지 중요하지 않은 경기가 하나 있을 뿐이었어. 이 성스러운 도시를 일주일 동안 북적거리게 했던 인파는 조용하고 아름다운 옛 사원과 성벽을 남기고 이 마을을 떠나 건강한 주거로 돌아갔지.

아서 스켈머튼 경도 토요일에 요크를 떠날 생각으로 금요일 밤에는 '느릅나무 저택'에 독신 남자들을 초대해 이별의 만찬회를 열었어. 레이디 아서는 파티에는 나타나지 않았지. 식사 뒤에 남자들은 브리지를 시작했는데 아마 상당히 지독한 게임이 되었다고 생각해.

어쨌든 사원의 탑 종이 11시를 알렸을 때, 경마장을 순찰하던 맥노트와 머피 경관이 '살인이야!', '경찰!' 하고 외치는 소리에 놀라고

말았지.

목소리가 어느 쪽에서 들리는지 확인하고 두 사람은 말을 달려갔어. 그러다 아서 스켈머튼 경의 저택 가까이로 생각되는, 세 사람의 그림자가 보이는 곳까지 왔지. 그중 두 사람은 격렬하게 몸싸움을 했고 나머지 한 사람은 머리를 아래로 하고 쓰러져 있었어. 경관이 가까이 가자 싸우고 있던 남자 중 한 명이 권위 있는 목소리로 불렀어.

'여기다! 빨리 와, 범인이 도망간다!'

하지만 범인이라고 불린 남자는 도저히 그런 모습으로 보이지 않았지. 분명히 그는 상대의 손에서 난폭하게 몸을 떼려고는 했지만 도망갈 태세는 아니었거든. 두 경관이 재빨리 말에서 내리자 먼저 도움을 청한 남자가 조금 냉정해진 목소리로 덧붙였어.

'나는 스켈머튼이고 이 맞은편이 우리 집이오. 내가 정자에서 친구와 담배를 피우고 있었는데 큰 소리로 얘기하는 것이 들리고 비명과 신음이 들렸소. 서둘러 계단을 내려오자, 이 남자가 어깨뼈 사이를 나이프에 찔린 채 쓰러져 있었어. 그리고 죽인 남자는……' 하고 말하면서 그는 맥노트 경관에게 어깨를 꽉 잡힌 채 얌전하게 서 있는 남자를 가리켰다. '아직 시체 위에 몸을 숙이고 있었지. 살해된 사람은 이미 어떻게도 할 수 없어 보였소. 나는 범인을 잡으려고 하던 중

이었지.'

'거짓말!' 다른 남자가 쉰 목소리로 말했다. '내가 한 게 아니오, 경관. 맹세하지요. 내가 아니오. 나는 저 두 블록쯤 저쪽에서 걷고 있었어요. 이 사람이 쓰러지는 모습이 보여서 무슨 일일까 하고 왔을 뿐이오. 정말이에요. 내가 죽인 게 아닙니다.'

'그런 일이라면 나중에 경감에게 잘 설명하시오.' 맥노트 경관은 조용히 말했지. 범인으로 보인 남자는 끝까지 격렬하게 자신이 한 짓이 아니라고 소리 지르면서 연행되었고, 시체는 더 자세히 조사하기 위해 경찰서로 운반되었어.

다음 날 아침 신문은 일제히 이 사건을 보도했지. 〈요크 헤럴드〉는 한 단 반을 할애해 아서 스켈머튼 경의 범인 체포 무용담을 실었어. 범인은 여전히 자신이 한 짓이 아니라고 주장했지만, 자신이 궁지에 빠진 것만은 잘 알고 있었지. 하지만 자기가 정말로 범인이 아닌 건 곧 밝혀질 것이라고 했어. 그는 경찰의 조사에, 살해당한 사람은 찰스 라벤더라는 이름으로 알려진 도박사라고 대답했고, 피해자의 '동료' 대부분이 아직 시내에 남아 있었기 때문에 이는 사실이라고 즉각 판명되었지.

이 시점에서는 막강한 신문사도 이 이상의 정보를 경찰로부터 끌어낼 수 없었지. 하지만 피의자로 체포된 조지 히긴스가 돈을 훔치려고 도박사를 죽였다는 걸 의심하지는 않았어. 사인 조사는 다음 화요일로 정해졌지.

아서 경은 며칠 더 요크에 머물 수밖에 없었어. 그의 증언이 필요했기 때문이야. 이 일은 요크와 런던의 사교계를 흥분시켰지. 또한 찰스 라벤더도 경마장에서는 상당히 이름이 알려진 존재였어.

그런데 또 하나의 폭탄 뉴스가 유서 있는 대성당이 있는 거리의 벽을 흔들어 주민들을 놀라게 하고, 당장 시내에 귀신불처럼 퍼진 시점은 사인 조사 당일 오후 5시였지. 3시에 사인 조사가 끝난 결과 '사람을 고의로 살해한 자'라는 평결을 받고, 두 시간 후 아서 스켈머튼 경이 자택 '느릅나무 저택'에서 체포되어 도박사 찰스 라벤더 살인죄로 고발되었다는 거야."

2

"경찰도 이 도박사 살인사건 뒤에는 뭔가 있다는 걸 직감적으로 깨달았지. 피의자 조지 히긴스는 안정된 태도로 범행을 부정했어. 경찰은 상당히 고생해서 찰스 라벤더라는 피해자의 생전의 신변을 알 수 있는 증거를 모았지. 덕분에 검시관의 앞에 모인 증인의 숫자도 많았지만, 역시 그중에 가장 중요한 인물은 아서 스켈머튼 경이었어.

가장 먼저 호출된 경관 두 명은 선서한 후 당시의 상황을 말했지. 가까운 교회의 시계가 11시를 쳤을 때, 도움을 청하는 목소리를 듣고 달려가보니 아서 스켈머튼 경이 피의자를 잡고 있었고, 살인자라고 주장한 다음 그를 두 사람에게 인도했다는 거야. 두 경관은 완전히 똑같은 진술을 했고, 시간에 대해서도 불확실한 점은 없었어.

검시관의 검시 결과 피해자는 보행 중에 뒤에서 어깨뼈 사이를 찔렸고, 범행에 사용된 흉기는 커다란 사냥용 나이프였지. 상처에 꽂혀 있던 나이프가 법정에 제출되었어.

다음에 아서 스켈머튼 경이 호출되었는데 그의 진술은 두 경관의 증언 내용과 같았어. 사건이 있었던 밤, 그는 친구 몇 명을 저녁식사에 초대하고 식사 후에 브리지를 했지. 그는 게임에 열중하지 않고, 11시 조금 전 담배를 갖고 마당 구석에 있는 정자 주위까지 어슬렁어슬렁 나갔어. 그때 사람의 비명과 신음소리가 들려서 달려갔고, 경관이 올 때까지 범인을 잡고 있었다고 주장했지.

여기에서 경관은 제임스 테리라는 도박사를 증인으로 호출했어.

이 남자는 피해자의 친구로 시체를 확인하는 것이 목적이었던 것 같아. 그런데 이 남자의 증언이 계기가 되어 이 사건은 어느 공작의 아들을 살인용의로 체포한다는 매우 충격적인 발전을 이루었지.

그의 얘기에 따르면 이보의 레이스가 있던 날 밤, 테리와 라벤더 두 사람은 블랙 스완 호텔의 바에서 술을 마셨다고 해.

'나는 페퍼콘이 망친 레이스에서 그렇게 지독한 손해를 본 건 아닙니다.' 하고 테리가 말했지.

'하지만 불쌍한 라벤더는 많은 손해를 봤지요. 그는 우승마에게는 아주 조금 걸었던 것 같아요. 그 탓에 그날은 하루 종일 맥이 빠져 있었어요. 나는 그에게 페퍼콘의 소유자에게 돈을 빌려줬는지 물었지요. 그러자 500파운드 안 되는 돈을 빌려줬다고 답하더군요. 나는 웃으면서, 〈500파운드가 아니라 6천 파운드라도 마찬가지야. 다른 사람한테 아서 스켈머튼 경도 완전히 잃어서 어떻게도 할 수 없는 것 같다고 들었어.〉 하고 말했지요. 그러자 라벤더는 점점 맥이 빠지는 모습으로 〈어떻게든 아서 경으로부터 500파운드를 받아야 해. 다른 친구가 한 푼도 못 받아도 나는 받아야 해.〉 하고 말했지요.

〈내가 오늘 번 돈은 그 500파운드뿐이니까.〉 그가 나에게 말했어요. 〈뭐든 받아야 해.〉

〈안 될걸.〉

〈아니, 받을 거야.〉 그가 말했어요.

〈그렇게까지 말한다면 받아내는 건 자네 마음이지만, 제대로 하지 않으면.〉 내가 말했지요. 〈모두가 몰려가서 받아내려고 하고 있어. 먼저 간 사람이 받지 않겠나?〉

〈아니, 걱정하지 마. 그는 나에게 지불해야 할 이유가 있어.〉 라벤더는 웃으면서 말했습니다. 〈기분 좋게 지불하지 않으면 나는 그의 중요한 부인과 존 에티 경에게 그 훌륭한 도련님이 어떤 일을 하고 있는지 확실히 보여줄 증거를 갖고 있거든.〉

거기까지 말하고 그는 너무 많이 말했군, 하고 생각했을 겁니다. 거기서 그칠 뿐 아무리 물어봐도 더 이상 아무 말도 하지 않았습니다. 다음 날, 경마장에서 그를 만나 500파운드를 받았는지 물어봤지요.

〈아니. 하지만 오늘 안으로 틀림없이 받을 거야.〉 하고 그가 말했습니다.'

그때는 이미 아서 스켈머튼 경이 증언을 끝내고 법정을 나간 후라서 이 증언에 관해 그가 어떤 반응을 보였는지는 알 수 없었지. 하지만 이 증언은 살해된 남자와 아서 스켈머튼 경 사이에 있었던 새로운 사실을 밝혀준 것으로 스켈머튼 경은 자신의 증언시간에 그 일에 대해 아무것도 말하지 않았어.

제임스 테리가 증언한 이 새로운 사실을 흔들 만한 재료는 무엇도 없었지. 그래서 경찰은 검시관에게 피의자 조지 히긴스를 증인석에 불러서, 그의 증언이 테리의 진술의 보충 내지는 증명이 될 것인지 확인할 것을 제안했고 배심원도 열렬히 지지했어.

도박사 제임스 테리도 요란하고 빼질빼질한 품위 없는 남자로 그다지 좋은 느낌을 주지 않았지만, 살인용의를 받고 있는 조지 히긴스는 그 천배나 정도가 나빴지.

지저분하고 게으르고 비굴하고 무례하고, 한마디로 자주 경마장에 나타나는 비열의 화신이지. 자신의 지혜로 살아간다기보다 주위 사람의 우둔함을 이용해 살아가는 하등한 인종의 표본 같은 남자. 자신이 하는 일에 '경마 수수료 에이전트'라는 과장된 이름을 사용하고 있는데 실제로 어떤 일을 하고 있는지 아는 사람은 없었어.

그의 증언에 따르면 금요일 오후 6시쯤, 경마가 끝나고도 흥분이 아직 가라앉지 않은 군중이 서서히 집으로 돌아가기 시작하는 혼잡한 경마장에서 중요한 장면을 봤다는 거야. 아서 스켈머튼 경 저택의 경계에 있는 산울타리 가까이 지나가는데, 저택 마당 구석의 조금 높은 곳에 있는 정자에서 차를 마시고 있는 신사숙녀 그룹이 보였다고 해. 마당에서 왼쪽으로 계단을 몇 계단 내려가면 경마장으로 나가게 되어 있고, 그 내려간 곳에 아서 스켈머튼 경과 찰스 라벤더 두 사람이 서서 얘기하고 있었지. 그는 두 사람의 얼굴을 알고 있었어. 조지 히긴스가 있는 곳에서는 산울타리에 가려 두 사람의 모습은 잘 보이지 않았고, 두 사람도 그에게 전혀 신경 쓰지 않았지. 그는 두 사람의 이야기를 들었어.

'같은 말을 몇 번이나 하게 하지 마, 라벤더.' 아서 경은 조용히 말했지. '돈은 없어. 지금은 줄 수 없어. 기다려달라고 했잖아.'

'기다리라고요? 기다릴 수 없어요.' 라벤더가 말했어. '나도 당신처럼 빚을 갚아야 해요. 당신에게 500파운드 빌려준 덕분에 나는 체납자가 되었어요. 당신이 지금 당장 주지 않으면……'

아서 경은 냉정한 목소리로 다음 말을 막았어.

'그렇다면 어떻게 하겠다는 거야?'

'2년 전에 당신이 쓴 수표를 존 경에게 보여주겠어요. 당신은 기억하지 못하겠지만 존 경의 서명을 당신이 한 거지요. 존 경에게 이 이야기를 하면…… 아니, 당신 부인에게도 좋아요. 어느 정도는 줄 테니까요. 주지 않는다면 경찰로 가야지요. 경찰은 잠자코 있지는 않겠지요. 나는 상당히 오랫동안 이 일을 숨겨왔어요. 이제 슬슬……'

'이봐, 라벤더.' 아서 경이 말했어. '자네는 뭘 하려는 거지? 그런 짓은 법률로……'

'아, 잘 알고 있어요.' 라벤더가 말했지. '지금 500파운드를 주지 않으면 나는 파멸입니다. 당신이 나를 파멸시킨다면, 나도 같은 일을 할 뿐이지요. 그렇지 않습니까? 할 말은 이것뿐입니다. 어떻습니까?'

그는 상당히 큰 목소리로 말했기 때문에 정자에 있던 아서 경의 친구에게도 들렸을 거야. 아서 경도 그 사실을 알았는지 서둘러 말했지.

'그만두지 않으면 지금 바로 협박으로 고소할 거야.'

'그런 일을 당신이 할 수 있겠습니까?' 라벤더가 말하고 웃기 시작했지.

그때 계단 위에서 여자 목소리가 들렸어.

'차가 식어요!'

아서 경은 돌아가려고 했는데 그전에 라벤더가 말했어. '오늘 밤 다시 한번 찾아오겠습니다. 그때는 돈을 준비해주세요.'

흥미로운 대화를 엿들은 조지 히긴스는 이 내용을 뭔가 돈벌이에 이용할 수 없을까 생각했지. 그는 얄팍한 머리로 살아가는 인간이야. 이런 종류의 정보를 수입의 근원으로 사용하지 말라는 법은 없지. 그는 오늘 하루 라벤더에게서 눈을 떼지 않기로 결심했지.

'라벤더는 블랙 스완에 가서 식사를 했습니다.' 조지 히긴스가 계속했지.

'나도 식사를 끝내고 그가 나올 때까지 밖에서 기다렸습니다. 10시쯤 지나자 기다린 보람이 있었습니다. 그는 호텔 보이에게 소형 마차를 부르게 하고 거기에 탔습니다. 마부에게 어디로 가라고 했는지는 들리지 않았지만 경마장으로 가는 것 같았습니다.

'나는 그의 행동에 흥미를 가졌습니다.' 증인은 이야기를 계속했어. '마차를 부를 돈이 없어 달려서 따라갔습니다. 물론 마차와 비슷한 속도로 갈 수는 없었지만 그가 말한 방향만은 놓치지 않으려고 했습니다. 곧바로 경마장에 도착해 아서 스켈머튼 경의 저택과의 경계인 산울타리를 목표로 향했습니다.

상당히 어두운 밤으로 안개비가 조금 내렸습니다. 90미터쯤밖에 앞이 보이지 않았지만 갑자기 조금 떨어진 곳에서 라벤더가 큰 소리로 말하는 것이 들렸습니다. 서둘러 가까이 갔는데, 어두워서 그림자만 두 개 희미하게 보였습니다.

다음 순간 한 사람이 쓰러지고 다른 한 사람은 보이지 않았습니다. 달려가보니 남자가 칼에 찔려 쓰러져 있었습니다. 뭔가 해줄 일이 있을까 하고 몸을 숙이자마자 뒤에서 아서 경에게 목덜미를 눌린 것입니다.'

"그때 법정의 충격을 상상할 수 있겠나?" 구석의 노인이 말했다. "검시관도 배심원도 이 초라하고 천박한 남자가 뱉어내는 한 마디 한 마디에 숨을 삼켰지. 이 남자 혼자만의 증언이라면 크게 가치가 없었겠지만 제임스 테리의 증언 바로 다음이었기 때문에 그 중요성(아니, 진실성이라고 해야겠지)은 이미 달라진 셈이야. 반복해서 반대신문을 해도, 그의 진술은 처음에서 조금도 벗어나지 않았어. 증언을 끝내고 조지 히긴스는 원래대로 경관에게 보호받으며 법정에 남아 있었고, 다음 중요 증인이 호출되었지.

아서 스켈머튼 경 밑에서 오래 근무한 하인 칩스가 다음 증인이었어. 그의 증언에 의하면 금요일 밤 10시 30분쯤, '느릅나무 저택' 으로 한 '손님' 이 마차로 와서 아서 경을 만나고 싶다고 했지. 공교롭게 지금 다른 손님이 와 있다고 말하자 손님은 매우 화를 냈어.

'명함을 받았습니다.' 칩스가 말했어. '혹시 나리가 만나고 싶다고 할지도 모르기 때문입니다. 손님에게 현관에서 기다리도록 했습니다. 저는 그런 풍채의 사람을 좋아하지 않았거든요. 명함을 받아들고 안으로 들어갔습니다. 나리는 손님들과 흡연실에서 카드를 하고 계

셨는데 저는 방해가 되지 않도록 잠시 기다린 후, 나리에게 명함을 건넸습니다.'

'명함의 이름을 기억합니까?' 검시관이 물었지.

'지금은 기억이 나지 않습니다.' 칩스가 말했어. '잊었습니다. 들은 적이 없는 이름이었으니까요. 나리의 거실에는 언제나 많은 손님이 계시기 때문에 한 분 한 분 기억하지는 못합니다.'

'당신은 잠시 기다린 후 아서 경에게 명함을 건넸다고 했지? 그래서 어떻게 되었나?'

'나리는 싫은 얼굴을 했습니다.' 칩스는 신중하게 말했지. '하지만 잠시 후 나리는 〈도서실로 안내해. 만나겠다.〉 하고 말씀하시더니 게임 테이블에서 일어나 주위의 손님들에게 〈나는 잠깐 빠질 테니 게임을 계속하세요. 바로 돌아오겠습니다.〉 하고 말씀했습니다.

제가 나리를 위해 문을 열려고 했을 때, 마님이 방으로 들어왔습니다. 그러자 나리는 갑자기 마음이 변해서 〈아, 그냥 바빠서 만날 수 없다고 전해.〉 하고 말하고 테이블에 다시 앉았습니다. 나는 현관에 가서 그 손님에게 나리를 만날 수 없다고 전했습니다. 그러자 그 사람은 〈그렇습니까? 알았습니다.〉 하고 점잖게 돌아갔습니다.'

'그때가 몇 시쯤이었는지 기억합니까?' 배심원 한 명이 물었다.

'네, 기억합니다. 나리에게 말씀드리려고 기다리는 동안 시계를 봤는데, 10시 30분이었습니다.'

이 사건에 관해 또 한 번 사람들의 호기심을 불러일으키고, 그 다음 단계에서는 경찰을 당혹시킨 게 있지. 그건 칩스의 증언으로 밝혀졌어. 찰스 라벤더를 찌른 나이프, 상처에 꽂힌 채 남아 있던 그 나이프가 법정에 도착한 건 아까 말했지. 그 나이프가 칩스 앞에 놓였다네. 그러자 그는 잠시 망설인 다음 그 나이프가 주인 아서 스켈머튼 경의 것이라는 사실을 인정한 거야.

배심원들이 조지 히긴스를 범인으로 고발하는 일에 단호히 반대한 건 당연하다고 해야 할 거야. 사실 아서 스켈머튼 경의 증언 이외에 그를 의심해야 할 증거는 아무것도 없었고, 그 후에 증인이 차례로 호출됨에 따라 법정 안에 있는 사람들의 가슴속에는 아서 스켈머튼 경이 범인이 아닐까 하는 의심이 일어나게 되었지.

매우 강력한 정황증거인 나이프를 잡은 경찰은 더 많은 증거를 모으려고 했어. 그리고 배심원이 주의 깊게 용의를 돌리자 경찰은 영장을 입수해 아서 경을 자택에서 체포했지."

3

"물론 대단히 충격적인 일이었지. 그가 치안판사 앞에 연행되기 몇 시간 전부터 재판소의 현관 앞에는 군중이 몰려들었어. 그의 친구는 여자가 대부분이었어, 사교계의 늠름한 남자가 이런 무서운 처지에 서게 된 장면을 보려고 몰려들었지. 많은 사람의 동정은 레이디 아서에게 모였어. 그녀는 완전히 건강을 잃었지. 쓸모없는 남편에 대한 그녀의 열렬한 사랑은 잘 알려져 있었고, 이번 사건으로 그녀가 마음의 상처를 입은 것이 확실했어. 아서 경을 체포한 직후에 나온 공시에는 생명이 위험하다고까지 쓰여 있었지. 그때는 혼수 상태에 있어 이미 전혀 회복의 기미가 없다고 생각되었어.

마침내 피의자가 연행되어 왔어. 매우 창백하기는 했지만 평소의 세련된 신사 같은 풍모를 유지하고 있었지. 옆에서는 변호사 마마듀크 잉거솔 경이 조용한 말투로 격려하듯이 말하고 있었어.

부캐넌 씨가 기소장을 읽었어. 고발문은 통렬했지. 고발문에 의하면 이 사건의 판결은 단 하나, 즉 여기에 있는 피고가 말다툼 끝에 화를 냈고 또한 장래에 대한 두려움에서 그를 영구히 현재의 사회적 지위에서 없앨 수 있는 비밀을 폭로한다고 협박한 상대를 찔러 죽인 다음 그 살인행위가 초래할 결과를 생각하고, 아마 가까이 다가온 경관에게 목격당하는 것을 두려워해서, 마침 거기에 왔던 조지 히긴스를 그 자리에서 살인범으로 몰았다는 거야.

이 강력하고 유효한 모두발언을 끝내고 부캐넌 씨는 그의 주장을 지지하는 증인을 차례로 불렀어.

그날 다시 반복된 그들의 증언은 다시 들을수록 한층 그 힘이 늘어났고, 범죄의 무서움을 사람의 마음속에 각인시켰지.

마마듀크 경은 고발의 근거가 되는 이들 증인에게 질문하지 않았어. 금테 안경 속에서 조용히 그들을 보고 있을 뿐이었지. 마침내 경은 반론을 위해 자신이 준비한 증인을 불렀어.

먼저 나온 사람은 육군대령 R. A. 매킨토시. 그는 살인이 있었던 밤, 아서 경이 열었던 독신파티에 참석했어. 대령의 증언은 집사 칩스의 증언과 일치했지. 우선 아서 경이 방문자를 도서실에 안내하라고 했고, 부인이 방으로 들어오자마자 그 말을 번복했다고 했지.

'그때 당신은 그 모습을 이상하다고 생각했습니까?' 부캐넌이 물었어. '방문자를 만나기로 해놓고 아서 경이 그렇게 갑자기 마음이 바뀌는 게 이상하지 않습니까?'

'아니, 이상하다고 말할 수는 없지요.' 대령이 말했지. 그는 잘생겼고 당당했어. 진짜 군인다운 풍모의 소유자로 법정의 증인석에 선 모습은 어울리지 않는 느낌을 주었지. '경마를 좋아하는 남편이 부인에게 알리고 싶지 않은 사람이 한두 명 있다고 해도 조금도 이상하지 않으니까요.'

'그러면 아서 스켈머튼 경은 그 방문자가 집에 온 사실을 부인에게 알리고 싶지 않은 이유가 있었다는 말입니까?'

'그런 일은 신경 쓰지 않았습니다.' 대령은 주의 깊게 대답했지.

부캐넌 씨는 더 이 문제를 추궁하지 않고 증인에게 이야기를 계속하게 했어.

'나는 브리지를 하다가, 차례가 끝나서 시가를 피우려고 마당으로 나왔습니다. 잠시 후, 아서 스켈머튼 경도 나왔습니다. 둘이서 정자에 앉아 있는데 산울타리 쪽에서 큰 목소리로 누군가를 협박하는 듯한 목소리가 들려왔습니다.

무슨 말을 하는지 자세히 들리지는 않았지만, 아서 경이 〈아래쪽 같은데. 내가 가서 보고 오지.〉 하고 말했습니다. 나는 말렸지만 그가 떠났고 나는 따라가지 않았습니다. 그런데 30초도 지나지 않아 외침 소리와 신음소리가 들렸고, 그 직후 경마장으로 나가는 나무계단을 내려가는 아서 경의 발소리가 들렸습니다.'

"생각해봐." 구석의 노인이 말했다. "검찰 측은 이 대령의 발언을 흔들 수 있지 않을까 생각하고 엄격한 반대신문의 화살을 차례로 쏘았어. 하지만 그는 더할 나위 없이 냉철하게 그리고 군인다운 활기로, 바늘이 떨어지는 소리도 들릴 만큼 조용해진 법정을 향해 중대한 진술을 반복했지.

다시 말해, 그가 협박하는 듯한 목소리를 들은 시점은 아서 스켈머튼 경과 함께 앉아 있을 때였고, 계단을 내려가는 아서 경의 발소리를 들은 것은 그 다음이지. 그도 따라가서 무슨 일인가 보려고 생각했지만 어두운 밤이고 마당의 지형도 잘 몰랐어. 계단으로 나가는 길을 찾고 있는데 아서 경의 도와달라는 소리가 들렸고, 순찰 경관이 탄 말이 달려오는 소리를 들었어. 거기에 아서 경과 히긴스, 그리고 두 경관이 있었다는 거야. 그가 겨우 계단으로 나가는 길을 찾았을 때, 아서 경은 경찰에 연락하려고 하인을 부르러 돌아오는 중이었지.

증인은 1년 전 벡폰틴에서 잡았던 총처럼 자신의 주장을 꼭 지켰어. 어떤 공격도 그를 흔들지 못했고, 마마듀크 경은 승리자의 우월감으로 비틀거리는 상대방 동업자를 보았지.

육군 대령의 진술에 의해 검찰 측이 쌓은 체계는 무너지기 시작했어. 피해자가 '느릅나무 저택'의 현관에 찾아오고 나서 피고가 그를 만났다는 증언은 아무것도 없어. 피고는 칩스에게 그 손님을 만나지 않겠다고 했고, 칩스는 그대로 현관에 가서 라벤더를 돌려보냈지. 그 동안에 살해당한 사람과 아서 경 사이에 뒷문에서 만나자는 약속을 나눌 가능성은 없었어.

또 아서 경의 집에 와 있던 다른 손님 두 명이 칩스가 나중에 온 손님의 일을 말하러 온 것, 주인이 10시 45분까지 게임실 테이블에 있었고 그 다음에 마당에 있던 매킨토시 대령에게 나간 것을 증언했지. 마마듀크 경의 변론은 매우 교묘했어. 그는 그날 밤 아서 스켈머튼 경의 파티 손님의 증언을 전면적으로 이용해 강력한 공격을 펼쳤지.

10시 45분까지 아서 경은 브리지를 했어. 15분 후, 경관이 현장에 도착했을 때, 살인은 이미 일어나 있었어. 매킨토시의 증언으로, 피고는 그 시각 그와 함께 담배를 피우고 있었던 것이 밝혀졌지. 따라서(그 유능한 변호사는 결론을 냈어), 피고가 무죄방면 되어야 한다는 사실은 불을 보는 것보다 분명하다. 아니, 그것만이 아니다. 경찰은 여기에 보이는 아주 불충분한 증거로 훌륭한 신사를 체포해 그 명성에 상처를 준 걸 충분히 사과해야 한다.

나이프 문제가 남아 있는 건 확실하지만 마마듀크 경은 유창한 화술로 이 문제를 빠져나갔어. 변호사는 가장 유능한 형사도 설명할 수 없는 우연의 일치라고 말했지. 집사가 실수했는지도 모른다. 같은 모양의 나이프가 세상에 하나밖에 없다고 할 수는 없고, 변호를 의뢰받은 사람의 개인적인 소견으로도 그 나이프가 경의 것이라고는 도저히 생각할 수 없다. 그런 이유로……."

구석의 노인은 이야기가 절정에 이르렀을 때의 버릇으로 빙그레 웃고 이야기를 계속했다.

"그 고귀한 피고는 석방되었지. 그 남자가 아무런 손상 없이 재판소에서 나왔다는 걸 생각하면 부당한 이야기가 아닌가? '요크 미스터리' 라는 이름으로 유명하게 된 이 사건은 지금도 완전히 해결되지 않았어.

많은 사람들은 찰스 라벤더가 증인 중 한 명이 아서 경의 것이라고 증언한 나이프로 살해된 사실을 지적하고 의심스럽게 고개를 저었지.

반면, 또 다른 사람들은 조지 히긴스를 범인이라고 지적한 처음의 상태로 돌아가는 거야. 라벤더가 아서 경을 협박했다는 내용은 조지 히긴스와 제임스 테리 두 사람이 공모해 만든 것으로 그 살인은 그저 돈이 목적이었다는 것이지.

어느 쪽이 진실인지는 모르지만 경찰은 지금도 히긴스와 테리를 단죄할 충분한 증거를 찾지 못하고 있고, 신문도 일반인도 이 사건을 '불가해한 미스터리' 로 부르는 것 같아."

4

구석의 노인은 우유를 다시 주문하고 천천히 마신 다음 얘기로 돌아왔다.

"최근 아서 경은 거의 해외에 있어. 불쌍한 부인은 그가 석방된 다음 날, 세상을 떠났어. 그녀는 결국 의식을 회복하지 못했고 가장 사랑하는 남편의 무죄가 결정된 기쁜 소식마저 이해하지 못하고 죽었지. 미스터리인가?"

노인은 내 마음속의 의문에 대답하듯이 말했다.

"하지만 내게 그 살인사건은 미스터리가 아니야. 내가 모르는 건 검찰 측도, 피고 측도 증인이 한 명도 빼놓지 않고 증언 속에서 시종일관 한 사람을 범인으로 지목하고 있는데 어떻게 모를 수가 있느냐는 것이지. 자네는 어떻게 생각해?"

"뭐가 뭔지 잘 모르겠어요." 내가 대답했다. "확실하다고 생각되는 게 하나도 없어요."

"하나도 없어?" 그는 흥분해서 말하고, 뼈만 남은 앙상한 손으로 끈을 만지작거렸다. "확실한 게 하나 있어. 그리고 그것이 전체를 푸는 열쇠가 되지. 라벤더는 살해당했어. 아서 경이 죽인 게 아니야. 매킨토시 대령의 증언으로 그가 살인을 했을 리가 없다는 사실이 확실히 증명되었어." 그는 한 마디 한 마디를 구별하듯이 천천히 힘주어 말했다. "그럼에도 불구하고 그는 분명히 범인이 아니라고 생각되는 인물에게 의도적으로 죄를 향하게 하려는 시도를 했어. 왜일까?"

"아서 경은 그 사람이 범인이라고 생각한 게 아닐까요?"

"그럴지도 모르지. 하지만 어쩌면 그가 알고 있는 범인을 보호하기 위해서였는지도 몰라."

"뭐라고요?"

"생각해봐." 노인은 흥분해서 말했다. "아서 경 외에도 그의 이름을 스캔들로 더럽히지 않기를 강하게 원하는 인물이 없었을까? 그 인물이, 조지 히긴스가 법정에서 말한 그 이야기를 아서 경이 모르는 사이에 엿들었다고 생각할 수는 없을까? 칩스가 라벤더의 명함을 주인에게 가져간 동안에 그 인물이 라벤더를 만나 돈을 지불할 약속을 했다고 생각할 수 없을까?"

"하지만, 설마……." 나는 숨이 탁 막혔다.

"첫 번째 힌트는," 그가 재빨리 끼어들었다. "경찰은 전혀 깨닫지 못했지만 조지 히긴스는 증언 중에 이렇게 말했어. 라벤더가 아서 경과 애기하고 있고, 그 가운데 도박사의 목소리가 점점 커져 협박하는 것 같은 상태가 되었을 때, 계단 위에서 누군가가 '차가 식어요!' 하고 불렀다고 했지"

"네, 하지만……." 내가 반박했다.

"잠깐. 여기에 두 번째 힌트가 있어. 그 목소리는 여자의 목소리였어. 그래서 나는 경찰이 했어야 할 일, 하지만 하지 않았던 어느 일을 해봤지. 경마장 쪽에서 그 계단을 본 거야. 이것은 이 사건의 열쇠를 푸는 중요한 단서라고 생각해. 계단은 열두 단 정도로 낮았어. 위에 있던 사람에게는 아래에서 큰 소리로 얘기하는 라벤더의 목소리가 잘 들렸을 거야."

"하지만……."

"계속 들어. 자네도 인정하지?" 그는 또 흥분해서 말했다. "그리고 세 번째, 이게 가장 중요한 힌트야. 어떤 일인지 검찰 측은 이 일에 조금도 주의하지 않았어. 집사 칩스가 처음 라벤더에게 아서 경을 만날 수 없다고 말했을 때 도박사는 매우 화를 냈어. 그러고 나서 칩스는 주인에게 그의 일을 말하러 갔지. 몇 분 후, 칩스가 돌아와서 라벤더에게 다시 한번 주인을 만날 수 없다고 말하자, 그는 '그렇습니까?' 하고 그런 일은 아무래도 좋다는 얼굴로 시원스레 돌아갔어.

이 말로 미루어 그동안 도박사의 심경에 변화를 준 어떤 일이 생겼다고 보는 게 좋지 않을까? 자, 수수께끼 풀이다. 어떤 일이 일어났지? 증언을 전부 생각해봐. 그동안에 일어난 일은 단 하나, 레이디 아서가 방에 들어왔다는 거야.

흡연실에 가려면 현관 복도를 지나야 해. 거기에서 그녀는 라벤더를 보았을 거야. 그 짧은 시간에 그녀는 그 남자가 꾸짖듯이 남편을 협박했던 위험한 존재였다는 걸 알게 된 것이 틀림없어. 여자는 옛날부터 이상한 일을 해왔어. 인간 본성에 관심이 많은 사람이 보면, 여자는 엄격하고 복잡한 성^性보다 훨씬 수수께끼에 가득 차 있어. 내가 아까 말한 대로 경찰이 이 사실을 조금도 주목하지 않은 것은 커다란 실수라고 할 수 있지. 범인이 누군가를 보호하려는 목적이 없었다면 달리 어떤 이유가 있기에 아서 경이 분명히 범인이 아닌 남자에게 죄를 씌우려고 했을까?

잘 생각해봐. 레이디 아서가 누군가에게 모습을 보이지 않았다고는 할 수 없어. 그녀가 그 자리를 떠나기 전에 조지 히긴스에게 뒷모습을 힐끗 보였는지도 몰라. 때문에 히긴스와 그 자리에 있던 순경 두 명의 주의를 그 사실에서 떼어낼 필요가 있었지. 아서 경은 어떤 희생을 해서라도 아내를 구해야 한다는 맹목적인 충동에 휩싸여 움직였어."

"매킨토시 대령도 부인을 봤을지 모르겠군요." 내가 말했다.

"그랬을 수도 있지." 그가 말했다. "하지만 그의 역할은 친구의 무죄를 증명하는 것뿐이었어. 그 정도라면 양심에 가책되는 점 없이 증언할 수 있지. 그마저 끝나면 그의 의무는 끝이지. 한편 조지 히긴스는 아서 경이 소유했던 나이프 덕분에 완전히 죄를 벗었어. 한때는 나이프 때문에 아서 경이 의심받았지. 하지만 다행히 누구도 아내를 의심하지는 않았어. 뭐니뭐니 해도 불쌍한 사람은 그녀지. 마음에 상처를 입은 채 죽어야 했으니까. 누군가를 사랑하는 여자는 이 세상에서 단 하나밖에 생각하지 않으니까. 자신이 사랑하는 사람만을.

처음부터 나는 모두 알고 있었어. 살인사건 기사를 읽었을 때부터 말이야. 나이프에 찔려 죽었다고! 나는 영국인이 범한 범죄를 잘 알고 있지. 어느 곳의 영국 남자가(더러운 하수구에 숨어 있는 사람이든 공작의 아들이든) 사람을 죽이는 데 등을 찌른다고 생각하나? 이탈리아인과 프랑스인, 스페인인이라면 몰라도. 그리고 국적을 떠나서 남자라면 본능적으로 때려죽이지, 절대 찔러 죽이지 않아. 범인이 조지 히긴스와 아서 스켈머튼 경이라면 상대를 때려서 쓰러뜨렸을 거야. 지켜보고 있다가 상대가 이쪽으로 등을 향할 때까지 기다리는 건 여자의 방법이지. 여자는 자신이 약한 것을 알고 있고, 한 번 실패하면 끝장이니까.

생각해봐. 내 말에는 나무랄 데가 없을 걸. 하지만 경찰은 생각해보려고 하지 않았어. 뭐, 그것으로 다 잘됐는지도 모르지만."

노인은 나를 두고 떠났다. 나는 사진을 보았다. 사랑스럽고 얌전한 얼굴. 하지만 어딘가 빈틈없는 의지가 강렬한 입가의 선, 커다란 정열을 숨기고 있는 듯한 눈빛.

　나는 이 찰스 라벤더라는 도박사의 살인사건이 비록 정당하다고 말할 수 없는 범죄이긴 해도, 경찰이나 일반인에게 미스터리로 남은 것은 정말 잘된 일이라고 생각했다.

리버풀 미스터리

THE
LIVERPOOL
MYSTERY

1

"직함(비록 외국의 직함이라도)은 사기와 속임수에는 매우 유용하지."

어느 날, 구석의 노인이 내게 말했다.

"최근 빈에서 매우 교묘한 수법의 범죄가 있었지. 범인은 시모어 경이라고 자신을 밝혔고, 영국에서도 비슷한 방법을 사용하는 도둑이 '오'로 끝나는 이름의 백작이거나 '오프'로 끝나는 이름의 왕자로 알려져 있어."

"하지만 최근에는 영국의 호텔과 여관이 외국인 사기꾼의 방법을 잘 알고 있기 때문에 상류층 직함을 갖고 엉터리 영어를 사용하는 수상한 사람들을 주의하고 있어요." 내가 말했다.

"그 덕분에 이 나라를 찾아오는 정말 훌륭한 사람들은 매우 불쾌하게 생각하지." 구석의 노인이 말했다. "예를 들어, 세묘니츠 왕자의 경우야. 이 사람은 고타 연감*에도 등록되었다고 하는데, 짐을 갖고 여행하면서 호텔 방 사용료는 일주일마다 지불한다고 해. 그런데 그가 다이아몬드와 터키 보석을 박은 담배상자를 도난당했을 때, 누구도 찾는 걸 도와주지 않았다더군.

그가 리버풀 노스웨스턴 호텔에 투숙했을 때, 매니저는 이상하게 쳐다봤지. 그의 일행인 비서(말쑥하지만 천박하고 키 작은 프랑스 남자)는 주인과 자신, 그리고 또 한 사람의 남성 수행원을 위해 호텔에서 가장 좋은 방을 몇 개 잡으려고 했어.

그 작은 남자 비서는 세묘니츠 왕자가 도착하자마자, 매니저에게 은행의 수표와 서류, 채권 등을 전부 모아서 이 고귀한 손님이 오기 전까지 그 호텔에서 본 적도 없는 금액을 맡겼다고 하니 의심할 여지

* 유럽의 왕가, 귀족의 족보 등을 기재한 책자

가 없었지. 알베르 랑베르라는 그 프랑스인 비서는 주인이 리버풀에 며칠 머물고, 다음에는 시카고의 거부이자 구리 왕인 거원과 결혼한 여동생 안나 세묘니츠 공주를 방문할 예정이라고 설명했어.

하지만 앞에도 말했듯이 이 정도로 당당한 증거를 늘어놓아도, 그를 만난 리버풀 사람들은 이 부유한 러시아 왕자에 대한 의혹을 뿌리칠 수 없었지. 노스웨스턴 호텔에 이틀 묵은 뒤, 그는 비서를 볼드 가의 보석점 윈슬로 앤드 바살 상회에 보내 보석을 구입하고 싶으니 다이아몬드와 진주 제품을 갖고 사장이 직접 호텔로 방문해달라고 의뢰했지.

윈슬로는 정중히 알베르의 의뢰를 받고, 바로 안쪽 사무소로 들어가 파트너 바살에게 어떻게 하면 좋은지 상담했어. 마침 거래가 저조했던 시기여서 두 사람 모두 장사얘기라면 뭔가 결말을 내고 싶었지. 그리고 가게에 온 손님을 거절하는 것도 바람직하지 않은 일이었고, 왕자를 가게에 소개해준 노스웨스턴 호텔의 지배인 페티트의 체면을 손상시키고 싶지도 않았지. 하지만 왕자가 외국인이라는 것과 비서라는 그 천박하고 작은 프랑스 남자가 마음에 걸려 두 사람은 상담 끝에 우선 첫째로 외상거래는 하지 않는다, 다음으로 비록 은행이 발행한 수표라도 현금이 될 때까지는 보석을 건네줄 수 없다, 고 결정했지.

이제 누가 보석을 갖고 호텔에 가는가를 결정해야 했어. 이런 경우 사장이 심부름을 하는 건 비즈니스의 에티켓이 아니지. 그리고 수표를 현금화할 때까지 보석을 주지 않겠다는 말을 상대에게 기뿐 나쁘지 않도록 전하기에는 점원이 형편이 더 좋다는 점도 있었지.

그 밖에 외국어로 상담해야 한다는 문제가 있었어. 지배인 찰스 니드햄은 윈슬로 앤드 바살에 12년 이상 근무한 남자로 영국 토박이라 외국어는 전혀 하지 못했어. 그래서 결국 최근 가게에 온 슈바르츠라는 젊은 독일인을 이 미묘한 심부름에 보내기로 결정했지.

슈바르츠는 윈슬로의 조카이며 양자야. 윈슬로의 여동생이 함부르크와 베를린에 가게를 가진 독일의 은세공인 슈바르츠 사장에게 시집을 가서 낳은 아들이지.

젊은이는 고모부의 사랑을 많이 받았어. 윈슬로 씨에게는 아이가 없어 그를 후계자로 할 거라고 사람들은 생각했지.

처음에 바살 씨는 이 도시에 온 지 얼마 되지 않아 지리도 잘 모르는 슈바르츠에게 많은 보석을 갖고 나가게 하는 일에 난색을 보였지. 하지만 윈슬로 사장이 끈질기게 설득하자, 전부 1만 6천 파운드에 상당하는 목걸이, 펜던트, 팔찌, 반지 등을 다음 날 오후 3시쯤, 슈바르츠에게 마차로 노스웨스턴 호텔까지 가져가게 하기로 결정했어. 그 다음 날은 목요일이었고 일은 예정대로 진행됐지.

가게는 평소대로 지배인이 관리해서 아무 일도 없이 하루가 지났는데, 저녁 7시쯤 윈슬로가 매일 오후에 가서 신문을 읽으며 보내는 클럽에서 돌아와 조카는 어떻게 됐느냐고 물었지. 놀랍게도 슈바르츠는 아직 호텔에서 돌아오지 않았어. 이상하게 생각한 윈슬로는 걱정스런 표정으로 안쪽 사무소에 가서 파트너 바살과 상담했지.

'네, 실은 나도 불안했습니다. 벌써 30분 전부터 당신이 돌아와서 나를 안심시켜주기만 기다리고 있었습니다. 당신이 슈바르츠와 길에서 만나 함께 돌아오는 건 아닐까 생각했습니다만.' 파트너가 말했지.

바살은 호텔 현관 로비로 가서 보이에게 물었지. 보이는 슈바르츠가 세묘니츠 왕자를 만나 명함을 전달하는 모습을 봤다고 대답했어.

'그게 몇 시쯤인가?' 바살이 물었지.

'본 시간은 3시 10분쯤이고 돌아간 시간은 한 시간쯤 지나서였습니다.'

'언제 돌아갔다고?' 바살은 목이 탁 막혔지.

'아, 슈바르츠 씨가 돌아간 시간은 3시 45분쯤이었습니다.'

'틀림없나?'

'틀림없습니다. 그때는 페티트 지배인도 로비에 계셔서 거래 결과를 물었습니다. 슈바르츠는 웃더니, 그럭저럭이라고 답했습니다. 뭔가 곤란한 일이라도 생겼습니까?' 보이가 물었지.

'아니야. 고맙네. 페티트 씨는 있나?'

'네, 계십니다.'

호텔 지배인 페티트는 슈바르츠가 아직 가게에 돌아오지 않았다는 말을 듣고, 바살과 함께 걱정했다.

'내가 그와 얘기한 것은 4시 조금 전이었습니다. 겨울에는 언제나 그 시간에 전기를 켜기 때문에 기억합니다. 하지만 걱정하지 않아도 될지 모릅니다, 바살 씨. 돌아가는 길에 볼일이 생각났을지도 모르니까요. 지금은 이미 가게에 돌아와 있지 않을까요?'

어느 정도 마음을 가라앉힌 바살은 페티트에게 인사하고, 서둘러 가게로 돌아왔지만 역시 슈바르츠는 돌아오지 않았어. 시간은 이미 8시에 가까웠지.

윈슬로는 완전히 동요하고 맥이 빠져 있어서, 이 사건에 대해 조금이라도 그를 책망하거나 또한 슈바르츠가 1만 6천 파운드 상당의 보석과 금을 갖고 도망갔을 가능성을 암시하는 말은 도저히 할 수 없었어.

단 하나의 가능성이 남아 있었지만, 이런 사정으로 볼 때 거의 희박했지. 윈슬로의 집은 도시 외곽에 가까운 버켄헤드라는 곳에 있었어. 슈바르츠는 리버풀에 온 후, 윈슬로의 가족과 함께 살고 있었기

때문에 돌아오는 길에 갑자기 몸이 아팠거나 혹은 다른 이유로 가게
에 들르지 않고 곧바로 집에 돌아갔을지도 모른다는 가능성이었지.
물론 값비싼 보석을 집에 두지는 않기 때문에 그다지 기대할 수 없는
일이었지만 혹시나 하는 희미한 희망이 있었지. 그런데 사라진 이 젊
은 독일인에 관해 윈슬로 앤드 바살 상회가 이것저것 생각한 걸 여기
에서 하나하나 설명해봐야 별 재미가 없어.”

구석의 노인은 이야기를 계속했다.

“윈슬로는 집에 돌아가봤지만 결국 조카는 돌아오지 않았고, 그 후
로 전보나 편지도 도착하지 않았지.

부인을 걱정시킬 필요가 없다고 생각한 윈슬로는 평소대로 저녁식
사 테이블에 앉았어. 식사가 끝나자 서둘러 노스웨스턴 호텔에 가서
세묘니츠 왕자에게 면회를 신청했지. 하지만 왕자는 비서와 함께 극
장에 가서 밤늦게까지 돌아오지 않을 거라는 말만 들었어.

여기까지 이르자 윈슬로는 이미 무엇을 어떻게 해야 좋을지 전혀
모르게 되었고, 조카가 증발한 사실이 세상에 알려지면 어떤 일이 벌
어질까 하는 두려움도 잊은 채 경찰에 가서 오늘 사건의 경위를 말했
지. 리버풀 같은 대도시에서 이런 종류의 뉴스가 퍼져가는 속도는 놀
라울 정도였어. 다음 날 아침 신문은 대단히 선정적인 표제로 ‘유명
보석점 직원 실종’ 이라고 지면 가득 보도했지.

윈슬로도 아침식사 테이블에서 이 충격적인 기사가 실린 신문을
읽었어. 그리고 그 신문과 함께 조카의 필적으로 쓴 편지가 왔는데
바로 리버풀에서 보낸 것이었어.”

2

“윈슬로는 조카가 그에게 보낸 편지를 경찰에 가져갔지. 그리고 그

내용은 즉각 일반에게 공개되었어. 슈바르츠가 보낸 편지 내용은 리버풀 같은 평화로운 상업도시에 한 번도 없었던 일대 충격을 불러일으켰지.

편지에 따르면, 12월 10일 수요일 오후 3시 15분에, 젊은 점원이 1만 6천 파운드 상당의 보석을 넣은 가방을 들고 세묘니츠 왕자를 방문한 일은 확실한 것 같았어. 왕자는 여러 가지를 보고 목걸이, 펜던트, 팔찌를 골랐지. 슈바르츠는 전부 1만 500파운드라는 가격을 말했고, 세묘니츠 왕자는 시원하게 거래를 마무리했지.

'물론 당장 현금 지불을 원하겠지요. 당신들 상인은 나 같은 외국인을 상대할 때는 보통 수표보다 현금을 원하는데, 나는 평소 영국 은행이 발행한 지폐를 갖고 다닙니다.' 그는 완벽한 영어로 말했어. '1만 500파운드를 금화로 갖고 다니면 무거워서 불편하니까요. 영수증을 써주면 비서 랑베르가 지불할 겁니다.' 그는 부드럽게 웃으며 말했지.

그리고 왕자는 선택한 보석을 슈트 케이스에 넣고 자물쇠를 잠갔어. 은장식이 있는 아름다운 슈트 케이스가 슈바르츠의 눈에 잠깐 보이고 어딘가로 치워졌지. 그 다음, 그가 종이와 잉크를 가져오자 젊은 보석상은 금액을 기입한 영수증을 만들었어. 비서 랑베르는 손이 베일 듯한 영국 은행 발행의 100파운드짜리 지폐 105매를 그의 눈앞에서 셌지. 이쯤 되서 슈바르츠는 대단히 세련되고 더없이 만족스런 손님에게 작별인사를 건네고 그 방을 나왔어. 현관 로비에서 그는 지배인 페티트와 말을 나누고 밖으로 나갔지.

호텔을 나와 세인트 조지 회관 쪽으로 도로를 건너려고 하는데 훌륭한 모피 코트를 입은 신사가 근처에 세운 마차에서 내려 빠른 걸음으로 다가왔지. 신사는 슈바르츠의 어깨를 잡고 명함을 내밀면서 명령하듯이 말했어.

'나는 이런 사람입니다. 잠깐 할 말이 있습니다.'

슈바르츠는 명함을 보았어. 머리 위의 아크등 빛에 비친 명함에는 러시아 황제 비밀경찰 3과 디미트리 슬라비안스키 부르그레네프라는 이름이 쓰여 있었지.

정확히 어떻게 발음하는지 모르지만, 당혹스런 그 긴 이름과 위압적인 직함의 소유자는 자신이 내린 마차를 재빨리 가리켰어.

슈바르츠는 방금 헤어진 고귀한 손님에 대한 의혹이 다시 일어나, 가방을 단단히 들고 갑자기 나타난 위압적인 인물 뒤를 따랐지. 마차에 타자 그 인물은 억양이 조금 강하지만 유창한 영어로 우선 정중하게 사과했어.

'당신도 내 의도에 동의할 거라고 생각해서, 무리하게 이런 방법을 썼습니다.'

매우 불안해진 슈바르츠는 본능적으로 왕자로부터 받은 돈을 넣은 종이봉투를 만지작거렸지.

'내가 보기에,' 러시아아인은 웃으며 정중하게 말했지. '그는 그 지폐로 당신을 속인 것 같습니다.'

'속였다고요?' 운이 없는 젊은이가 말했지.

'우리나라 사람을 구분하는 데 있어 나는 실수하는 법이 없습니다.' 부르그레네프는 말을 이었어. '경험이 많으니까요. 그는 자신을 뭐라고 불렀나요? 무슨 왕자? 이렇게 말하면 그 왕자에 대해 부당하다고 생각할지 모르지만, 지금 당신의 종이봉투에 들어 있는 종이다발을 뒤집어보지 않아도 은행에서 그런 걸 받지 않는 것쯤은 잘 알고 있습니다.'

고모부의 의혹과 또 자신이 품고 있던 의심이 생각난 슈바르츠는 전혀 의심하지 않고 가짜 지폐를 받은 자신을 저주했지. 의혹으로 가득 찬 그는 떨리는 손으로 종이다발을 꺼냈어. 러시아인은 침착하게 성냥을 그었지.

'여기를 봐요.' 그는 지폐 한 장을 가리키면서 말했어. '출납 담당 서명인 W자를. 나는 영국의 경찰이 아니지만, 이 W로 가짜를 구별할 수 있어요. 지금까지 상당히 많이 봤습니다.'

물론 슈바르츠는 영국 은행의 돈을 많이 본 건 아니야. 그래서 보웬이라는 그 서명 가운데 W가 가짜인지 진짜인지 확실히 알지는 못했어. 하지만 자신처럼 외국어 억양이 강한 영어로 말하는 상대가 한 놀라운 말의 의미는 충분히 알았지.

'그럼 저 호텔에 있는 왕자는?' 그가 말했어.

'그는 왕자가 아닙니다.' 러시아 황제 휘하의 경찰관이 냉정하게 말했다.

'그럼 보석은? 윈슬로 씨의 보석은요?'

'보석이라면 찾을 가능성이 있습니다. 하지만 어디까지나 가능성입니다. 당신이 완전히 신용하고 받은 그 가짜 돈을 사용해 찾는 방법 이외에는 없겠지요.'

'어떻게요?'

'잘 아시다시피 위폐제조는 중죄입니다. 7년 동안 징역살이를 해야 한다면, 그 뭐라는 왕자도 조금은 머리를 식히고 생각해야 할 겁니다. 보석은 틀림없이 찾습니다. 그렇게 당황하지 마세요. 뭐, 이 가짜 돈 건 이외에도 그 인물은 정강이에 심한 상처가 있으니까요. 다시 말해, 당신과 나는 공통 목적이 있는 거요. 협력할 겁니까?' 러시아 경찰은 엄격하게 말했지.

'당신이 하라는 대로 하겠습니다.' 젊은 독일인은 기뻐하며 말했어. '윈슬로 씨와 바살 씨는 나를 신용해서 큰일을 맡겼는데 실수를 했습니다. 너무 늦지 않기를 바랄 뿐입니다.'

'늦지는 않았습니다.' 부르그레네프는 재빨리 마차문의 손잡이에 손을 대면서 말했다. '당신과 애기하면서도 나는 호텔에 신경을 쓰고 있었는데, 왕자는 아직 어디에도 나가지 않았어요. 우리 러시아 비밀 경찰은 언제나 그를 감시하고 있으니까요. 왕자가 있는 곳에는 함께 가지 않는 것이 좋을 겁니다. 이 마차에서 기다려요. 바깥은 안개로 음침하니 이 안에 있으면 편안할 겁니다. 그럼 그 깨끗한 돈을 빌려 주시겠습니까? 미안합니다. 그다지 걱정 마세요. 바로 돌아옵니다.'

남자는 모자를 들고 돈다발을 훌륭한 모피 코트의 안주머니에 넣었어. 그때 슈바르츠의 눈에 코트 안의 제복과 폭이 넓은 벨트가 잠깐 보여서, 그는 이 사람이라면 호텔에 있는 그 두뇌가 뛰어난 악당을 압도하는 힘이 있을 거라고 생각했지.

러시아 황제 폐하의 경찰관은 재빨리 차에서 내렸고, 슈바르츠는 마차 안에 남았어."

3

"그래, 그는 혼자 남았어." 구석의 노인은 조소하듯 웃고 말했다. "10분, 20분, 시간이 지났지만 그 화려한 제복을 입은 러시아 경찰은 돌아오지 않았어. 그리고 슈바르츠가 다시 보기 좋게 속았다는 걸 알았을 때는 이미 늦었지. 세묘니츠 왕자가 악랄한 사기꾼이라는 것을 쉽게 믿었던 슈바르츠는 그 부당한 혐의에 완전히 마음을 뺏겨서 매우 지능적인 진짜 범인의 손에 놀아난 거야.

노스웨스턴 호텔로 돌아가 로비에서 보이에게 물었지만 예상대로 슈바르츠가 말한 인물은 호텔에 들어오지 않았다고 했지. 청년은 지금이라면 어떻게 할 수 있을지도 모른다는 희미한 희망을 갖고 세묘니츠 왕자에게 면회를 신청했어. 왕자는 그를 정중히 맞아주었지. 왕자는 비서에게 편지를 구술하는 중이었고, 하인은 옆방에서 주인의 야회복을 정리하고 있었어. 슈바르츠는 자신의 이야기를 어떻게 전하면 좋을지 당황했지.

아까 왕자가 보석을 넣은 슈트 케이스는 아직 거기에 있었고, 비서가 돈다발을 꺼낸 가방도 그대로 있었어. 슈바르츠는 머뭇거리다가 마침내 러시아 경찰관의 일을 이야기하고 아직 손에 들고 있는 그 명함을 보였어.

왕자는 의외일 정도로 호의를 가지고 모든 이야기를 들어주었지. 멍청한 보석상이라고 생각했을 게 틀림없어. 왕자는 보석과 영수증을 꺼냈고, 동시에 슈바르츠가 왕자로부터 받은 다음 너무나 쉽게 그 교활한 범인에게 말려든 것과 똑같은 은행의 돈다발을 꺼내 보였지.

'나는 모두 영국 은행권으로 지불했습니다. 슈바르츠 씨, 내가 사기꾼이라는 밑도 끝도 없는 이야기를 믿기 전에 여기 호텔 지배인에게 나에 대해 물어봤으면 좋았을 것을.'

그러고는 보석상 젊은이 앞에 고타 연감을 펼쳐 보이고, 상냥하게 웃으며 말했지.

'이 나라에서 널리 장사를 하고, 때로는 외국 국적의 손님도 맞이하는 여러분은 직책 있는 외국인과 거래를 하기 전에 이런 책자를 조사하면 좋습니다. 그렇게 하면 나중에 실망하거나 큰 손해를 입는 사태의 대부분은 피할 수 있지 않을까요? 이번 사건의 경우 만약 당신이 고타 연감 797페이지를 봤다면 거기에 실려 있는 내 이름을 봤을 겁니다. 그러면 러시아 경찰이라고 하는 영문을 알 수 없는 인물이

사기꾼이라는 것쯤은 즉시 알았을 겁니다.'

더 이상 말할 여지도 없는 슈바르츠는 호텔을 나왔지. 완전히 속아서 이미 돌이킬 수 없는 지점에 온 것을 알게 된 그는 집에 돌아갈 용기가 없었던 데다, 범인이 리버풀을 탈출하기 전에 경찰이 손을 써서 체포해주지 않을까 하는 희미한 희망에 의지했어. 그는 왓슨 경감을 만났는데, 빼앗긴 은행 지폐의 복구는 도저히 불가능하다는 사실을 알았지. 그 지폐들의 번호를 적어둘 시간도 없었던 거야.

윈슬로는 조카의 실수에 몹시 화를 냈지만 집을 나간 젊은이를 그대로 둘 수는 없었어. 슈바르츠에게 편지를 받고 그는 왓슨 경감의 협력을 얻어 노스 가에 숨어 있는 청년을 발견했어. 그는 이 무서운 소동이 조용해질 때까지, 혹은 가능하면 그 범인이 뺏은 돈을 그대로 갖고 경찰에 잡힐 때까지 거기에 숨어 있으려고 마음먹었던 것 같아.

하지만 그런 축하할 만한 일은 일어나지 않았지. 경찰은 슈바르츠를 마차 안으로 불러들였다는 그 남자를 찾았지만 허사였어. 청년의 진술에 따른 그의 복장은 매우 이상했지. 그렇다면 남자가 마차를 나오고 나서 리버풀의 누구 한 사람도 그를 목격한 사람이 없다는 건 기묘한 이야기지. 호화로운 모피 코트, 길게 기른 턱수염, 안개 낀 12월 오후 4시, 이런 조건이었는데 사람 눈에 띄지 않을 리가 없잖은가.

그렇지만 아무리 조사해도 단서가 없었어. 슈바르츠가 말한 외모의 남자를 봤다는 사람은 아무도 없었어. 신문들은 계속해서 '리버풀 미스터리'라는 표제로 이 사건을 보도했지. 런던 경찰국에서는 리버풀 경찰의 요청으로 페어번이라는 유명 형사를 파견했지만 해결의 실마리를 찾지는 못했지.

그 후 세묘니츠 왕자 일행은 리버풀을 떠났고, 왕자의 이름을 더럽히고 윈슬로 앤드 바살 상회로부터 1만 500파운드를 훔친 범인의 행선지는 알 수 없었어."

구석의 노인은 이 재미있는 미스터리를 이야기하는 동안, 학처럼 긴 목의 위로 조금씩 올라가 커다란 귀밑까지 닿은 와이셔츠의 깃과 넥타이를 고쳤다. 구석에 서서 보고 있던 웨이트리스들은 그가 입고 있는 독특하고 화려한 체크 트위드 양복이 이상해 킥킥 웃고 있었는데, 이것이 노인의 기분을 불안하게 한 것 같았다. 노인은 조심조심 나를 올려다보았는데 그 모습은 아무리 봐도 휴가를 받고 옷을 갈아입으러 온 대머리 부관 같은 형상이었다.

"물론 도시 전체가 이 사건의 가설로 들끓었지." 노인은 얘기를 계속했다. "그중에서 가장 일찍부터 많은 지지를 받고 폭발적인 인기가 있었던 가설은 슈바르츠가 멋대로 이야기를 만들었다고 하는, 즉 그 자신이 범인이라는 설이었어.

하지만 이 가설은 지금 말했듯이 빨리 불이 붙었지만 그만큼 빨리 꺼졌지. 왜냐하면 부유한 상인인 슈바르츠의 아버지가 이 사건을 알고, 아들의 부주의로 피해를 준 가게 주인에게 1만 500파운드의 수표를 보냈으니까. 윈슬로의 배려로 리버풀의 모든 사람들이 이 고매한 조치를 알게 되었고, 슈바르츠에 대한 꺼림칙한 의혹은 삽시간에 사라졌어.

그 다음 당연히 왕자 일행을 수상하게 여기는 설이 있지. 오늘까지 상당히 많은 리버풀 시민과 런던 시민이 이 설을 믿고, 그 러시아 경찰관을 공범이라고 생각했지. 어느 정도 타당성이 있는 추측이라, 윈슬로 앤드 바살 상회는 그 러시아 왕자가 범인이라고 하는 단서를 찾기 위해 상당한 돈을 사용했어.

그런데 이 가설도 결국 근거가 없다는 것을 알게 되었지. 페어번 형사는 범죄수사에 있어 명성에 비해 능력이 반비례하는 인물이었던 모양이야. 그는 런던과 리버풀의 거물 환전상을 탐문하는 매우 당연한 조사를 했는데, 세묘니츠 왕자가 영국에 도착한 다음 다량의 러시아 화폐와 프랑스 화폐를 영국 은행권으로 교환한 사실을 알아냈지. 3만 파운드 이상의 지폐가 이 세묘니츠의 주머니에 들어간 것이 분명했어. 이 정도로 부유한 인물이 겨우 1만 파운드의 재산을 늘리기 위해 금고형과 중노동의 형에 처해지는 위험을 굳이 무릅쓸 이유는 없다는 결론에 이르렀지.

그래도 왕자에 대한 의혹은 워낙 영국 경찰에 깊게 뿌리를 내렸지. 그래서 러시아에 손을 써 세묘니츠 왕자의 경력을 조사한 결과 그의 지위와 부는 의심할 것 없이 사실이라는 거야. 하지만 경찰은 왕자와 비서를 계속 의심하고 있지. 지금도 경찰은 유럽 각국의 주요 도시에 연락해 어떻게 해서든 용의자의 꼬리를 잡으려고 초조해하지만 그 결과 범인에게 교묘한 방법으로 훔친 돈을 천천히 즐기는 시간만 주게 되었지.”

“범인이라면,” 내가 끼어들었다. “도대체 누가 범인인가요?”

“그때 슈바르츠가 돈을 갖고 있던 사실을 알고 있던 사람은 누구라고 생각하나?”

구석의 노인은 깜짝 상자에서 튀어나온 인형처럼 의자에서 몸을 기대고 말했다.

“즉, 범인은 슈바르츠가 부자 러시아인에게 갈 것이고, 아마도 돌아올 때는 많은 돈을 갖고 있을 거라는 사실을 미리 알고 있던 사람이 아닐까?”

“하지만 왕자와 비서 이외에는 그런 사람은 없잖아요?” 내가 반론했다. “하지만 지금 당신은……”

“그래, 지금 자네는 경찰이 왕자와 비서를 범인으로 보고 수사했어야 한다고 말하는 거야. 자네도 경찰도 자신의 뭉툭한 코끝보다 먼 곳은 보지 않아. 윈슬로 앤드 바살 상회도 사재를 사용해 경찰과는 별도로 조사했어. 윈슬로가 이 사건에서 받은 피해는 9천 파운드를

넘지만 바살은 얘기가 달라.

경찰의 수사가 그다지 진척되지 않자 나는 두세 가지 마음에 걸리는 것을 조사했어. 나는 이 사건에 특별한 흥미를 느꼈지. 그 결과 내 예상이 틀리지 않았다는 걸 알았어. 바살은 이 가게의 경영자로서 매우 작은 권리밖에 없었어. 이런 거야, 그는 베테랑 종업원에서 상승한 신분으로 이윤 배당도 10퍼센트에 지나지 않았어. 그런데 경찰은 그런 일까지는 조사하지 않았지.”

“설마!”

“도난에 의해 피해를 받은 사람이 둘 이상일 경우, 이 두 사람이 완전히 같은 피해를 입었는지 아닌지 먼저 조사해야 해. 그 일은 저 필리모어 테라스 도난사건을 얘기했을 때 설명했지? 그때도 이 사건과 마찬가지로 두 사람 가운데 한 사람은 다른 한 사람에 비교해 매우 적은 피해를 입었잖나?”

“네, 그건 그렇지만…….” 내가 말했다.

“아니, 잠깐. 그 밖에도 알게 된 것이 있어. 바살이 연봉 500파운드밖에 받지 못하는 것을 알아내고, 그가 어느 정도의 생활을 하고 어떤 도락을 갖고 있나 조사했지. 우선 그는 앨버트 테라스에 훌륭한 저택이 있어. 이 집의 임대료는 연간 250파운드야. 그래서 그는 투기나 경마 등 도박을 해서 부족한 생활비를 벌었어. 투기와 도박에 실패는 당연히 따라다니지. 길게 하는 동안에는 틀림없이 구멍이 나는 법이야. 사건 당시 바살 씨가 빚에 쪼들렸는지까지는 조사하지 않았지만, 이것만은 확실해. 즉, 1천 파운드 손해를 보고도 그의 자택은 전보다 조금 멋지게 변했다는 것과 현재 그는 랭커셔 앤드 리버풀 은행에 상당한 액수의 계좌를 갖고 있다는 것. 이것은 그 ‘큰 손해’가 있었던 1년 후에 개설된 거야.”

“정말 그런 일이 가능할까요?” 내가 반론했다.

“뭐가? 그런 일을 계획하는 게? 뭐, 실행하는 거라면 아이라도 할 수 있지. 실행 전에 그는 24시간의 시간이 있었어. 생각해봐, 도대체 무슨 할 일이 있다는 거지? 우선 어딘가 인쇄소에 가서 그 위엄 있는 직책의 명함을 두세 장 인쇄하는 거야. 그 정도라면 잠깐 기다리는 동안에 다 만들어줘. 다음은 중고 제복과 모피 코트, 가짜 수염이나 가발을 의상업자*에게 가서 사는 것뿐이야.

연기하는 것도 간단해. 내가 감탄한 것은 계획이 아니라 대담한 그 방법이야. 슈바르츠는 외국인이지. 영국에 온 지 보름도 되지 않았어. 바살이 엉터리 영어를 사용하면 쉽게 속았을 거야. 아마 그는 경영자의 파트너를 아직 충분히 몰랐겠지.

아무리 슈바르츠라도 고모부의 극단적인 영국인 기질과 러시아 왕자에 대한 의혹이 없었다면 쉽게 왕자의 위조지폐 범인설을 믿지 않았을 거야. 그래서 영국의 사업가에게 고타 연감은 매우 요긴한 거지. 뭐, 범인이 탁월하게 해냈다고 생각하지 않나? 내가 직접 했어도 이 정도로는 못했을 거야."

마지막 말은 아무래도 이 노인다운 말이었다. 내가 이 얘기에 뭔가 한마디 반론을 생각하는 동안 노인은 떠났고, 나는 혼자서 공허하게 이 리버풀 미스터리의 또 다른 해결을 찾으려 애썼다.

* 연극, 영화, 무용 등의 의상을 제조, 판매, 대여해주는 상인

브라이튼 미스터리

THE
BRIGHTON
MYSTERY

"해안을 좋아하나?" 점심식사를 끝내고 구석의 노인이 물었다. "해안이라고 해도 오스텐드와 트루빌을 말하는 게 아니야. 흑인 악단과 3실링밖에 없는 여행자, 그리고 홀의 가스등을 켜는 데 일요일은 1실링, 다른 날에는 6펜스를 받는 더럽고 임대료가 비싼, 가구가 딸린 아파트가 있는 영국 해안을 말하지."

"저는 시골이 좋아요."

"그쪽이 좋을지도 몰라. 나는 영국 해안의 어느 유원지를 좋아했던 적이 있어. 딱 일주일 동안, 에드워드 스키너가 '브라이튼 폭행사건'의 피의자로 치안판사 앞에 불려나갔을 때 말이지. 미스터리보다 더 즐거운 일들이 있었지. 그 우아한 브라이튼 시내에서 그곳 명사 중 한 명인 프랜시스 모튼이 실종된 날을 자네는 기억하나? 그래! 마술 쇼에서 미녀가 사라지듯이 깨끗이 사라진 거야. 부유하고 아름다운 집과 하인과 아내와 아이까지 있는 남자가 사라졌어. 누구도 이유를 알 수 없었지.

프랜시스 모튼은 브라이튼 외곽의 켐프 타운의 서섹스 광장에 있는 커다란 집에 아내와 함께 살고 있었어. 모튼 부인은 미국적인 기질과 으스대는 저녁식사 모임 그리고 파리에서 만든 아름다운 드레스로 유명했지. 그녀의 아버지는 시카고의 양돈업자이자 백만장자로 영국 신사에게 부유한 딸을 보냈지. 그녀는 프랜시스 모튼과 사랑에 빠져 몇 년 전에 25만 파운드를 갖고 그와 결혼했지. 프랜시스 모튼은 특별히 미남이나 교양이 많은 것도 아닌, 몸 전체에 '도시'라는 도장을 찍은 듯한 남자였어.

그는 매일 아침 런던으로 출근하고 매일 저녁 기차를 타고 귀가하는 완전히 판에 박은 생활을 하는 신사였어. 그런 규칙 바른 습관을 몸에 익힌 남자였기 때문에 서섹스 광장의 하인들은 3월 17일 목요일에 주인이 저녁식사 때까지 돌아오지 않자 이상하다고 느꼈지. 모튼 부인은 걱정했던 듯 식사에 그다지 손을 대지 않았어. 밤이 깊어가는데도 모튼은 여전히 나타나지 않았지. 9시가 되자 젊은 하인이 역까지 가서 오후에 역에서 주인을 본 사람이 있는지 혹은 선로에서 사고라도 있었는지 물어보았지. 짐꾼 몇 명과 신문매점의 소년 그리고 역의 매표원 모두 모튼 씨가 그날 런던에 가는 것을 못 봤다고 말했어. 역 주변에서 그를 봤다는 사람도 없었지. 선로사고가 있었다는 보고도 전혀 없었고.

18일 아침에 평소처럼 집배원이 배달을 왔지만 모튼 씨가 보낸 편지도 전언도 없었지. 꼬박 밤을 새워 얼굴 표정마저 변한 모튼 부인은 남편이 사무소를 열고 있는 캐논 가의 커다란 건물에 있는 홀 포터에게 전보를 보냈지. 한 시간 후에 답장이 왔어. '어제도 오늘도 모튼 씨는 여기에 오시지 않았습니다.' 그날 오후에 모튼 씨가 수수께끼의 실종을 당했다는 사실이 브라이튼의 모든 사람에게 알려졌지.

이틀이 지나고 사흘이 지났지만 모튼 씨의 행방을 알 수 없었어. 경찰도 전력을 다했지. 이 신사는 브라이튼에 이미 2년을 살았고 얼굴도 잘 알려져 있어. 그리고 17일 아침 또는 그 이후에 그를 역에서 본 사람이 없기 때문에 모튼 씨는 브라이튼 시에서 나간 게 아니라고 단정했지. 시내 전체가 이상한 흥분에 휩싸였고 신문은 처음에 농담처럼 사건을 다루었어.

'모튼 씨는 어디에?' 석간의 표제에는 언제나 이 문구가 실렸지. 하지만 사흘이 지나도 브라이튼 명사의 행방을 알 수 없었고, 모튼 부인은 매일 마음고생으로 수척해지고 흥분은 불안으로 바뀌었지.

그때 행방불명된 신사가 사라진 날에 많은 돈을 소지하고 있었다는 뉴스가 나왔어. 또 모튼 부인의 과거와 관계가 있다는 막연한 소문이 나돌자, 그녀는 남편의 신상을 걱정한 나머지 할 수 없이 경찰에 어떤 사실을 밝혔지. 그리고 토요일 석간에 다음과 같은 뉴스가 나왔다네."

　　어느 제보를 받고 경찰 당국은 오늘
킹스 퍼레이드에 있는 고급 가구가 딸린 아파트
러셀 하우스의 방 하나를 강제로 조사해 행방불명 중인 시내의 명사 프
랜시스 모튼 씨를 발견했다. 모튼 씨는 돈을 뺏기고 17일 목요일부터
그 방에 갇혀 있었던 것 같다. 발견되었을 때, 모튼 씨는 굶어죽기 직전
의 상태로 안락의자에 로프로 묶여 있었고 입 주위에는 두꺼운 숄이 감
겨 있었다. 이처럼 먹을 것도 주지 않았는데, 약간의 공기만으로 이 불
행한 신사가 나흘 동안 살아 있었다는 사실은 정말 경이롭다.
　　모튼 씨는 서섹스 광장의 자택으로 옮겨졌는데 진찰을 담당한 멜리시 의사는 환자가 중대한 위기를 넘겨 충분한 간호와 휴식을 취하면 즉시 건강한 몸을 찾을 수 있다고 밝혔다.

재빠르게 행동한 시 경찰은 동시에 이 비열한 폭행사건의 범인의 정체와 행방을 이미 밝힌 모양이다.

2

"내가 처음에 사건의 어떤 점에 흥미를 가졌는지는 잘 모르겠어." 구석의 노인은 상냥하게 말을 이었다. "확실히 그 사건에는 이상한 점이나 신비한 점은 없었으니까. 그럼에도 불구하고 내가 멀리 브라이튼까지 간 건 그 놀라운 폭행 뒤에 더 깊고 미묘한 무언가가 숨어 있다고 느꼈기 때문이지.

경찰은 자신들이 사건의 단서를 잡은 사실을 그다지 숨기지도 않았어. 러셀 하우스의 가구 딸린 방을 빌린 사람의 정체를 확인하는 일은 매우 간단했지. 남자의 이름은 에드워드 스키너이고 2주 전에 그 방을 빌렸는데, 모튼 씨가 수수께끼의 실종을 당한 마침 그날, 며칠 비운다고 말하고 외출한 다음 돌아오지 않았어. 모튼 씨가 발견된 날은 20일이었는데, 36시간 후에 에드워드 스키너가 프랜시스 모튼 씨에 대한 폭행과 총액 1만 파운드 강탈용의로 런던에서 체포되었고 그 소식을 들은 사람들은 기뻐했지.

그런데 프랜시스 모튼이 고소를 거부했다는 놀라운 발표가 뒤이었고, 사건은 더욱 기괴해졌어.

하지만 사건을 다룬 재무부가 증인으로 모튼 씨를 소환했기 때문에 그가 고소를 거부한 일은 소용이 없었고, 반대로 대중의 호기심을 일으켜 수수께끼의 사건에 한층 흥미만 더할 뿐이었지.

이런 상황에 관심이 생긴 나는 피고 에드워드 스키너가 치안판사 앞에서 심문받는 것을 보려고, 3월 23일에 일부러 브라이튼까지 갔어. 그는 매우 평범해 보이는 남자였어. 금발, 혈색 좋은 얼굴, 납작코에 정수리가 엷어지고 있는, 돈 많은 뚱뚱한 '도시인'의 견본 같은 남자.

나는 출두한 증인들을 잽싸게 둘러보고, 유명한 왕실변호사 레지널드 피프스 씨 옆에 앉아 있는 아름답고 품위 있는 여자가 모튼 부인이라고 생각했지.

법정에는 많은 방청객이 모여 있어 여자들 사이에서 모튼 부인의 아름다운 드레스와 타조 깃털이 달린 넓은 테 모자, 그리고 훌륭한 다이아몬드 반지에 관해 속삭이는 소리가 들렸어.

경찰은 러셀 하우스의 방에서 모튼 씨를 발견했을 때의 상황, 또 런던 랭엄 호텔에서의 스키너 체포 경위에 대해 모든 증거 사실을 밝혔어. 죄수는 영장을 보이자 깜짝 놀란 듯, 자신은 업무로 프랜시스 모튼 씨를 만난 적은 있지만 그의 사생활에 대해서는 아무것도 모른다고 주장했지.

'피고는,' 하고 버클 경감이 계속했어. "모튼 씨가 브라이튼에 살고 있는 것마저 몰랐다고 말하는데, 사건이 있었던 날 아침 9시 30분에 피고가 모튼 씨와 함께 있는 것을 목격한 증인을 나중에 소환할 겁니다."

변호사 매슈 퀼러 씨가 반대신문을 하자, 경감은 피고는 그저 모튼 씨가 브라이튼에 살고 있다는 사실을 몰랐다고 말했을 뿐, 그와 거기에서 만난 일까지 부정하지 않은 것을 인정했지.

경찰이 말한 증인은 모튼 씨와 안면이 있는 브라이튼의 상인 두 명으로 17일 아침 그가 피고와 함께 있는 것을 목격했어.

이때 퀼러 씨는 증인들에게 아무것도 질문하지 않았어. 모두들 피고 측이 그들의 증언을 반박하고 싶지 않은 거라고 해석했지.

하트릭 순경은 나흘 동안의 감금 뒤, 불쌍한 모튼 씨를 발견했을

때의 상황을 말했지. 순경은 러셀 하우스의 집주인 채프먼 부인으로부터 통보를 받은 주임경감이 파견했어. 문이 잠겨 있었기 때문에 순경은 억지로 비틀어 열고 안으로 들어갔지. 모튼 씨는 몸 주위에 로프가 느슨하게 감긴 채 안락의자에 앉아 있었어. 그는 의식이 거의 없었고 입가에는 두꺼운 털 숄이 감싸고 있어서, 아무리 비명을 지르거나 신음소리를 내도 아래층에서는 들리지 않았을 게 틀림없었지.

처음에 순경은 모튼 씨가 맞아서 기절했거나 강제로 약을 먹인 것 같다고 생각했어. 때문에 소리를 질러 도움을 청하거나 몸을 묶은 끈에서 빠져나오지 못했을 거라고 생각했지.

현장에 온 경찰의와 모튼 씨의 간호를 담당한 멜리시 의사 두 사람은 피해자가 마취약 같은 것을 먹은 듯하고, 영양부족으로 매우 쇠약한 상태라고 말했지.

최초의 중요한 증인은 경찰에 신고한 러셀 하우스의 집주인 채프먼 부인이었어. 그녀는 3월 1일에 피고가 에드워드 스키너라고 말하고 그녀의 집을 찾아왔다고 말했지.

그는 임대료가 적당한 가구 딸린 방을 찾고 있다고 말했어. 하지만 자신은 2~3일, 때로는 더 오래 방을 비우는 일이 잦다고 덧붙였지.

'그는 찻집을 돌아다니며 물건을 판매한다고 말했어요.' 채프먼 부인이 증언을 계속했지. '그가 일주일에 12실링 이상은 지불할 수 없다고 해서 나는 3층 정면의 방을 보여주었지요. 내가 보증인을 묻자, 그는 내 손에 금화를 세 개 주고 웃으면서 말했어요. 〈한 달 선불로 정확히 임대료를 내면 그걸로 충분하죠? 만약 그래도 당신이 내가 마음에 들지 않으면 한 달 후에 방을 비워달라고 하세요.〉

'당신은 그가 근무하는 회사의 이름을 묻지 않았습니까?' 피프스 씨가 질문했지.

'아니에요. 임대료를 지불했으니 그걸로 만족했어요. 다음 날, 그는 짐을 가져왔고 방의 주인이 되었지요. 아침은 대개 업무로 나가고, 토요일과 일요일은 언제나 브라이튼에 갔어요. 16일에 그는 이틀 쯤 리버풀에 갔다 온다고 말했어요. 그날 밤은 방에서 자고, 다음 날 17일 아침 일찍 여행가방을 갖고 나갔지요.'

'몇 시쯤이었습니까?' 피프스 씨가 물었어.

'확실히는 모르겠어요.' 채프먼 부인은 조금 망설이면서 대답했지. '지금은 비수기라서 스키너 씨 이외에는 아무도 방을 빌리지 않았어 요. 하녀도 한 사람밖에 없어요. 여름, 가을, 겨울 성수기에는 네 명 이나 있답니다.' 그녀는 앞의 말이 러셀 하우스의 신용에 상처를 낼 까 두려워 덧붙였지.

'스키너 씨는 9시쯤 나갔다고 생각합니다. 한 시간쯤 지나서 하녀 와 내가 지하실에 있는데 현관문이 쾅 닫히는 소리가 났고 잠시 후 에 홀에서 발소리가 났어요.

〈스키너 씨에요.〉 메리가 말했습니다.

〈그래. 하지만 나는 한 시간 전에 나갔다고 생각했는데.〉 내가 대답 했습니다.

그러자 메리는 고개를 저으며 말했습니다.

〈침실문이 열려 있어서 제가 침대를 정리하고 방을 청소했어요.〉

〈메리, 스키너 씨가 맞는지 잠깐 가서 보고 와.〉

메리는 홀로 달려가고 3층에 올라갔다가 돌아와서는 스키너 씨가 틀림없다고 말했어요. 스키너 씨는 바로 자신의 방으로 올라갔어요. 메리는 그를 보지 못했지만 방에서 두 남자의 얘기소리가 들렸다고 합니다.'

'그러면 결국 피고가 몇 시에 방을 나갔는지는 모르는군요?'

'그래요. 그 다음에 나는 쇼핑하러 나갔고 돌아온 시간은 정오쯤 이었어요. 3층에 올라가자 스키너 씨의 방문은 잠겨 있었어요. 메리 가 이미 방을 청소했기 때문에 더 이상은 마음에 두지 않았지요. 다 만 방을 잠그고 열쇠를 내게 맡기지 않은 것은 이상하다고 생각했습

니다.'

'그날은 방에서 어떤 소리가 들리지 않았습니까?'

'네. 그날도 다음 날도 그랬어요. 하지만 사흘째에 메리와 내가 이상한 소리를 들은 것 같았어요. 나는 스키너 씨가 창문을 열어놔서 블라인드가 바람에 흔들려 창유리에 부딪치는 소리라고 말했지요. 하지만 여전히 이상한 소리가 들려 열쇠구멍에 귀를 댔습니다. 그랬더니 사람의 신음소리가 들리는 게 아니겠습니까? 깜짝 놀라서 메리를 경찰에 보냈습니다.'

채프먼 부인의 흥미로운 증언은 거기서 끝났지. 피고는 하숙인이 틀림없었어. 그녀는 16일 저녁에 초를 들고 자신의 방으로 올라가는 그를 본 것이 마지막이었어. 하녀 메리의 이야기도 그녀와 거의 비슷했어.

'확실히 스키너 씨였어요.' 메리는 신중하게 말했지. '직접 보지는 못했지만 저는 계단을 올라가 문 앞에서 잠깐 서 있었어요. 그러자 안에서 커다란 목소리가 들렸죠. 남자가 얘기하고 있었어요.'

'엿듣지는 않았겠지요, 메리?' 피프스 씨는 건조한 미소를 지으면서 물었지.

'네.' 메리는 생긋 웃으며 대답했어. '얘기 내용은 모르지만 한 사람이 너무나 큰 소리로 말해서 싸우는 게 틀림없다고 생각했어요.'

'현관 열쇠를 갖고 있는 사람은 스키너 씨뿐이군요. 문의 초인종을 울리지 않고는 아무도 집 안으로 들어올 수 없습니까?'

'그래요.'

끝이야. 이렇게 경찰 측은 눈부신 전진을 보였어. 그들의 주장은 이렇다네. 우선 스키너는 모튼 씨와 만나서 그를 자신의 방으로 데려가 폭행하고 마취약을 먹인 다음 재갈을 물려 그를 묶고 마지막으로 돈을 모두 뺏었다는 거야. 치안판사 앞에 제출된 공술서에 의하면 지폐로 1만 파운드나 된다고 해.

하지만 아직 커다란 미스터리가 남아 있지. 모튼 씨는 자신에게 많은 돈을 뺏었을 뿐만 아니라 목숨까지 뺏으려고 한 남자를 고소하는 걸 거부한 거야. 도대체 두 사람은 어떤 관계일까?

모튼 씨는 아직 몸 상태가 나빠서 법정에 출두하는 일은 무리였어. 멜리시 의사도 환자가 그날 법정의 증인석에 서는 걸 강력하게 금지했지. 하지만 환자의 침대에서 증언을 받아 적은 진술서가 치안판사 앞에 제출되었는데 그것으로 입증된 사실은 정말 놀라웠지.

피프스 씨가 진술서를 읽자 꽉 들어찬 방청객은 기대와 불안으로 조용해졌고, 흠잡을 데 없는 복장에 보석을 장식한 키가 크고 우아한 여자를 한 번 보려고 목을 앞으로 뺐었지. 하지만 검사가 남편의 진술서를 읽자 그 아름다운 얼굴은 점점 창백해졌어.

'판사님, 이게 프랜시스 모튼 씨의 진술서입니다.' 피프스 씨의 크고 낭랑한 목소리는 조용해진 만원 법정에 울렸지. '이유는 밝히고 싶지 않지만 저는 이름도 얼굴도 모르는 남자에게 많은 돈을 지불할 필요는 없다고 생각했습니다. 그 문제는 아내와 관계되어 있을 뿐 저와는 전혀 관계가 없습니다.

다만 아내가 이 문제에 대처하는 게 적당하지 않다고 생각해서 제가 중개했습니다. 문제의 인물은 어떤 요구를 했지만 아내는 저를 걱정시키고 싶지 않아 그 일을 계속 숨기고 있었습니다. 하지만 아내는 마침내 모든 것을 제게 밝혔고, 저도 상대 남자의 요구를 들어주는 방법이 가장 좋을 거라고 아내에게 동의했습니다.

그래서 저는 언제 어디서라도 그리고 상대가 정한 어떠한 방법으로도 아내에게 가르쳐준 대로 브라이튼 우체국으로 1만 파운드를 지불할 용의가 있다는 편지를 썼습니다. 저는 브라이튼의 소인이 있는 답장을 받았습니다. 거기에는 3월 17일 아침 9시 30분에 영국은행 지폐 1만 파운드를 준비해 웨스트 가에 있는 포목점 '퍼니벌' 밖에서 기다리라고 쓰여 있었습니다.

16일에 아내는 나에게 수표를 주었고 저는 플리트 가에 있는 버즈라는 그녀의 거래 은행에서 수표를 현금으로 바꾸었습니다. 다음 날 아침 9시 30분에 저는 약속 장소에 갔습니다.

회색 코트를 입고 중절모를 쓰고 붉은 넥타이를 맨 남자가 제 이름을 불러 가까이 가자, 킹스 퍼레이드에 있는 그의 하숙집까지 갈 수 있는지 물었습니다. 저는 그의 뒤를 따라갔습니다. 두 사람 모두 말을 하지 않았습니다. 그는 러셀 하우스라는 간판이 있는 집 앞에서 멈추었습니다. 그 집은 지금도 확실히 기억합니다. 그는 현관 열쇠를 꺼내 안으로 들어갔고, 제게 3층에 있는 그의 방으로 따라오라고 말했습니다. 우리가 방에 들어가자, 그는 문을 잠갔습니다. 당시 저는 상대에게 건넬 1만 파운드 이외에 귀중품은 아무것도 갖고 있지 않았습니다. 우리는 전혀 말을 하지 않았습니다.

제가 지폐를 건네자 남자는 접어서 지갑에 넣었습니다. 그런 다음 제가 문 쪽으로 가자 갑자기 뒤에서 제 어깨를 꽉 잡고 코와 입에 손수건을 갖다 댔습니다. 저는 필사적으로 움직였지만 손수건에 클로로포름이 묻어 있어 바로 의식을 잃었습니다. 다만 제가 아직 약하게 움직이는 동안, 남자가 띄엄띄엄 말한 내용을 어렴풋이 기억합니다.

〈당신은 여기에서 무사히 나갈 수 있다고 진짜로 생각했나? 바로 경찰에 달려갈 생각이었지? 상대가 누구인지, 어디에 살고 있는지 확인하고 돈을 건넨 다음 밀고할 계획이었겠지. 그렇게는 할 수 없어! 이번만은 안 돼. 나는 이 1만 파운드를 갖고 콘티농에 가서 낮 기선으로 뉴헤븐에 도착할 거야. 그러니 내가 해협 저쪽에 도착할 때까지는 당신도 조용히 있어야 해. 그렇게 부자유스럽게 하지는 않아. 집주인이 그 안에 당신의 신음소리를 듣고 구해줄 거야. 그러면 괜찮겠지. 자, 이것을 마시는 게 더 나을 거야.〉

남자는 쓴 액체를 억지로 제 목에 흘려 넣었고 다음은 아무것도 기억나지 않습니다.

정신이 들고보니, 저는 로프에 묶여 숄로 입 주위를 가린 채 안락의자에 앉아 있었습니다. 저는 끈을 풀 힘도 비명을 지를 힘도 없었습니다. 매우 어지러웠습니다.'

레지널드 피프스 씨는 낭독을 끝냈지. 만원 법정은 물을 뿌린 듯이 조용해졌어. 치안판사의 눈은 훌륭한 드레스를 입고 고급 레이스 손수건으로 눈을 닦고 있는 아름다운 부인에게 고정되어 있었지.

사건 피해자의 놀라운 얘기에 모두 긴장했어. 하지만 일대 경악을 일으킬 요소가 아직 하나 남아 있었어. 바로 모튼 부인의 증언이지. 그녀는 검사가 부르자, 천천히 우아한 모습으로 증인석에 섰어. 그녀는 남편이 받은 고통을 통절히 느끼고 있었고, 또 자신의 이름이 협박사건이라는 보기 드문 스캔들에 억지로 끌려나와 필설로 표현하지 못할 굴욕을 맛보았지.

레지널드 피프스 씨가 엄격히 추궁하자, 그녀는 자신을 협박한 남자와의 관계가 밝혀지면 그녀와 아이들에게 무서운 재앙이 생긴다고 말했어. 그녀는 흐르는 눈물을 닦으려고 아름다운 레이스 손수건을 계속 사용했지. 그때마다 반지 낀 손이 매우 애처로워 보였어.

겨우 열일곱 살이 되었을 때, 그녀는 흔히 있는 외국인 광산 채굴업자에게 속아서 비밀결혼을 했다는 거야. 남자는 알만 드 라 트레뮤 백작이라고 자칭했어. 사실 그는 인간쓰레기 같은 불량배로 어느 날 다이아몬드 브로치와 200파운드를 실례하더니, 자신은 지금부터 아르헨티나 호에 타고 유럽으로 가서 당분간은 돌아오지 않는다고 말하고 그녀를 떠났지. 이 짐승을 사랑했던 그녀는 일주일 후에 아르헨티나 호가 난파해 미망인이 되자 자신의 신세를 생각하고 괴로운 눈물을 펑펑 흘렸지.

다행인 건 거부인 그녀의 아버지가 딸의 잘못을 전혀 몰랐다는 거야. 4년 후, 아버지는 딸을 런던으로 데려갔고, 경사스럽게도 그녀는 프랜시스 모튼과 결혼했지. 그리고 그녀는 6~7년 동안 사람들이 부

러워하는 행복한 결혼생활을 보냈어. 그러던 어느 날, 마른하늘에 날
벼락처럼 '알만 드 라 트레뮤'라는 서명이 있는 타이프로 친 편지를
받았지. 그는 난파한 아르헨티나 호에서 기적적으로 살아나 다른 나

라로 흘러갔는데, 거기에서는 고국으로 돌아갈 수 있는 충분한 돈을 모을 수 없었다는 거야. 하지만 그에게도 마침내 운이 돌아왔지. 온갖 괴로움을 맛본 후, 그는 겨우 사랑하는 아내의 소재를 알게 되었다고 해. 편지의 내용은 타향에서의 괴로웠던 생활을 구구절절 쓴 다음 아내에게 변함없는 애정을 노래하며 과거의 일체를 물에 흘려보내고 다시 새로운 생활을 시작하자는 것이었지.

다음은 협박자와 바보 같은 여자가 더듬어가는 정해진 길이었어. 그녀는 부들부들 떨며 얼마 동안은 남편에게 말할 용기도 없었지. 그녀는 드 라 트레뮤 백작에게 편지를 보내 만나는 건 그만두자고 부탁했어. 브라이튼 우체국을 통해 몇 백 파운드 정도 지불하면 상대를 처리할 수 있을 것 같았지. 하지만 언젠가 우연히 모튼이 트레뮤 백작이 보낸 편지 한 통을 발견한 거야. 그녀는 모든 것을 고백하고 남편에게 용서를 빌었지.

프랜시스 모튼은 인생을 냉철하고 실제적으로 보는 사업가야. 그는 자신에게 사치를 안겨주는 아내가 좋았고, 그녀와 헤어지고 싶지 않았지. 게다가 트레뮤 백작의 목적도 어디까지나 돈이라는 것을 알았지. 그런 반면, 한 재산을 갖고 있는 모튼 부인은 만약 스캔들이 드러나면 중혼죄로 교도소에 들어가야 한다고 믿고 있었기 때문에 기꺼이 돈을 지불할 생각이었어. 그래서 프랜시스 모튼은 상대가 아내 앞에서 영원히 모습을 감추고, 또 그녀의 완전한 자유가 보장된다면 상대가 요구하는 1만 파운드를 언제라도 지불할 준비가 되어 있다는 내용의 편지를 썼지. 약속시간과 장소가 정해졌고, 모튼은 3월 17일 오전 9시에 1만 파운드를 주머니에 넣고 집을 나섰어.

방청객과 치안판사는 마른침을 삼키고 그녀의 말을 들었지. 한때의 부족한 생각으로 이런 지독한 일을 당하는 아름다운 여자를 누구나 마음으로 동정했어. 하지만 몇 분 동안의 침묵 후, 치안판사가 모튼 부인에게 부드럽게 다음과 같이 말했을 때 법정에서 벌어진 혼란은 나마저도 생전처음 보는 거였어.

'모튼 부인, 피고를 똑바로 보고 당신의 전남편인지 알려주시겠습니까?'

그러자 그녀는 피고인에게 시선을 보내지도 않고 조용히 말했어.

'아니에요, 판사님! 저 남자는 트레뮤 백작이 아닙니다.'

3

"정말 드라마틱한 장면이었지." 흥분한 나머지 맹금의 손톱 같은 손으로 끈을 꼬면서 구석의 노인은 계속했다. "치안판사가 더욱 추궁하자 그녀는 피고인을 한 번도 본 적이 없는(어쩌면 중개인일지도 모르지만) 사람이라고 대답했지. 그녀가 받은 편지는 모두 타자기로 친 것이고 '알만 드 라 트레뮤 백작'이라는 서명이 되어 있었어. 그에게서 옛날에 받은 편지는 모두 보관하고 있는데, 서명은 확실히 그것과 같았지.

'받은 편지가 위조된 것이라고는 생각하지 않았습니까?' 치안판사는 미소를 지으며 물었지.

'생각도 하지 않았습니다.' 그녀는 단호하게 대답했어. '저와 트레뮤 백작의 결혼을 알고 있는 사람은 이 영국에는 한 명도 없습니다. 만약 백작과 친한 사람이 그의 필적을 흉내 내서 저를 협박했다면 왜 그 사람은 지금까지 계속 기다리고 있었을까요? 판사님, 저는 지금의 남편과 결혼한 지 이미 7년째입니다.'

전부 사실이었지. 그리고 그녀의 증언은 끝났어. 하지만 피고를 공판에 올리기 전에 모튼 씨에게 폭행을 가한 범인의 정체를 밝혀야 했어. 멜리시 의사는 30분 정도라면 내일 모튼 씨가 법정에 출두해 피고를 검증해도 좋다고 약속했고, 재판은 연기되었어. 피고의 석방은 거부되었고, 순경 두 명이 그를 데려갔지. 브라이튼의 시민은 성급함을 가라앉히며 수요일까지 기다려야 했어.

그날, 법정은 초만원이었어. 배우, 극작가, 그리고 다양한 종류의 문필가들이 다투어 입장하려고 했지. 차분해 보이는 피고가 피고석에 앉았을 때, 모튼 부인은 보이지 않았어. 이윽고 법정 안이 술렁거렸지. 창백하고 여위고 움푹 들어간 두 눈에 아직 닷새 동안의 수난의 흔적이 남아 있는 모튼이 주치의의 팔에 의지하면서 법정으로 들어온 거야. 그런데 모튼 부인은 그와 함께 있는 것도 아니었지.

모튼은 증인석의 의자로 향했고, 치안판사는 두세 마디 부드럽게 동정의 말을 한 후, 진술서에 추가할 것이 있느냐고 물었어.

모튼이 없다고 대답하자, 치안판사가 말했지. "모튼 씨, 피고석에 있는 남자를 똑바로 보고, 당신을 러셀 하우스에 데리고 가서 폭행한 남자가 틀림없는지 말해주시기 바랍니다."

환자는 천천히 피고인을 보고 눈동자를 깜박였지. 그리고 고개를 저으며 조용히 대답했어.

'아니요, 저 남자가 아닙니다.'

'틀림없습니까?' 치안판사가 깜짝 놀라 물었지. 방청객도 놀라서 숨이 막혔지.

'맹세합니다.' 모튼이 말했어.

'당신을 습격한 남자의 인상을 알고 있습니까?'

'물론입니다. 검은 얼굴에 키가 크고 마른 남자입니다. 머리칼은 새까맣고 짧은 턱수염을 길렀고 희미하게 외국 억양이 있는 영어를 썼습니다.'

피고는 앞에서도 말했듯이 틀림없는 영국인이었지. 혈색이 좋은 얼굴과 완벽한 영어를 썼으니까.

검찰 측은 점점 무너졌어. 모두가 깜짝 놀랄 만한 항변을 기대했는데, 스키너의 변호사 매슈 컬러가 그 기대를 완전히 뒤집었지.

그는 증인을 네 명 출두시켰는데, 그들은 3월 17일 수요일 오전 9시 45분에 피고가 브라이튼 발 빅토리아 행 급행열차에 타고 있었다고 확실히 증언했어.

두 장소에 동시에 모습을 나타내는 일은 불가능해. 게다가 모튼 씨도 자신의 증언이 틀림없다고 주장했기 때문에 치안판사는 경찰이 다시 수사를 하는 동안 에드워드 스키너에게 구류를 명령했지. 하지만 이번에는 보증인 두 명이 각각 50파운드를 지불하는 조건으로 보석이 인정되었어.

4

"자네 생각을 말해봐." 구석의 노인은 말없이 앉아 있는 나를 보았다.

"그래요." 나는 애매하게 대답했다. "알만 드 라 트레뮤 백작의 이야기는 사실이라고 생각해요. 아르헨티나 호에서 구사일생으로 살아남아 고국에 돌아와 전처를 협박한 거죠."

"그 이론에는 매우 강력한 반론이 적어도 두 개 있어." 그는 끈에 두 개의 큰 매듭을 만들면서 말했다.

"두 개요?"

"그래. 첫째, 만약 협박자가 생환한 '트레뮤 백작'이라면 왜 그는 자신의 정식 아내이며, 막대한 재산의 소유자인 여자로부터 1만 파운드만 받는 것으로 만족했을까? 그녀가 가진 25만 파운드 가까운 재산이 있으면 남은 일생을 사치스럽게 살 수 있지 않을까? 어때? 진짜 트레뮤 백작은 그 짧은 결혼생활의 체험에서 아내로부터 돈을 짜내는 일은 아주 간단하다는 사실을 알고 있었어. 이게 다가 아냐. 둘째, 아내에게 보낸 편지를 왜 타자기로 쳤을까?"

"왜냐하면……."

"경찰은 그 점을 조금도 문제시하지 않은 것 같아. 하지만 범죄만 연구해온 내 경험으로 말하면, 타자기로 친 편지는 대부분 가짜야. 서명만 흉내 내는 일은 그렇게 어렵지 않지만 편지 전체를 흉내 내서 쓰는 건 보통 일이 아니지."

"그럼……."

"만약 자네만 괜찮다면," 그는 흥분해서 끼어들었다. "사건의 요점을 함께 검토해볼까. 첫째, 모튼은 주머니에 1만 파운드를 넣고 나흘 동안 모습을 감추었어. 닷새째가 되어서야 입 주위에 털 숄이 감기고 안락의자에 느슨하게 묶여 있는 모습으로 발견되었지. 둘째, 스키너라는 남자가 폭행혐의로 고발되었어. 모튼은 스키너를 고소하는 걸 거부했어. 왜 그랬을까?"

"아내의 이름이 나오는 게 싫어서요."

"그는 정부가 사건을 조사하리라는 사실을 알았어. 그런데 그가 말한 '얼굴이 검은 외국인'과 함께 있는 모습을 아무도 목격하지 않은 건 어떻게 된 거지?"

"증인 두 명이 모튼과 스키너가 함께 있는 모습을 목격했어요." 내가 말했다.

"그래, 9시 20분에 웨스트 가에서. 그렇다면 에드워드 스키너는 9시 45분 기차에 충분히 탈 수 있었고, 모튼에게 러셀 하우스의 현관 열쇠를 건넬 수도 있었어." 구석의 노인은 무뚝뚝하게 말했다.

"말도 안 돼요!" 내가 소리쳤다.

"말도 안 된다고?" 끈을 난폭하게 당기면서 그가 말했다. "상대방이 절대 도망갈 수 없게 하려는 데 일부러 로프를 '느슨하게' 묶을까? 경찰들은 어떻게도 할 수 없는 멍청이들이야, 그들은 모튼을 묶고 있던 로프가 느슨해서 조금만 몸을 움직여도 풀어진다는 걸 자신들이 발견했으면서도 모르고 있어. 재주가 있는 악당이라면 안락의자에 앉아 몇 미터의 로프를 자신의 몸에 감고, 털 숄을 입 주위에 두르고서 두 팔을 로프 안쪽에 넣는 일 따위야 간단하지.”

“대체 어떤 목적이 있어서 모튼 씨 같은 지위에 있는 인물이 그런 터무니없는 연기를 했죠?”

“그래, 동기야! 그거지! 내가 언제나 자네에게 뭐라고 말했지? 동기를 찾아라! 모튼은 어떤 지위에 있었지? 그는 25만 파운드의 재산을 갖고 있는 부인의 남편이지만 그 돈은 모두 아내의 명의로 되어 있어서 그녀의 동의 없이는 1페니도 자유롭게 쓸 수 없어. 그녀는 젊었을 때 당한 괴로운 경험 때문에 지갑 끈을 단단히 쥐고 있었지. 모튼에게는 돈이 드는 도락이 몇 개 있어.

어느 날 그는 알만 드 라 트레뮤 백작의 옛 러브레터를 발견한 거야. 그래서 계획을 세웠지. 편지를 타자기로 치고, 백작의 서명을 흉내 내서 일이 되가는 것을 지켜보았지. 물고기는 미끼를 물었어. 그는 주위를 둘러보고 머리가 좋은 데다 아무것도 두려워하지 않는 욕심 많은 동료를 찾았어. 그리고 에드워드 스키너를 선택했지. 아마 옛날의 나쁜 친구였을 거야.

계획은 정말 교묘했어. 스키너는 러셀 하우스에 방을 빌렸고, 여주인과 하녀의 행동이나 습관을 면밀하게 관찰했지. 그리고 웨스트 가에서 모튼을 만나고, ‘폭행’ 다음 날부터 모습을 감추었어. 한편 모튼은 러셀 하우스에 갔지. 그는 2층으로 올라가, 방에서 큰 소리를 질러 코미디를 연출했어.”

“그는 거의 굶어 죽을 지경이었어요!”

“그것만큼은 아마 그의 계산 밖의 일이었을 거야. 모튼은 채프먼 부인과 하녀가 바로 그를 발견해 구해줄 거라고 생각하고, 24시간 동안 먹거나 마시지 않고 참았지. 하지만 흥분과 영양부족의 효과는 예상 이상이었어. 24시간이 지나자 그는 어지러워졌고 의식도 몽롱해져서 도움을 청할 수 없었어.

하지만 지금은 완전히 건강해졌지. 전남편이 살아 있는 여자와 함께 사는 건 자신의 양심이 허락하지 않는다고 말하고, 한동안 런던에 독신자용 방을 빌린 다음 오후에만 브라이튼의 아내를 방문했어. 하지만 그 독신생활에도 질려서 다시 아내의 집으로 돌아갔지. 이제 백작의 이름은 두 번 다시 듣지 못하게 될걸. 내가 보증하지."

구석의 노인은 나와 두 남자의 사진을 놓고 떠났다. 만약 노인의 이론이 맞는다면 모튼과 스키너, 이 따분하고 평범해 보이는 남자들이야말로 지금까지 발각되지 않은 2인조 악당이다.

에든버러 미스터리

THE EDINBURGH MYSTERY

1

구석의 노인은 점심식사를 즐긴 모습으로는 보이지 않았다. 나는 그가 무엇을 생각하는지 알 수 없었다. 그날 노인은 말을 꺼내기 전부터 끈을 꺼내 만지작거려 내 신경을 초조하게 만들었다.

"자네는 살인범과 강도를 동정한 적이 있었나?" 잠시 후 노인이 물었다.

"네, 한 번." 내가 대답했다. "하지만 제가 동정했던 그 여자가 정말 사람들이 말하는 범인이라고는 할 수 없어요."

"요크 미스터리의 주인공 말인가?" 노인은 부드럽게 웅했다. "그때 자네는 그 이상한 살인사건의 단 하나의 대답(내가 낸 대답이지만)을 계속해서 지우려고 했어. 그럼 최근 에든버러의 샬럿 광장에서 도널드슨 부인을 살해하고 물건을 훔친 범인에 대해 자네는 경찰이 알고 있는 이상의 뭔가를 알고 있나? 모르지? 그런데도 자네는 내 추리를 무시하고 내 해답을 신용하지 않아. 기자 아가씨는 모두 그런가?"

"또 그 이상한 사건을 해결할 기상천외한 줄거리를 만들어냈나요? 그런 얘기들은 물론 믿지 않아요. 이디스 크로포드를 동정하도록 해도 소용없어요."

"아니, 그런 건 생각하지도 않아. 자네는 그 사건에 흥미를 갖고 있어. 하지만 자세한 내용은 잊었을걸. 지금부터 하는 얘기 중에는 자네가 이미 알고 있는 것도 있을지 모르지만 이해해줘. 에든버러에 간 적이 있다면 그레엄 은행의 이름은 들었겠지? 그 은행의 대표 앤드루 그레엄은 '현대의 아테네' 라 불리는 그 도시의 최고 명사야."

구석의 노인은 지갑에서 사진을 두세 장 꺼내 내 앞에 놓았다. 그리고 뼈만 남은 긴 손가락으로 가리키면서 말했다.

"이쪽은 장남 엘피스톤 그레엄. 보다시피 전형적인 젊은 스코틀랜드 신사야. 그리고 이쪽이 차남 데이비드 그레엄."

나는 두 번째 사진을 물끄러미 보았다. 그 젊은이의 얼굴에는 영원히 사라지지 않을 슬픔이 새겨져 있는 것 같았다. 날씬하고 섬세한 그 얼굴은 경련이 일어난 듯하고 눈은 부자연스럽게 크고 튀어나와 보였다.

"이 남자는 기형이야." 내 생각에 대답하듯이 구석의 노인이 말했다. "그래서 친구들의 동정의 대상이 되었고 때로는 혐오의 대상이 되었던 것 같아. 에든버러 사교계에서는 이 젊은이의 정신 상태에 대해 이러쿵저러쿵 소문이 났지. 그레엄 가와 친한 사람의 얘기에 의하면 가끔 상당히 상태가 좋지 못할 때가 있는 것 같아. 이 젊은이의 반생은 그다지 행복한 것은 아니었어. 갓난아이였을 때 어머니와 사별하고 아버지는 이상한 모습의 아들에게 주체할 수 없는 혐오감을 갖고 있었어.

데이비드 그레엄이 아버지의 가정에서 그와 같은 취급을 받는 것은 머지않아 세상에 알려졌지. 동시에 데이비드의 대모이며 앤드루 그레엄의 누나, 도널드슨 부인의 데이비드의 대한 아낌없는 애정 또한 세상 사람들이 알게 되었지.

그녀는 위스키 제조업으로 유명한 고故 조지 도널드슨 경의 부인으로 상당한 자산의 소유자야. 극히 최근의 일이지만 로마 가톨릭으로 개종하고 데번셔의 뉴턴 애보트에 있는 세인트 오거스틴 수도원에 들어간다고 선언해서 장로파로 뭉쳐 있던 친척들을 당황시켰다는 얘기가 있지.

부인은 자신을 사랑하던 남편으로부터 물려받은 막대한 재산을 혼자서 관리하고 있었지. 따라서 그 모든 재산을 데번셔의 수도원에 기부할 수도 있었어. 하지만 그럴 생각은 없었던 것 같아.

부인이 기형의 대자代子를 매우 사랑했다는 건 앞에서 말했지? 어쨌든 상당히 이상한 사람이라 엉뚱한 취미를 갖고 있었는데, 더욱 이상한 건 자신이 이 세상을 떠나기 전에 데이비드 그레엄에게 행복한 결혼을 시켜주겠다는 집념을 갖고 있었다는 거야.

그런데 흉측한 기형에 정신 상태도 그다지 정상이 아닌 데이비드 그레엄은 프린스 가든스의 지금은 죽은 크로포드 의사의 딸 이디스 크로포드를 사랑했어. 하지만 뭐 당연하게도 이 아가씨는 데이비드 그레엄을 싫어했지. 특히 그즈음 그가 매우 우울하게 변했기 때문이야. 하지만 도널드슨 부인은 기묘한 투지로 크로포드 양의 마음을 불행한 조카에게 향하도록 노력했어.

작년 10월 2일, 그레엄 씨는 샬럿 광장의 호화저택에서 파티를 열었는데, 그 자리에서 도널드슨 부인은 조카 데이비드 그레엄에게 동산, 부동산, 증권 등 합계 10만 파운드에 이르는 자산을 증여하고, 또 시가 5만 파운드의 호화로운 다이아몬드 장신구 몇 개를 데이비드의 아내가 될 사람에게 줄 것을 공표했어. 다음 날 프린스 가(街)의 변호사 키스 맥핀리는 부인이 조카의 결혼식 때 서명할 수 있도록 증여증서를 만들라는 의뢰를 받았지.

일주일쯤 지나서 〈스코트맨〉은 다음과 같은 기사를 실었어.

에든버러 시 샬럿 광장과 퍼스셔 시 도크내커크에 사는 앤드루 그레엄 씨의 차남 데이비드와 프린스 가든스의 고(故) 케네스 크로포드 의사의 딸 이디스 릴리언이 머지않아 결혼식을 올린다.

에든버러 사교계에서는 다가올 이 결혼에 대해 여러 가지 소문이 떠돌았는데 전체적으로 그 소문은 혼인을 앞둔 양가에게 그다지 유쾌한 내용이 아니었지. 스코틀랜드 사람을 감상적인 인종으로는 생각할 수 없지만 이 결혼에는 너무나 노골적인 매매와 흥정의 기운이 나타나 있었기 때문에 스코틀랜드의 기사도는 의분에 불탔지.

그러나 당사자 세 명은 완전히 만족하는 듯이 보였어. 데이비드 그레엄은 글자 그대로 사람이 변했지. 까다로움은 사라지고 미친 것 같은 행동도 없어졌어. 멋진 행복에 빠져 평온하고 애정에 가득 찬 청년 신사가 된 거야. 이디스 크로포드는 웨딩드레스를 주문하고 친구들에게 다이아몬드 이야기를 했지. 도널드슨 부인은 그녀의 진정한 소원이었던 이 결혼이 자신이 마음 편하게 이 세상을 떠나기 전에 실현되는 날을 기다릴 뿐이었지.

증여증서는 11월 7일로 결정된 결혼식 당일에 서명할 수 있도록 준비되었고, 도널드슨 부인은 그동안 샬럿 광장의 동생 집에 묵기로 했어.

그레엄 씨는 10월 23일에 성대한 무도회를 열었지. 도널드슨 부인이 데이비드의 미래의 아내에게 결국 그녀의 것이 될 훌륭한 다이아몬드를 몸에 걸치는 걸 허락한다고 말하는 바람에 이 무도회는 특별한 관심을 끌었지.

다이아몬드는 훌륭했고, 크로포드 양의 당당한 미모와도 잘 어울려서 정말로 아름다웠다고 해. 무도회는 대성공으로 손님들이 돌아간 시간은 새벽 4시였어. 다음 날은 도시 전체가 이 무도회의 얘기뿐이었지. 하지만 그 이튿날 에든버러에 조간의 늦은 판이 나왔을 때, 사람들은 도널드슨 부인이 방에서 살해되고, 소문의 중심이었던 다이아몬드를 전부 도둑맞았다는 무서운 사실을 알게 되었어.

아름다운 작은 도시가 이 무서운 충격에서 벗어나기도 전에 신문은 또다시 엄청난 경악을 독자에게 주었지.

이미 스코틀랜드와 잉글랜드의 신문은 모두 지방검찰관의 정보를 듣고 '놀라운 뉴스'가 있다는 사실, 그리고 깜짝 놀랄 만한 체포가 있을 거라는 사실을 냄새 맡았지.

곧 그 뉴스가 보도되었어. 에든버러의 모든 사람이 이 뉴스를 읽고 공포와 놀라움으로 망연자실했지. 그 '깜짝 놀랄 만한 체포'의 당사자는 이디스 크로포드로 용의는 강도살인이었어. 최고의 사교 모임 가운데서 태어나고 자란 젊은 여자가 그와 같은 대담하고 흉악한 범죄를 계획하고 실행했다는 것은 도저히 믿을 수 없는 일이었지. 그녀는 런던의 미드랜드 호텔에서 체포되어 에든버러로 연행되었고 그곳에서 법의 심판을 받게 되어 있었어. 보석은 거부되었지."

2

"2주일 후 예정대로 이디스 크로포드가 고등법원의 재판을 받는 날이 왔지. 그녀는 '무죄'를 주장했고 변호는 형사소송 분야에서 가장 뛰어나다는 변호사라는 평판이 있는 제임스 펜윅 경에게 의뢰했어. 이상한 일이지만," 구석의 노인은 잠시 침묵한 후, 이야기를 계속했다. "여론은 처음부터 피고에 비난을 가했지. 대중이라는 것은 완전히 아이와 같아서 매우 무책임하고 비논리적이야. 즉, 이런 이유야. 크로포드 양은 10만 파운드의 재산 때문에 반쯤 미친 장애인과 결혼하는 여자다. 그와 같은 바람직하지 않은 결혼을 하지 않고 5만 파운드의 보석을 손에 넣을 수 있다면 도널드슨 부인을 죽이고 보석을 훔치는 일 정도는 태연하게 할 거라고.

한편 데이비드 그레엄에게 대중의 동정이 모인 이유는 피고에 대한 악감정의 반동 같은 것이었는지도 몰라. 데이비드 그레엄은 이 잔인하고 비열한 살인사건에 의해 그의 가장 소중한(유일하다고 해야 할지도 모르지만) 친구를 잃었지. 동시에 도널드슨 부인이 그에게 주려고 했던 막대한 재산도 잃게 되었어.

그때까지 증여증서에 서명이 되지 않았기 때문에 노부인의 거대한 재산은 사랑하는 조카를 부유하게 하지 못하고 법률로 정해진 상속인들에게 분배되었어. 부인이 유서를 남기지 않아서야. 그리고 이 커다란 불행이 겹친 데 이어 사랑하는 여자가 그의 대모와 재산을 뺏은 범인으로 고소당했다는 막대한 슬픔마저 추가되었지.

그렇게 해서 에든버러 사교계는 '돈이 목적인 여자'가 끔찍한 역경에 처한 것을 알고 당연히 만족하며 흥분했지.

나는 이 사건에 엄청난 흥미를 느꼈고, 지금부터 전개되려고 하는 스릴에 가득 찬 드라마의 등장인물을 직접 보려고 멀리 에든버러까지 갔어.

나는 평소처럼 방청석의 가장 앞줄에 앉았어. 문이 열리고 중심인물인 피고가 나타났지. 두 경관에게 이끌려 피고석으로 간 그녀는 상복이 잘 어울렸어. 제임스 펜윅 경은 격려하듯 강하게 그녀의 손을 잡았고 마치 격려의 말까지 들리는 것 같았지.

재판은 6일 동안 계속되었어. 그동안 검찰 측의 증인 40명, 피고 측의 비슷한 숫자의 증인이 심문을 받았지. 그 가운데 흥미로웠던 것은 의사 두 명과 하녀 트렘레트, 하이 가의 보석상 캠벨 그리고 데이비드 그레엄의 증언이었어.

당연하지만 의학적인 증거로 인해 상당히 시간이 걸렸지. 도널드슨 부인의 목에는 실크스카프가 단단히 감겨 있었고, 아무 지식이 없는 사람의 눈에도 그녀가 목이 졸려 죽은 징후가 분명하게 보였어.

도널드슨 부인이 가장 신임했던 하녀 트렘레트가 호출되었지. 검찰 측의 신문에 그녀는 23일 샬럿 광장에서 열린 무도회와 그곳에서 크로포드 양이 그 보석을 하고 있었을 때의 모습을 얘기했어.

'저는 머리장식을 붙이는 걸 돕고 있었어요.' 하고 그녀가 말했지. '부인은 직접 목걸이 두 개를 크로포드 양의 목에 걸었어요. 그 밖에 아름다운 브로치와 팔찌, 귀걸이 등이 있었어요. 새벽 4시쯤, 무도회가 끝나고 크로포드 양은 부인의 방으로 보석을 돌려주러 갔어요. 부인은 이미 잠들었고, 저도 자려고 생각해서 전등은 꺼져 있었습니다. 방에는 촛불 하나가 침대 옆에 켜져 있었어요.

크로포드 양은 보석을 전부 벗은 다음, 부인에게 자신이 넣을 테니 보석상자의 열쇠가 어디에 있는지 물었어요. 부인은 크로포드 양에

에든버러 미스터리

게 열쇠를 건넸고, 제게 〈피곤하지, 트렘레트. 이제 자도 돼.〉하고 말씀하셨어요. 저는 일어설 수 없을 정도로 피곤했기 때문에 편안한 마음으로 부인과 크로포드 양에게 〈안녕히 주무세요.〉하고 인사했는데, 그때 크로포드 양은 바쁘게 보석을 넣고 있었어요. 내가 방 밖으로 나왔을 때, 부인이 〈제대로 넣었지?〉하고 묻자 크로포드 양이 〈네, 모두 확실히 넣었어요.〉하고 대답하는 소리를 들었어요.'

354

제임스 펜윅 경의 질문에 트렘레트는, 도널드슨 부인은 평소 보석 상자의 열쇠를 리본에 달아 목에 걸었고, 죽은 날에도 하루 종일 목에 걸고 있었다고 답했어.

'24일 밤에도 부인은 아직 피곤이 풀리지 않은 것처럼, 저녁식사를 마치자마자 아직 가족들이 식당에 계신 데도 방으로 돌아갔어요. 제게 머리 손질을 시키고 실내복으로 갈아입고 책을 갖고 안락의자에 앉았습니다. 그때 묘하게 기분이 안정되지 않는데, 어떤 일 때문인지 잘 모르겠다, 하고 말씀하셨습니다.

제가 옆에 없어도 된다고 하셨지만, 부인께서 너무나 힘이 없다고 데이비드 그레엄 씨에게 말하는 게 좋을 것 같다고 생각했습니다. 부인은 데이비드 씨를 정말 사랑했고, 그분이 옆에 있으면 기분이 좋아졌어요. 저는 제 방으로 갔는데, 8시 30분쯤 데이비드 씨가 저를 불러서, 〈대모는 오늘 밤 조금 흥분한 상태야. 한 시간쯤 지나서 살펴보고 아직 주무시지 않으면 들어가서 잠들 때까지 함께 있으면 된다.〉고 말씀했습니다. 10시쯤, 데이비드 씨가 말했듯이 부인의 방문 앞으로 가서 살펴봤습니다. 방 안이 상당히 조용했기에 이미 주무신다고 생각하고, 제 방으로 돌아와서 잤습니다.

다음 날 아침 8시에 차를 갖고 방에 갔더니 부인은 바닥 위에 엎드려 쓰러져 있었고, 얼굴은 완전히 일그러져 보라색으로 변해 있었습니다. 제가 큰 소리를 냈더니 다른 사용인들이 달려왔습니다. 그때 그레엄 님께서 문을 잠그고 의사와 경찰에 연락했습니다.'

하녀는 그 자리에 쓰러질 뻔한 것을 필사적으로 버티고 있는 것처럼 보였어. 제임스 펜윅 경이 여러 가지 자세한 점을 질문했지만 그녀는 그 이상은 아무것도 몰랐어. 다시 말해, 24일 밤 8시에 여주인의 얼굴을 본 게 마지막이었다는 대답뿐이었지.

'10시쯤 문 앞에 갔을 때 열려고 했습니까?' 제임스 경이 질문했어.

'네. 하지만 잠겨 있었습니다.' 하녀가 대답했지.

'도널드슨 부인은 평소에 침실을 잠급니까?'

'네. 거의 매일 잠갔습니다.'

'그러면 아침에 차를 갖고 갔을 때는?'

'열려 있어서 그대로 들어갔습니다.'

'그건 확실합니까?' 제임스 경이 확인했지.

'확실합니다.' 하녀는 엄숙하게 대답했어.

그 후에 그레엄 가의 사용인이 몇 명 나와서, 24일 오후 크로포드 양이 샬럿 광장의 저택에 차를 마시러 온 일과 살 물건이 있어서 밤 기차로 런던에 간다고 모두에게 말한 것을 증언했어. 그레엄 씨와 데이비드는 그녀에게 저녁식사를 하고, 9시 10분 기차로 칼레도니아 역에서 가도록 권한 것 같아. 하지만 크로포드 양은 평소처럼 웨버 역에서 타고 싶고, 아직 편지를 몇 통 더 써야 하니까 자신의 집에서 가까운 역이 편하다고 말했지.

그럼에도 불구하고 증인 두 명이 피고가 그날 밤 샬럿 광장에 나타난 사실을 증언했어. 가방을 소중한 듯이 들고 칼레도니아 역 방향으로 걸어갔다고 해.

이 놀라운 재판 중에서도 가장 볼만했던 순간은 이틀째에 데이비드 그레엄이 완전히 풀이 죽어 의복도 흩어진 채 초조한 모습으로 증인석에 섰을 때였어. 그 모습을 본 방청객 사이에는 동정의 속삭임이 퍼졌지. 샬럿 광장의 이 사건에서 바로 이 사람이야말로 두 번째로 깊은 상처를 받은 희생자라는 것이 누구의 눈에도 분명했어.

데이비드 그레엄은 검찰 측의 심문에 도널드슨 부인을 마지막으로 봤을 때의 상황을 얘기했지.

'트렘레트가 대모가 불안해하고 속상해하는 것 같다고 해서, 이야기라도 하려고 대모에게 갔지요. 대모는 잠시 후 기운을 되찾았고…….'

불행의 밑바닥에 떨어진 그 청년은 그쯤에서 분명히 뭔가 망설이는 모습이었는데 그 유혹을 뿌리치듯이 이야기를 계속했지.

'대모는 내 결혼과 내게 양도될 재산에 대해 얘기했습니다. 다이아몬드는 내 아내의 것, 그리고 여자아이가 태어나면 나중에는 그 아이의 것이 된다고 말했습니다. 또 맥핀리 씨가 증여증서에 너무 꼼꼼한 것을 불평한 다음 10만 파운드를 대모의 손에서 그대로 내 손으로 옮길 수 없는 건 유감이라고 말했습니다.

30분쯤 얘기를 했는데 이제 주무실 것 같아 나는 방을 나왔습니다. 그리고 한 시간 후에 살펴보라고 하녀에게 말해두었습니다.'

법정은 순간 조용해졌고 그 정적은 거의 전격적으로 느껴졌어. 검찰 측에서 한 다음 질문이 마치 공중에 떠돌아다니고 있는 것처럼.

'당신은 한때, 이디스 크로포드 양과 약혼했지요?'

데이비드 그레엄의 굳게 다문 입술에서 흘러나온 '네'라는 말은 들렸다기보다 차라리 느껴졌다고 하는 게 좋을 거야.

'어떤 이유로 약혼이 파기되었습니까?'

제임스 펜윅 경이 이 질문에 항의해서 일어났지만 데이비드 그레엄이 먼저 말했지.

'그 질문에는 대답할 필요가 없다고 생각합니다.'

'그러면 질문의 형식을 바꾸지요.' 검사는 익숙한 말투로 말했지. '이런 질문이라면 이의는 없다고 생각합니다. 10월 27일에 당신은 피고로부터 약혼을 취소하고 싶다는 편지를 받았습니까, 아니면 받지 않았습니까?'

데이비드 그레엄은 이번에도 대답을 거부하려고 할지 몰랐어. 확실히 어떤 말도 그의 입에서는 들리지 않았어. 하지만 방청석에 있던 모두와 배심원들은 데이비드 그레엄의 창백한 얼굴과 슬픔이 가득 찬 커다란 눈에서, 파르르 떨리는 그 입술에서는 흘러나오지 않은 '네' 라는 대답을 볼 수 있었지."

3

"의심할 여지없이," 구석의 노인은 이야기를 계속했다. "무서운 죄가 밝혀진 이 젊은 여자에 대한 대중의 동정은 재판 둘째 날, 데이비드 그레엄이 증인석을 떠나는 동시에 사라졌어. 이디스 크로포드가 정말 살인을 했는지와는 별도로, 결혼을 승낙했던 장애인 상대방을 다시 저처럼 냉담한 방법으로 떠나보낸 일에 모든 사람들은 그녀에게 나쁜 감정을 갖게 되었지.

피고가 런던에서 데이비드에게 약혼을 파기한다는 편지를 전한 사실을 알린 사람은 그레엄이었지. 아마 이 일이 지방검찰관의 마음에 크로포드 양에 대한 의혹을 불러일으켰고 경찰은 즉각적으로 증거를 잡아 그녀의 체포에 들어갔다고 보아도 좋을 거야.

최후의 구경거리는 사흘째, 에든버러 하이 가의 보석상 캠벨 씨가 증인석에 나왔을 때 찾아왔어. 그는 10월 25일에 한 여자가 가게에 와서 다이아몬드 귀걸이를 한 쌍 팔고 싶다고 말했다고 증언했어. 그는 거래 상황이 바람직하지 않아 구입을 거절했는데, 이상하게도 여자가 실제 보석 가격보다 낮은 가격으로라도 귀걸이를 팔겠다고 말했다는 거야.

보석상은 여자가 가격은 얼마든지 좋으니 무조건 팔고 싶다는 태도를 보인 걸 수상하다고 생각하고 평소와 달리 열심히 그 손님을 관찰했어. 그리고 그는 다이아몬드 귀걸이를 팔러 온 여자와 현재 피고석에 앉아 있는 여자가 틀림없이 일치한다고 단언했지.

이 놀라운 증언에 그렇게 붐비던 법정 안의 방청객들은 작은 병을 떨어뜨려도 들릴 수 있을 정도로 일제히 조용해졌지. 피고석에 앉아 있는 여자만 아무 동요도 보이지 않았어. 그때까지 이틀 동안에 걸쳐 진술된 증언에 따르면, 아버지 크로포드 씨가 그녀에게 무엇 하나 재산을 남기지 않고 세상을 떠난 데다 어머니마저 없었기 때문에 독신 숙모 밑에서 자란 그녀는 가정부가 되기 위해 교육을 받았고, 실제로 가정부로 몇 년 일하기도 했지. 그녀가 다이아몬드 귀걸이를 갖고 있는 걸 알고 있는 사람은 아무도 없었어.

검찰은 확실히 트럼프의 에이스를 쥐었다고 생각했을 거야. 그런데 이날 하루, 재판 진행에 전혀 흥미를 보이지 않은 변호사 제임스 펜윅 경이 자리에서 일어났지. 나는 그때 그가 확실한 카드를 준비했을 거라고 직감했어. 마르고 키가 크고 매부리코를 가진 이 남자는 본격적으로 증인과 마주 서면 강렬한 중압감을 느끼게 하지. 그리고 이때 그는 실제로 한 방 먹였다고 해도 좋을 거야. 그는 곧바로 거드름 피우는 작은 보석상을 제압했어.

'캠벨 씨는 그 여자가 가게에 나타난 사실을 기록해두었습니까?'

'아니요.'

'여자가 가게에 온 날짜와 시간을 알 수 있는 확실한 증거가 되는

게 있습니까?'

'아니요, 하지만……'

'손님이 온 것을 기록했습니까?'

그런 건 없었어. 그 후 20분간 들은 이야기는 그 당시 여자가 온 것에 대해 특별히 신경을 쓰지는 않았고, 신문에서 여자가 체포되었다는 기사를 읽기 전까지 도널드슨 부인의 살인사건과 관계가 있다고도 생각하지 않았다는 거야.

그는 나중에 점원과 이야기하다가 한 여자가 아름다운 귀걸이 한 쌍을 팔러 왔다는 기억을 떠올렸던 거지. 그리고 그날은 살인이 있었던 다음 날이라고 생각했다는 거야.

제임스 펜윅 경의 목적이 이 증언을 무효로 하는 것에 있다고 하면 일단 성공했다고 봐야겠지. 캠벨 씨의 거드름 피우는 태도는 사라졌고, 혼란을 겪다가 흥분 상태가 된 다음, 마지막에는 짜증을 냈어. 그가 증인석을 내려오자 제임스 펜윅 경은 자신의 자리로 돌아가 사냥감을 기다리는 독수리처럼 앉았지.

다음에 사냥감으로 나타난 것은 캠벨 씨의 점원이었지. 그는 지방 검찰관 앞에서 주인이 증언한 내용을 한층 자세히 말했지. 스코틀랜드에서는 어떠한 소송에서도 증인은 다른 증인이 증언하는 동안 법정에 있을 수 없어. 따라서 점원 맥퍼레인은 제임스 펜윅 경이 그에게 준비하고 있던 함정에 대해서는 전혀 예상하지 못했지. 유능한 변호사는 장갑을 뒤집듯이 쉽게 그의 증언을 뒤집었지.

맥퍼레인은 점잖고 소극적인 성격이라서 짜증을 내지는 않았지만, 기억이 완전히 뒤얽혀서 영문을 모르게 되었고 다이아몬드 귀걸이를 갖고 온 여자가 정확히 며칠에 왔는지 확신할 수 없다고 하며 증인석을 내려왔어."

구석의 노인은 빙그레 웃었다.

"하지만 법정에서 이 장면을 보고 있던 많은 방청객들은 제임스 펜윅 경의 질문 방법이 마음에 들지 않은 게 틀림없어. 방청객들은 캠벨 씨와 점원이 어떤 여자가 다이아몬드 귀걸이를 갖고 온 사실을 확실히 밝혔고, 그 여자가 피고가 틀림없다고 말한 이상 그녀가 온 시점이 언제였는지는 결국 어떻게 되도 상관없는 것 아닌가, 하고 생각했지.

그러면 여기에서 이디스 크로포드의 변호를 위해 제임스 펜윅 경이 어떤 것을 노리고 있었는지 그 절차를 더듬어볼까. 이 유능한 변호사의 신랄한 독설의 두 번째 희생자였던 맥퍼레인이 증인석에서 내려갔을 때, 나는 이 사건의 전모(수사의 행적과 최초에 경찰이 범한 판단착오, 그리고 그것을 이어받은 검사의 실수)를 책 읽듯이 완전히 알아챘어.

제임스 펜윅 경도 물론 그 사실을 알고 있었지. 그는 마치 어린애가 카드로 만든 집을 무너뜨리듯 검찰 측이 세운 비계를 하나씩 무너뜨렸어.

캠벨 씨와 맥퍼레인이 피고가 틀림없다고 단언한 그 여자(언제라고는 확실히 말할 수 없지만 어느 날인가 와서 다이아몬드 귀걸이를 팔려고 했던 여자)가 첫 번째 핵심이지. 제임스 경은 살인이 있었던 날의 다음 날인 25일에 피고가 런던에 있었던 사실을 알고 있는 증인을 몇 사람 확보했어. 그 전날, 그레엄 가의 사람들이 생전의 도널드슨 부인을 마지막으로 본 시간보다 훨씬 전에 캠벨 씨의 가게는 닫혀 있었지. 그러니 보석상의 주인과 점원은 누군가 다른 여자가 온 것도 모르고 지나치게 흥분해서 엉뚱한 상상력을 발휘한 데 지나지 않은 것이었지.

여기에서 시간의 문제가 나와. 도널드슨 부인과 마지막에 만난 사람은 분명히 데이비드 그레엄이야. 그는 밤 8시 30분쯤 부인과 얘기했어. 제임스 펜윅 경은 칼레도니아 역의 짐꾼 두 명을 증인으로 불렀는데, 이 두 사람은 크로포드 양이 밤 9시 10분에 출발하는 기차 일등석에 발차 몇 분 전에 와서 앉았다고 증언했어.

'그렇기 때문에,' 하고 제임스 경은 말했지. '피고는 겨우 30분 동안에 살짝 집에 숨어 들어가, 가족도 사용인도 아직 모두 잠들지 않은 시간에, 도널드슨 부인을 목 졸라 죽이고 보석상자를 열고 보석을 훔쳐서 역까지 가야 합니다. 그런 일을 젊은 여자가 할 수 있을까요? 숙련된 남자 도둑이라면 가능할지 모르지요. 하지만 피고에게는 그런 체력이나 능력이 없다고 변호인은 주장합니다. 약혼 파기에 대해서는…….' 하고 유명한 변호사는 웃음을 띠우면서 이야기를 계속했어.

'철없는 짓이라는 의견도 당연합니다. 하지만 철없는 짓을 하는 것만으로는 법률상 범죄는 되지 않습니다. 피고는 진술에서 데이비드 그레엄 씨에게 약혼 파기 편지를 쓸 때는 에든버러의 불행한 사건을 몰랐다고 말했습니다.

런던의 신문에서 이 사건은 아주 간단하게 나왔습니다. 피고는 쇼핑에 바빠 데이비드 그레엄 씨의 처지가 바뀐 것을 전혀 몰랐습니다. 때문에 약혼 파기는 부정한 수단으로 보석을 입수한 것의 증거는 되지 않습니다.'

"그 탁월한 변호사의 기막힌 변론의 흉내는 도저히 낼 수 없지만," 구석의 노인이 변명하듯 말했다. "나뿐 아니라 모두가 알아챘듯이 그 변호사는 피고를 단죄하기 위한 증거가 전혀 없다는 사실에 중점을 두었지. 결국 그 놀라운 재판의 판결은 '증거불충분' 으로 끝났어. 배심원들은 40분 동안 자리를 비웠지. 제임스 경의 명변론에도 불구하고 배심원 각자의 마음속에는 이디스 크로포드가 보석을 손에 넣으려고 도널드슨 부인을 죽인 게 틀림없다는 생각이 굳게 뿌리내리고 있었던 것 같아. 그 거드름 피우는 보석상의 증언은 비록 불충분했지만 분명히 그녀가 다이아몬드를 팔러 온 사람이 맞을 거라고 믿었겠지. 하지만 유죄판결을 내릴 만한 증거가 없었기 때문에 그녀는 죄를 벗어났어."

4

잠시 침묵이 계속되었다. 내가 아무런 대답을 하지 않았기 때문이다. 노인은 끈에 난해한 매듭을 몇 개 만들었다. 마침내 내가 말했다.

"저는 역시 배심원들의 의심에 찬성해요. 그 여자가 한 짓이 틀림없어요. 어쩌면 자신의 손을 쓰지 않았는지도 몰라요. 샬럿 광장 저택에 누군가 공범이 있어서 이디스 크로포드가 밖에서 기다리는 동안 도널드슨 부인을 죽이고 보석을 훔친 다음 그녀에게 건넸을지 몰라요. 데이비드 그레엄이 대모의 방을 나온 시간이 밤 8시 30분이었죠? 공범이 저택의 사용인이었다면 그 인물이 범죄를 저지를 시간은 충분히 있었고, 더욱이 이디스 크로포드도 9시 10분 기차에 탈 수 있으니까요."

"그럼 보석상 캠벨에게 다이아몬드 귀걸이를 팔러 온 여자는 누구지?" 노인은 새처럼 이상한 모습의 머리를 갸웃하며 놀리는 말투로 물었다.

"물론 이디스 크로포드예요." 내가 자랑스럽게 대답했다. "주인과 점원이 피고가 틀림없다고 말했잖아요."

"언제 귀걸이를 팔러 갔을까?"

"아, 그렇군요. 그건 저도 모르겠어요. 이 사건에서 모르는 사실은 그것뿐이에요. 그녀가 25일에 런던에 있었던 게 확실하다면 일부러 다시 에든버러로 돌아와 그런 내막이 밝혀지기 쉬운 장소에서 팔려고 했다는 건 도저히 생각할 수 없어요."

"그래, 그런 일은 생각할 수 없어." 노인은 무뚝뚝하게 맞장구를 쳤다.

"그녀가 런던에 가기 전날에 도널드슨 부인은 살아 있었어요." 내가 말했다.

"그래." 노인은 긴 손가락으로 연결을 마친 근사한 매듭을 유심히 보면서 말했다. "그게 어떻다는 거지?"

"그걸로 끝난 거예요!" 내가 대답했다.

"이런, 아직 그 정도인가?" 노인은 일부러 과장되게 말했다. "그렇게 가르쳤어도 자네의 추리력은 전혀 좋아지지 않는군. 경찰만큼 좋지 않아. 도널드슨 부인은 물건을 도둑맞고 살해당했어. 자네는 훔친 사람과 살인자가 동일인물이라고 확신했나?"

"하지만……." 나는 반론하려고 했다.

"'하지만'이라고 하는군." 노인의 말투는 열기를 띠고 있었다. "간단한 일이지. 어느 밤, 이디스 크로포드는 다이아몬드를 몸에 걸쳤어. 그리고 그것을 도널드슨 부인에게 돌려주러 갔지. 하녀의 증언을 생각해봐. 부인이 '제대로 넣었지?' 하고 묻자, 크로포드 양은 '네, 모두 확실히 넣었어요.'라고 대답했어. 별 생각 없이 한 말이기 때문에 검찰 측은 전혀 알지 못했지. 하지만 그게 과연 어떤 것을 의미했을까? 도널드슨 부인에게는, 이디스 크로포드가 보석을 제대로 넣었는지 보이지 않았다는 거야. 보이지 않았기 때문에 그렇게 물었던 거지."

"그럼 당신의 이론은……."

"이론이 아니야." 노인은 드디어 흥분해서 말했다. "명백한 사실이지. 이디스 크로포드는 보석을 훔치려고 생각했어. 그래서 기회가 있을 때, 그 일을 실행했지. 이런 좋은 기회를 놓칠 수는 없잖아. 도널드슨 부인은 이미 침대에 들어갔고, 하녀 트렘레트는 방을 나갔어.

다음 날인 25일, 확실히 런던에 있던 그녀는 거래가 잘되지 않자 에든버러로 돌아와 팔 수 있는 가능성이 높은 캠벨 씨의 가게에 가서 귀걸이를 팔려고 했어. 제임스 펜윅 경은 그 후에 나도 조사해서 알게 된 사실, 즉 체포되기 사흘 전인 10월 27일에 크로포드 양이 벨기에에 갔다가 다음 날 런던으로 돌아온 사실을 들추지 않는 것이 좋다고 판단했지. 도널드슨 부인의 다이아몬드는 금장식에서 분리되어 지금 벨기에의 어딘가에 조용히 보관되어 있을 거야. 대금은 벨기에 은행에 들어 있겠지."

"그렇다면 도대체 도널드슨 부인을 누가 죽였죠?" 내가 헐떡이며 물었다.

"모르겠나?" 노인은 상냥하게 물었다. "사건의 경위를 죄다 알 수 있도록 얘기할 생각이었는데. 나에게는 아주 간단하게 보여. 생각해 봐, 대담하고 야만적인 살인방법이었어. 보석을 훔친 사람이 할 만한 짓은 아니지. 보석을 훔친 범인에게 나쁜 결과가 닥칠 것을 막아야만 하는 강력한 동기를 가진 사람만이 저지를 수 있는 일이야. 이렇듯 커다란 동기와 힘을 아울러 갖고 있는 인물은 누구일까?"

"확실히……."

"생각해봐. 장애를 갖고 있는 사람의 억눌린 분노는 평범한 생활 속에서 살고 있는 평탄하고 올바른 성격을 가진 인간의 천배쯤은 강할 거야. 그런 성격이 이처럼 무서운 문제에 직면했을 때 어떤 일이 일어날까?

그런 성격의 인간이라면 자신이 사랑하는 사람이 범한 실수로부터 그 사람을 지키기 위해서는 어떤 무서운 범행도 감수할 수 있다고 생각하지 않나? 알겠나? 데이비드 그레엄에게 도널드슨 부인을 죽이려는 의도가 있었다고 말하려는 게 아니야. 트렘레트의 증언을 들어보면 부인은 어쩐지 신경이 매우 날카로웠어. 데이비드가 부인의 방에 갔을 때, 부인은 보석이 도둑맞은 사실을 알고 있었지. 그녀는 당연히 이디스 크로포드를 의심했고 어젯밤의 일을 데이비드에게 말했지. 당장 경찰에 알리라고 재촉했어.

아까도 말했지만 그에게 부인을 죽일 의도는 전혀 없었을 거야. 놀라고 당황해서 그랬겠지. 그는 빈 보석상자를 보았고, 자신의 안전을 확보하기 위해 강도살인으로 꾸민 다음 그 자리를 떠났을 거야.

여기에서 한 가지 생각해봐. 저택에 몰래 들어간 수상한 사람을 본 목격자는 없어. 살인범은 들어온 흔적도, 나간 흔적도 없었어. 흉기를 가진 범인이라면 어떤 흔적을 남겼을 테고, 누군가가 어떤 소리를 들었을 거야. 또한 도널드슨 부인은 이미 죽어 있었는데, 방문을 잠그고 연 사람이 누구였겠어?

범인은 역시 저택의 누군가가 틀림없어. 아무 흔적도 남기지 않고 방을 나갈 수 있는 사람, 의심받지 않는 사람, 일견 어떤 필연성도 없고 어떤 동기도 갖지 않는 그런 인물. 자, 어떤가? 나는 틀림없다고 생각하는데? 잘 생각하고 이걸로 에든버러 사건의 배후자를 동정할 수 있는지 아닌지 가르쳐줘."

노인은 떠났다. 나는 다시 한번 데이비드 그레엄의 사진을 보았다. 과연 이 세상에 숭고하다고 할 수 있을 정도로 위대한 범죄가 있을까?

더블린 미스터리

THE
DUBLIN
MYSTERY

1

"유언장 위조사건만큼 재미있는 사건은 없었다고 생각하네."

구석의 노인이 말했다. 그는 잠시 말이 없다가 갑자기 주머니에서 작은 사진을 몇 장 꺼내 고르기 시작했다. 그는 그 가운데 몇 장을 테이블 위에 늘어놓고, 나에게 살펴보라고 할 것이다. 다행히 그리 오래 기다리지는 않았다.

"그게 브룩스 노인이야." 그는 사진 한 장을 가리키면서 말했다. "백만장자 브룩스 씨. 이쪽은 그의 두 아들로 퍼시벌과 머레이. 정말 기묘한 사건으로, 내가 보기에 경찰은 완전히 포기했지. 경찰의 존경할 만한 높은 분 가운데, 이 유언장 위조사건의 범인처럼 두뇌가 잘 돌아가는 인물이 한 명이라도 있었다면 이 나라의 미해결사건은 거의 없을걸."

"그래서 제가 항상 말하잖아요. 불쌍하고 무지한 경찰에게 당신의 지혜를 조금 빌려주면 좋지 않겠느냐고."

"알아." 노인은 단조롭게 말했다. "자네는 매우 친절하군. 하지만 나는 그저 아마추어야. 범죄는 체스 승부와 비슷해서, 수많은 복잡한 방법으로 말을 움직여 결국은 상대를 꼼짝 못하게 만드는 것이지. 더블린 사건이 그래. 영리한 경찰도 그때는 완전히 손을 든 상태였어."

"틀림없이 그렇죠."

"같은 시에서 중대범죄 두 개가 동시에 일어났으니 수사 당국은 완전히 정신이 없었지. 유명한 변호사 패트릭 웨더리드 살해사건과 백만장자 브룩스 씨의 유언장 위조사건 말이야. 아일랜드는 원래 가난한 나라이고 부호라고 할 수 있는 사람은 손가락으로 셀 정도밖에 없잖은가. 브룩스 씨는 베이컨 사업으로 많은 재산을 벌었고, 더블린 시민의 선망의 대상이었지. 소문에 의하면 그의 재산은 현금만으로도 200만 파운드를 넘는다고 해.

브룩스 씨는 두 아들 중에 특히 차남 머레이를 사랑했어. 머레이는 세련된 매너에 고등교육을 받아 글자 그대로 더블린 사교계의 인기를 한 몸에 받았지. 미남에 춤도 잘 추는 데다 말을 타면 그와 겨룰 사람이 없었어. 그는 아일랜드의 결혼시장에서 정평 있는 '신랑감'이었지. 많은 귀족의 집들이 대문을 활짝 열고 백만장자의 아들을 환영했지.

물론 브룩스 씨의 막대한 자산과 성대한 사업을 계승하는 사람은 장남 퍼시벌 브룩스였어. 퍼시벌도 동생에게 결코 뒤지지 않는 외모를 가졌고, 댄스, 승마, 화술이 모두 뛰어났지. 하지만 오래전부터 혼기를 맞은 딸을 가진 어머니들은 퍼시벌 브룩스를 사위로 맞는 것을 꺼려 했지. 왜냐하면 당시 유명한 뮤직 홀의 댄서로 런던과 더블린에서 인기를 모으고 있던 메이지 포테스큐에게 퍼시벌이 열중해 있었기 때문이야. 춤과 용모는 아름다웠지만 출생이 비천한 여자에게 백만장자의 상속자가 완전히 제정신을 잃은 거야.

하지만 퍼시벌이 과연 메이지 포테스큐와 결혼할 수 있는지는 매우 의문이었지. 그가 반대를 물리치고 무리하게 그녀와 결혼을 주장하면 브룩스 노인은 아마 재산을 그에게 양도하는 걸 망설일 거야. 퍼시벌이 그 굉장한 피츠윌리엄 플레이스 저택에 출신이 이상한 여자를 아내로 데리고 온다면 가족들이 그녀를 보는 눈이 얼마나 차갑겠는가. 이러한 사정 아래," 구석의 노인은 계속했다. "브룩스 노인은 저택에서 몇 시간 앓다가 갑자기 세상을 떠났지. 처음에 뇌일혈이라고 소문이 난 것도 무리는 아니었어. 12월 1일 저녁 늦은 시간에 죽기 전까지는 평소처럼 건강하고 쾌활하게 사무를 봤기 때문이지.

12월 2일 아침 신문은 독자에게 슬픈 소식을 알렸는데, 그 신문에 더욱 놀라운 사건이 실려 있었지. 평온한 더블린에서는 지난 몇 년 동안 들은 적도 없는 깜짝 놀랄 만한 사건이었어. 더블린의 위대한 백만장자가 갑자기 죽은 그날, 오후 5시에 브룩스 노인의 고문변호사 패트

릭 웨더리드가 피닉스
공원에서 살해당한 거야.
더욱이 그는 브룩스 씨의
저택 피츠윌리엄 플레이스를
방문하고 돌아오는 길이었지.

　패트릭 웨더리드는 일류 변호사로
알려져 있고, 그 갑작스런 죽음은 더블린의 모든 시민을 놀라게 했
어. 예순에 가까운 이 변호사는 비참하게도 굵은 지팡이 같은 것에
맞아 죽었고, 금시계와 지갑 등 몸에 지닌 값나가는 것은 모두 없어

졌지. 경찰 조사에 의하면 그가 브룩스 씨의 저택 피츠윌리엄 플레이스를 방문하기 위해 그날 2시쯤 집을 나왔을 때는 시계와 지갑이 전부 주머니에 있었지. 따라서 재난을 당했을 때 그는 상당한 금품을 몸에 지니고 있었던 거야.

사인 조사가 끝나자 이 사건은 명백한 살인사건으로 인정되었지.

하지만 더블린 시에 일어난 대사건은 아직 끝나지 않았어. 백만장자 브룩스 씨에게 어울리는 성대한 장례식이 끝나고 유언장 검증 수속이 있었지. 사업자산과 개인자산을 합해 250만 파운드로 평가된 재산은 모두 장남 퍼시벌 고든 브룩스에게 상속되었어. 차남 머레이에게는 겨우 연간 300파운드만 남겼지. 더블린 시민에겐 예상 밖의 일이었어. 장남 퍼시벌이 발레 댄서와 뮤직 홀 스타들의 꽁무니를 쫓아다니는 동안, 동생 머레이는 밤낮으로 아버지의 이야기 상대가 되어주었지. 그 덕분에 그가 아버지의 애정을 독점했어. 헌데 아버지가 죽자마자 그의 막대한 재산이 거의 전부 장남 퍼시벌에게 양도된 거야.

여기에는 뭔가 의미가 있는 게 틀림없어. 더블린 시민은, 특히 사교계의 사람들은 그 이유를 찾으려고 노력했지만 소용이 없었어. 결혼 시장에서 머레이 브룩스의 가치는 일거에 전락하고 말았지. 젊은 딸을 가진 어머니들은 다음 사교 시즌에 머레이로부터 멀어지려면 어떤 구실을 말해야 할까, 벌써부터 그 문제로 머리를 썩이고 있었지.

그런데 또다시 더블린을 날려버릴 것 같은 새로운 사건이 일어났어. 장남 퍼시벌을 단독 상속자로 정한 1900년의 유언장이 위조된 것이라고 주장하며 머레이가 무효소송을 청구한 거야."

2

"이 특별한 사건은 모든 사람을 어리둥절하게 할 만큼 불가사의했

지. 미리 말하지만, 브룩스 씨의 친구들은 노인이 가장 좋아하는 아
들에게 재산을 남기지 않은 사실을 전혀 이해하지 못했어.

퍼시벌은 분명히 아버지의 고민거리였어. 경마, 도박, 연극, 뮤직
홀, 이렇듯 방탕한 아들의 행동은 거리의 푸줏간에서 성공한 노인에
게는 도저히 용서할 수 없는 지옥에 떨어질 죄였지. 도박과 경마 빚
때문에 부자 사이에는 매일 말다툼이 계속되었어. 뮤직 홀 스타의 환
심을 사기 위해 돈을 쓰느니 브룩스 씨는 전 재산을 자선사업에 기부
했을 거야.

사건 공판은 이른 가을에 열렸어. 한편 돌아가신 아버지의 사업을
이어받은 퍼시벌 브룩스는 과거의 나쁜 친구들과는 완전히 손을 끊
었고, 옛날에 낭비했던 재능과 힘을 사업 운영에 쏟았지.

머레이는 물론 저택에 머물지 않았어. 가슴 아픈 추억을 피해 오랫
동안 살았던 저택을 떠났지. 그리고 죽은 패트릭 웨더리드의 협력자,
윌슨 히버트 변호사의 집에 하숙하게 되었지. 킬케니 가의 빈약한 주
택이었어. 불쌍한 머레이는 아버지를 잃은 슬픔이 가라앉기도 전에
오래 살았던 으리으리한 저택을 떠나 좁은 방에서 허섭한 요리를 먹
어야 하는 불행을 비통하게 느꼈을 거야.

사람들은 퍼시벌 브룩스를 혹독하게 비난했어. 연간 10만 파운드를
넘는 수입이 있는데, 아무리 아버지의 유언장 내용이 그렇다고 해도
동생 머레이에게 겨우 1년에 300파운드만 지급하다니. 그야말로 그의
훌륭한 식탁에서 흘러 떨어진 빵 부스러기만 던져주는 셈이었지.

사람들은 유언장의 진위를 둘러싼 소송에 많은 관심을 보였고, 공
판 날만 기다리고 있었어. 한편 경찰은 패트릭 웨더리드 살인사건에
대해 처음에는 많은 보도를 했지만 이상하게도 갑자기 말이 없어졌
지. 그 사실이 오히려 사람들을 불안하게 만들었어. 그리고 잠시 그
런 상태가 계속된 후, 어느 날 〈아이리시 타임스〉가 다음과 같이 특이
하고 수수께끼 같은 뉴스를 발표했지.

최근 확실한 소식통에 따르면 변호사 웨더리드 살해사건에 놀라운 변화가 일어났다고 한다. 경찰 당국은 비밀리에 행동하고 있는데 매우 중대한 단서를 발견한 것 같다. 그 결과 현재 더블린 시의 화제의 중심에 오른 어느 소송사건의 판결에 따라 그 당사자의 한 명인 중요인물을 체포하게 될 것으로 보인다.

며칠 후, 유언장 위조사건의 공판이 열렸어. 그날 그 변론을 들으려고 더블린 시민은 일제히 법정에 몰려갔지. 나도 더블린으로 갔어. 그리고 빽빽한 법정에서 나만의 방법으로 자리를 차지하고, 마치 연극을 즐기려는 관중처럼 다양한 배우들을 기대했지. 소송 당사자들인 퍼시벌과 머레이도 일찍부터 좋은 옷을 입고 환한 표정으로 법정에 나타났어. 각자 자신의 승소를 확신하면서도 자신들의 변호사와 끊임없이 대화했지. 퍼시벌의 변호를 맡은 사람은 유명한 왕실변호사 헨리 오란모어였고, 머레이의 의뢰를 받은 신진 변호사 월터 히버트는 웨더리드와 사무실을 함께 쓰고 있는 윌슨 히버트의 아들이야.

지금 새로이 공증을 청구받은 유언장은 1891년에 브룩스 씨가 중병에 걸렸을 때 작성된 것으로 고인의 고문변호사 웨더리드 앤드 히버트 법률사무소에 보관되어 있었던 거라고 해. 이 유언장에 따르면 브룩스 씨는 그 개인재산을 두 아들에게 균등하게 나누어준다, 사업재산은 전부 차남 머레이에게 물려준다, 장남 퍼시벌은 그 대가로 연간 2천 파운드의 수당을 받는다, 이렇게 되어 있었지. 당연히 머레이 브룩스는 두 번째 유언장이 무효라고 판정되는 데 깊은 관심을 보였지.

원고의 변호인 월터 히버트는 아버지 윌슨 히버트로부터 여러 가지 주의를 받았는지, 공판의 모두진술*을 정말 훌륭하게 해냈어. 1900년 12월 1일 날짜의 새 유언장은 피고가 아무리 항변해도, 고故

---

* 형사소송의 모두 절차에서 검사가 공소장을 읽음으로써 공소를 제기한 요지를 진술하는 일

브룩스 씨가 인정한 것이 아닌 문장 전체가 위조인 가짜라고 말이야. 월터 히버트 씨는 이 점을 밝히려고 증인을 몇 사람 신청했어.

한편 왕실변호사 헨리 오란모어는 능숙하고 정중한 태도로 답변하고, 피고 측에서도 증인을 몇 명 신청했지. 피고 측의 답변에 의하면 새 유언장은 브룩스 씨가 죽은 후, 퍼시벌 브룩스가 베개 밑에서 발견했는데 유효한 서명이 되어 있었고, 합법적인 증인의 서명도 있었다고 해. 이 유언장의 출현으로 이전의 유언장은 효력을 잃었고, 그때까지 고인이 다른 의도를 갖고 있었다고 해도 전부 변경되는 것이지.

변호사의 답변은 냉철하고 진지했어. 쌍방에서 신청한 증인은 매우 많았지만 결정적인 증언을 하는 사람은 한 명도 없었지. 법정의 흥미는 막바지에 이르러 브룩스 저택에서 30년 넘게 근무하고 있는 집사 존 오닐이 증인석에 섰을 때 최고조에 이르렀지.

'저는 그때 아침식사 뒤처리를 하고 있었는데, 옆의 서재에서 주인님의 목소리가 들렸습니다. 주인님은 몹시 화를 내고 계셨습니다. 불명예, 악당, 거짓말쟁이, 발레 댄서라는 말이 들렸습니다. 저는 별로 신경 쓰지 않았습니다. 불쌍한 주인님은 퍼시벌님과 얼굴을 마주할 때마다 언제나 그런 말씀을 하셨기 때문에 또 시작이군, 하는 생각뿐이었습니다.

저는 테이블을 정리하고 아래층으로 내려갔습니다. 식기를 씻기 시작했을 때 서재에서 벨이 요란하게 울렸고, 퍼시벌님이 큰 소리로 불렀습니다. 〈존! 즉시 심부름꾼을 보내 멀리건 의사를 불러주게. 아버지가 쓰러지셨어. 자네는 나와 함께 아버지를 침대로 옮겨야 해.〉

저는 재빨리 마부에게 의사를 모셔오라고 하고 서재로 달려갔습니다. 주인님은 바닥에 쓰러져 있었고 퍼시벌님이 팔로 머리를 받치고 있었습니다. 〈아버지는 정신을 잃고 쓰러졌어. 멀리건 의사가 올 때까지 나를 도와서 아버지의 방으로 옮겨줘.〉

퍼시벌님은 창백한 얼굴로 완전히 제정신이 아니셨습니다. 주인님

을 침대로 옮기고 나서, 제가 퍼시벌님에게 〈머레이님에게 알려야 합니다. 한 시간 전에 사무실에 갔으니 제가 가볼까요?〉 하고 물었습니다. 퍼시벌님은 뭔가 대답을 했지만, 멀리건 의사가 들어오는 바람에 이 대답은 듣지 못했습니다.

멀리건 의사는 진찰을 마치고, 절대로 안정해야 한다고 말했습니다. 의사 선생은 다른 환자의 진료를 위해 가야 한다고 말하고 일단 돌아갔습니다.

잠시 후 주인님이 벨을 울려 저를 불렀습니다. 서둘러 웨더리드 선생을 오라고 하고, 만약 사정이 안 되면 히버트 선생이라도 괜찮다고 했습니다. 〈존, 아무래도 오래 못 살 것 같아.〉 주인님이 말했습니다. 〈심장이 안 좋은 것 같아. 의사가 그렇게 말했네. 결혼해서 아이를 만든 게 실수였네, 존. 아이를 위해 부모는 자신의 심장을 아프게 하지.〉 저는 속이 상해서 아무 말도 하지 않았습니다. 그리고 그 길로 웨더리드 선생을 부르러 갔습니다. 선생은 3시 정각에 오셨습니다.

선생과 주인님은 한 시간쯤 얘기했는데 저와 급사장 팻 무니를 불렀습니다. 방으로 들어가자 침대 옆의 책상 위에 종이가 한 장 있었습니다. 우리들이 보는 앞에서 주인님은 거기에 서명했습니다. 그러자 웨더리드 선생은 우리에게 자네들도 그 아래에 서명하라고 말했습니다. 저와 팻은 시키는 대로 이름을 썼습니다.'

집사는 증언을 계속했어. '다음 날 장의사를 도와 나리의 유해를 움직이려고 하자, 베개 아래에서 그 종이가 나왔습니다. 저는 즉시 그 종이를 퍼시벌님에게 건넸습니다.'

변호인 월터 히버트의 질문에 집사 존이 말했지.

'퍼시벌님은 그때 혼자 있었습니다. 제가 그 종이를 건네자 조금 놀란 모습이었는데 다른 말씀은 없었습니다.'

'증인은 그 종이가 전날, 증인이 서명한 종이와 똑같다는 걸 어떻게 알았습니까?'

'알 수 있습니다. 그냥 완전히 똑같았으니까요.'

존의 답변은 조금 애매했어.

'내용을 읽었나?'

'아닙니다.'

'전날 서명할 때는 읽었나?'

'읽지 않았습니다. 그저 주인님이 서명하는 것을 보았을 뿐입니다.'

'그렇다면 증인은 그저 외견만으로 같다고 판단하는 건가?'

'하지만 틀림없이 같은 겁니다.' 존 오닐은 완고하게 주장했지.

구석의 노인은 계속 얘기하며 좁은 대리석 테이블 너머의 내 쪽으로 열심히 몸을 기울였다.

"알겠나? 머레이 브룩스의 변호인은 죽은 브룩스 씨가 확실히 새

유언장을 작성했지만 그것은 존 오닐의 손에 의해 퍼시벌 브룩스에게 건네졌을 때 퍼시벌이 몰래 파기하고 그 대신 자신을 수백만 파운드에 이르는 재산의 단독 상속인으로 정하는 유언장을 위조해서 바꿔치기 했다고 주장하는 것이네. 젊었을 때는 방탕한 생활을 했다고 하지만 현재는 아일랜드 상류사회의 명사로서 지위도 명예도 높은 신사에 대해서는 대담한 고발이라고 할 수 있지.

　　존 오닐의 증인은 아직 끝나지 않았어. 월터 히버트는 종이 한 장을 꺼냈지. 그 종이는 퍼시벌이 새 유언장으로 법정에서 공증을 거친 것이었지. 변호사가 그 유언장을 오닐에게 보이자 '그겁니다. 확실히 그겁니다.' 존은 망설이지 않고 말했어. '장의사가 주인의 베개 아래에서 발견한 것으로, 저는 즉시 퍼시벌님의 방으로 가지고 갔습니다.'

　　변호인은 유언장을 펼쳐 증인 앞에 놓았지.

　　'오닐 씨, 이게 당신의 서명인가요?'

　　존은 잠시 그것을 보고, '잠깐 실례합니다.' 하고 주머니에서 안경을 꺼내 다시 그 종이를 봤지만 마침내 크게 고개를 저으며 '아무래도 제 서명이 아닌 것 같습니다. 언뜻 보면 비슷하지만 확실히 다릅니다.' 하고 말했어. 그 순간 나는 퍼시벌 브룩스의 얼굴을 보았지."

　　구석의 노인은 조용히 계속했다.

　　"그러자 브룩스 씨의 병, 유언장, 패트릭 웨더리드의 살해 등 모든 사실이 명백히 떠오르더군. 하지만 양측의 변호사는 나처럼 단서를 잡지 못한 것 같았어. 그들은 가장 먼저 필연적인 하나의 결론에 도달할 때까지 일주일 가까이 언쟁하고 거창하게 연설하며 반대신문을 했지. 결국 그 유언장은 완전한 위조였다는 결론이 나왔어. 브룩스 씨의 서명은 정교하게 위조되어 있었지만, 몇몇 문장과 두 증인 존 오닐과 팻 무니의 서명은 상당히 달랐거든.

　　웨더리드 변호사가 새로운 유언장 작성을 의뢰받았을 때, 그는 브룩스 씨의 생명이 얼마 남지 않은 것을 알고 문구점에서 파는 미리 인쇄한 유언용지에 필요한 문구만 추가하고 브룩스 씨에게는 서명만 받았지. 따라서 막상 위조한 범인이 펜을 움직인 것은, 유언장 전체와 비교해보면 아주 적었을 거야.

물론 퍼시벌 브룩스는 그에 대한 심각한 혐의를 단호히 부인했지.

'나는 그 서명을 아주 잠깐 보았지만 위조라고는 생각하지 않았습니다. 만약 위필이라면 정말 교묘하게 만든 것입니다. 나는 지금도 위필이라고는 믿지 않습니다. 증인이 된 두 사람의 서명은 그때 처음 봤기 때문에 진위의 판단은 하지 않았습니다. 당시에 나는 유언장을 바크스턴 모드 법률사무소에 가져가서 감정을 의뢰했는데 형식은 완전하고 유효하다는 것이었습니다.'

'왜 당신은 고문변호사가 있는데 일부러 다른 법률사무소에 가져갔습니까?' 원고 측 변호인의 질문에 대해 그는 다음과 같이 대답했어.

'때마침 30분 전에 웨더리드 씨가 어젯밤에 살해되었다는 신문기사를 읽은 데다 또 한 명의 고문변호사 히버트 씨는 한 번도 만난 적이 없었으니까요.'

이런 경위로 법원은 죽은 브룩스 씨의 서명의 진위를 감정시켰지. 그리고 그 결과 1900년 12월 1일 날짜의 유언장은 위조라고 선고되었고, 1891년에 작성한 유언장이 정당하다고 인정되었어. 그리고 내용대로 유일한 상속자는 머레이 브룩스가 되었지."

3

"이틀 후, 경찰은 문서위조죄로 퍼시벌 브룩스 씨에 대한 체포영장을 신청했어. 형사법정에서는 브룩스 씨의 최후의 순간과 위조 유언장이 문제가 되었지. 변호인 오란모어의 재청으로 피고석에 섰던 퍼시벌 브룩스는 자신의 무고와 판결의 공정성을 믿는 사람의 의연한 태도를 보였는데, 유언장의 위조로 이익을 얻는 사람은 피고 외에는 없었지.

퍼시벌은 창백한 얼굴을 찡그리고 검사의 논고를 들었어. 그동안 가끔 오란모어를 돌아보고, 무언가 속삭였지만 그 유명한 변호사는 조금도 동요하지 않았고, 냉엄한 태도도 무너지지 않았어.

실제로 법정에 선 오란모어를 자네에게도 보여주고 싶군. 정말 디킨스의 소설에나 나올 인물이지. 여기저기 튀어나오는 아일랜드 사투리, 언제나 깨끗이 면도한 달처럼 둥글게 살찐 얼굴, 항상은 아니지만 티 하나 없이 깨끗하고 커다란 손, 무엇이든 풍자만화가의 좋은 재료야. 그 오란모어가 피고를 위해 뇌리에 숨기고 있던 게 두 개 있었어. 재판의 진행과 함께 알게 되었지만 그는 판사의 마음을 움직이기 위해 더 효과적인 제출방법을 파악하고 있었지.

하나는 시간의 문제야. 존 오닐은 오란모어의 반대신문에 그가 퍼시벌에게 유언장을 건넨 시간은 오전 11시라고 증언했어. 오란모어는 다음에 킹 가의 유명한 변호사 바크스턴 씨를 증인석에 불러 퍼시벌 브룩스가 유언장을 갖고 바크스턴 법률사무소를 방문한 시각은 11시 45분이라는 증언을 받아내고, 같은 시간에 사무실에 있었던 사무원 두 명에게 그 사실을 확인시켰어.

이런 수속을 마치고 오란모어는 변론을 시작했지. 만약 검사의 논고가 올바르다면 존 오닐로부터 유언장을 받고 나서 겨우 45분 사이에 퍼시벌은 문구점에서 유언용지를 사와서 웨더리드 씨의 필적과 비슷한 글씨로 기입하고, 아버지의 서명을 하고, 존 오닐과 팻 무니의 필적을 흉내 내서 서명도 한 게 되지.

미리 계획을 세운 다음 만반의 준비를 하고 실행했다면 가능할지도 모르지만 상식적으로 인간이 할 수 있는 일이 아니야.

판사는 분명히 동요했어. 탁월한 희곡작가의 솜씨를 가진 오란모어 씨는 마지막 효과를 올릴 수 있는 무기 하나가 더 있었어.

그는 판사의 얼굴을 보고 자신의 의뢰인이 완벽하게 안전하지 않은 것을 알았지. 그래서 증인 두 명을 신청했어.

한 사람은 피츠윌리엄 플레이스 저택의 하녀 메리 설리번이었어. 그녀는 12월 1일 오후 4시 15분, 브룩스 씨의 방에 뜨거운 물을 가져갔어. 문을 열려고 하는데 마침 웨더리드 씨가 나왔지. 메리가 쟁반을 든 채 옆으로 피하자, 웨더리드 씨는 문에서 안을 돌아보며 상당히 큰 목소리로 말했어. '이제 걱정하지 않아도 됩니다, 브룩스 씨. 편하게 주무세요. 유언장은 내 주머니에 확실히 넣었습니다. 누구든 한 글자도 바꿀 수 없습니다.'

하녀의 이 증언이 법적인 효력이 있는지는 간단하게 말할 수 없어. 그녀의 증언 내용은 이미 죽은 남자가 역시 죽은 남자에게 얘기한 말에 지나지 않으니까. 단지 이것만 가지고 퍼시벌을 공격하기 위해 제출되어 있는 유력한 증거에 대항하는 일은 지나친 모험이라고 할 수 있지. 어설프게 하면 오히려 판사의 심증을 악화시킬 우려가 있으니까. 하지만 그게 바로 완급 조절에 뛰어난 오란모어의 법정 기술이야. 이미 판사의 표정에 동요의 조짐이 보였을 때 제출된 이 증언은 충분히 효과적인 것이었지.

더욱더 몰아붙이듯 변호사는 멀리건 의사를 증인석에 불렀어. 메리 설리번의 증언을 증명하기 위해서지. 의학계의 나무랄 데 없는 권위자로 더블린 시내에서도 유명한 의사의 증언을 통해 오란모어가 노린 효과는 결정적이었어.

'내가 브룩스 저택에 진찰하러 간 시간은 4시 30분쯤이었습니다. 마침 변호사가 돌아가는 길이었습니다. 브룩스 씨는 이미 위험한 상태로 아직 의식은 있었지만 심장이 매우 쇠약해져 모든 것은 이미 시간 문제였습니다.

그래도 브룩스 씨는 나를 보고, 괴로운 숨을 쉬면서 띄엄띄엄 이렇게 말했습니다. 〈나는 이제 틀렸지만 마음만은 안정되었습니다. 지금 웨더리드 변호사를 오라고 해서 유언장을 만들었습니다…… 웨더리드는 유언장을 주머니에 넣고 돌아갔으니…… 이제는 누구도 그것을…… 변경할 수 없…….〉 나머지 말은 잘 들리지 않았습니다.'

4

구석의 노인의 이야기는 마침내 결말에 가까워 온 것 같다.

"알겠나? 이것으로 검찰 측은 패배가 결정된 것 같았지. 오란모어는 또 한 번 몰아치듯 말했어.

'유언장은 분명히 위조된 겁니다. 그 내용을 보면 피고의 이익을 위해 만들어진 게 분명합니다. 피고는 그것을 알고 있을지도 모릅니다. 알고서도 잠자코 있었는지도 모릅니다. 하지만 그 사실을 입증하는 것은 불가능합니다. 물론 본 변호인이 보기에 그런 의혹을 품을 여지는 전혀 없습니다. 모든 증거는 피고의 무죄를 가리키고 있습니다. 멀리건 의사의 증언은 뒤흔들 수 없습니다. 메리 설리번의 증언도 마찬가지로 신뢰할 수 있는 것입니다.'

두 증인의 증언에 의해 웨더리드 씨가 새 유언장을 주머니에 넣고 피츠윌리엄 저택을 떠난 시간은 4시 15분 이후로 밝혀졌지. 퍼시벌 브룩스는 한 걸음도 밖으로 나가지 않았어. 이 사실도 오란모어가 명료하게 입증했지. 브룩스 씨의 베개 맡에서 발견된 유언장이 위조인 것은 밝혀졌지만, 웨더리드 씨의 주머니에 있었던 진짜 유언장은 어디로 갔을까?"

"도둑맞았어요." 내가 말했다. "웨더리드를 죽인 범인이 갖고 갔어요. 그 범인에게는 아무 가치도 없는 것이기 때문에 찢어버렸을 게 틀림없어요. 멍청히 갖고 있다가 잡히면 단서가 되니까요."

"그러면 자네는 두 사건을 우연의 일치라고 생각하나?" 그는 흥분해서 물었다.

"뭐라고요?"

"웨더리드가 살해당하고 마침 갖고 있던 유언장을 도둑맞았다. 한편 베개 밑에서 가짜 유언장도 나타났다."

"만약 우연의 일치라면 너무 특이하지요." 나는 생각에 잠겼다.

"그렇지." 노인의 말에는 찌르는 듯한 울림이 포함되어 있었다. 그는 평소처럼 앙상한 손가락으로 끈 하나를 끝없이 매듭짓고 풀면서 계속 말했다.

"앞뒤의 관계를 잘 생각해봐. 많은 재산을 가진 노인이 지금 거의 죽어가고 있어. 아들이 둘 있지만 차남만 늙은 아버지에게 헌신적이고, 장남은 아버지를 화나게 할 뿐이지. 그날도 부자는 한바탕 싸움을 했어. 평소보다 훨씬 격렬한 논쟁 끝에 노인은 심장에 무리가 가서 기절했어. 그리고 몇 시간 뒤, 그 충격 때문에 심장마비로 죽었지. 하지만 그동안 유언장을 다시 썼는데, 죽은 후에 발견되었다고 하며 검인을 받은 유언장은 위조된 것이었지.

이 사실이 밝혀지자 경찰과 신문, 또 대중은 누구나 한발 앞서 결론에 도착했어. 유언장을 위조해서 이익을 얻은 사람은 퍼시벌뿐이기 때문에 범인은 퍼시벌 브룩스가 틀림없다는 게 결론이었지."

"이익을 얻은 사람을 찾아라. 당신의 모토 아닌가요?"

"뭐라고?"

"퍼시벌 브룩스는 200만 파운드라는 막대한 이익을 얻었어요."

"그런데 그렇지가 않아. 그는 동생의 상속분의 반도 얻지 못했어."

"그건 최초의 유언장 내용이죠. 두 번째 유언장에 의하면……."

"그 유언장의 위조 상태가 너무 졸렬해, 조금만 조사하면 즉시 발견되는 물건이야. 어때? 왜 그런 서툰 위조를 했는지 이상하지 않아?"

"그래요. 하지만……."

"하지만이 아니야. 아직도 자네는 모르겠나? 알았다면 말해봐.

브룩스 노인이 기절할 정도로 격렬하게 다퉜던 상대는 사실 장남이 아니라 차남이었어. 그런데 모두 장남이라고 믿었지. 아버지도 머레이를 그날까지 효자라고 마음으로 믿어왔지. 그런데 그날 어떤 사건이 일어났어. 나도 자세한 내막은 모르지만. 자네는 존 오닐이 들었다는 말을 기억할 거야. '거짓말쟁이'. 퍼시벌 브룩스는 결코 아버지를 속이지 않았어. 그의 죄는 언제나 표면에 나와 있었지. 그런데 머레이는 예의 바른 척했지만 실은 아버지를 완전히 속였던 거야. 그리고 위선자들의 당연한 대가로 마지막에 모든 것이 밝혀졌지. 도박빚인지 명예에 관한 문제인지 모르지만, 어떤 계기로 모든 사실을 아버지가 알았던 거야. 그게 바로 그날 다툼의 원인이었지.

자네는 기억하나? 그날 아버지가 쓰러졌을 때, 퍼시벌은 노인을 침실로 옮기는 데 정신이 없었지만 그동안 머레이는 보이지 않았다는 것을. 머레이는 도대체 어디에 있었을까? 효자로 유명한 그가 전혀 모습을 보이지 않은 것은 왜일까? 그는 아버지가 흥분한 나머지 유언장을 새로 만든 것을 알았던 거야. 웨더리드 변호사를 부른 것도, 그가 4시에 저택을 떠난 것도 알고 있었지.

외딴 장소에 먼저 가서, 웨더리드 변호사를 기다렸다가 지팡이를 휘둘러 습격하고 유언장을 뺏었지. 이제부터가 그의 교활한 점이야. 웨더리드 씨는 죽었지만 그의 파트너와 사무소 직원, 브룩스 저택의 하인 가운데 누구든 새로운 유언장을 만든 사실을 알고 있음에 틀림없지. 따라서 새로운 유언장이 아버지의 사후에 나타나지 않으면 그의 범행이 발각될 우려도 있었어.

머레이 브룩스는 위조 전문가가 아니야. 그 일에는 오랜 연습이 필요하지. 그가 쓴 유언장은 분명히 위조라는 것이 판명될 게 틀림없어. 그렇다면 오히려 처음부터 위조 유언장으로 발견되도록 꾸미는 쪽이 안전하고, 오히려 그에게 형편이 좋게 되지.

다행히 1891년의 유언장은 그에게 매우 유리하기 때문에 그 유언장이 유효해지면 좋을 것 아닌가. 위조 유언을 그렇게까지 퍼시벌에게 유리하게 만든 건 일부러 형을 누명에 빠뜨리게 하기 위한 것이거나 또는 그의 정신이 정말로 이상해서였는지 모르지.

이상이 그 경탄할 만한 범죄의 진상이야. 그런 범죄는 생각해내기는 어렵지만 막상 실행에 옮기면 간단히 끝나지. 그가 갖고 있던 몇 시간의 틈으로 충분했어. 그리고 밤에 위조 유언장을 브룩스 씨의 베개 밑에 숨겨놓으면 모든 게 완벽해지지. 그 다음의 경과는 자네도 알다시피."

"퍼시벌 브룩스는 어떻게 됐나요?"

"배심원의 평결은 증거불충분으로 무죄였어."

"진짜 유언장은 나오지 않았나요? 설마 그 악당이 지금까지도 재산을 갖고 있는 것은 아니겠지요?"

"그건 그래. 잠시 동안 쥐고 있었지만 3개월 전에 갑자기 병으로 죽었어. 아직 젊기 때문에 유언까지는 만들지 않았지. 그래서 퍼시벌이 또 부활해서 사업 경영을 맡게 되었지. 자네가 혹시 더블린에 갈 일이 있다면 나에게 브룩스 씨의 베이컨을 사다주게. 그 가게 베이컨이 상당히 맛이 좋다는군."

아널드 베넷

영국의 소설가이며
우리나라에는 시간
관리와 자기경영 저
자로 잘 알려져 있다.
영국에서 태어났고,
그 후 프랑스 파리로
건너가 작가연구에
몰두하였다. 유럽 사
실주의 문학을 잇는
작품들을 선보여 널
리 인정받았다.

ARNOLD
BENNETT

런던의 불

THE
FIRE OF
LONDON

1

"전화입니다." 비서가 말했다.

광업투자합동주식회사(자본금 200만 파운드, 1주 1파운드 주식이 현재 276파운드)의 대표 브루스 바우링은 전등이 빛나는 넓고 호화로운 전용 사무실의 맞은편에서 돌아보더니 상당히 싫은 얼굴로 비서를 노려보았다. 바우링은 셔츠의 팔을 걷어 올리고 피렌체 양식의 거울 앞에서 대가족을 돌보지 못했던 어머니 같은 근심을 볼에 띠우고 머리를 빗는 중이었다.

"도대체 누구야?" 그는 마치 최후의 결정타처럼 물었다. "금요일 저녁 7시가 가까운데!"

"친구분 같습니다."

중년 사업가는 금테 달린 브러시를 놓고, 동양의 두꺼운 카펫을 무거운 발걸음으로 밟고 전화실에 들어가 문을 닫았다.

"여보세요." 그는 송화기에 말했다. 물론 송화기에 화를 낼 수는 없다. "아, 여보세요. 아, 여보세요? 네, 내가 바우링입니다만 누구십니까?"

"우웅." 인간의 것이라고는 할 수 없는 희미한 소리가 수화기에서 속삭였다. "부웅. 찰칵, 친구요."

"이름은?"

"이름은 없어. 알려주는 게 좋다고 생각되어서. 오늘 밤 9시 전에 현금을 노린 강도가 당신의 론즈 스퀘어의 자택에 침입할 거야. 부웅. 알려주는 게 좋겠지."

"뭐라고!"

미약한 외침소리밖에 나오지 않았다. 전화실의 단절된 조용함 속에서 런던의 누군지도 모르는 상대가 보내온 기분 나쁜 메시지를 듣고 바우링은 갑자기 공포에 휩싸였다. 그가 정성 들여 세운 계획이 최종 단계에 와서 좌절된다는 말인가? 하필이면 왜 오늘 밤인가? 그 것도 9시 전에? 정말로 비밀이 흘러나간 걸까?

"그것뿐인가?" 그는 힘을 내서 차분하고 냉정하게 물었다.

하지만 대답은 없었다. 그는 교환원을 불러 방금 전화를 걸어온 상대의 전화번호를 찾게 했는데, 상대는 옥스퍼드 가의 공중전화를 사용했다고 한다. 바우링은 사무실로 돌아와 프록 코트를 입고 서랍에서 대형봉투를 꺼내 주머니에 넣었다. 그리고 앉아서 잠깐 생각했다.

현재 브루스 바우링은 런던에서 가장 유명한 실력자 중 한 명이었다. 10년 전에 실크해트 하나로 사업을 시작해, 마치 마술처럼 그 빈 모자에서 배당금이 쏠쏠한 남아프리카의 금광회사 후프라를 만들었다. 다음으로 제2후프라 주식회사를 만들었고, 부처처럼 전생을 반복해가며 순도 높은 광산을 계속 발견했다. 모자를 한 번 흔들 때마다 보물의 산이 나왔고, 더욱이 나온 물건 지금 론즈 스퀘어의 집과 햄프셔의 완벽한 꿈의 저택도 포함해 시간이 지날수록 확실하게 커졌다. 솜씨 좋은 마술사는 드디어 최고의 기술을 선보였고, 관객은 점점 흥분으로 들끓었다. 그리고 마침내 유례없는 성공 속에서 어떤 속임수도 없다는 것을 증명하기 위해 소매를 걷어 올리고 모자에서 꺼낸 것이 바로 '광업투자합동주식회사CMIC'였다. 믿을 수 없을 정도로 거대한 유니언잭*으로 설명할 수 있을까, 아무튼 여러 가지를 그 대단한 주름 안으로 끌어안았다. 런던 거래소에서는 남아프리카 광산주 가운데 CMIC의 주식을 특별히 '솔리드'라고 부르는데, 비록 정기적은 아니지만 많은 배당금을 가져다주기 때문이다. 그 이윤은 주로 회사설립과 투자에 의한 것으로, 거래소에서는 흔들림 없는 신용을 얻고 있었고, 주주연차총회도 다음 화요일 오후로 예정되어 있다(물론 그곳에는 솜씨 좋은 마술사가 출석하고 그 앞의 테이블에는 실크

---

* 영국 국기

해트가 놓여진다).

바우링의 명상은 한 통의 전보로 인해 곧바로 중단되었다.

　　요리사 다시 취함. 데번셔에서 7시 30분에 함께 식사해요. 짐 정리
때문에 여기서는 무리.
　　마리.

마리는 바우링의 부인이었다. 그는 이 전보로 크게 안심했다. 전보
를 받고 기분이 제법 좋아진 것 같았다. 이것으로 론즈 스퀘어의 집
에 가지 않아도 되었다. 그는 협박을 했던 강도를 비웃고, 신의 섭리
야말로 훌륭하다고 생각했다.

"이걸 보게." 그는 실망을 가장한 유머러스한 태도로 직원에게 전
보를 보였다.

"저런." 직원은 술 취한 요리사 때문에 괴로워하는 고용주에 대해
신중한 동정을 보였다. "그럼 오늘 밤은 평소처럼 햄프셔로 가십니
까?"

바우링은 그렇다고 대답했다. 주주총회는 잘될 것 같았고, 월요일
오후나 늦어도 화요일 아침 일찍 돌아온다고 말했다.

그는 두세 가지 지시를 더 하고 주말에도 출장을 떠나는 진짜 유능
한 경영자처럼 사무실에서 독수리 같은 눈초리로 주위의 방을 둘러
보고는 조용하지만 당당하게 CMIC의 사무실에서 나갔다.

'마리는 왜 전화가 아니라 전보를 보냈을까?' 회색 말 두 마리가
끄는 마차가 그와 마부와 하인을 태우고 데번셔로 질주했을 때 이런
생각이 들었다.

2

데번셔 맨션은 11층의 밝고 커다란 빌딩으로 하이드파크 끝에 있다. 포스터 딕시 스타일, 철골조립은 호먼 제품, 엘리베이터는 웨이굿 제품, 장식품은 웨어링 제품, 테라코타의 십자가상이 있는 복합빌딩으로 지하는 지하철역에 직통으로 연결되어 있고, 그 위에 와인창고, 넓은 세탁소, 다음 층(이 층의 창문이 도로와 같은 높이다)은 스포츠클럽, 당구장, 식당, 그리고 이름 끝이 '오풀로스'라는 담배회사의 사무실이 이어져 있다. 그리고 지상 1층에는 유명한 데번셔 맨션 레스토랑이 있다.

런던에서는 어떤 그럴싸한 인물이 '신분에 맞는 식사'를 할 수 있는 레스토랑은 꼭 하나밖에 없다고 한다. 그러한 장소는 시즌에 따라 변하기는 하지만 한 시즌에 하나 이상은 절대로 존재하지 않는다. 그리고 이번 시즌은 이 '데번셔'가 그곳에 해당했다(데번셔 레스토랑의 주방장이 '카엔 스타일 트라이프'라는 소의 내장요리를 고안했는데, 이 요리가 유명해졌다). 그래서 어떤 그럴싸한 인물들은 달리 적당한 식당이 없기 때문에 당연히 '데번셔'에서 식사를 하게 되었다. 레스토랑의 인기는, 레스토랑에서 위의 10층을 차지하는 호텔에도 영향을 줘서 호텔 역시 언제나 만실이었다. 그 결과 빌딩 꼭대기의 다락방에서 제복을 벗고 편안히 쉬는 종업원에게도 상당한 혜택을 가져다주었다. 또 레스토랑의 인기는 3층에 있는 당시 유행한 남녀 동반 클럽* '킷캣 클럽'에도 유리한 영향을 주었다.

7시 30분이 조금 지났을 때, 브루스 바우링은 이 부유한 사람들이 모이는 장소의 큰 계단을 유유히 올라왔다. 그는 거대한 난로 가까이의 높은 곳에 서서(추운 9월에 난롯불이 기분 좋게 타고 있었다), 주

---

* 영국의 클럽은 여성금지가 원칙

임웨이터에게 바우링 부인이 자리를 잡고 있는지 물었다. 그런데 아직 마리는 오지 않았다. 절대로 늦는 일이 없는 마리인데! 그는 걱정하며 주임웨이터의 안내를 받아 화려한 루이 14세의 거실로 들어갔다. 아침에 입은 옷 그대로였기 때문에 오닉스 기둥 그늘에 반쯤 가린 테이블을 골랐다. 9월이라는 시기에도 불구하고 거실은 아름다운 부인과 소유욕이 강한 남자들로 가득 차 있었다. 곧바로 젊은 두 남녀가(여자보다 남자가 더 잘생겼고 복장도 좋았다) 기둥 맞은편 테이블에 앉았다. 바우링은 5분 동안 기다렸는데, 모르네이 소스*를 얹은 광어요리와 로마네 콩띠 한 병을 주문한 다음 다시 5분을 기다렸다. 아내의 안부가 마음에 걸려 혼자서 먹을 생각은 없었다.

"글을 못 읽어?" 옆 테이블의 젊은 남자의 목소리였다. 전보용지를 들고 있는 사팔뜨기 하인에게 말한 것이었다. "'솔리드야, 솔리드. '솔리드를…… 팔아라…… 모두…… 내일……그리고 월요일에도.' 알겠지? 바로 이 전보를 보내."

"잘 알겠습니다, 각하." 하인이 말하고 서둘러 일어섰다. 젊은 남자는 바우링 쪽을 보고 있었다. 하지만 그 눈동자는 초점이 맞지 않아, 그의 뒤에 있는 태피스트리를 보는 것 같기도 했다. 바우링은 왠지 얼굴이 붉어졌다. 붉어진 얼굴을 숨기기 위해, 또 시계가 7시 45분을 가리켜 예약한 기차시간에 맞추기 위해, 그는 고개를 숙이고 광어를 먹기 시작했다. 몇 분 후, 하인이 돌아왔다. 젊은 남자에게 잔돈을 돌려준 다음 그 하인은 놀랍게도 바우링 앞으로 온 봉투를 건넸다. 봉투 덮개에는 '킷캣 클럽'의 문장이 있었다. 편지지에는 아내의 흘려 쓴 필적으로 다음과 같이 쓰여 있었다.

방금 도착, 짐 때문에 늦음. 레스토랑으로 직접 가는 게 주눅이 들어 여기에서 혼자서 고기를 먹을래요. 여기는 다행히 비어 있음, 준비되는 대로 여기로 오세요.

바우링은 화가 나서 한숨을 쉬었다. 그는 아내의 클럽이 싫었고 전화, 전보, 갈겨 쓴 전언이 지독히 비위에 거슬렸다.

"답장은 없네!" 그는 급히 소리치고 하인을 옆으로 불렀다. "저 테이블에 부인과 함께 있는 신사는 누구지?"

"잘 모릅니다." 하인이 속삭였다. "누군가는 수족관의 유력자라고 하고, 또 다른 분은 미국의 백만장자라고도 합니다."

"하지만 자네는 저 남자를 '각하'라고 불렀어."

"유력인사라고 생각했기 때문입니다." 하인은 그렇게 말하고 물러났다.

"계산하겠네!" 바우링은 웨이터에게 격렬하게 말했다. 동시에 그 젊은 남자와 일행도 일어나 나갔다.

엘리베이터를 타자 사팔뜨기 하인이 있었다.

"자네는 엘리베이터도 담당하나?"

"오늘 밤은 담당합니다. 저는 무엇이든 하니까요. 사실 정규 엘리베이터 담당이 두 시간 휴가를 받아서요. 최근 쌍둥이 아빠가 되었거든요."

"그렇군. 킷캣 클럽으로 가주게."

엘리베이터는 왠지 스윽 위쪽으로 올라간 것 같았다. 바우링은 하인이 층수를 착각했다고 생각했지만, 통로에 도착해보니 정면 입구에 기억에 남아 있는 금 글씨로 '킷캣 클럽, 회원 전용'이라는 문구가 써 있는 게 보였다. 그는 문을 밀고 안으로 들어갔다.

* 치즈, 우유, 버터로 만든 소스

내부는 아내의 클럽의 익숙한 로비가 아니라, 현관의 작은 방이었다. 그 안의 칸막이 너머로 장밋빛 조명의 호화로운 응접실이 힐끗 보였다. 그리고 한 손을 칸막이에 올리고 서 있는 사람은 레스토랑에서 그에게 얼굴을 붉히게 했던 젊은 남자였다.

"실례합니다." 바우링이 딱딱하게 말했다. "여기가 킷캣 클럽입니까?"

젊은 남자는 정면의 문으로 걸어왔다. 밝은 눈동자를 바우링에게 고정한 채 한 손으로 금색 간판을 뺀 다음 문을 잠갔다.

"아니요, 킷캣 클럽은 아닙니다." 그가 대답했다. "내 아파트입니다. 자, 들어와서 앉으세요. 당신을 기다리고 있었습니다."

"내가 그렇게 할 것 같소?" 바우링이 경멸하듯 말했다.

"하지만 바우링 씨, 당신이 오늘 밤에 도망가려고 하는 걸 내가 알고 있다면……."

젊은 남자는 서글서글하게 웃었다.

"도망?" 자본가는 등뼈에 힘이 빠진 것 같았다.

"정확한 단어를 사용했습니다."

"도대체 당신은 누구요?" 자본가가 무리하게 등을 꼿꼿이 세우고 내뱉듯 말했다.

"전화한 '친구' 입니다. 오늘 밤 특별히 당신을 이 '데번셔' 에 오게 하고 싶었지요. 론즈 스퀘어를 강도가 노리고 있다고 하면, 당신은 틀림없이 여기로 올 거라고 생각했지요. 술 취한 요리사 이야기를 만들고 당신 부인의 이름으로 가짜 전보를 보낸 것도 납니다. 그리고 나는 '솔리드' 를 팔라는 전보를 치도록 큰 소리로 지시해서 당신의 반응을 떠보기도 했습니다. 나는 킷캣 클럽에서의 전언처럼 부인의 필적도 위조했습니다. 그것만이 아닙니다. 사팔뜨기 하인을 시켜 당신에게 그 편지를 전하고, 엘리베이터로 여기까지 데리고 오도록 만들었습니다. 두 층 아래에 있는 진짜 킷캣 클럽의 금 간판과 똑같은 것을 만들어 당신의 눈을 속이기도 했습니다. 이 간판을 만드는 데 9실링 6파운드가 지출되었고, 하인 제복은 2파운드 15실링 들었습니다. 지출은 조금 했지만 폭력을 피할 수 있으면 비용은 고려하지 않습니다. 나는 폭력을 싫어합니다." 남자는 가짜 간판을 가볍게 흔들었다.

"내 아내는……." 바우링의 목소리는 격노로 더듬거렸다.

"론즈 스퀘어의 집에서 당신에게 어떤 일이 일어날지 걱정하고 있겠지요?"

바우링은 숨을 들이킨 다음 자신은 거물이라고 생각하고 안정을 되찾았다.

"당신은 미쳤소. 당장 이 문을 여시오." 그는 조용히 말했다.

"그럴지도 모릅니다." 낯선 남자가 솔직하게 인정했다. "미친 사람일지도 모르지요. 어쨌든 여기에 와서 앉으세요. 시간이 없어요."

바우링은 상대의 잘생긴 얼굴을 빤히 보았다. 멋진 코, 커다란 입, 각진 턱, 깨끗한 볼, 검은 눈, 검은 머리, 길고 검은 턱수염 그리고 길고 가느다란 손. '타락한 사람이다.' 하고 그는 마음속으로 결론을 내렸다. 그렇게 생각했지만 정신이상자의 변덕을 만족시켜줄 마음으로 그 남자의 요청에 응했다.

그가 들어간 응접실은 치펜데일 스타일로 아름다웠다. 기분 좋게 활활 타고 있는 난로 가까이에 안락의자 두 개와 그 사이에 작은 테이블이 놓여 있었다. 뒤에는 네 개로 접는 칸막이가 펼쳐져 있었다.

"5분 시간을 주겠소." 바우링이 권위 있게 앉았다.

"그것으로 충분합니다." 낯선 남자도 대담하고 앉았다.

"바우링 씨, 당신은 주머니에, 아마 가슴 주머니에 1천 파운드의 영국 은행권 50매와 소액지폐로 1만 파운드를 갖고 있습니다."

"그래서?"

"처음에 말한 50매를 요구합니다."

장미색으로 빛나는 조용한 응접실에서 바우링은 데번셔 맨션에 관한 여러 가지를 생각했다. 끝없는 복도, 셀 수 없는 방, 거기에 깔린 몇 평이나 되는 카펫, 숲처럼 펼쳐진 가구들, 금과 은, 보석과 고급 술, 미녀와 소유욕이 강한 남자들…… 재산은 신성불가침이라는 만장일치의 자연법으로 이루어진 소우주다. 저항하지도 못할 만한 함정에 빠져, 재산은 신성불가침이라는 것이 단순히 인공적인 약속에 지나지 않는다는 사실을 깨닫게 되는 일은 정말이지 부조리하다.

"도대체 어떤 권리로 이런 요구를 하는 거요?" 바우링은 용감하게 빈정대며 물었다.

"내 희귀한 지식의 권리에 의해서입니다." 낯선 남자는 밝게 웃으며 말했다. "당신과 나만 아는 얘기지만, 당신은 지금 한계에 이르렀어요. 회사도 같은 상태지요. 당신은 과거에 열아홉 개의 유령회사를 설립하고, 배당금을 지불하기 위해 자본금을 완전히 없앴어요. 다시 말하면 사업에 실패한 거지요. 당신은 가짜 대차대조표를 작성해서 감사의 눈을 속였어요. 그런데도 불구하고 당신은 왕 같은 생활을 하고 있습니다. 집은 모두 저당 잡혀 있고, 미불청구서가 산처럼 쌓여 있지요. 당신은 하찮은 좀도둑보다 훨씬 질이 나빠요. 이런 말은 하고 싶지 않지만."

"잠깐……." 바우링이 당당하게 끼어들었다.

"얘기를 계속하게 해주세요. 더 중요한 건 당신의 자신감이 차츰 없어지는 것입니다. 결국 어느 하찮은 남자가 당신 속임수의 깨지기 쉬운 껍질을 밟았고, 얼마 지나지 않아 당신이 아무런 재산도 없다는 사실이 알려질 것이 확실해졌어요. 그렇게 되면 홀로웨이 교도소에 들어갈 수밖에 없는 것을 예상한 당신은 마지막 지혜를 짜내 CMIC 회사의 가주권*을 담보로 은행에서 6만 파운드를 일주일 기간으로 (그렇죠?) 빌렸습니다. 당신들은, 즉 당신과 부인은 함께 모습을 감출 준비를 했어요. 평소처럼 햄프셔의 별장에 가는 척하고 사실 오늘 밤 안으로 사우샘프턴으로, 그리고 내일은 르아부르**로 가려고 했지요. 지폐를 교환하기 위해 파리에 들르고, 월요일에는(정확히는 모르겠습니다만) 아마 몬테비데오 부근을 향해 가고 있겠지요. '외국 범죄인의 인도'라는 위험이 있기는 있지만, 아마 영국에 있는 것에 비하면 훨씬 안전하겠지요. 당신은 아마 '외국 범죄인의 인도'라는 법망도 빠져나갈 게 틀림없습니다. 그렇게 확신했기 때문에 오늘 밤 당신을 여기로 부른 것입니다. 만약 도망가는 데 실패하면 나에 대한 말을 할 게 틀림없으니까."

"협박이로군." 바우링이 단호하게 말했다.

바우링을 상대하는 검은 눈이 밝게 빛났다.

"나를 쓸쓸하게 만드는군요." 젊은 남자가 말했다. "겨우 5만 파운드를 받고 당신을 추방하는 건 제게도 괴로운 일입니다. 당신의 흥미로운 상황을 조사하는 데 활약한 내 뇌세포에게 적어도 5만 파운드는 충분한 보수라고 생각합니다."

바우링은 시계를 봤다.

"과연," 쉰 목소리로 그가 말했다. "1만 파운드를 당신에게 주겠소. 자랑은 아니지만 직면하고 있는 사실을 파악할 수는 있소. 1만 파운드를 당신에게 주겠소."

"정말로," 사람을 함정에 빠뜨린 거미가 말했다. "당신에게 사람을 보는 눈이 있는 겁니까? 내가 적당히 타협할 사람으로 보이나요? 지금은 8시 30분입니다. 꾸물거릴 시간은 없어요."

"만약 내가 주는 것을 거부하면?" 잠시 생각하고 바우링이 말했다. "어떻게 되지?"

"이미 말한 대로 나는 폭력이 싫습니다. 그러므로 당신은 방에서

무사히 나갈 수 있지만 영국에서 떠날 수는 없습니다.”

바우링은 남자의 쾌활한 얼굴을 물끄러미 보았다. ‘데번셔 맨션’에는 엘리베이터가 오르내리고 와인이 반짝이고 보석이 빛나고 금화가 짤랑거리고 아름다운 숙녀들은 그대로 아름답게 시간이 흘러갔다. 하지만 같은 맨션의 소리 하나 없는 거실에서는 브루스 바우링이 50매의 지폐를 하나하나 테이블 위에 쌓고 있었다. 진홍색 테이블 위에 쌓인 작은 다발은 말할 것도 없이 적지 않은 재산이었다.

“안녕히 가시기 바랍니다.” 미지의 남자가 말했다. “내가 한 조각의 동정도 갖지 않았다고 생각하지 마세요. 정말 안 됐지만 조금 운이 나빴을 뿐입니다. 그럼 이만!”

“무슨 소리야!” 바우링의 소리는 비명에 가까웠다. 그리고 문 쪽에서 달려오더니 바지 뒷주머니에서 리볼버를 꺼냈다. “이제 참을 수 없어! 이럴 생각은 없었지만, 참을 수 없어! 이것을 사용하지.”

젊은 남자는 벌떡 일어나 지폐 위에 두 손을 놓았다.

“폭력은 어리석은 짓입니다, 바우링 씨.” 그가 중얼거리듯 말했다.

“포기할 건가? 아니면?”

“포기하지 않습니다.”

미지의 남자의 아름다운 눈이 이 사태에 기쁜 듯이 빛났다.

“그렇다면…….”

리볼버가 높이 올라갔다. 그러나 동시에 작은 손이 뻗어나와 바우링의 손에서 그것을 뺏었다. 돌아보니 옆에 여자가 서 있고, 방금 전까지 뒤에 쳐놓았던 커다란 칸막이가 소리 없이 서서히 쓰러졌다.

바우링은 저주했다. “한패가 있었나! 생각도 못했군!” 그는 더 이상 어떻게 할 수 없어 그저 투덜거릴 뿐이었다. 문을 향해 달려나간 그의 모습은 보이지 않았다.

4

여자는 스물일곱 살쯤이었고 중키에 날씬했다. 평범하지만 지적이고 표정이 풍부한 얼굴, 배짱이 있을 것 같은 빛나는 회색 눈, 솜털 같은 머리칼이 많은 머리. 그 솜털 같은 머리칼 탓인지, 리볼버를 바닥에 떨어뜨릴 때의 살짝 움직인 입술 탓인지 모르지만 장밋빛 방의 분위기가 갑자기 변했다. 뭔가 예측하기 어려운 요소가 움직이고 있었다.

"놀란 것 같군요, 핀캐슬 양." 5만 파운드를 손에 든 남자가 밝게 웃으면서 말했다.

"놀란 것 같다고요?" 여자가 일그러진 입을 조절하면서 말했다. "소롤드 씨, 순수한 신문기자의 업무로 당신의 초대를 받은 시점에서는 이런 일은 예상도 하지 못했어요. 정말이에요."

그녀는 업무 중인 신문기자에게 남녀 구별이 없다는 가정 아래, 냉정하고 침착하게 말하려고 노력했다. 하지만 그 점이 오히려 그녀가 여자라는 사실을 그대로 얘기해주었다.

"만약 당신에게 피해를 주었다면……." 소롤드는 체념했다는 듯이 두 손을 올렸다.

"피해라는 단어는 맞지 않아요."

핀캐슬 양은 신경질적으로 웃으며 대답했다.

"앉아도 되지요? 고마워요. 그럼 얘기를 해볼까요? 당신은 600만 달러의 유산을 남기고 돌아가신 뉴욕의 실력자 아하수에라스 소롤드의 아들이자 상속인으로서 어디에선가 영국으로 왔어요. 이번 봄 알제에 있는 동안, '알제 미스터리'의 무대로 알려진 세인트 제임스 호텔에 투숙한 것도 알고 있어요. 그 사건은 4월 이후 영국의 신문기자에게도 알려졌고, 그런 일 때문에 회사의 편집장이 당신과 인터뷰를 하라고 지시했어요. 그리고 당신을 만나 가장 먼저 알게 된 것은 미국인인데 미국 영어의 억양이 없다는 것. 당신은 그것을 어릴 때부터 어머니와 함께 유럽에서 살았기 때문이라고 했지요."

"하지만 당신은 내가 세실 소롤드라는 것을 의심하지 않았잖아요." 남자가 말했다.

두 사람의 얼굴은 테이블 위에서 근접했다.

"물론 의심하지 않았어요. 지금은 그저 상황을 정리하고 있을 뿐이에요. 나는 알제 미스터리에 대해 당신을 인터뷰하고 새로운 정보를 몇 개 알았어요. 그리고 당신은 차와 대화, 그리고 당신의 견해를 대접했어요. 나도 상당히 개인적인 질문을 하게 되었죠. 그리고 물론 기사에 쓰기 위해 당신의 즐거움이 뭔지 물었어요. 그러자 갑자기 당신은 이렇게 대답했어요. '내 즐거움 말입니까! 오늘 밤 저녁식사에 오세요. 비공식적으로요. 그러면 내 즐거움이 어떤 것인지 알 수 있습니다.' 나는 초대에 응해서 식사를 했어요. 그 다음 저 칸막이 그늘에 숨어서 귀를 기울이고 있으라고 당신이 말했죠. 그러고 나서, 그래요, 백만장자가 사실은 협박자라는 사실을 알았어요."

"잘 알고 있군요. 아가씨."

"나는 뭐든지 알고 있어요, 소롤드 씨. 다만 나를 이 자리에 초대한 당신의 목적을 모르겠어요."

"변덕이지요!" 소롤드가 밝게 소리쳤다. "내 지나친 장난이죠. 아마 여자 앞에서 멋진 모습을 보이고 싶다는 영원하고 보편적인 남성의 욕망이겠지요!"

신문기자는 웃으려고 했지만 그 표정을 보고 소롤드는 서랍장 쪽으로 달려갔다.

"이것을 마셔요." 그는 유리잔을 갖고 돌아왔다.

"필요 없어요." 그 목소리는 작았다.

"자, 마셔요."

핀캐슬 양은 마시고 기침을 했다.

"왜 이런 일을 했죠?"

그녀가 지폐를 보고 슬프게 물었다.

"설마 당신." 소롤드는 웃었다. "브루스 바우링을 동정하는 건 아니겠죠? 그는 단순히 훔친 것을 내놓았을 뿐입니다. 그에게 돈을 도둑맞은 많은 사람들을 생각해보세요. 주식거래소를 중심으로 하는 활동은 단순한 원시적 본능의 다양한 징후에 지나지 않아요. 내가 개입하지 않았다고 해도 브루스 바우링 이외에는 누구도 1페니도 벌 수 없어요. 그런데……."

"이 돈은 '회사'에 돌려줄 건가요?" 핀캐슬 양이 간절히 말했다.

"전혀 아닙니다. 그 회사는 돈을 받을 만한 자격이 없어요. 주주들은 불쌍한 피해자의 무리라고 생각하면 안 돼요. 그들은 이것이 게임인 것을 알고 있고, 게임인 이상 운이 따를 수도 있고 아닐 수도 있는 것도 알아요. 그리고 나도 돈이 없으니 돌려줄 수 없어요. 나도 돈이 필요해요."

"하지만 당신은 부자잖아요."

"내가 부자이기 때문에 더 돈이 필요해요. 부자란 그런 겁니다."

"유감이지만 당신은 도둑이에요, 소롤드 씨."

"도둑이라니! 아닙니다. 나는 합리적인 사람으로, 다시 말해 중간 상인을 털 뿐이에요. 핀캐슬 양, 저녁식사 때 당신은 조금 발전된 생각을 말했어요. 당신은 부와 결혼, 또는 상류계급 사람들에 관해, 라벨은 어리석은 대다수의 사람들을 위한 것으로 현명한 소수자는 라벨 뒤의 숨어 있는 의미를 읽는다고 말했죠. 당신은 나에게 도둑이라는 라벨을 붙였는데, 그 의미를 잘 생각하면, 당신을 그렇게 불러도 이상하지 않다는 것을 알게 될 겁니다. 당신의 신문도 매일의 런던의 사건 중에서 진실을 덮곤 하지요? 그건 신문이 살아가기 위한 방편입니다. 바꿔 말해 신문 역시 나쁜 게임에 참가하고 있는 겁니다. 예를 들어, 오늘 신문에 광업투자합동주식회사의 가짜 대차대조표가 50행 광고로 나왔습니다. 1행은 2실링이지요. 그 광고료 5파운드에 의해,

과장해서 말하면 이 런던에서 부정하게 취득한 돈의 일부로 오늘 오후 우리의 인터뷰 비용이 지불된 겁니다.”

“오늘 밤의 인터뷰입니다.” 핀캐슬 양이 강하게 정정했다. “내가 본 것과 들은 것 모두요.”

그 말과 함께 그녀는 일어섰다. 그녀를 보던 세실 소롤드의 표정이 어두워졌다.

“아무래도 오늘 밤에 당신을 초대한 건 잘못이었던 것 같군요.” 그가 천천히 말했다.

“만약 그렇지 않았다면 당신은 지금 죽어 있을지도 몰라요.” 핀캐슬 양은 대답하고, 그의 생기 없는 얼굴을 보면서 권총을 만졌다. “벌써 잊었어요?” 그녀는 꼬집어 말했다.

“물론 그 총에는 탄환이 없어요.” 그가 말했다. “오늘 일찍 모두 없애버렸죠. 그 정도로 나는 서투르지 않아요.”

“그럼 내가 당신의 목숨을 구한 게 아니란 말이에요?”

“그렇습니다. 당신은 칸막이 뒤에서 절대로 나오지 않겠다고 약속했어요. 그 약속을 어겼지만 오히려 나는 감사하고 싶습니다. 유감인 건 그로 인해 당신의 신용이 떨어진 것이지요.”

“나의?” 핀캐슬 양이 큰 소리로 말했다.

“그렇습니다. 당신도 이 게임에, 라벨을 붙여 말하면 이 강탈사건에 참가한 겁니다. 어쨌든 당신은 도둑과 단둘이 있었고, 위기의 순간에 그를 구했어요. ‘한패’라고 바우링 씨도 말하지 않았습니까? 신문기자 씨, 탄창이 비어 있는 리볼버라도 당신의 입을 막기에는 충분하지요.”

핀캐슬 양은 조금 신경질적으로 웃고 두 손을 테이블 위에 놓았다.

“친애하는 백만장자 씨.” 그녀는 빠르게 말했다. “당신은 내가 소속되어 있는 영광스런 현대의 저널리즘을 모르는군요. 당신이 뉴욕에 잠시라도 살았다면 더 잘 알았을 텐데. 내가 하고 싶은 말은, 내 신용이 떨어지든 말든, 이 사건의 전모가 우리 회사의 내일 조간에 나올 거라는 거예요. 아니, 경찰에 알리지는 않아요. 나는 뿌리부터 일개의 신문기자에 지나지 않으니까요."

"당신의 약속은 어떻게 된 거죠? 칸막이 뒤에 숨기 전에 모든 걸 비밀로 하겠다고 한 그 약속 말입니다."

"소롤드 씨, 약속에 따라서는 깨는 게 당연한 것도 있어요. 오늘 밤의 약속이 그래요. 당신의 즐거움이 어떤 것인지 조금이라도 알았다면 그런 약속은 절대로 하지 않았을 거예요."

소롤드는 희미하게 웃었다.

"정말이지," 그가 중얼거렸다. "조금 심각해졌군."

"아주 심각해요." 그녀는 더듬거렸다.

그리고 소롤드는 신문기자의 눈에 눈물이 흐르는 것을 보았다.

5

문이 열렸다.

"키티 사토리우스 씨입니다." 전에 엘리베이터 담당이었던 남자는 지금은 평복을 입었고, 이상하지만 사팔뜨기도 아니었다.

두드러진 사랑스러움을 갖추고 있고, 또 그 사실을 자각하고 있는 아름다운 여성이(데번셔에서 가장 아름다운 여성 중 한 사람이다) 방으로 충동적으로 달려 들어와 핀캐슬 양의 손을 잡았다.

"이브, 울었어? 왜 그래?"

"레키." 소롤드가 옆의 하인에게 말했다. "아무도 들여보내지 말라고 했잖아."

금발의 미녀가 재빨리 소롤드를 돌아보았다.

"내가 들어오겠다고 했어요." 그녀는 눈을 반쯤 뜨고 강압적으로

말했다.

"그렇습니다." 레키가 말했다. "그대로입니다. 숙녀분이 들어가고 싶다고 하셔서."

소롤드는 머리를 숙였다.

"그렇다면 됐어." 그가 말했다. "자네는 물러가도 좋아."

"알겠습니다."

"잠깐, 레키. 사람들 앞에서 내게 말할 때는 똑바로 했었어야지. 나는 귀족 신분이 아니잖아."

하인은 다시 사팔뜨기가 되었다.

"알겠습니다." 하인은 물러갔다.

"이제 우리만 남았군요." 사토리우스 양이 말했다. "이브, 소개해 줘. 그리고 설명해줘."

핀캐슬 양은 자제심을 찾았고, 친구인 리젠시 극장의 빛나는 스타를 지인인 백만장자에게 소개했다.

"왠지 이브가 걱정이 됐어요." 여배우가 말했다. "만약 이브가 9시까지 내 아파트에 오지 않으면 내가 상황을 보러 오게 되어 있었어요. 도대체 이브가 우는 이유가 뭐죠?"

"아무것도 아닙니다." 소롤드가 말했다.

"두 사람 사이에 뭔가 있군요." 키티 사토리우스가 의미심장하게 말했다. "도대체 뭐죠?"

그녀는 앉은 채로 깃털장식이 달린 테가 넓은 모자를 만졌고, 하얀 옷의 주름을 편 다음 가볍게 발로 바닥을 울렸다.

"자, 뭐라고 말해보세요. 소롤드 씨, 당신이 얘기해야 할 것 같은데요."

소롤드는 눈썹을 모아 올리고, 난로에 등을 향하고 서서 사건의 경위를 모두 얘기하기 시작했다.

"정말 멋진 이야기로군요!" 키티가 큰 소리로 말했다. "바우링을 꼼짝 못하게 한 것, 정말 통쾌해요. 한 번 만난 적이 있지만 왠지 아주 싫었어요. 아, 이게 그 지폐인가요? 아!"

소롤드는 얘기를 계속했다.

"오, 이브! 그런 일을 하면 안 돼." 키티가 갑자기 진지하게 말했다. "그렇게 간단한 일이 아니야. 신문에 발표하면 귀찮은 일이 많이 생겨. 네 신문사는 당분간 너를 런던에서 움직이지 못하도록 할 거고, 그렇게 되면 내일부터 우리는 휴가를 갈 수 없게 돼. 소롤드 씨, 이브와 나는 상당히 오랜 기간의 여행을 내일 출발할 예정이에요. 오스텐드를 시작으로."

"잘됐군요." 소롤드가 말했다. "나도 같은 방향으로 갈 예정입니다. 그쪽에서 만날지도 모르겠군요."

"만나면 좋겠네요." 키티는 웃는 얼굴로 맞장구를 치고 나서 이브 핀캐슬을 보았다. "이브, 신문에 발표하면 절대 안 돼."

"아니야, 나는 꼭 쓸 거야!" 핀캐슬 양은 두 손을 꽉 쥐고 강하게 주장했다.

"이 친구는 그만두지 않겠대요." 키티는 친구의 얼굴을 보면서 슬픈 듯이 말했다. "한번 정하면 남의 말을 듣지 않아요. 그리고 우리의 휴가까지 망치겠군요. 이 친구는 바보처럼 정의에 목맬 때가 있어요. 소롤드 씨, 상황을 이렇게 지독히 엉키게 한 건 당신이에요. 왜 이 돈을 그렇게 원하지요?"

"특별히 원하는 건 아닙니다."

"하지만 묘한 상황인 것은 여전해요. 바우링 씨는 문제가 아니고, 그 '회사'도 더 이상 나빠지는 게 아니에요. 즉, 누구 한 사람 부당한 손해를 보지 않았어요. 잘못된 것은 당신이 불법으로 손에 넣은 것뿐이에요. 그런 하찮은 지폐는 난롯불에 넣는 게 어때요?" 키티는 자신의 장난기 많은 유머에 소리 내어 웃었다.

"좋아요." 소롤드는 끄덕이고 50매의 돈을 재빨리 난로에 넣었다.

두 여자는 외치면서 벌떡 일어났다.

"소롤드 씨!"

"소롤드 씨("훌륭해!" 키티는 감탄의 소리를 냈다.)!"

"내 변덕은 이것으로 끝났습니다." 소롤드의 말투는 평온했다. 하지만 그 검은 눈동자는 반짝반짝 빛났다. "멋지고 즐거운 저녁이었습니다. 두 분에게 감사합니다. 언젠가 내 인생관을 더 자세히 얘기할 수 있는 기회가 있을지도 모르겠습니다."

클리포드 애시다운

영국의 소설가 리처드 오스틴 프리먼 Richard Austin Freeman이 그의 친구이자 의사인 존 제임스 피트케언 John James Pitcairn 박사와 합작으로 쓴 작품에 붙인 필명이다. 프리먼은 영국 추리문학의 근간을 이룬 작가 중 한 명으로, 〈손다이크 시리즈〉로도 잘 알려져 있다.

CLIFFORD
ASHDOWN

피렌체의 누에

THE
SILKWORMS
OF
FLORENCE

"브리드가 남긴 건 이것뿐이라오." 늙은 교구직원이 손을 놓자, 마치 텅 빈 나무상자처럼 달그락거리던 두개골이 퉁 소리를 내며 쇠로 만든 보관함에 떨어졌다.

"얼마나 오래된 겁니까?" 프링글이 물었다.

"어디 봅시다." 길다란 회색 턱수염을 쓰다듬으면서 교구직원이 대답했다. "브리드는 그래블 씨를 1742년에 죽였소. 아마 그럴 거요. 교회 옆에 있는 공동묘지 묘비에 그렇게 적혀 있으니까. 그리고 그는 60~70년은 충분히 된 이 철사줄에 매달려 교수형을 당했지. 교수대가 어디쯤에 서 있었는지는 정확히 기억나지 않소. 어렸을 때 사람들이 '교수대 습지'라고 부르던 그 들판에 있었다고 하오. 아마 저기 풍차 뒤편의 틸링엄을 돌아가면 있을 거요."

"이게 교수대야? 정말 무섭게 생겼다!" 성직자인 듯한 남자의 두 딸이 합창하듯 말했다. 과장스런 몸짓에 호기심까지 왕성한 모습이 뜨거운 여름날과 딱 어울리는 아이들이었다. 성직자인 아버지와 함께 온 모양이었다.

"어이쿠, 안돼요, 아가씨들! 저건 라이 형틀이지. 여기 서 있은 지 100년은 족히 되었을 거야! 이제 마을헌장을 보여주겠네." 교구직원은 노쇠한 걸음걸이로 그들을 작은 다락으로 안내했다.

프링글의 이름뿐인 저작권 대리점이 알아서 돌아가고 있는 동안, 그는 숙소 퍼니벌 호텔에 지난 한 달 내내 얼씬도 하지 않았다. 프링글처럼 교양 있고 괴팍한 성미의 사람에겐 뱅크 할리데이 리조트가 특히 밉살스럽게 보였다. 그는 여행자들에게 잘 알려지지 않은 지역 만을 골라 다녔다. 그가 라이에 오게 된 이유는 《싱크포트 답사》라는 최근 북셀러 서점 선반에서 뽑아 든 재크스의 기묘한 책 때문이었다. 카메라만 달랑 메고 쇠퇴한 도시들을 여기저기 헤매 다니는 프링글은 다른 항구의 현대성에 질릴 대로 질리면 다시 서둘러 돌아오리라 결심하고 라이를 떠났었다. 그런데 지난 2주일 동안 마르고 키가 큰 그의 모습이 이 도시를 휘젓고 다녔다. 그의 흰 살결은 거무스레해졌고 늪지에서 불어오는 바람을 맞아 햇볕에 탄 탓에 자줏빛 상처자국도 거의 보이지 않게 되었다.

"이 도시에는 희귀한 종류의 양도증서들이 있고 각종 특별허가들이 부여되어 있소." 교구직원이 금고 쪽으로 몸을 돌리면서 자랑했다. 공을 많이 들여 새긴 금고 표면의 무늬들은 거미줄과 흰곰팡이 탓에 유난히 뚜렷하게 보였다. 금고를 연 그는 안쪽에 아무렇게나 쌓여 있는 더미를 들추어 양피지뭉치를 찾아냈다. 그리고 고대 노르만 프랑스어 혹은 라틴어를 술술 해석해주었다.

"우웩, 지저분해!" 조금 전의 꼬마 아가씨 두 명이 말했다.

프링글은 저쪽 어두운 구석에 우두커니 서 있는 작은 금고로 걸어갔다. 뚜껑을 열려고 해보았지만 잠겨 있었다. 앞의 금고만큼이나 서류로 가득 차 있었다.

"이것도 도시 관련 기록들입니까?" 프링글이 물었다. 교구직원은 이제 가볼까 하여 옷자락을 여며 쥐고 있었다.

"그건 아니라오." 경멸적인 어투였다. "저쪽에 있는 금고는 누[noo]은행을 새로 지을 때 헐어버린 오래된 집 다락방에서 발견된 거요. 나중에 법인으로 넘겨졌지. 그런데 그 친구들이 미쳤다고 그런 잡동사니에다 돈을 쓰겠소."

"여기 큼지막한 인장 같은 게 있네요!" 골동품상이라도 되는 양 탐욕스런 관심을 보이며 변색된 양피지를 들여다보던 성직자가 큰 소리로 말했다. 습기로 인해 접은 자리가 붙어 있어서 부드럽게 살살 떼어내고 있었는데, 그만 손가락 사이로 미끄러져 떨어졌다. 무거운 인장의 무게 때문에 양피지 서류가 수직으로 낙하했다. 잡으려는 찰나, 성직자의 안경이 떨어져 서류더미 속에 파묻혔다. 그가 안경을 찾아 여기저기 쑤셔보는 동안 프링글은 그 양피지 서류를 집어 들어 읽기 시작했다.

"보나마나 별거 아닐 거요." 거만한 어투로 교구직원이 말했다. "아! 우리 시의 인장이 찍힌 50주년 기념연설문을 봤어야 하는데 말이오. 모두 파란색 아니면 금색이었지. 다해서 50파운드나 들었지 뭐요! 여기 창문으로 보이는 게 바로 누 은행이요. 도시가 많이 발전하긴 했지, 확실히 그래!" 그는 제임스1세 시대풍의 대저택 자리에 대신 들어선, 붉은 벽돌을 쌓고 벽토를 바른 기분 나쁜 건물을 가리켰다.

교구직원이 장황한 설명을 늘어놓자 프링글은 양피지 서류를 읽어 내려갔다.

라이 시 싱크포트의 모든 남작, 집행관, 치안판사 및 일반 시민에게 아래에 의거하여 앤서니 시퍼볼트 시장의 죽음을 알리고자 함.

이는 1805년 3월 23일 국왕폐하의 친서에 의거하여 임명된 위원회가 판결한 내용이다.

라이 시장, 앤서니 시퍼볼트는 싱크포트의 치안판사로서 본인의 직위에 적합하지 않은 행위를 했으므로 유죄이며, 가장 신성한 국왕폐하에 충성해야 한다는 의무가 있음에도 불구하고 국왕폐하와 본 왕국의 질서에 위배되는 행위를 하였다. 상기 앤서니 시퍼볼트는 국왕폐하의 적들로부터 뇌물을 수수하였고, 그들과 친밀한 관계를 유지하였으며, 또한 자신의 정식 피후견인인 특정 전쟁포로를 법적 감금 상태에서 벗어나게 하고자 모의하였다. 이제 나, 윌리엄 피트는 국왕폐하가 임명한 싱크포트의 관리인으로서 앤서니 시퍼볼트에게 명령하노니, 상기 본인은 이에 의거하여 1만 파운드의 벌금을 국왕폐하의 국고에 납부하도록 하며, 또한 나, 윌리엄 피트는 국왕폐하의 직속 관리인으로서 싱크포트와 관련된 모든 양도증서의 효력과 권위에 의거하여 앤서니 시퍼볼트에게 즉시 사임할 것을 명령하며, 이에 의거하여 싱크포트의 시장으로

서의 업무 및 권한의 행사와 브라더후드 및 게스틀링의 싱크포트 소환 담당자로서 라이 시 대변인 역할의 행사를 금지하며, 또한 매점 영업, 요금 징수, 방목, 돼지 방목권, 성벽 및 건물벽 수선료 징수, 통행허가, 정박세, 병역 면제세 및 이와 관련된 기타 특권 및 권한을 행사할 수 있는 모든 자유, 면허부여, 면제권 및 재판권의 행사를 금지한다. 이에 덧붙여 나, 윌리엄 피트는 상기 앤서니 시퍼볼트에게 본 문서에 명시된 일자로부터 일주일 이내에 모든 벌금, 상환금, 토지수익, 추징금, 계산서, 대법관으로서의 관직, 문서기록, 토지, 가옥 및 상속재산 등 현재 보유하고 있거나, 라이 싱크포트를 대신하여 어느 시점에서든 자신의 책임 하에서 보유하고 있었던 모든 금전의 완전하고 정확한 액수를 납부할 것을 명령하는 바이다. 또한 나, 윌리엄 피트는 상기 언급한 라이 시 싱크포트의 남작, 집행관, 치안판사 및 대중에게 명령하노니, 즉시 가서 싱크포트의 시장 직을 수행하기에 적합하다고 여기는 황제폐하의 진정한 충신을 그대들 가운데서 선출하여 그 이름을 나에게 제출하도록 하라.

총리 관저에서, 서기 1805년 5월 16일
국왕폐하 만세.

양피지 끝부분의 5∼7센티미터 정도는 접혀 있었고, 무더운 날씨로 인주가 덜 마른 채 접혀서인지 서로 완전히 달라붙어 떨어지지 않을 것처럼 보였다. 그러나 방금 전 인장이 떨어지면서 그 부분이 벌어졌다. 덕분에 프링글은 서류를 끝까지 펼쳐볼 수 있었다. 그러자 숨겨져 있던 몇 줄이 드러났다. 빛이 바래고 갈겨쓴 글씨체이긴 하지만 읽기는 어렵지 않았다.

내 아들에게. '교수대 습지'에 있는 교회 뾰족탑에서 피렌체의 누에를 찾도록 하라 SE x S, 윈첼시 밀 SW 1/2 W. A. S.

프링글은 이 이상스런 글귀를 다시 한번 읽어보았다. 그러나 도무지 무슨 말인지 알 수 없었다. 암호문이 분명하다고 생각한 그는 저녁때쯤 다시 한번 생각해볼 요량으로 수첩에 내용을 적었다. 라이 시는 주로 자연경관 위주의 관광지라서 저녁때가 되면 별로 할 일이 없었다.

그제야 비로소 성직자는 안경을 찾은 모양이었다. 방금 읽은 양피지 서류를 그에게 돌려준 프링글은 창가에 서 있는 무리에 합류했다. 은행 건물과 도시의 다른 현대식 건물들의 평범함에 식상해진 여자아이들은 입을 벌려 하품하고 있었는데, 교구직원이 뭔가를 보여주겠다고 제안했다. 그는 라이 시 공회당의 최고의 영광은 바로 이것이라고 생각하는 눈치가 분명했다. 호기심이 많은 성직자는 남아서 양피지 서류를 좀 더 살펴보겠다고 했고, 나머지 일행들은 의회 회의실로 자리를 옮겼다. 이곳에서 안내자인 교구직원은 자랑스러운 듯 시장들의 목록을 보여주었다. 마치 이집트 왕조의 연대기쯤은 될 만큼 긴 역대 시장들의 이름은 초콜릿색으로 칠해진 벽에 새겨져 있었다.

"이건 무슨 뜻입니까?" 프링글이 물었다. 그는 1805년이라고 적힌 부분을 가리켰다. 그 부분에는 '앤서니 시퍼볼트'라는 이름이 다른 이름과 함께 괄호 안에 적혀 있었다.

"그 표시는 임기 중에 사망했음을 뜻하오." 늙은 교구직원이 즉시 대답했다. 그는 조금도 당황한 기색을 보이지 않았지만 그렇게 즉각적으로 대답을 하는 걸 보니 뭔가 석연치 않은 부분이 있을 것 같다고 프링글은 의심을 품었다.

"아, 뭔가 타는 냄새가 나요!" 여자애들 중 하나가 갑자기 말했다.

"우리 아빠는 어디 계시지?" 다른 여자아이가 고함을 질렀다. "아빠가 불에 타 돌아가실지도 몰라."

416

분명히 뭔가 타는 냄새가 나고 있었다. 그 냄새는 강력하고 지독해서 성직자가 불에 타고 있을지도 모른다는 여자아이들의 상상력을 자극한 것 같았다. 프링글은 용감하게 계단을 뛰어 올라갔다. 연기는 바닥 위에 놓인 검게 그을린 덩어리에서 나고 있었다. 그리고 그 옆에는 무엇인가 불꽃을 튀기면서 활활 타고 있었다. 그러나 그 성직자가 불에 타는 것 같지는 않았다. 성직자는 불타고 있는 작은 더미를 훌쩍 뛰어넘어, 손가락에 침을 묻히더니 극심한 고통을 느끼는 사람처럼 허공에 흔들어댔다. 직관적으로 프링글은 무슨 일이 일어났는지 알아챘고, 뭐라고 적혔는지 알아볼 수 없을 정도로 불에 그을린 양피지를 단숨에 밟아 불을 껐다. 그리고 더 거세게 불타고 있는 인장을 주머니에서 꺼낸 손수건으로 덮었다. 그때 여자아이들 뒤쪽으로 교구직원이 씨근거리면서 방 안으로 들어왔다. 아이들은 아버지의 안전이 너무 걱정된 나머지 그의 행동을 전혀 눈치채지 못했다.

"이게 다 뭡니까?" 교구직원이 안경 너머로 노려보면서 물었다.

"제가 와, 와, 왁스를 떠, 떨어뜨렸지 뭡니까. 아이쿠! 바로 제 손바닥 위에다가요!"

"왁스라니요?" 교구직원이 의심스러운 듯 코를 킁킁거리며 말했다.

"아마 성냥개비를 말하는 것 같습니다." 프링글이 기사도적인 태도로 중재하듯 말했다. 그는 양피지가 이미 완전히 망가져버렸으니, 이제 와서 그 사실을 얘기하는 건 별로 좋은 일이 아니라고 생각했다.

"이름과 주소를 알려주셔야 하겠소." 교구직원이 직책에서 비롯된 당당함으로 말했다.

"그게 왜 필요한 겁니까?" 불을 낸 자가 반발했다.

"화재위원회에 이 사건을 보고하기 위해서요."

"좋습니다. 로그다운의 교구목사, 코넬리우스 하드기블렛입니다." 인상적인 대답이었다. 교구목사는 딸들에게 부드럽게 부축당한 채 위엄 있어 보이려는 듯 이따금 절룩거리면서 그 자리를 떴다. 프링글은 시간이 지날수록 그의 손가락에 더 격렬한 아픔이 찾아올 거라고 생각했다.

저녁식사 때까지는 아직 한두 시간 정도 남아 있었다. 프링글은 윈첼시 로에 빌린 작은 아파트의 문을 열고 들어갔다. 원래는 사무실이었던 그곳을 꽤 그럴듯한 암실로 만들었고, 그는 그곳에서 아침에 찍은 사진들을 현상하면서 오후시간을 보내는 데 익숙해져 있었다. 하지만 오늘따라 사진 현상에는 별로 관심이 가지 않았다. 하드기블렛 씨의 문서파기, 그가 볼 때 단순한 사고가 아닌 것은 분명했다. 사건 이후 프링글은 교구목사의 동기를 추측해보았다. 왜 그랬을까? 그 양피지에 뭔가 비밀이 있는 것 같다. 아마도 그 교구목사는 그걸 독차지하려고 했던 것 같은데. 아무래도 시장이 파면당한 사건을 면밀히 조사해야 할 것 같았다. 그렇게 혼란스러웠던 시기에 세상을 떠들썩하게 했던 사건이라면 역사가들이 기록하지 않았을 리가 없다.

프링글은 집 안에 있던 안내 책자를 몇 권 읽어보았다. 그러나 아무리 자세히 읽어도 시퍼볼트 시장과 관련한 사건에 대해서는 합의라도 한 듯 아무런 언급이 없었다. 나중에 호텔로 다시 돌아왔을 때, 프링글은 자신이 숙소를 참으로 잘 선택했음을 깨달았다. 흡연실에 놓여 있던 책들에 다른 책들과 달리 그 사건이 있었던 시대가 기록되어 있었던 것이다. 바로 러프의 《안내서》라는 오래된 책이었다. 반면 머레이와 블랙의 책은 적당히 괜찮았고, 그중에서도 힐패스의 기념비적인 《라이의 역사》는 단연 뛰어났다, 프링글은 그 책의 마지막 부분에서 그가 찾던 정보를 발견했다.

1805년, 당시 라이 시장이었던 앤서니 시퍼볼트는 파면당했고 그재산은 몰수되었다. 그리고 목에 칼을 쓰고 프랑스 해안 쪽을 향해 서 있으라는 형이 선고되었다. 그의 죄목은 줄리어스 플로레틴이라는 프랑스인 수감자가 이프르 타워 감옥을 탈출하는 일을 도왔다는 것이다. 시퍼볼트는 어떤 보상을 받고 다른 여러 유력인사 수감자들의 탈출을 방조했을 거라는 혐의도 받고 있었다. 그는 프랑스와 선박무역을 하고 있었지만, 그의 합법적인 무역행위는 전쟁 이후에 어려움을 겪고 있었기 때문에 의심의 여지없이 밀수에 의존했을 것이다. 아마도 그의 밀수행위는 가장 법을 잘 지켜야 하는 사람들이 눈감아 주었기에 가능한 것이었으리라. 시퍼볼트는 파면당한 다음 그리 오래 살지 못했고, 하나뿐인 그의 아들도 아버지의 선박을 운영하던 중 밀수 단속선에 저항하다가 처형당했다. 일족의 몰살이었다.

프링글은 이 책이 양피지에 적힌 내용의 충분한 확증이 되리라 생각했다. 양피지에서 다루지 않은 자세한 세부사항이 분명히 나와 있었기 때문이다. 다만 아직 유일하게 풀리지 않은 부분은 서명에 관한 것이었다. 처음에는 간단한 인사말을 애써 각을 맞추어 만든 암호라고 생각했다. "내 아들에게", 그리고 "A. S.", 이렇게 끝나는데, 이것은 파면당한 시장의 이니셜일 뿐이었다. '교수대 습지'에 대해서도 전혀 이상할 게 없었다. 교구직원의 증언에 따르면, 100년 전에 으레 사용되었던 장소가 확실했다.

프링글은 일련의 대문자들을 보면서 그것들이 나침반의 방위를 나타낸다는 사실을 쉽게 알아챌 수 있었다. 하지만 '피렌체의 누에'만큼은 감이 오지 않았다. 그가 알기로 누에는 피렌체 지방의 특산물이었다. 그러나 그런 혼란스러운 시기에 누에가 다른 나라로 수출되었을 리가 없다. 왜 '교수대 습지'와 같은 장소에 그런 것들을 보관했단 말인가? 프링글은 힐패스의 책에서 계몽운동 시대가 나온 페이지를 들춘 다음 뭔가 감이 잡힐 때까지 그 부근을 계속해서 자세히 들여다보았다.

갑자기 암호가 일종의 말장난임을 깨닫게 된 프링글은 웃음을 터뜨렸다. 희미하게나마 감이 잡히기 시작했다. 힐패스의 책은 그 수감자의 이름을 플로레틴이라고 했는데, 이는 수감자의 탈출에 대한 보상금이 있었다는 단서를 보여주는 것이다. 그 암호는 플로레틴*의 특산물이 발견된 장소가 어딘지 보여주고 있었다. 시퍼볼트는 파면당했고 그의 재산은 몰수되었지만, '교수대 습지(밤은 물론 대낮에도 접근하길 꺼리는 장소가 아닌가?)'에 숨긴 반역의 대가는 그의 재산보다 훨씬 클 것이었다. 그런 목적으로 그 양피지에 그렇게 기록해둔 게 맞는다면 서명은 분명히 유언일 것이다. 그것 말고 시퍼볼트가 남긴 건 하나도 없었다.

다음 날 프링글은 일찍 일어났다. '교수대 습지'는 오랫동안 물이 말라 있었고 오랫동안 잊힌 곳이었다. 다행히 유용한 머레이의 책에 이 습지의 위치를 알아낼 만한 단서가 나와 있었다. 그곳은 고립된 넓은 들판 한가운데 있었고, 그 주위로 겨울철 범람을 막기 위한 둑이 쌓여 있었다. 프링글은 휴대용 나침반을 가지고 대략적인 방향을 측정하기 시작했다. 그는 이내 출발점을 표시했다. 바로 라이 시를 사방으로 내려다보는 교회 첨탑이었다. 그러나 윈첼시 부근에는 숲 말고는 아무것도 보이지 않았다. 바로 그 초록색 숲이 북쪽으로 가늘게 이어지는 부근에 뭔가가 툭 튀어나와 있었는데, 그 순간 태양빛을 받아 반짝거리더니 계속해서 빛이 났다. 계속해서 뚫어지게 쳐다보던 프링글은 그게 풍차의 회전날개임을 깨달았다. 하지만 그곳은 과연 도달할 수 있을까 하는 생각이 들 만큼 멀리 떨어져 있었다. 고급 컴퍼스나 측량용 막대도 없이 그곳을 찾아나서는 일은 단순히 시간 낭비일 것 같았다. 그는 들판을 가로질러 걸어갔다. 거무스름한 어떤 물체를 발견했을 때 그는 계단을 오르던 참이었다. 그 물체는 둑의 꼭대기를 따라 이리저리 불규칙하게 스쳐 지나가는 듯 보였다.

그 물체를 집중해서 바라보니, 둑 뒤편으로 나 있는 길에서부터 머

* Florentine, 피렌체의

리가 보이더니 곧이어 어깨가 보였고 마지막으로 로그다운 교구목사의 모습이 나타났다.

프링글은 가까스로 '교수대 습지'가 어딘지 알아냈다. 아니, 알아낸 것 같았다. 그러나 프링글은 들판으로 걸어 들어가 이리저리 헤맨 끝에 누에가 숨겨진 위치에서 아직도 멀리 떨어져 있는 것 같다고 낙심했다.

그날 밤, 런던 발 마지막 기차로 온 승객들 틈바구니에 프링글이 끼어 있었다. 그는 크리켓 장비용 가방을 하나 들고 있었다. 숙소에 무사히 도착했을 때, 그는 가방에서 우선 선원들이 쓰는 챙 달린 모자와 바지를 꺼냈다. 그러고 나서 작지만 강력한 힘을 자랑하는 삽한 자루와 깔끔한 휴대용 곡괭이, 3미터 길이의 마닐라로프, 짧은 길이의 강철 막대기 몇 개(각각의 끝이 나사 모양으로 되어 있어 서로 이으면 하나의 긴 막대가 된다), 그리고 마지막으로 7센티미터 크기의 프리즘 나침반을 꺼냈다.

다음 날 아침 해가 뜨기 전에 프링글은 이음매가 있는 막대를 지팡이 삼아 손에 들고 본격적으로 작전을 개시하기 위해 길을 나섰다. 그의 외투 주머니는 프리즘 나침반 때문에 불룩해져 있었다. 방문객들의 발길에 지칠 대로 지친 마을은 아직 잠에서 깨어나기 전이었다. 덕분에 프링글은 호텔 문에 걸린 빗장을 스스로 벗겨야 했다. 그는 보물이 숨겨진 정확한 위치를 찾고 싶을 따름이었다. 그리고 그 위치를 찾아내려면 아침시간이 가장 좋을 것 같다고 믿었다.

기차를 타고 오는 길에 프링글은 창문 밖으로 보이는 몇 개의 방위를 실험적으로 맞춰보았다. 그리고 자신이 꽤 잘 맞춘다는 사실에 으쓱했었다. 그럼에도 불구하고, 그는 좌표가 정확하지 않으면 어쩌나 계속해서 두려운 기분이 들었다. 프링글은 윈첼시 방위가 마음에 들지 않았다. 과거에는 지금 시야를 가리고 있는 나무 한 그루만 심어져 있지는 않았을 것이다. 어쩌면 지금 서 있는 풍차도 예전에는 없었을 수도 있었다. 아니면 '교수대 습지'에서 볼 수 있었던 것은 다른 풍차였는지도 모른다. 얼추 100년이 지나는 동안 무슨 일이든 일어날 수 있지 않았겠는가. 프링글은 프리즘 나침반의 각도를 맞추고(선원용 나침반과는 달리, 이 나침반은 32개의 좌표만 있었다), 계산을 마쳤다. 방위를 각도로 단순화할 필요가 있었다. 그랬더니 이런 결론이 나왔다.

라이 교회 첨탑 SE x S = 146° 15′
윈첼시 풍차 SW 1/2 W = 230° 37′

들판에 도착하니 사람은 한 명도 눈에 띄지 않았다. 양 몇 마리가 이곳저곳에서 풀을 뜯고 있었고 머리 위 높은 곳에서 종다리 한 마리가 지저귀고 있을 뿐이었다. 그는 교회 첨탑을 기준으로 방위를 확인하고, 약간의 시간을 할애하여 방위를 조절했다. 왜냐하면 나침반의 시준판sight-vane을 통해 교회의 닭 풍향계가 실제로 146 1/4°를 가리킬 때까지 계속 관찰하면서 오른쪽으로 한 걸음씩 이동해야 했기 때문이었다. 반쯤 돌았을 때 그는 저 멀리 서 있는 풍차를 발견했다. 이번에는 너무 많이 와서 교회를 기준으로 상대적 위치를 조심스럽게 유지하면서 툭 튀어나온 부분과 풍차가 올바른 방향에 서 있게 될 때까

지 각 물체를 번갈아가며 관찰하면서 다시 뒤로 되돌아갔다. 두 위치가 서로 교차되는 지점은 틸링엄 강가에서 45미터쯤 떨어진 곳이었다. 나침반으로 그 장소를 표시한 프링글은 점점 넓게 원을 그려가며 그 지점을 조사하기 시작했다. 처음에는 막대 하나를 가지고, 그 다음에는 다른 막대를 하나 더 붙여서, 마지막으로는 막대 세 개를 붙여서 조사했다. 그렇게 연결된 막대 세 개의 길이는 2.4미터에 달했다. 프링글이 나침반에서 6미터 정도라고 표시되는 매 평방미터를 조사하고 있을 때, 갑자기 잔디에 발부리가 걸려 넘어져 측량용 막대꼬챙이에 거의 꽂힐 뻔했다. 헛디뎌 미끄러졌다가 겨우 발을 딛고 일어선 덕분에 굉장히 넓은 잔디 표면이 망가져 있었다. 손을 짚었던 곳마다 잔디 아래쪽으로 기름진 갈색 충적토가 드러나 있었다. 이상한 점은 마치 어느 정원에서 옮겨심기라도 한 것처럼 잔디가 고르게 잘려 있지 않다는 것이었다. 어떤 것은 크고 어떤 것은 작았는데, 그 밑의 흙이 모두 잘게 부서져 있었다. 최근에 파헤쳐진 것 같았다. 프링글이 오기 전에 누군가가 이곳에 왔음에 틀림없다!

오래 웅크리고 있었던 탓에 쥐가 난 듯 온몸이 배배 꼬인 프링글은 잔디 위에 벌렁 누워버렸다. 잔디에 누운 그는 한 조각의 양털구름에 대비되어 선명하게 보이는 작은 얼룩이 지저귀는 소리를 들었다. 더이상 찾는 일은 무의미하다는 생각이 들었다. 그는 보물이 그 부근에 숨겨져 있었을 거라고 믿었는데, 왜냐하면 상업신용이 불안정한 그 시기에 시퍼볼트가 금화 외에는 다른 무엇도 거절했을 것이기 때문이다.

그러나 보물이 무엇이건 간에 누군가가 가져갔다면, 더 이상 존재하지 않음은 분명하다.

주변에서의 소리가 점점 더 크게 들려왔다. 이른 시간인데도 바지선 하나가 진흙탕 하천을 거슬러 올라가고 있었다. 그 순간에도 프링글은 호기심에 입을 크게 벌리고 있었다. 그는 대체 누가 자신이 올 것이라는 사실을 알고 있었는지 그리고 만일 뭔가가 있다면 수색자가 과연 무엇을 찾아냈는지 궁금해하면서 조심스럽게 잔디를 들춰보았다.

제일 가까운 길로 되돌아가는 건 별로 좋지 않으리라 생각한 프링글은 얼마간의 간격을 두고 올라간 지점에서 강을 건넜고, 넓고 굽은 길을 따라 캐드보로 언덕에 다다랐다. 그곳에서 그는 평지에서 가파르게 솟아 있는 바위 위쪽으로 층층이 쌓아올린 빛나는 지붕들의 장관을 구경했다. 저 멀리 풀을 뜯는 가축들로 눈 덮인 듯 하얗게 덮여 있는 곳에, 바다 쪽을 향한 광활한 초록색 늪지대가 형성되어 있었다.

그는 '교수대 습지'에서 움직이고 있는 어느 윤곽을 관찰하면서 자신이 아무런 수확도 거두지 못했던 장소를 언짢은 기분으로 바라보았다. 너무 멀어서 무슨 일이 일어나고 있는지 정확하게 알아내기 어려웠다. 하지만 그 윤곽의 행동이 상당히 기이했다. 이내 호기심이 생긴 프링글은 가지고 온 물건들을 땅 위에 내려놓고 휴대용 망원경으로 자세히 살펴보기 시작했다.

그 윤곽은 하드기블렛이었다. 교구목사는 나침반을 가지고 방위를 측정하는 것처럼 보였다. 그는 계속해서 특정 지점으로 다시 되돌아가면서(프링글이 이른 아침에 찾아낸 장소와 동일한 지점이었다), 자신의 관찰 결과가 마음에 안 든다는 듯이 오른쪽, 왼쪽으로 계속해서 위치를 바꿨다. 이 모든 것을 설명할 수 있는 건 단 하나밖에 없었다. 그가 바로 잔디 아래쪽 흙을 조사했던 사람이었다. 하지만 프링글에게는 적어도 한 가지 위안이 되는 사실이 있었다. 만일 그가 프링글보다 더 똑똑하다면, 양피지에 표시된 장소를 벌써 발견했어야 했다. 교구목사가 되돌아와서 계속해서 관찰한다는 건 그가 프링글과 다름없이 아직 보물을 찾아내는 데 성공하지 못했다는 뜻이다. 누에는 아직 땅 속에 숨겨져 있다.

캐드보로에서 내려오는 길은 길었고 먼지투성이였다. 아침의 시간 낭비에 팔다리만 뻣뻣해진 프링글은 자신의 숙소에 들어와 주머니에서 나침반을 꺼냈다. 열린 창문 밖으로 그 나침반을 끝장내고 싶은 기분이었다. 그러나 성급한 한순간의 충동은 사라졌다.

그는 처음에 했던 몇 가지 계산착오에 대해 자신을 자책하기 시작했다. 그러고는 조심스럽게 되짚어보았다. 먼저 보물의 존재부터 의심해봐야 할 판이었다. 거의 한 세기 동안 그 보물이 계속 숨겨진 채로 있었다는 사실은 너무 놀랍지 않은가? 그는 혼잣말을 했다. 그 비밀(오래된 양피지 위의 말장난 같은 서명)은 기나긴 시간 동안 다른 모든 조사자들에게 공개되지 않았겠는가? 어쩌면 보물의 안전에 위협을 느낀 시퍼볼트가 다른 곳으로 치웠을 수도 있었다.

그런데 시퍼볼트에 관한 생각을 했더니 새로운 아이디어가 떠올랐다. 그 당시에는 정밀한 도구가 발명되지 않았다. 혹시 시퍼볼트의 나침반이 부정확했을 수도 있다! 프링글은 노리에의 《항법》 책을 꺼내들고 나침반에 관한 부분을 훑어보았다. '나침반의 변차 및 적용 방법'이라는 제목이 붙은 부분이 있어 대충 읽어보았다. 큰 신경을 쓰지 않고 읽어서인지 그가 찾는 것과 관련된 내용은 없는 것처럼 생각되었다. 그의 시선이 갑자기 '해마다의 변차의 변화'라는 제목에 쏠렸다. 이 부분을 훑어보면서 그는 뭔가를 알아냈다. 그 당시 나침반의 종류는 서향 16°31'이었고, 1805년의 나침반은 24° 이하의 각도만을 가지고 있었다. 여기에서 큰 착오가 생긴 것이 분

명했다. 프링글이 보물을 찾고 있던 내내 그 보물은 들판의 반대편에 숨겨져 있었던 것이다!

이번에는 맞는 계산이 나올 거란 확신이 든 그는 당장 대략적인 계산을 하기 시작했다. 변차를 1805년에 맞추었더니 $7°29'$라는 차이가 생겼다. 올바른 방위^{bearing}를 알아내기 위해서는 이 차이를 시퍼볼트의 좌표에서 빼야 했다. 그러면…….

라이 교회 첨탑 SE x S = $146°15'$, 빼기 $7°29'$ = $138°46'$

윈첼시 풍차 SW 1/2W = $230°37'$, 빼기 $7°29'$ = $223°8'$

이제 문제는 다음에는 무엇을 할 것인가였다. 현재까지 하드기블렛은 이 착오를 알아내지 못한 것처럼 보였다. 그러나 그런 상태가 얼마나 오래갈까? 항법에 관해 조금만 알아본다면 그도 금세 알아낼 수 있을 것이다. 더구나 그는 보물 냄새를 날카롭게 추적하고 있는 모양이니 이 정도 장애물에 굴복할 리도 없었다. 프링글과 마찬가지로 그 역시 수색작업은 이른 아침이 적절하다고 생각하는 것 같았다. 지체할 시간이 없었다.

점심을 먹으러 가는 길에 프링글은 마을 전체가 흥분한 것 같다고 느꼈다. 많은 사람들이 기차를 타고 이 지역으로 밀려 들어오고 있었다. 낯선 사람들이 곳곳에서 길을 물었고 가게들은 문을 닫은 상태가 아니면 문을 닫으려 하고 있었다. 마을을 에둘러 돌아가는 증기기관차는 경적을 울리며 크리켓 경기장 안으로 들어갔다. 휴일임을 보여주는 모든 것들이 '쾌락 추구'라는 무모한 분위기에 휩싸여 최고급 옷들 곳곳에 장식처럼 매달려 있었다. 이곳의 중추라 할 수 있는 예술가들도 이런 흥분을 공유하거나, 낯선 군중들의 어수선한 침입에 분개하는 두 패로 나뉘어졌다. 그런데 그들이 갑자기 사라졌다. 프링글은 호텔에 도착해 그날 열리는 연례 요트경기 포스터를 읽은 후에야 비로소 무슨 일이 일어났는지 완전히 알 수 있었다. 그는 점심식사를 하다가 문득 이게 기회라는 생각을 떠올렸다. 요트경기는 올해의 가장 큰 행사가 분명했다. 웬만한 사람들은 전부 경기장으로 몰릴 테고, 도시에 예비 인력은 전혀 남지 않게 된다. 그렇게 되면 보물이 묻혀 있는 들판은 브리드가 교수형을 받은 날보다 훨씬 한가할 것이다. 프링글은 오늘 오후면 보물의 위치를 알아낼 수 있을 것 같았다. 그는 그저 위치를 표시해두었다가 밤에 장비를 들고 다시 가서 옮기면 된다.

프링글이 길을 나섰을 때 거리는 여느 일요일처럼 텅 비고 조용했다. 그가 작업장에 도착해서 보니 부두는 한가하게 비어 있었고, 그 들판은 양들에게도 버림받았다. 그는 들고 온 프리즘 나침반을 가지고 곧 일을 시작했다. 30분쯤 계속해서 작업하고 그는 아침에 잘못 짚은 곳에서 1.2킬로미터쯤 떨어진 곳을 알아낼 수 있었다. 전과 마찬가지로 교차되는 지점에 나침반을 놓은 그는 주위의 땅을 체계적으로 찔러보기 시작했다. 지치고 따분한 작업이었고, 아침에 했던 작업으로 몸이 무기력해진 탓에 더 힘들었다. 프링글은 때때로 고개를 들어 누가 오는지 살펴보았다. 꽤 시간이 지나고 나서야 막대에 뭔가 딱딱한 게 느껴졌다. 그 위치에 막대를 그대로 꽂아둔 채 그는 다른 막대를 가지고 와서 그 주위를 조사했다. 그러나 막대를 두 배나 더 깊이 꽂았는데도 뭔가가 있다는 느낌은 들지 않았다. 막대를 꽂았을 때의 느낌으로 미뤄보아 땅속에 있는 게 일반적인 돌에 불과하다는 결론을 내렸다.

끈질긴 프링글은 막대를 땅에 꽂는 작업을 다시 시작했고, 이윽고 강철 막대는 덜 거칠고 딱딱한 뭔가에 다시 부딪혔다. 다시 한번 프링글은 뭔가 묻혀 있는 덩어리에 닿은 그 막대를 그대로 두고 그 주위를 살펴보았다. 이번에도 보물은 아니었다. 목표지점을 넓히면서 프링글은 막대를 땅에 꽂고 또 꽂았다. 그때 새로운 뭔가가 막대에 부딪혔다. 가로 30센티미터, 세로 20센티미터의 크기였다. 이번에는 돌이 아니라고 확신했다. 가장자리가 깎아지른 듯했고 모퉁이가 너무 날렵했기 때문이었다. 확실히는 모르지만 금고 같았다.

프링글은 크게 기뻐하며 벌떡 일어섰다. 이곳 그의 발아래에 피렌체의 누에가 있었다. 비밀은 이제 그만의 것이다. 하지만 날이 저물고 있었다. 이제 저녁이 되어 그의 그림자가 들판 저 멀리까지 길게 늘어나 있었다. 그는 측량용 막대를 그대로 꽂아둔 채 거기에 끈을 묶어놓고, 끈의 나머지 부분을 풀면서 강둑 위의 울타리를 향해 걸어갔다. 그러는 길에 적당한 바위를 하나 챙기고, 강둑 울타리가 서 있는 곳을 표시하기 위해 끈에 매듭을 묶은 다음 그 끈을 따라 되돌아가서 측량용 막대를 뽑았다. 그러고는 그곳의 파헤쳐진 흙 위에 아까 챙긴 바위를 눌러놓았다. 마지막으로 그는 측량용 막대에 그 끈을 감았다. 다시 오면 작업이 쉬워질 것이다. 그가 해야 할 일은 강둑 울타리에다가 끈의 매듭 부분을 묶어놓고 측량용 막대와 끈을 든 채 걸어가기만 하면 되는 것이다. 끈이 다 풀려서 끝이 나오면 오른편이나 왼편 어딘가에 바위가 보일테고, 그 바위가 바로 보물이 묻힌 장소인 것이다. 측량용 막대를 들고 다시 시작하면 되는 것이다. 그리고 모든 끈이 그 장소의 오른쪽 혹은 왼쪽에 있을 돌에 다다르게 되면 프링글은 보물이 묻힌 장소 위에 서 있게 되는 것이었다.

그가 마을 번화가로 들어설 때쯤 여러 무리의 사람들도 요트경기에서 돌아오고 있었다. 여기저기 널린 술집에서 하루 일과를 끝내려는 뱃사람들, 야외 음악회나 영화관 또는 불꽃놀이를 즐기러 가는 사람들로 마을이 빼곡했다. 오늘 하루 유흥을 맘껏 즐기려는 사람들이었다. 프링글은 이른 저녁식사를 하고 야외 공연장으로 향했다. 그곳에서 그는 라이 시에 관한 역사극을 두세 시간 구경했다. 9시에 불꽃놀이가 있을 거라는 발표가 나오자 흥분은 더욱 고조되었고 군중은 늘어났다.

프링글은 군중을 헤치고 숙소로 이어지는, 사람이 아무도 없는 거리로 서둘러 걸어갔다. 입고 있던 골프복을 읍내에서 구해온 선원용 복장으로 갈아입는 데 몇 분밖에 걸리지 않았다. 그러고 나서 측량용 막대와 노끈을 삽, 곡괭이, 로프와 함께 크리켓용 가방에 넣어 짐을 꾸린 다음 숙소문을 잠그고 활기찬 걸음으로 밖으로 나와 아무도 없는 거리로 나섰다. 반대편 바위에 달라붙게 지은 작은 술집들에서 아무렇게나 불러 제치는 노랫소리가 아우성치듯 흘러나왔다. 요트경기의 패자들은 위안삼아 술을 마셨고 승자들은 승리의 기쁨을 누리면서 모두 함께 술에 취해 차츰 세를 불려갔다. 프링글은 강 하류에서 조류가 맹렬하게 치고 들어오자 그 움직임을 자세히 보려고 수문 위에 잠시 서 있었다. 불꽃 하나가 씽 하며 날아갔다. 불꽃은 마을 위쪽 높은 곳에서 터졌다. 기쁨의 환호소리가 늪지대를 가로질러 희미하게 들려왔다.

그날 밤은 구름이 짙었고 달은 가끔씩 그 모습을 드러냈다. 프링글은 몸을 구부린 채 강둑을 따라 자라난 관목 사이를 조심스럽게 기어갔다. 느린 보폭으로 강둑 위 울타리를 한참 가던 그는 아래쪽 강가에서 뭔가 검은 덩어리를 보았다. 프링글은 옆에 서 있는 관목의 그림자일 거라 생각했지만, 더 가까이 가서 보니 검은 덩어리는 울타리에 밧줄로 묶인 그가 초대한 적 없는 배 한 척이었다. 얼른 잔디 위로 납작하게 몸을 엎드린 그는 주변에 난 관목 틈새로 비집고 들어가 몸을 숨겼다.

몇 분쯤 지났을까. 그는 위험을 무릅쓰고 고개를 들고 주위를 살펴보았다. 그러나 밤이 너무 어두워 어느 방향이든 멀리까지 보이지 않았다. 프링글은 숨죽이며 주변을 살펴보면서 이 상황에서 배가 나타난 이유를 상상해보려 애썼다. 강의 다른 쪽에서라면 배가 있다는 사실을 알아볼 수 있었을 것이다. 그러나 이 시간에 누군가가 왜 이 들판에 왔는지를 알아낼 수는 없었을 것이다. 배를 댄 장소가 단서를 제공하는 듯했다. 그렇게 조심해서 보물을 찾아놓기만 하다니 얼마나 어리석은가! 오후 내내 지켜봤어야 했던 것이다.

들판에는 정체를 알 수 없는 스파이가 몸을 숨길 수 있는 장소가 수십 군데는 있었다. 도대체 누가 그의 움직임에 그리 깊은 관심을 가지고 있었단 말인가? 하드기블렛 말고 누가 그런 짓을 하겠는가. 문득 프링글은 배에서 몇 명이나 내렸을까 궁금해졌다. 언뜻 보니 배에는 노가 한 쌍 놓여 있었다. 몸을 웅크리고 근처를 살펴본 결과, 그곳을 여러 번 지나다닌 발자국 세 개가 진흙 위에 나 있는 것을 발견할 수 있었다.

불안감은 견디기 힘든 상황으로 치닫고 있었다. 축축한 이슬이 맺힌 잔디 위를 45미터나 기어가는 일은 그리 간단치 않다. 프링글이 관목의 그림자 밖으로 막 기어 나오려 할 때 저편에서 쿵쿵거리며 반복되는 희미한 소리가 들려왔다. 그는 숨을 죽였다. 그러나 곧 아무 소리도 들려오지 않았다. 그는 속으로 백까지 셌지만 여전히 아무 소리도 들리지 않았다. 그는 무릎을 꿇은 상태에서 고개를 들었다.

바로 그때 그 소리가 다시 들리기 시작했다. 이제는 소리가 더욱 커져 있었다. 소리가 멈췄다. 다시 쿵쿵거리는 소리가 들렸다. 그리고 또다시 멈췄다. 다시 한번 소리가 났다. 아주 가까이에서 들려오는 것처럼 소리가 차츰 커지고 있었다. 이윽고 시야에 들어온 한 남자의 지친 듯 헉헉대는 숨소리가 들렸다. 탈진한 것처럼 보이는 그는 자신이 떨어뜨린 짐 아래서 허우적대고 있었다. 잠시 휴식을 취한 남자는 짐을 천천히 어깨로 올려 메고 연신 입김을 뿜었다. 짐이 무거운지 비틀거리던 남자는 강둑 울타리 쪽으로 기우뚱했다. 발이 미끄러진 것이다. 그는 진흙투성이인 강둑 아래로 와르르 굴러 쳐박혔다. 그 순간 프링글은 하드기블렛이 평소에 보인 느끼한 모습 이상의 것을 보았다. 그가 장방형 금고를 들고 있었던 것이다. 화가 난 듯 보이는 교구목사는 거친 입김을 뿜으며 다시 기어오르기 시작했다. 그는 기어오르며 한두 번은 미끄러졌고, 마침내 배를 향해 느릿느릿 몸을 끌며 걸어갔다. 그리고 배에 금고를 실은 뒤 잠시 숨을 고르고는 다시 강둑으로 올라와 들판을 가로질러 걸어갔다.

하드기블렛이 부르면 들릴 만한 거리를 벗어나자 프링글은 그의 가방을 움켜쥐고 물가로 잽싸게 뛰어내렸다. 그는 배를 묶어놓은 줄을 풀고 발로 지탱한 다음 배를 물가로 밀어냈다. 배가 강물을 따라 미끄러져 가기 시작하자 그는 배 안으로 기어 들어갔다. 손에 잡은 노를 한쪽에 두고 뒤를 돌아 하천 위를 쳐다봤다. 그 후, 온갖 내용물이 들어 있는 그의 가방을 배 밖으로 던지고 몸을 배 바닥에 잔뜩 웅크렸다. 뒤쪽에서 날카롭게 울부짖는 소리가 들려와서 프링글은 뱃전 위로 슬쩍 훔쳐봤다. 강둑 울타리 옆에서 하드기블렛이 배가 없어져 깜짝 놀란 듯 눈을 부릅뜨고 서 있었다. 다음 순간, 그는 길을 잃고 흘러가는 배를 본 모양인지 그 뒤를 따라 뛰어오기 시작했다. 지친 팔다리 덕분에 달려오면서 여러 번 발을 헛디뎠고 발부리가 걸려 넘어졌지만 그는 '절대로 포기 못해'라는 말을 헐떡거리며 내뱉었다.

프링글은 금고를 갖고 안전하게 탈출하기 위한 묘책이 없을까 궁리하고 있었다. 그는 교구목사가 뒤쫓아오기 훨씬 전에 그의 시야에서 사라질 수 있도록 현재 방위를 계산해뒀다. 그러나 그렇게 하면 그의 계획에 차질이 생기는 것이 불가피했다. 그런데 갑자기 쫓아오는 소리가 들리지 않았다. 고개를 들어 살펴보니 하드기블렛은 강가 언저리에서 재배하고 있는 작은 농원 주위에 난 길을 우회해서 오고 있는 중이었다. 다음 순간 프링글은 한 쌍의 긴 노를 움켜쥐고 빠르게 저어 반대편 강둑의 관목 아래로 배를 댔다. 그곳에서 그는 금고를 진흙 위로 굴려 떨어뜨렸고, 이내 자신도 배에서 뛰어내린 다음 배를 다시 강물로 밀어냈다. 이제 배는 자유롭게 둥둥 떠서 다시 강 상류 쪽으로 유유히 나아가기 시작했다. 프링글은 금고를 어깨에 메고 강둑을 올랐다. 그러고는 산울타리 그림자 아래에 몸을 숨기면서 들판을 가로질러 무거운 걸음을 옮겨놓았다.

동이 터오자 프링글은 숙소에 밝힌 등불을 껐다. 그리고 문을 조금 열어 선인장 울타리처럼 빽빽하게 쪼개진 틈이 나 있는 오크 재질의 금고상자 위로 바깥에서 흘러 들어온 불빛이 비치도록 했다. 상자를 두른 쇠가 죄어 감고 있어서인지 나무는 아직도 견고했고, 상자에서 나온 금속들과 비교해보아 더 거무스름하거나 더럽지도 않았다. 금속들 중 몇 개는 약산성 용액에서 갓 꺼낸 것처럼 윤기가 돌았는데, 햇빛을 받아 금색으로 반짝이며 '보나파트르 제1영사'라는 문구가 새겨진 상부를 무심히 드러내고 있었다. 그 뒤편에는 '프랑스 공화국 서기 XI. 20프랑'이라고 적혀 있었다. 바로 피렌체의 누에였다.

잠수정

THE SUBMARINE BOAT

사람들이 백개먼 주사위 게임판 위에서 검정색 말과 흰색 주사위를 움직이자, 그 게임의 프랑스 이름에 걸맞게 트릭 트랙, 트릭 트랙 소리가 요란했다.

프링글은 그들이 실로 시인들로 구성된 국가 같았다고 회상했다. 엔진의 폭발음은 자동차라는 진정한 영감을 주지 않았던가? 그가 담배연기를 피워 올리자 나무로 만들어진 수많은 말들이 내는 그다지 음악적으로 조화되지 않은 덜거덕 소리가 주위에 가득 울려 퍼졌다.

조리실의 밀폐 여부에 그다지 좌우되지 않는 요즘 같은 경우(통조림 육류에 대한 미국식 표현 방식을 사용하자면 그렇다), 단순히 먹이를 공급받아 먹는 동물과는 구분되는 저녁식사를 하고 싶어 하는 인간이 질투 어린 동료들에게 비밀을 유지해가면서 저 멀리 소호에 있는 멋진 식당을 몰래 찾아가는 일은 더 이상 불필요하다. 그러나 인간의 본성이라는 분야를 제일 좋아하는 프링글은 제럴드 가에 있는 '푸아소니에르'라는 식당을 가끔 방문하곤 했다. 그리고 그만의 연구를 계속하는 더 좋은 방법은 주위에서 들려오는 외국어를 절대 아는 척하지 않는 것이었다. 그 식당의 좌석들은 너무 빽빽하게 배치되어 있어 통풍이 되지 않을 정도라고 말하는 사람들도 있을 것 같았다. 프링글은 경영진의 사려 깊은 배려 덕분에 환기설비 가까이에 앉아 있었음에도 불구하고, 옆 테이블의 일행 한 명과 함께 앉아 있던 남자가 이쪽으로 몸을 기대어 그에게 말을 걸려고 하는 바람에 얼른 꾸벅꾸벅 조는 척을 했다.

"저희가 당신을 방해하는 것은 아닌지요, 선생님Nous ne vous derangeons pas, monsieur?"

프링글은 아무것도 모르겠다는 우둔한 미소를 지으며 고개를 숙여 인사하고는 대꾸를 하지 않았다.

"돼지처럼 미련한 영국인 같으니라고. 이해하지 못하겠소Cochon d'Anglais. n'entendez-vous pas?"

"죄송합니다. 무슨 말씀을 하시는지 모르겠군요." 프링글은 여전히 미소 짓는 표정으로 하는 수 없다는 듯 고개를 절레절레 저으며 대답했다.

"이 녀석, 내가 네놈 코를 잡아당겨야겠니Canaille! Faut-il que je vous tire le nez?" 그 프랑스인은 프링글이 알아들을 수 없다는 말을 못 믿겠다는 듯 계속해서 물었다. 그는 위협적인 말까지 덧붙였다.

"지금까지 오랫동안 이 영국 신사를 봐왔는데요. 이분은 의심의 여지없이 프랑스어를 전혀 하지 못하십니다." 주문을 받기 위해 이쪽으로 다가온 웨이터가 증언해주었다. 프링글이 정말 알아듣지 못한다는 걸 확실히 알게 되어 만족스러워진 이 프랑스인은 프링글에게 고개를 꾸벅 숙이더니 상냥한 미소를 지어 보였다. 그리고 클로 드 부조 와인을 한 병 주문하고는 함께 온 일행과 본격적인 대화를 시작했다.

그 소소한 사건이 종료된 그때, 졸린 기분이었던 프링글에게 강렬한 호기심이 들기 시작했다. 도대체 뭐 때문에 이 프랑스인은 자신이 프랑스어를 알아듣지 못한다는 말을 믿지 못하고 그토록 집요하게 굴었을까? 또한 왜 그는 자신에게 모욕을 퍼붓기까지 하면서 자신이 분개하여 무심코 프랑스어를 알고 있음을 내보이도록 애썼을까? 돼지cochon라는 단어는 프랑스에서는 소송도 제기할 수 있는 치욕적인 단어였다. 프랑스인과 그의 일행은 유일하게 비어 있던 테이블에 앉았고, 그 자리는 구석진 곳이었다. 그 옆 좌석에 앉아 있던 프링글은 목소리가 닿는 거리에 있는 유일한 사람이었다. 그 프랑스인의 이해되지 않는 언행은 프라이버시 때문에 발생한 것일 수도 있다. 편안한 자세로 자리를 잡은 프링글은 두 눈을 감았다. 그리고 다시 잠을 청하는 듯 보이는 자세로 옆 테이블에서 무슨 말을 주고받는지에 신경을 온통 곤두세웠다. 피커딜리의 최신 유행 스타일로 옷을 빼입은 프랑스인은 역겨운 자아의식으로 한껏 젠 체하고 있었다. 그러나 매부리코를 가진 음울해 보이는 얼굴 생김새와 사악함으로 반짝이는 두 눈은 오페라에 나오는 메피스토펠레스가 환생한 것 같아 보였다. 그와 함께 온 일행은 한눈에 보기에도 은행직원처럼 생긴 영국인이었다. 그는 더듬거리는 영어가 섞인 프랑스어로 대화에 참여했고, 말끝마다 신경질적인 웃음소리를 냈다. 도무지 이해하기 어려운 회화의 표현을 찾느라 머릿속을 고통스럽게 쥐어짜내는 것 같았다.

다음 내용은 프링글이 알아들은 내용을 해석한 것이다.

"그러니까 당신네 나라 사람들이 정말 잠수함을 제조하기로 결정했단 말이오?"

"그렇습니다. 작은 규모의 잠수함 제조에 관한 세부사항을 알아보고 있는 중입니다."

"그건 본사와 처리하는 거요?"

"당연하죠. 조선장이 정식으로 서명하고 승인하는 것입니다."

"그럼 당신은 어떤 작업을?"

"전반적인 시공도를 작업하고 있습니다."

"거기에 암호나 여타의 기밀 같은 건 없소?"

"제가 하는 일은 군함 설계자라면 누구나 이해할 수 있는 일입니다."

"아, 영어로 되어 있겠군!"

"물론 도량법은 그렇습니다. 하지만 쉽게 전환할 수 있습니다."

"당신이 그렇게 할 수 있겠소?"

"그건 너무 위험합니다! 미터법으로 된 사본이 내 소지품에서 발견됐다고 생각해보세요! 꼭 내가 아니라도 제도공이라면 누구나 한두 시간 안에 전환이 가능합니다."

"내가 설계도를 언제 받아볼 수 있겠소?"

"2주일 후면 될 것 같습니다."

"그건 안 되오! 난 그때쯤 여기에 없을 거요."

"내가 그 일에만 전념할 수 있는 상황이 되지 않는 한, 그때까지 다

마칠 수는 없을 겁니다. 나는 투사도 작업도 해야 하고요. 나를 지켜보는 눈이 너무 많습니다. 나한테 있는 유일한 기회는 투사도를 망치는 길뿐입니다. 그걸 망친 척한 후에 집으로 몰래 가지고 와서, 매일 낮 근무시간에 작성한 메모의 세부사항에 맞춰 밤에 작업을 하는 겁니다. 작업장에서 완성된 도면을 빼내는 건 전혀 불가능해요. 솔직히 말하면 투사도 작업을 망치는 일도 어떻게 해야 할지 잘 모르겠습니다. 그들은 망친 투사도도 면밀히 살펴볼 테니까요."

"2주면 된다고 했지. 그때면 되겠소?"

"네. 그렇게 하려면 작업장에서 가져온 메모를 잠도 못 자고 베껴야 합니다."

"잘 들으시오! 일주일 후에 나는 파리에 있는 해양부에 들어가야 하오. 대사관 육군 무관이 내 친구요. 믿을 수 있는 친구니까, 그를 당신에게 접근시키겠소."

"뭐라고요, 채텀에서 말입니까? 나를 파멸시키고 싶은 겁니까?"

그 말에 프랑스인은 미소를 지었다.

"안 됩니다. 나를 알아보는 사람이 아무도 없는 런던에서 만나야 합니다."

"아주 좋습니다! 내 친구가 무사히 당신을 만날 수 있을 거요."

"좋습니다. 준비가 되는 대로 당신에게 전보를 치도록 하겠습니다."

"전보를 치는 직원이 우리 대사관 주소를 알아채지 못해야 하오. 당신네 영국 우체국은 전혀 의심하지 않고 일을 처리하긴 하지만, 위험을 감수할 필요는 없지 않겠소."

"아마 그럴 겁니다. 음, 내가 런던에 도착해서 당신에게 전보를 치도록 하겠습니다. 그런데 전보를 받는 직원이 상황을 알고 있습니까?"

"14일 이내에 이런 사실을 그에게 통지해놓도록 하겠소." 그는 수첩에 뭔가를 적어 넣었다. "전보는 누가 보낸 걸로 할 거요?"

"구스타브 제데라고 하겠습니다." 처음이자 유일하게 실실 웃으면서 영국인이 대답했다.

"그건 너무 노골적이잖소. '폴린'이라고 하시오. 그리고 간단히 시간만 추가하도록 하고."

"'폴린'이라고요, 알겠습니다. 접촉장소는 어디로 하는 겁니까?"

"우리가 찾을 수 있는 가장 공개적인 장소로 합시다."

"공공장소라고요?"

"그렇소. 다들 자기 일에 신경 쓰느라 정신없어서 당신을 알아보지 못하는 그런 장소 말이오. 넬슨 제독 기념비 옆이 어떻소? 그곳에서 당신은 우리가 미리 정한 모습을 하고 기다리는 거요."

"변장을 하는 건 좀 어려운데요."

"변장 전문가가 아니라면 꼴사나운 모양새가 되기 십상이긴 하지. 그러면 당신이 한쪽 손을 가슴에 대고 동상을 뚫어지게 쳐다보고 있는 거요."

"알겠습니다. 그럼 다른쪽 손에는 베데커 여행 안내책자를 들고 있으면 되겠군요."

"역시 훌륭해. 당신은 진정한 예술가 정신을 가지고 있는 것 같군 그래." 프랑스인이 비웃듯 말했다.

"당신네 쪽 접촉자가 나와서 내게 '폴린'이냐고 묻습니다. 그러고는 아무 말없이 교환이 이루어지는 거죠."

"교환이라니?"

"나는 이 문제와 관련해 엄청난 위험을 무릅쓰면서 수고를 하고 있으니, 그 대가로 상당한 자금을 지급할 준비가 되어 있지 않나 생각하는데요." 영국인이 단호한 태도로 말했다.

"나를 저능아 취급하는군! 난 당신에게 1만 프랑을 지급해도 된다는 권한을 부여받았소."

잠시 그 영국인은 봉투 뒷면에 뭔가 계산을 했다.

"그건 400파운드에 해당합니다." 그가 봉투를 조심스레 잘게 찢으면서 말했다. "그런 위험부담이 큰 일에 비해 너무 적은 액수인 것 같습니다."

"그 부분에 대해선 내가 말하도록 하지. 당신은 나를 찾아서, 아니 내가 대리하는 사람들을 찾아왔소. 뭔가 팔 게 있어서 왔단 말이지? 좋소! 보통 상인이 물건을 먼저 보여주는 게 순서 아닌가?"

"기능공들이 사용하는 도면을 그대로 베낀 사본을 당신한테 넘길 수 있습니다. 약속할 수 있어요. 당신은 나를 만나면서 이미 신중한 사람이 아니라 범법자가 된 겁니다. 하지만 당신이 제공하는 액수는 너무 적어요."

"만일 그 도면이 우리에게 아무 쓸모없는 경우, 물론 우리는 그것을 당신네 해군본부에 되돌려 보내야겠지. 그게 어떻게 우리 손에 들어왔는지 설명도 함께 덧붙이면서 말이야." 프랑스인이 말할 때 왁스를 칠한 콧수염 아래의 입술에 불쾌한 미소가 번졌다. "어느 정도를 원하는 거요?"

"소규모 약속어음으로 500파운드입니다. 음, 5파운드짜리 어음으로 말입니다."

"뭐라고 하는 거요? 아, 1만 2천 500프랑이란 얘긴데! 그건 불가능하오! 내가 활용할 수 있는 한도액은 1만 2천 프랑이란 말이오."

이 말에 영국인은 불쾌한 기색을 드러냈다. 불만의 언쟁이 조금 더 이어진 후에 두 사람은 자리에서 일어섰다. 그때 프랑스인이 프링글의 발부리에 걸려 비틀거렸다. 프링글은 자신의 긴 두 다리를 테이블 밖으로 뻗고 있었고, 머리를 숙이고 입술을 벌린 채라서 마치 깊은 잠에 빠진 듯 보였다. 천천히 눈을 뜬 프링글은 거짓 하품을 진짜인 양하고 두 팔로 기지개를 켜더니 무슨 일이 있냐는 듯 주위를 둘러봤다. 그 모습에 프랑스인은 완전히 안심하는 눈치였다. 함께 온 일행과 헤어진 프랑스인은 출입문 쪽에서 프링글을 지켜보고 있었다.

커피를 주문하고 나서 프링글은 담배에 불을 붙였다. 그리고 갑자기 후끈 달아오른 분개에 가까운 애국심을 느끼면서 자신이 아무도 모르게 엿듣게 된 더러운 거래를 다시 생각해보았다. 이 나라의 공무원들이 그들에게 최고의 영예인 국민의 신임을 배신할 준비가 되어 있다니, 그런 일은 좀체 없다! 그러나 덜 양심적인 외국 열강의 대리인에게 강요받아 유혹에 굴복하고 마는 일부 급여가 적은 공무원들도 있을 것이다. 이런 점 때문에 상사들은 그런 공무원들의 행동을 항상 공식적으로 묵인해주곤 한다. 프링글의 다소 냉소적인 상상력을 동원한다면, 프랑스 해군 대사관원과 영국 조선소 제도공의 야비한 거래는 유명한 월폴의 원리를 분명히 보여주는 것으로 여겨도 무방할 것 같았다. 그리고 그는 퍼니벌 호텔로 향하는 길 위에서, 가능하다면 이렇게 알게 된 사실을 그의 국가와 그 자신의 이익을 위해 (특히 후자를 위해) 사용해야겠다고 결심했다.

그 이후 며칠 동안, 프링글은 채텀에 머무를 계획을 공들여 짰다. 이전에 수많은 계획들을 수포로 돌아가게 만든 경험이 있기 때문에 그런 일을 피하려 했던 것이다. 실제로 너무나 많은 어려움들이 행동을 실행할 때마다 매번 나타났다. 덕분에 열흘째 되는 날에도 그는 이 문제에서 아무런 진전도 보지 못하고 아침부터 본드 가 아래쪽에서 서성이고 있었다. 개인적인 일에 관해서는 까탈스럽고 깔끔한 성미를 가진 그는 최고의 시설인 피커딜리와 런던의 유일한 모자가게인 웨스트엔더스에서 모자를 판매하는 일이 어울릴 것 같았다.

"브레턴 가가 어디입니까, 아십니까?" 누군가가 갑작스레 프랑스어로 말했다. 그 말에 고개를 돌린 프링글은 거무스레한 외국인이 자신의 옆에 함께 걷고 있음을 알았다.

"브루턴 가가 아닌가요?" 프링글이 고쳐 말했다.

"아, 그렇군요. 브루턴 가라고요, 무슈?" 영어 음절을 발음할 때마다 희미하게 반향을 울려 발음하면서 그가 대답했다.

"이야! 맞았습니다." 프링글이 듣기 좋으라는 듯 프랑스어로 말했다. 그 사람의 감사 표시에 모자를 예의 바르게 들어 올려 응답한 그는 그 프랑스인에게 일행이 다가오는 모습을 보면서 가던 길을 다시 재촉했다. 그 일행도 비슷한 질문을 했던 것 같았다. 나중에 나타난 사람은 프링글과 눈을 마주치고 작은 탄성을 내질렀다. 서로 알아봤던 것이다. 그는 바로 프랑스 대사관원이었다!

그가 허둥지둥 본드 가로 서둘러 내려가자, 프링글은 식당에서 자신이 했던 속임수가 무용지물이 되었다는 사실에 상당히 곤혹스러움을 느꼈다. 이제 그는 자신의 이익은 물론이고, 조국의 명예를 위해 대응 계획을 짜보겠다는 모든 희망을 버려야만 했다.

그의 오른쪽 뺨에 있는 자줏빛 모반은 눈에 잘 띄기 때문에 그 프랑스인 대사관원이 그를 알아보지 못할 가능성은 없었다. 프링글은 이 사건을 추적하기로 결심하자마자 모반을 제거하지 못한 자신의 태만을 후회했다. 모든 걸 다 잊기로 하고, 그는 피커딜리로 계속해서 걸어갔다. 그리고 자신의 숙소로 거의 반 이상 되돌아와서야 비로소 원래 길을 나섰던 목적을 기억해냈다.

그가 저지른 중대한 실수에 온통 신경이 쏠리는 바람에 깡그리 잊고 있었던 것이다. 숙소에 도착해 대문을 들어서는 순간 이렇게 집으로 곧장 돌아오다니 정말 괘씸하리만큼 경솔한 짓을 했다는 생각이 문득 들었다. 누가 미행이라도 했으면 어떻게 할 것인가? 지금까지 살면서 단 한 번도 평소에 항상 조심해야 한다는 주의를 지금처럼 어겨본 적이 없었다. 뒤를 살펴보니 대문 모퉁이를 돌아 뒤쪽으로 급히 움직이는 어느 형체가 막 눈에 들어왔다. 프링글은 왔던 길을 되짚어 가서 홀본 안쪽을 면밀히 들여다보았다. 그곳에서 누군가 막 물러서는 동작을 취했다. 하지만 여전히 대문 밑으로 발이 보였다. 바로 대사관원이었다. 자신의 끈질긴 어리석음을 저주하면서 프링글은 다시 아치형 대문 안으로 들어갔다. 그 프랑스인이 오늘은 더 이상 어떤 것도 알아내지 못하게 하리라 결심한 그는 민첩하게 왼쪽으로 방향을 틀어 추격자가 호텔에 다시 들어와서 탐색하기 전에 자신의 방으로 가는 계단을 잽싸게 올라갔다.

가장 분통이 터지는 건 이번 일을 겪으면서 보인 자신의 절대적인 무능력함이었다. 가장 기본적인 신중함도 갖추지 못하고 완전히 궁지에 몰린 것이다. 그리고 자신에 대한 이런 별로 달갑지 않은 관심을 물리칠 어떤 방법도 생각나지 않았다. 비록 거처를 옮긴다 해도 지금까지 존재했던 자신을 송두리째 없애는 건 불가능했다.

그는 자신의 주위를 둘러보았다. 부드러운 카펫과 고급스러운 의자, 작은 책장과 오래된 인쇄 자국이 남아 있는 디스템퍼로 그린 따

뜻한 느낌의 벽에 이르기까지, 그의 거처에서 느껴지는 세련된 조합과의 단절로 인한 고통은 너무나 극심할 것이 분명했다. 게다가 그가 어떤 곳에 가더라도 추적을 당하는 일은 불가피했다. 거처를 옮겨서 얻을 수 있는 건 없을 것이다. 적어도 한 가지는 절대적으로 확실했다. 프링글이 알게 된 내용이 얼마나 중요한 건지 보여주기 위해 그 프랑스인이 수고를 아끼지 않을 거라는 사실이다. 그러나 이렇게 생각해봐야 겨우 일을 시작하는 시점에 자신에게 닥친 불운에 대한 혐오감만 더해질 뿐이었다. 결국 그 프랑스인은 불법적인 일은 하나도 하지 않았다. 반면 윤리규범을 준수해야 할 의무는 있을 것이다. 어쩌면 프랑스의 전체 공사관원들이 나서서 심판의 날까지 그를 계속해서 주시할지도 모른다. 이런 생각으로 자신을 위로하면서 프링글은 달관한 듯 그 일을 머릿속에서 지워버렸다.

그가 그레이트 포틀랜드 가에 있는 파가니 식당에 가기 위해 숙소를 다시 나선 시간은 6시가 거의 다 됐을 무렵이었다. 그는 그 식당이 매우 마음에 들었다. 똑바로 서쪽으로 향하는 대신, 그는 스트랜드 가와 리젠트 가로 들어서는 길옆으로 돌아서 갈 요량으로 홀본을 가로질렀다. 몹시 시장기가 돌았다.

스테이플 여관에서 그는 아치형 대문을 하나 더 지나갈까 잠시 망설였다. 거리와 그 안의 소란스런 환경 사이에서 항상 평온한 듯 보이는 작은 격자모양 대문이 오늘 저녁은 두 배로 커 보였다. 귀에 거슬리는 도로 위의 소란함을 지나오면 18세기 양식의 대문이 조용히 맞아준다. 그 순간 어떤 발소리가 점점 시끄럽게 다가왔다. 그리고 프링글이 좁은 벽의 그림자로부터 움직이자 방금 도착한 사람이 망설이는 듯 걸음을 멈췄다. 그러고는 누군가를 찾기라도 하는 듯 문간을 자세히 들여다보면서 격자모양 대문을 빙 둘러서 갔다. 그렇게 부자연스러운 행동은 아니었다. 24시간 전이었다면 프링글은 그런 장면을 보고 아무 생각도 하지 못했을 것이다. 그러나 아침에 그런 일을 겪은 직후라 개인적인 관심을 부여할 수밖에 없었다. 계속해서 걸어가던 그는 사우샘프턴 빌딩으로 들어가는 계단을 올라가서 저장창고 옆에 멈춰 섰다. 뒤를 돌아보니 방금 아치형 대문에서 은밀히 모습을 드러냈던 남자가 계단을 오르는 모습이 시야에 들어왔다. 그의 얼굴을 본 적은 없는 듯했지만, 프링글은 그 남자가 자신을 미행하는 중이라고 생각할 수밖에 없었다. 그런데 거리를 따라 걷다가 그 남자가 챈서리 레인 입구에서 다른 방향으로 가는 광경을 보고는 모든 의심이 사라졌다.

그는 스파이가 분명히 추적을 재개했을 터이고 지금도 고작해야 몇 미터 뒤쪽에서 따라오고 있을 게 뻔하다는 사실을 알고 있었다. 철학자로서 프링글은 이 우스꽝스러운 스파이 활동이 화가 나기보다 우습다는 생각이 들었다. 그는 장난삼아 마주치는 모퉁이마다 지금 가는 길이 의심스럽다는 듯 멈춰 섰고, 불을 켜고 손님을 기다리고 있는 가게란 가게는 모두 자세히 살펴보면서 거북이 같은 속도로 스트랜드 가까지 걸어갔다. 한두 차례 뒤를 돌아보기까지 했다. 그리고 어떤 남자의 곁을 아주 가까이에서 지나쳐 가면서 그를 면밀히 살펴보기도 했다. 그 남자는 아주 반듯한 외모에 매우 겸손한 성격의 사람이었다. 주위에는 외국인이라곤 하나도 보이지 않았다. 프링글은 추적에 신물이 났을 법한 그 대사관원이 그가 믿을 수 있는 영국인 부하 나부랭이에게 이런 사실을 이미 전한 것 같다고 어림짐작했다.

그렇게 미행당하면서 프링글은 식당에 도착했다. 식당에서 그는 주문한 메뉴를 악의적으로 오랫동안 먹은 이후에야 비로소 자리에서 일어났다. 그리고는 판매자가 찬사를 아끼지 않던 브랜드의 시가를 세 개까지는 아니지만 여유롭게 피웠다. 프링글이 악의적 성향을 희석시킬 만한 인간애를 가지고 있다는 것은 그가 식당을 나오면서 지칠 대로 지쳐 보이는 문지기에게 가벼운 먹을거리를 제공해주는 것으로 증명되었다.

그 문지기가 보이지 않자 프링글은 아까 왔던 길과 거의 동일한 길로 집을 향해 가기 시작했다. 걸어가면서 그는 단지 시험 삼아 피워본 시가가 현명한 투자일까 아닐까를 머릿속으로 생각해보았다. 사우샘프턴 빌딩에 다다라서 그곳에 있는 저장창고를 보기 전까지는 미행당하고 있는지 알아보기 위해 뒤를 돌아볼 생각도 하지 않았다. 이 시간대에는 주요 도로 이외의 곳에는 사람이 보이지 않았다. 챈서리 레인을 위아래로 면밀히 살펴봤지만 평소와 다름없이 지나다니는 대부분의 자동차들 말고는 개미새끼 한 마리도 근처에 없다는 사실이 확실해졌다. 프링글은 미행하는 사람이 보이지 않자 괜히 화가 나는 것 같았다. 그는 어쩌면 어느 저명한 정치인의 사설 경호원의 보호를 받고 있는 것 같다고 생각하기 시작했다.

이 사건 전체를 놓고 봤을 때 유머라는 그의 날카로운 지적 감각의 관심을 끌 만한 요소들은 아주 풍부했다. 그 저장창고를 지나치면서 프링글은 미행하는 자가 깊숙이 숨어 있을 거라고 절반쯤 확신하면서 그림자 안쪽을 힐끔 훔쳐봤다. 그는 위쪽을 흘긋 보고 한 남자의 형체가 사다리에서 위쪽 비계로 이동하는 장면을 목격했다. 그 광경은 금방 스쳐 지나갔고 확실한 형상을 본 것도 아니라서, 그의 망막이 그 상을 받아들이기도 전에 이미 사라져버렸다. 하지만 순간 발길을 멈춘 덕분에 그가 목숨을 부지할 수 있었다는 사실만큼은 확실했다. 프링글이 다시 걷기 시작했을 때 발판 기둥들과 복잡하게 쌓인 헐거운 벽돌들 사이에 있었던 커다란 널빤지들이 그가 막 건너려고 하는 곳에 떨어져 내렸다.

떨어지는 모습이 더욱 이상하게 보이는 갈 곳 잃은 철골 하나가 그의 모자에 부딪히더니 그 안으로 박혀 들어갔다. 철골이 그의 어깨를 스치고 지나가는 바람에 그는 땅바닥에 털썩 고꾸라졌다. 그는 갑작스런 소동에 멍해진 데다, 먼지구름에 거의 숨이 막힐 듯하여 땅바닥 위에 가만히 누워 있었다. 매우 빠르게 당한 탓에 혼란스러웠던 프링

글은 나중에 어둠침침한 틈을 타 흐릿한 유령 같은 형체가 하나 접근
해왔음을 기억해냈다. 마치 꿈을 꾸는 것처럼 그는 유령 같은 형체를
비계 위에서 봤던 그림자와 연관시켜보았다. 유령 같은 형체가 자신
에게 몸을 기울였을 때 프링글은 그 형체가 이제는 아주 익숙한 스파
이의 모습임을 깨달았다. 그러나 다른 형체들이 처음의 형체를 대체
했다. 그리고 도움을 받아 일어선 그는 자신의 주위에서 원을 그리고
모여 있는 사람들 중에서 그 형체를 찾으려는 헛된 시도를 했다. 그
는 그 형체를 환각이라고 결론지었다. 일시적으로 먼지가 낮아진 순
간, 프링글은 군중들의 동정 어린 축하의 말에 감사했고, 또한 한 경
관의 집으로 데려다주겠다는 제안을 거절할 정도로 충분히 침착성을
되찾은 상태였다.

거처에 들어와 생각해보니 뭔가 뚜렷해지기 시작했다. 사건들은
논리적 연속성을 가지고 일어났고, 그 알 수 없는 무서운 형체들은
더 실체적인 형태임이 분명했다. 다른 것들을 모조리 압도하는 한 가
지 문제가 있었다. 그는 자신에게 물었다. '일어난 그 사건이 정치적
대변동이 될 만한 사건이었나?' 그리고 그는 박살이 나서 망가진 모
자를 자세히 살펴보면서 어떤 방식으로 자신이 피의 복수의 희생자
가 될 뻔했는지 깨닫기 시작했다!

다음 날 아침에 일어났을 때 그는 어제의 일들을 상기하는 데 망가
진 모자가 필요하지 않았다. 보통 때는 꿈도 꾸지 않고 곤하게 잘 자
는 그가 전날 밤에는 오랜 시간 깊은 생각에 빠져 있다가 틈틈이 잤
을 뿐이었다. 자신이 미행당하고 있다는 사실에 더해 의심할 수 없을
정도로 악의가 고조되었다는 데 놀란 한편, 현재의 대도시라기보다
중세시대의 어느 이탈리아 국가에서 느꼈다고 하는 편이 자연스러워
보이는 악의에 충격을 받았다. 그는 자신을 이런 극단적인 상황으로
까지 몰고 온 자신의 치명적인 호기심을 뼈저리게 후회했다.

그의 적들과 함께 치르는 이 게임에서 그들이 교활했던 만큼이나

사악했던 자신의 감정이 모든 것을 지배하도록 했고, 무엇보다도 그들의 스파이 활동으로 인해 그가 아직 반도 파헤치지 못한 이야기의 모자란 부분을 다 짜 맞추지도 못하게 되고 말았다. 프링글은 적극적이고 다소 신경질적이라고까지 할 수 있는 자신의 기질에 특히 분개했다. 어제까지만 해도 그는 '푸아소니에르' 식당에서 있었던 일을 그냥 묻어버릴까 생각했다. 그러나 자신을 암살하려는 고의적인 시도를 확고히 믿게 만든 사건이 발생하고 난 지금, 그는 막다른 골목에 몰려 결투를 해야 하는 절박한 상황에 놓여 있음을 깨달았다. 적대자가 쌍날칼을 들고 따끔하게 한 방 찌르려고 하는 것이 자신으로 하여금 무모한 공격을 하도록 몰아가고 있다는 생각이 들었다. 내가 정말 위험한 기밀을 알아챈 것으로 여겨지고 있단 말인가? 그렇다면 이제 나서서 공격할 때다. 더 이상 지체해서는 안 된다.

반격을 하려면 변장을 해야 했다. 지금까지 변장도 하지 않은 채 그런 일을 당했다는 게 몹시 한탄스러웠던 프링글은 스피릿 로션으로 오른쪽 뺨의 자줏빛 모반을 지우고 만일을 위해 구비해둔 염색약을 적당히 발라서 금발을 검은색으로 염색했다. 어두컴컴한 거리나 골목길, 특히 건설 중인 모든 건물은 피하기로 결심했다.

그러고는 여느 때처럼 간단히 아침식사를 하고 밖으로 나왔다. 처음에는 누가 미행하고 있지 않나 의심스러웠지만, 몇 차례 시험 삼아 뒤돌아보거나 급히 회전을 하고 나니 그의 옆에서 잠시라도 함께 걷는 사람은 찾아보기 힘들었다. 변장이 효과적이거나 혹은 적들이 어젯밤의 암살기도의 결과를 잘 알지 못했거나 둘 중 하나일 것이다.

다소 안심한 프링글은 스트랜드 가를 향해 끌려가듯 걸어갔다. 채링 크로스에 거의 다다랐을 때 그는 둘둘 만 갈색 종이를 들고 역 건너편 구석진 곳에 서 있는 한 남자를 보았다. 급히 몸을 숨겨야겠다는 생각을 하던 프링글은 언뜻 그 남자가 조선소 제도공임을 알아보았다. 그는 넬슨 제독 기념비에서 만나기로 한 약속을 지키기 위해 여기로 온 것이란 말인가? 프링글이 알아챘다는 경고를 받아서 그의 위험한 임무를 더 빠르게 진행시키기로 결정한 것인가?

곰곰이 생각해본 프링글은 어떤 위험이 닥치더라도 그를 따라가기로 결심했다. 제도공은 전보를 치는 곳으로 곧바로 가고 있었다. 지금은 가장 혼잡한 아침시간이었기 때문에 작은 책상들 대부분에 그럴듯하게 말을 늘어놓는 전보 송신자들이 앉아 있었다. 제도공이 저쪽 끝에 빈자리를 하나 발견하자 프링글은 그를 따라 안쪽까지 들어가서 앞쪽 선반에서 전보 양식을 하나 꺼내려고 제도공의 어깨 너머로 손을 뻗었다. 서너 장을 움켜쥔 프링글은 종이들을 솜씨 좋게 제도공의 책상 위에 흩뜨려놓고는 비굴하게 사과를 하고 제도공이 작성하고 있던 양식까지 포함한 모든 종이들을 다시 주워 모았다. 한번 더 사과한 프링글은 마침 자리가 난 책상을 차지하고 자신의 전보 문구를 적는 척했다.

제도공의 전보 문구는 짧았지만 매우 달콤했다. 알고 있는 것과 마찬가지로 그 문구는 세 개의 문장으로 되어 있었다. '4시 30분, 폴린으로부터.' 프링글은 주소를 읽어보려고는 하지 않았다. 이미 알고 있었기 때문이었다.

제도공이 자리를 뜨자마자 프링글은 양식 한 단을 집어 들고, 그걸 가져가는 것이 들어온 유일한 이유이기라도 한 것처럼 서둘러 전신국을 빠져나갔다. 그러고는 마차를 타고 퍼니벌 호텔로 돌아왔다. 이제 그의 첫 번째 관심사는 신문지 몇 장을 갈색 종이 꾸러미에 접어 넣어 그가 기억하는 제도공이 들고 있던 꾸러미와 최대한 유사하게 보이도록 만드는 일이었다. 프링글은 사각형의 빳빳한 박엽지 여러 장을 잘라서 또 하나의 봉투 속을 채우고는, 담배 한 대를 피우면서 가장 어려운 작전 단계에 대해 곰곰이 생각했다. 제도공은 그를 두 번 보았다. 한 번은 윤기 나는 얼굴의 금발머리에 도망자 같은 자줏빛 모반이 오른쪽 뺨에 있는 허풍쟁이 저작권 대리인이라는 공식적

인 모습으로 식당에 있을 때였고, 다른 한 번은 검은 머리카락에 모반이 없는 얼굴을 한 오늘 아침이었다. 그렇다. 그는 식당에서 만난 낯선 사람은 이미 잊어버렸을지 모른다. 그러나 어쩌면 그렇지 않을지도 모른다. 프링글은 상황을 운에 맡기는 것을 극도로 싫어하는 성격이었다.

제도공이 이렇게 갑작스레 런던 시내를 돌아다니는 것을 봐서는 프링글이 알아챘다는 경고를 이미 받았을 가능성이 매우 높았다. 마지막으로 그 스파이는 아침에 프링글을 알아보지 못했지만 그래도 여전히 임무 수행 중일 것이다.

벽난로 선반 위쪽에 걸린 베네치아풍 거울을 흘깃 한 번 봄으로써 결론이 났다. 거기에는 그가 지금까지 간과했던 모습이 비쳐 보였다. 지금은 검은색이 된 그의 머리카락이었다. 이제는 그 스파이와 제도공 두 사람 다 알아보지 못하도록 변장하는 수밖에 없었다. 얼마간의 생각을 한 다음 그는 남부 출신의 프랑스인으로 변장하여 프랑스 대사관 직원인 척하기로 결정했다.

그는 만반의 준비가 갖춰진 변장함을 열어 뻣뻣한 검은 코밑수염을 붙였고, 특히 튼튼한 말털로 불멸의 타르타랭과 같은 영웅들이 흔히 가지고 있는 텁수룩한 턱수염을 만들어 붙였다. 4시까지 거의 15분밖에 남지 않았을 때, 그는 손에 소포 꾸러미를 들고 주머니에는 베데커 여행안내서와 박엽지로 속을 채운 봉투를 넣은 채 여관을 떠났다. 마차 한 대가 막 정지하려는 참이어서 충동적으로 마차를 잡아타고 엑세터 홀로 갔다. 마차 안에 몸을 숨기고 있으면 사람들의 눈을 더욱 쉽게 피할 수 있을 거라고 생각했다.

마차에서 내리는 순간 그는 모든 미행을 좌절시킨 것 같아 괜히 우쭐한 기분이었다. 그러나 마차에서 내렸을 때 그는 마차 한 대가 몇 걸음 뒤쪽에 멈춰 서 있는 광경을 보았다. 그 마차에서 한 남자가 내렸고, 마차는 그를 뒤에 남겨두고 서쪽으로 느릿느릿 움직여 가기 시작했다. 그 남자는 전혀 모르는 사람이 분명했지만 미심쩍은 생각에 프링글은 당장 그를 시험해보기로 했다. 로마노 가게로 들어가서 작은 위스키 한 잔을 주문한 것이다. 어느 정도 시간이 경과했다 싶은 생각이 들자 그는 밖으로 나왔다. 그의 맥박이 갑자기 빨라졌다. 두 집 정도 건너편에서 같은 남자가 어느 가게 창문 안을 자세히 들여다보고 있는 것이 아닌가! 프링글은 몇 미터 뒤쪽으로 걸어가서 길 반대편으로 건너갔다. 하지만 연달아 달려오는 자동차들을 피하는 엄청난 위험을 무릅썼음에도 불구하고 미행자를 따돌릴 수 없었다. 올곧은 끈덕짐을 가지고 있는 듯한 미행자는 프링글이 뒤를 돌아볼 때마다 최대한 모습을 감추면서 따라왔다.

지금까지 살아오면서 거의 최초로 프링글은 절망하기 시작했다. 자신이 예방조치를 잘 취했다고 흡족해했던 건 단지 어리석은 환상일 뿐이었다. 정교하게 변장을 했음에도 불구하고 그의 모습을 적들이 죄다 알아챈 게 틀림없었다. 그는 더 이상 싸우는 일이 소용없게 되지 않았나 자문하기 시작했다. 천천히 걸어가는 동안 막연한 의기소침이 자기도 모르게 엄습해왔다. 이 일에 관여하게 되어 치른 대가를 하나하나 생각하자 분노가 파도처럼 그에게 밀려왔다.

그는 들고 있던 꾸러미를 꽉 움켜쥐었다. 그 꾸러미의 감촉에 이거다 싶은 자극을 받았다. 상대를 끽소리 못하게 할 수 있는 도구가 그의 손 안에 있었던 것이다. 주저하며 올라오는 의심을 애써 내리누르면서 그는 성큼성큼 발걸음을 옮겨 복수를 위한 단 한 번의 대담한 마무리 공격을 하리라 마음먹었다. 그림자가 눈에 띄게 길어졌고, 근처 세인트 마틴 교회에서 들려오는 4시 15분을 알리는 종소리가 이제 더 이상 허비할 시간이 없음을 그에게 경고해주고 있었다.

눈앞에 이미 스트랜드 가 입구가 보이기 시작했고, 스퀘어 가는 그 뒤편으로 넓게 펼쳐져 있었다. 그의 오른쪽에는 어린 시절의 즐거움으로 다가오는 광경인 로더 아케이드 터널이 뻗어 있는 모습이 어렴

풋이 보였다. 그 광경을 보니 신통한 생각이 떠올랐다. 돌진해 들어가면서 그는 왼쪽으로 휙 하고 방향을 틀어 어느 갤러리로 들어갔다. 그곳에는 각각 스트랜드 가와 로더 아케이드로 가는 입구가 나 있었다. 그는 조심스럽게 문을 닫고 유리벽 위에 걸려 있는 팔레트와 창틀 사이로 밖을 엿보았다. 프링글의 움직임을 따라 그들이 급하게 방향을 바꾸지 못했기 때문에 그는 스파이의 모습을 똑똑히 보는 만족감을 누릴 수 있었다. 육감이 빗나간 스파이는 미친 듯이 노하여 아케이드로 돌진해 갔다. 그가 돌진하는 길마다 장난감이 떨어졌고 노점 상인들은 성이 나서 소리를 질러댔다. 다른 곳으로 방향을 튼 프링글은 무작정 손에 잡히는 물건인 스케치북을 한 권 샀다. 그 다음으로 스트랜드 가로 통하는 문을 지나갔다.

그는 우체국에서 상황이 어찌 되어 가는지 보려고 잠시 멈춰 섰다. 단 한 명의 경관만이 넬슨 제독 기념비의 동쪽 구석에 서 있었고, 주위에 흩어진 사람들은 평범한 여행객들로 보였다. 그러나 혼란스러운 교통정체 상황 저편에 그의 강렬한 관심을 끄는 구경거리가 있었다. 사람들이 상점들 앞을 황망히 걸어가고 있는 그랜드 호텔의 4분원꼴 천문관측기 쪽에서 제도공이 반역행위를 위한 4시 30분이 어서 오기를 기다리면서 이리저리 살피고 있는 모습이 눈에 띄었다. 그 광경에 프링글은 기가 막혀 몇 초 동안 그저 그 모습을 쳐다보고만 있었다. 프랑스인의 조언에 충실하게 그는 군중 속에서 자신의 안전을 도모하고 있었다. 마지막 순간까지 사람 없는 광장을 피하면서.

프링글이 들고 온 베데커 여행안내서를 펼쳐 들 시간인 4시 30분이 될 때까지는 2분이 남아 있었다. 그는 한쪽 손을 가슴속에 찔러 넣은 채 가장 위대한 우리의 영웅 넬슨 제독 기념비를 면밀히 살펴보았다. 누군가 '폴린'이라고 말했다. 노래하는 듯한 아름다운 억양이었는데 다름 아닌 어느 프랑스인 남자였다. 그는 프링글 가까이에 서 있었다. 깔끔하게 옷을 차려입은 젊은 남자로 짧게 자른 머리에 콧수염과 더불어 턱밑에 뽀족한 수염을 기른 그는 프링글이 들고 있는 꾸러미에 의미심장한 시선을 보냈다. 프링글은 즉시 그 꾸러미를 그에게 건네주었다. 그러자 검은 머리칼의 신사는 자신의 가슴 주머니에서 봉투 하나를 꺼냈다. 이 교환은 아무 말 없이 진행되었다. 모자를 벗어 서로에게 인사를 하고 두 사람은 각자의 길을 갔다. 빅벤이 여덟 번 울렸다.

대사관원의 대리인이 몇 분 만에 서쪽 끝의 사자모형 저편으로 사라진 후, 제도공이 반대편에서 나타났다. 그는 가다 서다를 반복하며 뭔가 석연치 않은 걸음걸이로 자꾸만 뒤쪽을 쳐다보면서 걸어왔다. 런던 국립미술관 쪽으로 등을 돌린 그는 베데커 여행안내서를 꺼내 들더니 고개를 들고 기념비를 응시하기 시작했다. 이따금 시선을 돌려 좌우로 뭔가 겸연쩍은 눈빛을 보냈다. 긴장해서 정신이 없는지 그 제도공은 손을 가슴속에 넣고 있어야 한다는 약속도 잊어버린 듯했다. 그리고 프링글이 옆에 접근해 '폴린'이라고 중얼거렸음에도 불구하고, 그의 다리는(그의 의지보다는 더 튼튼한 게 확실했다) 이 굴욕의 현장에서 도망가고 싶어 하는 듯 보였다. 의욕은 있으나 두려워 벌벌 떠는 손으로 그는 갈색 종이 꾸러미를 프링글의 손에 억지로 떠맡겼다. 그리고 박엽지 조각이 가득한 봉투를 낚아채더니 길을 가로질러 건너고는 그랜드 호텔 안의 술집으로 사라졌다.

이제 프링글은 돌아가려고 몸을 돌렸다. 그런데 권총이 그를 겨누고 있었다. 권총에서 시선을 옮겨 그 총을 들고 있는 사람을 보니, 자신이 방금 전에 신문지 뭉치를 팔았던 프랑스인이었다. 총구를 피하기 위해 그는 공터로 몸을 날리려 했다. 그러나 양쪽 팔꿈치를 잡고 있는 강한 힘 때문에 그는 기념비 아래쪽 초석 귀퉁이에서 움직일 수 없었다. 고개를 약간 돌려보니 로더 아케이드에서 맹추격전을 벌일 때 마지막으로 봤던 남자의 손아귀에 붙들려 있었다. 경찰은 근처 어디에도 보이지 않았다. 심지어 지나다니는 사람조차도 구석진 곳에는 눈길도 주지 않고 걸어갔다. 이 잠깐 동안의 극적인 드라마는 아주 조용히 진행되었다. 검은 머리칼의 남자는 겨누고 있던 연발권총을 내리면서, 몸싸움을 하다가 프링글이 떨어뜨린 꾸러미를 집어 들었다. 그는 섬세한 손길로 그 꾸러미를 개봉하더니, 투명지 몇 장을 반쯤 꺼내 자세히 살펴보고는 꾸러미를 통째로 안쪽 주머니에 집어넣었다. 그러고는 스파이에게 그를 놓아주라고 신호하고는 처음으로 말문을 열었다.

"저기, 선생님." 그의 영어는 약간 외국어 억양이 섞여 있긴 했지만 훌륭했다. "당신과 관계없는 일에는 앞으로 관여하지 마시길 부탁드려도 되겠습니까? 이 서류는 매매되는 것입니다. 그리고 당신이 이 거래에서 중간자의 역할을 충분히 잘 해오셨다 하더라도 저희는 당신에게 도움을 요청할 필요가 없다는 것을 확실히 알려드립니다." 이 부분에서 그의 말투가 딱딱해졌다. 침착성을 약간 잃은 목소리라서인지 외국어 억양이 확연히 드러났다.

"내가 당신과 접촉을 끝낸 직후 당신이 건방지게도 쓸모없는 종이 조각들이 든 꾸러미를 가지고 나와 거래하려 했다는 것을 알았지요. 신중하게 계획했다고 자부하는 시도에서 성공해본 적이 있습니까? 그걸 후회할 수 있을 정도로 오래 사는 것도 어쩌면 가능할지 모르겠네요. 뭐 그렇지 않을 수도 있고요! 좋은 하루 보내십시오, 선생님." 그는 목례를 했다. 일행도 마찬가지로 목례를 했다.

프링글은 계속 걸어가다가 유니온 클럽 모퉁이에서 방향을 틀었다.

빅벤은 이제 4시 40분을 가리키고 있었다. 프링글은 4시 45분부터 5시까지 얼마나 많은 일이 일어났는지 생각했다. 그렇다. 그는 국가 기밀을 팔아넘기는 행위를 막지 못했다.

그는 어음봉투가 든 소포를 손으로 꽉 쥐었다. 마차를 불러 세운 그는 막 타려다가 뒤를 돌아 방금 전 어디가 접선장소인지 좀 헷갈렸었던 사자모형들 사이의 구석진 곳을 쳐다보았다. 그가 막 떠나온 두 남자가 제3의 남자와 싸우고 있었다. 하얀 뭔가를 한 움큼 쥐고 휘두르는 제3의 남자는 다른 두 남자들의 몸 곳곳을 주먹으로 치기 위해 고군분투하고 있었다. 그는 바로 제도공이었다. 순간적으로 늘어난 소규모의 군중들이 그들을 둘러쌌다. 프링글은 마차에 타면서, 경관 두 명이 둘러선 사람들을 뚫고 들어가 싸우고 있는 세 사람 모두를 저지하는 모습을 보았다.

재크 푸트렐

미국의 저널리스트
이자 작가로 활동했
다. 논리적이고 이성
적인 매력을 가진 탐
정 밴 듀슨이 활약하
는'밴 듀슨 교수 시
리즈'로 잘 알려져
있다.

JACQUES
FUTRELLE

사라진 여배우

THE
PROBLEM OF
"DRESSING
ROOM A."

밴 듀슨 교수라는 인물

절대 불가능하다. 매년 열리는 챔피언 대회에 참가하기 위해 전 세계에서 보스턴으로 모인 체스의 달인 25명이 입을 모아 단언했다. 체스 달인의 모임에서 이렇게 의견이 완전히 일치하는 건 이례적인 사태였다. 인간의 무한한 가능성이면 할 수도 있지 않겠느냐고 누구도 말하지 않았다. 얼굴을 붉히고 입가에 거품을 무는 사람도 있었고, 태연하게 미소 지으며 넘어가는 사람도 있었는데, 대부분은 완전히 터무니없는 일이라고 무시했다.

논의의 발단은 유명한 과학자이자 논리학자 밴 듀슨 교수의 한마디였다. 교수가 무심코 흘린 말이 격론의 씨앗이 된 것이다. 과거에도 그는 떠들썩한 과학논쟁의 중심에서 강한 의욕을 보이며 놀라운 가설을 발표해 어느 유명 대학의 철학교수를 물러나게 한 바 있다. 나중에 밴 듀슨 교수는 그 대학에서 법학박사 학위를 받았고, 대학 당국은 큰 영광으로 생각했다.

20년 동안, 전 세계의 교육기관과 과학기관이 다투어 교수에게 학위를 수여했다. 교수는 본인도 발음할 수 없는 언어가 줄줄이 늘어선 직책을 꽤 소유하고 있다. 영국, 러시아, 독일, 이탈리아, 스웨덴, 스페인 등에서 받은 것으로 이들 모두 그가 과학계 최고의 두뇌라는 사실을 공인한 증거였다. 과학계의 여섯 분야에는 고집불통 교수의 각인이 확실히 찍혀 있었다. 결국 교수가 결론을 내리면 논의는 중단되고 전원이 정중하게 경청하는 태세가 되는 것이다.

세계의 체스 달인들을 이렇게까지 일치단결시키고, 적으로 돌리게 만든 이유는 밴 듀슨 교수가 쟁쟁한 신사 세 명 앞에서 한 말 때문이었다. 신사 중 한 명인 찰스 앨버트 박사는 체스의 열광적인 애호자였다.

"체스는 두뇌 작용의 부끄러워해야 할 남용에 지나지 않습니다."

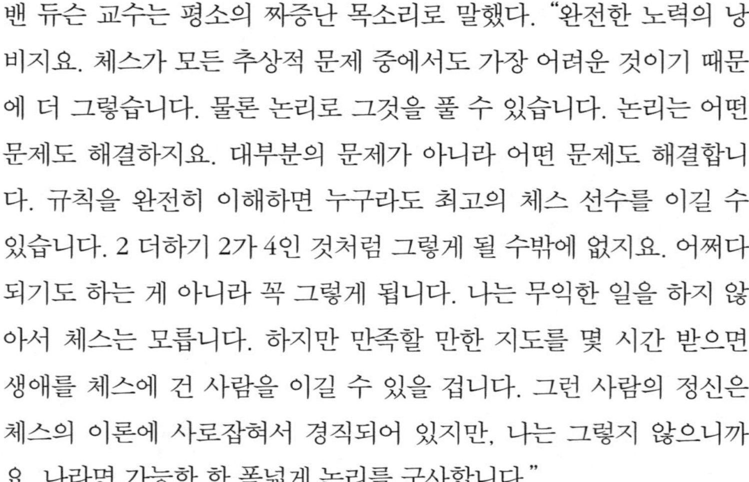

밴 듀슨 교수는 평소의 짜증난 목소리로 말했다. "완전한 노력의 낭비지요. 체스가 모든 추상적 문제 중에서도 가장 어려운 것이기 때문에 더 그렇습니다. 물론 논리로 그것을 풀 수 있습니다. 논리는 어떤 문제도 해결하지요. 대부분의 문제가 아니라 어떤 문제도 해결합니다. 규칙을 완전히 이해하면 누구라도 최고의 체스 선수를 이길 수 있습니다. 2 더하기 2가 4인 것처럼 그렇게 될 수밖에 없지요. 어쩌다 되기도 하는 게 아니라 꼭 그렇게 됩니다. 나는 무익한 일을 하지 않아서 체스는 모릅니다. 하지만 만족할 만한 지도를 몇 시간 받으면 생애를 체스에 건 사람을 이길 수 있을 겁니다. 그런 사람의 정신은 체스의 이론에 사로잡혀서 경직되어 있지만, 나는 그렇지 않으니까요. 나라면 가능한 한 폭넓게 논리를 구사합니다."

앨버트 박사는 힘차게 고개를 저었다. "그런 일은 불가능합니다." 그는 단언했다.

"불가능은 없습니다." 과학자가 쏘아붙였다. "인간의 정신은 모든 것이 가능합니다. 그렇기 때문에 우리 인간은 야만적인 피조물보다 고귀한 게 아닙니까? 아무쪼록 이 상태가 변하지 않았으면 합니다."

"당신은 체스에 무한한 조합이 있다는 걸 알고 있나요?" 엘버트 박사가 물었다.

"아니오." 불편한 대답이 돌아왔다. "체스에 대해 알고 있는 건 움직임이 정해져 있는 말을 이동시켜 적의 킹을 꼼짝 못하게 한다는 것뿐. 맞습니까?"

"맞습니다." 앨버트 박사는 천천히 대답했다. "그래도 그런 말은 생전처음 들어요."

"좋아요. 그게 맞는다면 진정한 논리가는 순수하게 논리의 기계적 규칙에 따르기만 해도 체스 전문가를 이길 수 있습니다. 언젠가 시간을 내서 말의 움직임에 정통해진 다음 당신을 이기고 납득시키지요."

밴 듀슨 교수는 거친 시선으로 앨버트 박사를 보았다.

"나는 안 됩니다." 앨버트 박사가 대답했다. "당신은 누구라도 라고 말했어요. 예를 들어, 최고의 체스 선수라도 이길 수 있다고 말했지요? 그렇다면 말의 움직임에 '정통' 했을 때, 세계 최강의 체스 선수와 시합할 의지가 있습니까?"

"물론이오." 과학자가 대답했다. "사람을 이해시키기 위해 멍청한 짓을 해야 하는 건 이번이 처음이 아니니까. 앞으로도 망설이지는 않을 거요."

이렇듯 신랄한 논쟁이 시작되자 흥분한 체스 명인들이 일치단결했다. 몇 년 동안, 유명한 밴 듀슨 교수에게 어떤 주장도 내세우지 못했던 유명인사들이 공공연히 반론을 떠들었다. 결국 챔피언대회가 끝나면 밴 듀슨이 우승자와 대전하기로 했다. 이번 챔피언은 몇 년 전부터 타이틀을 유지하고 있는 러시아의 차이코프스키였다.

챔피언 대회 직후, 미국의 유명한 체스 달인 힐즈버리가 비콘 힐에 있는 밴 듀슨 교수의 수수한 아파트에서 오전을 보냈다. 힐즈버리는 고개를 갸웃하며 슬픈 표정으로 떠났다. 그날 오후 밴 듀슨 교수는 러시아인 챔피언 차이코프스키와 대전했다. 신문이 대대적으로 보도해서 시합의 관람자는 수백 명에 이르렀다.

밴 듀슨 교수가 나타나자 놀라는 듯한 속삭임이 흘러나왔다. 교수는 아이처럼 작고 얇은 어깨가 거대한 머리의 무게를 겨우 지탱하는 것 같았다. 쓰고 있는 모자는 사이즈 8. 일직선으로 연결된 둥근 지붕처럼 튀어나온 눈썹, 텁수룩하고 긴 노란 머리칼은 한층 그로테스크해 보였다. 새파란 눈은 안경의 두꺼운 렌즈 안에서 언제나 뭔가를 묻는 듯이 가늘게 뜨고 있다. 깨끗이 면도한 얼굴은 작고 학자답게 창백했다. 일자로 굳게 다문 입, 놀라울 정도로 하얀 두 손, 가늘고 긴 손가락. 이 과학자의 50년 생애에 육체적인 발달이 들어갈 여지가 없었다는 사실은 분명했다.

러시아인은 체스 테이블 앞에 앉아 교수에게 미소를 보냈다. 기인을 가볍게 상대할 생각이었다. 다른 달인들은 기묘한 흥분에 가득 차 주위를 둘러싸고 있었다. 밴 듀슨 교수가 퀸을 움직이는 첫 수로 시합이 시작되었다. 교수가 조금의 망설임도 없이 놓은 다섯 번째 수부터 러시아인의 표정에서 웃음이 사라졌다. 열 번째 수에서 챔피언의 표정은 매우 진지해졌다. 이제 러시아인은 명예를 걸고 싸우고 있었다. 밴 듀슨 교수는 열네 번째 수로 킹 측의 루크를 퀸의 4에 전진시켰다.

"체크." 교수가 선언했다.

오래 생각한 끝에 러시아인은 나이트로 킹을 지켰다. 그것을 본 밴 듀슨 교수는 의자 등에 기대 두 손의 손가락 끝을 마주하고 체스판에서 눈을 들더니 꿈꾸는 듯이 천장을 보았다. 헛기침 한 번 없이 15분이 지났다.

"열다섯 번째 수로 체크메이트." 그가 조용히 선언했다.

놀라움의 소리가 울려 퍼졌다. 체

스 달인들의 눈으로도 교수의 선언이 올바른 걸 확인하는 데 몇 분이 걸렸다. 하지만 러시아인은 바로 깨닫고 핏기가 사라진 표정으로 의자 등에 기댔다. 그는 놀라지는 않았다. 오히려 이해할 수 없는 미로 속에서 공허하게 움직이고 있을 따름이었다. 그는 불쑥 일어나서 승리자의 가느다란 손을 쥐었다.

"체스를 해본 경험이 없다고 했지요?" 그가 물었다.

"한 번도."

"정말 놀랐습니다! 당신은 인간이 아닙니다. 당신은 두뇌 기계, 생각하는 기계입니다."

"아이들 놀이 같은 것이지요." 과학자는 무뚝뚝하게 말했다. 그 목소리에 승리의 기쁨은 없었다. 평소대로 짜증이 가득한 인간미 없는 분위기였다.

그야말로 밴 듀슨 교수였다. 이렇게 해서 그는 전 세계에 '생각하는 기계'로 알려지게 되었다. 러시아인의 말을 신문기자 허친슨 해치가 교수의 통칭으로 사용했다. 그리고 그 이름이 정착되었다.

최초의 사건

유명한 여배우 아이린 월랙이 우레 같은 박수가 귀에서 사라지기도 전에 공연 중인 스프링필드 극장의 분장실에서 홀연히 사라졌다. 이 기괴한 사건과 관계된 불가사의한 우연의 연쇄는 '생각하는 기계'가 순수한 과학 문제 바깥에서 해답을 찾은 최초의 사건인지도 모른다. 이 이해할 수 없는 사건을 해결하기 위해 교수의 조력을 구한 사람은 신문기자 허친슨 해치였다.

"나는 과학자이고 논리학자야." '생각하는 기계'는 항의했다. "범죄에 대해서는 아무것도 몰라."

"범죄가 일어났는지 아무도 모릅니다." 기자는 서둘러 말했다. "이 사건은 매우 특이합니다. 여자가 실종되었어요. 부르면 들리고, 보이는 곳에 친구가 있었는데 흔적도 없이 사라졌어요. 경찰은 전혀 손을 쓰지 못하고 있어요. 이 문제를 풀려면, 경찰보다 위대한 정신을 가져야 합니다."

밴 듀슨 교수는 손으로 신문기자에게 앉도록 신호하고, 자신도 커다란 쿠션이 있는 의자에 몸을 묻어서 가뜩이나 작은 몸이 아이처럼 줄어들어 보였다.

"가급적 자세히 얘기해보게." 교수는 성급하게 재촉했다.

"월랙 양은 서른 살로 상당한 미인입니다." 기자가 말하기 시작했다. "여배우로 이 나라뿐만 아니라 영국에서도 유명합니다. 교수님도 틀림없이 신문에서 본 적이 있을 텐데 만약……."

"신문은 읽지 않아." 교수는 퉁명스럽게 끼어들었다. "계속해."

"그녀는 미혼이고 가까운 미래에 그 상황을 바꿀 의지도 없는 것 같습니다." 해치는 교수의 섬세한 얼굴을 흥미 깊게 바라보며 얘기를 계속했다. "당연히 생각하는 사람은 몇 사람 있었겠지요. 무대에 서는 미녀라면 모두 그러니까요. 하지만 그녀의 사생활은 깨끗하고, 경력에도 숨길 만한 일은 아무것도 없어요. 이런 내용을 말하는 건 그녀의 실종의 원인이 그쪽 방면에 있는 건 아닐까 하고 생각하실까 우려해서입니다.

월랙 양은 극단의 셰익스피어 공연에 참여하고 있었어요. 지난주의 공연 장소는 스프링필드였지요. 토요일 밤, 그녀는 〈당신 뜻대로 하세요〉의 로잘린드를 연기했어요. 극장은 만원이었지요. 그녀는 지병인 지독한 두통에 시달렸지만 그럼에도 2막에서 관객의 열광적인 박수를 받았습니다. 분장실에 돌아온 그녀를 3막이 열리기 직전에 무대감독이 부르러 갔어요. 그녀는 '바로 갈게요' 라고 대답했어요. 의심의 여지없이 그녀의 목소리였다고 합니다.

3막에서 로잘린드가 무대에 등장하는 시점은 막이 열리고 6분 후입니다. 하지만 등장할 장면에 월랙 양은 나타나지 않았어요. 무대감독이 당황해서 분장실로 뛰어가서 불렀지요. 대답이 없었어요. 기절했는지도 모른다고 걱정한 무대감독은 안으로 들어가보았습니다. 월랙 양은 없었어요. 서둘러 주위를 찾았지만 어디에도 없기 때문에 마침내 '여배우의 갑작스런 병으로 공연을 중지할 수밖에 없습니다.' 하고 관객에게 발표하게 되었지요.

막을 내리고 수색을 재개했습니다. 풋라이트^{脚光}가 닿지 않는 구석부터 찾았지요. 분장실의 문지기, 윌리엄 미건은 아무도 나가지 않았다고 말했어요. 미건은 분장실 입구에서 경관과 20분쯤 서서 얘기했다고 하더군요. 따라서 월랙 양이 극장 안에서 나갔다고 할 수는 없어요. 달리 무대에서 사라지는 유일한 방법이라면 풋라이트를 넘어서 나가는 것인데 물론

그런 사실은 없었지요. 그녀는 어디에도 없었어요. 도대체 어디로 갔을까요?"

"창문은?" 생각하는 기계가 물었다.

"무대는 반지하에 있어요." 해치가 설명했다. "월랙 양의 분장실은 A룸으로, 작은 창문이 있지만 쇠창살이 있죠. 벽에서 3미터 위의 창문은 열려 있었지만 쇠창살로 막혀 있었어요. 무대 위의 다른 창문에는 가까이 가지 않았고, 거기에도 역시 쇠창살이 있습니다. 단원과 안에 있던 사람 눈에 띄지 않고 어느 창문에도 접근할 수 없어요."

"무대 아래는 어떤가?" 교수가 물었다.

"아무것도 없어요." 신문기자가 대답했다. "시멘트로 마무리한 넓은 지하실입니다. 물론 월랙 양이 일시적인 착란 상태로 잘못 들어갈 수 있기 때문에 지하실도 수색했어요. 플라이 갤러리라고 하는, 막을 조작하는 발판 위까지 찾았으니까요."

"실종 당시 월랙 양은 어떤 복장을 하고 있었지?"

"더블릿*과 타이츠를 입고 있었어요. 2막부터 계속 그 의상이었지요."

"사복은 모두 분장실에 있었나?"

"네. 모두 닫힌 의상 트렁크 위에 펼쳐져 있었어요. 곧바로 분장실을 뛰쳐나온 듯한 상태입니다. 테이블에 있던 먹다 남은 초콜릿크림 상자도 그대로 있었을 정도니까요."

"다툰 흔적도 없고 소리를 들은 사람도 없었나?"

"없습니다."

"핏자국은?"

"전혀."

"하녀는? 하녀는 있었나?"

---

* 14~17세기에 남성들이 입던 짧고 꼭 끼는 상의

"아, 있었어요. 잊고 있었는데 하녀 거트루드 매닝은 1막이 끝나고 집으로 갔어요. 갑자기 아팠다고 합니다."

생각하는 기계는 처음으로 사팔뜨기 눈을 신문기자에게 향했다.

"아팠다고? 무슨 일이 있었나?"

"거기까지는 모릅니다만." 기자가 대답했다.

"하녀는 지금 어디에 있지?"

"글쎄요. 어디에 있을까요? 월랙 양의 실종소동으로 모두 하녀를 잊은 것 같습니다."

"초콜릿크림은 어떤 종류인가?"

"그것도 잘 모르겠습니다."

"어디에서 구입한 거지?"

신문기자는 어깨를 으쓱했다. 역시 몰랐기 때문이었다. 생각하는 기계가 물끄러미 해치를 보자, 해치는 안정을 잃고 머뭇거렸다.

"그 초콜릿은 지금 어디에 있나?" 교수의 추궁에 또 해치는 어깨를 으쓱했다.

"월랙 양의 체중은?"

신문기자는 이거라면 대답할 수 있을 것 같았다. 여배우를 몇 번 본 적이 있기 때문이다.

"58킬로그램에서 63킬로그램쯤일 겁니다."

"극단 관계자 중 최면술사가 있었나?"

"모릅니다."

생각하는 기계는 가느다란 손을 초조하게 흔들었다. 그는 조바심을 냈다.

"사실을 모두 알지 못하고 와서 조언을 구하다니 터무니없어, 해치." 교수는 훈계했다. "모든 사실을 알려주면 뭔가 도움이 될지도 모르지만 이 정도로는……."

신문기자도 화가 나는 모양이었다. 이래 뵈도 기자로서 두뇌가 명석하고 통찰력이 있다는 평판을 듣고 있다. 교수의 말투와 태도는 물론 자꾸 하찮은 질문만 하는 것이 불쾌했다.

"모르겠어요." 기자가 말했다. "초콜릿에 독이 들어 있다고 생각하시는 것 같은데, 만약 그렇다고 해도 초콜릿과 최면술사가 윌랙 양 실종과 무슨 관계가 있습니까? 독이 든 초콜릿이든 최면술사든, 윌랙 양을 사라지게 할 수는 없어요."

"물론 자네가 알 리 없지." 생각하는 기계가 화를 내며 대답했다. "알았다면 여기에 오지 않았을 거야. 사건은 언제 일어났나?"

"아까 말했듯이 토요일 저녁입니다." 기자는 조금 겸손하게 대답했다. "스프링필드 공연 마지막 날이었어요. 윌랙 양은 오늘 밤 이곳 보스턴에서 공연할 예정이었습니다."

"그녀가 사라진 것은 언제 몇 시쯤이었지?"

"아, 무대감독의 진행표에 의하면 3막이 시작된 시간이 9시 41분, 윌랙 양을 부르러 간 시간이 1분 전으로 9시 40분입니다. 그녀의 등장은 막이 오르고 6분 후이기 때문에……."

"그 7분 사이에 58킬로그램 이상의 여자가 밖으로 나갈 수 있을 만한 복장도 입지 않고 분장실에서 연기처럼 사라졌다는 말인가? 지금이 월요일 오후 5시 18분이지. 앞으로 몇 시간이면 이 범죄는 해명될 거야."

"범죄?" 해치가 열렬히 반복했다. "그럼 범죄라고 생각하시는군요?"

밴 듀슨 교수는 기자의 질문은 듣지 않았다. 일어나서 뒷짐을 진 교수는 시선을 떨어뜨린 채 방을 수십 번 서성거렸다. 마침내 교수는 멈췄고 역시 일어나 있던 신문기자를 보았다.

"윌랙 양의 극단은 짐을 갖고 보스턴에 도착했겠지? 남자 단원을 모두 만나서 얘기하고 특히 그들의 눈을 잘 봐. 아무리 하찮은 사람이라도 지나쳐서는 안 돼. 그리고 초콜릿크림 상자가 어떻게 됐는지 조사하고, 가능하면 몇 개 없어졌는지 확인해서 보고하러 오게. 월랙 양의 운명은 자네가 얼마나 신속하고 정확하게 행동하는지에 달려 있어."

해치는 깜짝 놀랐다.

"도대체……." 그가 말했다.

"구시렁거리지 말고 서둘러." 생각하는 기계가 명령했다. "자네가 돌아올 때쯤 택시를 기다리게 할 거야. 서둘러 스프링필드에 가야 하니까."

신문기자는 명령에 따라서 뛰어나갔다. 지시의 의미는 확실히 알 수 없었다. 남자 단원의 눈을 관찰하는 일은 잘하지 못하지만 아무튼 명령대로 했다. 한 시간 30분 후에 돌아온 그를 '생각하는 기계'는 대기해두었던 택시에 태웠다. 택시는 남부 역까지 달렸고, 그곳에서 두 사람은 마침 발차하려고 하는 스프링필드 행 열차에 탈 수 있었다. 좌석에 앉았을 때 과학자는 드디어 해치에게 시선을 주었다. 해치는 모아온 정보로 숨이 막힐 것 같았다.

"어떻게 됐지?" 교수가 물었다.

"몇 가지 알았습니다." 기다렸다는 듯이 기자가 대답했다. "먼저 월랙 양의 상대 배우 랭던 메이슨은 3년 전부터 그녀를 좋아했고, 매일 밤 분장실에 들어가기 전에 스프링필드의 스카일러에서 초콜릿을 사는 습관이 있었다고 합니다. 본인이 마지못해 그렇게 인정했습니다. 제가 말하도록 유도했지요."

"오!" 생각하는 기계는 홀로 중얼거렸는데 무엇을 생각하고 있는지는 물어보지 않았다. "상자에서 초콜릿이 몇 개 없어졌지?"

"세 개입니다." 해치가 설명했다. "월랙 양의 짐은 분장실의 비어 있던 트렁크에 있었는데 초콜릿도 그 안에 있었습니다. 매니저를 설득해서……."

"알았네. 알았어." 생각하는 기계는 초조해했다. "메이슨은 어떤 눈을 하고 있었나? 무슨 색이었지?"

"파란색입니다. 솔직히 별로 이상한 점은 없었습니다." 기자가 대답했다.

"다른 사람은?"

"눈을 보고 오라고 하셨지만 어떤 의미인지 몰라서 그냥 사진을 찍어왔습니다. 그쪽이 도움이 될 겁니다."

468

"그건 잘했어! 훌륭하군." 생각하는 기계는 그렇게 평했다. 그는 사진을 손가락 끝으로 차례차례 보기 시작했다. 교수는 가끔 손을 멈추고 아래에 쓴 이름을 보았다.

"이 사람이 상대 배우인가?" 마침내 교수는 한 장을 해치에게 건넸다.

"그렇습니다."

밴 듀슨 교수는 또 침묵했다. 열차는 9시 20분에 스프링필드에 도착했다. 해치를 따라서 역을 나온 교수는 말없이 택시에 탔다.

"스카일러로 갑시다." 생각하는 기계가 말했다. "서둘러주게."

택시는 밤의 도시를 질주했다. 10분 후, 밝은 조명을 켠 과자점 앞에 차가 섰다. 먼저 가게에 들어간 생각하는 기계는 초콜릿 매장의 카운터 안에 있는 여점원에게 가까이 갔다.

"실례지만 이 사람을 본 기억이 있습니까?" 생각하는 기계는 메이슨의 사진을 보이며 물었다.

"네, 기억해요." 점원이 대답했다. "배우잖아요."

"이 사람이 토요일 저녁에 작은 초콜릿크림 상자를 샀습니까?" 다음 질문이었다.

"네, 아주 서둘렀기 때문에 똑똑히 기억나요. 짐이 있기 때문에 극장에 빨리 가야 한다고 말한 것 같아요."

"이 남자가 초콜릿크림을 구입한 적은 없습니까?" 교수는 다른 사진을 꺼내 점원에게 건넸다. 사진을 보는 그녀 옆에서 해치도 고개를 뻗어 들여다보려고 했지만 잘 보이지 않았다.

"이분은 기억에 없는데요." 점원이 말했다.

생각하는 기계는 가게를 나와 갑자기 공중전화 박스로 사라졌다. 5분쯤 지나서 교수는 다시 서둘러 택시에 탔고, 해치도 당황해서 따라 탔다.

"시립병원으로 갑시다." 교수가 말했다.

다시 택시는 속도를 올렸다. 해치는 할 말이 없었다. 생각하는 기계가 어떤 결정적인 선을 쫓고 있는 것만큼은 확실했지만 기자는 전혀 짐작이 가지 않았다. 이 사건은 점점 만화경 같은 양상을 띠기 시작했다. 이러한 인상은 시립병원의 외과의사 칼튼과 대화를 나누는 생각하는 기계의 옆에 섰을 때 더욱 강해졌다.

"거트루드 매닝 양이 여기에 입원해 있습니까?" 생각하는 기계가 질문했다.

"네." 외과의사가 대답했다. "토요일 밤에 실려 왔습니다. 그녀는⋯⋯."

"스트리크닌 중독이었죠, 알고 있습니다." 교수가 끼어들었다. "아마 길에 쓰러져 있는 그녀를 발견했을 겁니다. 나도 의사입니다. 그녀가 좋아졌다면 두 가지 질문을 하고 싶은데요."

칼튼 의사는 고개를 끄덕였고, 밴 듀슨 교수와 충실한 해치를 월랙 양의 하녀가 창백한 얼굴로 누워 있는 병실로 안내했다. 생각하는 기계는 그녀의 손을 잡고 가느다란 손가락으로 맥을 짚었다가 만족하듯이 고개를 끄덕였다.

"매닝 양, 내 목소리가 들립니까?"

여자는 약하게 끄덕였다.

"당신은 초콜릿크림을 몇 개 먹었습니까?"

"두 개요." 대답을 마친 여자는 기운 없는 눈으로 교수를 보았다.

"당신이 극장을 나오기 전에 월랙 양은 초콜릿크림을 먹었습니까?"

"아니에요."

470 그때까지 생각하는 기계를 서둘렀다고 표현한다면, 그 다음은 마치 경주를 하는 것 같았다. 해치는 충성스레 뒤를 따라 계단을 달려 내려가 택시에 탔다. 밴 듀슨 교수는 달리는 택시 안에서 칼튼 의사에게 고맙다고 인사했다. 이번 목적지는 월랙 양이 사라진 극장의 분장실이었다.

신문기자는 뭐가 뭔지 전혀 알 수 없었다. 확실히 알고 있는 사실은 상자에서 없어진 초콜릿크림은 세 개라는 것뿐이었다. 하녀는 그 가운데 두 개만 먹었다. 그녀는 독을 먹었다. 따라서 월랙 양이 세 번째 초콜릿크림을 먹었다면 그녀 역시 독을 먹었다고 추정하는 게 타당할 것이다. 하지만 독을 먹었어도 모습은 사라지지 않는다. 여기까지 생각하고 기자는 절망하여 고개를 저었다.

분장실의 문지기 윌리엄 미건은 간단히 찾았다.

"정확히 알려주게." 생각하는 기계가 말했다. "지난 주 토요일 밤, 메이슨 씨가 월랙 양에게 전달하는 초콜릿크림 상자를 맡았나?"

"맡았습니다." 미건은 부드럽게 대답했다. 그는 작은 남자를 재미있어 하는 것 같았다. "월랙 양은 그때 오지 않았습니다. 메이슨은 거의 매일 밤 그녀에게 초콜릿크림 상자를 선물하는데 대개는 여기에 맡깁니다. 토요일 밤도 저기 선반에 두었습니다."

"메이슨이 분장실로 들어간 시간은 다른 단원보다 먼저였나, 나중이었나?"

"먼저입니다." 미건이 대답했다. 몹시 서둘렀어요. 아마 짐이 있었을 겁니다."

"다른 단원도 여기에 들르겠지? 편지 같은 걸 가지러 오나?" 교수는 눈을 가늘게 뜨고 선반 위의 편지상자를 올려보았다.

"그렇습니다."

그러자 생각하는 기계는 긴 한숨을 쉬었다. 지금까지 미간에 불안한 듯 잡혀 있던 주름도 사라졌다.

"그런데," 교수가 계속했다. "토요일 밤 9시부터 11시 사이에 짐이나 상자 같은 것이 운반되어 나가지 않았나?"

"아닙니다." 미건은 단언했다. "한밤중에 극단의 짐이 나가기 전까지는 아무것도 없었어요."

"월랙 양의 분장실에는 트렁크가 두 개 있었지?"

"그렇습니다. 아주 큰 트렁크가 두 개."

"어떻게 알지?"

"운반해 올 때랑 운반해 나갈 때 도와줬으니까요." 미건은 날카롭게 대답했다. "그게 어떻게 됐습니까?"

갑자기 생각하는 기계는 방향을 바꿔 택시에 탔다. 해치는 그림자처럼 뒤를 따랐다.

"빨리 장거리 전화를 걸 수 있는 곳으로 데려다주게." 교수가 택시 기사에게 말했다. "한 여자의 생명이 위험해."

30분 후, 밴 듀슨 교수와 허친슨 해치는 보스턴으로 돌아가는 열차에 타고 있었다. 생각하는 기계가 전화박스에서 얘기한 시간은 15분. 통화를 마치고 나온 교수에게 해치가 질문을 퍼부었지만 대답은 들을 수 없었다. 스프링필드를 떠난 지 13분이 지났을 때, 드디어 교수가 전에 하던 대화를 계속하는 것처럼 서두도 없이 얘기했다.

"물론, 극장의 무대를 떠나지 않았다면 월랙 양은 극장 안에 있어야 해." 교수가 말했다. "모습이 보이지 않는 일은 있을 수 없어. 따라

472

서 문제는 극장의 어디에 있는가야. 폭력의 흔적이 없는 건 몇 개의 증거로 밝혀졌어. 아무도 비명을 듣지 못했고 다투는 기척도 없었고 핏자국도 없어. 그러니 우선 실종과 관련된 최초의 단계에서는 그녀의 합의가 있었다고 추리할 수밖에 없어. 입고 있는 의상도 밖을 걷기에는 전혀 어울리지 않기 때문이지.

이상의 상황에 들어맞는 가설을 세워볼까. 월랙 양은 격렬한 두통이 있었어. 최면술은 두통을 완화시킬 수 있지. 월랙 양에게 최면을 건 최면술사가 있었을까? 있다고 가정하지. 그 최면술사가 자신의 실력을 이용해 그녀에게 강경증*을 일으키게 한 것이 아닐까? 어떤 동기가 있어서 그렇게 했다고 하지. 그러면 다음에 그녀를 어떻게 했을까?

여기부터 문제는 여러 방향으로 발전해. 우리로서는 이 가정이 맞는다고 가정할 수밖에 없어. 여러 상황에 들어맞는 가정은 이것 하나뿐이니까. 최면술사가 분장실에서 그녀를 데리고 나오려고 하지 않은 사실은 확실해. 그러면 뭐가 남을까? 분장실에 있던 트렁크 두 개 가운데 하나야."

해치는 헉 하고 숨을 쉬었다.

"그럼 그녀는 최면술에 걸려서 두 번째 트렁크에 넣어졌다는 겁니까? 굳게 닫히고 끈으로 묶어놓은 트렁크에?"

"그게 바로 일어날 수 있는 유일한 일이지." 생각하는 기계는 단호하게 대답했다. "따라서 그 일이 일어난 거야."

"그런 무서운 일이!" 해치가 소리쳤다. "살아 있는 여자를 48시간이나 트렁크에 넣다니. 넣었을 때는 살아 있었다고 해도 지금쯤은 죽었을 겁니다."

기자는 몸서리를 치고는, 무슨 생각을 하는지 헤아리기 어려운 상

---

* 强勁症. 일정한 자세를 오랫동안 유지하는 증상

대의 얼굴을 가만히 보았다. 그 남자의 얼굴에는 연민도 공포도 없었고 그저 두뇌의 회전이 비치고 있을 뿐이었다.

"그녀가 죽었다고는 할 수 없어." 생각하는 기계는 설명했다. "월랙 양이 최면술에 걸리기 전에 초콜릿크림을 먹었다면 죽었을지도 모르지. 하지만 강직 상태로 입에 넣었다면 아마 살아 있을 거야. 초콜릿크림은 녹지 않았을 테고, 독도 몸에 흡수되지 않았을 테니까."

"하지만 질식했을 겁니다. 트렁크를 난폭하게 다뤄서 골절을 당했는지도 모르지요. 여러 가능성을 생각할 수 있지 않겠습니까?" 해치가 말했다.

"강경증에 걸려 있는 사람은 상처를 입지 않아." 교수가 대답했다. "물론 질식 가능성은 있지만 트렁크 안에도 공기는 통할 거야."

"초콜릿크림은 어떻습니까?" 해치가 물었다.

"아, 초콜릿크림 말인가? 하녀는 두 개를 먹고 생명이 위험했어. 메이슨은 초콜릿크림을 샀다는 사실을 인정하고 있어. 인정한다는 건 그가 산 초콜릿크림과 독이 든 초콜릿크림은 다른 거라는 얘기야. 메이슨이 최면술사일까? 아니야. 그의 눈은 달라. 사진을 보면 알 수 있어. 메이슨은 가끔 월랙 양에게 초콜릿크림을 선물했어. 몇 번인가 문지기에게 맡기기도 했어. 극단 단원은 우편물을 받기 위해 분장실 입구에 들르지. 그렇다면 누군가가 독이 든 초콜릿크림 상자와 바꿔치기 했을 가능성이 있다고 생각할 수 있지 않을까?

이 사건의 배후에는 광기와 그것을 뛰어넘는 교활함이 숨어 있어. 아마도 보상이 없는, 또는 희망이 없는 사랑의 열병이 동기였을 거야. 우선 초콜릿크림으로 독살하려고 했는데 실패했지. 그러자 무대 감독이 그녀에게 말을 건 직후에 다음 방법을 쓴 거지. 최면술사는 그때 그녀의 분장실에 있었을 거야."

"월랙 양은 아직 트렁크 안에 있을까요?"

"아니." 생각하는 기계는 대답했다. "살아 있는지 죽었는지는 모르지만 이미 나왔어. 나는 살아 있다고 생각해."

"그러면 범인은?"

"보스턴에 도착하면 30분 이내로 경찰에 넘길 거야."

교수와 해치는 남부 역에서 차로 경찰본부로 직행했다. 해치도 잘 알고 있는 맬러리 형사가 두 사람을 맞이했다.

"스프링필드에서의 전화 감사합니다." 형사가 말했다.

"그녀는 죽었습니까?" 교수가 물었다.

"아닙니다." 맬러리가 대답했다. "트렁크에서 꺼냈을 때는 의식이 없었지만 몸에는 이상이 없었습니다. 다만 지독한 멍이 있었죠. 의사의 얘기로는 최면술에 걸린 것 같답니다."

"초콜릿크림을 입에서 제거했나요?"

"네. 다행히 녹지는 않았습니다."

"바로 돌아가서 그녀를 깨워야 합니다." 생각하는 기계가 말했다. "어쨌든 함께 가시지요. 범인을 잡을 수 있습니다."

세 사람은 택시에 타고, 십여 블록 떨어진 곳에 있는 커다란 호텔에 도착했다. 호텔에 들어가기 전에 생각하는 기계는 맬러리에게 사진을 건넸고, 형사는 불빛 아래서 유심히 보았다.

"그 남자는 몇 사람과 함께 위에 있습니다." 교수가 설명했다. "들어가서 그를 발견하면 뒤로 돌아가세요. 총을 갖고 있을지도 모릅니다. 내가 신호할 때까지는 손을 대지 마세요."

5층의 넓은 방에 매니저 스탠펠드가 소집한 단원들이 있었다. 안으로 들어간 밴 듀슨 교수는 따로 설명하지 않았다. 사팔뜨기 눈으로 생각하듯 주위를 둘러본 교수는 랭던 메이슨에게 가까이 가서 눈을 보았다.

"당신은 3막에서 월랙 양보다 먼저 무대에 나왔습니다. 지난 주 토요일 공연에서 말입니다." 교수가 말했다.

"그렇습니다." 메이슨이 대답했다. "3분 먼저였습니다."

"스탠펠드 씨, 틀림없습니까?"

"네." 매니저가 대답했다.

긴장된 침묵이 흘렀다. 방구석을 걷고 있는 맬러리의 발소리만이 들렸다. 질문이 규탄에 가깝다는 것을 알고 메이슨의 얼굴이 조금 붉어졌다. 생각하는 기계는 냉정한 목소리로 말했다.

"맬러리 씨, 범인을 체포하세요."

순간 격렬한 다툼이 일어났고 일동이 정신을 차렸을 때는 맬러리 형사가 굵은 팔로 〈당신 뜻대로 하세요〉에서 우울한 남자 재크를 연기한 스탠리 위트먼을 잡고 있었다. 눈에 보이지 않을 만한 속도로 위트먼을 제압한 맬러리가 양손에 수갑을 채우고 올려다보자, 교수가 어깨 너머로 쓰러진 남자의 눈을 바라보았다.

"그래, 그가 최면술사야." 교수가 만족스럽게 말했다. "동공을 보면 알 수 있지."

의식이 돌아온 월랙 양은 생각하는 기계의 추리와 거의 일치하는 진상을 말했고, 3개월 후에 순회 공연을 재개했다. 한편 그녀에게 희망 없는 사랑을 불태우다 광기의 범죄를 저지른 스탠리 위트먼은 구금실에서 재크의 대사를 미친 듯이 외쳤다. 정신과의사의 판단으로는 회복되기 힘들다고 한다.

사라진 목걸이

THE MISSING NECKLACE

1

브래들리 커닝엄 레이턴은 확실히 똑똑했다. 그의 가장 열렬한 적들도 그 사실을 인정했다. 런던 경찰국 역시 그 사실을 인정할 뿐만 아니라, 그를 체포할 수 없다는 이유로 그의 재능을 칭찬할 수밖에 없었다. 주임경감 허버트 콘웨이의 말을 빌리면 그의 재능은 "매끈매끈한 얼음을 사포처럼 느끼게 한다."는 것이다. 레이턴이 이런 미묘한 칭찬을 들었는지는 모르지만, 그가 어떤 일이든 할 수 있는 건 확실하다. 다만 경솔하게 표면에 드러내지 않을 뿐이었다.

레이턴의 인품은 멜로드라마의 악역이 그렇듯이 기품 있는 신사였다. 하지만 런던 경찰국이 범죄의 천재라고 부르는 대로, 그는 뛰어난 지식을 나쁜 일에 이용했고 하찮은 범죄자라면 당연히 소문거리가 될 일도 교묘히 빠져나갔다. 과거 레이턴의 범죄는 단 한 번도 꼬리를 잡힌 적이 없었다. 런던 경찰국이 그를 천재라고 인정하며 여론의 비난에 대비하는 이유도 거기에 있을 것이다.

레이턴은 모든 파티에 참석했다. 상류사회의 사람들이 모이는 자리에는 반드시 레이턴이 나타났다. 그의 재능이 모임에 매력을 곁들이기 때문에 초대손님 명단에 빠지지 않는 것이다. 런던 경찰국은 그 사실을 알고 있었다. 그리고 값비싼 보석류의 '분실'과 '유실' 사건이 일어난 파티에 정해진 듯이 그가 참석한 것도 알고 있었다. 단순한 우연일 수도 있지만 런던 경찰국은 그렇게 생각하지 않았다. 레이턴이 참석한 이상 우연일 리 없다고 생각하는 것조차 수사당국의 그에 대한 찬사 중 하나인 셈이다.

최근에 보석 도난사건이 계속 일어났고 그중 어느 것도 해결하지 못한 런던 경찰국은 사건을 레이턴과 연결시켜 생각했다. 그가 실행자는 아니더라도 주모자임에는 틀림없다. 왜냐하면 교묘하고 치밀한 방법에서 싫어도 그의 이름이 떠올랐다. 하지만 런던 경찰국은 혐의

를 확신하면서도 한 번도 레이턴을 조사하지 못했다. 범행 현장을 목격한 증인도 없이 섣불리 수사에 나서는 일은 위험했기 때문이다.

콘웨이 경감은 레이턴을 범죄의 왕좌의 지위에 어울리는 남자라고 칭찬했는데, 본인이 들었다면 기분이 좋아지기보다 놀랐을 게 틀림없다. 내가 펜으로 길게 묘사하는 것을 경감은 몇 마디로 간단하게 표현했다.

"그는 타고난 범죄자로 세계에서 최고로 머리가 좋아." 그는 열광적으로 말했다. "헤밍웨이 가의 보석, 첼트넘 가의 팔찌, 퀘즈 가의 다이아몬드 도난은 모두 그의 범행이지. 알고 있어. 하지만 안다고 해도 어떻게 할 수가 없어. 방법이 너무 정교해서 단서를 발견할 수 없지. 그를 체포하고 싶지만 나보다 뛰어난 상대야."

여기까지는 바론 가의 목걸이사건이 일어나기 전의 이야기로, 런던 경찰국에 이 범죄사상 특필할 만한 사건의 신고가 들어왔을 때 콘웨이의 레이턴에 대한 감탄은 끊임없이 늘어났다. 레이턴의 범행인 건 알고 있다. 경감은 머리와 가슴으로 알았지만 그것만으로 손을 쓸 수는 없었다. 그는 수사를 시작하기 전부터 무성한 콧수염을 계속 씹으며 레이턴의 범행을 드러내는 증거를 모으는 일은 불필요한 노력이라고 생각했다.

이 도난사건도 레이턴이 얽힌 다른 사건과 마찬가지로 지나치게 단순하다는 가장 불가해한 특징이 있었다. 레이디 바론이 그녀의 런던 저택에 미국 대사를 초대해 파티를 열었다. 초대 손님에는 당대의 일류 명사들, 프랑스와 러시아 대사, 국회의원 몇 명, 대륙의 아름다운 여자들, 미국의 공작부인 두 명, 그 밖에 선택된 소수의 미국인, 그리고 레이턴이 있었다. 반복해서 말하지만 그는 호화로운 파티에는 언제나 초대받았다.

이날 밤 레이디 바론은 유명한 바론 목걸이를 하고 있었다. 원래의 가치는 4만 파운드라고 하는데 역사적 가치가 더해지는 바람에 가격은 없는 거나 마찬가지였다. 그녀는 미국 대사와 춤을 추다가 발이 미끄러져서 대사를 잡아당기듯 하며 바닥에 쓰러졌다. 귀족 신분과 어울리지 않는 그다지 낭만적이지 못한 일이 현실에서 일어난 것이다. 우연히 가까이 있던 레이턴이 즉시 레이디 바론을 일으켜 세우려고 달려왔다. 다음 순간, 레이디 바론과 미국 대사의 주위를 사람들이 둘러쌌다. 레이디 바론을 일으킨 사람은 레이턴이었다.

"아무것도 아니에요." 동요를 숨기지 못한 그녀는 웃는 얼굴로 레이턴에게 말했다. "조금 어지러워서요. 하지만 이제 괜찮아요."

레이턴은 미국 대사도 일으켜 세워주려 했지만 그는 이미 일어서서 거친 숨을 내뱉고 있었다. 레이턴은 다시 레이디 바론을 보고 주의를 주었다.

"목걸이가 떨어졌습니다."

레이디 바론의 하얀 손이 훤히 드러난 목을 만지더니 이내 얼굴이 창백해졌다. 레이턴과 주위 사람들은 한 걸음 물러나 보석을 찾기 시작했다. 목걸이는 주위에서 발견되지 않았다. 레이디 바론은 경탄할 만한 자제심을 발휘하면서 말했다.

"아니에요, 걱정 마세요. 어딘가에 떨어졌을 거예요."

"오늘 밤에 하고 있었던 건 확실합니까?" 초대 손님 한 명이 걱정스럽게 물었다.

"네, 그래요." 그녀는 분명히 대답했다. "어딘가 다른 장소에 떨어뜨린 게 틀림없어요."

"하지만 당신이, 아니 우리가 쓰러지기 전에 목걸이는 확실히 목에 걸려 있었습니다." 미국 대사가 말했다. "그러니 이 부근에 떨어졌을 게 틀림없어요."

하지만 그 부근에는 떨어져 있지 않았다. 갑자기 보석이 시야에서 사라진 이 상황은 첼트넘 가의 팔찌사건과 똑같았다. 그 사건 때는 첼트넘 백작 가문의 아가씨가 레이턴과 나란히 마당의 잔디 위를 산

책하고 있었는데 갑자기 팔찌가 보이지 않았다. 그리고 아무리 찾아도 발견되지 않았다.

바론 가의 목걸이 분실사건 직후의 상황을 이 이상 자세히 기록할 필요는 없다. 목걸이는 결국 발견되지 않았다. 그 자리에 있던 사람들은 서로를 의심하는 시선으로 쳐다봤고, 최후에는 레이턴이 손님 각자의 신체검사를 하자는 의견을 간접적으로 제안했다. 물론 그는 간단히 몇 마디를 했을 뿐이지만 다른 사람들은 그 취지를 이해했다.

레이턴의 제안에 미국 대사가 제일 먼저 찬성했다. 민주주의 국가를 대표하는 정직한 성품을 가진 이 사람은 특히 개인의 명예에 관한 문제를 솔선해서 해결하려는 마음이었다. 하지만 손님들의 신체검사를 하자는 레이턴의 제안은 그대로 무시되었고 파티는 계속되었다. 레이디 바론은 이 손실을 뛰어난 의지력으로 참았다.

"레이디 바론은 정말 벽돌처럼 강하군." 미국의 백작부인 한 명이 누구의 귀에도 들릴 만한 목소리로 칭찬했다. "내가 그런 값비싼 목걸이를 잃어버렸다면 기절했을 게 틀림없어." 이 여성의 부친은 미국의 어딘가에서 4천 700만 파운드 가치의 비누회사를 소유하고 있다는 소문이다.

런던 경찰국이 바론 가의 보석 분실사건에 대해 안 시점은 파티 다음 날이었다.

"초대 손님 가운데 혹시 레이턴이 있지 않았나?" 콘웨이의 첫 질문이었다.

"네, 있었습니다."

"그렇다면 그의 짓이야." 콘웨이는 자신을 갖고 말했다. "이번에야말로 체포해서 그가 어떻게 훔쳤는지 밝혀내겠어."

하지만 그 달이 다 지나가는데도 레이턴을 체포하지는 못했고 어떻게 훔쳤는지도 밝혀내지 못했다. 경감은 집배원을 가로막고, 레이턴에게 오는 편지를 개봉하고 전보도 조사했다. 하인들에게도 질문을 던졌고 레이턴과 집사가 없는 틈을 노려 그의 아름다운 방들을 조사했다. 경감으로서는 직무에 충실한 남자가 할 수 있는 전부, 아니 그 이상의 노력을 했지만 결과는 원래 무뚝뚝한 얼굴을 한층 무뚝뚝하게 만들었고 빈약한 콧수염을 씹는 것으로 끝났다. 목걸이가 사라진 흔적을 더듬는 작업은 전혀 성과가 없었다.

그러던 중 콘웨이는 레이턴이 몇 달 예정으로 미국으로 간다는 정보를 들었다.

'목걸이를 처분하러 가는 게 틀림없어!' 그는 마음속으로 소리쳤다. '배에 탄 후에 체포하거나 미국 세관의 손으로 반드시 체포하겠다.'

콘웨이는 처음부터 레이턴 같은 빈틈없는 남자가 보석을 영국에서 처분하리라고는 생각하지 않았다. 하지만 국외로 보내는 위험한 방법을 사용한다고 생각지도 않았다. 그의 주위에 감시의 눈이 빛나고 있는 사실쯤은 충분히 알고 있을 것이기 때문이다.

나흘 후에 리버풀을 출항해 보스턴으로 향하는 정기선 로매닉 호에는 레이턴뿐만 아니라 콘웨이도 승선하고 있었다. 경감은 레이턴을 알고 있었지만, 레이턴이 자신을 알고 있으리라고는 생각하지 않았다.

출항하고 이틀째, 경감은 생각을 바꿀 수밖에 없었다. 그는 레이턴과 가까워지는 것도 좋은 방법이라고 생각해서, 전형적인 상류사회의 신사가 갑판에 혼자 있을 때 태연히 다가갔다. 난간에 기대어 담배를 피우던 레이턴과 나란히 서서 잠시 끝없이 펼쳐진 바다를 바라보았다.

"날씨가 좋군요." 한참 후에 콘웨이가 말을 걸었다.

"그렇네요." 레이턴은 돌아보고 웃으면서 말했다. "당신들 런던 경찰국 사람들도 가끔 이렇게 배를 타고 한숨 돌리는 게 좋겠지요."

콘웨이는 철렁했지만 표정에 나타내지는 않았다. 그 대신 밝게 웃었다.

"그렇습니다. 나도 이번 바론 가 사건의 수사로 피곤해서," 그는 솔직히 말했다. "짧은 기간이지만 휴가를 받았습니다."

"아, 레이디 바론의 목걸이 말입니까?" 레이턴은 관심이 없는 듯 말했다. "그 목걸이가 분실되었을 때, 나도 우연히 그 자리에 있었지요."

"그랬더군요. 알고 있습니다." 콘웨이는 엄한 표정으로 대답했다.

하지만 대화는 곧 다른 방향으로 바뀌어 콘웨이는 레이턴이 쾌활한 친구이고 민주적인 성격의 소유자라는 걸 알았다. 두 사람은 담배를 피우고, 산책하고, 갑판에서 원반던지기 게임을 즐겼다. 밤이 되자 레이턴은 흡연실에서 브리지를 하는 일행에 합류했다. 그사이의 몇 시간 동안 콘웨이는 갑판으로 나와 인광을 내는 기분 나쁜 녹색 바다를 바라보며 담배를 피웠다.

오랫동안 그대로 있으면서 경감은 생각했다. '저 남자가 범인이라면 지상에서 최상급 악당에 어울리는 배짱의 소유자야. 범인이 아니라면 이런 짓을 하는 나는 세계 최고의 바보가 된다.'

여섯 번 종이 울려 11시를 알렸다. 갑판 위에 사람은 전혀 없었다. 콘웨이는 어둠 속을 지나 흡연실로 걸어갔다. 흡연실 안에 카드에 열중하고 있는 레이턴이 보였다. 문으로 가까이 가자 레이턴의 목소리가 들렸다.

"나는 2시까지 브리지를 할 겁니다."

콘웨이는 그 말을 듣고 마음을 결정했다. 계단을 올라가 레이턴의 선실이 있는 갑판으로 돌아갔다. 레이턴이 집사를 데려오지 않았다는 사실을 알고 있었기 때문에 콘웨이는 주저하지 않고 열쇠를 몇 개 꺼내 문을 열었다. 경감은 마침내 목표하는 상대의 특별선실 안으로 들어갔다. 목적은 말할 것도 없이 목걸이를 찾는 일이다.

콘웨이는 수사 요령을 확실히 알고 있었다. 레이턴의 옷부터 1센티미터씩 두드려보고 만져보았다. 넥타이를 훑어보고 손수건을 펴보고 와이셔츠를 살펴보고 실크 양말을 조사했다. 다음으로 대여섯 켤레의 구두에 시선을 옮겼다. 경감은 원래 구두를 주의해서 조사하려고 했다. 그의 수사 경험 중 빈 구두 뒤축에 다이아몬드 열두 개를 숨겼던 사건이 있었다. 하지만 레이턴의 구두에는 이상이 없었다.

경감은 당황하거나 실망하지 않고 손가방, 슈트 케이스, 대형 트렁크의 내용물을 꺼내보았다. 흔히 트렁크에 이중바닥이나 비밀장소가 있는 법인데, 레이턴의 트렁크에는 그와 같은 장치가 전혀 없었다. 콘웨이는 알고 있는 모든 수색 기술을 구사했다.

아직 시간이 남아 있었기 때문에 방도 조사했다. 침대 커버를 치우고 매트리스, 시트, 담요, 베개를 조사했다. 의상 서랍 세 개를 빼서 그 안에 손을 넣고, 영국 신문 몇 종류를 뒤집어 하나하나 흔들어보았다. 주전자 안을 조사하고 작은 욕실의 배관 주위를 찾는 것도 잊지 않았다. 마지막으로 카펫 밑을 확인한 다음 의자 위에 올라가 방의 높은 곳에 목걸이나 낱개 진주를 숨길 만한 틈이 있는지 조사했다.

"이 방에서는 발견하지 못했지만 아직 가능성이 세 가지 있다."

수사를 끝내고 실내에 흐트러진 물건을 원래 위치로 돌려놓은 후 그는 자기 자신에게 말했다.

"첫째, 보석을 상자에 넣어 배의 금고에 맡길 가능성. 하지만 이 방법은 너무 위험해서 제외하는 게 좋다. 둘째, 선창에 쌓아놓은 여행용 가방에 들어 있는지도 모른다. 그러나 이 방법은 첫째 방법보다 더 위험하다. 셋째, 그 자신이 몸에 지니고 있는 경우로 역시 이 방법이 가장 가능성이 높다."

콘웨이는 전등을 끄고 선실을 나와 밖에서 문을 잠갔다. 그는 자신의 선실로 돌아와 위스키를 입안에 가득 넣었다가 뱉어냈다. 이제 얼마동안은 술 냄새를 풍길 수 있다. 몇 분 후 흡연실에 나타난 경감은 술 냄새를 주위에 풍기며 지독히 취한 모습이었고 혀가 잘 돌아가지 않는 상태였다. 레이턴은 힐끗 그를 보고 예의 바른 상류 신사답게 비난하는 표정을 지었다.

콘웨이는 비틀거리면서 카드 테이블에 다가갔는데 레이턴의 옆으로 올 때 발이 엉켜서 그곳 바닥에 쓰러졌다. 그 순간 레이턴이 신고 있는 신발이 실내용으로 굽 없는 종류라는 걸 알았다. 그는 비틀거리면서 일어나 과장된 우정을 보이며 레이턴을 끌어안았다.

레이턴은 취한 콘웨이에게 안긴 채, 브리지 상대들에게 게임을 그만두는 걸 사과하고는 콘웨이더러 침대로 돌아가라고 권했다. 콘웨이는 당신이 데려다준다면, 이라는 조건을 붙였다. 레이턴이 웃으면서 일어나 두 사람은 함께 흡연실을 나갔다. 콘웨이는 참나무에 얽힌 넝쿨처럼 레이턴에게 들러붙었다.

갑판을 반 정도 지났을 때 무엇에 걸렸는지 콘웨이가 비틀거렸다. 레이턴의 친절한 손이 받쳐주는 데다 콘웨이도 쓰러지지 않기 위해 친구에게 달라붙었지만, 그 손은 레이턴의 모양 좋은 다리에서 미끄러져 그 발치로 쓰러졌다. 가까스로 선실에 도착하자 레이턴은 질렸다는 얼굴로 브리지 자리로 돌아갔다.

콘웨이는 선실 벽을 바라보며 수수께끼 같은 말을 내뱉었다.

"저 남자는 몸에 지니고 있지 않았어." 그는 조금도 취하지 않았다.

다음 날 경감은 배의 보관금고를 조사했다. 어젯밤과 같은 공작을 필요로 하지 않는 간단한 일이었지만 역시 실패로 돌아갔다. 레이턴은 금고에 아무것도 맡기지 않았다. 여행가방을 조사하는 일은 미국 세관에 맡길 수밖에 없었다. 선창에 수백 개의 짐이 쌓여 있어 일일이 찾아볼 수 없기 때문이었다. 미국 세관이라면 뭔가 그럴 듯한 구실을 대고 조사할 수 있을 것이다.

그날 밤, 로매닉 호의 무선사가 육지에서 보낸 연락을 받고 보스턴 항구의 등대가 160킬로미터 앞에 있다고 알렸다. 콘웨이가 갑판에 나가보니, 레이턴이 난간에 기대 담배를 피우면서 육지 방향을 보고 있었다.

세 시간쯤 지났을 때 승객 몇 사람이 그들의 배를 향해 모터보트한 척이 질주해오는 장면을 보았다. 레이턴은 멍하니 바라보고 있을 뿐이었다. 접근한 모터보트는 속도를 늦춘 정기선 주위를 크게 선회하기 시작했다. 배 옆으로 다가오려는 게 분명했다. 두 배 사이의 거리가 30미터쯤 되자 레이턴이 갑자기 관심을 보였다.

"오, 해리 아닌가? 이봐, 해리!" 레이턴이 소리 질렀다.

"레이턴!" 보트의 남자도 소리쳤다. "정기선에 타고 있다는 말을 듣고 마중 나왔지."

두 사람 사이에 그리 재미있지도 않은 농담이 오고가는 동안 모터보트는 로매닉 호가 바람을 막아주는 쪽으로 접근했고 배가 지나간 후의 물결이 움직이는 대로 격렬하게 상하운동을 반복했다.

"미국 신문을 가져왔어." 보트 위의 남자는 신문다발을 들고 던졌다. 레이턴은 신문을 받아들고 난간을 떠나 그의 특별선실로 들어간 다음 몇 분도 지나지 않아 영국 신문다발을 들고 돌아왔다. 어젯밤 콘웨이가 조사했던 것이다.

"받아!" 레이턴이 큰 소리로 말했다. "자네가 재미있어 할 기사가 있어."

모터보트의 남자는 받아든 신문을 좌석 위에 던졌다.

콘웨이는 문득 생각했다. 그는 "저거다. 저 안에 목걸이가 있다." 하고 외쳤다. 레이턴은 수수께끼 같은 미소를 띄면서 런던 경찰국 경감의 번쩍이는 눈을 보았다.

"그럼 나중에 부두에서 만나." 보트의 남자가 말했고 모터보트는 정기선을 떠나갔다.

콘웨이의 두뇌 속에서 여러 생각이 급속히 움직이기 시작했다. 5분 후에는 무전실로 달려가 보스턴 항구 세관에 긴 전보를 쳤다. 그리고 뱃머리의 난간으로 돌아가 전속력으로 보스턴 방향을 향해 질주하는 모터보트를 지켜보았다. 모터보트는 이미 정기선을 3.2킬로미터쯤 떼어놓았고 보스턴 항구까지 64킬로미터 위치에 있었다.

콘웨이가 보고 있는 동안 모터보트는 다른 배와 연락하거나 어느 배에도 접근하지 않고 계속 달려 마침내 항구로 모습이 사라졌다.

한 시간 후, 정기선 로매닉 호가 정박을 완료하자마자 콘웨이가 하선했다. 그는 그를 기다리고 있던 남자 옆으로 달려가서 물었다.

"모터보트를 조사했나요?"

"조사했습니다. 물에서 끌어올려 세밀히 조사하고, 타고 있던 해리체서라는 남자를 발가벗겨 신체검사까지 했지만 아무것도 나오지 않았습니다. 당신이 실수한 것 같습니다."

"누군가와 연락했거나 다른 배에 보석을 인도한 흔적은 없나요?"

"어떤 배에도 접근하지 않았습니다. 항구 입구에서 잡아 예인했기 때문에 틀림없습니다."

콘웨이는 실망으로 얼굴이 흐려졌지만 다시 힘을 냈다. 그는 이 사건에 진정한 흥미를 느꼈다.

"세관 담당자를 알고 있나요?" 경감이 물었다.

"알고 있습니다."

"소개해주시오."

이렇게 해서 세 사람은 협의를 시작했고, 몇 분 후 트랩을 내려오는 레이턴을 세관 건물에 있는 담당자의 사무실로 데리고 갔다. 레이턴은 미소를 보이며 신체검사에 응했다. 분노는 물론, 조금의 불안도 보이지 않았다. 검사가 끝나고 사무실을 나오자 문밖에 콘웨이 경감이 기다리고 있었다.

"이제 만족했습니까?" 레이턴이 말했다.

"아니, 아직 끝난 게 아니야." 콘웨이는 맹렬하게 화를 냈다.

"아직이라고요? 내 몸을 두 번, 선실을 한 번 조사하고도 말입니까?"

콘웨이는 대답하지 않았다. 그는 선창에 쌓여 있던 레이턴의 여행가방 네 개가 운반되어 오기를 기다렸다. 잠시 후, 경감은 특별선실에서 한 것마냥 철저하게 여행가방을 조사했다. 그리고 그 결과가 소득 없이 끝나자, 경감은 여행가방 하나에 앉아 찬탄하는 눈으로 레이턴을 보았다.

힐끗 돌아본 레이턴은 웃는 얼굴로 밝게 끄덕이고, 복도에서 기다리고 있던 해리 체셔와 태평하게 애기하면서 부두를 걸어갔다. 콘웨이는 그 뒤를 쫓고 싶지 않았다. 지금 그럴 필요는 없다. 뭔가 새로운 방침을 세우지 않으면 미행해도 의미가 없다.

"그가 훔치지 않았을 리 없어. 미국에 갖고 온 것도 틀림없어." 경감은 자신에게 말했다. "아니면 내가 모르는 방법으로 처분했을까?"

이틀 후 이 사건은 '생각하는 기계' 밴 듀슨 교수의 주의를 끌게 되었는데, 그는 이 사건을 특별히 어려운 문제로 보지 않았다. 보고하러 온 사람은 신문기자 허친슨 해치였다. 해치는 세관 사무소에 근무하는 친한 친구로부터 세관 당국이 런던 경찰국 경감의 생각이 틀렸다고 단정해 이 사건에 대한 협력을 거절했다는 이야기를 들었다.

콘웨이의 낙담한 모습은 보기에도 애석했다. 체면이 실추되었을 뿐만 아니라 레이턴이 조롱하는 말을 듣고 인생관이 변할 정도로 암담해졌다. 한 번도 좌절한 적이 없는, 불독을 닮은 강한 끈기도 완전히 상실했지만 레이턴이 범인이라는 생각만은 버릴 수 없었다. 해치가 경감에게 면회를 청한 건 이와 같은 시기였다. 콘웨이가 말했을까? 그는 열렬히 말했다. 지금 와서 조심해봐야 무의미했다. 그래서 해치는 친절하게 콘웨이를 생각하는 기계의 연구실로 데리고 왔다.

콘웨이는 애석함을 독설로 달래고, 사건의 경과를 자세히 말하는 걸로 고뇌에서 도망가려 했다. 한 시간쯤 그의 설명이 계속되는 동안 과학자는 의자 등에 몸을 기대고 노란 머리로 덮인 거대한 머리를 쿠션에 뉘였으며 약간의 사팔뜨기 눈으로 천장을 노려보고 있었다. 한 시간이 지났을 때 교수는 바론 가의 사건에 대해 콘웨이와 마찬가지 정보를 파악했고 레이턴이란 인물에 대해서도 그 자신을 제외한 누

구보다 자세히 알게 되었다.

"목걸이의 진주는 몇 개입니까?" 과학자가 물었다.

"172개입니다." 콘웨이가 대답했다.

"모터보트의 남자, 해리 체셔는 영국인입니까?"

"그렇습니다. 말투와 태도, 외모로 그렇다고 생각합니다."

얼마 동안 생각하는 기계는 두 손의 손가락을 모으고 생각했다. 그 모습을 콘웨이와 신문기자가 지켜보았다. 해치는 수많은 과거의 경험을 통해 이 경탄할 만한 분석적 두뇌가 회전하기 시작할 때는 반드시 무언가 구체적인 해결의 단서를 잡았다는 사실을 알고 있었다. 콘웨이는 그것을 알 리 없었지만 그의 이상한 능력에 관해서는 이미 들었기 때문에 호기심은 물론 마지막 희망을 걸고 있었다. 하지만 그와 같은 직업에 종사하는 사람이 언제나 그렇듯 우선 행동하고 싶어 했다. 의자에 앉아서 생각하는 것만으로는 아무 성과도 거둘 수 없으니까.

"콘웨이 씨." 과학자가 드디어 입을 열었다. "당신의 수사는 아무것도 입증하지 못했습니다. 진주를 훔친 사람이 레이턴이 아니라면 그가 이 나라에 그것을 갖고 올 리도 없지요. 하지만 단 하나 그럴듯한 행동이 있었어요. 모터보트 안에 신문다발을 던진 것은 전혀 무의미한 행위인 만큼 수상하다고 할 수 있지요. 그 신문다발 안에 진주가 없었다면……."

"진주가 숨겨져 있지 않았다면 말입니까?" 경감이 끼어들었다.

"만약 진주가 없었다면 그는 완전히 결백합니다. 단순히 당신을 상처 입히는 행위를 하며 재미있어 하는 경우이지요." 생각하는 기계가 설명했다. "그와 같이 나쁜 장난도 생각할 수 있어요. 그에게 떳떳하지 못한 부분이 전혀 없다면 당신이 대서양을 건너 미행해온 걸 보고 놀려보고 싶은 생각이 드는 것도 무리는 아닙니다. 이 견해를 부정하려면 레이턴 범인설의 근거를 확실히 할 필요가 있는데 유감이지만 현재로서는 그것을 지지할 만한 증거가 없어요. 목걸이를 훔칠 기회가 있었던 사람을 차례로 제거해 범인을 레이턴 한 사람으로 줄인 다음 그가 보석을 미국으로 가져왔다고 하는 가정을 사실로 증명해야 합니다."

콘웨이는 어느새 교수의 말에 빠져들었다.

"훌륭한 논리작업이라고 할 수는 없겠지만, 가설을 세워 문제를 단순한 걸로 바꾸면 우선 목적에 도움이 됩니다. 이 가설로 당신이 했던 특별선실의 수사가 불충분했다는 사실이 증명되기 때문입니다. 구체적으로 말하면, 그때 당신은 침대의 지지판 아래를 보았습니까? 목걸이 또는 따로 떼어낸 진주들이 화장실 배수 파이프 안에 묶여 있는지 확인했습니까?"

콘웨이는 약이 올라 손가락을 튕겼다. 두 장소를 깜빡한 것이다.

"물론 그 밖의 다른 가능성도 있습니다." 생각하는 기계는 계속해서 말했다. "따라서 목걸이 수색은 전혀 무의미했습니다. 레이턴이 범인이고 목걸이를 미국으로 운반해왔다는 가설이 맞는다면, 보석은 선실에 숨겨져 있었고 당신은 그걸 놓쳤습니다. 선창에 쌓아둔 여행 가방에 들어 있다고 생각할 수는 없기 때문이지요. 가설을 더욱 진행시켜볼까요? 레이턴은 특별선실에 숨긴 목걸이를 모터보트로 던진 것으로 추정됩니다.

다시 말해 모터보트가 로매닉 호 옆을 떠날 때는 그 모터보트에 보석이 있었고, 부두에 도착했을 때는 없었습니다. 그리고 모터보트는 도중에 다른 배에 접근하지 않았고 연락도 하지 않았습니다. 보석을 바다에 던진 것도 아닙니다. 체서라는 남자가 172개의 진주를 먹었다고 생각할 수도 없습니다. 그렇다면 이 결론은 어떻게 될까요?"

"결론은 없습니다." 콘웨이가 바로 대답했다. "그게 바로 이 문제의 어려운 점으로 나는 유감이지만 포기했습니다."

"아니, 포기하지 않아도 됩니다. 대답은 나와 있습니다." 생각하는 기계는 시원시원하게 대답했다. "당신에게 현재 보석을 보관하고 있는 사람의 이름과 주소를 알려주려고 합니다. 물론 레이턴이 그걸 미국으로 가져왔다는 가정 하에서지만."

과학자는 갑자기 일어나 옆방으로 갔다. 콘웨이는 이상하다는 표정으로 해치에게 물었다.

"저 사람, 평소에도 저런 농담을 합니까?"

"아닙니다. 언제나 진지한 성격으로 신과 같은 지능을 갖고 있습니다." 해치가 대답했다.

"나는 이 사건을 담당하고 몇 달 동안 무엇 하나 증명하지 못했는데, 저 사람은 옆방에 들어가는 것만으로 보석을 갖고 있는 남자의 이름과 주소를 알 수 있다는 말입니까?" 콘웨이는 불만스런 표정으로 말했다.

"교수님이 저쪽 방으로 가면서 대서양을 찻잔에 넣을 테니 기다리라고 했어도, 나는 그 말을 믿을 겁니다. 할 수 있는 사람이니까요." 신문기자가 말했다.

두 사람의 대화는 옆방에서 요란하게 울리는 전화소리에 방해를 받았다. 그 후로 오랫동안 과학자가 전화에 낮은 목소리로 재빨리 얘기하는 소리가 들렸다. 그가 다시 문에 나타나기까지 25분에서 30분이 지났다. 그는 문에 서서 카드에 뭔가 쓰고 해치에게 건넸다. 신문기자가 보니 '헨리 C. H. 맨더링, 매사추세츠 주 시튜에이트.' 라고 쓰여 있었다.

"현재 보석을 갖고 있는 남자의 이름과 주소를 적었습니다." 생각하는 기계는 사무적으로 말했다. "해치, 자네는 콘웨이 씨와 함께 그 남자의 집을 정찰하게. 필요하면 적절한 행동을 해. 그 판단은 콘웨이 씨에게 맡기면 돼. 정당한 업무로 그 남자의 집을 수색하는 것이지. 우리가 가는 걸 전혀 예상하지 못해 상대는 방심하고 있을 거라네. 아마 목걸이의 진주는 하나하나 분해해서 오일실크 자루에 넣었을 거야. 아주 작은 자루로 자네의 새끼손가락 크기일걸. 그것만 발견하면 맨더링이라는 남자와 레이턴을 체포할 수 있어. 맬러리 형사를 전화로 불러 그 두 사람을 여기까지 연행해.”

“하지만…….”

콘웨이는 망설였다.

“갈까요?” 해치가 큰 소리로 말했다. 콘웨이는 해치를 따라 나섰다.

시튜에이트는 매사추세츠의 해안에서 3~4킬로미터 떨어진 곳에 있는 나른하고 작은 마을이다. 서서히 높아지는 구릉이 갑자기 절벽이 되고 그 아래에 대서양의 파도가 밀려드는 해안이 있었다. 인가가 만들어지기 시작한 시기는 200년이나 300년 전인데 그 이후 오늘에 이르기까지 사건다운 사건이 일어난 적이 없다.

절벽 꼭대기 위에 있는 집을 헨리 C. H. 맨더링이 몇 달 전부터 빌리고 있었다. 이곳에는 비슷한 집에 몇 채나 있어 여름마다 도시 사람들이 피서를 오지만, 아직 봄이라서 바닷바람이 시원하게 불어오는 이 집에 살 수 있게 된 것이다. 집에는 작은 창고가 딸려 있었다.

허친슨 해치와 경감은 목적하는 집을 어렵지 않게 찾은 다음 주저하지 않고 발을 들여놓았다. 막는 사람도 없고 수사를 방해하는 사람도 나타나지 않았다. 문은 잠겨 있었지만 그들 두 사람 앞에서는 없는 것과 마찬가지였다. 30분 후 콘웨이의 숙련된 손이 새끼손가락 크기의 오일실크 자루를 스무 개 남짓 찾아냈다. 그 하나를 뜯어보니 진주 여섯 개가 그의 손에 또르르 굴러 나왔다.

“틀림없이 바론 가의 진주입니다.” 경감은 주의 깊게 관찰하고 승리의 환성을 지르며 그 전부를 주머니에 넣었다.

“쉿!” 갑자기 해치가 경고했다.

밖에서 발소리와 대화소리가 나더니 열쇠를 꽂는 소리가 들렸다. 잠시 후 문이 열리고, 해치와 경감이 몸을 숨기고 있는 방으로 두 남자가 들어왔다. 두 사람을 제압할 수 있는 최적의 순간에 콘웨이가 앞으로 나아갔다.

"기다렸다, 레이턴." 그가 차분한 목소리로 말했다.

해치에게는 경감이 방해가 되어 잘 보이지 않았는데, 갑자기 총성이 들리고 불쾌한 소리와 함께 탄환이 바람을 가르며 그의 머리 위로 지나갔다. 콘웨이가 달려들어 재빨리 팔을 움직이자 한 남자가 쓰러졌다. 두 번째 총소리에 콘웨이는 조금 비틀거렸지만 다시 한 걸음 나아가 오른팔을 크게 휘둘렀다. 상대는 리볼버를 바닥에 떨어뜨렸고, 서둘러 밖으로 뛰어나가서 문을 닫았다.

"이 남자를 묶어요." 콘웨이가 명령했다.

그는 문을 열고 베란다에서 뛰어내렸다. 해치는 바닥에 쓰러져 있는 남자를 보았다. 해리 체셔였다. 턱을 한 방 맞고 정신을 잃은 것이다. 해치는 체셔의 손발을 묶고, 집에 둔 채 밖으로 달려 나갔다.

콘웨이는 절벽 아래 모터보트가 정박해 있는 곳으로 달려갔다. 해치는 그 보트에 한 남자가 올라타는 모습을 보았고 다음 순간, 보트는 폭음을 내며 달려갔다. 콘웨이가 해변에 도착했을 때는 45미터 앞의 수면에서 속력을 올리고 있었다.

"콘웨이, 아직은 날 잡을 수 없어." 스피드를 올린 모터보트에서 레이턴의 목소리가 흘러나왔다.

경감은 멍하니 모터보트를 보다가 해치가 있는 곳으로 돌아왔다. 그의 얼굴은 매우 창백했다.

"그를 묶었습니까?" 콘웨이가 물었다.

"네." 해치가 대답했다. "총에 맞았나요?"

"네." 콘웨이가 말했다. "왼팔이죠. 설마 리볼버를 갖고 있다고는 생각하지 못했습니다. 총알이 두 발만 장전되어 있는 게 운이 좋았죠."

생각하는 기계는 다행히 경상인 콘웨이의 치료를 끝내고 방에 모인 사람들을 돌아보았다. 해리 체셔(혹은 맨더링), 맬러리 형사, 콘웨이 경감, 해치가 있었다. 해치와 콘웨이가 보스턴에 돌아와 재빨리 죄수를 형사에게 인도한 것이다. 레이턴에 대해서는 미국 전역에 지명수배서가 배포되었다.

콘웨이는 팔에 입은 부상은 아무렇지도 않은 것처럼 생각하는 기계가 어떻게 해서 이런 결과를 얻었는지만을 미친 듯이 알고 싶었다.

"터무니없이 단순하게," 과학자가 드디어 설명을 시작했다. "내 추리는 다음 같은 경과를 더듬었습니다. 172개의 진주를 64킬로미터 앞바다에 있는 모터보트에서 육지의 안전한 장소까지 어떤 방법으로 운반했을까? 보트가 다른 배에 접근한 흔적은 전혀 없습니다. 그 앞바다에서 육지까지 던질 수도 없고 아무리 훈련을 시켰다고 해도 큰 물고기에 먹여서 보내는 방법 등은 황당무계합니다. 당신들이라면 어떤 방법을 생각하겠습니까?"

그는 사람들을 둘러보았다. 모두 일제히 고개를 저었다. 체서와 맨더링은 말이 없었다.

"가능한 대답은 하나뿐입니다." 마침내 과학자가 말했다. "새. 즉, 전서구입니다."

"아, 그런가!" 콘웨이 경감이 소리치고 맨더링을 보았다. "시튜에이트의 집창고에 비둘기가 몇 십 마리 있었어요."

"보석은 경감이 추정한 대로 특별선실에 숨겨져 있었지요." 과학자는 계속했다. "내가 말한 대로 목걸이를 분해해 아주 작은 오일실크 자루에 진주 낱알을 넣고 배수관 안에 매달았지요. 그것들을 신문다발에 싸서 모터보트에 던졌어요. 로매닉 호에서 3킬로미터쯤 떨어지자 맨더링은 진주를 봉투에서 꺼내 비둘기의 다리에 묶은 다음 한 마리씩 날려 보냅니다. 3킬로미터 거리였기 때문에 보트 자체는 경감의 눈에 확실히 보였지만 보트에서 작은 비둘기가 날아가는 것까지는 보이지 않았지요. 비둘기는 집으로 돌아갔습니다. 시튜에이트에 있는 맨더링의 집으로요. 전서구는 우리로 돌아가면 얌전히 머무르는 습성이 있어 맨더링과 레이턴은 보스턴에서 도착한 뒤에 자루의 끈을 풀 수 있었습니다.”

생각하는 기계는 잠시 중단했다가 계속했다. “전서구라고 짐작한 뒤에는 쉽게 수배할 수 있었지요. 전서구 애호가 단체가 이 나라에는 상당히 많으니 그 회원들에게 보스턴에서 멀지 않은 지역에 살고, 25마리에서 50마리 정도의 비둘기를 키우는 영국인의 이름을 물으면 됩니다. 애호 단체 중 한 곳이 헨리 C. H. 맨더링이라는 이름을 알려 주었습니다. 해리는 헨리의 속칭입니다. 헨리 C.의 C는 체셔일까요? 헨리 체셔, 해리 체셔! 해리 체셔는 맨더링이 부두에서 조사를 받았을 때 말한 이름입니다.”

“레이턴이 바론 가의 목걸이를 손에 넣은 방법도 알려주시겠습니까?” 콘웨이의 호기심은 다음 의문으로 향했다.

“익숙한 방법을 사용했을 뿐이지요.” 생각하는 기계가 대답했다. “평소처럼 대담하면서도 치밀했어요. 우선 끝에 조이는 기구가 붙은 튼튼한 고무 밴드를 어깨에 연결하고, 상의 소매 안을 통해서 커프스 뒤까지 연결해두면, 고무 밴드는 팽팽하게 늘어난 상태가 됩니다. 그는 평소부터 기회를 노려 이 도구를 몸에 갖고 다니고 있었기 때문에 일부러 부인을 쓰러뜨리려고 계획한 건 아닙니다.

하지만 레이디 바론의 발이 미끄러져서 목걸이가 바닥에 떨어졌지요. 레이턴은 부인을 일으켜 세우기 위해 달려가서, 당황하는 손님들 바로 앞에서 목걸이를 집게로 집었지요. 그 직후에 보석은 그의 소매 안으로 사라졌고, 레이턴은 자신이 나서서 오히려 출석자 전원의 주머니를 조사하자고 제안합니다.”

“프로 도박사가 카드를 숨기는 방법과 동일합니다.” 맬러리 형사가 말했다.

“새로운 방법은 아니었군요. 아무튼 무도실을 나온 레이턴은 훔친 보석을 숨기는 평소의 방법대로 목걸이를 숨기고 런던 경찰국이 도난사건을 알기 전에 맨더링에게 편지를 보내 자세한 지시를 합니다. 경감도 그때는 아직 사건에 대해 알지 못했기 때문에 레이턴의 집에서 나오는 우편물을 확인할 수 없었지요. 아마 레이턴이 맨더링과 연락한 건 이번이 처음은 아닐 테고 과거에도 세계 각지에서 비슷한 방법을 사용했겠지만 이 사건에서는 감시의 눈이 엄격해질 것을 예상해 특히 복잡한 방법을 연구했을 겁니다."

30분 후, 콘웨이 경감은 생각하는 기계의 손을 잡고 정중하게 인사했다. 곧 작은 모임은 해산되었다.

"솔직히 말하면 나는 이 수사를 포기했었습니다." 콘웨이가 나가면서 고백했다.

"대개 당신들 경찰들은 상식 활용이 부족합니다." 생각하는 기계가 말했다. "2 더하기 2는 4라는 건 가끔이 아니라 언제나 그렇다는 것을 잊지 마시오."

레이턴은 아직 체포되지 않았고, 맨더링은 감옥에 있다.

녹색 눈의 괴물

THE GREEN-EYED MONSTER

링거드 밴 새포드 부인은 한 손으로 우아하게 커피 잔을 들고, 아침 식사 테이블 맞은편에서 조간을 읽고 있는 남편이 고개를 들기를 바라며 황홀한 눈으로 바라보았다.

"당신, 오늘 외출하세요?" 그녀가 물었다.

밴 새포드는 분명하지 않게 불평했다.

"내가 물어보잖아요." 온화하게 듣고 있던 부인의 입가에 보조개가 떠올랐다. "지금 말은 그렇다는 거예요? 아니라는 거예요?"

밴 새포드는 겨우 신문을 내리고 아내의 사랑스러운 얼굴을 보았다. 아내는 매력적으로 웃었다.

"아, 미안." 그는 사과했다. "아니, 외출하지는 않아. 조금 피곤하고 써야 할 편지도 있어. 왜 그래?"

"특별한 일이 있는 건 아니에요." 아내가 대답했다.

커피를 마시고, 무릎의 빵 부스러기를 털어낸 그녀는 접시를 옆에 두고 일어났다. 다시 한번 돌아보았을 때, 새포드는 신문을 읽고 있었다.

잠시 후, 그도 신문을 놓고 일어나 창밖을 보며 크게 하품을 한 번 하고 써야 하는 편지를 생각했다. 아내가 들어와 의자 옆에 떨어져 있던 손수건을 주워들었다. 남편은 잠깐 돌아보았을 뿐이었다. 아내는 외출복을 입고 있다. 젊고 아름다운 여자의 깔끔한 차림새였다.

"어디 가?" 남편이 나른하게 물었다.

"네, 밖에요!" 아내는 장난스럽게 말했다.

아내는 문을 나갔다. 복도에 발소리와 옷 스치는 소리가 울리고, 마침내 현관문이 열렸다가 닫히는 소리가 났다. 남편은 자신도 이유를 모르게 조금 놀랐다. 아내는 그때까지 그런 행동을 한 적이 없었다. 그는 밖으로 향한 창문으로 가서 내다보았다. 아내는 곧바로 길을 걸어 첫 번째 모퉁이를 돌아 사라졌다. 곧 그는 과거에 느껴본 적이 없는 기분으로 어슬렁어슬렁 서재로 들어갔다. 묘한 일이었다.

밴 새포드 부인이 점심식사 때 돌아오지 않아 그는 혼자서 식사를 했다. 한 시간쯤 초조해져 저택 안을 돌아다니다가 시내로 나갔다. 그가 귀가한 시간은 저녁식사를 위해 옷을 갈아입는 시간이었다.

"마님은 돌아왔나?" 새포드는 문을 열어준 백스터에게 물었다.

"네, 30분쯤 전에." 백스터가 대답했다. "지금 옷을 갈아입고 계십니다."

밴 새포드는 자신의 방으로 향하는 계단을 달려 올라갔다. 저녁식사 때의 아내는 장미색으로 빛나는 아름다움이었다. 건강한 볼은 붉었고, 긴 속눈썹 아래의 눈동자는 반짝였다. 그녀는 남편에게 밝게 미소 지었다. 남편은 뭔가 중요한 것을 빼앗긴 듯한 황량한 인생에 갑자기 생기가 되살아난 것 같았다. 아침의 호기심에서 촉발된 감정이 가슴속에서 소용돌이쳤고, 즉시 많은 질문이 떠올랐다. 하지만 그는 용감하게 참았다. 노력은 보상을 받았다.

"오늘은 아주 즐거웠어요." 수프를 먹은 후 아내가 힘차게 말했다. "아침에 곧바로 블랙록 부인의 집을 찾아가 하루 종일 함께 쇼핑했어요. 점심식사도 시내에서 함께했어요."

"아, 그랬어!" 뭐라 표현할 수 없는 막연한 안도를 느낀 밴 새포드는 웃었고, 아내에게 유리잔을 들어 보였다. 소리 없는 찬사를 받은 아내의 눈이 빛났다. 유리잔을 비우고 남편은 가는 손잡이 부분을 손가락으로 잡고 웃으면서 옆에 두었다. 밴 새포드 부인의 얼굴에 기쁜 듯한 보조개가 나타났다.

"오, 밴. 당신은 바보 같아요!" 아내는 소금에 뻗은 남편의 손을 부드럽게 두드렸다.

식사 후, 얼마 지나지 않아 밴 새포드는 평소대로 클럽에 가기로 했다. 그는 커다란 눈을 빛내고 있는 백스터 앞에서 얌전하게 문까지 나온 아내를 안고 거칠 정도로 격렬하게 키스했다. 그런 충동적 행동에 여자는 사랑받고 있다는 걸 느낀다. 그녀는 가슴이 두근두근하여

하얀 두 손을 의지하듯이 내밀었다. 그리고 문이 닫혔다. 작은 부츠 끝을 보는 그녀의 입가에는 우수가 감돌고 있었다.

다음 날 아침 밴 새포드가 침대에서 나온 시간은 10시가 지나서였다. 전날 밤, 클럽에 새벽 2시까지 있었던 그는 꾸벅꾸벅 졸면서 늦잠 잔 날의 나른함에 몸을 맡기고 있었다. 11시 10분이 지나자 그는 아침식사를 하러 식당에 나타났다.

"마님은 내려왔나?" 그는 하녀에게 물었다.

"네, 나리. 이미 외출하셨습니다."

밴 새포드는 의심스럽다는 듯이 눈썹을 치켜올렸다.

"마님은 8시 조금 지나 내려오셨습니다." 하녀가 설명했다. "서둘러 아침식사를 하셨어요."

"전언은 없나?"

"없습니다. 나리."

"낮에는 돌아올까?"

"말씀하지 않으셨습니다."

밴 새포드는 생각에 잠겨 말없이 아침식사를 했다. 점심때 그도 외출했다. 시내에서 처음 만난 사람은 블랙록 부인으로 그녀는 손을 들며 달려왔다.

"만나서 반가워요." 블랙록 부인은 말이 많지만 느낌이 좋은 신기한 여자다. "댁의 부인은 도대체 어디에 있나요? 벌써 몇 주 동안 만나지 못했어요."

"아내를 만나지 않았다고요?" 밴 새포드는 천천히 반복했다.

"그래요." 블랙록 부인은 자신 있게 말했다. "어디에 있는지 짐작도 못하겠네요."

밴 새포드는 잠시 멍하니 그녀를 보고 있었지만 아무리 자제하려 해도 입가의 선이 조금씩 일그러지는 걸 억제할 수 없었다.

"어제 제 부인을 만난 것으로 알고 있는데요. 함께 쇼핑하지 않았습니까?"

"아니에요. 부인을 만난 건 벌써 3주 전이에요."

천천히 주먹을 쥔 밴 새포드는 볼에 희미한 미소를 짓고 가슴으로 밀려드는 온갖 감정을 숨겼다.

"아내가 당신의 이름을 말했어요." 마침내 그는 부드럽게 말했다. "당신에게 전화를 한다고 한 것 같았는데 잘못 들은 것 같군요."

502

그는 그 후의 행동을 기억하지 못했다. 아내의 말을 잘못 들은 게 아니라는 건 알고 있었다. 정신을 차리니 클럽에 있었고, 이것도 저것도 아닌 끝없는 억측을 머릿속에서 되풀이하고 있었다. 결국 그는 괴로운 얼굴로 일어났다.

'나는 어떻게 해야 할까?' 그는 생각했다. '물론 대단한 일은 아닐 거야. 하지만……'

그는 산만한 기분을 당구로 달래려고 했다. 하지만 엉뚱한 실패를 반복해 웃음거리만 될 뿐이었다. 진저리가 난 그는 큐를 던지고 성큼성큼 전화기로 가서 집에 전화를 걸었다.

"마님은 있나?" 그는 백스터에게 물었다. "아닙니다, 나리. 아직 돌아오지 않았습니다."

밴 새포드는 수화기를 거칠게 놓았다. 6시에 그는 집으로 돌아왔다. 아내는 아직 귀가하지 않았다. 8시 30분에 그는 혼자서 저녁식사 테이블에 앉았지만 즐겁지 않았다. 아무런 맛도 알 수 없었다. 마침 식사를 끝냈을 때, 아내가 스커트를 날리며 가벼운 웃음소리를 내면서 들어왔다. 그는 크게 숨을 들이켰고 이를 악물었다.

"아, 혼자서 불쌍하게!" 그녀는 웃으면서 위로의 말을 했다.

남편이 뭐라고 말했지만, 부드러운 두 팔이 뒤에서 목에 감기고 벨벳 같은 볼이 스쳤다. 그래서 그는 말 대신에 키스했다. 그렇게 하는 수밖에 없었다. 그녀는 행복한 한숨을 쉬고 모자와 장갑을 벗었다.

"아무래도 이 이상 빨리 올 수 없었어요." 그녀는 책망하는 남편의

눈을 힐끗 보고 말했다. "넬 블레이크슬리의 대형 신형차로 외출했어요. 그랬는데 고장이 나서 수리기사를 불러야 했고, 그래서……."

남편은 다음 말을 듣지 않았다. 그는 말없이 탐색하듯 그녀의 눈을 보았다. 하지만 그곳에는 진실이 자랑스럽게 빛나고 있었다. 그는 믿을 수밖에 없었다. 하지만, 그 일은! 그녀는 진짜 있었던 일을 말하지 않았다. 계속 보고 있는 동안 아내의 표정에 불안이 나타나고 침묵이 흘렀다.

"왜 그래요, 밴?" 드디어 그녀는 달래듯이 물었다. "기분이 나빠요?"

그는 기분을 바꾸어 아내가 식사하는 동안 뚜렷한 결론도 없는 얘기를 했다. 그녀가 디저트 접시를 비울 때까지 기다렸다가 그는 아무 일도 아닌 것처럼 말을 꺼냈다.

"당신, 내일은 블랙록 부인을 만난다고 했지?"

"어머, 아니에요." 그녀가 대답했다. "어제 하루 종일 쇼핑을 같이 했는걸요."

밴 새포드는 벌떡 일어나 한순간 아내를 보더니 갑자기 집을 나갔다. 아내는 무심코 일어났지만 다시 앉아 커피 잔을 앞에 두고 슬프게 울었다. 밴 새포드는 몹시 확고한 목적을 가지고 클럽에 도착하자마자 전화박스로 가서 블레이크슬리 양에게 전화했다.

"아내가……." 그는 힘없이 우물거렸다. "내일 방문하고 싶다고 하는데, 댁에 계십니까?"

"네. 저도 꼭 만나고 싶어요." 블레이크슬리가 대답했다. "요즘 집에 틀어박혀 있어서 지루하거든요. 친구들한테 버림받았다고 생각될 정도예요."

504

"집에 틀어박혀 있다니요?" 밴 새포드는 반복했다. "어디 아프십니까?"

"네." 대답이 들렸다. "이제 좋아졌지만 일주일 이상 밖에 나가지 못했어요."

"그렇습니까?" 밴 새포드는 동정하듯 말했다. "안 됐군요. 그럼 대형 신형차를 탈 기회도 없었겠군요."

"대형 신형차 같은 건 없어요." 블레이크슬리 양이 대답했다. "저는 차가 없어요. 왜 그런 걸 묻지요?"

밴 새포드는 대답할 수 없었다. 예의 없이 난폭하게 전화를 끊고, 대리석같이 굳은 얼굴로 클럽을 나왔다. 계속 걷다가 정신을 차려보니 집 앞이었다. 그는 처음 보는 것처럼 잠시 집을 바라보다가 빙글 방향을 바꾸어 다시 클럽으로 돌아갔다. 클럽에 들어서는 그의 창백한 얼굴에는 불안이 아닌 두려움마저 보였다.

밴 새포드는 그날 밤 침대에 들어가지 않았다. 때문에 아내는 다음 날 아침 8시가 되서야 아래층으로 내려와 아침식사 테이블에 앉아 있는 남편을 보았다. 아내는 미소를 보였다.

"안녕!" 그는 퉁명스럽게 말하고 아내를 보았다. 기분 나쁜 정적이 흘렀다. 아침식사가 끝나자 아내는 일어나서 한마디도 하지 않고 집을 나갔다. 남편은 그녀의 모습이 네 번째 집의 모퉁이를 돌아 사라질 때까지 창문에서 지켜보다가 갑자기 불안과 의혹, 무서운 가능성에 참지 못하고 그녀의 뒤를 따랐다.

아내의 모습은 이미 30초나 시야에서 사라져 있어 그가 모퉁이에 도착했을 때는 보이지 않았다. 그는 길 양쪽과 좌우를 둘러보았다. 하지만 아내는 없었다. 여자는 한 명도 없었다. 다음 길까지 갈 시간은 없었던 게 분명하다. 그렇다면 나머지 가능성은 두 가지뿐이다. 기다리던 차를 타고 전속력으로 달려갔거나, 아니면 가까운 집으로 들어갔을지도 모른다. 어느 집일까? 이 길에 아는 사람이 있을까? 몇 번이나 반복해서 생각하고 그는 기다리고 있던 차를 타고 간 거라는 결론을 내렸다. 처음에는 호기심이었지만 지금은 분노로 변했다.

다음 날 아침, 밴 새포드 부인은 8시 15분 정각에 아침식사를 하러 내려왔다. 조금 피곤해 보였고 눈에는 눈물 자국이 있었다. 백스터가 이상하다는 듯이 그녀를 보았다.

"나리는 아직 내려오시지 않았나요?" 그녀가 물었다.

"아닙니다, 마님."

"어젯밤에 돌아왔어요?"

"네. 2시 30분쯤에 돌아오셨습니다. 제가 문을 열었습니다. 열쇠를 잊고 가셔서."

사실 그때 밴 새포드는 네 번째 집 길모퉁이에서 아내를 기다리고 있었다. 아내가 나타나면 어떻게 할지 결정하지 않았지만 뭔가를 하지 않고 가만히 있을 수 없을 정도로 사태는 절박했다. 그는 조마조마하게 기다리며 많은 담배를 피웠다. 두 시간이 지났다. 그는 길모퉁이를 보았다. 집으로 돌아온 그는 복도에서 백스터를 만났다.

"마님은 내려왔나?" 그는 백스터에게 물었다.

"네, 나리." 대답이 돌아왔다. "한 시간 전에 외출하셨습니다."

마서가 문을 열었다.

"선생님, 응접실에서 신사가 발작을 일으켰어요."

실험실의 책상 앞에 앉아 있던 '생각하는 기계' 밴 듀슨 교수는 힐끗 그녀를 봤다. 마서는 흥분해 눈을 크게 뜨고 주름진 두 손으로 앞치마를 만지고 있었다.

"발작을 일으켰다고?" 과학자가 되물었다.

"네, 선생님."

"이런! 정말 귀찮은 일이군." 생각하는 기계는 되물었다. "도대체 어떤 발작이야? 간질? 뇌졸중? 아니면 발작적으로 웃을 뿐인가?"

506

"모르겠어요, 선생님." 마서는 모르는 게 분명했다. "그저 서성거리면서 말하고 머리를 잡아당기고 있어요."

"이름은?"

"저, 묻는 것을 잊었어요." 늙은 하녀는 죄송하다는 듯이 말했다. "신사의 행동을 보고 깜짝 놀랐거든요."

유명한 이론가는 손을 닦고 응접실로 갔다. 입구에 서서 그는 안을 들여다보았다. 방문자가 어떤 발작을 일으켰는지 모르는 이상, 그 정도의 조심은 필요하다고 생각했다. 하지만 별로 위험한 것 같지는 않았다. 잘생긴 젊은 남자가 거친 발걸음으로 성큼성큼 방을 왔다 갔다 하고 있을 뿐이었다. 번쩍이는 눈에 분노로 얼굴이 붉었다. 밴 새포드였다.

작은 몸집에 큰 머리가 인상적인, 생각하는 기계의 모습을 보고 젊은 방문자는 발을 멈추었다. 분노로 일그러진 얼굴이 부드러워지고, 대신 놀라움 비슷한 표정이 퍼졌다.

"뭔가요?" 교수가 성급하게 물었다.

"실례했습니다." 밴 새포드는 조금 당황해서 말했다. "다른 타입의 분을 예상했었는지라."

"아, 그렇군요." 생각하는 기계는 짜증내듯 말했다. "검은 수염에 발이 큰 남자라도 예상했나요? 자, 앉으세요."

밴 새포드는 냉큼 앉았다. 작은 과학자가 말하면 누구나 따르게 된다. 밴 새포드는 그를 이렇게 정신없게 만드는 일의 경위를 생각하는 기계에게 자세히 말했다. 교수는 의자에 기대어 두 손의 손가락 끝을 마주하고 마지막까지 말없이 듣기만 했다.

"내 정신 상태와 고통을 알아주세요." 밴 새도프가 설명했다. "아내가 두 번이나 거짓말을 한 게 확실해지면 이 손으로 목을 졸라 죽이고 싶을 정도입니다."

"그게 좋을지도 모릅니다." 과학자는 퉁명스럽게 말했다. "그러면 당신이 생각하는 건 부인이……."

"말하지 마세요." 젊은 남자는 열렬히 외치고 일어났다. 얼굴이 창백해졌다. "말하지 마세요." 그는 협박하듯이 반복했다.

생각하는 기계는 잠시 말없이 있다가 번쩍이는 눈을 들고 헛기침을 했다.

"부인은 전에도 그와 같은 행동을 한 적이 있습니까?"

"한 번도 없어요."

"부인은 주식에 손을 대거나 이전에 댄 적이 있습니까?"

"아닙니다." 남편은 자신 있게 대답했다. "아내는 주식을 몰라요."

"부인 명의의 은행계좌는 있습니까?"

"네. 40만 달러 가까이 있습니다. 장인이 결혼 때 아내에게 준 돈입니다. 아내의 명의로 예금되었는데, 지금도 그대로 있어요. 내 수입으로 충분히 생활할 수 있으니까요."

"당신은 부자입니까?"

"아버지가 200만 달러 가까이 물려주셨습니다만 그런 건 아무래도 좋습니다. 내가 알고 싶은 것은……."

"기다리세요." 생각하는 기계가 짜증을 내며 끼어들었다. 긴 침묵이 있었다. "심각하게 다툰 적이 한 번도 없나요?"

"거친 말 한 번 나눈 적 없습니다."

"놀랍군요." 생각하는 기계는 애매하게 말했다. "결혼한 지 몇 년 됐습니까?"

"지난 6월에 2년이 됐습니다."

"정말 놀랍군요." 과학자는 또다시 감탄했다. "몇 살입니까?"

"서른 살입니다."

"언제 서른 살이 되었습니까?"

"여섯 달 전, 올해 5월입니다."

또 긴 침묵이 흘렀다. 밴 새포드는 질문의 흐름을 잡을 수 없었다.

"부인은 몇 살입니까?" 과학자가 물었다.

"스물두 살, 1월에 생일을 맞았습니다."

"정신 상태에 문제가 있었던 일은 없었나요?"

"네, 물론입니다."

"당신은 형제나 자매가 있습니까?"

"아닙니다."

"부인 쪽은?"

"없습니다."

생각하는 기계의 연이은 빠른 질문에 밴 새포드도 짧게 대답했다. 또다시 침묵이 흘렀다. 젊은 밴 새포드는 불안한 기분으로 일어나서 서성거리기 시작했다. 가끔 질문하는 듯한 눈으로 과학자의 창백한 얼굴을 보았다. 둥근 지붕처럼 튀어나온 눈썹 사이에 가는 주름을 몇 개 새긴 생각하는 기계는 손님의 존재를 완전히 잊고 있는 것 같았다.

"정말 불가해한 사건입니다." 마침내 그가 말했다. 주름이 한층 깊어졌다. "아무것도 없는 것처럼 정말 불가사의합니다."

자신이 느끼고 있는 것과 비슷한 교수의 말에 밴 새포드는 약간 안심한 듯했다.

"당신은 범죄가 관련되어 있다고는 생각하지 않겠지요?" 과학자가 말했다.

"물론이지요." 젊은 방문자는 격렬하게 고개를 저었다.

"하지만 문제를 논리적으로 해결하면 유쾌하지 않은 사실이 밝혀질 가능성이 큽니다." 생각하는 기계가 용서 없이 말했다.

밴 새포드는 핏기가 사라진 얼굴을 하고 절망적으로 두 손을 흔들었다. 그러자 사랑하는 여성에 대한 신뢰가 가슴에 넘쳐났다.

"그럴 리가 없습니다." 그는 소리쳤지만 마음은 말과 달리 불안했다. "아내는 세상에서 가장 사랑스럽고, 고귀하고, 달콤한 여자입니다. 하지만……"

"하지만 당신은 그녀를 질투하고 있습니다." 생각하는 기계가 선수를 쳤다. "그 정도로 부인을 신뢰하고 있다면 왜 나에게 걱정거리를 말하러 왔습니까?"

젊은 남자는 생각하는 기계가 말하려는 뜻 이상을 읽은 듯이 한 걸음 앞으로 다가왔다. 교수는 사팔뜨기 눈으로 상대를 본 채 조금도 움직이지 않았다.

"젊은 남자는 모두 바보입니다." 그는 부드럽게 말했다. "나이 든 남자도 비슷하지요. 지금 문제는 이런 겁니다. 부인의 거짓된 행동에서 어떤 목적을 생각할 수 있습니까? 물론 부인을 감시하면 대답은 나오겠지만, 그 결과 당신 미래의 행복이 파괴될지도 모릅니다. 그럴지도 모른다는 겁니다. 그래도 당신은 대답을 알고 싶습니까?"

"알고 싶습니다. 알고 싶어서 미칠 것 같아요."

생각하는 기계는 사팔뜨기 눈으로 계속 그를 보았다. 그의 눈에는 동정과 비슷한 빛이 있었다. 물론 비슷하지만 동정 자체는 아니었다. 그는 확실한 지시를 했는데, 그 목소리는 평소대로 무뚝뚝했고 조금도 부드럽지 않았다.

"지금처럼 지내세요." 그가 명령했다. "되는 대로 맡기는 겁니다. 부인과 다투면 안 됩니다. 질문은 계속하세요. 그렇지 않으면 부인은 자신이 의심받고 있다고 생각할 겁니다. 부인의 행동의 변화가 있다면 가르쳐주세요. 매우 진기한 문제입니다. 나로서도 이런 문제는 처음입니다."

생각하는 기계는 손님을 보내고 문을 닫았다.

"사랑에 빠진 남자 중에서 문제 없는 남자는 없군." 그는 혼잣말을 했다.

이 보편적이고 철학적인 결론과 함께 그는 전화기에 가까이 갔다. 그리고 30분 후 연구실에서 깊은 생각에 빠져 있는 생각하는 기계 앞에 신문기자 허친슨 해치가 나타났다.

"해치." 그는 서두를 생략하고 말했다. "밴 새포드 부부에 관해 들은 적이 있나?"

"네, 조금은." 기자는 즉시 흥미를 보였다. "남편은 매일을 클럽에서 보내고 있는 걸로 유명합니다. 수백만 달러를 가진 자산가로 상류사회 사람이죠. 부인은 뛰어난 미인입니다. 결혼 전의 성은 포터였지요."

"자네들 신문기자의 기억력은 대단하군. 부인을 개인적으로 아는가?"

해치는 고개를 저었다.

"그럼 그녀를 잘 아는 사람을 찾아." 생각하는 기계가 말했다. "예를 들어, 신뢰할 수 있는 여자친구 말이야. 그리고 밴 새포드 부인이 왜 매일 아침 8시에 집을 나가는지, 남편에게는 누구와 함께 있었다고 거짓말하는지 조사해줘. 이미 나흘 동안 이런 일들이 계속되고 있어. 자네의 움직임에 따라 이혼을 피할 수 있을지도 모르네."

해치는 귀를 세웠다

"그리고 넬 블레이크슬리 양이 최근에 걸렸다는 병이 무엇이었는지도 조사하게. 그게 전부야."

한 시간 후, 허친슨 해치 기자는 밴 새포드 부인이 결혼 전에 친하게 지냈던 상류사회의 젊은 여성 글래디스 빅먼을 방문했다. 그는 우연히 진실을 밝힌 것도 모르고, 밴 새포드에게 부탁받고 왔다고 말했다. 그는 사건에 대해 자세히 말했다. 얘기가 진행될수록 글래디스 빅먼은 매우 유쾌한 듯이 미소를 지었다. 그 모습을 보고 해치는 마음이 불편했지만 가까스로 이야기를 끝냈다.

"그녀가 결행해서 잘됐군요." 빅먼이 말했다. "하지만 정말 할 줄은 몰랐어요."

그러고는 빅먼이 갑자기 웃었기 때문에 해치는 자신이 주제넘게 나선 것처럼 느껴졌다. 1분 넘게 즐거운 웃음소리가 계속되었고, 해치도 어색하게 미소 지었다. 그리고 그녀는 갑자기 일어나 방을 나갔다. 복도에서 또다시 발작적인 웃음소리가 들렸고 그 소리는 점점 멀어졌다.

"저 여자를 즐겁게 했다니 다행이군." 해치는 정색을 하고 중얼거렸다.

다음으로 그는 역시 밴 새포드 부인과 친하다고 알려진 프랜시스라는 젊은 부인을 방문했다. 일의 경위를 얘기하자 그녀도 웃었다!

해치는 밴 새포드 부인과 더 친하다고 알려져 있는 여덟 명의 여성을 방문했다. 그 가운데 여섯 명은 넌지시 다른 사람의 일에 호기심을 갖고 돌아다니는 일은 무례하다고 말했고, 나머지 두 사람은 웃었다!

해치는 한숨을 쉬고 뜨거워진 이마를 문질렀다.

"누군가가 엉뚱한 웃음거리가 된 것 같아." 그는 중얼거렸다. "아무래도 그 사람은 나겠지."

그는 밴 듀슨 교수에게 이 문제를 가져갔다. 유명한 교수는 해치가 말하는 간단한 이야기를 짜증 난 표정으로 듣고 있었는데, 그 이마의 주름을 보면 마치 화성의 운하와 같이 중요한 수수께끼를 듣는 것처럼 생각될 정도였다.

"정말 놀랍군." 그는 탁한 목소리로 말했다.

"정말입니다. 깜짝 놀랐습니다." 기자도 동의했다.

생각하는 기계는 한참 말이 없었다. 파란 눈으로 천장을 보면서, 하얗고 가느다란 두 손의 손가락을 마주하고 있다. 결국 그는 다음에 해야 할 일을 결정했다.

"방법은 하나밖에 없는 것 같아." 그가 말했다. "자네에게 부탁하고 싶지는 않지만."

"어떤 겁니까?" 기자가 물었다.

"밴 새포드 부인이 어디로 외출하는지 감시하는 거야."

"그전 같으면 거절했겠지만, 하지요." 해치가 당장 대답했다. 불도그 같은 근성이 내부에서 눈을 뜬 것이다. "도대체 뭐가 그렇게 웃기는지 밝히겠어요."

해치가 보고를 갖고 온 시간은 다음 날 밤 10시였다. 그는 엄청나게 넌더리를 냈다.

"하루 종일 그녀의 뒤를 미행했습니다." 그가 설명했다. "오늘 아침 8시부터 그녀가 귀가한 밤 9시 20분까지입니다."

"그녀는 무엇을 했지?" 밴 듀슨 교수가 초조하게 물었다.

"그게," 해치는 노트를 꺼내면서 싱긋 웃었다. "그녀는 집에서 동쪽으로 걸어 처음 모퉁이에서 방향을 바꾸었어요. 다시 한 블록 걸어가서 차를 타고 곧바로 시내의 공립도서관으로 갔지요. 거기에서 12시 45분까지 헨리 제임스의 책을 읽고 레스토랑에서 점심을 먹었어요. 나도 식사를 했습니다. 그 다음 그녀는 차로 노스엔드로 가서 오후 내내 그저 어슬렁어슬렁 걸었어요. 3시 50분에 절름발이 소년에게 25센트 은화를 주었습니다. 소년은 동전을 깨물어보고 진짜라는 걸 확인하자 담배를 샀어요. 4시 30분에 그녀는 노스엔드를 떠나 커다란 백화점으로 들어갔지요. 거기에서 물건들의 가격을 보고 다녔어요. 구입한 건 구두끈 한 세트였지요. 백화점은 6시에 문을 닫았고, 그녀는 또 다른 레스토랑에서 저녁을 먹었어요. 나도 저녁을 먹었습니다. 그리고 우리는 7시 30분에 그곳을 나와 다시 공립도서관으로 돌아갔어요. 그녀는 거기에서 9시까지 독서하고 귀가했어요."

생각하는 기계는 분명히 실망의 빛을 나타내면서 이야기를 들었다. 그가 너무나 실망해서 해치가 오히려 죄책감이 들었다.

“방법이 없었어요.” 해치가 변명했다. “그게 그녀의 행동 전부였으니까요.”

“누구하고도 얘기하지 않았나?”

“사무원, 웨이터, 도서관의 담당자하고만 얘기했어요.”

“메모를 전달하거나 받은 일은?”

“없어요.”

“어느 행동에도 목적이 있는 것으로 보이지 않았나?”

“네. 제가 받은 인상으로는 시간보내기를 하는 거라고밖에.”

밴 듀슨 교수는 몇 분간 말없이 있었다. “그렇군, 내 생각에…….” 그는 중얼거렸다.

하지만 생각하는 기계가 무엇을 생각하는지 해치는 알 수 없었다. 다른 지시로 쫓아냈기 때문이다.

다음 날 아침, 해치는 다시 밴 새포드 집을 보고 있었다. 밴 새포드 부인은 8시 7분에 집을 나와 빠른 걸음으로 동쪽으로 향했다. 처음 모퉁이를 돌아 여전히 빠른 걸음으로 길의 마지막까지 가서 멈추어선 다음 힐끗 뒤를 돌아보고 다시 걸었다. 사이를 두고 미행하던 해치가 달려가자 마침 스커트가 어느 집의 문으로 사라지는 중이었다.

“아, 드디어 뭔가 시작되는군.” 그는 암울한 만족을 맛보며 중얼거렸다.

해치는 길을 걸어 그 문에 다가갔다. 이웃집과 마찬가지로 화물마차 배달원이 사용하는 뒤쪽 문이었다. 턱을 긁으면서 생각에 잠긴 채 보던 그는 완전한 당황과 절망적인 어리석음이 밀려오는 기분을 느꼈다. 그를 돌아보는 문패의 글자는 ‘밴 새포드’였다. 밴 새포드 부인은 저택의 현관문으로 나와 빙글 돌아 뒷문으로 들어온 것이다.

어떤 일인지 물어보려고 문을 두드리려다가 마음이 변해 현관으로 나와 계단을 올라갔다.

“밴 새포드 부인은 계십니까?”

514

백스터가 문을 열었다.

"아닙니다. 조금 전에 외출하셨습니다."

해치는 차갑게 상대를 노려봤지만 그대로 물러났다.

"자, 점점 이유를 알 수 없군." 그가 중얼거렸다. "그녀가 남모르게 귀가했거나 아니면 저 하인이 숨기고 있는 거다……."

그는 밴 듀슨 교수에게 가서 이 이야기를 했다. 침착한 과학자는 끝까지 귀를 기울이다가 마침내 일어나서 "그래!" 하고 세 번 외쳤다. 그런 모습은 해결이 가까운 시점을 의미했기 때문에 흥미가 일었지만 도대체 어떤 일인지 알 수 없었다. 그는 다시 허우적거렸다.

생각하는 기계는 옆방으로 가려다가 다시 돌아왔다.

"그런데 해치, 블레이크슬리의 병이 어떤 것이었는지는 알아왔나?"

"아, 깜박했습니다." 기자는 미안하다는 듯이 말했다.

"괜찮네, 내가 조사하지."

11시, 해치와 생각하는 기계는 밴 새포드 저택을 방문했다. 밴 새포드가 직접 나왔다. 몹시 작은 과학자를 본 그의 얼굴에 희망의 빛이 희미하게 보였다. 교수는 해치를 소개했다.

"이 지역에 다른 밴 새포드 일가의 친척이 살고 있습니까?" 과학자가 물었다.

"이 거리에는 없습니다. 왜 그러십니까?"

"부인은 집에 계십니까?"

"아닙니다, 오늘 아침에도 평소처럼 외출했습니다."

"그러면 밴 새포드 씨, 이번 일을 어떻게 이해하면 좋은지 가르쳐 드리지요. 2층 부인의 방에 가서 불러보세요. 아마 잠겨 있을 텐데, 대답은 하지 않겠지만 듣기는 할 겁니다. 그곳에서 '잘 알았다. 미안하다.' 하고 말하는 겁니다. 부인은 귀를 기울일 겁니다. 요즘 계속 그 말을 듣고 싶어 했으니까요. 부인이 나오면 데려오세요. 나도 이렇게 현명한 여성을 꼭 만나고 싶습니다."

밴 새포드는 상대방의 정신 상태를 의심하듯이 바라보았다.

"도대체 어떻게 된 겁니까?" 그가 냉정하게 말했다.

"부인을 방에서 불러내는 방법은 이것밖에 없습니다." 밴 듀슨 교수는 도전적으로 말했다. "반드시 정중히 말해야 합니다."

"진심입니까?" 상대는 힐문했다.

"진심입니다." 벌레를 씹은 듯한 대답이었다. "부인은 잠시 당신에게 잊지 않도록 교훈을 준 겁니다. 그녀는 매일 현관문으로 나가 뒷문으로 돌아왔습니다. 물론 요리사와 하녀는 알고 있었을 겁니다. 당신이 사라진 그녀의 뒤를 좇던 날도 마찬가지였습니다."

밴 새포드는 깜짝 놀랐다.

"왜 그런 일을 하지요?"

"왜냐고요?" 밴 듀슨 교수는 엄하게 말했다. "그 질문에 대답하는 게 당신의 의무라는 겁니다. 밤마다 클럽에서 보내는 시간과 자신만의 즐거움을 조금 줄이고, 결혼 전에는 누구나 관심을 보이던 것에 익숙해 있는 젊은 여성에게 조금만 더 관심을 기울인다면 이 사소한 가정문제는 해결됩니다. 당신은 몇 달 동안 밤마다 클럽에서 지내고 부인은 그동안 거의 혼자 있었습니다. 이기적인 당신은 그녀를 생각하지 않았습니다. 그래서 부인은 자신의 일을 생각게끔 하는 계기를 만든 겁니다."

밴 새포드는 갑자기 방향을 바꾸어 방을 뛰어나갔다. 계단을 두 계단씩 뛰어 올라가는 발소리가 들렸다.

"놀랍군!" 해치가 소리쳤다. "이 불가사의한 수수께끼의 결말이 이렇게 엉뚱한 것이었습니까?"

10분 후, 밴 새포드 부부가 방으로 들어왔다. 부인의 아름다운 얼굴에 홍조가 번졌다. 남편은 더없이 행복한 얼굴을 하고 있었다. 남편이 일동을 소개했다.

"남편이 여러분을 번거롭게 해서 정말 죄송해요," 밴 새포드 부인이 사랑스럽게 사과했다. "저도 정말 부끄럽습니다. 저……."

"아니오, 괜찮습니다." 밴 듀슨 교수는 자신감을 갖고 말했다. "나도 여성심리의 해명을 한 건 처음입니다. 완전히 논리적이라고는 할 수 없지만 매우, 매우 큰 참고가 되었습니다. 그리고 몹시 효과적이기도 했습니다."

516

그는 인사하고 모자를 손에 들었다.

"요금은요?" 밴 새포드가 물었다.

밴 듀슨 교수는 떫은 얼굴로 그를 보았다 "그래, 요금 말이군." 그는 생각했다. "5천 달러면 됩니다."

"5천 달러라고요?" 밴 새포드가 소리쳤다.

"5천 달러입니다." 생각하는 기계가 반복했다.

"하지만 당신, 정말 터무니없는……."

밴 새포드 부인은 하얀 손을 남편의 팔에 놓았다. 남편이 그쪽을 보자 아내는 빛나는 웃음을 보였다.

"나에게 그만한 가치가 없다는 거예요, 밴?" 그녀는 장난스럽게 물었다.

밴 새포드는 수표를 썼다. 교수는 작은 손으로 이서하고 수표를 해치에게 넘겼다.

"이 돈을 어딘가의 자선단체에 기부하게." 그는 그렇게 지시하고 말했다. "정말 훌륭한 교훈이었습니다, 밴 새포드 씨. 그럼 실례합니다."

과학자 밴 듀슨 교수와 신문기자 허친슨 해치는 어깨를 나란히 하고 말없이 두 블록을 걸었다. 신문기자가 말을 꺼냈다.

"블레이크슬리 양의 병은 알아내셨습니까?"

"그녀의 이름이 나와서, 정말 병이었는지 아니면 밴 새포드에게 오해를 불러일으키기 위해 의도적으로 한 말인지 알고 싶었지. 그냥 감기였던 것 같아. 전화로 확인했어. 그리고 클럽에 전화해서 밴 새포드의 습관도 물어봤지."

"그럼 그 웃는 여자들은…… 뭐가 재미있었던 겁니까?"

"그녀들이 웃었다고 해서 심각한 문제는 아니라고 판단했네. 부인은 친한 친구들에게 자신이 실행한 일에 대해 말한 게 틀림없어. 여러 가능성을 생각할 수 있지만, 모든 것을 고려한 결과 이 사건은 논리가 보여주는 대로 생각할 수밖에 없었어. 밴 새포드 부인이 하루 종일 걸어 다녔다고 하는 자네의 보고를 듣고 사실을 파악했다네. 그녀가 뒷문으로 집에 돌아왔다고 들었을 때는 결론이 보였지." 과학자는 발을 멈추고 긴 손가락을 기자의 눈앞에서 흔들었다. "왜냐하면 2 더하기 2는 4이기 때문이지. 어쩌다 4가 되는 게 아니라 항상 4가 되는 거야."

유령 자동차

THE PHANTOM MOTOR CAR

어둠 속에서 갑자기 번쩍번쩍 빛나는 눈이 두 개 나타났다. 자동차는 넓은 길의 모퉁이를 단숨에 돌아 잘 정비된 평탄한 길을 달렸다. 상당히 거리가 떨어져 있었지만 특별 경찰관 베이커는 규칙적인 배기음을 듣고 가솔린차라고 판단했다. 빛도 깜박이지 않으며 재빨리 다가오는 두 개의 눈을 보고 베이커는 그 차가 야보로 군의 속도제한을 위반했다고 판단했다. 법규를 무시한 것이다.

피서지로 유명한 야보로 군은 도로정비가 잘 되어 있다. 복도처럼 평탄한 도로는 자칫하면 운전자를 스피드에 취하게 만들 위험한 쾌락으로 유혹한다. 때문에 군 당국은 유난히 엄격하게 속도제한을 하고 있었다. 군의 모든 고속도로에 경관을 50명 배치해서 위반 차량을 단속했다. 군 당국은 위반자의 엄격한 단속이 매우 유효한 재원 확보의 수단이라는 걸 일찍부터 알고 있었다.

"시속 60킬로미터를 1킬로미터라도 넘어봐라." 베이커는 중얼거렸다.

그는 저녁 6시부터 한밤중까지 느긋하게 앉아 있는 초소의 접이식 의자에서 일어나 랜턴을 들고 불을 더 환하게 밝힌 다음 갓길로 나갔다. 그는 언제나 같은 장소에서 감시해왔다. 운전자들이 '덫'이라고 습관처럼 부르는 긴 구간의 한쪽 끝이다. '덫'은 운전자라면 누구라도 무심코 속력을 올리는 쾌적한 길이다. 양쪽으로 높은 돌담이 우뚝 솟아 있고, 그 사이를 완벽한 쇄석도로*가 굽이치면서 이어져 있었다. 하지만 완만한 커브 때문에 양쪽에서의 시야는 차단되어 있다. '덫'의 반대쪽 끝에는 특별 경찰관 보우먼이 감시하고 있다. 양쪽의 초소는 전화로 연결되어, 단속 담당관이 서로 연락하게 되어 있다. 한쪽 끝에서 위반차를 정지시키지 못하거나 번호판을 읽지 못해도 반대쪽 끝에서 잡을 수 있다.

* 잘게 부순 돌을 타르에 섞어 바른 도로

그런 이유로 베이커는 절대적인 자신감을 갖고 길가에서 기다리고 있었다. 차의 라이트는 이미 180미터 가까이 다가오고 있었다. 적당한 순간을 노려 그는 랜턴을 들 것이다. 차는 멈추고 운전자가 항의하겠지.

군 당국은 일반 재원에 벌금을 더해 도로를 정비하려고 더 많은 운전자들을 스피드의 유혹에 끌어들일 것이다. 가끔 제지를 듣지 않고 달려가는 차가 있다. 그와 같은 경우, 지나간 차의 번호판을 읽는 일은 특별 경찰관의 임무였다. 군청에 등록되어 있는 자동차등록부를 조회하면 위반 차량의 주인을 알 수 있다. 그와 같은 경우에는 추가 벌금이 부과된다.

차는 속력을 줄이지 않고 '덫'을 지나갈 기세로 쏜살같이 가까이 왔다. 이때다 하고 계산한 베이커는 도로에 나가 랜턴을 흔들었다.

"정지!" 그가 명령했다.

그의 명령을 무시하고 차는 요란한 소리를 내며 다가왔다. 베이커는 아슬아슬한 시점에서 몸을 피해 도로 밖으로 뛰었다. 그가 가장 자랑하는 특기다. 차는 그의 코앞을 지나 '덫'으로 들어갔다. 자기 몸의 안전을 지키기 위해 최선을 다했던 베이커는 차의 번호판을 읽지 못했지만 당황하지는 않았다. '덫'에 들어간 차는 주머니에 들어간 쥐와 같은 신세다. 길 한쪽은 존 펠프스 스토커의 별장지의 동쪽을 구분하는 높이 2.4미터의 튼튼한 돌담이 이어져 있다. 맞은편은 토머스 Q. 로저스의 별장지의 서쪽을 구분하는 높이 2.7미터의 돌담이다. 도망갈 차선도 없고 옆길도 없다. '덫'의 출구는 특별 경찰관이 눈을 빛내고 있는 두 곳 중 한 곳이다. 베이커는 여유를 갖고 전화를 들었다.

"차가 시속 96킬로미터로 지나갔어." 그가 소리쳤다. "번호판을 못 봤으니 자네가 처리해!"

"알았어." 특별 경찰관 보우먼이 대답했다.

10분이 지나고 20분을 기다려도 보우먼으로부터 연락이 없었다. 베이커는 기다리다 지쳐 다시 전화를 걸었다. 대답은 없었다. 그는 몇 번인가 다시 걸었고 전화기를 부서져라 내려놓고, 수화기를 만져 보았지만 역시 대답은 없었다. 그는 조금 걱정이 되었다. 예전에 같은 장소에서 특별 경찰관이 중상을 입은 일이 생각났다. 어느 난폭한 운전자가 제지를 듣지 않고 경찰관이 도로에 나오는 걸 피하려고도 하지 않고 치어버린 것이다. 심하게 상처를 입은 채 도움을 청할 수도 없이 쓰러져 있는 보우먼의 모습이 뇌리에 떠올랐다. 그 속도로 차가 지나갔다면 불행하게 치인 사람은 잠시도 버티지 못할 것이다.

진심으로 보우먼을 걱정한 베이커는 결심하고 '덫'의 반대쪽을 향해 걷기 시작했다. 랜턴의 희미한 빛이 양쪽에 빈틈없이 이어진 높고 차가운 돌담을 비추었다. 그곳에 관목 숲은 없었고 벽 가까이 좁은 잔디길이 있을 뿐이었다. 생각할수록 걱정이 되어 베이커는 걸음을 빨리했다. 완만한 곡선 길을 따라가자, 맞은편에서 랜턴의 불빛이 천천히 다가오는 것이 보였다. 누군가가 길 양쪽을 자세히 비추면서 걷고 있는 모습이었다.

"이봐." 랜턴의 불빛이 바로 가까이 올 때까지 기다린 베이커가 말을 걸었다. "보우먼인가?"

"그래." 큰 소리로 대답이 돌아왔다.

랜턴 두 개가 가까워졌고 두 사람은 길 가운데에서 만났다. 베이커의 동료에 대한 걱정은 의혹으로 바뀌었다.

"뭘 찾는 거야?" 그가 물었다.

"물론 그 차야." 보우먼이 대답했다. "아무리 기다려도 오지 않아서, 사고라도 났나 하고 이렇게 걸어왔는데 도중에 아무것도 없었어."

"자네 쪽으로 가지 않았다고?" 베이커는 눈을 크게 뜨고 되물었다. "그럴 리가 없어. 내 쪽으로 돌아오지도 않았고, 여기까지 오는 동안 스쳐 지나가지도 않았어. 그러니 자네 쪽으로 빠져나간 게 틀림없어.”

“오지 않은 건 오지 않은 거야.” 보우먼은 분명히 선언했다. “나도 길가에서 기다리고 있었어. 한 시간 동안 차는 한 대도 지나가지 않았어.”

특별 경찰관 베이커는 랜턴을 높이 들어 보우먼 특별 경찰관의 얼굴을 비추었다. 순간 두 사람은 서로를 노려보았다. 베이커의 탐욕스러운 눈에 의심이 불타올랐다.

“자네는 얼마를 받고 그를 보내주었나?” 그가 물었다.

“받았냐고?” 보우먼은 당연히 분개하여 소리 질렀다. “바보 같은 소리 하지 마. 차는 한 대도 지나가지 않았어.”

베이커는 입가를 일그러뜨리며 웃었다.

“그럼 본서에 보고하는 수밖에 없군. 그래도 괜찮겠지?” 그가 말했다. “나는 차가 한 대 여기에 들어온 걸 봤어. 그 차는 내 쪽으로 돌아오지 않았지. 차는 어느 한쪽으로 빠질 수밖에 없어. 분명히 차는 자네 쪽으로 나갔을 거야.” 그는 조금 사이를 두고 말했다. “얼마를 받았는지 모르지만 짐, 나누지 않겠나?”

보우먼도 화가 가라앉지 않았다. 반백의 콧수염 사이에서 냉소에 일그러진 입술이 살짝 보였다.

“내가 보기에,” 그는 일부러 부드럽게 말했다. “자네는 자신이 그런 짓을 하기 때문에 다른 사람도 모두 그렇다고 생각하는군. 차는 한 대도 지나가지 않았어.”

“나는 언제나 나누지 않았나, 짐.” 베이커는 초조한 듯이 말했다.

“다시 한번 말하지만 차는 한 대도 지나가지 않았어. 거짓말이 아니야. 자네 쪽으로 돌아가지 않았다면 처음부터 차 같은 건 지나가지 않은 거야.” 보우먼은 입을 다물었다. 그의 머리에 좋지 않은 의심이 생겼다. “자네는 있지도 않은 걸 본 거야. 문제는 그거야.”

이렇게 해서 야보로 군의 두 특별 경찰관 사이에 차가운 바람이 불기 시작했다. 마침내 그들은 서로 멸시하며 등을 돌렸고 각자의 근무지로 돌아갔다. 그들은 깊은 생각에 빠졌다. 교대시간이 가까운 11시 55분, 베이커는 다시 보우먼에게 전화했다.

"짐, 계속 생각했는데, 오늘 일은 보고하지 않을게. 본서에 돌아가도 이 일은 말하지 마." 베이커는 천천히 말했다. "정말 바보 같은 이야기라 무심코 엉뚱한 말이라도 하면 모두의 웃음거리가 될 거야."

"자네가 그렇게 말한다면." 보우먼이 대답했다.

베이커와 보우먼 사이에는 뽑기 어려운 응어리가 남았다. 하지만 두 사람은 다음 날 어깨를 나란히 하고 근무지로 향했다. 베이커가 '덫'의 한쪽 끝에서 걸음을 멈추자, 보우먼은 뒤도 돌아보지 않고 자신의 초소를 목표로 걸어갔다.

"오늘 밤은 눈을 잘 뜨고 있어, 짐." 베이커는 상대의 등에 대고 말했다.

"어제도 똑바로 뜨고 있었어." 보우먼은 넌더리를 내며 쏘아붙였다.

7시가 지나고 8시가 지나고 마침내 9시가 되었다. 그동안 차량 두세 대가 속도제한을 지켜 '덫'을 통과했고, 베이커의 주의를 받은 차는 한 대 있었다. 9시 조금 지나 '덫'으로 이어지는 도로 끝을 보고 베이커는 깜짝 놀라 일어났다. 어둠 속에서 빛나는 눈이 두 개 떠올랐다. 그는 한눈에 알아보았다. 어젯밤의 수수께끼의 차가 틀림없다.

"오늘은 꼭 붙잡겠다." 그는 다문 이 사이로 내뱉듯이 말했다.

질주하는 차가 180미터 거리까지 왔을 때, 베이커는 도로의 한가운데 버티고 서서 랜턴을 흔들기 시작했다. 차는 어젯밤보다 더욱 속도를 내는 것 같았다. 차가 90미터 가까이 왔을 때, 베이커는 큰 소리로 정지를 명령했다. 차는 전혀 속도를 줄이지 않고 맹렬하게 돌진해 왔다. 베이커는 또다시 아슬아슬한 순간에 몸을 날려 피했다. 운전수는 절묘한 핸들 움직임으로 차를 옆으로 붙여 특별 경찰관을 쓰러뜨리지 않고 그의 코앞을 지나갔다.

가까스로 위험을 피한 베이커는 즉시 돌아서서 멀어져가는 차의 번호판을 보려 했다. 차의 뒷부분에는 틀림없이 하얀 번호판이 있었다. 하지만 차의 진동과 피어오르는 모래먼지 때문에 숫자를 읽을 수 없었다. 다행히 베이커는 노면에 반사되는 빛 속에서 애매하지만 차에 타고 있는 네 명을 보았다. 남녀 구별은 할 수 없었다. 차는 순식간에 멀어졌고 완만한 커브 저쪽으로 사라졌다.

524

어젯밤과 마찬가지로 베이커는 전화로 달려갔다. 보우먼은 즉각 응답했다.

"또 같은 차야." 베이커가 소리쳤다. "90킬로미터는 될 거야. 놓치지 마!"

"알았어." 보우먼이 대답했다.

"어떻게 됐는지 나에게 알려줘." 베이커가 말했다.

수화기를 귀에 댄 채 베이커는 15분가량 숨을 죽이고 기다렸다. 마침내 보우먼의 부르는 소리가 들렸다.

"어떻게 됐어?" 베이커가 되물었다. "잡았어?"

"차는 오지 않았어. 그림자도 형체도 없어." 보우먼이 말했다.

"하지만 그쪽으로 갔어." 베이커는 불끈해서 소리쳤다.

"오지 않은 건 오지 않은 거야." 보우먼이 대답했다. "자네는 그쪽에서 걸어와. 나도 이쪽에서 갈 테니까. 도중에 주위를 잘 보고."

어젯밤과 마찬가지로 그들은 도로를 빈틈없이 찾았다. '덫'의 중간쯤 갔을 때 두 사람은 멍하니 얼굴을 마주 보았다. 양쪽의 돌담과 마찬가지로 그들의 얼굴에는 전혀 표정이 없었다.

"아무것도 없었어." 보우먼이 말했다.

"없었어." 베이커가 반복했다.

보우먼 특별 경찰관은 고개를 갸웃하고 반백의 콧수염을 만졌다.

"설마 나를 놀리는 건 아니겠지?" 그가 냉정하게 물었다. "정말로 차를 봤어?"

"물론 봤지." 베이커는 확실히 말했다. 덤벼들 듯한 태도였다. "정말 봤어, 짐. 그런데 자네 쪽으로 가지 않았다면 그럼 그 차는……."

그는 말을 중단하고 뒤를 돌아보았다. 보우먼도 따라했다.

"어쩌면," 잠시 후, 보우먼이 말했다. "어쩌면 유령 자동차가 아닐까?"

"응, 그게 틀림없어." 베이커는 생각하는 얼굴로 말했다. "이 길에서 밖으로 빠지는 길이 없

는 건 나도 자네도 잘 알고 있어. 그 차는 확실히 여기로 들어왔어. 그런데 지금까지 형체도 없어. 자네 쪽으로도 가지 않았어. 도대체 어디로 사라졌지?"

보우먼은 잠시 그의 얼굴을 보았지만 별 수 없이 랜턴을 들고 머리를 흔들며 자신의 자리로 돌아갔다. 도중에 그는 세 번이나 불안하게 힐끗 뒤를 돌아보았다. 베이커는 네 번 뒤돌아보았다.

사흘째 밤, 유령 자동차는 또 전날과 마찬가지로 나타났다가 홀연히 사라졌다. 베이커와 보우먼은 다시 한번 '덫'의 중간에서 만났다.

"그럼 이렇게 하지, 베이커." 보우먼이 제안했다. "어쩌면 자네는 차를 봤다고 착각했는지도 몰라. 그러니 내가 자네의 장소에서 감시하면 차가 나타나지 않을지도 몰라."

베이커 특별 경찰관은 상대의 말 속에 넌지시 드러나는 비난에 불만을 느꼈다.

"알겠네, 짐." 마침내 그가 말했다. "자네가 그런 식으로 생각한다면 내일은 장소를 바꾸지. 미리 보고할 필요는 없겠지."

"좋아, 그렇게 해." 보우먼은 열정적으로 말했다. "내기해도 좋아. 차는 오지 않을 거야."

다음 날 밤, 보우먼은 베이커의 초소에 느긋이 앉아 있었다. 그리고 그는 유령 자동차를 보았다. 깜짝 놀라서 움직이지도 못하는 그를 두고 차는 요란한 엔진소리를 내며 달려갔다. 그는 베이커에게 전화했다. 베이커는 30분 남짓 유령 자동차가 올 것을 기다렸다. 차는 오지 않았다.

신문은 어떤 사건도 언젠가는 냄새를 맡는다. 유령 자동차 이야기도 예외는 아니었다. 사회부장이 잠시도 떼어놓지 않는 담배를 옆에 두고, 사건의 개요를 얘기하는 걸 허친슨 해치 기자는 반신반의의 미소를 띠며 듣고 있었다. 그 시점에서는 사건의 개요라고 말해봐야 별다른 게 없었다. 즉, 특별 경찰관 두 명의 이야기에 따르면 진짜로 보이는 자동차 한 대가 매일 밤 맹렬한 속력으로 '덫'에 진입하고 그 직후에 흔적도 없이 사라진다는 것이었다.

그것만으로도 호기심을 끌기에는 충분히 이상한 이야기였다. 그래서 해치는 시내에서 차로 한 시간 걸리는 야보로 군으로 가서 베이커와 보우먼을 만나서 얘기를 듣고 대낮의 밝은 '덫'을 끝에서 끝까지 천천히 걸어 왕복했다. 그는 '덫'에 진입한 차가 반대쪽 끝으로 빠져나가지 않고 어딘가 도중에서 옆으로 빠지는 길이 있는 게 틀림없다고 예측하고, 그 길을 발견할 생각으로 시간을 들여 자세히 도로를 조사했다.

우선 해치는 토머스 Q. 로저스의 별장지의 돌담에 전적으로 주목하면서 '덫'을 걸었다. 높이 2.7미터의 돌담은 어디에도 갈라진 틈이 없었고, 비밀통로도 없었다. 비밀통로! 해치는 자신의 머리에 떠오른 말에 혼자서 빙그레 웃었다. 하지만 '덫'을 더듬어 보우먼의 초소에 도착했을 때 그는 한 가지를 확신했다. 어떤 차도 쇄석 포장도로에서 토머스 Q. 로저스의 별장의 돌담을 뛰어넘을 수 없고, 그 아래에 숨거나 돌담을 뚫고 어딘가로 갈 수 없다는 것이었다.

이번에는 존 펠프스 스토커의 별장의 돌담에 주목하면서 천천히 원래 온 길을 되돌아갔다. 베이커의 초소에 돌아왔을 때, 그는 또 하나의 확신을 가졌다. 어떠한 차도 존 펠프스 스토커의 별장의 돌담을 넘을 수 없고, 또 그 아래에 숨거나 돌담을 뚫고 어딘가로 갈 수 없다는 것이었다. 도중에 돌담이 갈라진 곳이 있었지만 그 틈은 겨우 40센티미터에 불과했다.

나무는 없고 갓길의 잔디는 깨끗하게 정돈되어 있었다. 따라서 밤이든 낮이든 유령 자동차를 숨길 장소는 있을 리 없다. 해치는 도로도 조사했지만 노면에 구멍 하나 없었고, 역시 차가 지하로 숨는 일은 생각할 수 없었다. 여기에 이르러 그는 무심코 파란 하늘을 올려다보았다. 변덕스런 생각이 머리를 스쳐갔다. 어쩌면 그 자동차는 새의 일종일까? 아니면…… 그는 문득 제정신으로 돌아왔다.

"잠깐," 그가 소리쳤다. "어쩌면……."

오후에 해치는 주변 일대를 이 잡듯이 조사하고 다녔다. 그는 부근의 인가를 한쪽부터 방문했다. 스토커의 집도 로저스의 집도 문을 두드렸지만 모두 문이 잠겨 있었다. 그는 가까운 별장과 오두막을 차례차례 방문했다. 하지만 그날 밤 7시쯤 '덫'의 한쪽 끝인 베이커 특별 경찰관의 초소에 돌아온 그는 무엇 하나 가치 있는 수확을 얻지 못했다.

해치와 베이커는 사라진 자동차의 수수께끼에 대해 이야기했다. 점점 어두워졌고 마침내 완전히 해가 지자 베이커의 랜턴을 제외하고 주위의 불빛은 아무것도 없었다. 차가운 밤공기가 스며들었고, 그들의 이야기소리는 경외감에 사로잡힌 것 같았다. 가끔 차가 지나가

528

고 그때마다 해치는 질문의 눈초리로 베이커의 얼굴을 보았다. 그때마다 베이커는 고개를 저었다. 베이커는 차가 지나가면 꼭 보우먼에게 전화했다. 그런 식으로 '덫'에 진입한 차는 남김없이 반대쪽 끝을 통과한 사실을 확인했다.

"꼭 올 거요." 긴 침묵 뒤에 베이커가 말했다. "이쪽을 향해 모퉁이를 돈 순간 알 수 있어요. 천 대의 차가 함께 있어도 그 라이트는 구별할 수 있으니까."

그들은 물끄러미 앉아 담배를 피웠다. 이윽고 도로 맞은편에 번쩍번쩍 빛나는 라이트가 불쑥 나타났다. 베이커는 흥분한 나머지 파이프를 떨어뜨리고 외쳤다.

"저거요! 봐요, 저기에 옵니다!"

해치는 가까이 오는 차를 보았다. 수수께끼의 차의 속도는 놀라울 정도였다. 거대한 눈과 같은 두 개의 라이트가 다가왔다. 베이커는 소용없다는 걸 알면서도 일단 차를 제지할 노력을 했다. 차는 그들의 눈앞을 지나 사라졌다. 일어난 바람에 코트가 펄럭인 사실은 차가 환영이 아니라는 움직일 수 없는 증거였다. 해치는 달리는 차의 번호판을 읽으려고 했지만 그의 노력은 허사로 끝났다. 차의 뒷부분은 노면에서 일어난 모래먼지에 흐려져 보이지 않았다.

"무섭게 달리는군." 베이커가 말했다.

"정말입니다." 해치가 동의했다. 신문기자를 위해 베이커는 보우먼에게 전화했다.

"그 차가 나타났어." 그가 외쳤다. "지켜보다가 어떻게 되었는지 알려주게."

보우먼은 그의 초소에서 20분쯤 기다린 후, 전화를 주었다. 차는 오지 않았다. 허친슨 해치는 침착하고 냉철한 젊은이였지만 등에 차가운 것이 지나가는 걸 느꼈다. 그는 담배에 불을 붙여 물고 어깨를 으쓱했다.

"차가 어디로 사라졌는지 찾을 방법은 있어요." 그가 단호히 말했다. "'덫'의 한가운데 커브를 지난 부분에 사람을 세워서 감시하는 겁니다. 차가 허공을 날아가는지, 지면에 숨는지, 증발하는지 보고 있으면 알 수 있지 않을까요?"

베이커는 그다지 마음에 들지 않는 얼굴로 해치를 보았다.

"나는 그 한가운데서 감시하는 일은 싫소." 그가 말했다. 그의 태도는 불안했다.

"솔직히 말해 나도 싫습니다." 해치가 말했다.

다음 날 저녁, 해치가 신문에 쓴 유령 자동차의 기사를 읽고 신문기자 열두 명이 모였다. 대부분은 드러내놓고 그 이야기를 의심했다. 누구도 유령 자동차를 본 게 아니라고, 분명히 말하는 사람도 있었다. 해치는 웃었다.

"보게 될 겁니다." 그는 자신 있게 말했다.

해가 지자 대도시의 신문기자들은 회의를 거쳐 유령 자동차의 정체를 밝힐 계획을 생각했다. 열세 명의 기자와 베이커, 보우먼. 모두 열다섯 명의 남자는 '덫'의 베이커 초소에서 보우먼의 초소에 이르는 옆길에 서서 감시하고, 각자가 본 내용을 토대로 진상을 밝히자는 의견을 모았다. 그들은 수십 미터 간격을 두고 길가에 나란히 서서 대기했다. 그날 밤 유령 자동차는 나타나지 않았고 열두 명의 기자들은 허친슨 해치를 조롱하며 그의 기사는 엉터리라고 헐뜯었다. 그런데 다음 날 밤, 해치와 베이커와 보우먼 세 사람만이 감시하고 있을 때 유령 자동차는 또다시 나타났다.

어려운 문제를 안고 힘들어하는 어린이처럼 해치는 대천재 오거스터스 S. F. X. 밴 듀슨 교수에게 모든 내막을 얘기했다. 사팔뜨기 눈을 천장으로 향한 '생각하는 기계'는 화사한 두 손의 긴 손가락을 깍지 끼고 해치의 이야기에 귀를 기울였다.

"물론 자동차가 하늘을 날 수 없다는 것 정도는 알고 있습니다." 해치는 성급하게 이야기를 꺼냈다. "하지만 날지 못한다면 그들이 말하는 '덫'에서 빠져나갈 길이 없어요. 제가 전부 자세히 조사했어요. 지면도 조사했고, 보조판 같은 걸 사용해 차가 돌담을 넘을 수 있는지 양쪽의 돌담과 돌담 위도 조사했어요."

생각하는 기계는 눈을 가늘게 뜨고 해치를 보았다.

"자네는 확실히 자동차를 보았나?" 그는 조바심이 나서 물었다.

"네, 틀림없습니다." 신문기자는 단호히 대답했다. "본 것뿐만이 아닙니다. 냄새도 맡았어요. 게다가 확인하는 의미로 달려오는 그 차 앞에 막대기를 던졌어요. 막대기는 차에 깔려 부러져서 이쑤시개처럼 되었죠."

"자네의 얘기대로라면, 차는 정말로 하늘을 날았는지도 몰라."

과학자는 말했다. 신문기자는 생각하는 기계의 헤아릴 수 없는 얼굴을 보았다. 그는 순간 귀를 의심했지만 교수는 확실히 지금 들은 대로 말을 한 게 틀림없었다.

"그럼 뭡니까?" 그는 몸을 내밀며 되물었다. "그 유령 자동차는 공륙空陸 양용차로 정말로 하늘을 난다고 하시는 겁니까?"

"불가능한 일은 아니지." 과학자가 말했다.

"저도 그쯤은 생각했습니다." 해치는 자신이 조사했던 내용을 이야기했다. "반경 1.6킬로미터 전후의 주위의 주민을 모두 만났지만 아무것도 얻지 못했어요."

"그 정비가 잘된 도로의 일정 구간은, 용기 있는 모험자에게는 경비행기를 단거리에서 이륙시키는 속도를 내는 데 적당한 장소일지도 몰라." 과학자가 말했다.

"경비행기라고요?" 해치는 반복하며 물었다. "그 차에는 네 명이 타고 있었어요."

"네 사람이나!" 과학자는 날카롭게 말했다. "그랬나? 그럼 얘기가 완전히 달라지지. 네 명이나 타고 있었다면 너무 무거워서……."

그는 10분쯤 심사숙고했다. 돔 같은 이마에 거미집을 연상시키는 가는 주름이 잡혔다. 마침내 그는 일어나서 옆방으로 들어갔다. 해치는 전화벨이 울리는 소리를 들었다. 5분 후, 생각하는 기계는 돌아와서 불쾌한 시선으로 해치의 얼굴을 보았다.

"간단히 말하면 자네가 알고 싶은 건 그 차가 실체를 갖고 있는지 아닌지, 만약 실제로 있다면 누가 소유하고 있는가 하는 것이지?" 그가 물었다.

"그렇습니다." 신문기자는 끄덕였다. "그리고 어떻게 해서 그런 일이 일어났는지, 다시 말해 그 차가 어떻게 '덫'에서 사라졌는지 하는 걸 알고 싶습니다."

"자네는 다리 힘이 강한 장거리 자전거경주 선수를 알고 있나?" 과학자가 갑작스럽게 물었다.

"네, 얼마든지 있습니다." 신문기자는 대답했다. "하지만……."

"자네는 전혀 모르는 것 같군." 생각하는 기계는 분명히 말했다. "자네가 상당한 거리를, 이를테면 시속 80킬로미터쯤의 맹렬한 속력으로 자전거를 달릴 수 있는 사람을 데려오면 이 작은 수수께끼는 그 자리에서 해명될 거라고 생각하는데."

밴 듀슨 교수는 유명한 장거리 자전거경주의 세계선수권 보유자 지미 텔하우어를 만났다. 텔하우어는 8킬로미터 레이스에서 여섯 시간 레이스에 이르기까지 자전거경주의 여러 종목의 기록을 갖고 있었고, 6일 레이스에서 두 번 우승한 자타 공인의 1인자였다. 그는 이쑤시개를 물고 왔다. 형식적인 소개가 끝났다.

"자네는 자전거를 잘 타나?" 작은 과학자가 무례하게 물었다.

"자신 있습니다." 챔피언은 해치에게 눈을 깜박이고 조심스럽게 대답했다.

"48킬로미터에서 64킬로미터 거리까지 자동차를 따라갈 수 있을까?"

532

"날개가 없는 상대라면 어디까지라도 따라갈 수 있습니다." 챔피언이 대답했다.

"사실을 말하자면," 밴 듀슨 교수는 자진해서 말했다. "이 문제의 자동차에는 날개가 있다고 생각되는 부분이 있네. 하지만 자네가 그 자동차에 주눅 들지 않는다면……."

"오, 놀리지 마세요." 챔피언은 대수롭지 않게 말했다. "바퀴로 움직이는 상대라면 뭐가 오든 놀라지 않습니다. 늦게 스타트해도 맞은 편에 도착할 때는 추월해 보이지요."

밴 듀슨 교수는 챔피언 지미 텔하우어를 신기하다는 듯이 물끄러미 보았다. 연구실에 틀어박혀 있는 그는 이와 같은 다른 세계의 젊은이를 만날 기회가 없었다.

"자네는 얼마나 빨리 달릴 수 있나, 텔하우어?" 마침내 그가 물었다.

"부끄럽지만," 챔피언은 목소리를 낮추어 말했다. "자전거에 타고 있으면 너무 빠른 속도에 나도 무서울 정도입니다." 그는 잠시 사이를 두고 계속했다. "하지만 48~64킬로미터 거리라면 역시 오토바이로 가는 게 낫겠죠."

"그게 문제야." 밴 듀슨 교수가 설명했다. "오토바이는 소리가 시끄러워. 게다가 오토바이를 사용할 거라면 애초에 빠른 자동차로 했겠지. 간단히 말하면 이런 거라네. 자네에게 불을 켜지 않은 자전거로 차 한 대를 추적해달라는 거야. 상대 차도 아마 라이트를 끄고 달릴 거야. 그래서 그 차가 어디로 가는지 지켜보는 거지. 차에 타고 있는 사람이 추적하는 걸 알면 곤란해."

"불을 켜지 않고요?" 챔피언이 되물었다. "그럼 고무 신발이라도 신어야 하나요?"

생각하는 기계는 어리둥절했다.

"아, 그게 좋겠군." 해치가 대신 대답했다.

"신문에 큼직하게 나올까?" 챔피언이 물었다. "챔피언이 포즈를 잡은 사진을 넣어서?"

"그래." 해치가 대답했다.

"'자전거로 추적'이라는 헤드라인은 나쁘지 않아." 해치가 고개를 끄덕였다.

얘기가 정해지자 그 자리에서 밴 듀슨 교수는 챔피언에게 자세한 행동지침을 내렸다. 그 지시가 현재의 문제와 관련이 있다는 것까지는 짐작할 수 있었지만 신문기자는 교수가 무엇을 생각하는지 확실히 알지 못했다. 마침내 챔피언이 일어났다.

"자네는 매우 특별한 젊은이라네, 탤하우어." 과학자는 그의 강력한 몸을 보고 찬탄하듯 말했다.

해치가 현관까지 전송하려고 계단을 내려가자 지미는 품위 있게 웃으며 말했다.

"조금 독특한 아저씨야. 그렇지?"

밤. 주위는 칠흑 같은 어둠에 싸여 있었다. 별도 없는 밤하늘 아래, 희미하게 하얀 리본 같은 길이 구불구불 이어져 있는 게 보였다. 길 양쪽에는 어슴푸레한 관목 덤불이 있었고, 칙칙한 어둠 속에서 군데군데 커다란 나무가 밤하늘을 향해 뻗어 있었다. 어둠 속에서 사람의 속삭이는 목소리가 났다. 그리고 엔진소리가 정적을 깨더니 차 한 대가 천천히 달리기 시작했다. 라이트는 켜지 않은 채였다. 도로에 나오자 엔진소리는 높게 변했고 차는 맹렬히 가속하면서 달려갔다.

덤불 속에서 잎이 스치는 듯한 작은 소리가 나더니 검은 사람의 그림자가 미묘하게 움직였다. 검은 그림자는 덤불을 벗어나 도로 중앙으로 나왔다. 검은 그림자는 재빨리 자전거의 가죽안장에 올라탔다. 검은 그림자는 핸들에 엎드린 모습으로 소리도 없이 자동차의 뒤를 따라 속도를 올렸다.

긴 사투의 막이 열렸다. 자동차는 몇 킬로미터나 달렸다. 자전거에 탄 검은 그림자는 소리 없이 자동차를 바싹 뒤따랐고, 자동차 뒷바퀴에 거의 딱 달라붙어 갔다. 자동차와 자전거는 일체가 되어 어둠 속을 끝없이 질주했다. 자동차의 운전기사는 길을 잘 알고 있었다. 자전거의 남자는 뒤쳐지지 않으려고 이를 악문 채 필사적으로 페달을 밟았다. 피스톤처럼 강한 다리가 엔진의 울림에 호응해 격렬하게 상하로 움직였다.

자전거의 남자는 마침내 피곤을 느끼기 시작했다. 건조해진 인후는 먼지를 빨아들여 얼얼했고 눈은 흐르는 땀으로 희미해졌다. 페달을 밟는 발의 힘이 빠지자 자동차는 당장 그를 멀리 떼어놓았다. 그는 엔진소리를 들으며 그 뒤를 따랐다. 마침내 자동차가 멈추었다. 자전거의 남자는 그늘로 모습을 감추었다.

두세 시간 동안 자동차는 사람이 없는 어둠 속에 방치되어 있었다. 이윽고 사람의 소리가 들리고 자동차는 다시 달렸다. 자전거는 바로 뒤를 따랐다. 방향을 바꾸어 다시 침묵의 경쟁이 전개되었다. 언덕 맞은편에 마을의 불빛이 보였다. 10분 후, 자동차는 멈추었다. 라이트가 켜졌다. 자동차는 다시 천천히 달렸다.

다음 날 밤, 밴 듀슨 교수와 허친슨 해치는 포다이스 내셔널 은행의 대표 필딩 스탠우드의 자택을 방문했다. 스탠우드는 이상하다는 얼굴로 두 사람을 맞았다.

"당신에게 알릴 일이 있습니다. 스탠우드 씨." 밴 듀슨 교수가 방문 목적을 말했다.

"채권이 들어 있는 상자, 아마 미국 공채로 생각되는데, 그게 당신의 은행에서 빠져나가고 있습니다."

"뭐라고요?" 스탠우드는 창백해져서 소리쳤다. "강도입니까?"

"나는 그저 당신의 심복 지배인 조셉 마시가 오늘 밤 금고에서 채권을 가지고 나왔다는 사실을 알릴 뿐입니다." 과학자가 말했다. "마시는 다른 세 남자와 함께 은행을 나와 채권상자를 어느 장소에 운반했습니다. 나는 그 장소도 알고 있습니다.”

스탠우드는 놀라는 얼굴로 그를 보았다.

“그들이 있는 곳을 알고 있다고요?” 은행장이 물었다.

“지금 말한 대로 알고 있습니다.” 과학자는 대답했다.

“그렇다면 즉시 경찰에 연락해야지요. 그리고…….”

“범죄가 있었는지는 모릅니다.” 과학자는 그를 제지했다. “내가 알고 있는 사실은 지난 일주일 동안 매일 밤 그 채권이 수위의 묵인 아래 반출되었고, 그때마다 새벽 전에 그대로 돌아왔다는 겁니다. 오늘 밤도 아마 그대로 돌아올 겁니다. 그러니 만약 행동을 하려면 네 사람이 채권을 갖고 돌아올 때까지 기다리기를 권유합니다.”

한밤중이 되었을 때, 은행의 스탠우드 사무실에 정말 이상한 사람들이 모였다. 마시와 세 사람의 동료는 정식으로 체포되었다. 사무실에는 스탠우드 은행장과 밴 듀슨 교수, 해치, 그리고 형사 몇 명이 있었다. 체포되었을 때 마시는 채권상자를 옆구리에 끼고 있었다. 그는 거리낌없이 심문에 대답했다.

“금고에서 채권을 꺼낸 게 월권행위라는 사실은 인정합니다.” 그는 주저하지 않고 말했다. “하지만 고소당할 짓은 아무것도 하지 않았습니다. 저는 이 은행의 책임 있는 간부입니다. 은행의 신용을 상처 입히는 일은 일체 하지 않았습니다. 무엇 하나 없어진 것도 없고 도둑맞은 것도 없습니다. 은행에서 가지고 나온 채권은 하나도 남김없이 여기에 있습니다.”

“하지만 왜 자네는 채권을 가지고 나갔지?” 스탠우드가 물었다.

마시는 어깨를 으쓱했다.

“벼락부자가 되려고요.” 밴 듀슨 교수가 말했다. “해치와 나는 오늘 그 점을 조사했지요. 마시와 세 사람의 동료는 어떤 사업을 계획했어요. 윤리적 견지에서는 그다지 감동할 수 없지만 합법적인 사업입니다. 그 사업을 위해 그들은 100만 달러 상당의 자금이 필요했지요. 그들과 그 이야기를 논의 중인 네다섯 명의 자본가들이 지난 일주일 동안 매일 밤 마시의 별장을 방문했습니다. 마시 일당에게는 이미 손 안에 100만 달러의 채권이 있다는 사실을 자본가들에게 믿게 할 필요가 있었습니다. 그래서 그들은 은행에서 채권을 가지고 나와, 자기들 돈인 것처럼 위장한 겁니다. 매일 밤, 그들은 채권을 들고 은행과 마시의 별장 사이를 어떤 종류의 자동차로 운반했지요. 이상이 해치가 가져온 모든 정보에 내가 조금 논리를 보탠 결과 판명된 진상입니다."

그의 설명은 틀림없었다. 마시와 그의 일당은 모두 밴 듀슨 교수가 말한 것을 인정했다. 밴 듀슨 교수는 자택으로 돌아가는 길에 해치에게 유령 자동차의 정체를 얘기했다.

"자네가 말한 유령 자동차 말인데," 그가 말했다. "그들이 채권을 운반하는 데 사용한 차가 유령처럼 사라진 건 완전히 우연의 일치였지. 처음 나타난 밤, 아마 약속시간에 늦어 그들은 마시의 별장을 향해 서둘러 차를 몰았어. 지도를 보면, 마시의 별장으로 가는 최단거리는 '덫'이야. 그런데 '덫'의 중간에서 스토커의 별장 부지를 빠져나와 반대쪽 길로 나오면 거리는 8킬로미터쯤 단축되지. 그만한 거리를 버는 건 그들에게는 더할 나위 없이 고마운 일이지. 그래서 그들은 '덫'에 들어가 차로 스토커의 부지를 지나 밖으로 나온 거야."

"하지만 어떻게요?" 해치는 눈썹을 모으고 물었다. "거기에 길은 없어요."

"나는 전화로 스토커 씨로부터 '덫'에 면한 돌담에 작은 문이 있고, 그곳에서 좁은 길이 부지를 가로지른 다음 반대편 길로 통한다는 사실을 들었어. 유령 자동차는 사실 자동차가 아니야. 오토바이 두 대를 나란히 놓고 좌석을 걸친 후 핸들을 연결시켰을 뿐이지. 프랑스군이 개발한 거라네. 물론 오토바이는 한 대씩 따로 달릴 수도 있어.

때문에 그 좁은 문을 빠져나와 좁은 골목을 어렵지 않게 달린 거야. 좌석은 매우 가벼운 재질로 만들었기 때문에 팔에 안고 갈 수 있지.”

“오!” 해치는 갑자기 소리를 질렀다. 잠시 후, 그가 말했다. “지미 탤하우어는 어디에서 어떻게 도움이 됐습니까?”

“그는 ‘덫’과 이어진 골목에서 밖으로 나오는 곳에서 기다리고 있었지.” 과학자가 설명했다. “그곳에서 연결된 오토바이 뒤를 쫓았지. 목적지는 마시의 별장. 그리고 은행이지. 나머지는 자네와 내가 오늘 조사한 대로야. 간단히 말하면 논리야, 해치. 논리!”

짧은 침묵이 흘렀다.

“탤하우어는 정말 좋은 젊은이야, 해치. 그렇게 생각하지 않나?”

모터보트의 문제

THE PROBLEM OF THE MOTOR-BOAT

‘리디 앤’ 호의 뱃머리 난간을 잡고 있던 행크 바버 선장은 날이 밝기 전의 옅은 안개를 통해 회녹색 수면에 파도를 일으키며 질주하는 검은 배를 보았다. 커다란 유선형 보트였다. 조종석에 남자 한 명이 등을 똑바로 펴고 앉아서 생각하는 듯이 물끄러미 전방을 주시하고 있었다. 모터보트는 파도에 부딪쳐 순간 크게 흔들렸지만 바로 뱃머리를 다시 세우고, 비말을 뒤집어쓰며 전진했다. 조종석의 남자는 강한 바람에 갈라지는 차가운 파도를 머리부터 뒤집어쓰는 것도 개의치 않았고 조금도 몸을 움직이지 않았다.

“무섭게 달리는군.” 행크 선장은 이상하다는 얼굴로 말했다. “위험해. 저대로 보스턴 항구에 들어가면 퍼블릭 가든 앞에서 멈출 수 없는데.”

고개를 갸웃한 행크 선장은 모터보트가 안개 속으로 완전히 사라지는 장면을 보고, 자신의 일로 돌아왔다. 그의 배는 보스턴 항구를 3킬로미터 앞두고 육지로 향하고 있었다. 아직 어두운 6시쯤이었다. 모터보트가 시야에서 사라진 2분 후, 행크 선장은 180미터 후방에서 울리는 요란한 기적을 들었다. 안개 속에서 거대한 배가 검게 떠올랐다. 군함 같았다.

몇 분 후, 모터보트가 전속력으로 보스턴 항구에 들어가는 모습을 다른 배의 승조원이 목격했다. 바다로 나가려던 파일럿 보트의 뱃머리를 모터보트는 아슬아슬하게 지나갔다. 파일럿 보트에서 욕설이 날아왔다. 나중에 아침식사 자리에서 파일럿 보트의 당직이 말했다.

“정말 놀랐어. 도대체 그게 뭐지? 그런 건 처음 봐. 정말 잘도 옆을 지나갔지. 침을 뱉으면 닿을 정도였다니까. 호되게 꾸짖고 싶었지만 그는 돌아보지도 않고 질주해 갔어. 그에게 조금 도움이 되는 말을 해주려고 했는데.”

보스턴 항구에서 모터보트는 기적을 보였다. 모터보트는 수로를 무시하고, 파도와 안개에도 개의치 않으며 위험한 속도로 항구에 정박 중인 배의 옆을 빠져나가 큰 너울을 일으켰다. 아슬아슬하게 예인 선에 충돌하지 않고, 천천히 움직이는 부정기선의 코끝을 스칠 듯이 지나갔다. 모터보트는 가는 곳마다 격렬한 분노의 소리를 들었다. 어느 어부는 어부로서 할 수 있는 가장 통렬하고 신랄한 욕설을 모터보트에 퍼부었다. 결국 비교적 넓게 펼쳐진 수면으로 나와 쏜살같이 부두로 향했을 때 모터보트는 보스턴 항구의 역사가 시작된 이래 만장일치로 가장 많은 저주를 받은 배가 되었다.

"돌진해 와라." 부두에서 난폭한 배를 지켜보고 있던 늙은 어부는 유쾌한 듯이 말했다. "저 바보, 적당히 속도를 줄이지 않으면 그대로 충돌하게 돼. 부두 안벽에 격돌이다."

보트의 남자는 전혀 배를 제어하려고 하지 않았다. 갑자기 조용해진 항구에 엔진소리가 요란하게 울렸다. 위험을 느꼈는지 새롭게 소란스런 외침이 일었다. 격돌을 피하려면 기적을 기다리는 수밖에 없었다. 부두 외곽의 통나무 기둥을 세운 부분에 빅 존 도슨이 훌쩍 모습을 나타냈다. 빅 존은 터무니없이 풍부한 성량과 넓은 음역으로 뉴펀들랜드에서 노퍽에 이르는 항구에까지 잘 알려진 남자다. 또한 그는 무서운 완력의 소유자로 어부들 사이에서 존경과 경외심의 대상이었다.

"이봐!" 빅 존은 무표정한 조타수를 큰 소리로 불렀다. "엔진을 줄이고 핸들을 최대로 돌려."

대답은 없었다. 보트는 빅 존과 동료 어부들이 모여 있는 부두를 향해 쏜살같이 달려왔다. 충돌할 것을 알고 어부와 구경꾼들은 흩어져 몸을 피했다.

"멍청한 녀석." 빅 존은 체념한 듯이 말했다.

드디어 보트는 격돌했고 통나무 기둥이 부러졌다. 일동이 숨을 들이켜고 주위가 조용해지자 엔진소리만 공허하게 주위에 울렸다. 보트는 달려온 기세로 위험하게 떠 있는 잔교*에 반쯤 올라와 있었다.

타고 있던 남자는 던져져서 잔교 아랫부분에 엎드려 쓰러진 채 움직이지 않았다. 탁한 바닷물이 용서 없이 남자를 씻었다.

빅 존이 가장 먼저 잔교로 뛰어갔다. 그는 몸의 균형을 잡으며 가까이 가서 쓰러진 남자를 내려다보았다. 남자는 크게 눈을 뜨고 있었다. 빅 존은 부두에서 흥미진진하게 내려다보고 있는 동료들을 돌아보았다.

"이 사람은 멈출 수 없었어." 그는 기분 나쁜 목소리로 말했다. "죽었어."

어부들이 도와서 즉시 시체를 부두 위로 옮겼다. 남자는 제복을 입고 있었다. 외국 해군의 제복이었다. 나이는 마흔다섯쯤으로 보였고 체격이 컸으며 늠름했다. 뱃사람에 어울리는 피부는 햇빛에 그을려 있었다. 칠흑 같은 턱수염과 콧수염은 핏기를 잃은 죽은 사람의 얼굴과 대조적이었다. 머리칼 색에는 드문드문 하얀 것이 섞여 있었다. 왼손 손등에 짙은 청색으로 'D'라는 문신이 있었다.

"프랑스인이야." 빅 존이 자신 있게 말했다. "프랑스 해군 대령복이지." 그는 이상하게 눈썹을 모으면서 시체를 내려다보았다. "잠깐, 지난 반년 동안 보스턴 항구에 프랑스 군함은 한 척도 들어오지 않았는데……."

잠시 후, 경찰이 현장에 달려왔다. 범죄수사국의 명물 맬러리 형사가 함께였다. 조금 늦게 검시관 클라프 의사가 왔다. 형사가 어부와 구경꾼 등 충돌 현장을 목격한 사람들로부터 사정을 듣는 동안 클라프 의사는 시체를 조사했다.

"부검해야 합니다." 몸을 일으키며 의사가 말했다.

"죽은 지 얼마나 됐나요?" 형사가 물었다.

"여덟 시간에서 열 시간은 되었을 겁니다. 이대로는 사인을 알 수

* 부두에서 선박에 닿을 수 있도록 해놓은 다리 모양의 구조물. 이것을 통하여 화물을 싣거나 부리고 선객이 오르내린다

없어요. 탄흔이나 절상 등의 외상은 없습니다."

맬러리 형사는 시체의 의복을 자세히 조사했다. 이름도 양복점 상표도 없었다. 와이셔츠는 새것이었다. 구두의 상표는 칼로 제거되어 있었다. 주머니는 비어 있었다. 종이 한 장, 동전 하나 없었다.

맬러리 형사는 보트를 조사했다. 선체도 엔진도 모두 프랑스제였다. 양쪽 선체에 깊고 길게 파인 흔적은 배 이름을 지운 흔적 같았다. 형사는 배 안에 하얀 것이 떨어져 있는 걸 발견하고 주웠다. 손수건이었다. 여자 손수건으로 구석에 'E. M. B.'라는 이니셜이 있었다.

"아, 여자가 관련되어 있군." 형사는 혼잣말을 했다.

시체는 얼른 운반되어 바로 냄새를 맡고 달려온 신문기자들의 탐욕스런 눈을 피할 수 있었다. 덕분에 죽은 남자의 얼굴 사진은 신문에 실리지 않았다. 허친슨 해치를 필두로 한 기자들은 끈질기게 질문을 반복했다. 맬러리 형사는 어쩌면 외국과의 문제로 발전할 가능성을 생각했다. 죽은 남자는 프랑스인으로 사건에는 배후관계가 있을거라고 형사가 말했다.

"모든 것을 말할 수는 없지만," 그는 기자들의 질문을 교묘히 피했다. "내 이론은 완벽합니다. 이것은 살인사건입니다. 피해자는 프랑스 해군 대령이었고 시체는 아마 군함의 부속으로 여겨지는 보트에 태워져서 내보내졌습니다. 이 정도만 발표하겠습니다."

"당신의 이론은 완벽합니다." 해치는 무심코 말했다. "다만 피해자의 이름, 사망 상황, 동기, 보트의 이름, 보트에서 발견된 손수건, 그리고 시체를 바다에 버리지 않고 그런 식으로 처리한 이유 등에 대해서는 모르는군요."

형사는 코웃음을 쳤다. 해치는 직접 조사에 나섰다. 그는 관련된 곳에 전보로 문의하고 과거 여섯 달 동안 보스턴에서 반경 450미터 이내에 프랑스 군함은 단 한 척도 가까이 오지 않았다는 사실을 확인했다. 수수께끼는 깊어졌다. 의문은 무수히 떠올랐지만 해답은 하나

도 발견되지 않았다.

사건 다음 날, 모터보트의 수수께끼는 세상에서 가장 분석적인 두 뇌를 가진 밴 듀슨 교수에게 전달되었다. 과학자는 안달하며 해치의 이야기에 귀를 기울였다.

"그래서 부검은 이미 끝났나?" 마침내 교수가 물었다.

"오늘 11시 예정입니다." 신문기자가 대답했다. "지금 10시입니다만."

"내가 입회하지." 과학자가 말했다.

클라프 검시관은 의학박사 학위를 가진 유명한 밴 듀슨 교수의 자발적인 협력 제안을 환영했다. 해치와 동료 기자들은 밖에서 바람을 맞으며 부검이 끝나기를 기다렸다. 부검은 두 시간 걸려 끝났다. 밴 듀슨 교수는 충격의 기자회견을 클라프 의사에게 일임하고 오로지 죽은 남자의 제복 계급장을 보며 즐거워했다. 남자는 살해당한 게 아니라 심장발작으로 사망한 것이다. 위에서 독물은 검출되지 않았다. 칼과 총탄에 의한 외상도 없었다.

파고들기 좋아하는 기자들은 검시관에게 질문을 퍼부었다. 보트 이름을 지운 사람은 누구일까? 클라프 의사는 대답할 수 없었다. 왜 보트 이름을 지웠을까? 이 질문도 검시관이 대답할 수 있는 게 아니었다. 구두의 상표가 제거된 이유는? 검시관은 어깨를 으쓱했다. 손수건은 사건과 어떤 관련이 있을까? 검시관은 상상조차 하지 못했다. 죽은 사람의 신원에 대한 단서는? 검시관이 아는 한, 단서는 하나도 없었다. 신원 확인에 연결된 상처 및 기타 신체 특징은? 전혀 없었다.

해치는 공무원에 대한 빈정거림이 섞인 일반적인 질문을 몇 개 한 후, 교묘하게 동료로부터 떨어져 교수에게 다가갔다.

"역시 심장발작입니까?" 그가 물었다.

"아니." 교수는 퉁명스럽게 대답했다. "독이야."

"하지만 검시관은 거듭 위에서 독물이 나오지 않았다고 했어요."

과학자는 대답하지 않았다. 해치는 더 질문하고 싶은 걸 참아냈다. 집으로 돌아온 교수는 우선 백과사전을 찾았다. 잠시 후, 그는 뭔가 기대하는 얼굴로 신문기자를 돌아보았다.

"물론 그는 자연사가 아니야." 그는 퉁명스럽게 말했다. "사실이 모두 그렇지 않다는 걸 가리키고 있어. 해치, 미안하지만 시체가 발견된 날의 이곳과 뉴욕의 신문을 모두 모아주겠나? 다음 날이 아닌 그날 신문이네. 심부름꾼에게 시키든지 해서 어떻게든 신문들을 여기에 갖다줘. 그리고 오후 5시에 다시 여기로 오게."

"하지만……." 해치는 무심코 말했다.

"모든 사실을 알기 전까지는 아무 말도 할 수 없어." 밴 듀슨 교수는 신문기자를 제지하며 말했다.

해치는 직접 신문을 모아 평소에는 신문에 눈길도 주지 않던 교수에게 보내고 일단 철수했다. 고통스런 오후였고, 정말이지 그 고통은 참을 수 없었다. 5시 정각에 해치는 밴 듀슨의 실험실로 들어갔다. 신문더미에 파묻혀 있던 과학자는 공격적으로 얼굴을 들었다.

"역시 살인이야, 해치." 그는 갑자기 큰 소리로 말했다. "특별한 방법으로 죽였어."

"시체의 신원이 밝혀졌습니까? 어떤 식으로 살해당했습니까?" 해치가 물었다.

"피해자는," 과학자는 잠시 입을 다물었다. "자네 회사에 미국 인명록이 있지. 전화해서 랭엄 더들리에 대해 알아봐주겠나?"

"죽은 사람입니까?" 해치가 재빨리 물었다.

"몰라." 교수가 대답했다.

해치는 전화하러 갔다. 10분 후, 그가 돌아와보니 교수는 외출 준비를 하고 있었다.

"랭엄 더들리는 배 주인입니다. 나이는 쉰하나." 신문기자는 메모를 읽었다. "전에는 평범한 뱃사람이었는데, 작은 배를 갖게 된 걸 계기로 성공했어요. 15년 만에 그는 백만장자가 되었어요. 사회적 지위도 얻었는데 1년 전에 결혼한 부인의 도움이 많았습니다. 이디스 마스턴 벨딩. 그 유명한 벨딩 가문의 아가씨입니다. 노스 쇼어의 호화로운 저택에 살고 있습니다.”

“좋아.” 과학자가 말했다. “지금부터 그 남자가 어떻게 죽었는지 가서 조사해볼까?”

그들은 노스 역에서 노스 쇼어의 어느 작은 도시로 가는 열차에 탔다. 보스턴에서 56킬로미터 떨어진 장소였다. 역을 나오자 밴 듀슨 교수는 부근에서 몇 가지를 물어보았고 이윽고 두 사람은 말 한 마리가 끄는 낡은 사륜마차에 탔다. 30분쯤 마차에 흔들리며 가자, 앞에 커다란 별장식 저택의 불빛이 보였다. 어딘가 왼쪽에서 물소리가 들렸다.

“여기에서 기다리게.” 마차가 멈추자 밴 듀슨 교수가 마부에게 말했다.

그는 해치를 데리고 계단을 올라가 벨을 눌렀다. 잠시 후, 문이 열리고 불빛이 흘러나왔다. 응대하러 나온 사람은 일본인이었다. 중년의 일본인 특유의 근엄한 얼굴을 한 남자였다.

“더들리 씨는 계신가?” ‘생각하는 기계’가 물었다.

“지금은 계시지 않습니다만.” 일본인이 말했다. 해치는 귀에 익숙하지 않은 발음에 무심코 웃었다.

“더들리 부인은?” 과학자가 물었다.

“더들리 부인은 지금 옷을 갈아입고 계십니다.” 일본인이 대답했다. “자, 들어오세요.”

밴 듀슨 교수는 명함을 주고 안내하는 대로 응접실로 들어갔다. 일본인은 두 사람에게 정중히 의자를 권하고 물러갔다. 잠시 후, 계단에 옷 스치는 소리가 나고 더들리 부인이 나타났다.

보통 미인이 아니었다. 굉장히 아름다웠고 키가 컸으며 최고의 몸매를 갖고 있었다. 검은 머리는 왕관을 쓴 듯 윤기로 빛났다.

"밴 듀슨 씨?" 부인은 힐끗 명함을 보고 말했다.

교수는 인사했다. 더들리 부인은 긴 의자에 앉았다. 두 남자는 다시 의자에 앉았다. 잠시 침묵이 이어졌다. 마침내 더들리 부인이 침묵을 깼다.

"밴 듀슨 씨, 용건이……."

"부인, 당신은 최근에 신문을 읽지 않았습니까?" 교수가 갑자기 물었다.

"네." 부인은 이상하다는 듯이 웃으며 대답했다. "왜요?"

"남편은 지금 어디 계십니까?"

그는 곁눈질로 부인의 얼굴을 보았다. 부인의 볼이 붉어졌고, 교수가 보고 있는 것을 알자 더욱 얼굴이 붉어졌다. 그 눈에는 의심의 빛이 떠올랐다.

"모르겠어요." 마침내 대답했다. "보스턴이라고 생각해요."

"무도회의 밤 이후, 남편을 만나지 못했지요?"

"네. 확실히 그날 새벽 1시 30분에 만난 것이 마지막이에요."

"모터보트는 집에 있습니까?"

"몰라요. 있긴 하겠지만, 왜 그런 것을 묻는 거죠?"

교수는 30초쯤 부인의 얼굴을 보았다. 해치는 어색한 기분이었다. 부인이 동요하는 모습을 보면 참을 수 없을 것 같았다. 교수는 평소와 달리 냉정한 태도를 보였다.

"무도회의 밤," 과학자는 부인의 질문을 무시하고 말했다. "더들리 씨는 왼쪽 손목 윗부분에 상처를 입었어요. 아주 작은 찰과상이지요. 거기에 반창고를 붙였어요. 반창고는 남편이 직접 붙였습니까? 아니면 누가 붙였는지 알고 있습니까?"

"저예요." 더들리 부인은 이상한 표정을 지으며 대답했다.

"반창고는 누가 갖고 있었습니까?"

"저죠. 옷을 갈아입는 방에 두는 물건이에요. 그런데 왜요?"

과학자는 일어나서 방 안을 서성거렸다. 도중에 한 번 현관의 거실 쪽을 힐끗 보았다. 더들리 부인이 물어보고 싶은 듯 해치를 보고 입을 열었을 때, 교수는 그녀의 옆에 와서 새하얀 손가락으로 부인의 손목을 잡았다. 부인은 그다지 놀라지 않았다. 옆에서 보기에 그 눈에는 단지 이상하다는 표정이 떠 있을 뿐이었다.

"무슨 말을 들어도 놀라지 마세요." 과학자가 말했다.

"뭐라고요?" 부인은 갑자기 공포를 느끼고 물었다. "뭔가 무서운 일이……."

"남편은 죽었습니다. 살해당했지요. 독살입니다." 과학자는 갑작스럽게 말했다. 그는 손가락 끝으로 부인의 맥을 짚었다. "당신이 당신 방에서 가져와 남편의 상처에 붙인 반창고에는 독이 발라져 있었어요."

그녀는 소리치지도 못했다. 대신에 교수를 올려다보았다. 그 얼굴을 보는 동안 핏기가 사라졌다. 부인의 몸이 미세하게 떨렸다. 그녀는 정신을 잃고 긴 의자에 쓰러졌다.

"됐어." 밴 듀슨 교수는 만족한 듯이 말했다. 그는 해치를 보고 날카롭게 지시했다. "문을 닫아."

신문기자는 시키는 대로 했다. 돌아보니 교수는 기절한 부인 위에 몸을 굽히고 있었다. 마침내 그는 몸을 일으키고 창가로 향했다. 해치는 부인을 지켜보았다. 곧 부인의 얼굴에 붉은 기운이 돌아왔고 부인은 이내 눈을 떴다.

"당황하지 마세요." 밴 듀슨 교수가 부드럽게 부인을 막았다. "당신이 남편의 죽음에 전혀 관계없다는 건 알고 있습니다. 다만 남편을 살해한 범인을 찾으려면 조금 협력해주세요."

"아, 세상에!" 더들리 부인은 열띤 목소리로 말했다. "죽다니. 설마 그런!"

부인의 눈에 눈물이 글썽였다. 잠시 두 남자는 그녀의 마음을 배려해 침묵을 지켰다. 마침내 부인은 울어서 붉게 부은 얼굴을 들었는데, 입가에는 굳은 결의가 보였다.

"내가 할 수 있는 일이라면 뭐든 하겠어요." 부인이 말했다.

"이 창문에서 보이는 저 건물은 보트창고입니까?" 교수가 물었다. "가늘고 긴, 문 위에 불이 켜져 있는……."

"네." 더들리 부인이 대답했다.

"모터보트가 있는지 없는지 모른다고 했지요?"

"네, 나는 몰라요."

"댁에서 고용한 일본인에게 물어보시겠습니까? 모른다고 하면 저 창고까지 가서 확인하라고 하고 싶습니다만."

더들리 부인은 일어서서 전기 벨을 눌렀다. 곧 일본인이 문에 나타났다.

"오사카, 남편의 모터보트가 보트창고에 있는지 알고 있나요?" 부인이 물었다.

"모릅니다, 부인."

"그럼 가서 확인하세요."

오사카는 목례하고 밖으로 나갔다. 교수는 다시 창가로 가서 옆의 의자에 앉아 밤의 어둠을 물끄러미 보았다. 더들리 부인은 많은 질문을 했다. 교수는 하나하나 정중히 대답하고 그녀에게 남편의 시체를 발견했을 때의 정황을 자세히 설명했다. 그 내용은 오로지 신문을 통해 세상에 알려진 사실뿐이었지만. 잠시 후, 오사카가 돌아와 이야기는 중단되었다.

"창고에는 모터보트가 없습니다, 부인."

"수고했소." 과학자가 말했다.

오사카는 다시 한번 크게 목례하고 물러났다.

"그런데 더들리 부인." 교수는 부드럽게 물었다. "가장무도회에서 남편이 프랑스 해군 장교 복장을 한 건 알고 있는데 당신은 어떤 분장을 했었습니까?"

"나는 엘리자베스 여왕의 의상을 입었어요." 더들리 부인이 대답했다. "옷자락을 길게 늘인 아주 무거운 의상이죠."

"더들리 씨의 사진을 볼 수 있습니까?"

더들리 부인은 방을 나갔다가 캐비닛 판 사진을 하나 들고 돌아왔다. 해치와 과학자는 이마를 맞대고 사진을 보았다. 틀림없이 모터보트의 남자였다.

"이제 당신이 할 일은 없습니다." 교수가 일어섰다. "우리는 앞으로 몇 시간 후에 범인을 잡을 겁니다. 이 일로 당신의 이름에 상처를 입는 일은 없을 테니 그 점은 걱정하지 마세요."

해치는 교수를 힐끗 보았다. 위로하는 목소리에 어딘가 불길함이 느껴졌다. 과학자의 얼굴에서 아무것도 알아낼 수 없었다. 더들리 부인은 현관 홀까지 두 사람을 안내했다. 오사카가 정면 문에 서 있었다. 그들이 밖으로 나오자 등 뒤에서 문이 닫혔다.

해치는 계단을 내려왔지만 교수는 문 앞에서 떠나지 않고 계단 위를 서성거렸다. 신문기자는 고개를 갸웃하며 돌아보았다. 해치는 어둠 속에서 과학자가 검지를 세워 조용히 하라고 신호하는 것을 보았다. 교수는 갑자기 몸을 굽히고 문에 귀를 댔다. 잠시 후, 그는 살짝 문을 두드렸다. 문이 열리고 오사카가 얼굴을 내밀었다. 과학자가 손짓을 하자 오사카는 문을 나와 가까이 왔다. 교수는 말없이 그의 손을 잡고 베란다에서 마당으로 내려갔다. 오사카는 조금도 놀라지 않았다.

"자네의 주인 더들리 씨가 살해당했어." 교수는 오사카에게 낮은 소리로 말했다. "범인은 더들리 부인이라고 생각하네." 교수는 계속했고 해치는 깜짝 놀라 그를 보았다. "하지만 나는 부인에게 당신을 의심하지 않는다고 말했어. 우리는 경관이 아니기 때문에 부인을 체포할 수 없어. 그러니 자네에게 부탁이 하나 있는데, 아무도 모르게 살짝 여기를 나와 우리와 함께 보스턴으로 가서 주인과 부인의 다툼에 대해 알고 있는 모든 걸 경찰에 말해주겠나?"

오사카는 차분히 교수의 간절한 표정을 보았다.

"그런 일이 밖으로 흘러나갔다고는 생각지도 못했습니다." 결국 그가 말했다. "당신이 전부 알고 있다면, 함께 가겠습니다."

"조금 앞에서 기다리고 있겠네."

일본인은 저택 안으로 들어갔다. 해치는 놀란 나머지 아무 말도 할 수 없었다. 그는 말없이 교수의 뒤를 따라 마차에 탔다. 마차는 90미터쯤 가서 멈추었다. 잠시 후, 어둠 속에서 희미하게 사람이 보였다. 과학자는 가까이 오는 사람에게 살짝 말을 걸었다.

"오사카?"

"네."

한 시간 후, 세 사람은 보스턴 행 기차에 흔들리고 있었다. 좌석에 느긋이 앉은 과학자는 일본인을 보았다.

"가장무도회 밤의 일을 얘기해주겠나?" 그가 말했다. "그리고 더들리 부부의 사이에 금이 가게 된 경위도."

"주인님은 술을 많이 드시는 분입니다." 오사카는 주저하면서 서툰 영어로 얘기하기 시작했다. "취하면 부인에게 거칠게 대했습니다. 저는 주인님이 마님을 때리는 모습을 두 번이나 보았습니다. 한 번은 일본에서였죠. 주인님이 신혼여행으로 일본에 왔을 때 저를 고용했습니다. 그리고 여기에서도 한 번 있었습니다. 그 무도회의 밤, 주인님은 앞뒤를 모를 정도로 취해서 춤을 추다가 바닥에 쓰러졌습니다. 마님은 상당히 당황했어요. 전부터 주인님의 취한 추태를 싫어했으니까요. 두 분 사이에 어떤 응어리가 있는지는 잘 모르지만 이미 몇 달 전부터 두 분 사이는 완전히 차가워졌어요. 물론 사람들 앞에서는 그런 모습을 결코 보이지 않았지만요."

"반창고를 붙인 손목의 상처는?" 과학자가 물었다. "왜 상처를 입었지?"

"바닥에 쓰러졌을 때," 일본인이 설명했다. "무심코 의자를 잡으려고 했어요. 조각을 한 의자인데 그 조각의 뾰족한 나무 부분에 상처를 입었습니다. 저는 바로 주인님을 일으키고 마님의 말대로 방에서 반창고를 가져왔습니다. 화장대 앞에 있었습니다. 그 반창고를 마님이 상처에 붙였어요."

"그야말로 부인이 도망갈 수 없는 증거로군." 교수는 확신하듯 말했다. 짧은 침묵 후, 그가 물었다. "당신은 더들리 부인이 어떻게 시체를 보트에 태웠는지 알고 있나?"

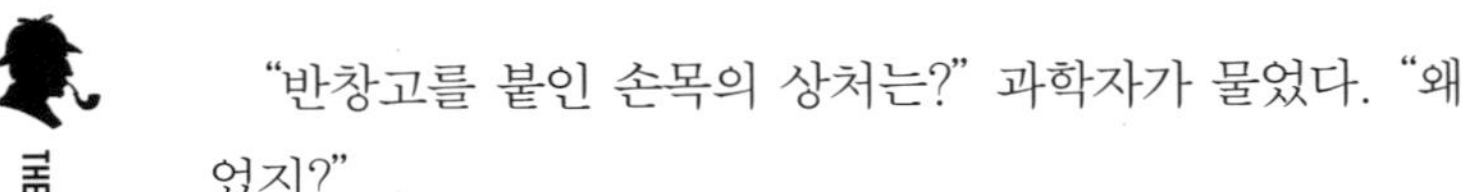

"모릅니다." 오사카가 말했다. "마님이 반창고로 상처를 치료한 후의 일은 솔직히 말해 하나도 모릅니다. 다만 주인님은 기분이 나쁜 모양인지 밖에 나가 있었어요. 마님도 그 후 10분쯤 무도회 장소에 없었습니다."

허친슨 해치는 교수의 얼굴을 찬찬히 보았다. 하지만 아무런 표정도 읽을 수 없었다. 해치가 머리를 감싸고 생각하는 동안 차장이 보스턴 역의 이름을 불렀고, 그는 교수와 오사카의 뒤에서 역 앞에 서 있던 택시에 탔다. 그들은 곧바로 경찰서로 향했다. 맬러리 형사가 퇴근 준비를 하고 있는 와중에 그들이 도착했다.

"좋은 걸 알려주지, 맬러리." 과학자는 무뚝뚝하게 말했다. "모터보트의 남자는 자연사한 프랑스 해군 장교가 아니라 선박 부자 랭엄 더들리야. 타살이지. 나는 범인을 알고 있어."

형사는 깜짝 놀라 펄쩍 뛰었고, 반신반의하는 눈으로 작은 남자를 보았다. 오랜 체험을 통해 형사는 이 남자에게 멍청한 말을 할 수 없다는 걸 알고 있었다.

"범인은요?"

교수는 문을 닫고 스프링 자물쇠를 걸었다.

"범인은 여기에 있어." 그는 오사카를 보면서 말했다.

순간 시간이 멈춘 것 같았다. 맬러리 형사는 손을 뻗어 성큼성큼 일본인에게 다가갔다. 오사카는 먹잇감에 덤벼드는 뱀처럼 기민하게 공격했다. 두 사람이 격렬하게 몸싸움을 벌이다 맬러리 형사가 길게 바닥에 쓰러졌다. 오사카는 유도기술로 손목을 한 번 비틀었을 뿐이었다. 오사카가 잠긴 문으로 달려가서 문을 열려고 할 때, 뒤에서 해치가 의자를 머리 위로 번쩍 쳐들어, 오사카의 머리를 향해 용서 없이 내리쳤다. 오사카는 찍 소리도 내지 못하고 바닥에 쓰러졌다.

한 시간 후, 오사카는 겨우 정신을 차렸다. 한편 형사는 몸의 여기저기에 생긴 멍과 상처를 쓰다듬으면서 오사카의 신체검사를 했다. 작은 병 하나를 제외하고 무엇도 나오지 않았다. 형사가 뚜껑을 열고 코에 가까이 대려고 하자 교수는 작은 병을 뺏었다.

"조심해. 죽을 수도 있네." 그가 외쳤다.

오사카는 맬러리 형사의 사무실 의자에 손발을 묶인 채 앉아 있었다. 맬러리가 안전을 위해 한 조치였다. 이미 그의 얼굴은 무표정이 아니었다. 공포와 배신과 교활함이 아울러 나타났다. 그는 부득이하게 교수의 사건 설명을 들어야 했다. 교수는 의자 등에 기대어 가늘게 뜬 눈으로 끊임없이 천장을 올려다보면서 날씬하고 흰 두 손의 손가락 끝을 마주 댔다.

"2 더하기 2는 4야. 어쩌다가 그렇게 되는 게 아니라 언제나 그렇게 되지." 잠시 후, 교수는 과거의 주장을 부정하듯이 말했다. "주위와 완전히 동떨어진 단순한 2라는 숫자를 꺼내봐도 거기에는 거의 아무런 의미가 없지. 마찬가지로 작은 사실 하나를 봐서는 큰 것을 알 수 없어. 하지만 거기에 다른 사실을 더해보고, 그렇게 얻은 결과를 제3의 사실과 더하는 거야. 그것을 반복해가면 최종적으로 어떤 하나의 결과가 나오지. 사실이 남김없이 검토되고 더해지는 순간 논리는 작동하는 것이지.

이번 사건도 하나하나의 사실을 생각하면 자연사의 가능성도 있고, 해석하기에 따라 자살설도 성립하지. 하지만 모든 것을 함께 생각해보면 역시 살인이야. 움직일 수 없는 증거는 사망자의 구두 상표가 제거되어 있다는 것. 게다가 보트의 출처를 숨기기 위한 공작의 흔적이 보이는 사실도 타살로 생각할 수 있는 유력한 근거겠지. 이러한 사실들의 배후에는 상당한 나쁜 지혜를 이용한 누군가가 있는 게 틀림없어."

"저도 그렇게 생각했습니다." 맬러리 형사가 말했다. "타살이라고 확신하고 있었는데 검시관이……."

"부검에서 타살이라는 것이 확실히 밝혀졌어." 교수는 침착하게 말했다. "방법은 어떤가? 나는 클라프 의사의 부검에 입회했어. 탄흔도 절상도 없었지. 위에서 독물도 검출되지 않았어. 나는 타살이라고 생각했기 때문에 더 자세히 조사했지. 왼쪽 손목과 가까운 부분에 희미한 찰과상이 있었어. 그것으로 알았지. 상처에는 반창고가 붙어 있었어. 심장에 원인불명의 수축이 보여 클라프 의사가 조사하는 동안, 나는 반창고를 떼어내고 살펴보았지. 그랬더니 묘한 냄새가 나더군. 덕분에 상처에서 혈관으로 독이 들어간 걸 알았지. 2와 2를 더해 4라는 답이 나온 거야.

이건 대체 무슨 독일까? 여기에서는 식물학 지식이 도움이 되지. 그 냄새를 맡고 나는 어떤 약초를 생각했어. 일본에만 있는 고유한 약초라네. 즉, 독약은 일본의 것이라는 사실을 알았어. 나중에 실험실에서 분석해봤지만 역시나였어. 정맥에 직접 주입되지 않는 한, 효과가 늦게 나타나는 독이지. 반창고에 칠한 것과 자네가 오사카에게 뺏은 독약은 같은 거야."

과학자는 병의 뚜껑을 열고 손수건에 녹색 액체를 한 방울 떨어뜨렸다. 1~2분 공기에 쐬어 증발하는 시간을 기다리고 나서, 그는 손수건을 맬러리 형사에게 건넸다. 형사는 조심조심 멀리서 킁킁 냄새를 맡았다. 교수는 시체에서 떼어낸 반창고를 꺼냈다. 형사는 다시 한번 냄새를 맡았다.

"같지?" 과학자는 성냥으로 손수건에 불을 붙여 작게 줄어들어 재가 되어가는 모습을 보면서 말했다. "상당한 맹독이야. 순수한 결정은 냄새만 맡아도 목숨이 위험하지. 나는 클라프 의사가 자신의 소견, 즉 심장발작이라는 판단을 기자단에게 발표하는 걸 묵인했네. 그 이유는 지금 말할 필요도 없겠지. 범인이 신문을 보고 안심할 게 아닌가. 사실 더들리의 사인은 심장발작이 맞기도 해. 독물은 그 원인일 뿐이었지.

다음은 피해자의 신원을 알아내는 일이지. 해치는 지난 몇 달 동안 프랑스 군함이 단 한 척도 보스턴에서 수백 미터 이내에 접근하지 않은 사실을 확인해주었어. 바버 선장이 본 군함은 아마 미국 해군의 것이었을 테지. 피해자는 프랑스 해군 장교라고 생각됐어. 그런데 발견됐을 당시에는 사후 여덟 시간이 채 지나지 않았지. 이것으로 프랑스에서 직접 온 게 아니라는 건 명백해지지. 그렇다면 어디에서 왔을까?

나는 계급장에 대해서는 전혀 모르지만 팔과 어깨의 계급장을 유심히 보았고, 나중에 백과사전을 가지고 조사했어. 그 결과 피해자가 입고 있던 옷은 프랑스 해군 제복에 가깝지만 실은 어느 나라의 제복도 아니라는 걸 알았지. 계급장도 여러 가지가 섞여 있었더군.

이건 어떻게 된 걸까? 몇 가지 가능성이 있지만 상류 계급의 가장 무도회가 가장 현실적이지. 그런 장소라면 복장이 완벽하게 정확하지 않아도 되니까. 이상의 설명에 맞는 상류층 가장무도회는 과연 어디에서 있었을까? 이것도 틀림없이 신문에 나와 있을 거라고 생각했지. 과연 나와 있었네. 노스 쇼어의 짧은 기사에 시체 발견 전날 밤, 랭엄 더들리 저택에서 가장무도회가 열린다고 실려 있었어.

수학문제를 풀 때 숫자 하나라도 소홀히 하면 안 되는 것과 마찬가지로 사건수사에서도 어떤 사실도 놓치면 안 되는 거야. 더들리! 피해자의 손등에 'D'라는 문신이 있었지. 인명록을 보면 랭엄 더들리는 이디스 마스턴 벨딩과 결혼했다고 나와 있어. 보트 바닥에서 발견된 손수건의 이니셜은 'E. M. B.' 랭엄 더들리는 뱃사람에서 선박 부자가 된 사람이야. 아마 보트는 프랑스제였어도 더들리의 것이겠지."

맬러리 형사는 존경의 빛을 숨기지 않고 교수의 눈을 보았다. 오사카는 아직 자신과는 관계없는 교수의 이야기에 홀린 듯 허공의 한 점을 보고 있었다. 신문기자 허친슨 해치는 교수의 말을 한 마디도 놓치지 않기 위해 귀를 기울였다.

"우리는 더들리 저택으로 갔지." 잠시 후, 과학자는 말을 계속했다. "벨을 누르자 나온 사람이 이 일본인이었어. 일본의 독약! 여기에서도 2 더하기 2는 4였지. 하지만 나는 누구보다도 먼저 더들리 부인에게 관심이 있었어. 부인은 전혀 주저함 없이 자신의 방에 있던 반창고를 자기 손으로 남편의 상처에 붙였다고 말했지. 그 너무나도 거리낌없는 솔직함에 오히려 나는 의심을 했지. 혹시 부인이 범행에 관련이 있지 않을까, 하고 생각했어.

나는 부인의 맥박을 짚어보았지만 정상이었어. 그리고 가능한 무뚝뚝하게 남편이 살해당했다고 말했지. 즉시 맥박이 빨리 뛰었어. 그리고 사인을 설명하는 동안 맥박이 약해지더니 정신을 잃더군. 만약 부인이 남편의 죽음을 미리 알고 있었다면, 아니 부인이 죽였다면 내 말을 들은 것만으로 그렇게 맥박이 바뀔 리가 없잖은가.

그리고 또 한 가지 부인이 시체를 모터보트로 운반했을 수도 있지 않을까 하고 의심했지. 하지만 더들리는 체격이 큰 남자야. 그날 밤 부인의 분장을 물어보았더니 도저히 무리였어. 그래서 부인은 범인이 아니라고 결정했지.

그 다음이 여기에 있는 일본인 오사카야. 우리가 안내된 방의 창문에서는 보트창고의 문이 보였어. 더들리 부인이 오사카에게 보트창고에 더들리 씨의 모터보트가 있는지 묻자, 그는 모른다고 대답했어. 부인은 가서 보고 오라고 했지. 그는 돌아와서 보트가 없다고 말했어. 그런데 실제로는 그는 보트창고까지 가지 않았지. 다시 말해, 그는 보트가 없다는 사실을 알고 있었던 거야. 물론 다른 사용인으로부터 들었을 수도 있겠지. 하지만 이건 그에게 결정적으로 불리했어.”

과학자는 다시 한번 말을 중단하고 일본인을 노려보았다. 오사카는 똑바로 노려보았으나 곧바로 얼굴을 피하고 어색하게 몸을 흔들었다.

“나는 어린아이를 속이는 방법으로 오사카를 데리고 왔어.” 교수는 담담하게 계속했다. “기차에서 나는 더들리 부인이 어떻게 남편의 시체를 보트에 운반했는지 아느냐고 물었네. 만약 그가 범인이 아니라면 당시에 그는 시체가 보트에 태워진 사실 자체를 몰랐을 거야. 그는 부인이 한 방법을 모른다고 대답했지. 하지만 이 대답은, 그가 시체가 보트에 태워졌다는 사실을 알고 있다는 걸 인정한 것과 마찬가지야. 그 자신이 보트로 운반했기 때문에 잘 알고 있었지. 그는 바보가 아니야. 조류에 흘러가지 않으면 시체가 떠올라와 발각될 우려가 있다는 걸 충분히 알고 있었어. 때문에 바다에 버릴 수는 없었지.

손목에 상처를 입은 후, 더들리 씨는 아마 비틀비틀 보트창고로 갔을 거야. 이미 독이 퍼지기 시작했지. 오사카는 그러다 도중에 쓰러진 그의 몸에서 신원을 확인할 수 있는 것들을 전부 제거했어. 구두 상표까지 떼어낸 다음 시체를 보트에 실었어. 그리고 엔진을 걸어 바다로 향하게 놔두었지. 보트가 행방불명이 되거나 또는 항해 중에 시체가 떨어질 거라고 계산했겠지. 그런데 조류와 바람과 방치된 방향타 덕분에 보트는 보스턴 항구로 들어가고 말았어. 더들리 부인의 손수건이 왜 보트에 있었는지는 생각해보지 않았네. 손수건이 보트에 있을 가능성이야 얼마든지 있으니까.”

“부부 사이가 나빴다는 건 어떻게 알았습니까?” 해치가 물었다.

“부인이 남편의 소재를 몰랐다는 사실로 추측했지.” 교수가 대답했다. “부부 사이가 나빠서 말도 하지 않을 정도였다면 남편이 말도 없이 어딘가로 갈 수 있지 않을까? 부인도 그다지 신경 쓰지 않더군. 사실 우리가 갈 때까지 더들리 부인은 남편에 대해 별다른 생각을 하지 않았어. 보스턴에라도 갔겠지요, 라고만 말했으니까. 또는 오사카가 넌지시 그런 식으로 암시를 줬는지도 모르지.”

교수는 일본인을 호기심 어린 시선으로 보았다.

“아닌가?” 교수가 물었다.

오사카는 대답하지 않았다.

“그럼 동기는요?” 잠자코 듣고 있던 맬러리 형사가 물었다.

“왜 더들리 씨를 죽였는지 말해주겠나?” 교수가 일본인에게 물었다.

“그건 말할 수 없습니다.” 오사카는 즉시 외쳤다. 그가 처음으로 입을 연 것이다.

“아마 일본에서의 여자관계겠지.” 교수가 쉽게 말했다. “사랑의 복수라면 흔히 있는 일이지. 오랫동안 기회를 찾았고, 결과적으로 살인에 성공한 게 아닐까?”

며칠 후, 허친슨 해치는 교수를 방문해 오사카가 범행을 자백하고 동기를 밝혔다고 보고했다.

"그렇지만 놀랐습니다." 해치는 마지막에 한마디를 덧붙였다. "이번 사건에서는 여러 가지 정황증거가 더들리 부인에게 불리했습니다. 부부 사이가 나쁜 것도 있었고, 독을 칠한 반창고를 자기 손으로 붙인 것까지 전부 포함해서 말이죠. 교수님이 오사카의 범행을 그렇게까지 명쾌하게 논증하지 않았다면 온갖 정황증거 때문에 더들리 부인의 유죄가 확실했다고 생각합니다."

"정황증거라니 말도 안 돼." 교수는 내뱉듯이 말했다. "개의 콧등이 잼투성이가 되어 있다고 해도 나는 정황증거만으로 개를 우리에 넣지 않아." 그는 눈을 가늘게 뜨고 신랄하게 해치를 보았다.

"원래 얌전한 개는 잼을 핥지 않거든." 그는 조금 부드럽게 말했다.

브레트 하트

미국의 작가이자 시인. 그가 셜록 홈스의 철자를 변형하여 만든 인물 '햄록 존스'는 "최고의 홈스 패러디"라는 엘러리 퀸의 찬사를 받기도 했다. 작품을 발표할 당시 그는 'A. C__n D_le'라는 필명을 썼는데 이 역시 코난 도일을 연상하게 만드는 패러디이다.

BRET
HARTE

사라진 시가상자

THE
STOLEN
CIGAR-CASE

그리운 브룩 가의 하숙집 난로 앞에서 헴록 존스는 명상에 빠져 있었다. 옛 친구다운 편안함으로 나는 평소처럼 그의 발치에 몸을 던지고 그의 구두를 끌어안았다. 나의 이런 행동은 두 가지 이유에서 유발된다. 첫째로 그의 결연한 얼굴이 잘 보이기 때문이었고, 둘째로 그의 초인적인 통찰력에 경의를 표시하는 방법으로 적절하다고 생각해서이다. 그런데 그는 어느 수수께끼의 해명에 한창이라서 내게는 전혀 신경 쓰지 않는 것처럼 보였다. 나는 그의 뛰어난 지적능력을 이해하기 위해 언제나 노력했다.

"비가 오는군." 그는 얼굴도 들지 않고 말했다.

"자네도 외출했었나?" 내가 재빨리 물었다.

"아니. 자네의 우산이 젖어 있고, 외투에 물방울이 묻어 있으니까."

그의 날카로운 안목에 놀랄 수밖에 없다. 그는 이 문제는 이것으로 마친다고 선언하듯이 말했다. "그리고 유리창에 비가 흐르고 있어. 들리지?"

말을 듣고보니 분명히 창유리에 빗방울이 두둑 떨어지고 있었다. 이 남자를 속일 수는 없다.

"요즘 바쁜가?" 내가 화제를 바꾸어 물었다. "런던 경찰국도 손을 든 불가해한 사건이 그 거대한 지성의 대상이 되어 있나?"

그는 한쪽 다리를 조금 당기더니 곧 다시 원 상태로 놓았다. 그러고는 진저리 난다는 듯이 대답했다. "하찮은 것뿐이야. 얘기할 것도 없을 정도지. 코폴리 왕자가 크렘린에서 분실한 루비의 일로 내 조언을 들으러 왔지. 푸티바드의 왕은 보석이 박힌 칼이 사라져 호위병들의 목을 전부 벴지만 찾지 못했고, 나에게 도와달라고 부탁하러 왔어. 프레첼 브라운츠빅 대공작 부인은 2월 14일 밤에 남편이 어디에 있었는지 알고 싶다며 나를 찾아왔지. 그리고 어젯밤은⋯⋯." 그는 조금 목소리를 낮췄다. "계단에서 만난 이 집의 하숙인이 벨을 울렸는데 왜 아무도 대답하지 않았는지 내게 질문했어."

나는 멍청하게 웃었다. 그의 신성한 이마에 주름이 생겼다.

"부디 잊지 말게." 그는 냉정하게 말했다. "그런 일견 하찮은 문제에서 '폴 페롤은 왜 아내를 죽였을까?' 또는 '존스에게 어떤 일이 일어났을까?' 하는 유명한 수수께끼를 풀었으니까."

나는 아무 말도 하지 않았다. 한숨 돌린 그는 평소의 무자비한 분석적 태도로 돌아와 말했다. "하찮은 사건뿐이라고 말한 건 지금 내가 직면하고 있는 사건에 비해 그렇다는 뜻이야. 범죄가 일어났고, 피해자는 나야! 깜짝 놀랐지? 도대체 누가 그런 무모한 짓을 생각했을까? 나도 마찬가지야. 그런데 현실에서 일어났어. 내가 도둑맞았어!"

"자네가! 공금 횡령자의 공포의 대상인 헴록 존스가?"

나는 놀란 나머지 헐떡이며 테이블을 잡고 일어나 상대를 보았다.

"그래. 들어봐. 이런 일은 자네가 아니면 말할 수 없어. 자네야말로 나와 행동을 함께하고 내 방법을 잘 알고 있지. 자네야말로 세상의 눈에서 숨겨둔 내 계획을 조금도 숨김없이 밝힐 수 있는 상대야. 몇 년 동안 내 신뢰를 미친 듯 기뻐하며 받아들였던 자네. 나의 추리를 정열적으로 칭찬하던 자네. 몸도 마음도 나에게 바치고, 노예가 되었지. 내 앞에서 굽신거리고, 진찰도 내팽개치고. 돈벌이가 되지 않는 환자만 남아 있는데 더욱이 그 수마저 급격히 감소하고 있지. 그럼에도 불구하고, 내 문제에만 마음이 쏠려 있고 키니네 대신에 스트리크닌을, 설사제 대신에 비소를 처방했던 자네. 나를 위해 뭐든지 희생했던 자네. 자네야말로 나의 친구야."

나는 일어나 그를 따뜻하게 포옹했다. 생각에 열중하던 그는 시간을 보듯이 기계적으로 시계의 체인에 손을 댔다. "앉게." 그가 말했다. "시가는 어때?"

"시가는 끊었어." 내가 대답했다.

"왜?" 그가 물었다.

나는 바로 대답할 수 없었고, 얼굴이 조금 붉어진 것 같았다. 시가를 끊은 이유는 진료소의 수입이 감소된 데 반해, 시가가 너무 비쌌기 때문이었다. 파이프를 피울 여유밖에 없었다. "파이프는 좋아." 나는 웃으며 말했다. "그보다도 도난에 대해 얘기하지. 뭘 잃어버렸어?"

그는 일어나 두 손을 웃옷의 뒷자락 쪽으로 돌리고 난로 앞에 서서 잠깐이지만 나를 사색적인 눈초리로 바라봤다. "자네는 터키 대사가 나에게 준 시가상자를 기억하지? 그 나라의 총리 부인이 행방불명되어, 힐라리티 극장에서 다섯 번째 코러스걸이 되어 있는 걸 찾아준 답례의 선물 말야. 그거야. 그 시가상자. 다이아몬드가 박혀 있는."

"가장 큰 건 가짜로 바뀌었지." 내가 말했다.

"아." 그는 사색적인 미소를 지었다. "알고 있었어?"

"자네가 말했어. 그때 내가 자네의 놀라운 직감능력을 보여주는 사례라고 생각한 것까지 기억해. 설마 그걸 도난당한 것은 아니겠지?"

그는 잠시 말이 없었다. "아니, 유감이지만 도난당했어. 하지만 꼭 찾을 거야. 누구의 힘도 빌리지 않고! 의사라면 자신이 중병에 걸렸을 때, 자신이 처방하지 못하고 동료의사에게 진찰을 받을 거야. 그게 나와 다른 점이지. 나는 내 손으로 이 사건을 해결할 거라네."

"그렇게 되겠지." 나는 열광적으로 말했다. "시가상자는 이미 찾은 것과 마찬가지야."

"이 사건도 좋은 얘깃거리가 될 거야." 그는 가볍게 말했다. "그런데 이 사건을 혼자 조사할 결심을 했지만, 나는 자네의 판단력도 신뢰해. 그래서 자네가 뭔가 조언하겠다면 듣고 싶은데."

그는 주머니에서 메모장을 꺼내고 심상치 않은 얼굴로 연필을 쥐었다.

내 귀를 믿을 수 없었다. 위대한 헴록 존스가 나 같은 사람으로부터 뭔가 듣고 싶다니! 나는 그의 손에 정중하게 입 맞추고 매우 기쁘게 말했다.

"먼저 나라면 광고를 내고 현상금을 걸 거야. 같은 내용을 광고전

단으로 만들어 술집이나 빵집에 배부할 거야. 그리고 전당포를 찾아다닐 거야, 경찰에도 신고해야지. 사용인을 조사하고 집을 수색하고 주머니도 점검하지. 다른 것들과 균형을 맞추기 위해," 나는 웃으면서 말했다. "물론 자네의 주머니도."

그는 진지하게 하나하나 메모했다.

"아마도," 내가 말했다. "자네는 이미 다 손을 썼겠지만."

"아마도." 그는 수수께끼처럼 말했다. 헴록 존스는 "그런데 자네," 하고 수첩을 넣더니 일어나서 얘기를 계속했다. "잠깐 실례해도 되겠지? 내가 돌아올 때까지 자네 집처럼 편하게 있게. 뭐든 있으니까." 그는 잡다한 것이 들어 있는 선반을 대충 가리키며 마지막에 이렇게 말했다. "시간을 보내기에는 좋을지 몰라. 저쪽 구석에는 파이프와 담배도 있어."

그는 헤아리기 어려운 표정으로 나를 보면서 고개를 끄덕이고 방을 나갔다. 나는 그의 방식에 익숙했기 때문에 이렇게 예의를 차리지 않는 철수도 대수롭지 않았다. 뿐만 아니라, 그의 지성이 활동을 시작하고, 단서를 잡고, 그 증명을 하기 위해 외출한 거라고 믿어 의심치 않았다.

혼자가 된 나는 그의 선반을 막연하게 보았다. 흙을 넣은 작은 유리용기가 많이 있었는데, 런던의 기본적인 간선도로와 교외의 '포장도로와 일반도로의 채집물'이라는 라벨이 붙어 있었다. 거기에는 '발자국 감정용'이라는 보조 설명까지 붙어 있다. 다른 용기에는 '합승마차와 노면전차 좌석의 보풀', '공공장소의 매트 재료에서 본 코코넛 섬유와 로프의 성분', '팰러스 극장의 A열 1번에서 50번까지 바닥의 담배꽁초와 타고 남은 성냥'이라는 라벨도 붙어 있었다. 어느 것을 봐도 이 경이로운 인물의 이론과 명찰의 산물뿐이었다.

이러는 동안 문에서 희미한 소리가 났고, 누군가 들어와서 나는 고개를 들었다. 허름한 코트를 걸치고 더 낡은 머플러를 코에서 목까지

덯은 난폭해 보이는 남자였
다. 그가 허가 없이 들어온
것에 조금 화가 나서 나는
날카롭게 그를 노려봤다.
남자는 분명하지 않은 목
소리로 방을 잘못 찾았다
고 말하고, 발을 끌며 나
가서 문을 닫았다. 나는
층계참까지 그를 좇아갔
지만 이미 아래로 내려
가서 보이지 않았다.

도난사건이 머리에서 떠
나지 않았기 때문에 이 일
은 마음에 걸렸다. 내 친구
는 영감이 강하게 번뜩일
때, 갑자기 방을 비우는 습
관이 있었다. 그 뛰어난 지력
과 천재적인 직감력을 한 점에

집중하다보면 자신의 몸 주변의 일에는 무관심해졌고, 서랍을 잠그
는 당연한 주의마저도 잊을 때가 많았다. 나는 서랍을 한두 개 열어
보고 내 생각이 맞은 것을 확인했다. 그러나 서랍 하나만은 왜인지
몰라도 끝까지 열리지 않았다. 게다가 서랍의 손잡이는 누가 더러운
손으로 열었던 것처럼 끈적거렸다. 헴록은 유난히 청결에 깔끔한 사
람이므로 나는 이 일을 알려주리라 생각했다. 그런데 그것을 깜빡 잊
은 것이다! 결국, 아니, 우선 얘기를 계속하자.

그는 이상할 정도로 오랫동안 방을 비웠다. 나는 불 옆에 앉았는
데, 따뜻한 기분과 나른한 빗소리가 계속되어 어느새 잠이 들었다.

꿈을 꾸었는지 잠든 사이에 누가 주머니를 살짝 손으로 누르는 느낌이 들었다. 도난이야기의 영향을 받은 게 틀림없다. 눈을 뜨고 제정신으로 돌아왔을 때는 헴록 존스가 난로 맞은편에 앉아 물끄러미 불을 보고 있었다.

"상당히 기분 좋게 잠든 것 같아 깨우지 않았네." 그가 미소 지으며 말했다.

나는 눈을 부비며 물었다. "뭔가 알았어? 잘됐겠지?"

"예상 이상이었어." 그는 수첩을 두드리면서 계속했다. "모두 자네 덕분이야."

기분이 좋아진 나는 그가 더 말해주기를 기다렸다. 그런데 그 말뿐이었다. 헴록 존스는 기분이 좋지 않으면 말수가 적어진다는 사실을 나는 잊고 있었다. 나는 그에게 아까 묘한 남자가 들어온 일을 짧게 이야기했는데 그는 그저 웃을 따름이었다.

내가 돌아가려고 일어나자, 그는 장난스럽게 나를 보며 말했다.

"자네가 결혼했다면 소매에 빗질을 하고 집에 가는 게 좋을 거야. 팔 안쪽에 짧은 갈색 물개가죽 털이 두세 개 붙어 있어. 팔에 힘을 줘서 물개가죽 코트를 안을 때 붙는 거지."

"자네도 틀릴 때가 있군." 나는 의기양양해 말했다. "그 털은 내 거야. 올 때 이발소에서 머리를 잘랐어. 그때 팔이 에이프런 아래로 나와 있었거든."

그는 잠시 얼굴을 찡그렸지만 헤어질 때는 나를 따뜻하게 포옹했다. 이 얼음처럼 냉혹한 남자에게는 도저히 생각할 수 없는 행동이었다. 그뿐인가, 그는 나에게 외투를 입혀주고 주머니를 꺼내 반듯하게 펴주었다. 내가 외투 소매에 팔을 넣을 때, 그는 다시 섬세한 배려를 보이며 그 능란한 손가락 움직임으로 겨드랑이부터 소맷부리까지 친절하게 털어주었다.

"곧 또 오게." 그는 내 등을 툭 두드리며 말했다.

“언제라도.” 나는 열의를 갖고 대답했다. “하루 10분씩 두 번. 진찰실에서 굳어진 빵 한 조각을 먹는 시간과 밤에 네 시간 자는 걸 제외하면, 내 시간은 전부 자네 거야. 알겠지?”

“그래.” 그는 알 수 없는 미소를 지었다.

그럼에도 불구하고 다음에 찾아갔을 때 그는 부재중이었다. 어느 날 오후, 우리 집 근처에서 그를 만났다. 그는 특유의 변장을 했는데, 길고 파란 연미 코트, 줄무늬 무명 바지, 커다랗게 뒤집는 칼라, 검게 칠한 얼굴, 하얀 모자, 탬버린을 들고 있었다. 나 이외에 누구도 그의 변장을 눈치채지 못할 것이다. 나는 그를 지나쳤다. 이것은 예전부터 우리들의 합의로 나는 그가 변장했을 때는 모른 척한다. 나중에 설명을 들으면 전말을 알 수 있기 때문이다.

이스트엔드의 술집 주인의 부인을 진찰하던 어느 날에는 그가 완전히 망가진 기술자 차림을 하고, 근처 전당포의 창문을 들여다보고 있는 모습을 보았다. 그가 내 조언을 따르는 것을 알고 기뻐진 내가 윙크했지만 그에게서는 아무 반응이 없었다.

이틀 후, 그의 하숙집에서 밤에 만나자는 편지를 받았다. 바로 그날 내 인생에서 잊을 수 없는 사건이 일어나고, 헴록 존스와 영원히 헤어지게 될 줄이야! 냉정하게 써내려가야 하지만, 생각할 때마다 가슴이 두근거린다.

그는 지금까지 한두 번밖에 본 적 없는 표정으로 불 앞에 서 있었다. 귀납과 연역 추리의 절대적 연쇄를 그린 것 같은 그 얼굴에는 인간적인 부드러움이나 동정심 따위는 전혀 보이지 않았다. 그는 냉정한 대수기호 같았다.

내가 들어서자 그는 문을 잠그더니 창문을 닫고 난로 앞에 의자를 놓았다. 이 의미심장한 행동을 열심히 보고 있자니, 그가 갑자기 리볼버를 꺼내 내 관자놀이에 겨누었다. 그러고는 오싹한 목소리로 말했다.

"시가상자를 내놔."

어리둥절해진 내 대답은 진실이었고 자발적이었으며 무의식적이었다.

"갖고 있지 않아." 내가 말했다.

그는 쓴웃음을 짓고 리볼버를 내렸다. "그렇게 말할 줄 알았어! 그렇다면 할 수 없지. 이런 단순한 흉기와는 비교도 안 되게 무섭고 치명적인, 몸도 마음도 얼어붙는 진실과 직면하게 만들어주지. 자네의 죄를 입증하는 귀납적, 연역적 증거야." 그는 주머니에서 두루마리 종이와 수첩을 꺼냈다.

"하지만 이건 정말," 나는 숨이 턱 막혔다. "농담이겠지? 설마 자네는……."

"조용히! 거기에 앉아."

나는 시키는 대로 했다.

"드디어 꼬리를 내렸군." 그는 냉혹하게 말했다. "오랫동안 자네가 가치를 인정하고 칭찬을 아끼지 않았던 자네에게 익숙한 내 방법을 통해 자네의 범죄가 노출되었다네. 자네가 처음 그 시가상자를 봤을 때로 돌아가지. 자네는 이렇게 생각했을 거야." 그는 종이에 쓴 글을 더듬으면서 냉정하고 신중하게 말했다. "'정말 아름답다! 저게 내 거라면.' 이것이 범죄로 가는 첫 걸음이지. 그리고 나에게는 해명의 첫 걸음이고. '저게 내 거라면.'에서 '저걸 내 거로 하자.' 그리고 구체적으로 '어떻게 하면 저걸 내가 가질 수 있지?'로 발전해갔던 것은 명백해. 조용히! 다만 내 방법에 따르면, 그 값싼 장신구에 대한 자네의 끔찍한 칭찬만으로는 부족하고, 범죄에 이르는 결정적인 동기가 필요하지. 자네는 시가를 피웠어."

"아니야." 나는 격노하며 말했다. "시가를 끊었다고 자네에게 말했잖아."

"이런." 그는 냉정하게 말했다. "자네는 자신의 목을 조르려 하고 있어. 이것으로 두 번째야. 물론 자네는 시가를 끊었다고 나에게 말했어! 의심을 사지 않도록 자네가 미리 준비한 말이었지. 이제 나는 자네 같은 남자를 교사하기에 충분한 나무랄 데 없는 강력한 동기를 발견해야 했어. 내가 밝혀낸 건 인간의 여러 가지 충동 중에서도 가장 강력한 것, 자네가 사랑이라고 부르는 바로 그것이었어." 그는 씁쓸하게 말했다. "자네가 왔던 그날 밤! 자네는 그 소매에 결정적인 증거를 달고 왔어."

"그건……." 거의 외치듯이 내가 말했다.

"조용히!" 그는 소리쳤다. "자네가 말하려는 내용은 알고 있어. 예를 들어, 물개가죽 코트를 입은 젊은 여자를 포옹한 것만으로 내가 도둑이라니 하는 거겠지? 그러면 가르쳐주지. 그 물개가죽이야말로 자네가 빠진 운명의 함정이 어떤 것인지를 상징하고 있어. 자네는 그것을 명예와 바꾸었어. 즉, 물개가죽 코트를 사기 위해 훔친 시가상자가 필요했던 거야!

조용히! 자네의 범행 동기는 입증되었으니 범죄의 수행으로 옮기지. 보통 사람이라면 우선 분실한 물건의 소재를 찾을 거야. 그건 내 방법이 아니지."

비록 나는 그런 일을 하지 않았지만 그의 통찰이 너무나도 훌륭해 나는 입술을 핥으면서 내 범죄가 백일하에 드러나는 걸 자세히 듣고 있었다.

"내가 자네에게 시가상자를 보였던 밤, 나는 서랍에 그것을 넣었는데 어이없이 자네가 훔쳐갔지. 자네는 그 의자에 앉아 있었고 나는 선반에서 뭔가 꺼내려고 일어섰지. 그 순간, 자네는 그 위치에서 그 물건을 손에 넣었어. 조용히! 언젠가 밤에 자네가 외투를 입을 때 내가 도와준 적이 있었지? 나는 자네가 외투에 팔을 넣을 때를 노렸어. 자네가 옷 입는 걸 도우면서, 나는 자로 자네의 팔을 어깨부터 소매까지 쟀어. 나중에 자네의 양복점을 방문해 치수를 확인했지. 팔의 길이는 자네가 앉아 있는 의자에서 서랍까지의 길이와 완전히 일치했네!"

나는 망연자실했다.

"나머지는 세부를 확인하는 것뿐이었지. 자네는 또다시 그 서랍을 만지작거리다 내게 현장을 들켰어! 놀랄 일은 아니야. 머플러를 하고 방 안으로 어슬렁어슬렁 들어온 남자는 나였으니까. 아직 또 있어. 나는 일부러 자네를 혼자 두고 나갔는데, 그때 서랍 손잡이에 비누를 조금 칠해두었지. 헤어질 때 악수를 해보니, 자네 손에 비누가 묻어 있더군. 또 뭔가 나올지 몰라 자네가 자고 있을 때 주머니를 위에서 살짝 눌러보았지. 그리고 자네가 나갈 때 시가상자 말고도 다른 도난품이 있을 것 같아 자네를 포옹해보았네. 이것으로 자네가 내가 지금까지 설명한 방법과 목적을 갖고 시가상자를 이미 처분했다는 가설이 확실해졌지. 나는 자네가 회개하고 일체를 참회할 거라고 생각해 자네를 미행하는 장면을 일부러 보여주었던 거야. 한번은 떠돌이 흑인 음악가 차림을 하고 있었고, 두 번째는 자네가 도난품을 맡긴 전당포의 창문을 기술자 차림을 하고 들여다보았지."

"잠깐." 나는 절규했다. "만약 그때 자네가 전당포 주인에게 물어봤다면 얼마나 내가 부당한 대우를 받고 있는지……."

"멍청하군." 그는 야유했다. "나 같은 사람이 자네의 조언에 따라서 전당포를 조사하겠나? 도둑의 제안을 내가 받아들여야 하나? 그런 일을 하면 안 되는 것쯤은 알아야지."

"아마 자네는," 나는 쓸쓸하게 말했다. "그 서랍 안도 조사하지 않았을 거야."

"그래." 그는 조용히 대답했다.

이렇게 곤란한 적은 없었다. 나는 당장 옆의 서랍으로 가서 힘껏 잡아당겼다. 이전과 마찬가지로 끝까지 열리지 않았다. 몇 번 해봤지만 서랍 상부에 뭔가 방해되는 게 끼어 있어 더 이상 움직이지 않는 걸 알았다. 나는 손을 넣어서 방해가 되는 물건을 꺼냈다. 사라졌던 시가상자였다! 나는 기쁨의 소리를 내고 그를 보았다.

그런데 그의 표정을 보니 간담이 서늘해졌다. 무엇이든 투과할 듯한 날카로운 시선에 경멸의 빛이 들어 있었다. "내가 실수했군." 그는 천천히 말했다.

"자네가 얼마나 약하고 비겁한지는 계산에 넣지 않았어. 죄를 미워해도 사람을 미워하지 말라는 정신이지. 하지만 이제 안 돼. 전에 자네가 왜 서랍을 만지작거렸는지 드디어 알았어. 아마 전당포에서 시가상자를 다시 한번 훔쳐서 이런 어리석은 서툰 방법으로 그 자리에 돌려놓은 거야. 자네는 헴록 존스를 속이려고 했어. 그리고 이 나조차 실수했다는 오명을 씌우려고 했지. 돌아가게! 체포는 하지 않겠어. 옆방에서 대기하고 있는 경관을 부르지 않도록 해. 이제 두 번 다시 나타나지 마!"

나는 겁에 질려 멍하니 서 있었다. 그는 내 귀를 끌어당겨 바깥으로 데려가고, 내 뒤에서 문을 닫았다. 잠시 후, 문이 약간 열리더니 모자, 외투, 우산, 오버슈즈가 던져졌다. 나는 영구히 떠나게 되었다.

그 이후, 다시는 그를 만나지 않았다. 하지만 이것만은 말해야 할 것 같다. 그 다음부터 내 일도 늘어나서 진료 활동은 옛날처럼 되었고 이전의 환자들도 돌아왔다. 생활에도 여유가 생겼다. 사륜마차를 사고 웨스트엔드에 집도 구입했다. 하지만 가끔 내가 정말 그의 시가상자를 훔친 건 아닐까 생각하곤 한다.

ERNEST WILLIAM HORNUNG

3월 15일

THE
IDES OF
MARCH

1

달리 갈 곳이 없던 내가, 래플스가 사는 고급 독신자용 아파트 '올버니'에 풀이 죽어 돌아온 시간은 오전 12시 30분이었다. 나의 불행을 상징하는 광경은 나갈 때의 상태 그대로 남아 있었다. 바카라 테이블은 여전했고 빈 유리잔과 담배꽁초가 쌓인 재떨이가 마구 흩어져 있었다. 불쾌한 연기를 내보내기 위해 열어놓은 창문에서는 밤안개가 흘러 들어왔다. 야회복을 벗고 많은 블레이저 중에 하나를 걸친 래플스는 마치 내가 그를 침대에서 무리하게 끌어낸 것처럼 기분 나쁜 듯이 눈썹을 모았다.

"왜 그래? 뭘 두고 갔어?"

그는 문에 우뚝 서 있는 나를 보고 말했다.

"아니." 나는 나조차 어이가 없을 정도로 뻔뻔스럽게 그를 그의 방으로 돌아가게 했다.

"설마 복수하러 돌아온 건 아니겠지? 자네를 도울 수 없었어. 그건 나쁜 일이고 다른 사람들도……."

나는 그의 말을 제지하고 우리는 난로 앞에서 마주 보았다.

"래플스. 이런 시간에 돌아왔으니 자네가 놀라는 것도 무리는 아니야. 일단 나는 자네를 그만큼 몰라. 자네 방에 들어온 것도 오늘 밤이 처음이야. 하지만 학교에서는 자네를 위해 녹초가 됐었고, 자네도 나를 기억하고 있다고 했어. 물론 그게 구실이 될지도 모르지만 2분만 내 애기를 들어주겠나?"

흥분해서 횡설수설했지만 진지한 래플스의 얼굴을 보고 그가 내 말을 잘 들어주고 있다는 걸 깨달았다.

"2분이 아니라 자네가 원하는 만큼 들어주지. 설리번의 담배는 어때? 자, 앉아." 래플스는 은 담배상자를 건넸다.

"아니, 나는 담배는 피우지 않아. 앉지도 않겠어. 내 말을 듣고, 자네가 어떻게 하라고 말할지 모르니까."

"정말? 어떻게 그런 걸 알 수 있지?"

그는 자신의 담배에 불을 붙이고 맑고 파란 눈으로 나를 보면서 말했다.

"자네는 분명히 문을 가리키며 나가라고 할 거야." 나는 괴롭게 말했다. "자네가 그렇게 하는 건 당연해. 하지만 나중에 후회하고 여기저기 찾아봐도 소용없지. 자네는 내가 바카라 도박으로 200파운드 이상 잃은 걸 알지?"

그는 끄덕였다.

"그때 돈이 없었어."

"기억하고 있어."

"하지만 나는 수표책을 꺼내 모두에게 수표를 써서 지불했어."

"그래서?"

"그 수표는 모두 부도가 날 거야. 내 은행에는 이미 예금잔고가 전혀 없으니까."

"하지만 잠깐이겠지?"

"아니, 나는 돈을 다 써버렸어."

"누군가는 자네가 부자라고 하던데. 많은 돈을 물려받았다고 들었어."

"그래. 하지만 3년 전 이야기야. 지금은 완전히 빈털터리가 되었어. 그래, 나는 바보였어. 이제 알겠지. 자, 마음대로 내쫓게."

그러나 그는 기분 나쁜 얼굴을 하고 천천히 방 안을 서성거릴 뿐이었다.

"자네 가족들이 도와주지 않나?" 마침내 래플스가 물었다.

"당치도 않아." 나는 소리쳤다. "내게 가족은 없어. 나는 외아들인데 그게 재난의 시작이었지. 걱정을 끼칠 사람이 한 명도 없다는 게 유일한 위로라면 위로가 될 거야."

나는 의자에 앉아 손으로 얼굴을 가렸다. 래플스는 이 방의 가구처럼 비싸고 훌륭한 카펫 위를 유연하게 계속 걸었다. 그의 부드러운 발걸음은 속도가 일정했다.

"자네는 문학적 소양이 조금 있지 않나?" 래플스가 말했다. "교지의 편집을 했지. 내 시를 편집해준 걸 기억해. 문학적 소양은 소용없는 게 아니야. 그걸로 먹고 살 수도 있는 것 아닌가?"

나는 고개를 저었다. "그것만으로 빚을 갚을 정도의 보수를 주는 멍청이는 없어."

"자네는 아파트를 갖고 있잖아?"

"응. 마운트 가에."

"물론 가구도 있겠지."

나는 내 빈곤에 소리를 내어 웃었다. "안 돼. 가구는 이미 몇 달 전부터 죄다 저당 잡혔어."

래플스는 일어서서 어깨를 으쓱하고 엄격한 눈빛을 보냈다. 최악의 사태를 알았을 때 자주 짓는 눈초리다. 잠시 침묵이 계속되었다. 하지만 래플스의 잘생기고 표정 없는 얼굴에서 나는 내 운명을 읽었다. 그것은 죽음의 선고였다. 나는 내 어리석음을 저주했다. 하지만 그는 떨고 있는 나를 그다지 개의치 않는 것 같았다.

래플스와 나는 부자들이 가는 명문 사립학교 어핑엄 스쿨에 함께 다녔다. 그는 학교에서 크리켓 팀의 주장이었는데, 나를 귀여워해주었고, 나도 사랑하는 선배를 위해 뭐든지 하는 모범적인 후배였다. 그래서 일이 이렇게 된 지경에도 실은 래플스의 호의를 기대하고 있었다. 나는 빈털터리였지만 래플스는 여름 동안 크리켓만 하며 지낼 수 있는 신분이기 때문이다. 나는 멍청하게도 그의 자비에 매달려 동정을 얻어내고 도움을 받고 싶었다. 외견은 무관심을 가장했지만 본심은 그에게 매달리고 있었다. 하지만 나를 쳐다보지도 않는 차가운 파란 눈과 휘어진 작은 코, 엄격한 턱의 선에서는 동정이나 자비가 느껴지지 않았다. 나는 모자를 들고 일어나서 말없이 떠나려고 했다. 래플스는 문 앞에 서서 나를 강하게 막아섰다.

"어디 가는 거야?" 그가 물었다.

"자네가 알 거 없잖아. 이제 자네를 귀찮게 하지 않을 거야."

"그럼 자네를 도울 수 없잖아?"

"자네에게 도와달라고 하지 않았네."

"그럼 왜 왔어?"

"인사하러. 어쨌든 길을 비켜줘."

"어디 가서 뭘하려는지 설명하기 전까지는 못 비켜."

"그 정도는 알 것 아닌가!" 내가 소리쳤다. 그대로 우리는 마주 보고 있었다.

"자살? 그런 걸 할 배짱이 있나?"

그 냉소적인 말투에 나에게 남은 마지막 한 방울의 피는 끓어올랐다.

"보고 있으라구." 나는 뒤로 물러나서 오버코트 주머니에서 권총을 꺼냈다.

나는 총구를 관자놀이에 대고 방아쇠에 손가락을 걸었다. 흥분한 나머지 미친 사람 같았다. 나는 파멸했고 명예를 잃었으며 드디어 잘못된 인생에 마침표를 찍으려고 한다. 유일한 의문은 왜 더 빨리, 다른 곳에서 하지 않았나 하는 것이었다. 나를 한층 비참하게 만든 건 스스로를 파멸시키는 데 다른 사람을 끌어들였다는 것이다. 나는 그 다른 사람의 표정에 어린 공포와 불쾌감을 보고 최후의 무례한 위안을 찾아 악마적인 기쁨을 느끼면서 죽으려 하고 있었다. 거기까지 생각하고 오싹해진 것이다. 하지만 래플스의 표정에 위로는 없었다. 공포나 불쾌감도 없었다. 놀랍게도 거기에 있는 건 나에 대한 상찬의 표정이었고 기쁨에 가득 찬 기대였다. 그의 얼굴을 본 나는 자살할 마음이 없어져서 권총을 다시 주머니에 넣었다.

"자네는 악마야!" 나는 소리쳤다. "자네는 내가 자살하기를 원했을

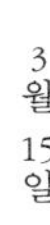

거야."

"그럴 이유는 없어." 래플스가 말하고 뒤늦게나마 얼굴빛을 바꾸었다. "솔직히 말하면 자네가 자살할지도 모른다고 생각했어. 자네가 권총을 갖고 있다고는 생각하지 않았거든. 아니, 물론 자네가 결행했다면 나는 정말로 후회했을 거야. 부탁이니 이제 그런 일은 하지 마. 두 번 다시 보고 싶지 않아. 자, 뭔가 해결책을 생각해볼까? 자네가 그 정도 남자라고는 생각하지 못했어, 버니. 어쨌든 그 권총을 나에게 줘."

래플스는 한 손을 부드럽게 내 어깨에 걸친 다음 다른 한 손으로 내 주머니에서 권총을 꺼냈다. 나는 무기를 뺏기고 투덜거렸다. 래플스는 이런 때도 무의식중에 미묘한 힘을 발휘했다. 그는 내가 아는 누구보다 능수능란한 남자였다. 내가 잠자코 있었던 건 강자에게 복종하는 약자의 본능 이상의 무엇이었다. 나는 희미한 희망을 안고 올버니에 왔지만, 지금은 마법에 걸린 것처럼 믿기 어려운 기분이 들었다.

래플스가 결국 구해줄 것이다. A. J. 래플스야말로 나의 친구다. 갑자기 세상이 내 편을 들어주는 것 같았다. 나는 지금까지의 일을 잊고 무심코 래플스의 손을 잡았다.

"자네에게 신의 가호가 있기를!" 내가 말했다. "지금까지의 무례를 용서해. 래플스, 솔직히 말해 자네가 도와줄 거라고 생각했어. 물론 이런 말을 할 권리는 없지만. 오래된 학교의 전통에 따라서 내게 다른 기회를 줄 거라고 믿었어. 만약 안 된다면 정말 머리를 쏠 생각이었지. 아니, 지금부터라도 자네의 행동을 따라할지 몰라."

나는 래플스의 친절한 말투와 그가 나를 '버니'라는 학교 때의 별명으로 부르는 걸로 봐서 뭔가 기묘한 변화가 일어나리라 예상했다. 하지만 래플스의 다음 발언은 나의 달콤한 기대가 잘못되어 있다는 걸 다시금 확인시켜주었다.

"즉시 결론으로 뛰는 건 어린애 같아, 버니. 나는 착한 사람이라고 할 수 없어. 역풍을 받으면 나아가는 요트라고 생각하면 틀림없지. 자, 앉아. 그리고 신경을 달래기 위해 한 하는 게 어때? 뭐? 위스키? 그건 자네에게 최악이야. 자네가 왔을 때 마침 끓이고 있던 커피는 어때? 그런데 다른 기회라고 했지. 그건 어떤 의미인가? 또 바카라에서 기회를 잡으려는 건 아니겠지? 그런 일은 용서하지 못해. 자네는 행운이 돌아올 가능성을 생각하는지도 모르지만 반대로 될 수도 있어. 결과는 점점 나빠져. 안 돼, 이제 자네는 충분히 졌어. 이제는 내 손에 모든 것을 맡겨. 그러면 더 이상 나쁘게 되지는 않을 거야. 그렇다고 자네에게 수표를 내준다는 말은 아니야. 불행한 사람은 자네만이 아니니까. 더욱 불행한 일이 있어, 버니! 나는 자네보다 더 돈이 없어."

그 말을 들은 나는 래플스의 얼굴을 말끄러미 보았다.

"자네가?" 나는 크게 소리 질렀다. "돈이 없다고? 누가 그런 말을 믿겠나?"

"나는 자네를 믿지 않았나?" 래플스는 웃으면서 말했다. "자네는 자신의 경험에 비추어, 내가 이곳에 집을 갖고 한두 개 클럽의 멤버이며 크리켓을 한다고 해서 은행에 충분한 돈이 있다고 생각하나? 현재의 경제 상태는 자네와 조금도 다르지 않아. 내가 갖고 있는 건 재치뿐이야. 오늘 밤은 어떻게 해서든 자네에게 줄 돈을 벌어야 해. 우리는 같은 배를 타고 있어, 버니. 서로 협력하지 않을 수 없어."

"함께?" 나는 펄쩍 뛰었다. "알았어. 래플스, 자네를 위해서라면 뭐든지 하지." 내가 단언했다. "자네가 나를 버리지 않는다면, 자네가 원하는 건 뭐든지 할 거야. 여기에 올 때는 절망적이었고 지금 역시 절망적이니까. 이 상태에서 불명예를 당하지 않고 빠져나갈 수 있다면 뭐를 해도 좋아!"

나는 그의 집에 널린 고급 가구 중에서도 등받이 의자에 기대어 앉아 래플스를 물끄러미 보았다. 탄탄한 체격, 깨끗이 면도한 창백하고 긴장이 넘치는 얼굴, 굽이치는 검은 머리, 약아빠진 입. 나는 다시 래플스의 쏘는 듯한 눈을 보았다. 별처럼 빛나는 그의 눈초리는 내 머릿속에 들어와 어떤 비밀도 감지하는 것 같았다.

"정말 그렇게 생각해?" 잠시 후, 그가 말했다. "지금의 자네라면 할 것 같군. 하지만 그 마음이 언제까지 계속되는지가 문제야. 그렇게까지 말하니 희망은 있는 것 같지만. 나도 잘 생각해야 하거든. 그러고 보니 자네는 학교에서도 약간 장난꾸러기였어. 내가 뭔가 하려고 할 때마다 자네가 많이 도와줬지. 버니, 기억하나? 자네를 위해 뭔가 해주고 싶군. 조금 생각할 시간을 주겠어?"

래플스는 일어나서 새 담배에 불을 붙이고 다시 방 안을 걸어 다녔다. 전보다 느린 속도로 생각에 잠기면서 긴 시간을 걸었다. 두 번 정도 내가 앉은 의자 앞에 와서 뭔가를 말할 듯하다가 다시 생각을 바꿔 말없이 걸었다. 한 번은 아까 닫은 창문을 열고 올버니의 안뜰을 채운 밤안개에 젖으면서 잠시 생각에 빠진 듯이 보였다. 마침내 굴뚝의 시계가 땡 하고 1시를 알렸다. 30분 후, 이번에는 1시 30분의 벨이 울릴 때까지 우리는 침묵을 지켰다.

30분 동안 나는 물끄러미 의자에 앉아 있었고 이상하게 평온한 마음이 들었다. 뻔뻔하게도 내 무거운 짐을 훌륭한 친구의 어깨에 맡긴 것이다. 내 생각은 시선과 함께 방 안을 돌아다녔다. 상당히 넓은 사각형의 방에는 접이식 문과 대리석 난로가 있었는데, 조금 음침한 분위기는 올버니 특유의 실내장식이었다. 그의 방은 적절한 분방함과 고상한 취향이 멋지게 어우러져 있었다. 놀라운 사실은 일반적인 크리켓 선수의 방과 달리 크리켓의 전적을 말해주는 배트를 장식한 선반 대신에, 휘어진 참나무 책장이 있었고 안에는 온갖 잡동사니들이 흩어져 있다는 것이었다. 흔히 있는 선수들의 사진 대신에 와트*의 그림 〈사랑과 죽음〉, 로세티**의 〈선택받은 소녀〉의 복제화가 먼지투성이 액자에 넣어져 걸려 있었다. 이 방의 주인은 뛰어난 스포츠맨이라기보다는 삼류 시인인지도 몰랐다. 이 그림은 내가 예전에 학교 기

* 시적인 작풍을 가진 영국의 화가 겸 조각가
** 영국의 화가 겸 시인

숙사 방에서 먼지를 털어주었던 기억이 있다. 역시 그에게는 여러 가지 얼굴이 있는 것 같다. 아까 그가 말한 간단한 사건이 그 사실을 웅변해주고 있었다.

영국의 사립학교는 열한 명의 크리켓 선수, 특히 그 주장의 성격에 따라 크게 분위기가 좌우된다. A. J. 래플스의 시대에도 그랬던 것은 확실하다. 그가 주장으로 영향력을 발휘했던 때는 확실히 '천사의 편'에 서 있었다. 즉, 이기는 팀에 속해 있었던 것이다. 하지만 그가 밤에 큰 체크무늬 옷에 가짜 수염을 달고 거리를 활보한다는 소문도 돌았다. 학생들은 소곤거렸지만 진짜로 믿지는 않았다. 나 혼자만 그 사실을 알고 있었다.

사실 나는 기숙사 학생들이 잠들어 있을 때 그가 타고 내려간 로프를 올렸고, 다시 타고 올라오는 그를 위해 로프를 내려줘야 하는 시간까지 일어나 있었다. 그는 대담무쌍함으로 이름을 날리던 시기에 하마터면 퇴학당할 뻔했다. 스스로의 재치와 언제나 그의 편인 나의 도움으로 그 불행한 결과를 막을 수 있었다. 그 불명예스런 사건에 대해 더 이상 말할 필요는 없다. 하지만 필사적으로 래플스의 자비에 나를 맡기면서도 잊은 척할 수는 없는 노릇이었다. 래플스가 아까부터 비슷한 내용을 말한 걸 보면 역시 잊지 않은 것 같다. 래플스는 잠시 내 의자 앞에 멈추어 섰다.

"그 위험했던 밤의 일을 생각했어. 왜 그렇게 놀라지?"

"나도 그날 밤의 일을 생각했어."

그는 내 마음을 읽은 듯이 방긋 웃었다.

"그때 자네는 꼬마였어, 버니. 그다지 말도 하지 않았지. 질문도 하지 않았고 이야기를 꾸며내지도 않았어. 지금도 그렇지?"

"모르겠어." 나는 래플스의 말투에 조금 어리둥절했다. "사람들은 나를 신뢰했지만 내가 나를 믿지 못해 이 지경이 되었으니까. 하지만 친구를 배반하지는 않아. 그것만은 자신 있게 말할 수 있어. 그렇지 않다면 오늘 같은 곤경에 빠지지 않았을 거야.”

“정확해.” 래플스는 일련의 사색이 맞았다고 스스로 수긍하듯이 말했다. “자네는 옛날 그대로야. 10년 전과 똑같아. 사람은 변하지 않는 법이지. 다만 성장할 뿐이야. 내가 타고 내려간 로프를 자네가 올렸다 다시 내려주었을 때와 비교해 두 사람 모두 변하지 않았어. 자네는 친구를 위해 뭐든 한다고 하지 않았나?”

“무엇이든.” 나는 기뻐서 소리쳤다.

“범죄라도 말인가?” 래플스는 웃으면서 물었다.

순간, 나는 생각했다. 래플스의 말투가 확 바뀌었기 때문이다. 그가 나를 놀리고 있다고 생각했다. 하지만 그의 표정은 매우 진지했고 나도 의구심을 가질 처지는 아니었다.

“물론. 비난하지 않아. 어떤 범죄인지 말해줘. 자네를 따르지.”

래플스는 수상쩍다는 듯이 나를 보았다. 그 다음에는 의심의 눈초리를 보냈다. 그는 갑자기 고개를 흔들며 화제를 바꾸고는 특유의 비아냥거리는 웃음소리를 냈다.

“버니, 자네는 정말 좋은 친구야. 하지만 위험한 성격이군. 아까는 자살한다고 말하더니 내가 좋아하면 어떤 범죄라도 좋다고? 자네에게 필요한 건 브레이크야. 자네는 지금까지 유지해온 선량한 시민의 평판을 잃으려 하고 있어. 그래도 좋다고 말하는 거야. 우리는 오늘 밤 훔치거나 사취를 해서라도 돈을 구해야 해.”

“오늘 밤에? 래플스?”

“빠를수록 좋지. 내일 아침 10시가 지나면 큰일이야. 자네가 발행한 수표가 자네의 은행으로 돌아오면 자네의 수표는 부도가 나. 그러니 오늘 밤에 돈을 구해서 내일 아침 일찍 자네의 계좌에 넣는 수밖에. 나는 어디서 돈을 구할 수 있는지 생각해야겠어.”

“새벽 2시에 말인가?”

“그래.”

"하지만 이런 시간에 어디서, 어떻게?"

"본드 가에 있는 친구에게 뜯어와야지."

"친한 친구인가?"

"친하다는 말은 정확하지 않아. 나는 그곳의 위치를 알고 현관 열쇠가 있을 뿐이지."

"이 밤중에 그를 두들겨 깨운다는 말인가?"

"만약 자고 있다면."

"나도 함께 가야만 하나?"

"당연하지."

"그럼 가야지. 하지만 이 이야기는 아무래도 찬성하기 어렵군."

"다른 방법이라도 있나?" 내 친구는 비웃듯이 말했다. "아니, 미안. 이 질문은 부당한가?" 래플스는 미안하다는 듯이 말했다. "알겠네. 그건 끔찍한 경험일 거야. 하지만 자네를 뺄 수는 없어. 어쨌든 나가기 전에 한잔 하자고. 한 잔뿐이야. 여기에 위스키와 사이펀이 있어. 자네가 마시는 동안 나는 오버코트를 입고 오지."

나는 몹시 돈이 필요했기 때문에 어떤 계획도 지독하다고는 생각하지 않았다. 게다가 술 한 잔을 다 마시니 두려움도 사라졌다. 래플스는 멋진 블레이저 위에 짧고 깔끔한 외투를 걸치고 중절모를 곱슬머리 위에 쓰고 나타났다. 나는 웃는 그에게 술병을 건넸다.

"나머지는 돌아와서 마시지." 래플스가 말했다. "첫째가 일이고 즐기는 건 그 다음이야. 그런데 오늘이 며칠이지?"

그는 셰익스피어의 명대사가 적혀 있는 일력을 북북 쥐어뜯기 시작했다. 나는 손에 든 술을 마시면서 대답했다.

"3월 15일."

"'3월 15일, 3월 15일을 잊지 마라.'* 자네는 이걸 잊지 않았겠지?"

---

* 시저가 살해된 날로 셰익스피어의 〈줄리어스 시저〉에 나오는 대사

그렇게 말하고 웃으면서 그는 가스등의 빛을 약하게 하기 전에 주의 깊은 가정부처럼 석탄을 몇 개 난로에 집어넣었다. 우리는 시계가 2시를 알릴 때 집을 나왔다.

2

피커딜리에는 안개가 자욱해 가로등 빛을 어둡게 만들고 있었다. 길에는 진흙이 얇게 깔려 있었다. 지나가는 사람이 별로 없는 포석이 깔린 거리에서 순찰 중인 경관이 무서운 얼굴로 노려보았다. 하지만 이내 내 친구 래플스의 얼굴을 알아본 순경은 헬멧에 손을 대고 경례했다.

"봤지? 나는 경찰에게 알려진 얼굴이야."

래플스는 웃으면서 지나갔다.

"불쌍한 친구, 이런 밤에도 범죄를 감시해야 해. 버니, 안개는 우리에게 방해가 되지만 범죄자들에게는 완벽한 신의 선물이지. 특히 계절에 맞지 않는 안개는. 다 왔어. 그 친구는 분명히 잠들어 있을 거야."

우리는 본드 가로 들어가 오른쪽으로 돌아가기 몇 미터 전에 멈추어 섰다. 래플스는 길 맞은편 건물의 창문을 올려다보았다. 안개 너머 희미하게 창문이 보였다. 만약 조명이 있었다면 안개 속에서 그 창문이 확실히 보였을 것이다. 그곳은 보석점으로, 나는 문의 작은 구멍을 들여다보고 실내에 불이 켜져 있다는 걸 알았다. 하지만 가게 옆 도로로 통하는, 문이 있는 위층은 칠흑 같은 밤하늘처럼 공허했다.

"오늘 밤은 그만두는 게 좋겠어." 내가 말했다. "아침이 낫지 않을까?"

"그렇지 않아." 래플스가 말했다. "열쇠가 있어. 그를 놀라게 하는 거야. 따라와."

래플스는 내 오른손을 잡고 서둘러 길을 건넜고, 갖고 있던 열쇠로 문을 열었다. 그리고 다음 순간에는 실내로 들어가 소리 없이 문을 닫았다. 규칙적인 발소리가 가까이 오는 것이 들렸다. 길을 건널 때 이미 들었던 발소리가 다가왔을 때, 그는 내 팔을 꼭 잡았다.

"그일지도 몰라. 밤에 외출하고 나쁜 일을 좋아하는 남자니까. 소리 내지 마, 버니. 만약 그라면 이쯤에서 놀라게 해줄 테니까."

하지만 발소리는 조금도 멈추지 않고 지나갔다. 내 팔을 잡은 손에서 천천히 힘이 빠졌다.

"아직 소리 내면 안 돼." 그가 속삭였다. "그가 어디에 있든 놀라게 해야 하니까. 구두를 벗고 따라와."

이 글을 읽는 여러분은 내 행동을 이상하게 생각할지도 모르겠다. 하지만 A. J. 래플스를 만난다면 그의 불가사의한 힘의 절반이 '사람을 포섭하는 능력'에 있다는 걸 알게 될 것이다. 그의 열의를 보면 따르지 않을 수 없게 된다. 나는 의문이 있었지만 우선 그의 말에 따랐다. 그가 자신의 구두를 벗었을 때 나도 자연스럽게 따라서 했다. 그리고 이런 한밤중에 모르는 사람에게서 돈을 뜯어내려고 하다니, 하는 생각을 하며 그를 따라 살짝 계단을 올라갔다. 나는 래플스와 그 남자는 친구라서 언제나 이런 농담 같은 게임을 하며 즐기는 거라고 이해했다.

우리는 손을 더듬어 천천히 계단을 올라갔다. 위에 도착하기 전에 메모를 몇 개나 쓸 수 있을 정도로 느린 속도였다. 계단에 카펫은 없었다. 비어 있는 오른손 바닥이 아무것도 없는 벽에 닿았다. 왼손은 먼지투성이의 난간에 닿았다. 집에 숨어 들어온 이후, 계속 오싹한 기분이었다. 그 기분은 올라갈수록 강해졌고 어떤 이상한 사람을 놀래킬 것인가, 하는 걱정으로 변했다.

마침내 층계참이 나타났다. 난간은 왼쪽으로 굽어지고 더욱더 빙글 돌았다. 네 걸음 더 나아가 긴 층계참에 닿았을 때, 갑자기 소리도 없이 성냥이 켜졌다. 눈이 성냥빛에 익숙해지자 그것을 들고 있는 래플스가 보였다. 그 뒤로 아무것도 없는 벽 사이에 줄무늬 판이 보였고, 열린 문 쪽에 비어 있는 방이 보였다.

"도대체 어디로 가는 거야?" 내가 속삭였다. "이 집은 빈집이 아닌가?"

"쉿! 조용히. 기다려." 래플스는 속삭이고 열린 문을 지나 빈방으로 들어갔다. 거실을 지날 때 성냥이 꺼지자 그는 다시 소리 없이 성냥을 켜고 나에게 등을 보이더니 무언가를 움직였다. 마침내 빛이 흘러 들어왔다. 성냥은 아닌 것 같았다. 기름 냄새가 희미하게 났다. 뭔가 하고 그의 어깨 너머로 보려 하자, 그는 작은 랜턴으로 내 얼굴을 비추었다.

"도대체 뭐야?" 나는 헐떡였다. "무슨 장난을 하려는 거야?"

"이미 했어." 그는 소리도 없이 웃었다.

"내게?"

"그래, 버니."

"그럼 이 집은 처음부터 빈집이었어?"

"우리 이외에는 아무도 없어."

"그럼 본드 가의 자네 친구에게서 돈을 뜯어낸다는 말은 거짓이었어?"

"완전한 거짓은 아니야. 댄비가 내 친구인 건 사실이거든."

"댄비라니?"

"아래층의 보석상."

"어떻게 된 거야?" 나는 나뭇잎처럼 떨면서 속삭였다. "아래 보석점의 돈을 훔치는 거야?"

"글쎄, 정확히 말하면 조금 다르지만."

"그러면?"

"그 금액에 상당하는 상품을 그의 가게에서 실례하는 거지."

더 이상 다른 질문은 필요하지 않았다. 나는 스스로의 명청함 이외의 모든 것을 깨달았다. 그가 많은 힌트를 주었지만 나는 시원스레 알지 못했다. 나는 빈방에서 멍하니 그를 보았다. 그는 웃으면서 랜턴을 들었다.

"자네는 도둑이었군!" 나는 헐떡였다.

"내가 재치로 살아간다고 하지 않았나?"

"왜 자네가 하려는 걸 가르쳐주지 않았나? 왜 나를 믿지 않았어? 거짓말을 할 이유가 있나?" 나는 두려움에 벌벌 떨면서 그에게 덤벼들었다.

"자네에게 말하려고 했어." 래플스가 말했다. "몇 번이나 자네에게 설명하려고 했지. 범죄에 대해 말한 걸 기억하겠지. 거기에 대해 자네가 뭐라고 했는지 잊은 것 같군. 그때의 자네는 진심이 아니었는지도 모르겠네만 나는 자네를 시험해보고 싶었어. 지금 자네가 진심이 아니었다고 해도 자네를 책망할 생각은 없어. 책망받을 사람은 나니까. 자, 빨리 나가게. 내게 모든 것을 맡겨. 그리고 다음부터는 나와 관련되지 않는 게 좋아. 자네에게는 자네의 길이 있어."

아, 그의 뛰어난 현명함. 그의 저주스러운 현명함! 만약 여기서 그가 나를 협박하거나 강요하거나 비웃었다면 모든 것이 달라졌을 것이다. 하지만 그는 자신을 버리고 도망가라고 말했다. 그는 나를 책망하지 않았다. 비밀을 지키라고도 하지 않았다. 그는 나를 믿었다. 그는 나의 약점과 장점을 이해하고 그것들을 마음대로 갖고 노는 것이었다.

"그렇게 서두르지 마." 내가 말했다. "나 때문에 이 일이 생각났나? 아니면 어차피 하려던 거였나?"

"어차피 하려던 건 아니야." 래플스가 말했다. "사실 열쇠는 며칠 전부터 갖고 있었어. 오늘 밤 성공하면 열쇠는 버릴 생각이야. 혼자서는 할 수 없는 일이야."

"알았어. 협력하지."

"정말인가?"

"그래, 오늘 밤은."

"옛 친구, 버니!" 그는 중얼거리면서 잠시 랜턴을 내 얼굴을 비추고, 천천히 계획을 설명했다. 나는 마치 오래된 파트너처럼 그의 계획에 고개를 끄덕였다.

"나는 이 가게를 잘 알아." 그가 속삭였다. "이곳에서 몇 가지를 샀기 때문이지. 위층도 알고 있어. 한 달 정도 세를 내놓은 적이 있는데 나는 집을 보겠다고 허락을 받았지. 그렇게 해서 열쇠를 받은 다음 갖고 있던 밀랍으로 열쇠의 형을 떴지. 문제는 이 두 개를 어떻게 연결시키느냐 하는 것이야. 여기서 우리는 결정해야 하는데 나는 지하실 쪽 같아. 자네가 잠시 기다리고 있으면 곧 알려주지."

그는 랜턴을 바닥에 놓고 뒤쪽 창문으로 다가가 소리 없이 창문을 열었다. 그리고 다시 돌아와 창문을 닫았다.

"한 가지 방법이 있어." 래플스가 말했다. "아래층 뒤쪽 창문 위에 있는 뒷창문 말이야. 하지만 너무 어두워서 아무것도 보이지 않아. 그렇다고 밖에서 랜턴을 사용할 수도 없잖아. 자네는 나를 따라서 우선 지하실로 와. 기억해. 그곳에는 아무도 없지만 가능한 한 소리를 내지 마. 듣는 사람이 있다고."

아까와 마찬가지로 포석 위를 걷는 소리가 들려왔다. 래플스는 랜턴을 끄고 발소리가 지나갈 때까지 잠자코 있었다.

"경찰이거나," 그가 중얼거렸다. "이 지역의 보석점이 고용한 경비원이야. 우리는 특히 경비원에게 주의할 필요가 있어. 그들은 빈집에서 일어나는 수상한 소리에 신경을 써. 그러라고 고용되었으니까."

우리는 매우 조심조심 계단을 내려갔다. 주의하고 있음에도 불구하고 계단이 삐걱거렸다. 도중에 벗어둔 구두를 들고 더욱 좁은 돌계단을 내려왔다. 다 내려오자 래플스는 랜턴을 비추어 구두를 신고,

나에게도 구두를 신으라고 말했다. 그곳은 지면보다 낮은 공간으로 한쪽에 문이 몇 개 있었다. 그 가운데 세 개는 인접해 있었는데, 문 안쪽으로 빈방이 보였다. 하지만 네 번째 문은 잠겨 있었고, 빗장이 걸려 있었다. 우리는 안개가 낀 사각형 지하실에 있었다. 래플스는 몸으로 랜턴의 빛을 가리듯이 하고 반대쪽에 있는 문 가까이에서 뭔 가를 하고 있었다. 덜컹 하는 커다란 소리가 났을 때는 내 심장이 멈 추는 것 같았다. 다음 순간 문이 열렸고 쇠지렛대를 든 래플스가 나 에게 들어오라는 신호를 했다.

"이게 첫 번째 문이야." 그가 속삭였다. "문이 몇 개 있는지 몰라. 하지만 나는 적어도 두 개를 알고 있어. 우리는 그곳에서는 그다지 소리에 신경 쓸 필요 없어. 여기서 나가면 위험이 덜 할 거야."

우리는 방금 내려온 좁은 돌계단 바로 아래의 마당 혹은 우물처럼 보이는 곳에 있었다. 이곳은 주거와 가게로 이어지는 장소다. 하지만 위로 올라가는 계단 위에는 특이하고 튼튼한 마호가니 문이 닫혀 있 어서 더 이상 나갈 수 없었다.

"그럴 거라고 생각했어." 래플스는 나에게 랜턴을 주고 주머니에서 수많은 열쇠를 꺼내 열어보려고 했다. "한 시간쯤 걸리는 일이야."

"열쇠가 맞지 않아?"

"아니, 나는 이 자물쇠를 알고 있는데 열쇠로는 안 돼. 자르고 나갈 수밖에 없는데 그렇게 하려면 한 시간이 걸려."

우리가 문을 여는 데 내 시계로 정확히 47분이 걸렸다. 아니, 우리가 아니라 래플스라고 해야겠다. 그가 이렇게 신중하게 일하는 것을 본 건 처음이었다. 나는 한 손에 랜턴을 들고 다른 한 손에 자물쇠용 기름 병을 들고 있었을 뿐이었다. 래플스는 아름다운 자수가 있는 상자를 꺼냈다. 면도 도구상자 같았는데, 안에는 비밀 작업도구와 자물쇠용 기름병이 들어 있었다. 그는 짧은 코트와 블레이저를 벗어 계단에 깔 고, 소매를 걷더니 그 위에 무릎을 꿇었다. 그리고는 구멍을 뚫는 도구와 여기에 꽂는 강철제 비트를 꺼내, 열쇠구멍 옆에 지름 2.5센티미터의 구멍을 뚫는 작업을 시작했다. 처음에 드릴이 소리를 내지 않도록 기름을 칠했고, 작업 도중에도 몇 번이나 기름을 추가했다. 잠금장치를 꺼내려면 열쇠구멍 주위에 구멍을 32개 뚫어야 했다.

첫 번째로 생긴 둥근 구멍에 래플스가 검지를 넣었다. 그리고 그 구멍은 마침내 타원형이 되었고 엄지도 들어갈 만큼 커졌다. 그는 낮게 욕하듯이 뇌까렸다.

"젠장, 역시!"

"왜 그래?"

"이 안에 철문이 또 있어."

"어떻게 지나가지?" 나는 실망해서 물었다.

"자물쇠를 부숴야지. 하지만 이번에는 위와 아래 두 개가 있을 거야. 문을 안으로 열려면 새 구멍을 두 개 뚫을 필요가 있어. 그 문은 5센티미터밖에 안 열려."

고백하지만 자물쇠 하나를 부수는 일도 큰일이었는데, 새로 자물쇠를 따는 일은 도저히 낙관할 수 없었다. 나는 실망하고 초조해서 생각이 정지해버렸다. 나도 모르는 사이 정열적으로 범죄행위에 동참하고 있었다. 위험에 가득찬 모험이 나를 매료시켰고 나의 도덕관과 공포감은 완전히 마비되어 있었다. 나는 지금껏 발휘한 적 없는 열의와 흥미를 갖고, 랜턴과 기름병을 들고 서 있었다.

그리고 내 앞에는 텁수룩한 검은 머리의 A. J. 래플스가 크리켓의 주 대항 시합에서 보이는 미소만큼이나 주의 깊고 냉철하고 강한 결의를 나타내는 미소를 보이면서 무릎을 꿇고 있었다.

마침내 큰 구멍이 뚫렸다. 래플스는 잠금장치를 떼어내고 팔을 안으로 넣어 철문을 만졌다.

"이제는," 래플스가 속삭였다. "가운데 자물쇠 하나가 남았을 거야. 아, 여기 있다. 이 자물쇠는 열쇠로 열 수 있을 거야."

그는 팔을 빼고 열쇠다발에서 열쇠를 하나 뽑았다. 그리고 또 팔을 어깨까지 집어넣었다. 숨 막히는 순간이었다. 나는 몸속의 고동과 주머니의 회중시계가 재깍재깍 하는 소리를 들었다. 열쇠가 내는 잘그락잘그락 소리도 들렸다. 이어서 찰칵 소리가 또렷이 들렸다. 1분 후에는 마호가니문과 철문이 우리의 등 뒤에 열려 있었다. 래플스는 사무실 테이블에 앉아 땀을 닦았다. 테이블의 위에서는 랜턴이 밝게 빛나고 있었다.

우리가 있는 곳은 가게 뒤의 넓은 로비였다. 가게와의 사이에는 철제 칸막이가 있었다. 나는 또다시 절망했지만 래플스는 전혀 실망하지 않고, 코트와 모자를 유유히 로비의 옷걸이에 걸더니 랜턴으로 철제 칸막이를 조사하기 시작했다.

"아주 간단해." 1분쯤 조사하고 그가 말했다. "간단히 통과할 수 있지만 문제는 맞은편에 있는 문이 조금 어렵다는 거야."

"문이 또 있다고?" 내가 소리쳤다. "도대체 어떻게 할 생각이야?"

"지레로 밀어 올리면 돼. 이런 철제 칸막이를 뚫는 방법은 아래에서 밀어 올리는 거야. 하지만 소리가 나지. 버니, 이제 자네가 활약할 때야. 나 혼자서는 할 수 없어. 자네가 위에 올라가서 길에 아무도 없으면 신호해주게. 자네가 올라가도록 함께 가서 불을 비춰주지."

물론 이 고독한 철야 작업이 즐거운 건 아니었다. 하지만 책임을 가지니 이상하게도 흥분이 되었다. 그때까지는 단순한 방관자에 지나지 않았지만 지금 나는 게임의 참가자가 되었다. 새로운 흥분 덕분에 양심에도 거리끼지 않았고, 더 이상 무섭지도 않았다. 내 가슴에는 그와 같은 감각은 이미 죽어 있었다.

나는 가게 위에 있는 거리를 향한 방에서 한마디 불평 없이 감시를 시작했다. 가구와 집기들은 새로운 세입자가 취사선택할 수 있도록 그대로 있었고, 다행히 블라인드가 내려져 있었다. 가늘고 긴 블라인드 너머로 거리를 살피다, 누군가가 오면 발을 두 번 구르고, 다시 아무도 없으면 발을 한 번 구르는 일은 세상에서 가장 쉬운 일이었다. 처음에 들렸던 요란한 금속성소리 말고는 모든 소리가 정말 믿을 수 없을 정도로 작았다. 그러나 그 소리도 내가 발을 두 번 구를 때마다 완전히 그쳤다.

그 후, 한 시간 동안 경관이 대여섯 번 지나갔고 경비원도 자주 왔다. 한 번은 심장이 입으로 튀어나올 것 같았다. 경비원이 문에 달린 렌즈를 통해서 가게 안을 보았을 때다. 나는 그의 호루라기가 울리기를 조바심 내며 기다렸다. 교수대와 교도소가 떠올랐다. 이때도 래플스는 내 신호에 제대로 반응해 가만히 작업을 멈췄고 경비원은 아무 일도 없이 지나갔다.

마침내 내려와도 좋다는 신호가 왔다. 나는 성냥을 켜서 발치를 비추면서 계단을 내려가 로비로 돌아왔다. 래플스는 두 팔을 벌리고 맞아주었다.

"버니, 잘했어." 래플스가 말했다. "자네는 위기에 강한 남자야. 마땅히 그 대가를 받을 거야. 그리고 로커 안에서 괜찮은 포트와인과 담배를 발견했어. 불쌍한 댄비가 사업상의 친구들을 위해 준비한 거겠지. 당장 하나 꺼내서 불을 붙여봐. 그리고 화장실도 찾았으니 나가기 전에 손을 씻고 머리를 정리하자고. 내 꼴이 자네 부츠만큼 새까말 테니까."

철제 칸막이는 내려져 있었다. 하지만 내가 다른 쪽 창문으로 바깥을 엿보며 잠시 그의 예술적 작업을 지켜주자 이윽고 칸막이가 올라갔다. 거기에는 전등 두 개가 켜져 있었다. 처음에는 그 차갑고 하얀 빛 속에서 잘못된 것은 하나도 없는 것 같았다. 나는 정돈된 통로를 따라 왼쪽으로는 비어 있는 유리 진열장, 오른쪽으로는 손대지 않은 은제품이 있는 유리 장식장을 보았다. 나는 길에서 무대의 달처럼 보였던, 문에 난 방범창의 단호하고 검은 눈을 마주했다. 진열장을 비운 사람은 래플스가 아니었다. 그곳에 있었던 물건들은 처브 금고에 들어 있었는데, 래플스는 한 번 보고 바로 포기했다. 그는 나를 위해 담배상자 하나를 꺼냈지만 오른쪽의 은제품에는 손을 대지 않았다. 그는 가게 진열장으로 제한했다. 가게는 세 칸으로 나뉘어져 있고, 각각 이동시킬 수 있는 잠금장치가 있는 판으로 둘러싸여 있었다. 래플스는 그것을 제거했다. 전구가 시체의 갈비뼈처럼 드러난 물결 모양의 셔터를 비추었다. 그리고 문의 작은 창에서는 보이지 않는 곳에 있는 값비싼 물건은 모두 사라졌다. 그 외에는 마치 저녁 내내 아무 일도 없었다는 듯 변함이 없었다. 철제 칸막이 뒤에 있는 부서진 문과 빈 와인 병과 담배상자, 화장실에 있는 새까맣게 된 타월, 여기저기 흩어진 타버린 성냥개비, 그리고 먼지투성이 난간에 찍힌 우리의 손가락 자국 등을 뺀다면. 우리를 추적할 수 있는 것은 아무 것도 없었다.

"이걸 내가 오랫동안 계획했을 것 같아?"

래플스가 말했다. 마치 춤을 추고 돌아오는 사람들처럼 우리는 새벽 거리를 걸었다.

"아니, 버니. 한 달 전에 그 비어 있는 2층을 보기 전까지 전혀 생각하지 않았어. 건물 구조를 알기 위해 아래층에서 제품을 몇 개 샀지. 나는 그 물건 값을 절대 지불하지 못할 것 같았어. 아, 세상에! 내일이면 지불할 수 있어. 이것은 나 나름대로의 인과응보라고 할까? 한 번 방문한 것으로 그곳의 가능성을 보았지. 두 번째 갔을 때, 혼자서는 도저히 할 수 없다고 생각했어. 그래서 이미 포기했지. 그런데 자네가 곤경에 빠져서 어젯밤에 찾아온 거야. 자네가 어떻게 생각할지 모르지만 나는 키츠의 시에 등장하는 부엉이처럼 냉정한 남자야."

래플스는 죄를 범하고 돌아오는 길에 시인 키츠를 생각할 수 있는 남자다. 그도 나처럼 자택의 난로 옆에서 쉬고 싶었을 것이다. 내 마음의 수문은 느슨해졌고, 우리 모험에 대한 그의 평범한 말이 차가운 급류처럼 나를 압도했다. 래플스는 도둑이다. 그리고 나는 그의 도둑질을 도왔으므로 결국 나 또한 도둑이다. 그런데도 나는 마치 우리가 그 놀랍고 사악한 일을 전혀 하지 않았다는 듯, 그의 난로 옆에서 그가 주머니 안의 물건을 꺼내는 모습을 아무 일도 아니라는 듯이 보고 있었다.

내 피는 얼어붙었다. 마음은 병들었고 머리는 어질어질했다. 왜 그를 좋아하게 되었을까? 왜 그를 상찬하는 걸까? 좋은 감정과 상찬의 마음은 혐오로 변했다. 나는 마음이 변하기를 기다렸다. 정상적인 감각을 찾으려고 했다. 하지만 원할 뿐이고 기다려도 소용이 없었다.

나는 그가 주머니를 비우는 장면을 보고 있었다. 테이블은 보석의 빛으로 가득 찼다. 한 다스의 반지, 수많은 다이아몬드, 팔찌, 펜던트, 백로의 깃털장식, 목걸이, 진주, 루비, 자수정, 사파이어였다. 다이아몬드는 여러 장신구에 사용되고 있었다. 반짝이는 광채에 나는 눈이 부셔서 보이지 않았다. 이 일도 잊을 수 없었다. 마지막으로 안주머니에서 보석이 아닌 내 리볼버가 나왔다. 어젯밤 일이 생각났다. 나는 투덜거리며 손을 뻗으려고 했다. 래플스는 맑은 눈초리로 나를 보고, 조용히 미소를 지으며 탄환이 들어 있는 카트리지를 빼고 빈 권총을 돌려주었다.

"버니, 자네는 믿지 않겠지만 나는 탄환이 들어 있는 권총을 갖고 다닌 적은 없어. 권총이 자신감을 준다고 생각하는 것 같은데 만약 잘못되면 곤란하다고."

"오늘 같은 일을 전에도 한 적이 있어?" 나는 쉰 목소리로 물었다.

"전에도? 버니, 자네는 나를 불쾌하게 만드는군. 오늘이 처음처럼 보였나? 물론 경험은 있어."

"자주 해?"

"아니. 매력을 잃을 정도로 자주 하지 않았어. 사실 내 상황이 터무니없이 힘들지 않았다면 절대 하지 않았겠지. 자네는 팀블비의 다이아몬드에 대해 들었을 거야. 그게 내가 한 가장 최근의 일이야. 그 다이아몬드는 모조품이었어. 그리고 헨리의 도머 하우스 보트에서 작년에 한 건 했고. 뭐, 그 정도야. 아직 본격적으로 대단한 일은 하지 않았어. 준비가 필요하기 때문이지."

나는 그 두 가지 사건을 잘 기억하고 있었다. 그 주인공이 래플스라니! 믿을 수 없고 화가 났으며 상상할 수조차 없는 일이었다. 하지만 내 눈은 테이블 위로 이동했다. 그 반짝반짝 빛나는 것을 보고 있자니 믿을 수밖에 없었다.

"어떻게 시작했어?"

나는 놀라움이 호기심으로 바뀌었고 그의 경력에 점점 매료되다가 이제 그 사람에게 매료되어 물었다.

"얘기하면 길어져." 래플스가 말했다. "내가 크리켓 게임을 하러 식민지에 갔을 때야. 전부 얘기하는 건 조금 시간이 걸리지만, 나는 오늘 밤 자네와 같은 상태였어. 도망갈 방법은 하나뿐이었지. 나는 처음 이 일을 경험했고 완전히 매혹되었어. 흥분, 낭만, 위험과 버젓한 삶이 함께 이루어질 수 있는데, 왜 평범하고 마음에 들지 않는 직업에 정착해야 하지? 물론 이 일이 잘못됐다는 건 알아. 하지만 인간 모두가 도덕군자는 아니야. 첫째, 부의 분배는 전혀 평등하지 않지. 둘째, 도둑만 이 일을 하는 건 아니야. 윌리엄 S. 길버트*의 시를 인용하는 건 싫지만 도둑을 찬미한 그의 시는 깊은 부분에서 맞아. 자네가 그와 같은 생활을 나만큼 좋아할지는 모르지만."

"좋아하다니?" 내가 소리쳤다. "말도 안 돼. 이건 내 인생이 아니야. 이미 한 번으로 지긋지긋해."

"이제 나를 돕지 않겠다는 건가?"

"래플스, 제발 나에게 부탁하지 마. 그만두었으면 좋겠어."

"자네는 나를 위해서라면 뭐든지 하겠다고 했어. 그리고 내 과거의 범죄에 대해 물었어. 그때는 자네가 진심이라고 생각하지 않았지만 자네는 오늘 밤 돌아가지 않았고 그건 나를 만족시켰어. 여기서 끝을 봐야 해. 자네는 나에게 딱 어울리는 사람이야, 버니. 정말 딱 어울리는 사람. 오늘 밤 한 일을 되돌아봐. 전혀 실수하지 않았어. 자네도 알다시피 무서운 건 전혀 없어. 우리가 함께 하면 앞으로도 그럴 거야."

그는 내 앞에 서서 두 어깨에 손을 댔다. 그는 어떻게 하면 잘할 수 있는지 알고 있는 것처럼 미소 지었다. 나는 두 팔을 움직여 화끈거리는 머리를 감싸 안았지만 그의 두 손은 등으로 점점 내려왔다.

"좋아. 자네 말대로야. 내가 정말 나빴어. 두 번 다시 이런 일을 부탁하지 않겠어. 가고 싶으면 가고 점심때쯤 다시 와. 현금을 준비해두지. 자네와 금액 교섭은 하지 않겠어. 자네를 위험에서 구출할 만큼 충분히 준비해두지. 어젯밤 자네가 협력해준 대가야."

나는 기운을 되찾고 피가 끓기 시작했다.

"또 할래." 나는 이를 악물고 말했다.

"안 돼." 그는 고개를 저으며, 나의 어리석은 열정에 웃는 얼굴을 보였다.

"진심이야." 나는 맹세하듯 말했다. "자네가 원하는 만큼 몇 번이라도 도와주지. 이제 어떻게 하겠나? 일단 한 번 해봤으니 다시 하겠

* 영국의 극작가 겸 작곡가

지. 악마가 있는 곳에 갔다면 이미 돌아올 수 없어. 돌아올 수 있다고
해도 돌아오고 싶지 않아. 달리 할 일은 아무것도 없어. 자네가 원하
면 언제든지 조수를 할 거야."

　이렇게 해서 래플스와 나는 3월 15일을 계기로 세상에서도 기묘한
팀을 결성했다.

젠틀맨과 플레이어

GENTLEMEN
AND
PLAYERS

친애하는 래플스가 도둑으로서 일류인지 아닌지는 확실히 말할 수 없다. 하지만 크리켓 선수로서는 분명히 일류라고 할 수 있다. 그는 뛰어난 투수일 뿐만 아니라 명야수로 활약했다. 뿐만 아니라 언제나 시합을 유리하게 이끄는 전략가였는데, 그럼에도 크리켓에만 몰두하는 성격은 아니었다. 물론 로드 크리켓 클럽에 갈 때는 꼭 크리켓 가방을 지참했지만 자신이 출장하지 않는 시합에는 전혀 흥미를 보이지 않았다. 게다가 크리켓으로 유명해지려고 하는 의지도 없었다. 그는 게임에는 거의 흥미가 없다고 고백했고, 사실 크리켓을 하는 건 다른 동기 때문이라고 말했다.

"크리켓에 한정된 건 아니고, 보다 흥미 있는 것을 찾을 때까지의 연결 같은 것이지." 래플스가 말했다. "버니, 생각해봐. 맞을 걸 각오하고 던졌는데 상대 타자가 헛쳐서 위켓*이 쓰러지면 대단한 쾌감이 있어. 상대의 약점을 노려 낮은 볼을 던지는 것도 즐거운 일이지. 그리고 나 같은 사람이 크리켓을 하면 정말 멋진 자기방어가 되기도 하고."

"어떻게?" 나는 의문을 가질 수밖에 없었다. "자네는 크리켓으로 관객의 주목을 모으잖아. 그게 어떻게 범죄자에게 어울리는 방어책이 되지?"

"버니, 그게 틀렸어. 범죄를 태연히 계속하기 위해서는, 동시에 다른 분야에서 유명해지는 게 대단한 위장이 되지. 이 원칙은 명확해. 영국 역사상 최악의 범인 피스**를 봐. 동물을 사랑하고 바이올린을 켰지. 이웃들 사이에서는 친절한 남자로 통하지 않았나? 아직 잡히지 않았지만 '잭 더 리퍼' 역시 보통의 사회인일 거라고 나는 확신해. 범죄자의 잔학한 행위와 그 인물의 존경할 만한 언행은 일반인의 눈에

---

* 세 개의 스텀프로 이루어져 있다. 가로막대 스텀프는 땅에 수직으로 박혀 있으며, 그 상단에는 두 개의 세로막대 베일을 대놓는다
** 영국의 공업도시 셰필드의 가장 유명한 강도의 한 사람

겹치지 않는다고 생각해. 즉, 그런 인물이 무서운 범인이라고 생각하지 않지. 자네에게 저널리즘 공부를 더 하라고 한 건 그런 의미야. 이게 바로 크리켓을 그만두지 않는 나 나름대로의 이유지."

사실 크리켓 경기장에서 래플스만큼 자신의 팀을 이기게 하려고 열중하는 플레이어는 없었다. 그가 한 시합이 끝나기 전에 위켓을 한 번 쓰러뜨릴 때마다 한 개씩 받는 1파운드 금화로 주머니를 가득 채운 것을 기억하고 있다. 프로 선수가 현금을 버는 거나 마찬가지였고, 때로는 직격탄으로 위켓을 완벽하게 쓰러뜨려 3파운드나 받은 적도 있다. 물론 연습을 위해 8~9파운드 내는 일은 있었지만 다음 날 50파운드를 벌기도 했다.

그를 따라 크리켓 경기장에 가는 건 나의 즐거움 중 하나였다. 그가 던지는 모습을 보는 일도 야수로서 수비하는 모습을 보는 일도 즐거웠고, 휴식시간에 클럽하우스에서 대화하는 일도 즐거웠다. 그리고 7월의 두 번째 월요일, 젠틀맨과 플레이어의 제1회가 시작되었다. 플레이어가 토스에 졌고, 선공은 젠틀맨이었다.

이날, 래플스는 처음부터 상태가 나빠 득점하지 못했다. 특이하게도 그다지 열심이 아닌 선수에게 맞았고, 그의 불운에 동정하는 선수에게는 기분 나쁜 얼굴을 보였다. 그는 밀짚모자를 기울이며, 담배를 물고 경기를 지켜보고 있었다.

나와 래플스 사이에 고귀한 젊은이가 와서 앉았을 때는 조금 놀랐다. 그와 래플스는 대화를 나누었지만 래플스는 내게 젊은이를 소개하지 않았고, 실은 그다지 잘 알지 못하는 청년 같았다. 청년은 자신의 아버지가 래플스를 만나고 싶어 한다고 말했고, 래플스는 놀랍게도 이 신청을 승낙했다.

"아버지는 부인석에 계십니다만 오시겠습니까?"

"좋아요. 버니, 자리 좀 지켜줘." 래플스가 말하고 청년과 함께 모습을 감추었다.

“크롤리가 아닌가?” 누군가가 뒤쪽 자리에서 속삭였다. “작년 이튼 대 해로우의 시합을 기억해?”

“아, 생각났어. 그 팀에서는 최악의 선수였지.”

“하지만 열정적인 선수였어. 스무 살이 되서 대학 팀의 정식선수가 될 때까지 잠시 게임을 그만두라는 말을 들은 것 같아. 괜찮은 젊은이야.”

게임은 지루했다. 래플스를 보려는 목적으로 왔기 때문에 당연하지만. 그는 좀처럼 돌아오지 않았다. 기다리다 지쳤을 때 맞은편 관객석에서 나를 손으로 부르는 래플스를 발견했다.

“자네에게 애머스테드 후작을 소개하려고 해.” 래플스는 다가오는 나를 보고 속삭였다.

“후작의 영지에서 다음 달에 크리켓 주간 행사를 한대. 크롤리도 성인 정식선수로 게임에 나오니 우리에게도 참가해달라는 거야.”

“우리라니! 나는 크리켓 선수가 아니야.”

“조용히! 나에게 맡겨.” 그는 무덤 속에라도 있는 것처럼 엄숙하게 말했다. “나는 잘되리라고 생각해서 거짓말을 했어. 부탁이니 망가뜨리지 마.”

그의 눈은 내가 잘 알고 있는 평소의 그 이상한 색으로 빛났다. 하지만 이런 건강한 환경에서 왜 그런 눈을 할까! 근사한 부인석의 텐트 아래, 색색의 화려한 모자의 파도에 둘러싸여 유서 깊은 금색, 흑색, 붉은색 줄무늬가 들어간 블레이저를 입은 남자의 눈이라고는 믿을 수 없었다.

애머스테드 경은 멋진 턱수염을 기른 이중턱의 신사였다. 당연히 나를 맞는 태도는 아주 건조했다. 나는 아무래도 래플스를 초대하기 위해 단순히 따라오는 일행 정도로 보는 게 확실했다. 그러나 나는 정중히 인사했다.

“감사하게도,” 애머스테드 경이 말했다. “다음 달에 열리는 우리의 시골 시합에 영국을 대표하는 크리켓 팀, 젠틀맨의 정식선수가 나오게 되었군요. 낚시를 즐기신다고요? 누구시라고 했더라……." 애머스테드 경은 머뭇거리다 겨우 내 이름을 기억했다.

물론 낚시 여행에 대해서는 처음 듣지만, 급하게 그렇다고 대답했다. 래플스의 눈은 내 말을 승인하듯 빛났다. 애머스테드 경은 인사하고 어깨를 으쓱했다.

"물론 크리켓을 잘하겠군요? 그런데 당신이 크리켓 선수인지는 몰랐습니다."

"학창시절에 했습니다." 래플스는 미리 준비한 듯이 말했다.

"그다지 잘하는 건 아닙니다." 내가 우물거렸다.

"정식선수였습니까?" 애머스테드 경이 물었다.

"아닙니다."

내가 부정하자 래플스는 밀어붙이듯이 말했다.

"후보선수였지요."

"아, 누구나 젠틀맨에서 뛸 수 있는 건 아니지요." 애머스테드 경은 수습하듯이 말했다. "아들 크롤리도 해로우 팀에 겨우 들어갔습니다. 물론 시합에도 뛰게 할 거고, 서툰 나도 들어갈지 모릅니다. 당신은 후보선수라지만 우리도 유명선수가 아니니까 걱정하지 마세요. 어쨌든 오셔서 도와주시면 감사하겠습니다. 그리고 아침식사 전과 저녁식사 후에 희망하신다면 강에서 낚시를 할 수도 있습니다."

"어쨌든 초대해주셔서 감사합니다."

내 대답에 래플스는 어쩐지 의심스러운 눈으로 내 얼굴을 보았다.

"좋아, 이것으로 결정됐어." 애머스테드 경은 조금 자신 없이 말했다. "아들이 성인이 되는 건 일주일 후입니다. 우리의 상대 팀은 프리포리스터즈입니다. 도싯 주의 젠틀맨 팀이라고나 할까요? 그리고 그 지방의 팀이 나올지도 모릅니다, 자세한 이야기는 래플스 씨에게 한 대로입니다. 더욱 자세한 내용은 아들이 편지를 보낼 겁니다. 자, 어

쨌든 힘냅시다." 그렇게 말하고 애머스테드 경은 일어나서 나갔다.

래플스도 일어나기에 나는 그의 블레이저 소매를 잡았다.

"도대체 뭘 생각하는 거야?" 나는 주위를 신경 쓰면서 물었다. "나는 후보도 할 수 없어. 크리켓 선수가 아니잖아. 이 일은 못해."

"걱정하지 마." 래플스는 속삭이며 대답했다. "자네는 크리켓을 하지 않아도 돼. 하지만 자네는 꼭 가야 하네. 6시 30분까지 기다리면 그 이유를 설명해주지."

나는 그 이유를 예상할 수 있었다. 그것은 크리켓 경기장에서 여러 관중이 지켜보는 가운데 부끄러움을 당하는 이상으로 불쾌한 일임에 틀림없었다. 범죄에 대한 거부반응은 별로 없었지만 래플스가 클럽하우스에 들어가고 나서 혼자 어슬렁거려도 그다지 즐거운 마음은 들지 않았다. 크롤리 청년과 그의 아버지를 만난 일로 나는 초조했다. 원인은 내 자존심이 상했다는 데 있었다. 그들은 어떻게 해서든 래플스를 초대하기 위해 그의 중요하지 않은 친구도 함께 부를 수밖에 없었던 것이다.

마침내 게임 시작의 벨이 울렸다. 나는 클럽하우스의 위로 올라가 래플스의 투구를 구경했다. 그곳에서는 불필요한 것이 전혀 보이지 않아 오로지 보울러*의 세계라고 할 수 있었다. 아니, A. J. 래플스의

*투수

세계라고 해도 좋았다. 그의 교묘한 투구와 블레이크로 불리는 변화구는 일품이었다. 무엇보다 대단한 건 언뜻 변화구로 보이지 않는 자세에서, 변화구가 나오는 것이다. 타자의 발을 아슬아슬하게 비껴가 멋지게 위켓을 직격하는 공이었다. 정말이지 훌륭한 투구라고 할 수 있다.

래플스의 크리켓은 몸의 스포츠라기보다 두뇌 게임이었다. 그의 투구는 인상적이었다. 그의 또 하나의 게임과 가까운 것이 느껴졌기 때문이다. 그날 오후, 래플스가 대부분의 타자를 달리지 못하게 하고, 많은 위켓을 쓰러뜨린 건 아니었다. 내가 대단하다고 생각했던 건 뇌리에 강하게 새겨진 테크닉과 지략, 인내와 정확함의 조합이었다. 래플스의 투구는 두뇌와 손의 작용이 훌륭하게 결합된 것이고, 거의 예술의 경지에 도달해 있었다. 그리고 그것들 모두는 나만이 아는 '또 하나의 래플스'의 자질을 나타내는 말이기도 하다.

"오늘은 던질 기분이 났어." 핸섬마차에 탔을 때 래플스가 말했다. "잘 던진 것 같아. 38번 던져서 4번 실패했으니까. 나처럼 느린 공을 던지는 보울러에게는 좋은 성적이지. 하지만 기분은 그다지 개운하지 않아. 프로 크리켓 선수로 생각되는 게 내 뜻은 아니거든."

"그러면 왜 가는 거야?"

"그들의 기를 팍 꺾어놓을 수 있기 때문이지. 버니, 이 시즌이 끝나기 전에 마지막 즐거움이 될 거야."

"그래. 그런 일일 거라고 짐작했어."

"정해진 거 아닌가! 대단한 일주일이 될 거야. 무도회, 만찬회, 재력을 과시하는 여러 가지 파티. 물론 다이아몬드도 많이 갖고 있는 일가야. 원칙적으로 나는 손님의 신분을 악용하지 않는 남자야. 하지만 이번은 조금 달라. 나는 말하자면 파티를 위한 밴드이고, 웨이터 같은 존재야. 그렇다면 가질 수 있는 건 가져도 좋지 않을까? 어딘가 조용한 곳에서 식사를 하면서 천천히 상담하지."

"취향에 맞지 않는 일인데."

나는 잠깐 항의했고 래플스는 즉시 동의했다. "맞아. 하지만 방법이 없지 않나? 때로는 취향이 아닌 일도 해야 해. 게다가 그 사람들은 그런 일을 당해도 괜찮은 친구들이야. 다만 모든 것이 간단하다고 생각해서는 안 돼. 물건을 훔치는 일은 어렵지 않아. 어려운 건 의심받지 않도록 하는 거야. 이거야말로 빼놓을 수 없는 요소지. 비밀리에 면밀한 계획을 세우는 일만이 그것을 가능하게 해. 아직 몇 주 있으니 둘이서 천천히 생각하자고."

당연히 그 몇 주 동안, 나는 계획에 관여할 필요가 없었다. 왜냐하면 '생각하는 일'은 래플스라는 원칙이 있었고, 래플스는 나에게 계획의 모든 부분을 밝히지 않는다. 나는 이미 그런 일로 초조해하지 않았다. 그가 가진 뛰어난 범죄자의 능력은 나 같은 평범한 사람의 판단력보다 훨씬 뛰어나기 때문이었다.

8월 10일 월요일, 우리는 도싯 주의 밀체스터 수도원에 있었다. 그 달 첫 날부터 우리는 낚싯대를 들고 그 부근 일대를 다녔는데, 마을 사람들에게 우리가 선량한 낚시꾼이라는 걸 알리기 위해서였다. 하지만 아무래도 래플스의 목적은 그 일대를 샅샅이 다녀 시골의 지리를 전부 알려는 것은 아니었을까? 나를 동행시킨 데는 다른 의도가 있는 것 같았지만 래플스는 말하지 않았다. 그리고 어느 날, 들에서 래플스는 크리켓 공을 꺼내 나에게 던졌고 우리는 한 시간쯤 캐치볼을 했다. 그 후, 다시 다른 들판으로 가서 나를 상대로 몇 시간 투구 연습을 했다. 연습 때문에 그 주의 주말에는 나도 크리켓에 대한 감각을 조금 되살릴 수 있었다.

모든 일은 월요일에 시작되었다. 우리는 밀체스터 마을 외곽의 작은 교차로에 있었는데, 갑자기 소나기가 내려 길가의 여관으로 들어갔다. 바 라운지에서는 요란한 옷차림에 얼굴이 붉은 남자가 술을 마시고 있었고, 래플스는 그를 보자마자 역까지 빗속을 달리자고 했다.

나중에 그는 싸구려 술집의 냄새로 기분이 나빠져서 그랬다고 말했지만, 도망간 이유는 그 남자의 뭔가를 헤아리는 듯한 시선과 관계가 있는 건 아닐까 생각했다.

밀체스터 수도원은 네모난 회색 건물로 깊은 숲에 싸여 있었고, 3열의 기묘한 창문이 나란히 반짝반짝 빛나고 있었다. 우리가 마침 저녁 식사에 맞춰 돌아왔을 때, 창문들은 마치 불타는 듯이 보였다. 마차는 건물 안으로 개선 아치 몇 개를 지나쳤고 텐트와 젖은 크리켓 경기장, 늘어서 있는 깃대 옆을 지났다. 머지않아 이 크리켓 경기장에서 래플스가 명성을 올릴 것이다.

하지만 크리켓 주간의 간판은 건물 안에 있었다. 그곳에서는 대규모 하우스파티가 열렸다. 눈부시게 화려하고 아름답고 위엄 있는 사람들이 많았고, 솔직히 압도되었다. 우리의 일을 생각하고 뭔가 하려고 애썼지만, 나는 제대로 인사조차 할 수 없었다. 때문에 저녁식사를 시작한다고 사회자가 알렸을 때 나도 모르게 안심했다. 앞으로 어떤 고난이 기다리고 있는지 알 수 없었지만.

내 테이블에 온 젊은 여자는 비교적 평범해서 잘됐다고 생각했다. 멜후이시 양이라는 교구목사의 딸이었다. 그녀는 수프가 나오기 전에, 만찬 테이블에 빈자리가 있으니 자리를 채우기 위해 참가해달라는 부탁을 받았다고 살짝 고백했다. 그 후의 대화는 꾸밈없고 솔직한 것이었다. 게다가 여러 가지 도움이 되는 정보도 가르쳐줘서 나는 그저 듣기만 했고 가끔 고개를 끄덕이며 감사했다. 내가 여기에 있는 사람들을 전혀 모른다고 하자 친절하게 테이블의 사람들의 이름과 그들이 어떤 사람들인지를 가르쳐주기도 했다. 아주 오랜 시간이 걸렸지만 재미있었다. 하지만 그것에도 질리고 서서히 흥미를 잃어갈 때쯤, 그녀는 갑자기 귓가에 이렇게 속삭였다.

"당신은 비밀을 지킬 수 있나요?"

"물론 지킬 수 있습니다."

나는 그렇게 대답했는데 그녀는 더욱 낮은 목소리로 이렇게 질문했다.

"당신은 도둑이 무서워요?"

도둑이라는 말을 들었을 때 나는 깜짝 놀랐다. 그 말은 나이프처럼 가슴을 찔렀다. 나는 그 단어를 우물우물 입속으로 말했다.

"겨우 당신의 졸음을 깨울 말을 발견했군요." 멜후이시는 자랑스럽게 말했다. "그래요, 도둑이요. 하지만 큰 소리를 내면 안 돼요. 절대로 비밀을 지켜야 하니까요. 사실 나는 이런 말을 하면 안 돼요."

"그 도둑이 도대체 어떻게 됐다는 겁니까?" 나는 내 인내심에 만족하면서 속삭였다.

"정말 아무에게도 얘기하지 않을 거죠?"

"물론입니다."

"그래요. 그러면 말할게요. 가까이에 도둑이 있어요."

"벌써 물건을 훔쳤습니까?"

"아직."

"그런데 당신은 어떻게 도둑이 있다는 걸 알았죠?"

"이미 봤어요. 이 지역에서요. 런던에서 온 유명한 도둑 두 명을."

두 명! 나는 힐끗 래플스를 보았다. 나는 저녁식사 동안 래플스를 자주 관찰했는데, 그 의젓한 행동과 강철 같은 신경, 화려하고 유머가 풍부한 화제 전개, 귀에 거슬리지 않게 자기주장을 내세우는 방법에 감동하고 있었다. 하지만 이 이야기를 듣고 나는 래플스가 조금 불쌍하게 느껴졌다. 나는 심장이 차가워지는 공포를 맛보았지만, 아무것도 모르면서 말하고 웃고 먹고 마시는 이 잘생기고 저돌적인 남자에게 약간의 연민을 느꼈다. 나는 샴페인 잔을 들어 단숨에 마셨다.

"누가 그들을 봤습니까?" 내가 속삭였다.

"형사에요. 형사들은 며칠 전부터 런던에서 미행했대요. 이 수도원에서 훔치려는 것 같아요."

"그렇다면 왜 체포하지 않나요?"

"나도 아버지에게 그렇게 말했어요. 하지만 아직 아무 일도 하지 않았는데 체포할 수는 없죠. 그래서 계속 감시하고 있대요."

"감시하고 있다고요?"

"네, 그래서 경찰이 여기에 왔어요. 게다가 애머스테드 경이 아버지에게 말하는 것도 들었죠. 오늘 오후 워벡 교차로에서 모습을 보인 것 같더군요."

래플스와 내가 비를 피하려고 했던 장소가 아닌가? 우리가 갑자기 빗속을 달릴 수밖에 없었던 이유를 지금에서야 알았다. 내 친구가 이 사실을 나에게 숨기고 있었던 건 달리 설명할 필요가 없었다. 나는 괴롭게 그녀의 얼굴을 보았지만 이내 싱긋 웃는 여유를 보였다.

"정말 가슴이 두근거리는 얘기로군요. 그런데 당신은 어떻게 그렇게 잘 알지요?"

"아버지 덕분에요." 그녀는 그때까지 작은 목소리로 얘기했지만 한층 소리를 작게 해서 말했다. "애머스테드 경은 어떻게 해야 좋을지 아버지께 상담했어요. 그러자 아버지도 곤란해서 나에게 상담한 거고요. 저 지금 곤란해요. 이런 얘기는 하면 안 됐는데."

"멜후이시 양, 나를 믿어요. 괜찮습니다. 무섭지는 않나요?"

그녀는 깔깔거렸다.

"전혀요. 그들은 목사관에 들어오지 않을 거예요. 훔칠 물건이 전혀 없으니까요. 하지만 주위를 둘러보세요. 다이아몬드를 보세요. 레이디 멜로즈의 목걸이를 보세요."

레이디 멜로즈의 화려함은 굳이 지적할 필요도 없이 사람들의 시선을 끌었다. 그녀는 애머스테드 경 옆에서 보청기의 도움으로 대화하고 있었다. 거침없이 샴페인을 마시며 세상에 무서울 게 없다는 모습이었다. 그녀의 풍만한 목에 걸려 있는 건 다이아몬드와 사파이어로 장식한 목걸이였다.

"저건 적어도 5천 파운드는 한다는 소문이에요. 당신의 친구 래플스 씨 옆에 있는 레이디 마거릿이 오늘 아침에 가르쳐주었어요. 그녀는 저 목걸이를 매일 밤 몸에 하고 있다고요. 자, 이제 내가 있는 목사관은 안전하다는 생각이 들지 않나요?"

여자들이 자리에서 일어났고, 헤어질 때 멜후이시 양은 다시 한번 나에게 비밀을 지키도록 맹세하게 했다. 그녀는 내게 이 이야기를 한 일을 조금 후회하는 것 같았지만, 내가 자기를 아주 중요한 인물처럼 보는 것에 만족하는 듯했다. 이와 같은 대화를 나눌 수 있었던 건 그녀에게 일종의 허영이었는지도 모르지만 어쨌든 듣는 사람에게 전율을 주는 일은 누구나가 하고 싶은 일이다. 그녀 스스로도 전율을 즐기고 있는 것이다.

다음의 두 시간이 얼마나 초조했는지 아무도 모를 것이다. 당장 이 사실을 알리기 위해 래플스를 살짝 만나려고 했다. 하지만 아무래도 불가능했다. 그와 크롤리는 식당에서 나와 성냥 하나로 서로의 담배에 불을 붙였다. 그리고 머리를 마주하고 뭔가를 열심히 얘기했다.

그런가 하면 라운지에서는 레이디 멜로즈의 보청기에 대고 큰 소리로 농담을 했다. 래플스와 부인은 런던에서 알게 된 것 같았다.

게다가 당구실에서 래플스는 유유히 게임을 즐겼다. 나는 식당에서 계속 함께 있었던 진지한 스코틀랜드인 사진 애호가에게 최근의 기술 발전으로 얼마나 빠르게 사진을 완성할 수 있는가에 관해 들었다. 그는 크리켓을 하러 온 게 아니라 애머스테드 경의 의뢰로 크리켓 사진을 찍기 위해 왔다고 말했다. 그러나 애머스테드 경이 크리켓의 기록 사진을 남기는 건 이번이 처음이라 그가 프로 사진사인지 아니면 단순한 사진 애호가인지는 판단할 수 없었다. 이야기는 몹시 지루했다. 그래서 당구가 일단락되었을 때, 나는 인사를 던지고 래플스를 따라 그의 방으로 갔다.

방에 들어가 래플스가 가스등을 밝혔고, 나는 문을 닫고 말했다.

"이미 끝났어. 우리는 감시당하고 있어. 런던에서부터 계속 미행당하고 있었어. 형사들이 벌써 여기에 있다는 거야."

"어떻게 알았어?" 그는 나를 날카롭게 봤지만, 실망한 말투는 아니었다. 그래서 이 일을 알게 된 경위를 설명했다. "우리를 미행한 형사는 그 여관에 있었던 사람일 테지."

"그 사람이 형사라고?" 래플스는 놀란 듯이 말했다. "자네는 누가 형사인지도 몰랐나, 버니?"

"그 사람이 형사가 아니라면 누가 형사야?"

"자네가 당구장에서 유유히 얘기하던 그 남자가 형사야. 그것도 모르고 얘기했나!"

"그 스코틀랜드인 사진 애호가!"

나는 경악했다.

"맞아. 스코틀랜드인이고 어쩌면 사진사라고 불러도 좋을지 모르지만 실은 런던 경찰국의 매켄지 경감이야. 자네는 그와 그토록 오랜 시간 함께 있으면서도 상대가 경찰인 걸 몰랐어? 버니, 자네는 정말

둔한 친구야."

"그렇다면 그 여관에 있었던 얼굴이 붉은 남자는 누구야?"

"경감이 감시하는 남자."

"하지만 그는 오히려 우리를 감시하지 않았나?"

래플스는 나를 불쌍하다는 듯이 보더니 머리를 한 번 흔들고 담배 상자를 열어 담배를 건넸다.

"버니, 침실에서 담배를 피우면 안 되는지도 모르겠지만 한 대 피워. 지금부터 설명하는 일이 제대로 머리에 들어오도록. 자네가 충격을 받을 테니까."

나는 웃어넘기려고 했다.

"친애하는 래플스가 말하려는 내용은 매켄지 경감이 감시하는 사람이 자네와 내가 아니라는 말이군."

"맞아. 그런 걸 의심한 건 자네 혼자야. 자기가 의심의 눈초리를 보내고 있는 남자가 태연하게 당구를 치고 있는데 그처럼 태평하게 자네와 얘기를 계속할 수 있다고 생각하나? 물론 매켄지라서 그 정도는 할지도 모르지. 하지만 나는 어떻겠는가? 감시당하면서도 제대로 게임을 하고, 더욱이 큰 승리를 거둘 수 있다고 생각하나? 아무리 나라도 그건 불가능해.

저녁식사 후에 크롤리가 내게 다 알려주더군. 아, 자네에게 설명하지 않은 건 잘못했지만 오늘 오후 여관 술집에 있던 얼굴이 붉은 남자는 런던에서 가장 솜씨 좋은 도둑 중 한 명이야. 나는 그와 공통으로 거래하는 장물아비와 셋이서 한잔 한 일이 있지. 그때 나는 완전한 이스트엔드의 빈민으로 분장했고, 그들의 사투리를 썼기 때문에 그는 내 정체를 몰라. 그런 실수는 하지 않았으니까."

"그는 혼자가 아닌 것 같아."

"그래. 적어도 또 한 명 있어. 그만큼 이 집에 가치가 있다는 거지."

"크롤리도 그렇게 말했어?"

"그래. 샴페인의 취기가 많은 도움이 됐지. 자네의 그녀가 말한 내용과 마찬가지야. 하지만 매켄지에 대해서는 모르는 것 같았어. 형사가 있다고는 얘기했지만. 초대 손님 명단은, 특히 다른 초대 손님들에게 비밀로 하고 있어. 불공평한 일이 일어나면 곤란하고 사용인들을 감시할 필요에서도 비밀로 하고 있을 거야. 그 정도가 내 관찰의 성과야. 버니, 이 일은 상상했던 것보다 훨씬 재미있군."

"하지만 우리에게는 일이 어렵게 됐어." 나는 소심하게 한숨을 쉬었다.

"버니, 꼭 그렇지는 않아. 기회가 적은 건 인정하지만. 이 삼파전의 구도에는 여러 가능성이 숨어 있어. A가 B를 감시한다면, A는 C를 보고 있지 않아. 이번 경우 매켄지 경감은 강력한 A가 되겠지. 유감이지만 나는 B가 아니야. 물론 위험은 있어, 버니. 특히 B와 그 동료는 베테랑이기 때문에 그 작업을 뺏는 건 보통 일이 아니지. 크리켓으로 말하면 젠틀맨과 플레이어가 위켓을 쓰러뜨리는 격전을 벌이는 것이지."

래플스의 눈은 최근 본 적이 없을 정도로 빛이 났다. 새롭고 대담한 도전에 불타는 표정이었다. 그는 구두를 벗고 소리 없이 빠른 걸음으로 방 안을 돌아다녔다. 루벤 로젠탈을 위한 보헤미안 클럽의 만찬회 밤 이후, 래플스가 내 앞에서 이처럼 흥분한 건 처음이었다. 비록 그 사건은 엉뚱한 결과로 끝이 났지만.

"래플스, 자네는 정말 어려운 게임에 도전하는 걸 좋아하는군. 그게 바로 스포츠맨십이라고 말하려는 듯이. 하지만 결과가 어떻게 되었지? 이전의 쓸쓸한 경험에서 배우지 않았나? 자세를 낮게 하고 이 집을 조사하는 건 좋지만 매켄지 경감의 큰 입에 들어갈 일은 그만둬."

이 발언에 래플스도 순간 발을 멈추었다. 그는 담배를 손가락 사이에 끼우고 싱긋 웃었다.

"맞아, 버니. 물론 그런 일은 하지 않아. 자네는 레이디 멜로즈의 목걸이를 봤겠지. 지난 몇 년 동안 그게 갖고 싶었어. 물론 멍청한 짓을 할 생각은 없어. 절대로. 하지만 베테랑 도둑 대 매켄지 경감이 되면 매우 가치 있는 게임이 되지. 위대한 게임이 된다고 생각하지 않나? 버니!"

"이번 주에는 하면 안 될 거야."

"물론 내가 하지는 않아. 하지만 베테랑 도둑이라면 어떻게 할 건지 생각해보는 일에는 가치가 있어. 그들이 이 집에서 무엇을 꾸미고 있는지를 파악하는 것은. 반드시 알고 싶어! 버니, 조금 질투를 느끼지 않나? 자네도 그럴 거야."

그가 이번 주에는 확실히 하지 않는다고 선언했기 때문에 나는 가벼운 마음으로 내 방으로 돌아와 안심하고 침대에 들어갔다. 나는 아직 기본적으로는 범죄자가 아니라서 범죄의 실행이 연기되는 게 기뻤고 솔직히 범죄행위를 혐오하고 있었다. 물론 그 필요성은 가끔 이해하지만. 바꿔 말하면 나는 의연한 래플스에 비해 더할 나위 없이 약한 인간이라는 것이다. 물론 그와 비슷하게 악하기는 하지만.

내게는 불쾌한 생각을 일시적으로나마 잊을 수 있다는 장점이 있다. 그 때문에 런던에서도 즐겁게 살 수 있었다. 그래서 이곳 밀체스터에서도 무서운 일주일을 결국 즐길 수 있었다.

그 밖에도 기뻐해야 할 일들이 많았다. 수도원의 크리켓 경기장에서 서툰 내가 의외로 아주 잘한 것이다. 크리켓 주간의 전반에는 요행히 날아오는 공을 잘 받아서 커다란 갈채를 받았다. 소리를 내면서 날아든 공이 자연스럽게 내 손 안으로 들어왔다. 애머스테드 경은 공식적으로 칭찬했다. 얘기치 못한 일로 칭찬을 받자 모든 플레이가 잘되서 다음 회에는 주자로 나갈 수도 있었다.

그날 밤은 크롤리의 생일이었고, 그가 자작 작위를 받는 파티가 열렸는데 그 자리에서도 멜후이시 양이 내 플레이를 칭찬해주었다. 그러고 나서 그녀는 오늘 밤 도둑이 행동할 거라고 속삭였다. 밖에 늘

젠틀맨과 플레이어

어선 아치에는 불이 켜져 있어서 몹시 아름다웠다. 중요한 스코틀랜드인은 그날 촬영한 많은 사진을 급사의 방 한쪽에 만들어진 암실에서 현상하고 있었다. 그는 던디에서 온 클리페인이라는 이름을 사용했고, 그가 매켄지 경감이라는 사실을 아는 손님은 없었다.

크리켓 주간의 마지막인 토요일에는 하찮은 시합만이 남았는데 이미 손님 몇 명은 런던으로 출발할 예정이었다. 하지만 이 게임은 결국 이루어지지 않았다. 그날 밤 밀체스터 수도원에서 불행한 사건이 일어났기 때문이다.

내가 보고 들은 전말은 아래와 같다. 내 방은 래플스와 다른 손님들과는 다른 층에 있었고 중앙의 회화실과 마주 보고 있었다. 사실 우리 방은 원래 귀빈실에 인접한 의상실이었던 것 같다. 그 귀빈실에는 레이디 멜로즈가 묵고 있었고, 그 옆은 초대한 애머스테드 부부의 방이었다. 금요일 밤, 모든 행사가 끝나 나는 일찍 잠들었는데, 자정이 지나서 쿵 하고 뭔가 내 방문에 쓰러지는 소리가 들려 눈을 떴다. 동시에 거친 숨소리와 작은 발소리가 들렸다.

"잡았어." 힘들여 겨우 말하는 소리가 들렸다. "발버둥 쳐도 소용없어."

목소리의 주인은 스코틀랜드인 경감이었다. 나는 등이 차가워지는 것을 느꼈다. 대답은 없었지만 숨소리가 한층 거칠어졌다. 발소리도 빨라졌다. 나는 일어나서 문을 열었다. 어두운 불빛이 층계참을 비추고 있었다. 매켄지 경감이 비틀거리며 거한과 격투하는 모습이 보였다.

"이 남자를 잡아요." 경감은 나를 보고 소리쳤다. "이 악당을 잡아요!"

하지만 나는 두 사람이 부딪쳐 올 때까지 멍청이처럼 서 있었다.

두 사람에게 부딪쳤을 때 처음으로 악당의 얼굴을 보았다. 웨이터 중 한 명이었다. 내가 그를 잡자 드디어 경감은 잡고 있던 팔을 느슨하게 했다.

"이 녀석을 잡고 있어요. 아래에 아직 동료가 남아 있습니다."

그리고 그는 날아가듯 계단을 달려 내려갔다. 그때 옆방의 문이 열렸고, 애머스테드 경과 크롤리가 잠옷 차림으로 뛰어나왔다. 그러자 웨이터는 버둥대는 것을 멈추었다. 나는 경감의 말대로 그를 잡고 있었고, 크롤리는 가스등을 밝게 했다.

"도대체 무슨 소동입니까?" 애머스테드 경이 눈을 깜박이면서 물었다. "아래로 내려간 사람은 누구입니까?"

"매…… 클리페인입니다." 내가 허둥지둥 대답했다.

"그런가?" 애머스테드 경은 클리페인이 매켄지 경감이라는 사실을 알고 있었기 때문에 웨이터의 얼굴을 보고 이렇게 말했다. "자네가 악당이었나? 잘됐군. 도대체 어디에서 잡혔나?"

나는 대답할 수 없었다.

"레이디 멜로즈의 방문이 열려 있어요." 크롤리가 소리쳤다. "레이디 멜로즈, 레이디 멜로즈!"

"레이디 멜로즈는 귀가 안 들리잖아." 애머스테드 경이 말했다. "아, 저기 레이디 멜로즈의 하녀가 있군."

침실로 통하는 문이 열리더니 하얀 옷을 입은 여자가 나타나 문지방에서 몸짓하며 프랑스어로 소리를 질렀다.

"부인의 보석상자가 없어졌어요, 창문이 열려 있어요."

"큰일이군. 부인은 괜찮나?" 애머스테드 경도 프랑스어로 물었다.

"네, 괜찮아요. 주무시고 계세요."

"잠들어서 아무것도 모른다는군." 애머스테드 경이 말했다. "모르는 것은 본인뿐이란 말인가?"

"클리페인 씨는 어떻게 됐어요?" 크롤리가 나에게 물었다.

"아래에 공범이 있다고 내려갔어요."

"왜 더 빨리 그 말을 하지 않았습니까!" 그렇게 소리치고 서둘러 계단을 내려갔다. 그의 뒤를 따라 많은 크리켓 선수들이 쫓아갔다.

모두 사라지면 범인이 또 거칠어질지도 몰라 애머스테드 경과 둘이서 그를 붙잡고 아래층으로 연행했다. 잠옷에 바지를 입고 나온 하인 두 명에게 범인을 인도하고 나서, 애머스테드 경은 나에게 감사의 말을 던지고 가려 했다. 그는 문득 발을 멈추고 말했다.

"지금 총소리가 들리지 않았나요?"

"그렇습니다. 세 발의 총소리가 들린 것 같은데요." 우리는 총소리가 난 곳으로 어둠 속을 달렸다.

처음에는 자갈길을 지났고 곧 젖은 잔디가 나왔다. 마침내 소란스러운 사람들의 목소리가 들렸고 크리켓 선수들의 집단이 보였다. 어두워서 그들의 하얀 잠옷 차림이 보였을 뿐이었지만. 애머스테드 경은 잔디 위에 쓰러져 있던 매켄지 경감에게 걸려 위험하게 넘어질 뻔했다.

"이게 누구야!" 그가 소리쳤다. "무슨 일이 일어났지?"

"클리페인입니다." 경감 옆에서 무릎을 꿇고 있던 남자가 대답했다. "어딘가 맞은 것 같습니다."

"살아 있나?"

"아직은 살아 있어요."

"큰일이군! 크롤리는 어디 있어?"

"여기 있습니다." 어둠 속에서 숨넘어가는 소리가 났다. "쫓아갔지만 소용없었어요. 어느 쪽으로 도망갔는지도 모르겠습니다. 래플스 씨도 함께 왔는데 역시 포기한 것 같아요."

"어쨌든 한 사람은 잡았으니까." 애머스테드 경은 투덜투덜 혼잣말을 하고 말했다. "빨리 이 불쌍한 남자를 집 안으로 옮겨야 해. 누가 그의 어깨를 잡아. 그리고 몸 가운데를 잡고 손을 몸 아래로 넣어. 동시에 드는 거야. 불쌍한 친구! 그의 이름은 클리페인이 아니야. 그는 런던 경찰국의 경감으로 이 악당들을 체포하려고 왔지."

가장 먼저 래플스가 놀라움을 표시했고, 누구보다도 먼저 상처 입은 남자를 운반하는 일을 도왔다. 일동은 천천히 경감을 집으로 운반했다.

잠시 후, 정신을 잃은 부상자를 도서실의 소파에 뉘였다. 얼음으로 상처를 식히고 입에 브랜디를 넣자 그는 눈을 뜨고 입술을 움직였다.

애머스테드 경은 몸을 굽히고 그의 말을 들었다.

"그래, 그래. 그 한 사람은 우리가 확실히 잡고 있어. 당신이 2층에서 잡은 악당."

애머스테드 경은 더욱 몸을 낮추었다. "뭐? 그가 창문을 열고 보석 상자를 아래에 있는 동료에게 던졌다고? 아래에 있던 사람이 그것을 받아서 도망갔다는 건가? 이런, 지금부터 그 남자를 추적해야겠군. 그는 도망갔으니까."

한 시간 후에 태양이 떠올랐다. 당구장에서는 열 명 이상의 젊은이들이 오버코트와 잠옷 차림으로 위스키를 마시고 있었다. 그들은 시끄럽게 떠들면서 기차 시간표를 차례차례 돌려보고 있었다. 의사는 서재에 틀어박혀 있었다. 마침내 문이 열리고 애머스테드 경이 얼굴을 보였다.

"어쩌면 살아날 것 같아. 하지만 이런 사건이 일어났으니, 오늘 크리켓은 중지하기로 하지."

우리는 아침 첫 기차로 돌아오게 되었다. 이곳에서의 일행으로 기차는 거의 만원이었다. 모두 흥분해 어젯밤의 사건이야기를 했다. 나는 체포된 범인을 잡고 있었기 때문에 여기에서도 화제가 되었다. 내 만족감은 강렬했다. 래플스는 그런 나를 살짝 보았지만, 우리는 한마디도 하지 않았다. 마침내 런던의 패딩턴 역에 도착하고 나서, 쾌적한 고무 타이어를 단 마차를 탄 후 래플스는 입을 열었다.

"버니, 결국은 그 베테랑 도둑들이 보석상자를 갖고 갔군그래."

"그래. 무척 잘 된 일이야!"

"불쌍한 매켄지 경감이 가슴을 맞았는데도?"

622

"그렇지만 그 덕분에 우리는 아무 일도 없었잖아."

래플스는 어깨를 으쓱했다.

"버니, 자네는 정말 못 말리겠군! 그 보석 상자가 우리 손에 들어왔다면 자네도 마다하지는 않았을 거 아닌가? 그런데도 시합에서 지는 걸 그렇게 긍정적으로 받아들이다니! 어쨌든 그 베테랑 도둑들의 방법은 썩 흥미로웠어. 비록 나는 졌지만 이번 경험으로 많이 배운 것 같아. 창밖으로 보석상자를 던진다니, 아주 간단하면서도 효과적인 방법이었지. 그 둘은 창문 밑에서 몇 시간이나 기다렸다고."

"그걸 어떻게 알았어?"

"내 방 창문으로 다 봤지. 내 방은 그 귀부인 방 바로 위였잖아. 그날 밤 자러 올라갔을 때 나는 조바심을 내던 참이었는데, 그러다가 우연찮게 창밖을 내다보게 된 거야. 사실대로 말하자면 아래층 방 창문이 열려 있는지, 이불을 밧줄 삼아 내려가서 어떻게 해볼 여지가 없을지 궁금해서 그랬던 거지만. 물론 나는 그 전에 불을 껐어. 그러길 천만다행이었지. 나는 아래의 도둑들을 봤지만, 그들은 나를 못

봤으니. 언뜻언뜻 아주 조그마하고 빛나는 원반 같은 게 보였다 안 보였다 하더군. 야광 눈금판이 달린 손목시계였어. 내가 같은 걸 차니까 잘 알지. 어두울 때는 랜턴 대신 쓸 수도 있어. 하지만 그 도둑들은 그냥 시간을 확인할 뿐이었어. 건물 안에는 또 다른 공범이 있었지. 그 셋은 모든 계획을 맞춰

놓은 상태였어. '도둑을 잡으러 도둑을 보내자.' 나는 1분 만에 모든 상황을 간파했지."

"그런데 자네는 가만히 있었나?" 내가 소리쳤다.

"우선 레이디 멜로즈의 방으로 갔어."

"그런 다음 뭘 했지?"

"일각도 망설일 수 없었어. 그녀의 보석을 지키려면. 나는 레이디 멜로즈의 보청기에다 대고 온 집이 떠나가라 고래고래 소리쳐서 경고했지. 그런데 귀가 너무 안 들린 데다가 저녁도 너무 푸짐하게 드셔서 그런지 쉬이 깨지를 못하지 뭔가."

"그래서 자네는 그 베테랑 도둑들이 그 보석을 상자째로 싹 가져가게 그냥 놔뒀단 말인가?!"

"그래. 뭐, 이것만은 빼두었지만."

그렇게 말하고 래플스는 내 무릎에 주먹을 올려놓았다.

"진작 보여줬어야 했던 건데, 종일 자네 표정이 하도 가관이어서 말이야."

래플스가 손을 펼치자, 레이디 멜로즈의 목을 수놓았던 다이아몬드며 사파이어들이 드러났다.

법의 경계

NINE
POINTS
OF THE
LAW

"이게 무슨 일이라고 생각하나?" 래플스가 물었다.

대답하기 전에 나는 다시 한번 광고를 읽어보았다. 〈데일리 텔레그래프〉의 마지막 페이지에 실린 광고다.

상금 2천 파운드!

위험하고 미묘한 일을 해주실 분 모집. 우리가 능력을 인정하는 경우 2천 파운드 지급.

런던의 '시큐리티'에 전보로 응모하세요.

"매우 특이한 광고야." 내가 말했다.

래플스는 미소했다.

"그것만이 아니야, 버니. 하지만 특이하다는 건 인정하지."

"상금이 대단하군."

"확실히 그래."

"왠지 수상한 일은 보통 위험하다니까."

"그래, 그 조합이 이상하지. 하지만 가장 수상한 건 응모방법이야. 전보로 한정하다니. 게다가 주소도 전보의 사서함 같은 것이야. 우편으로 응모하는 수많은 호사가를 포기하게 하는 점도 독특해. 우표와 달라서 전보는 5실링이 필요하니까. 뭐, 이것도 투자로 생각할 수 있겠지."

"자네는 이미 응모했나?"

"물론." 래플스가 말했다. "나도 다른 사람들처럼 2천 파운드가 욕심나니까."

"본명으로 응모했어?"

"아니야, 버니. 솔직히 말하면 어딘가 수상해. 위법의 냄새가 나. 자네는 내가 주의 깊다는 걸 알고 있을 거야. 사우마레즈라는 이름으로 보냈어. 주소는 히키, 콘듀이 가 28. 내 양복점 주소를 빌렸지. 물

626

론 여기 오기 전에 양복점에 들러서 얘기했어. 답신이 오면 내게 보내도록. 답신이 온다 해도 그렇게 놀랄 일은 아니지만."

그 말이 끝나기도 전에 문을 노크하는 소리가 들렸고 전보가 도착했다.

"어떻게 생각해?" 전보를 보자마자 래플스가 말했다. "'시큐리티'라는 암호는 형사사건 전문 변호사 애든브룩이군. 나를 당장 만나자고 하네."

"그를 만나러 갈 거야?"

"지금 즉시." 그는 일어나서 모자를 썼다. "자네도 함께 가지."

"나는 자네와 함께 점심식사를 하려고 했는데."

"점심식사는 그를 만난 다음에도 먹을 수 있잖아. 자, 가자고. 가는 길에 자네의 가짜 이름을 생각해. 아, 내가 사우마레즈라는 걸 잊으면 안 돼."

베닛 애든브룩 변호사는 스트랜드의 웰링턴 가에 훌륭한 사무실을 갖고 있었다. 우리가 도착했을 때는 마침 법정에 가서 부재중이었는데 5분도 되지 않아 돌아왔다. 혈색도 좋고 어딘가 화려한 분위기조차 느껴지는 자신감 넘치는 남자가 검은 눈으로 래플스를 보았다.

"사우마레즈 씨입니까?" 변호사가 말했다.

"맞습니다." 래플스는 뻔뻔스럽게 대답했다.

"로드 크리켓 경기장에서 봤습니다." 변호사는 교활하게 말했다. "당신이 유명한 크리켓 선수로 많은 위켓을 쓰러뜨리는 장면을 이 눈으로 봤습니다."

래플스는 어깨를 으쓱하고 싱긋 웃었다.

"강속구를 던져서 나를 아웃시켰군요. 이렇게 되었으니 본명을 말할 수밖에 없군요. 저는 1천 파운드가 필요하니까요."

"2천 파운드입니다." 변호사가 말했다. "본명을 사용하지 않는 인물이야말로 내가 원하는 후보입니다. 그러니 걱정할 건 없습니다. 문제는 엄격하게 비밀을 지켜달라는 겁니다."

그리고 그는 나를 매우 강렬한 눈초리로 보았다.

"알고 있습니다." 래플스가 말했다. "위험이 따르는 일입니까?"

"위험은 있습니다."

"그렇다면 세 사람이 두 사람보다 좋겠네요. 내가 1천 파운드라고 한 건 여기에 있는 친구가 남은 1천 파운드를 받는다는 의미입니다. 우리 두 사람이 팀으로 행동할 겁니다. 그렇지 않으면 일을 맡을 수 없습니다. 그의 이름도 필요합니까? 버니, 자네 명함을 드리게."

애든브룩은 내가 내민 명함을 보면서 한쪽 눈썹을 올렸다. 그는 명함을 손톱으로 몇 번 튀기더니 조금 애매한 미소를 지었다.

"곤란한 일이 있습니다." 마침내 그가 말했다. "당신이 최초 응모자였습니다. 전보요금을 아까워하는 사람들은 〈데일리 텔레그래프〉의 광고에 반응하지 않습니다. 사실 우리는 아직 면접 준비도 하지 않았습니다. 솔직히 말해 당신이 내가 원하는 후보인지 판단할 자신이 없습니다. 이 명함에 있듯이 고급 클럽의 회원인 걸 생각하면 말이죠. 조금 더 모험을 좋아하는 젊은이에게 부탁해야 할지도 모릅니다."

"우리는 모험을 아주 좋아합니다." 래플스가 진지하게 말했다.

"하지만 법을 지키고 싶겠지요?"

검은 눈이 약삭빠르게 빛났다.

"우리는 전문적인 악당은 아닙니다. 말하는 뜻이 그러시다면," 래플스가 말했다. "하지만 우리는 돈이 별로 없어서 1천 파운드를 벌기 위해서라면 대부분의 일을 합니다. 그렇지, 버니?"

"뭐든지 합니다." 나도 우물우물 대답했다.

변호사는 탁 하고 책상을 두드렸다.

"그러면 할 일을 말하지요. 해도 좋고 하지 않아도 좋습니다. 확실히 법을 어기는 일이지만 목적은 나쁘지 않습니다. 다만 위험은 존재합니다. 따라서 내 의뢰인은 성공 여부를 묻지 않고 보수를 지불할 생각입니다. 당신이 위험을 알고 받아들인 시점에서 선불로 드리지요. 내 의뢰인은 에서 블룸 홀의 버나드 디벤햄 경입니다."

"경의 아들을 압니다." 내가 대답했다.

"당신은 그 도시의 가장 젊은 무뢰한을 알고 있군요." 변호사가 말했다.

"모든 악의 근원인 그 사람을. 아들을 알고 있다면 아버지에 대해서도 최소한 소문으로는 들었겠지요. 혼자서 미술품 저장고에 살고 있어요. 영국 남부에서 최대의 미술품 수집가라고 합니다. 누구에게나 보여주지 않기 때문에 정확한 판단은 할 수 없지만 수많은 그림, 악기, 가구들을 수집하고 있습니다. 아무리 생각해도 그분은 이상합니다. 그가 아들을 다루는 방법이 괴상하다는 것도 누구나 인정하고 있습니다. 오랜 세월, 경은 아들의 빚을 갚아주었는데, 어느 날 갑자기 그만두었습니다. 게다가 생활비도 전혀 주지 않았지요. 전혀 말입니다. 지금부터 본론으로 들어갑니다. 그전에 나는 아들을 걱정한 버나드 경에게 부탁을 받고 지난 1~2년간의 모습을 관찰했습니다. 여기에 대해 경은 적지 않은 비용을 지불했지요. 그런데 지난주부터 아들을 보거나 연락을 받은 적이 없습니다."

변호사는 의자를 당기고 무릎 위에 손을 놓았다.

"지난 주 화요일, 나는 버나드 경의 전보를 받았습니다. 당장 와달라고 해서 내가 달려가자 그는 밖에서 기다리고 있었습니다. 그는 아무 말도 하지 않고 그림 저장고로 데리고 갔습니다. 그곳은 자물쇠로 잠근 어두운 창고였고, 어둠에 익숙해지는 데 잠시 시간이 걸렸습니다. 경은 어느 액자를 가리켰습니다. 그런데 액자만 있고 그 속에 그림은 없었습니다. 경은 차마 말을 하지 못하더군요. 잠시 후, 그가 설명한 내용은 거기에 들어 있던 그림이 영국을 넘어 전 세계에서 가장 귀중한 그림이었다는 겁니다. 벨라스케스의 진품이었답니다. 나중에 확실하게 조사했습니다." 변호사가 말했다.

"그 그림은 벨라스케스 최고 걸작 중 하나로 로마 교황 이노센트 10세의 초상과 버금간다는 인판타 마리아 테레사의 초상화입니다. 내셔널 갤러리의 미술사학자에게 들었습니다만, 가격을 붙일 수 없을 정도로 값비싼 그림이라고 하더군요. 그 그림을 가져간 경의 아들은 고작 5천 파운드에 팔았습니다."

"어이가 없군요." 래플스가 소리쳤다. 나는 사이를 두지 않고 구매자가 누구인지 물었다.

"오스트레일리아 퀸스랜드의 주의원 크랙스입니다. 정확히는 존 몬태규 크랙스입니다. 우리는 지난주 화요일까지 그런 이름은 들은 적도 없었고, 아들이 그림을 훔친 사실도 몰랐습니다. 아들은 월요일 밤에 버나드 경에게 가서 돈을 달라고 부탁했지만 보기 좋게 거절당했고, 아버지에게 복수한다고 협박했습니다. 이게 바로 복수인 셈입니다. 화요일 밤, 나는 시내에 있는 아들을 잡았고 그는 뻔뻔스런 태도로 훔친 사실을 자백했습니다. 누구에게 팔았는지 물어봐도 말하지 않더군요. 내가 에셔와 런던 사이를 몇 번이나 왕복했는지 모릅니다. 간신히 런던의 메트로폴 호텔에 퀸즈랜드의 그 남자가 묵고 있다는 사실을 알았습니다. 그래서 그에게 애원하고 협박하며 빌었지만 아무 소용이 없었습니다."

"하지만," 래플스가 말했다. "간단한 사건이 아닙니까? 정식 소유주가 아닌 아들이 팔았으니 위법이잖아요. 그 사람에게 돈을 돌려주고 그림을 찾으면 끝나는 일입니다."

"맞습니다. 하지만 상대가 상당히 수상한 사람이라서 비밀리에 할 수밖에 없습니다. 그는 아들의 도둑질을 만천하에 밝히고 스캔들을 일으킨다고 난리니까요. 버나드 경은 그걸 원하지 않습니다. 이 사실이 신문에 나느니 차라리 그림의 소유권을 포기할 거라고 할 정도입니다. 아들의 일은 이미 포기하고 있지만 명예까지 손상시킬 수는 없다고. 그렇다고 해도 그림을 찾아서 원래 장소에 걸고 싶은 마음은 변함없죠. 그래서 고민인 겁니다. 경은 합법이나 불법을 막론하고 어떻게든 찾고 싶어 해요. 나도 이 일에 관해서는 그만 손을 놓고 싶습니다. 크랙스에게 백지수표까지 건네고 부탁했지만 그는 눈앞에서 수표를 찢어버렸습니다. 비열한 늙은 너구리 같으니라고!"

"그래서 신문에 광고를 낸 거군요." 래플스는 냉정하게 말했다. 대화 내내 그런 말투였다.

"마지막 수단이었지요."

"즉, 그 그림을 훔쳐와라."

나무나 당당하게 말해 오히려 변호사의 얼굴이 붉어졌다.

"그렇기 때문에 당신이 적임자가 아니라는 겁니다. 당신 같은 신분의 사람이 그런 일을 할 리 없으니까요. 하지만 단순히 도둑질을 부탁하는 건 아닙니다." 그는 정열적으로 말했다. "단지 도둑맞은 재산을 회수할 뿐입니다. 이건 모험이에요. 결코 도둑질이 아닙니다."

"변호사가 그렇게 말한다면." 래플스가 중얼거렸다.

"위험이 동반되잖아." 내가 덧붙였다.

"그래서 그만큼 지불하는 겁니다." 그는 이 말을 반복했다.

"그렇다고 하기에는 싼 가격이군요." 래플스는 고개를 저으면서 말했다. "우리가 어떻게 될지를 생각하면 말입니다. 경우에 따라서는 아까 말한 우리의 고급 클럽에서 쫓겨날지도 모릅니다. 최악의 경우, 다른 도둑과 함께 교도소에 들어갈 수도 있습니다. 우리가 돈에 곤란한 건 사실이지만 정당한 보수인지는 의문이군요. 보수를 두 배로 하면 어떻습니까?"

애든브룩 변호사는 손을 흔들었다.

"찾아올 수 있습니까?"

"해볼 가치는 있습니다."

"하지만 당신은……."

"경험이 없다고요? 그건 그렇지요."

"그래도 4천 파운드로 위험을 무릅쓴다고 말하는 건가요?."

래플스는 나를 보았다. 나는 끄덕였다.

"하겠습니다." 래플스가 말했다.

"문제는 내가 의뢰인에게 약속한 금액이 아니라는 겁니다." 여기에서 변호사는 조금 떫은 표정을 했다.

"예상한 위험 이상을 각오하고 있습니다."

"진심입니까?"

"신에게 맹세하지요!"

"성공하면 3천 파운드로 어떻습니까?"

"4천 파운드가 우리의 가격입니다, 애든브룩 씨."

"그렇다면 실패하면 보수는 없다는 조건은 어떻습니까?"

"더블 아니면 제로입니까? 좋습니다. 그렇게 하지요."

변호사는 입을 반쯤 벌린 채 의자 등에 기댔다. 그는 오랫동안 교활한 눈으로 래플스를 보았다. 나에게는 시선 한 번 주지 않았다.

"나는 당신의 크리켓 투구 자세를 생각했습니다." 그는 생각에 잠긴 듯이 말했다. "나는 휴식이 필요했지만 당신은 쉬지 않고 계속 던지더군요. 그리고 차차 위켓을 쓰러뜨렸지요. 영국 제일입니다. 젠틀맨 대 플레이어의 시합도 봤습니다. 당신은 여러 구질을 전부 구사해 던집니다. 음, 당신은 내가 원하던 사람이에요."

우리는 카페 로열에서 계약을 했다. 베넷 애든브룩 변호사는 이곳의 호화로운 점심식사를 먹고 싶다고 했다. 그는 익숙한 태도로 최고급 샴페인을 주문했다. 하지만 원래 누구에게도 뒤지지 않는 미식가 래플스는 식사 도중 이곳에 마음이 없다는 듯 아무 말도 하지 않았다. 나는 틈을 내려고 노력했다. 하지만 식사가 끝나고 웨이터를 부른 래플스는 기차 시간표를 가져오도록 했다. 그는 3시 20분 발 기차를 타고 에셔로 출발하고 싶다고 말했다.

"애든브룩 씨, 죄송하지만 나는 나름대로 계획이 있습니다. 그건 잠시 비밀로 해두고 싶군요. 실패할 가능성도 있습니다. 그러므로 아직 당신에게 말할 단계는 아닙니다. 하지만 버나드 경과는 이무래도 대화를 나눠봐야 할 것 같습니다. 당신의 명함에 간단히 소개글을 써주세요. 아니면 함께 가서 내가 버나드 경과 얘기할 때 동석해도 좋습니다. 뭐, 그럴 필요는 없다고 생각하지만."

평소 래플스의 방법이지만 변호사는 기분이 약간 나쁜 것 같았다. 나는 애든브룩에게, 이게 바로 래플스의 방법이니 기분 나빠 하지 말라고 했다. 나는 래플스 말고 그처럼 대담하고 굳은 결의로 행동하는 사람을 알지 못한다. 어쨌든 그를 믿을 수밖에 없었고, 아무 말도 하지 않는 게 상수였다. 어떤 일이라도 그의 페이스대로 움직이는 게 좋다. 변호사는 조금 불안해하며 떠났지만 어쩔 수 없는 일이다.

그날 래플스를 다시 만나지는 않았지만 저녁식사를 위해 옷을 갈아입는데 전보가 도착했다.

내일 정오 이후 언제라도 외출할 수 있도록 자택에서 대기하기 바람.
래플스.

워털루 역에서 오후 6시 42분에 보낸 전보였다.

그렇다면 래플스는 이미 런던에 돌아온 것이다. 나는 그가 전보를 보낸 이유는 오늘 밤 나를 만나고 싶지 않아서일 거라고 생각했다. 어쨌든 내일 오후에 만나면 된다.

다음 날 오후 1시에 그가 왔다. 내가 창문으로 마운트 가를 보고 있자, 그가 활기차게 마차에서 내려 올라오더니 나를 방 안으로 떠밀듯이 들어왔다.

"버니, 5분밖에 시간이 없어." 그는 코트를 벗고 의자에 앉았다.

"정말 시간이 없어. 그러니 내가 말하는 동안 질문하지 마. 첫째는 크랙스의 방에 들어가는 일이야. 메트로폴 호텔의 방은 간단히 들어갈 수 없어. 우선 크랙스와 친구가 될 필요가 있어. 접근하는 데 구실이 필요한데, 그 값비싼 그림과 연결되는 이야기가 바람직할 것 같아. 크랙스가 어떻게 보관하고 있는지 알고 싶으니까. 그냥 찾아가서 보여달라고 하면 소용없을 거야. 나는 어제 점심식사 내내 이 일을 생각했어. 일어날 때쯤 드디어 아이디어가 떠올랐지. 만약 그 그림의 복제화를 갖고 있다면 그것을 갖고 크랙스의 방에 가서 진짜와 비교해보고 싶다는 구실이 가능하지 않을까. 그래서 에셔로 가서 복제화가 있는지 확인했지. 블룸 홀에서 한 시간 30분 동안 찾았지만 없더군. 하지만 버나드 경이 복제화를 만드는 허가를 내린 걸 알았기 때문에 어딘가에 존재할 거라고 생각했어. 버나드 경이 허가한 화가의 연락처를 알아낸 다음, 하룻밤 걸려서 찾았지. 복제화는 모두 두 장이 있었는데, 누군가의 의뢰를 받고 제작했다고 해. 한 장은 국외로 나갔지만 다른 한 장은 영국 어딘가에 있다고 해서 아직 찾고 있어."

"그럼 아직 크랙스를 만나지 않았나?"

"아니, 만나서 친해졌지. 더 불쾌한 노인이었다면 좋았을 텐데. 오늘 아침에 외출해서 크랙스에게 복제화 이야기를 했어. 〈거짓말해서 맞아죽은 아나니아스〉 이상의 거짓말을 했지. 그 늙은 너구리는 내일 배로 오스트레일리아로 돌아가. 나는 그에게, 어떤 남자가 벨라스케스의 인판타 마리아 테레사의 복제화를 내게 팔려고 한다는 얘기를 했어. 그래서 소유자라는 버나드 경에게 확인했더니 크랙스에게 팔았더라는 내용의 거짓말을 했지. 그때 크랙스가 기뻐하던 얼굴을 보여주고 싶군. 얼굴의 쭈글쭈글한 주름이 일그러지더니, '디벤햄 노인이 매각을 승인했나?' 하고 묻더군. '그렇습니다.' 하고 말하니까 아마 5분 이상 쿡쿡 웃는 거야. 그는 너무나 기쁨에 들떠 내가 원하는 대로 해주었어. 진짜를 보여준 거지. 다행히 생각보다 작은 그림이더군. 그는 그림을 케이스에 넣어 보관하고 있네. 철제 지도 케이스로 자기 소유인 브리즈번의 토지 지도를 넣었던 것 같아. 그는 이런 케이스 안에 세계적인 명화가 들어 있을 거라고는 아무도 생각하지 못할 거라고 말했지. 케이스에는 처브 자물쇠가 달려 있었어. 그가 서류를 정리하는 동안 자물쇠를 관찰했지. 사실은 손에 밀랍을 숨기고 있어서 열쇠의 형을 떴어. 오늘 오후에는 복제열쇠가 완성될 거야."

그는 시계를 보고 일어나 시간이 많이 지났다고 말했다.

"자네는 오늘 밤 메트로폴 호텔에서 크랙스와 저녁식사를 하게 되어 있어."

"내가?"

"그래. 그런 불안한 얼굴 하지 마. 나는 초대받았지만 자네와 함께 가지 않으면 거절하겠다고 말했어. 그래서 두 사람이 초대받은 거야. 당연히 나는 거기에 가지 않아."

그의 맑은 눈동자는 물끄러미 나를 보고 있었다. 그의 눈이 이 저녁식사의 중대한 의미를 전해주었다.

"자네는 크랙스와 그의 침실 옆방에서 저녁식사를 하게 되어 있어. 자네에게 부탁하고 싶은 건 가능한 한 오랫동안 그 방에 크랙스를 머물게 하는 거야."

순간 나는 그의 계획을 알아챘다. "저녁식사 동안에 그림을 훔치려는 거군."

"그래."

"옆방이라면 소리가 들리지 않을까?"

"괜찮아."

"하지만 만약 그런 일이 생기면." 그것을 상상하자 몸이 떨렸다.

"그 만약의 일이 일어나면 강행돌파뿐이지. 하지만 메트로폴 호텔에서 권총을 사용할 수는 없어. 곤봉을 갖고 가는 수밖에 없네."

"마음이 무겁군." 내 목소리는 거칠어졌다. "전혀 모르는 사람과 식사하는 것도 마음이 무거운데 자네가 옆방에서 무엇을 하고 있는지 알고 있으니."

"한 사람당 2천 파운드의 일이니까." 래플스는 조용히 말했다.

"자네가 신중히 생각했더라면 이 일을 맡지 않았을 거야!"

"버니, 괜찮아. 나는 자네 이상으로 자네를 잘 알아."

그는 코트를 입고 모자를 썼다.

"몇 시에 가면 되지?" 마침내 결심하고 그렇게 물었다.

"7시 30분이야. 도착하면 내가 보낸 전보가 있을 텐데, 유감이지만 내가 저녁식사에 갈 수 없다고 적혀 있을 거야. 크랙스는 말하기를 아주 좋아하니 자네가 적절히 맞장구쳐주면 돼. 하지만 그림이 화제가 되면 조심해. 자네에게 보여주고 싶다고 하면 서둘러 집에 돌아가야 한다는 이유를 대서 속여야 해."

"끝나면 어디서 자네를 만나지?"

"나는 에셔로 갈 거야. 아마 오후 9시 55분 기차를 타겠지."

"다시 한번 만날 수 없나?" 그가 문에 손을 댔을 때 나는 필사적으로 소리쳤다. "마음이 떨려. 일을 망칠 가능성도 있다고."

"괜찮다니까. 시간이 나면 만날 수도 있겠지만 아직 해야 할 일이 많이 있어. 아, 내 방으로 와도 없을 거야. 그래, 에셔에 오면 어때?

마지막 기차를 타면 돼. 어떻게 됐는지 자네의 보고도 듣고 싶으니까. 버나드 경에게도 자네가 온다고 말해두지. 우리 모두 머물게 해줄 거야. 그림만 돌아온다면 성대하게 대접해줄 테지.”

나는 불안과 공포와 걱정으로 무대에 오르기 전에 흥분한 배우 같은 상태였다.

하지만 결국 주인공은 래플스였고, 나는 주어진 일을 하면 됐다. 래플스가 실패하리라고는 생각할 수 없었다. 그는 영리하고, 확실한 계획에 맞춰 소리 없이 일을 할 수 있기 때문이다. 나는 햄릿의 삼촌 클로디어스처럼 사람 좋아 보이는 미소를 짓는 악인만 되면 그만인 것이다. 나는 그날 오후 내내 웃는 표정을 연습했다. 그리고 머릿속으로 식사 중의 화제를 생각했다. 클럽 도서실에서 퀸즈랜드의 예비지식을 조사했다.

7시 45분이 되었다. 나는 이마가 벗겨진 나이 든 남자에게 깊게 머리를 숙였다.

“자네가 래플스의 친구인가?” 그는 나를 약간 무시하는 태도로 말했다. “그는 어떻게 된 거지? 뭔가 보여줄 게 있다고 말하더니. 오지 못하는 건가?”

분명히 그는 아직 전보를 받지 못한 것 같았다. 내 고생은 벌써 시작되었다. 나는 오늘 1시 이후 래플스를 만나지 못했다고 우물쭈물 대답했다. 가능한 사실대로 말하는 게 좋다고 생각했다. 그때 문을 노크하는 소리가 들렸다. 마침내 전보가 온 것이다. 그는 전보를 본 후에 나에게 건넸다.

“런던을 떠날 수밖에 없었다는군.” 그는 불평하듯 말했다. “가까운 친척이 병이라 어쩔 수 없었다네. 그에게 그런 친척이 있었나?”

그 순간 그럴듯한 거짓말이 생각나지 않았다. 하는 수 없이 그의 친척을 많이 만나지 못해 잘 모르겠다고 대답했는데 이 말이 또 내 신빙성을 떨어뜨렸다.

"자네들은 상당히 친한 친구라고 들었는데." 그는 왠지 수상하다는 듯이 나를 보았다.

"런던에서 만난 친구라서 고향에 같이 간 적은 없습니다."

"그렇다면 하는 수 없군. 하지만 내 저녁식사를 망치다니 용서할 수 없어. 누가 죽어간다고 해도 내 저녁식사에 온 다음에 가야 해. 그렇지 않나? 할 수 없지. 그를 빼고 저녁식사를 하기로 하지. 그가 왜 나에게 왔는지 알고 있나? 이제 만날 수 없어. 나는 래플스가 마음에 들었지. 그는 냉소적이거든. 나도 그렇게 때문에 우린 공통점이 있어."

나는 이 대화의 핵심을 파악하려고 했지만 그럴 수 없었다. 아무튼 대화를 나누는 동안, 저녁식사가 시작되었다. 그는 이야기에 맞장구를 쳐주면 만족하는 것 같았다. 크랙스는 어리석고 부정적인 사람이었다. 모든 가치를 알고 있지만 가치를 모르는 인간이라는 그리스철학의 말에 딱 걸맞은 인물이었다. 그는 여러 문물에 신랄한 비평을 했다. 악의로 가득 찬 욕설을 퍼붓는 것이다. 성장도 나쁘고 교양도 없었지만 토지 가격이 올랐다는 이유로 한몫 잡은 전형적인 졸부에 불과했다. 그럼에도 악의와 교활한 머리는 갖추고 있었다. 라이벌이 불행에 빠졌다는 이야기에는 기침이 나올 정도로 웃었다.

하지만 그의 말을 한 귀로 들으면서 옆방의 래플스가 내는 미묘한 소리에 다른 한쪽 귀를 기울이는 고통만큼은 평생 잊지 못할 것이다. 이 방과 옆방을 나누는 벽은 낡은 접이식이 아니라, 제대로 된 벽으로 문에 두꺼운 커튼까지 쳐 있었지만 확실하게 소리가 들렸다. 나는 무심코 오일을 쏟았고, 크랙스의 농담에 일부러 큰 소리로 웃었다.

나를 가장 공포의 밑바닥에 떨어뜨린 순간은 웨이터가 물러났을 때, 크랙스가 갑자기 일어나 아무 말도 하지 않고 침실로 들어갈 때였다. 나는 돌처럼 그가 돌아오기를 기다렸다.

"문 두드리는 소리가 들려서." 그가 말했다. "잘못 들은 것 같아. 망상일까? 래플스가 내가 값비싼 보물을 갖고 있다는 걸 자네에게 얘

기했나?"

드디어 그림애기가 나왔다. 그때까지는 오직 퀸즈랜드의 화제로 끌고 가는 데 성공했지만, 다시 그 이야기로 돌아가려 해도 소용없었다. 그는 그림이 어떻게 자신의 손에 들어었는지를 얘기하기 시작했다. 나는 이미 래플스에게 들었다고 말했다. 그래도 이처럼 떠벌이기를 좋아하는 남자가 이런 기회를 놓칠 리 없었다. 그는 자랑스럽게 이 화제에 집중했다. 살짝 시계를 보니 9시 45분이었다. 아직 저녁식사를 계속할 시간이다. 그렇다, 이 시간에 물러나는 것은 실례다.

그는 그 거장의 그림은 틀림없이 진품이고 당시 라이벌 화가의 작품과 비교해도 단연코 뛰어난 걸작이라고 얘기했다. 내가 두려워했던 건 그가 그림을 보여주겠다고 하는 것이었다.

"직접 보면 알 수 있을걸. 바로 옆방에 있으니, 이쪽으로."

"이미 포장을 하셨잖아요?" 당황해서 내가 말했다.

"아니. 자물쇠를 채워두었을 뿐이라네." 그가 말했다.

"수고를 끼치면 죄송해서요."

"간단한 일이야. 자, 이쪽으로 오게."

그 이상 거절하는 건 나에 대한 의심을 깊게 할 뿐이다. 그래서 더 사양하지 않고 그의 침실로 따라갔다. 그는 침실 구석에 놓여 있던 철제 지도 케이스를 보여주었다. 그는 내 조마조마한 기분은 전혀 상관하지 않고, 처브 자물쇠를 풀고 케이스를 열었다. 그가 토지의 지도를 꺼냈는데 그 안에서 캔버스가 나타났다.

"이게 뭡니까!" 내가 소리쳤다.

"이제부터 감격할 거야." 크랙스는 나를 위해 캔버스를 펼쳤다. "어때? 이게 바로 지금부터 230년 전에 그려진 작품이야. 수집가 존슨도 이것을 보면 놀랄 거야. 아마 오스트레일리아의 퀸즈랜드 주 전부에 있는 명화를 합한 것보다 비싸겠지. 5만 파운드는 될걸. 하지만 나는 5천 파운드에 구입했지."

그의 말에 나는 가슴을 부여잡았다. 그런 내 태도를 보고 크랙스는 두 손을 비볐다. "자네가 이 정도로 감동했다면 오스트레일리아 최고의 수집가라는 존슨은 더욱 놀라겠지. 자기 집 깃대에 목을 매고 싶어질걸."

솔직히 나는 적지 않은 충격을 받았다.

래플스가 실패한 것이다! 이제 성공할 가망은 없다.

"안녕." 그는 토지의 지도 사이에 넣기 전에 그림에게 말했다. "브리즈번에서 다시 만나자." 그가 그렇게 말하면서 케이스를 닫자 나는 몹시 동요했다.

"이제 끝이야." 그는 열쇠를 주머니에 넣었다. "배에 실으면 즉시 금고에 넣을 테니."

우리는 옆방으로 돌아왔다. 그 다음에는 그가 어떤 이야기를 해도 전혀 머리에 들어오지 않았다. 위스키와 소다가 나왔지만 나는 예의상 입에 조금 댔을 뿐이었다. 하지만 그는 술술 들이켰다. 11시 전에 나는 작별인사를 했다. 에셔 행 마지막 기차가 워털루 역을 출발하는 시간은 11시 50분이다.

나는 핸섬마차를 타고 집으로 돌아왔다. 그리고 13분 후에 호텔로 돌아왔다. 복도는 텅 비었고 사람은 보이지 않았다. 나는 아까의 방 앞에 섰다. 안에서는 코 고는 소리가 크게 들렸다. 나는 아까 빌렸던 열쇠로 방으로 들어갔다. 크랙스는 소파에서 깊게 잠들어 꼼짝도 하지 않았다. 그래도 만약을 위해 갖고 있던 손수건에 클로로포름을 적셔 코 위에 놓았다. 잠시 후, 그는 완전히 통나무로 변했다.

나는 손수건을 치우고 그의 주머니에서 케이스 열쇠를 꺼내 열었다.

그림을 꺼내고 5분 후에 열쇠를 그의 주머니에 돌려놓았다. 그림을 말아 망토 아래에 숨긴 다음, 위스키와 소다를 조금 마시고 그 자리를 물러났다.

아무런 어려움 없이 기차를 탔다. 더 이상 위험을 느끼지 않아도 될 즈음에 담배에 불을 붙였다. 워털루 역의 불빛이 멀리 보였다.

극장에서 돌아오는 사람들이 많았고, 사보이 극장에서 오페라를 보고 온 사람들은 재미없었다고 불평했다. 〈군함 피나포어 호〉와 〈페이션스〉 부분은 좋았다고 말하는 사람들이 서비튼 역에서 내렸다. 그곳에서 에셔까지는 나 혼자만 타고 있었고, 나는 침착하게 오늘의 사건을 되돌아보았다. 생각해보니 이것은 내가 기획하고 실행한 최초의 사건이었다. 더욱이 래플스가 실패한 걸 만회했다는 성과를 올린 것이다. 그 때문에 양심의 가책은 전혀 느끼지 않았다. 분명히 이 그림은 도둑에게서 훔친 것이다. 어디까지나 나 혼자서 한 일이다!

래플스가 얼마나 놀라고 기뻐할지 상상했다. 이제 조금은 나를 다시 보지 않을까? 어쨌든 한 사람당 2천 파운드나 생기는 것이다. 그렇다면 이제 정직한 사람으로 살아가는 일도 가능하다. 모두 내가 해낸 덕이다!

에서 역에서 내린 나는 다리 아래에서 기다리고 있는 마차에 탔다. 그리고 의기양양하게 블룸 홀에 도착했다. 정면의 문은 열려 있었고, 집에는 불이 켜져 있었다. 나는 계단을 올라갔다.

"마침내 왔군." 래플스가 명랑하게 말했다. "버나드 경도 자네와 악수하고 싶다고 일어나 계시네."

나는 래플스가 이처럼 기분이 좋은 것에 약간 놀랐다. 하지만 그를 잘 아는 사람이라면 그가 어떤 때에도 좋은 기분을 유지할 수 있다는 걸 알고 있을 것이다.

"해냈어." 나는 그의 귓가에 속삭였다. "훔치는 데 성공했어."

"뭘 훔쳤지?" 그는 한 걸음 물러나 의아하다는 듯이 나를 보았다.

"그 그림. 그가 보여주었어. 자네는 훔치지 못했지? 그림은 여전히 남아 있었어. 그래서 훔쳐야 한다고 생각했지. 여기 있다네."

"보여줘." 래플스는 기분 나쁜 듯이 말했다.

나는 망토를 열어 몸에 붙인 캔버스를 꺼내 열었다. 그동안 평상복을 입은 노인이 나타나 눈썹을 치켜올리며 그것을 보고 있다.

"거장의 작품으로는 너무 새것 같지 않나?" 래플스가 물었다. 그의 말투가 차갑게 변해 분명히 내가 성공한 데 대해 질투하는 거라고 생각했다.

"크랙스도 말했듯이 나는 너무 놀라서 제대로 보지 못했어."

“그럴 거야. 잘 보라고, 분명 잘 그린 복제화이긴 하지.”

“뭐? 이게 복제화라고?” 내가 소리쳤다.

“이게 바로 내가 혈안이 되어 찾아낸 복제화야. 나는 크랙스를 위
해 이 그림을 진짜와 바꿔치기했지. 크랙스는 아마 이 그림을 진짜라

고 믿고 평생을 보냈을 거야. 그런데 자네가 훔쳤어.”

나는 아무 말도 할 수 없었다.

“도대체 어떻게 한 건가?” 버나드 디펜햄 경이 물었다.

“그를 죽였나?” 래플스가 냉소적으로 물었다.

가급적 래플스를 보지 않기 위해 나는 버나드 경을 향해 열심히 오늘의 체험담을 설명했다. 그렇게라도 하지 않으면 쓰러질 것 같았다. 하지만 얘기하는 도중에 냉정함을 되찾았다. 나는 다음부터는 래플스가 일의 자초지종을 미리 상세하게 알려주면 좋겠다고 말했다.

“다음이라고? 버니. 우리가 마치 도둑질을 생업으로 하는 것처럼 들리지 않나!”

“그럴 리가 있겠나.” 버나드 경이 웃으면서 수습해주었다. “당신들은 정말 용기 있는 젊은이들이요. 지금은 퀸즈랜드에서 온 친구가 그 지도 케이스를 저쪽에 도착할 때까지 열지 않기만을 기도해야지요. 그는 내가 보낸 수표를 받게 될 테고 더 이상 문제는 생기지 않을 거요.”

나는 말없이 준비된 방으로 갔다. 래플스가 따라와서 손을 잡아주었다. “버니, 그렇게 동료에게 무정하게 대하지 말게. 자네에게 자세히 설명하지 않은 건 시간이 없었기 때문이야. 복제화를 찾는 데 너무 신경을 쏟았거든. 그런데 자네가 훔친 기술은 칭찬할 만하군. 나는 자네에게 그런 재능이 있다고는 상상도 하지 못했어. 앞으로는 자네에게……”

“미래의 얘기 같은 거 그만둬!” 내가 소리쳤다. “나는 이런 일은 좋아하지 않는다고. 정말 그만두고 싶어.”

“나도 마찬가지야.” 래플스가 말했다. “충분히 저금하고 나도 그만 둘 거야.”

리턴 매치

THE
RETURN
MATCH

흐린 날씨의 11월 저녁, 나는 피커딜리의 번화가를 걷고 있었다. 그런데 갑자기 누군가 팔을 잡아 깜짝 놀랐다. 꺼림칙한 마음 탓에 언제나 이때가 오는 걸 예기하고 있었는데, 드디어 잡혔다고 생각했다. 하지만 나를 잡은 사람은 경관이 아닌 래플스였다. 안개 너머 웃고 있는 그가 보였다.

"드디어 찾았군!" 그가 말했다. "자네를 클럽에서 찾고 있었어."

"지금부터 가려던 참이야." 내가 떨고 있다는 것을 눈치채지 못하도록 말하고 싶었지만 래플스는 이미 알아채고 나를 위로하듯 크게 웃었다.

"내 집에 가지 않겠나? 할 얘기가 있어."

그 즐거운 말투에는 모험의 예감이 있었다. 몇 개월의 훈련으로 그의 말투에 저항하는 표정을 짓는 데는 성공했지만 래플스가 세계에서 가장 설득력이 강한 인간이라는 건 확실했고, 특히 그가 결심했을 때는 더욱 그랬다. 버나드 디벤햄 경의 작은 일 이후, 우리 두 사람은 각자의 생활을 즐기고 있었지만, 래플스처럼 모험을 사랑하는 천재적인 두뇌가 언제까지나 그 생활에 만족할 리 없었다. 나 또한 정직한 사회인으로 오랫동안 살아가는 건 무리였다. 그는 가볍게 웃고 팔을 들어 나를 부축했고, 어느새 우리는 그의 올버니 아파트의 계단을 오르고 있었다.

난롯불이 꺼지고 있었다. 그는 가스등을 켠 다음 난로를 부지깽이로 휘저었다. 나는 오버코트를 입은 채 시무룩하게 서 있었는데, 래플스가 뒤에서 코트를 벗겨주었다.

"자네는 어떤 남자일까?" 래플스는 즐겁게 말했다. "그런 얼굴을 하고 있으면 내가 오늘 밤에 곧바로 도둑질을 하자고 말하는 것처럼 보이잖나. 그렇지 않아, 버니. 우선 거기 의자에 앉아서 설리번을 피우며 긴장을 푸는 게 어때?"

그는 성냥으로 내 담배에 불을 붙여주었다. 그리고 위스키소다를

가져왔다. 나는 금세 행복한 기분이 되었고, 그는 현관으로 나가 자물쇠를 확실히 잠그고 돌아왔다. 이제 이 집에 갇힌 것과 마찬가지다. 그는 팔짱을 끼고 나를 보면서 말했다.

"버니, 자네는 밀체스터의 일을 기억하지?"

그의 말투는 이상하게 낮았고 불쾌감이 느껴졌다. 나는 기억한다고 대답했다.

"밀체스터 근처 여관에 있었던 남자를 기억하겠지. 비를 피해서 들어갔을 때, 누군가 화려한 옷을 입고 있었지. 런던 최고의 도둑이라고 한 것 같은데."

"응, 생각나. 크로셰이라고 했어."

"유죄를 받았을 때 그가 사용한 이름이니까 그냥 크로셰이라고 하지. 자네도 그를 동정하지는 않겠지. 실은 그가 어제 오후 다트무어의 교도소에서 탈옥했어."

"호오, 잘도 도망갔군!"

래플스는 미소 짓고 어깨를 으쓱했다. "말 그대로 잘 도망갔다고 할 수 있지. 자네는 신문을 읽지 않은 것 같네만, 경찰이 총을 몇 방 쏘았는데도 크로셰이는 짙은 안개를 이용해 상처 하나 없이 도망간 것 같아. 멋지게 해냈다고 해야겠지. 배짱이 없으면 불가능한 일이야. 경찰이 밤새도록 크로셰이를 찾았지만 결국 발견하지 못했다고, 오늘 아침 신문에 나와 있는데 역시 읽지 않았겠군."

그는 가져온 석간신문 〈팰맬〉을 펼쳤다.

"잘 들어. 여기에 그의 탈주에 관한 기사가 있어. 아주 대단하지."

도망자는 토톤즈에 나타난 듯 보인다. 그는 아침 일찍 A. H. 엘링워스 부사제의 주거에 침입했다. 부사제는 예복이 없어진 걸 발견했는데, 그 후 서랍에 깨끗이 개놓은 죄수복이 발견되었다. 이를 통해 크로셰이가 계속 도주 중인 것을 알 수 있는데, 경찰은 부사제의 옷은 눈에 잘 띠기 때문에 오늘 안으로 체포할 수 있다고 보고 있다.

"이 기사를 어떻게 생각해, 버니?"

"그는 스포츠맨 같군." 나는 신문에 손을 뻗었다.

"놈은 그 이상이야. 거의 예술가의 경지에 이르렀지. 부러워. 하필이면 부사제가 되려 하다니. 정말 대단해. 그것만이 아니야. 아까 클럽 게시판에 호외가 나와 읽었는데, 돌리시에서 철도 사이의 풀밭에 정신을 잃고 쓰러져 있는 사제가 발견되었다는 거야. 분명히 그의 짓이지. 호외는 거기까지밖에 쓰여 있지 않았어. 아마도 누군가를 기절시킨 다음 입고 있던 사제복을 입히고 자신은 그 사람의 옷을 입고 도망간 것 같아. 이미 런던에 와 있겠지. 대단하다고 생각하지 않나? 아주 영리하게 도주하고 있어."

"어떻게 런던에 왔을까?" 하고 묻는 순간, 래플스의 얼굴에 그림자가 비쳤다. 분명히 내 발언이 동업자 도둑의 도망을 칭찬 중인 래플스에게 뭔가 걱정거리를 생각나게 한 것이다. 그는 대답하기 전에 불안하게 현관 홀을 둘러보았다.

"내 생각에는," 래플스가 말했다. "그는 나를 쫓아온 거야."

말을 마친 그는 조금 냉소적으로 보이는 평소의 표정으로 돌아왔다.

"자네를 왜 쫓아왔지?" 나는 질문할 수밖에 없었다. "크로셰이가 자네에 대해 뭔가 알고 있다는 건가?"

"많이는 몰라. 하지만 뭔가 의심하고 있는 건 확실해."

"어떻게 알아?"

"우선 그는 내게 필적하는 재능이 있어. 관찰하는 눈이 날카롭고 분석하는 능력도 뛰어나. 그는 베어드 노인과 함께 런던에서 나를 한번 만났어. 또 밀체스터에 가는 도중에 여관의 술집에서 나를 봤을 테고 물론 크리켓 경기장에서도 봤어. 솔직히 말하면 나는 그 사실을 알고 있었어. 재판 전에 나에게 편지를 보냈으니까."

"편지를 보내다니! 그런 말은 하지 않았잖아."

그는 어깨를 으쓱했다.

"말한다고 어떻게 되는 것도 아니니까. 자네를 걱정시킬 뿐이지."

"편지로 뭘 말했지?"

"내게 경의를 표하고 싶었지만 그냥 런던으로 돌아간 게 유감이다, 하지만 만남의 기쁨이 잠시 연기되었을 뿐이다, 자신이 출소할 때까지 제발 잡히지 않았으면 좋겠다고 쓰여 있었어. 그리고 레이디 멜로즈의 목걸이가 자신의 손에 들어오지 않았는데 그것만 빼고 나머지 보석에는 손대지 않은 사람을 잊을 수 없으니 조만간 만났으면 좋겠다는 미래의 희망이 쓰여 있더군. 그 미래가 바로 눈앞에 있는 것 같아."

그는 어두운 현관 로비를 보았다. 이중으로 된 문은 양쪽 모두 확실히 닫혀 있었다. 나는 그에게 어떻게 할 것인지를 물었다.

"그에게 나를 찾도록 하는 거야. 수위에게는 내가 런던에는 없다고 전하라고 일렀어. 실제로 한 시간 후에는 그럴 생각이지만."

"오늘 밤 여행을 갈 건가?"

"리버풀 가 역에서 출발하는 오후 7시 15분 기차에 탈 예정이야. 나는 가족이야기를 잘 하지 않지만 버니, 동부의 시골에 사제에게 시집간 동생이 있어. 언제 가도 환영해주지. 물론 교회에 다니라고 귀찮게 하지만. 일요일에 자네와 함께 있을 수 없는 게 유감이야. 실은 사제관에서 최고의 책략을 꾸밀 계획이야. 태풍이 오는 날에 피난할 항구로 그만한 장소는 없어. 지금부터 짐을 싸야 해. 자네에게 어디 가는지 알리려고 했을 뿐이야. 자네가 내 행동에 대해 알고 싶다고 생각할 것 같아서."

그렇게 말하고 그는 일어나 담배꽁초를 난롯불에 던졌다. 그러고는 기지개를 켠 다음 오랫동안 서 있었다. 그런데 갑자기 침실과 거실을 구분하는 문 저쪽에서 체격이 튼튼하고 몸에 맞지 않는 검은 옷

을 입은 남자가 둥근 머리를 드러냈다. 짧고 붉은 머리의 정수리는 벗겨져 있었다. 나는 그의 얼굴을 본 순간 벌떡 일어났다.

내가 이 놀라운 망령 같은 모습을 관찰하는 동안 래플스는 평소의 자신으로 돌아가 있었다. 그는 주머니에 손을 넣고 웃음을 머금었다.

"버니, 소개하지." 래플스가 말했다. "우리의 유명한 동료 레지널드 크로셰이."

크로셰이가 둥근 머리를 들자 이마에 주름이 잡힌 깔끔히 면도한 붉은 얼굴이 보였다. 목깃의 사이즈가 조금 작은 것 같았다. 하지만 지금은 그런 일에 신경이 쓰이지 않았다. 나는 머릿속에서 나름대로 줄거리를 그려보고 결론에 이르렀다.

"또 속았군." 내가 소리쳤다. "자네의 계략이야. 자네는 그를 여기에 숨겨주었어. 나를 소개할 생각으로. 나쁜 친구."

나를 보는 그의 시선은 너무나 냉정했고 아직도 상황을 깨닫지 못한 친구를 부끄러워하는 듯한 표정이었다.

"버니, 무슨 말이야?" 래플스는 어깨를 으쓱했다.

"친구." 크로셰이가 소리쳤다. "그는 아무것도 몰라요. 내가 벌써 올지는 예상도 못했을 겁니다. 그가 옳아요. 당신이 지레짐작해서 실수한 것일 뿐이오."

그리고 래플스에게 가서 털이 많은 손을 내밀었다. "아, 존경합니다. 정말 마음에 남을 사람이에요."

래플스는 그 손을 쥐면서 말했다. "그렇게 칭찬하니 할 말이 없습니다. 하지만 당신도 대단하군요. 알게 되어 영광입니다. 그런데 어떻게 들어왔습니까?"

"그게 문제가 될까요." 크로셰이는 목깃을 느슨하게 하면서 말했다. "어떻게 나갈지를 얘기할 필요가 있지요."

그의 두꺼운 목에 피부가 검게 변색된 둥근 원이 나 있었다. 그는 손가락으로 그곳을 만졌다.

"나도 언제까지나 신사인 체할 수는 없습니다. 누가 올지 모르니까요."

"위스키소다를 들겠습니까?"

내가 앉았던 의자에 죄수가 앉자, 래플스가 권했다.

"소다 빼고요. 하지만 그전에 비즈니스를 먼저 끝내지요. 설마 날 속이지는 않겠지요."

"나에게 뭘 원합니까?"

"이미 알고 있을 텐데요."

"말해요."

“도망가게 해줘요. 방법은 당신에게 맡깁니다. 우리는 동료이자 형제입니다. 난 무기도 갖고 있지 않아요. 당신은 현명한 사람이니까 당신의 방법으로 도망가게 해주세요. 부탁합니다.”

그의 말투에는 회유와 양보가 느껴졌다. 그는 몸을 굽히고 부츠를 벗은 다음 맨발을 난롯불에 쬐였다. 발가락이 아픈 것 같았다.

“더 큰 구두를 구해줬으면 좋겠군요.” 그가 말했다. “시간을 조금만 내면 찾을 수 있을 겁니다. 나는 당신 앞에 그리 오래 있고 싶지 않아요.”

“당신은 어떻게 들어왔는지 말하지 않았어요.”

“가르쳐줄 수 없어요. 그것보다는 나가는 게 문제입니다. 런던에서, 영국에서, 유럽에서 탈출하는 걸 도와주세요. 내가 당신한테 온 이유를 알 것 아닙니까. 부탁합니다.”

“생각해봐야 합니다.”

“그럼 생각해보세요.” 크로셰이는 천천히 의자에 기대고 발을 뻗었다. 그리고 발가락을 비볐다.

래플스는 반짝반짝 빛나는 눈으로 나를 보았다. 그 이마에는 깊이 생각하는 표정이 떠오르고 입가에는 체념의 흔적이 떠올랐다. 결국 그는 방에 나만 있는 것처럼 말하기 시작했다.

“자네는 상황을 알아, 버니. 만약 여기에 있는 친구가 체포되면 그는 자네와 나의 비밀을 발설할 거야. 그는 그런 말은 하지 않았지만 당연하겠지. 만약 내가 그의 처지라고 해도 같은 짓을 할 테니까. 그는 위대한 스포츠맨이야. 다트무어에서 탈주한 것만 봐도 알 수 있지. 그곳으로 돌아가는 건 안 될 말이야.”

“당신 좋을 대로 해요.” 크로셰이는 눈을 감고 중얼거리듯 말했다. “시키는 대로 다 할 테니까.”

“이제 눈을 뜨고 몇 가지 질문에 대답하세요.”

“알았습니다. 하지만 아주 졸립군요.”

그는 일어나서 눈을 깜박였다.

"런던까지 추적당했습니까?"

"아마도."

"여기까지는?"

"안개가 짙어서 추적하지 못했을 겁니다."

래플스는 침실로 가서 가스등을 켜고 돌아왔다.

"당신은 창문으로 들어왔군요."

"그렇습니다."

"어느 창문으로 들어와야 하는지는 악마 같은 감각으로 알았겠죠. 한낮에 당당하게. 안개가 끼었든 말든 관계없었을 테지요. 정말 목격되지 않았습니까?"

"그런 것 같습니다."

"그러길 바라야겠군. 조금 정찰해보면 알 수 있겠죠. 버니, 식사하러 나가자고. 뭔가 먹으면서 얘기하지."

래플스는 나를 보았고, 나는 크로셰이에게 시선을 옮겼다. 그는 험악한 표정에 날카롭게 눈을 뜨고 주먹을 쥐고 있었다.

"나는 어떻게 합니까?" 그는 큰 소리로 화를 냈다.

"여기에 있어요."

"안 돼!" 그렇게 소리치고 문을 향해 걸어갔다. "당신은 여기를 떠날 수 없어."

래플스는 나를 보고 어깨를 으쓱했다. "그래서 이런 전문가들이 곤란한 거야. 손재주는 좋지만 머리를 움직이지 않으니까. 그들은 우리도 자기들이랑 똑같다고 믿고 있어. 그래서 지난번 같은 일이 생긴 거지."

"에둘러 말하지 마시오!" 죄수는 화를 냈다. "더 알기 쉽게 말해요."

"좋아요. 당신이 원하는 대로 알기 쉽게 말하겠습니다. 당신은 모든 걸 내게 맡긴다고 했어요. 그럼에도 불구하고 우리를 완전히 신용하지 않는 건 왜입니까? 실패하면 어떻게 되는지는 알고 있어요. 우리도 위험을 알고 하는 겁니다. 우리는 일을 맡겠다고 하면 분명히 그렇게 합니다. 당신은 바보에요. 제대로 구해주려는 사람의 말을 왜 듣지 않는 겁니까? 당신에게 이러쿵저러쿵 이야기하지 않아도 나는 하고 싶은 대로 합니다. 맡길 거면 전부 맡기세요. 내가 여기에 있으라고 하면 머리를 낮춘 채 말없이 숨어 있으면 됩니다. 믿을 수 없다면 빨리 나가세요."

크로셰이는 탁 하고 무릎을 쳤다.

"맞습니다. 알았어요. 믿지요. 당신이 그렇게 말하는 걸 어디에서 들은 것 같습니다. 여기에 있는 다른 분은 모르지만 예전에 함께 있었던 걸 기억하고 있어요. 당신의 동료겠지요."

"좋아요. 알았다면 됐습니다." 래플스가 말했다. "제대로 도와줄 테니까 맡겨주세요. 충분히 조심하고 있길 바랍니다."

"당신이 외출하는 동안 잠을 잘 거예요. 이제 위스키도 필요 없어요. 그냥 잘 겁니다."

래플스는 긴 승마용 코트를 입었다. 그동안 도망자는 벌써 의자에서 코를 골았다.

우리는 그를 두고 불을 끈 다음 밖으로 나왔다.

"나쁜 사람은 아니야." 래플스는 계단을 내려가면서 말했다. "도둑질 기술은 천재적이지만 내가 보기에 방법이 조금 유치해. 다트무어를 탈출한 것도 기술이 좋았기 때문이고, 그 좋은 기술로 24시간 안에 올버니에 숨어 들어온 거지. 정말 대단하긴 해."

안개 낀 안뜰을 지날 때 누군가를 보고 래플스는 내 팔을 꼬집었다.

"누구지?"

"가장 만나고 싶지 않은 사람. 저 사람이 우리의 대화를 듣지 않았기를 바랄 뿐이야."

"래플스, 도대체 누구야?"

654

"우리의 옛 친구. 런던 경찰국의 매켄지 경감."

나는 겁이 나 멈춰 섰다.

"그는 크로셰이를 쫓아온 걸까?"

"몰라. 직접 물어봐야지."

래플스는 작은 목소리로 원래 가장 대담한 길이 가장 안전하다고 말한 다음 내가 말릴 틈도 없이 경감을 향해 걸어갔다.

"자네, 미쳤어?"

"조용히 해! 아, 매켄지 경감 아니십니까?"

경감은 우리를 돌아보고 날카로운 눈으로 탐색하듯이 보았다. 가스등 아래에서 경감의 백발 섞인 관자놀이가 보였다. 지난날 지독한 부상을 입은 탓에 경감의 안색은 죽은 사람 같았다.

"뭔가 도와드릴 일이 있습니까?" 그가 말했다.

"제가 그렇게 말하고 싶습니다." 내 친구가 말했다. "저는 래플스입니다. 우리는 작년에 밀체스터에서 만났잖아요."

"그렇군요." 스코틀랜드인은 조금 놀라며 말했다. "아, 당신의 얼굴이 생각납니다. 그래, 당신도. 그때는 지독했습니다. 하지만 결과가 좋아 다행이었지요. 그게 가장 중요하니까요."

이쯤해서 경감의 타고난 조심성이 머리를 들기 시작한 것 같았다. 래플스는 내 팔을 다시 꼬집으면서 말했다.

"그래. 경감에게는 축하할 만한 일이었지요. 그런데 최근에 일어난 죄수 크로셰이 탈주사건을 어떻게 생각하십니까?"

"나하고는 관계없어요."

"그건 잘됐네요. 다시 그를 추적하시나 했지요."

매켄지 경감은 단호하게 고개를 저으면서 미소를 지었다. 그리고 우리에게 작별인사를 하고 멀어져 갔다. 잠시 후, 안개 속에서 호루라기소리가 들렸다.

래플스는 내 귀에 속삭였다. "경감은 우리가 조금 흥미를 보여도 이상하다고는 생각하지 않을 거야. 그의 뒤를 따라가자, 서둘러."

　우리는 경감을 따라 방금까지 우리가 있었던 올버니 아파트의 입구로 향했다. 피커딜리 거리에 면한 올버니 아파트의 다른 입구였다. 우리는 계단 아래에서 수위를 만났다. 래플스가 그에게 무슨 일이 있냐고 물었다.

　"아무 일도 없었습니다." 수위는 입심 좋게 말했다.

　"무슨 말이야!" 래플스는 무서운 얼굴을 했다. "저 사람은 매켄지 경감이야. 지금까지 저 사람과 얘기했어. 저 사람은 무엇 때문에 여기에 왔지? 직업상 말하지 않는 건 알지만 그 이유 정도는 알려줘도 좋지 않은가?"

　수위는 이야기를 좋아하는 것 같았다. 위에서 문 닫는 소리가 나자 곧바로 말하기 시작했다. "사실은 이런 일입니다. 오늘 오후에 어떤 신사가 와서 빈방을 보여 달라고 했어요. 사무원이 비어 있는 방을 순서대로 안내했지요. 이 사람이 마음에 들어 한 방이 지금 경관이 올라간 방입니다. 마음에 들었다고 하니 사무원은 관리인을 부르러 갔지요. 그런데 돌아와보니 그 신사가 연기처럼 사라진 겁니다. 네? 그렇습니다. 이 올버니 안을 다 찾아봤지만 없었어요." 수위는 눈을 반짝이면서 우리를 보았다.

　"그래서?" 래플스가 말했다.

　"결국 아무리 찾아도 보이지 않아서 빈방을 닫았지요. 그게 30분쯤 전의 일입니다. 석간을 관리인에게 갖다준 시간이니까요. 그 다음에 관리인이 내려와서 핸섬마차로 런던 경찰국에 편지를 갖다주라고 했어요. 이상이 내가 알고 있는 전부인데 아직 위의 방에는 경관, 경감. 관리인이 있을 겁니다. 사라진 신사는 이 건물 어딘가에 있다고 모두 생각하고 있으니까요. 하지만 저는 그 신사가 누구이고 왜 그렇게 찾아야 하는지는 모릅니다."

　"재미있는 얘기군." 래플스가 말했다. "어쨌든 가보자고. 버니, 자네도 오게. 점점 재미있어지는군.”

“래플스 씨, 제가 말한 건 비밀입니다. 잘 부탁합니다.”

“물론 알고 있네. 자네는 좋은 사람이야. 이게 생각지도 못한 결과를 낳으면 자네를 잊지 않겠네.”

래플스와 나는 계단으로 향했다.

“어떻게 할 생각이야?”

“몰라. 생각할 시간이 없으니 그냥 시작할 수밖에.”

그는 닫힌 문을 격렬하게 노크했다. 경관 한 명이 문을 열자, 래플스는 마치 경찰청장 같은 발걸음으로 경관을 따라 안으로 들어갔다. 나도 그 뒤를 따라갔다. 빈방의 바닥은 아무것도 깔려 있지 않았다. 침실 창가에 경관 하나가 랜턴을 들고 서 있었다. 매켄지 경감은 우리를 맞았다.

“도대체 어떻게 된 겁니까?”

“여러분을 도우려고 합니다. 우리는 먼젓번에도 도와드렸잖습니까? 여기 버니는 당신으로부터 범인 한 명을 인도받아 체포하기도 했습니다. 경찰을 돕는 건 기쁜 일입니다. 나는 쓰러진 경감을 방으로 운반했을 뿐이지만요. 이번에도 모험심이 살짝 솟아났습니다. 그렇게 오래 있지는 않겠습니다.”

“여기에 없는 게 확실하니 그다지 도움받을 일은 없다고 생각합니다. 아, 자네는 계단 아래에서 감시하게. 아무도 올라오지 못하도록. 이분들은 도움이 될지도 모르겠어.”

“감사합니다.” 래플스는 정중히 인사했다. “그런데 어떻게 된 겁니까? 아까 수위에게 물어보니 방을 보러 온 신사의 행방을 쫓는 것 같던데.”

“행방불명된 신사는 우리가 쫓고 있는 탈옥수라고 생각합니다. 아까는 거짓말을 해서 미안합니다. 당신을 끌어들이고 싶지 않아서요.” 매켄지 경감이 말했다. “그는 이 아파트 어딘가에 숨어 있습니다. 그렇지 않다면 좋겠습니다만. 그런데 래플스 씨도 올버니에 살고 있습니까?"

"그렇습니다."

"방은 이 부근입니까?"

"바로 위층입니다."

"방에서 나오신 겁니까?"

"네."

"오후에 계속 방에 계셨습니까?"

"그렇지는 않습니다."

"먼저 당신의 방을 조사할 필요가 있습니다. 올버니의 방을 모두 조사할 생각입니다. 지금 몇 사람이 지붕을 조사하고 있습니다. 어느 곳에 어떤 흔적을 남겼는지 모르니까 역시 건물 전체를 샅샅이 조사해봐야겠죠."

"열쇠를 빌려드리지요." 래플스는 즉시 말했다. "식사를 하러 나가는 길이니 아래에 있는 경관에게 열쇠를 맡기고 가겠습니다."

이 말을 듣고 숨이 멈출 것 같았다. 도대체 이런 미친 약속을 하다니 어떤 마음일까? 설마 자살행위는 아니겠지. 두려움과 실망을 드러내며 소매를 잡았지만 래플스는 아무런 반응도 보이지 않았다. 매켄지 경감은 침실 창문으로 돌아가 우리에게 보이지 않는 접이식 칸막이를 통해 옆방으로 들어갔다. 그곳에서는 창문 아래의 안뜰이 보인다.

"괜찮아, 버니. 걱정할 건 없어. 나머지 일은 내게 맡겨. 결국 그물을 건너야 하지만 그렇게 걱정할 건 없어. 내가 자네에게 부탁하는 것은 경찰 친구들에게 딱 달라붙어 있으라는 거야. 특히 내 방을 수색할 때. 그들은 쓸데없는 것까지 보려고 하니까. 자네가 지켜보고 있으면 괜찮아."

"자네는 도대체 어디에 가는 거야? 나를 두고 가려는 거 아닌가?"

658

"크로셰이는 조금 위험한 다리를 건너게 될 거야. 나를 믿어, 버니. 오랜 친구답게 알 거라고 생각하지만."

"벌써 가는 거야?"

"시간이 없어. 그들에게 딱 달라붙어. 무엇을 해도 의심받지 않도록."

래플스는 내 어깨에 손을 얹은 후 창가에 나를 남기고 방을 나갔다.

"나는 여기에서 실례하지만 친구는 남아 있습니다." 래플스의 목소리가 들렸다. "지금부터 내 방에 가서 가스등을 켜두겠습니다. 아까도 말했듯이 내 방의 열쇠는 계단 아래에 있는 경관에게 맡기겠습니다. 그럼 경감, 성공을 빌겠습니다. 제가 있었다면 더 좋았겠지만."

"잘 가시오." 초조한 목소리였다. "여러 가지로 감사합니다."

매켄지 경감은 창가에서 계속 바빴고 나는 래플스의 무한한 지략에 따라가지 못하는 점에 분노를 느끼는 것과 동시에 앞으로 어떻게 될 것인가 하는 두려움을 느꼈다. 나는 그가 하려고 하는 일을 막연하게 생각했다. 그는 자신의 지략과 대담함으로 일단 방으로 돌아와 크로셰이를 도주시키는 방법을 생각할 것이다.

하지만 어떻게? 나는 여러 가지 가능성을 생각해보았다. 주변에는 마차가 오고간다. 침실 창문은 좁은 골목 쪽을 향하고 있었고, 더욱이 그렇게 높지도 않다. 그렇다면 마차 위로 뛰어내릴 수 있다. 마차가 움직이고 있다 해도. 그렇게 하면 경찰의 코앞에서 도망갈 수 있다. 나는 마차를 운전하고 올 래플스를 생각했다. 언제 형사에게 열쇠를 맡겼을까? 모르는 것투성이였다.

"그가 지붕으로 올라간 게 확실해." 뒤에서 말하는 소리가 들렸다. "그건 확실한데, 창문에서 올라갔다면 그 방법을 모르겠어. 어쨌든 여기는 일단 잠그고 다락방에 올라가보자고. 함께 가지."

올버니의 최상층은 고급 아파트가 대개 그렇듯이 사용인이 쓰는 주방이 딸린 작은 방이 있었고, 대부분의 공간은 난로의 장작창고였다. 이곳은 빈집의 지붕 위라서 다행히 텅 비어 있어 많은 경관이 들어갈 수 있었다. 관리인도 왔고 관계없는 주민도 구경꾼으로 많이 섞여 있었다. 매켄지 경감은 노골적으로 싫은 얼굴을 했다.

"피커딜리의 번화가 같군요." 메켄지 경감이 말했다. "자네, 옥상에 올라가게. 경봉을 잊으면 안 돼."

우리는 그 작은 창가에 모여 있었다. 잠시 지붕을 저벅저벅 밟고 다니는 소리 외에는 조용하더니, 갑자기 고함 소리가 났다.

"왜 그러나?" 매켄지 경감이 소리쳤다.

"홈통에 갈고리 달린 로프가 걸려 있습니다." 경관이 대답했다.

"아, 그걸로 위로 올라간 거였군! 그냥 갈고리가 어디에 걸릴 때까지 밧줄을 계속 던졌던거야! 난 생각도 못했네! 길이는 어느 정도인가?"

"그렇게 길지는 않습니다."

"로프가 창문까지 닿는지 물어보세요." 지배인이 말했다. "난간 너머로 몸을 내밀면 보일 겁니다."

매켄지가 그렇게 질문하자 경관이 대답했다. "창문에 닿습니다."

"로프를 잡고 내려가면 닿는 창문은 몇 개나 있는지 물어보세요." 매니저가 소리쳤다.

"여섯 개라고 하는데요." 잠시 후, 매켄지가 말했다. 그는 머리와 어깨를 더 내밀었다. "그 창문 여섯 개가 어느 방 창문인지 봐야겠군요."

"래플스 씨의 방 창문입니다." 관리인이 속으로 계산하고 말했다.

"그런가? 마침 잘됐군. 그는 열쇠를 아래에 있는 경관에게 맡겼을 거야."

"래플스 씨는 어디 갔습니까?" 관리인이 물었다.

"식사를 하러 외출했지." 매켄지 경감이 대답했다.

"확실합니까?"

"네, 나가는 모습을 봤습니다." 내가 말했다. 심장이 두근거려 도저

히 말할 수 있는 상태가 아니었다. 일동은 모두 계단을 내려가 래플스의 방으로 갔다. 그 행렬을 따라가는 기분은 루비콘 강을 건너는 시저의 심정이었다. 드디어 문제의 래플스 가의 문이 열렸을 때 앞에 있던 매켄지 경감이 비틀거리며 내 발을 아프게 밟았다. "아야!" 하고 소리쳤을 때 또 하나의 외침소리가 실내에서 났다.

난로 앞에 한 남자가 쓰러져 있었다. 그 이마에는 핏자국이 있었고, 피는 눈으로 흘러 들어갔다. 그 남자는 틀림없는 래플스였다.

"자살처럼 보이는군." 매켄지 경감이 말했다. "아니, 잠깐. 부지깽이가 있어. 살인이야!" 경감이 엎드려 조사하다가 기분 좋게 고개를 저었다. "아니, 살인도 아닌 것 같아." 그리고 의심스럽다는 듯이 말했다. "치명상이 아니야. 클로로포름 냄새가 나잖아."

그는 일어나서 날카로운 회색 눈으로 나를 보았다. 래플스가 죽은 줄 알고 내 눈에는 이미 눈물이 넘쳤다.

"확실히 저녁식사를 하러 가는 그를 보았습니까?" 그가 준엄하게 물었다.

"네, 지금 입고 있는 긴 승마용 코트를 입고 있었어요."

"이 신사가 제게 열쇠를 주었습니다."

뒤에서 경관의 암담한 목소리가 들렸다. 매켄지 경감은 그쪽을 보고 입술을 떨었다.

"벼락 맞을 경관이 있군. 자네의 경관 번호는 뭐지? 34인가? 34번, 만약 이 신사가 죽었다면, 벌써 의식이 돌아오고 있어 다행이지만, 자네는 살인을 도운 게 돼. 그를 이렇게 만들고 도망간 사람은 다름 아닌 어제 다트무어를 탈옥한 남자 크로셰이야. 34번, 아직도 멍한 상태로군. 만약 내가 그를 잡지 못하면 자네는 일을 그만두어야 해."

완벽한 경관의 얼굴이었다. 매켄지 경감이 이처럼 불같이 정열적으로 보인 건 처음이었다. 다음 순간, 그는 우리를 떠나 여봐란 듯이 밖으로 나갔다.

"내 머리를 때리는 게 가장 어려웠어." 나중에 래플스는 이렇게 회상했다. "목을 긁는 쪽이 훨씬 편했을 거야. 클로로포름도 좋지 않더군. 다른 사람한테 클로로포름을 사용할 때는 분량도 잘 알 수 있고 방법도 간단하지만, 아무래도 본인에게 쓰면 적당량을 모르지. 그래서 너무 빨리 깨어난 거야. 그런데 자네는 내가 정말 죽었다고 생각했나? 불쌍한 버니. 매켄지 경감도 자네의 얼굴을 봤을 거야."

"그래. 보고 있었어." 나는 매켄지 경감이 우리를 상당히 의심하는 것 같았다는 말은 하지 않았다.

"그런가? 세계의 질서를 유지하기 위해서는 그 남자가 필요하지. 자네는 나를 무서운 게 없는 야수라고 생각하지 않겠지. 나도 그가 무서워. 우리는 운명을 같이할 거야."

"앞으로도 크로셰이와 함께 운명을 같이하는 건 아니겠지." 나는 간절하게 말했다.

"말도 안 돼." 래플스는 확신을 갖고 말했다. "크로셰이는 진정한 스포츠맨이야. 이번에는 상부상조했지. 하지만 이것으로 끝이야. 버니, 두 번 다시 그와 얽히는 일은 없을 거야."

황제의 선물

THE GIFT OF THE EMPEROR

1

'식인열도'라 불리는 폴리네시아 제도의 왕이 하필 대영제국의 빅토리아 여왕을 만나고 싶어 한다는 소식이 독일제국 등 유럽 각국의 전선을 타고 송신되었다. 영국인들은 분노했다기보다 놀랐다. 전례가 없는 일이었기 때문이다. 하지만 폴리네시아 왕이 옛날 영국에서 받았다고 전해지는 매우 값비싼 진주를 본래의 소유주인 여왕에게 선물하려 한다는 후속 뉴스가 전해지자 사람들은 고개를 끄덕였다.

몇 주 후 이 일은 매스컴에 뜻밖의 선물이 되었다. 신문들은 6월이 되어서도 날마다 큰 표제를 사용해 독자의 투서와 지식인의 의견 등을 실었다. 〈데일리 크로니클〉은 문화면의 반을 할애해 섬의 수도가 가진 매력을 늘어놓는 기사를 냈고, 〈펠맬〉은 말장난 기사로 섬의 정부를 산산조각 냈다.

나는 결코 풍족하지는 않았지만 범죄와 관계없는 생활을 보내고 있었고, 가끔 기고하는 글과 시는 전보다 좋은 지면에 실리게 되었다. 이 진주이야기를 주제로도 썼다. 나는 런던의 아파트는 그대로 둔 채, 강이 보이는 즐거움을 찾아 템스 디턴의 목사관 일각을 싸게 빌려서 살고 있었다.

"최고의 생활이군, 친구!" 이 강가의 집을 찾아온 래플스는 내가 젓는 보트에 앉아 졸면서 이렇게 말했다. "원고료도 많이 들어오는 것 같고."

"전혀."

"버니, 말도 안 돼. 벌이가 좋다고 생각했어. 기다리고 있으면 수표가 도착하는 거 아닌가?"

"그렇지는 않아." 나는 조금 우울하게 대답했다. "지면에 실린다는 명예로 만족하라고 편집장이 편지를 보내거든."

"원고료를 받기 위해 쓴다고 말하지 않았어?"

그 일은 절대로 인정하고 싶지 않았지만 사실이었다. 사실은 밝혀졌고 더 이상 숨길 필요는 없었다. 내가 글을 쓰는 이유는 돈이 필요했기 때문이다. 사실 나는 무일푼이었다. 래플스는 모두 알고 있다는 듯이 고개를 끄덕였다. 나는 울 것 같은 기분이었다.

프리랜서로 사는 것은 즐겁지 않았다. 성공하기 위해서는 커다란 재능을 발휘해 완벽하게 창조적인 것을 쓰거나 시중에 잘 팔리는 문장으로 승부하거나 둘 중의 하나이다. 나는 어느 쪽도 아니었다. 독자적인 문체를 창조하는 데 실패했다. 시에는 자신이 있지만 시는 돈이 되지 않았다. 그렇다고 뜬소문 코너의 필자가 될 생각은 없었다.

한동안 미소 짓던 래플스는 다시 고개를 끄덕이고 말없이 나를 보았다. 나는 그가 완전히 다른 것을 생각하는 걸 깨달았고, 이미 무슨 말을 할지도 예상했다. 전에도 자주 말한 대사였고, 앞으로도 말할 것이다. 이미 내 대답을 알고 있어서기도 하겠지만 그도 같은 질문을 하는 일에 질린 것 같았다. 그는 꾸벅꾸벅 졸며 신문을 떨어뜨렸고, 나는 노를 저어 햄프턴 코트의 붉은 벽을 지났다. 마침내 그가 얘기를 꺼냈다.

"자네는 그저 노동을 하고 있는 거야, 버니. 그들도 장사를 하는 거지. 그냥 하는 말은 아니야. 그들은 자네의 문장을 요리해서 상품화하고 있지 않나? 자네가 그것에 대해 잘 알려주었잖아. 그저 노동에 만족하고 있는 건 이상하지 않나? 자네가 쓴 칼럼의 진주는 5만 파운드나 하는 거야. 진주 하나가 말일세."

"10만 파운드는 할걸. 아직 정밀검사를 하지 않았어."

"10만 파운드?" 래플스는 눈을 감았다. 이어진 그의 말은 내 예상을 벗어났다. "만약 왕의 진주에 그런 가치가 있다면," 래플스는 말했다. "그것은 무사할 수 없을 거야. 진주는 작게 나눌 수 있는 다이아몬드와는 달라. 하지만 버니, 나는 그것을 잊을 셈이라네."

곧 우리는 왕의 선물 이야기를 그만두었다. 자존심이 빈 주머니를 이긴 것이다. 래플스가 진주를 훔칠 생각이라는 건 알고 있었다. 하지만 그 계획을 재촉할 정도로 돈에 곤란하지는 않았다. 아니, 솔직히 말한다. 래플스가 하자고 말하는 걸 기대하는 마음도 절반쯤은 있었다. 그러나 '내가 하자면 뭐든지 한다' 라고 말한 걸 잊은 거야, 라는 말을 그로부터 듣고 싶지는 않았다.

그리고 얼마 동안 우리는 만나지 않았고, 팀으로 활동도 하지 않았으며, 각자의 생활에 몰두했다.

우리가 템스 디턴에서 만나고 몇 달이 지났다. 그리고 어느 일요일 오후 11시에 나는 래플스의 여행길을 전송했다. 기차를 기다리는 동안, 역의 램프에 비친 그의 맑은 눈이 나를 보고 있었다. 우리의 시선이 교차했을 때 래플스는 고개를 저었다.

"힘이 없어 보여, 버니." 그가 말했다. "분위기를 바꿀 필요가 있어."

"할 수 있다면 그렇게 하고 싶군."

"자네에게 정말 필요한 건 바다 여행이야."

"겨울의 세인트 모리츠? 아니면 칸이나 카이로를 추천하나? 죄다 가보고 싶어. 하지만 내 경제 사정을 알지 않나?"

"알아. 하지만 항해는 좋다고 생각해. 내 손님으로 따라가면 어때? 우리는 7월을 지중해에서 보내게 될 거야."

"자네는 크리켓을 해야 하잖아."

"크리켓은 하지 않아도 돼."

"진심으로 하는 말이야?"

"물론 진심이지. 갈 건가?"

"자네가 간다면 가지."

우리는 악수를 하고 기분 좋게 이별의 손을 흔들었다. 결국 그런 얘기는 실현되지 않을 거라고 생각했다. 그가 일시적인 변덕으로 말한 것뿐이라고. 솔직히 실현되면 좋겠다는 생각은 들었다. 나는 영국을 떠나는 것을 꿈꾸었다.

하지만 내 수입은 변함없이 전혀 없었다. 일시적으로 가구 딸린 아파트를 다른 사람에게 빌려주었지만 그 돈은 지금 살고 있는 집의 임대료로 지불되고 있다. 그 기간도 다 되어갔다.

정직한 사회인으로 계속 사는 것에 장래성이 있을까? 주머니에는 지폐가 없었다. 자꾸 정직하지 않은 쪽으로 관심이 쏠렸다.

래플스에게는 아무 소식도 없었다. 일주일이 지났다. 그 다음 주의 절반도 지났다. 그리고 수요일 밤에 그의 편지가 도착했다. 그동안 그를 찾아 런던을 서성거렸고 또 멤버로 있는 클럽에서 식사를 하며 시간을 보냈었다.

워털루 역에서 다음 주 월요일 오전 9시 25분에 출발하는 노스 저먼 로이드 스페셜로 출발함. 사우샘프턴 항구에서 우란 호에 승선할 것. 티켓은 수배완료.

그리고 편지는 내 건강과 상태를 이해해주는 따뜻한 내용으로 이어졌다. 우리의 관계는 깨지기 직전의 황혼과 같은 양상을 띠고 있었지만, 이 편지는 우리의 좋은 날들을 생각나게 해주었다.

그는 나폴리까지 침대를 두 개 예약했다. 그리고 카프리 섬으로 건너갈 예정이었다. 그리스신화 〈오디세이〉에 나오는 로토스 이터스 섬이었다. 호머의 이 신화에 따르면 이 섬에서 연꽃 열매를 먹으면 현세를 잊게 된다. 모든 걸 잠시 잊으려는 우리에게 딱 맞는 취향이었다.

매력이 철철 넘치는 편지였다. 나는 이탈리아에 가본 적이 없었다. 바로 그 이탈리아를 맛보게 해주겠다는 그의 배려가 느껴졌다. 나폴리 만이 그 정도로 좋은지는 모르겠지만 편지에서 그는 시를 인용해 '황량한 나라' 라고 불렀다. 그의 펜에서 시가 튀어나오는 느낌이었다. 독일 배를 선택한 건 그다지 애국적이지 않지만 같은 가격에 이

만큼 서비스가 좋고 설비가 좋은 배는 없다는 말이 쓰여 있었다. 브레멘에서 보낸 이 편지의 배경에는 당연히 그의 연줄이 있었고, 독일 배의 운임을 할인받은 흔적도 읽을 수 있었다.

내 기쁨은 말로 표현할 수 없었다. 템스 디턴의 임대료를 가까스로 지불하고 편집자를 직접 만나 조금이기는 하지만 수표를 받은 다음 양복점에서 플란넬 옷을 만들었다. 마지막 남은 파운드 금화로 래플스가 선상에서 피울 설리번 담배를 샀다. 월요일에는 지갑이 가벼웠지만 마음 또한 정말 가벼웠다. 곧 있으면 보게 될 바다에 벌써부터 두근거렸다.

사우샘프턴의 항구에서 담당자는 래플스가 아직 승선하지 않았다고 했다. 배 주위를 찾아보았지만 그는 보이지 않았다. 갑판에 서서 손을 흔들고 있는 사람들 중에도 없었다. 나는 실망했지만 일단 배에 올랐는데 표도 없을 뿐더러, 표를 살 돈도 없어서 걱정으로 우울했다. 어느 선실인지조차 알 수 없었다. 몹시 당황한 나는 승무원을 붙잡고 래플스 씨가 타고 있는지 물었다. 승무원은 그가 이미 승선했다고 말했다. 불행 중 다행이지만 어디에 있는지는 알 수 없었다. 산책 갑판*에도 없었고 바에도 없었다. 흡연실에는 붉은 콧수염을 기른 작은 독일인만 있었다. 필사적으로 묻고 또 물어 겨우 찾아낸 래플스의 선실에도 래플스는 없었다. 그러나 그의 이름이 달린 수하물이 선실에 있는 걸 보고 안심했다. 어떤 이유가 있어 그는 몸을 숨기고 있는지도 몰랐다.

"여기 있었군! 자네를 찾아 온 배를 찾았는데!"

마침내 선교에 있는 래플스를 발견했다. 틀림없이 A. J. 래플스는 선교의 천창 아래 사관용 긴 의자에 앉아 유유히 졸고 있었다. 곁에는 훌륭한 여름 코트와 스커트 차림의 피부가 하얗고 머리가 검고 눈

* 1등 여객용

이 아름다운 젊은 여자가 비스듬히 기대어 있었다.

그는 일어나서 나를 보고 얼굴을 찡그렸다.

"아, 버니!" 래플스가 소리쳤다. "정말 자네야?"

그가 내 손을 꼬집는 바람에 나는 더듬거리며 제대로 대답하지 못했다.

"이 배에 탔나? 자네도 나폴리에 가는 거야? 깜짝 놀랐어. 잠깐만. 베르너 양, 친구를 소개하지요."

그리고 그는 나를 학창시절부터 친구라고 소개하고 몇 달이나 만나지 못했다고 했다. 일부러 이러는 듯하고, 혼란스럽기도 해 나는 기분이 나빠졌다. 아마 완전히 새빨개졌을 거라고 생각한다. 나는 우물우물 의미 없는 몇 마디 인사를 중얼거렸을 뿐이었다.

"그랬나? 자네는 여객 명단에서 내 이름을 보고 찾아왔군, 버니. 정말 그리웠네. 괜찮다면 내 방으로 오겠나? 산책 갑판의 아주 좋은

방이야. 방을 같이 쓰는 것도 괜찮을 거야. 나중에 확인해보지. 여기
서는 나가야 해.”

갑판수가 조타실에 들어오고, 수로 안내인이 키를 잡기 시작해 우
리는 선교에서 내려왔다. 래플스는 산책 갑판에서 베르너 양과 헤어
졌는데 이미 주변에는 이별을 애석해하는 사람들로 가득했다. 이렇
게 우리의 항해는 시작되었다.

하지만 래플스와 내게는 결코 즐거운 시작이 아니었다. 래플스는
내 혼란과 분개, 고집에 맞서 일부러 밝게 행동했다. 우리 두 사람이
그의 특등선실에 들어갔을 때 마침내 결투가 시작되었다.

“자네는 멍청이야.” 래플스는 이를 보이며 화를 냈다. “내 정체가
드러났잖아.”

“정체가 드러나다니?”

나는 그의 말뜻을 알 수 없었다.

“우연히 만난 척했는데 그것을 몰랐나!”

“자네가 표를 두 장 사지 않았어?”

“그런 걸 아는 사람은 없다고. 자네와 우연히 만난 것으로 가장하
는 아이디어는 최근에 생각났어.”

“그렇게 생각했으면 나에게 말하면 되잖아. 자네는 혼자 계획을 세
우고 나에게 설명하지 않았어. 설명이 없으니까 내가 모르는 게 당연
하지.”

여기에서 나는 조금 형세를 역전시켰다. 래플스는 머리를 감싸 안
았다.

“버니, 사실은 알리고 싶지 않았어. 자네는 정말 농담을 모르는군.
나이에 비해 너무 고지식해.”

그의 말투는 나를 달래려는 것처럼 변했다. 더욱이 방금 전까지는
‘자네’라고 부른 나를 버니라고 부르면서 친절하게 대하려는 마음이
보였지만 아직 용서하지 않았다.

"계획을 편지에 쓰는 게 무리였다면 승선한 순간에 뭔가 힌트를 주었으면 좋지 않았을까? 나는 자네처럼 유능하지 못하니까."

이쯤해서 왠지 래플스가 '반성하고 있다'고 보인 건 기분 탓인지도 모르겠다. 만약 그렇다면 두 사람의 만남 중에서 최초이며 최후의 진기한 일이다.

"솔직히 이곳에서 자네가 지나가는 걸 보고, 어! 하고 놀랐어."

"자네는 약혼이라도 했나?"

"했다면 말을 하지."

"매력적인 베르너 양과?"

"그녀는 확실히 매력적이야."

"대부분의 오스트레일리아 여자는 매력적이지."

"어떻게 그녀가 오스트레일리아 여자라는 걸 알았나?"

"말하는 걸 들었으니까."

"지독한 친구로군!" 래플스는 웃으면서 말했다. "그녀는 거의 사투리를 쓰지 않는데. 하지만 가족은 독일인이야. 학교는 드레스덴에서 다녔고. 지금은 혼자 여행 중이지."

"돈이 많나?"

내가 물었다.

"망할 친구 같으니라고!" 래플스는 웃음을 터뜨렸다. 나는 화제를 바꿀 때라고 생각했다.

"우리가 우연히 여기서 만났다는 연극을 보이고 싶었던 건 베르너 양 때문이 아니겠지? 아마 다른 줄거리가 있겠지."

"글쎄."

"이제 얘기해도 되지 않을까?

물론 우리 사이에는 몇 달의 공백이 있었지만 래플스는 내가 이런 분위기를 숙지하고 있다는 걸 전제로 설명을 시작했다. 그는 평소처럼 미소를 띄었고 나는 차차 그의 비밀로 가득 찬 신비한 세계에 끌려가는 느낌이었다.

"버니, 수로안내선에서 이 배를 이탈시키는 건 불가능하지?"

"물론 안 돼."

"그러면…… 버니, 진주얘기를 쓴 것을 기억하나?"

나는 그 다음 말을 기다리지 않았다.

"자네는 그것을!" 특등선실의 거울에 비친 내 얼굴은 마치 불타는 듯했다.

"아니, 아직. 하지만 나폴리에 도착할 때까지는 손에 넣을 수 있다고 생각해."

"이 배에 있어?"

"그래."

"누가 갖고 있는데?"

"콧수염을 기른 키 작은 독일 대령."

"흡연실에서 봤어."

"그 사람이야. 언제나 거기에 있지. 캡틴 빌헬름 폰 호이만이야. 선객 명단에 실려 있어. 사실 그는 왕의 특사지. 사정이 있어 그 진주를 맡아 갖고 있는 거야."

"자네는 이 일을 브레멘에서 알았어?"

"아니, 베를린의 아는 신문기자가 가르쳐주었어. 버니, 부끄럽지만 나는 그 목적으로 베를린에 간 거야."

나는 큰 소리로 웃었다.

"조금도 부끄러워할 것 없어. 나도 실은 템스 강 근처에서 자네가 그렇게 말하면 좋을 텐데 하고 생각했어."

"자네도 바라고 있었다고?" 래플스는 마음속으로 놀란 듯했다. 이번에는 내가 부끄러워졌다.

"솔직히 말해 그 생각을 훌륭하다고 생각했어. 하지만 제안할 용기가 없었지."

"그때 그 얘기를 했으면 좋았을걸."

나는 솔직하게 올바른 사회인으로 살아가려고 해도 결국 안 되더라는 말을 했다. 나의 고투에 관해서도 필설을 다한다는 말이 정확할 정도로 구구절절 설명했다. 그게 얼마나 희망이 없는 노력인지에 관해 들려주었다. 보통 이런 이야기는 도둑이 착한 사람이 되는 얘기이지만 내 경우는 그 반대였다.

래플스는 완전히 다른 생각을 하고 있었다. 그는 내 얘기를 들으면서 고개를 저었다. 그는 인간의 성격은 체스판 같은 거라고 생각했다. 결국은 백이나 흑으로 환원되는 것이라고. 그는 백 또는 흑의 말로 반상을 돌아다닐 뿐, 고투도 절망도 하지 않는 게 좋다고 말했다. 그런 의미에서 나처럼 끙끙 고민하는 사람은 멍청이라고 했다.

"자네와 같은 실수는 많은 도덕주의자가 범하고 있어. 이미 그리스의 시인 베르길리우스가 그것을 지적했지. 물론 나도 빠질 것은 생각하고 있어. 언젠가 은퇴해서 행복한 여생을 보내고 싶어. 이 진주 만으로 그게 가능한지는 의문이지만."

"그건 엄청난 가격으로 팔릴 텐데?"

"작은 물고기만 잡는 어업이라면 세상에 밝혀질 걱정은 적어. 하지만 커다란 범선을 팔러 나오면 태평양 전체에 소문이 나지."

"어쨌든 손에 넣는 것이 먼저야. 폰 뭐라고 하는 사람은 강적인가?"

"보기보다 훨씬. 악마 같은 뻔뻔스러움이 있어."

그가 이야기하는 동안 복도를 지나는 하얀 무명 스커트가 보였다. 그 뒤에 콧수염을 기른 남자가 걷고 있었다.

"저게 그 남자인가? 혹시 진주를 사무장에게 맡긴 게 아닐까?"

래플스는 문 앞에 서서 배가 해협을 통과하는 모습을 보고 있다가 갑자기 콧방귀를 뀌며 나를 보았다.

"자네는 이 배 안의 사람들이 보석의 존재를 전부 알고 있다고 생

각하나? 자네의 원고에 따르면 수십만 파운드라는 보석을 말이야. 베
를린에서는 그보다 더 비싸고, 가격을 매길 수도 없을 거라고 하더
군. 선장조차 호이만이 갖고 있는 걸 모를 걸세."

"그러면 그가 지니고 있겠군?"

"당연하지."

"그러면 그를 상대하기만 하면 되는군."

그는 말을 하지 않고 그저 끄덕였다. 그때 다시 하얀 그림자가 나
타나자 래플스는 복도로 나가서 마침내 세 사람이 나란히 섰다.

2

노스 저먼의 우란 호만큼 훌륭한 객선은 본 적이 없고, 선장도 승조
원도 매우 친절했다. 배 여행은 힘들었지만 이 배의 훌륭함을 인정하
지 않을 수 없었다.

날씨도 결코 나쁘지 않았다. 조금 단조로웠지만 이상적이었다. 양
심과 결별한 마음이 어떻게 된 것도 아니었다. 나는 빛나는 하늘과
아름다운 바다에 끼어 있을 뿐이었지만 마음은 불편했다. 래플스가
나를 경원하고 베르너 양만 보살폈기 때문이었다.

그의 태도는 나를 초조하게 했다. 아마 그는 오랫동안 내가 그를
피한 것에 벌을 주고 있는지도 모른다. 그는 사우샘프턴에서 지중해
까지 계속 그 여자에 열중해 있었다.

그들은 언제나 함께였다. 몹시 어리석게 보일 정도였다. 아침식사
때부터 자정까지 두 사람은 계속 같이 있었다. 그녀의 웃음소리가 들
리지 않는 순간은 없다고 해도 좋았다. 언제나 래플스의 부드러운 목
소리가 뭔가를 그녀의 귀에 속삭이고 있었다. 물론 그건 달콤한 말일
테지. 수많은 지식과 경험, 여성편력을 가진 남자이니 말이다(나는

지금까지 그의 여자관계에 대해 쓰는 것을 의식적으로 피해왔지만, 사실 그것만 가지고도 두꺼운 책을 쓸 수 있다). 하지만 래플스 정도의 남자가 여학생에게 하루 종일 사랑의 말을 속삭일 수 있을까?

물론 나는 젊음에 편견이 있는 건 아니다. 젊은이의 가치는 충분히 인정하고 있다. 그녀의 눈은 훌륭하고 갈색 피부의 얼굴도 매력적이다. 건강하고 활력도 충분하다. 그녀가 무슨 말을 하는지 알 수 없어서 편견 없이 쓸 수는 없지만. 하지만 내가 그녀에게 약간의 편견을 갖고 있는 건 확실하다. 그녀가 래플스를 독점했기 때문에 내가 그를 만나는 시간이 점점 짧아진 것이다. 나의 심중에는 솔직히 그녀에 대한 질투가 싹트기 시작했다.

그런데 상스럽고 걷잡을 수 없으며 채신머리 없는 질투가 또 하나 존재했다. 이중으로 말린 수염에 세련된 하얀 커프스를 한 캡틴 호이만이 테 없는 안경을 통해 나를 보는 표정에 그것이 나타나 있었다. 우리는 인사조차 나누지 않았건만.

그는 볼에 흉측한 상처가 있었다. 하이델베르크에서부터 래플스를 보는 눈에는 같은 상처를 래플스의 얼굴에도 만들어주고 싶은 마음이 담긴 것처럼 느껴졌다. 그 여자를 놓고 하는 쟁탈전을 크리켓으로 표현하면 캡틴은 출루조차 하지 못했다. 래플스는 거침없이 위켓을 쓰러뜨렸고 이 독일 배에서 독일인을 압도하고 있었다.

"모두 자네를 미워해."

"폰 호이만뿐이겠지."

"하지만 문제의 인간에게 적의를 품게 하는 건 좋지 않아."

"내 생각대로 할 거야. 정신의 교란 전술을 펼치는 중이거든."

이 말에 나는 안심하고 만족했다. 나는 래플스가 사랑을 위해 다른 일을 잊고 있다고 생각했기 때문이다. 배는 지브롤터에 가까이 다가갔다. 래플스는 웃으면서 고개를 끄덕였다.

"시간은 충분해, 버니. 충분하지. 제노바에 도착할 때까지는 아무것도 하지 않아. 다음 일요일 밤에 도착이야. 항해는 이제 시작했을 뿐이지. 우리의 인생과 함께. 아직 할 일이 많아.”

저녁식사 후, 산책 갑판에서 래플스는 날카롭게 주위를 둘러보더니 행동을 시작했다. 나는 흡연실에 들어가 구석의 의자에 앉아 담배에 불을 붙이고 책을 읽으면서, 주문한 맥주를 마시기 시작한 폰 호이만을 관찰했다.

한여름에 홍해 여행에 나서는 관광객이 많지 않아 이 배도 많이 비어 있었다. 산책 갑판의 특등선실은 몇 개 되지 않기 때문에 그게 래플스의 방에 함께 머무는 구실이 되었다. 아래의 내 방을 잡을 수도 있었지만 래플스와 있고 싶었다. 래플스도 그와 같은 구실을 생각했기 때문에 두 사람이 방을 공유하는 것에 문제는 없었다.

일요일 오후에 나는 아래 침대에서 낮잠을 자고 있었는데, 와이셔츠 차림으로 소파에 앉은 래플스가 침대 커튼을 흔들었다.

“트로이 전쟁에 출전하는 아킬레스는 침대에서 부루퉁했지.”

“달리 할 일이라도 있나?” 나는 몸을 펴고 하품을 했다.

“할 일을 찾았어, 버니.”

“좋아.”

“자네는 아마 모를 거야. 그 건방진 애송이가 오늘 오후에 뭔가 할 생각이야. 나는 그동안 다른 더 중요한 일이 있어.”

나는 일어나서 침대에 앉았다. 침실 안쪽 문은 빗장으로 잠겨 있었고, 열리는 둥근 창에는 커튼이 쳐져 있었다. 비밀 얘기인 것을 금방 알았다.

“해지기 전에는 제노바에 도착해.” 래플스가 말했다. “거기에서 결행한다.”

“역시 하는 거야?”

“내가 말하고 하지 않은 일이 있나?”

“자네는 조금 애매하게 말하니까.”

"버니, 자네의 항해의 즐거움을 망치고 싶지 않다는 배려도 있었지. 하지만 때가 왔어. 여기서 하지 않으면 다시 할 수 없어."

"육지에서?"

"아니, 배 위에서. 내일 밤에. 오늘 밤도 좋지만 사고가 생길 수도 있으니 내일이 더 좋아. 최악의 경우에는 이른 아침의 기차에 타고 도망가야 하니까. 폰 호이만이 잠들었든 죽어 있든 배가 출항한 다음에 발견되는 줄거리니까."

"죽지 않는 쪽이 좋아."

"그건 그렇지." 래플스도 동의했다. "그러면 도망가지 않아도 되겠지. 하지만 만일 도망가야 한다면 화요일 이른 아침에 배가 출항하니까 그때가 좋겠지. 폭력 사태는 일어나지 않을 거야. 폭력 사태는 도둑의 기술이 좋지 않다는 사실을 고백하는 거나 다름없으니까. 지난 몇 년 동안 실수한 적이 있나? 하나도 없어. 하지만 최악의 상황이 오면 언제라도 죽일 각오가 되어 있어."

나는 폰 호이만의 특등선실에 어떻게 몰래 침입할 수 있는지 물었다.

커튼을 쳐서 어두침침했지만 그의 얼굴은 빛났다. "상단의 내 침대에 올라가보면 알거야."

그의 말대로 했지만 아무것도 보이지 않았다. 래플스는 침대 위에 붙어 있는 통풍구의 문을 두드려 보였다. 폭은 45센티미터였고 높이는 그 반 정도였다. 그 안은 환기용 통로와 연결되어 있었다.

"이게 행운에 이르는 문이지. 열어봐. 안까지 보일지는 모르지만 나사를 두 개 풀면 잘 알 수 있어. 이 바닥 없는 통로 아래는 욕실과 연결되고, 위는 브리지와 연결되어 있어. 제노바 항구에 정박해 있는 동안 브리지에는 당직 선원이 없지. 그곳에서 옆으로 가면 폰 호이만의 방으로 연결돼. 나사를 몇 개 풀어야 하지만 힘든 일은 아니야."

"아래에서 올려다볼 위험은 없나?"

"그럴 가능성은 아주 적어. 자네가 감시할 필요도 없다고 생각해. 중요한 건 침입하는 장면을 들키지 않는 것뿐이야. 가끔 배의 보이가 오기도 하니까. 특히 이 산책 갑판을 계속 점검하고 있어. 그것만 주의하면 돼."

"폰 호이만이 저항하면?"

"저항이라니? 그는 언제나 잠들기 전에 많은 맥주를 마시잖아. 숙면 중인 사람에게 클로로포름 냄새를 맡게 하는 건 즐거운 작업이지. 자네도 한 적이 있잖아? 기억나지 않을지도 모르지만. 통풍구에서 나와 덮치는 순간 그는 이미 의식불명이 되어 있을 거야, 버니."

"나는 뭘 하면 되지?"

"나한테 필요한 것을 건네주고 예상하지 못한 일이 일어날지 모르니 감시하면 돼. 자네와 함께 가면 마음이 든든하니까. 일종의 사치이지만 자네가 없으면 할 생각이 나지 않아."

그는 폰 호이만이 분명히 문에 빗장을 걸고 잘 것이라고 했다. 그래서 나갈 때는 빗장을 풀고 나가야 한다. 선실에 침입자가 있었던 것처럼 조작할 필요가 있었던 것이다. 진주는 폰 호이만이 몸 가까이에 두고 있을 테니까, 많은 힘을 들이지 않아도 찾을 수 있을 것이다. 래플스는 이미 장소를 짐작하고 있다고 말했다. 그 장소를 자세히 묻

678

는 내게 한 그의 대답은 순간적인 악감정을 불러일으켰다.

"버니, 아주 오래된 이야기야. 구약성경에 불행한 영웅 삼손과 델릴라가 여주인공으로 나오는 이야기가 있어. 그거야." 당연히 내가 알고 있을 거라는 말투였다.

"그래서 그 오스트레일리아 여자가 델릴라라는 말인가?"

"매우 순진하고 순수하지."

"그녀가 그로부터 뭔가를 들었나?"

"그래. 그가 말하고 싶어 하는 것을 다 들어주라고 했지. 그랬더니 에이미에게 진주를 보여주기까지 했어."

"에이미 베르너였군! 당장 자네에게 말해주었나?"

"자네가 상상하는 것만큼 간단하지는 않았어. 그녀가 말하게 하는 데 매우 힘들었다고."

그의 말투는 나에 대한 충분한 경고였다. 그제야 나는 겨우 그가 그녀에게 그토록 적극적이었던 이유를 알았다.

"그런 일이었나!" 나는 말하고 고개를 저었다. "이제야 알겠군. 나는 정말 멍청이였어."

"지금은 그렇지 않나?"

"아니, 이제 알았어. 계속 자네의 태도에 고민했네. 자네가 그녀의 뭐에 홀렸는지 몰랐거든. 게임의 일부였다니 꿈에도 몰랐어."

"그럼 이제 완전히 안심하나?"

"물론. 그런데 또 뭐가 있나?"

"자네는 그녀가 대단히 부유한 목장경영자의 딸인 건 몰랐을 거야."

"자네에게는 내일이라도 자네와 결혼하고 싶어 하는 돈 많은 아가씨가 널려 있지 않나?"

"내가 범죄를 그만두고 숲 속에서 평생 행복하게 살고 싶어하는 걸 모르나?"

"에이미 베르너와? 거짓말이 분명해."

"버니!" 그는 사납게 소리쳤다. 하지만 그 이상의 말은 하지 않았다.

"자네는 행복하게 살고 있지 않나?" 나는 대담하게 물었다.

"그런 일은 하느님만 알아." 그렇게 말하고 그는 나갔다.

3

화요일 오전 1시와 2시 사이에 제노바 항구에 정박해 있는 노스 저먼 여객선 우란 호의 선상에서 래플스가 해 보인 묘기는 그가 지금까지 한 어느 도둑질보다 섬세하고 난감한 게임이었다.

장애는 전혀 없었다. 모든 게 예상대로였고, 희망대로였다. 환기 통로의 아래쪽과 브리지에는 아무도 없었다. 래플스가 몸에 천을 감고 귓등에 작은 스크루드라이버를 꽂고 코르크 마개를 한 유리병과 둥근 탈지면을 입에 문 채 그의 상단 침대에서 통로에 올라간 시간은 오전 1시 25분이었다. 그리고 1시 41분에는 유리병을 문 채 돌아왔다. 그는 커다란 회색 콩 같은 것을 감싼 탈지면을 갖고 있었다. 래플스는 뜯어낸 폰 호이만 방의 통풍구 문의 나사를 원래대로 조였고, 마찬가지로 자기 방의 통풍구 문 나사도 원래대로 했다. 폰 호이만의 수염에 약을 흠뻑 적신 뭉치를 대고 벌린 입술을 막았기 때문에 호이만은 한입 가득히 가스를 들이마셨다고 한다.

그리고 여기에 보물이 있었다. 헤이즐넛 정도의 크기로 여자의 손톱 같은 연분홍색 진주였다. 해적들이 애타게 찾았던 보물이었고, 원래는 유럽의 패자가 남쪽 섬나라의 왕에게 선물한 보석이었다. 우리는 위대한 승리를 일궈낸 것이다. 래플스는 나폴리까지 가는 동안 수색을 당해도 결코 발견할 수 없는 장소에 그것을 숨겼다. 내가 뒤돌아보고 있는 사이에 어딘가 숨긴 것이다. 나는 그날 밤 제노바에서 사라지자고 했지만 그는 허락하지 않았다. 물론 거기에는 그럴싸한

이유가 몇 개 있었다.

배가 닻을 올릴 때까지 아무것도 발견되지 않았고 의심도 받지 않았다. 하지만 확신은 갖지 않았다. 자다가 클로로포름의 냄새를 맡았는데 아무것도 느끼지 못했다는 건 믿기 어려운 얘기였다. 아침에 일어났을 때 분명 냄새가 났을 것이다. 그럼에도 불구하고 폰 호이만은 독일 모자를 눈까지 깊게 내려쓰고 수염을 바짝 세우고 아무 일도 없었다는 듯이 나타났다. 10시에 우리는 제노바를 떠났다. 출항 전에 마르고 턱이 파란 장교가 산책 갑판에서 내려왔고, 작은 배를 탄 과일장수는 양동이의 물을 맞고 물러나 투덜투덜 우리를 저주했다. 회색 수염을 지나치게 꾸민 마지막 승객이 거룻배에 타고 왔는데, 반리라 때문에 거룻배 사공과 말다툼을 했다. 그는 거대한 배가 자신을 기다리는 것을 별로 신경 쓰는 것 같지 않았다. 드디어 우리의 배가 출항했다. 예인선이 떨어져 나갔고 등대가 지나갔다. 래플스와 나는 난간에 기대어 녹색 바다가 흘러가는 모습을 보았다.

폰 호이만은 다시 그녀를 상대로 승부에 나섰다. 그의 구애는 하루 종일 계속되는 것 같았다. 그녀는 상당히 지루해했고 우리를 보지 않으려 했다. 호이만은 이 기회에 매우 열중하는 것 같았다. 래플스는 왠지 우울해 보였다. 성공한 남자의 분위기는 없었다. 나폴리에서의 이별이 무겁게 마음을 누르는 것 같았다.

"잠깐, 버니. 할 얘기가 있어. 자네는 수영할 줄 아나?"

"조금은."

"16킬로미터 수영할 수 있어?"

"16킬로미터?" 나는 웃었다. "못해. 그런데 왜 물어?"

"우리는 여기에서 육지까지 16킬로미터쯤 수영해야 할지도 몰라."

"래플스, 도대체 뭘 생각하는 거야?"

"최악의 사태가 일어나면 수영하는 것도 생각해야 해. 잠수해서 수영하는 일은 못 하겠지?"

그 질문에는 대답하지 않았다. 듣지 못한 척했다. 머릿속이 활활 타올랐다.

"왜 최악의 사태를 예상하지?" 내가 속삭였다. "발각된 것도 아닐 텐데?"

"아니지."

"그런데 왜 그렇게 말한 거야?"

"가능성이 있기 때문이야. 우리의 옛날 적이 타고 있어."

"옛날의 적이라니?"

"매켄지 경감."

"뭐라고!"

"마지막에 탄 수염을 기른 남자가 매켄지 경감이야."

"확실해?"

"물론, 자네가 그를 알아보지 못한 게 유감이군."

나는 손수건을 꺼내 얼굴을 닦았다. 그러고보니 어딘가에서 본 얼굴 같았다. 수염을 길렀을 거라고는 생각하지 않았는데. 갑판을 둘러보았지만 그는 보이지 않았다.

"최악은 20분 전에 경감이 선장의 방에 들어가는 것을 봤다는 거야." 래플스가 말했다.

"왜 그가 여기에 왔지?" 나는 걱정이 되서 물었다. "단순히 우연이 아니면 누군가를 추적하고 있을까?"

래플스는 고개를 저었다.

"모르겠어."

"자네를 따라온 게 아닐까?"

"지난 몇 주 동안 그것을 걱정했지."

"자네는 편안해 보였는데!"

"내가 뭘할 수 있지? 솔직히 수영하는 건 싫어. 자네 말대로 제노바에서 내렸다면 좋았을 텐데. 하지만 매켄지가 배와 역을 모두 감시했던 건 몰랐어. 때문에 그는 아슬아슬하게 승선한 거야."

그는 담배를 꺼내 물고, 상자를 나에게 내밀었지만 나는 빠르게 고개를 저었다.

"아직 잘 모르겠는데. 그는 왜 자네를 쫓고 있지? 왜 완벽하게 안전하다고 생각되는 보석 때문에 여기까지 왔을까? 자네의 추리는 뭐야?"

682

"작년 11월, 크로셰이를 체포하기 직전에 그의 손가락 사이로 도망간 이후 나를 계속 감시했을 거야. 그 이외에도 징후는 있어. 내가 신경을 쓰지 않았을 뿐이야. 버니, 논리로 따져보면 그가 왜 여기에 왔고, 다음에 뭘 하려는지도 알 것 같아. 그는 내가 해외를 여행한다는 걸 알게 되었어. 그리고 같은 배 안에 있는 폰 호이만을 발견하고 내 목적을 분명히 알았겠지. 경감은 진주가 분실되었다는 사실을 알자마자 배 안을 찾을 거고, 우리도 조사받겠지만 발견하지 못할걸. 아마 선장은 5분도 지나지 않아 큰 소동을 일으킬 거야."

하지만 아무 일도 일어나지 않았다. 승객들을 조사하지도 않았고, 그 일에 대한 소문도 없었다. 세계는 정말 평화로웠다. 나는 래플스의 예언이 착오라고 생각했다. 하지만 역시 불길한 침묵이었다. 매켄지 경감은 전혀 모습을 보이지 않았다.

그러나 점심시간에 그는 우리의 선실에 있었던 것 같다. 나는 점심을 마치고 래플스의 침대에 둔 책을 가지러 갔다. 시트에 손을 대자 아직 따뜻했다. 그리고 통풍구에 신경이 쓰여 열어보니, 맞은편 쪽은 닫혀 있었다.

나는 래플스를 불러 세웠다.

"그래. 그가 진주를 찾게 하라고."

"바다에라도 버렸어?"

"대답할 거라고 생각해?"

그는 재빨리 방향을 바꾸어 사라졌다. 그리고 그날 오후는 오로지

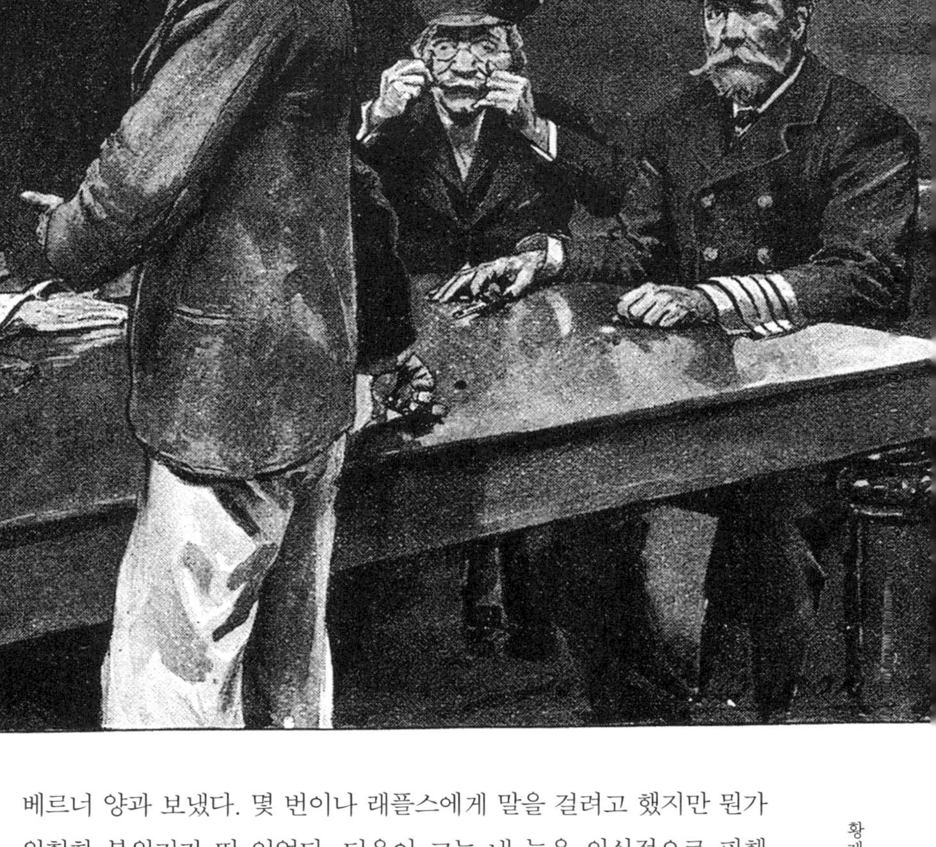

베르너 양과 보냈다. 몇 번이나 래플스에게 말을 걸려고 했지만 뭔가
위험한 분위기가 떠 있었다. 더욱이 그는 내 눈을 의식적으로 피했
다. 결국 포기하고 말았다. 다음에 그를 본 곳은 선장의 선실이었다.
그들은 래플스를 처음으로 소환한 것이다. 그는 웃고 있었다. 그리

고 내가 불려갔을 때조차 웃고 있었다. 선실은 최고 책임자의 방답게 넓고 훌륭했다. 매켄지 경감은 안락의자에 앉아 있었다. 그의 수염이 잘 닦여진 테이블에 비쳤다. 선장 앞에는 권총이 놓여 있었다. 나를 데려온 항해사는 나를 의자에 앉힌 다음 문을 닫고 문에 등을 기대고 섰다. 폰 호이만은 무성한 수염을 만지고 있었다.

래플스가 내게 인사했다.

"무슨 농담인가요?" 그는 커다란 목소리로 말했다. "버니, 자네가 열심히 썼던 진주를 알고 있지? 황제의 진주. 가격을 매길 수도 없는 것 말이야. 여기에 있는 호이만 씨가 그것을 맡아 갖고 있었대. 어떤 사정으로 어딘가에 가져가기 위해서. 그런데 이 사람은 진주를 분실했어. 이 사람들은 우리가 영국인이기 때문에 그것을 가졌다고 생각하고 있어."

"나는 알고 있소." 매켄지 경감은 수염을 쓰다듬었다.

"자네는 이 애국적인 목소리를 기억하나? 정말 스코틀랜드 야드* 의 스코틀랜드인 매켄지 경감이지." 래플스는 일부러 스코틀랜드 사투리를 썼다.

"이제 그만하시오." 선장이 말했다. "내 명령에 따라 조사를 받을 텐가?"

"그건 좋습니다." 래플스가 말했다. "하지만 그전에 내 말도 들어 주세요. 당신은 우리가 밤에 폰 호이만의 방에 들어가서 진주를 훔쳤다고 하지만 나는 밤새도록 내 침실에서 자고 있었다는 걸 증명할 수 있습니다. 여기에 있는 친구도 그것을 증명해줄 겁니다."

"물론 하겠습니다." 나는 분개하며 말했다. "배의 보이도 증인이 될 겁니다."

매켄지 경감은 웃었고, 그 웃음은 다시 마호가니 테이블에 비쳤다.

---

* Scotland Yard,. 런던 경찰국의 별명

"매우 현명하군." 그가 말했다. "하지만 내가 승선했기 때문에 그렇게는 되지 않습니다. 나는 통풍구를 제대로 조사해서 당신들이 어떻게 했는지 확실히 알았습니다. 뭐, 배에서는 선장이 경찰의 권한을 갖고 있으니 체포해도 아무 문제가 없겠지요."

"무슨 권리로?" 래플스의 목소리는 의연하게 울렸다. 그가 이처럼 불같이 타오르는 모습을 보는 건 처음이다. "찾고 싶으면 찾아요. 소지품 모두를 찾아보는 게 좋겠지요. 하지만 영장 없이는 우리의 몸에 손가락 하나 댈 수 없습니다."

"그런 일은 하지 않습니다." 매켄지 경감은 말하면서 가슴의 주머니를 더듬거렸다. 래플스는 손을 주머니에 넣었다. "그의 손을 잡아요!" 스코틀랜드인이 외쳤다. 래플스의 손에는 커다란 콜트 권총이 쥐어져 있었지만 잠시 후, 권총은 테이블에 놓여졌다.

"좋소." 래플스가 큰 소리로 말했다. "하고 싶은 대로 해봐요. 이제 가만히 있겠소. 하지만 매켄지 경감, 영장을 보여주시오!"

"찢을 생각이오?"

"그런 일을 해서 뭐가 됩니까? 어쨌든 보여주시오." 매켄지는 고개를 끄덕였다. 래플스는 서류를 보면서 눈썹을 치켜올리고 입을 굳게 다물었다가 갑자기 긴장을 풀고 미소 지었다. 그는 어깨를 으쓱하고 서류를 돌려주었다.

"어떻게 된 거요?" 매켄지가 물었다.

"매켄지 경감, 축하합니다. 솜씨가 좋군요. 두 명의 도둑과 레이디 멜로즈의 목걸이라, 버니." 그렇게 말하고 또 후회하는 듯이 웃었다.

"모든 입증은 쉬운 일이오." 스코틀랜드인은 그렇게 말하고 영장을 주머니에 넣었다.

"당신 것도 있소. 하나뿐이지만." 그는 나에게 말했다.

"여기에 도둑이 있다면 나폴리에 도착할 때까지 유치할 필요가 있어요." 선장이 성급하게 말했다.

"그렇게는 못해요." 래플스가 소리쳤다. "매켄지, 중재해주시오. 당신 나라의 사람이 외국인의 손에 유치되려는 거라고. 선장, 우리에게는 도망의 우려가 없지 않습니까? 여기에 주머니 안에 있는 것을 전부 꺼내지요. 버니, 자네도 그렇게 해. 만약 무기를 더 숨기고 있다고 생각하면 벌거벗겨도 좋소."

"무기는 없을지도 모르지만 훔친 진주는 어떻게 됐나?"

"어딘가 있겠지요." 래플스가 소리쳤다. "승객들의 안전을 보장한다면 금방 찾을 수 있을 거요"

"그럼 내가 찾아보지." 매켄지가 말했다. "얌전히 있겠다면 말이야, 어디에 있나?"

"당신 앞에 있는 테이블은 어떻습니까?"

내가 보기에 진주는 없었다. 우리 주머니에서 나온 시계, 지갑, 연필, 펜나이프, 담배상자, 그리고 이미 말한 콜트 권총만 빛나는 테이블 위에 놓여 있었다.

"우리를 놀리는 건가?" 매켄지가 말했다.

"어디에도 없지요?" 래플스는 웃었다. "당신을 시험한 겁니다. 어디에 있을까요?"

"여기에 있다고 했잖아?"

"테이블 위에 있는 것을 조사하면 되겠지요."

매켄지는 담배상자를 비우고, 담배를 하나씩 쥐어뜯어 진주가 숨겨져 있는지 조사했다. 래플스는 담배 하나를 피워도 좋으냐고 묻고 불을 붙였다. 문득 매켄지는 콜트 권총의 개머리에 있는 탄창을 확인했다.

"거기에는 아무것도 없어요." 래플스가 말했다. "하지만 의심스럽다면 탄창을 조사해보세요."

매켄지는 손바닥에 탄환을 꺼내고 빈 탄창을 귓가에서 흔들었다.

"나에게 줘요."

래플스는 탄창을 들고 그 안에서 황제의 진주를 꺼내 테이블 중앙에 놓았다.

"이걸로 선장, 당신의 권한을 행사할 수 있게 되었습니다. 나는 보다시피 악당입니다. 물론 본 선의 안전을 위해 필요하다면 구속해도 좋습니다. 자, 그렇게 하세요. 하지만 그전에 부탁을 하나 들어줄 수 있습니까?"

"그게 어떤 것인지에 달렸지."

"선장님의 상상보다 훨씬 나쁜 짓을 했습니다. 나는 결혼 약속을 했습니다. 그래서 베르너 양에게 이별을 고하고 싶습니다."

모두 놀란 게 틀림없다. 하지만 가장 큰 소리를 내며 놀라움을 표시한 사람은 폰 하이만이었다. 그는 독일어로 떠들면서 래플스의 말에 항의했다. 선장과 매켄지는 각자의 권총을 손에 들고 있었는데, 래플스는 5분만 그 여자와 함께 있고 싶다고 사정했다. 우리가 줄줄이 방에서 나왔을 때 래플스는 내 손을 잡았다.

"버니, 자네를 끌어들여서 정말 미안해. 자네에게는 아무 이득도 없었어. 나를 용서하겠나? 처음부터 자네는 훌륭한 동료였어. 그리고 마지막까지 훌륭한 동료였던 걸 앞으로도 영원히 잊지 않을 거야."

그렇게 말하는 래플스의 눈에 깊은 의미가 있는 건 확실했다. 내게 그것은 분명히 전해졌고 손을 꼭 쥐면서 그 뜻을 파악했다.

마지막 장면은 아마 죽을 때까지 잊을 수 없을 것이다. 지금도 갑판에 떨어진 그림자가 선명하게 생각난다. 우리는 그때 제노바와 나폴리 사이의 작은 섬을 지나 항해하는 중이었다. 오른쪽에 보이는 건 여름 태양에 비친 엘바 섬이다. 선장의 선실은 이 오른쪽으로 열리고, 오른쪽 갑판에 이어져 있다. 줄줄이 갑판으로 나간 우리들 중 래플스에게 다가서는 갈색 실루엣이 보였다. 약혼? 전혀 의외의 사건이었다. 도저히 믿을 수 없었다. 지금도 믿기 어렵다. 두 사람이 무엇을 애기하는지 알 수 없었다. 저녁이라 두 사람의 그림자가 길게 갑판에

늘어져 발치까지 왔다. 그 맞은편에 엘바 섬이 보이고, 우란 호의 간판이 보였다.

그 순간, 그 일이 일어났다. 래플스는 우리가 다 보는 앞에서 그녀를 붙잡고 키스하더니, 별안간 힘껏 갑판 쪽으로 밀쳐냈다. 그녀는 하마터면 뒤로 넘어질 뻔했다. 그 뒤에 래플스가 무슨 행동을 할지는 보지 않고도 알 수 있는 일이었다. 맥켄지 경감이 래플스를 쫓아 뛰어가고, 나도 그 뒤를 따라 뛰었다.

하지만 래플스는 난간 위에 올라가 뛰어내리며 소리쳤다.

"그를 잡아! 버니! 그를 꽉 잡아!"

나는 무작정 그 말 그대로 했다. 래플스가 그렇게 하라고 했다는 것 외에는 아무 생각도 없었다. 그때 그는 양손을 올린 채 그 유연하고 마른 몸으로 우아하게 황혼의 바다를 향해 뛰어들고 있었다. 마치 여유롭게 다이빙이라도 하는 사람처럼.

그 후에 갑판에서 일어난 일에 대해서는 내가 그곳에 없었기 때문에 말할 게 없다. 내가 최종적으로 받았던 형벌, 긴 투옥, 사라지지 않는 불명예 등이 여러분에게 영향을 미치거나 이익이 될 것은 없다. 단지 내가 받아야 할 벌을 받았다는 점 외에는. 그렇지만 한 가지만 더 적고 그만두겠다.

마치 강도라도 잡는 것처럼 그들이 나를 쇠사슬에 묶어 내동댕이치고 문을 잠근 곳은 배의 후면에 위치한 이등석 선실이었다. 그 사이에 작은 배가 내려졌고, 바다 위에서 무의미한 수색 작업이 벌어졌다는 사실은 의심할 여지없이 기록으로 남아 있다. 바다 위의 햇살이 모두의 눈을 멀게 했는지, 아니면 내가 이상한 환상의 피해자였는지 모르겠다.

왜냐하면 작은 배가 돌아와서 프로펠러를 웅웅거릴 때, 나는 아주 작은 창문을 통해 햇살이 비치는 바다를 배경으로 래플스의 머리를 본 것 같았기 때문이다. 갑자기 해가 엘바 섬 뒤로 졌고, 배의 항로는 순식간에 자국 없는 망망대해로 사라졌다. 내가 제대로 보았다면, 선미 뒤 수백 미터 저편에 잿빛 작은 점이 하나 깜박거리고 있었다.

저녁식사를 알리는 나팔이 울리자, 나를 제외한 모든 이들이 더 이상 자세히 보려고 하지 않았다. 그리고 내가 발견했던 것은 다시 물 위로 떠오르거나 가라앉거나 했지만, 나중에는 나조차도 포기하고 말았다. 그것은 이내 다시 떠올랐는데 뿌연 재색 가운데 아주 작은 티끌 같았다. 그것은 바랜 듯한 금색과 선홍색으로 얼룩진, 저물어가는 서편 하늘 아래 보라색 섬 쪽으로 흘러갔다. 그것이 사람의 머리인지 아닌지 알아채기도 전에 밤이 되었다.

해설

셜록 홈스 전성기의 또 다른 이름,
홈스의 라이벌들

19세기 말, 수입이 변변찮던 의사 코난 도일에 의해 추리소설 역사의 전환점이 된 인물이 탄생한다. 몇 가지 괴벽이 있지만 일단 맡은 사건은 예리한 추리력을 발휘해 반드시 끝을 보고 마는 사나이. 런던 베이커 거리 221B의 하숙집에서 함께 하숙하는 의사 존 H. 왓슨의 수기에 의해 세상에 알려진 이 사나이가 바로 명탐정 '셜록 홈스'이다.

홈스는 1887년 《주홍색 연구 A Study in Scarlet》에서 처음 등장했는데, 같은 해 호주 출신 작가 퍼거스 흄 Fergus Hume이 발표한 《2륜마차의 비밀 The Mystery of Hansom Cab》은 무려 50만부나 팔리는 인기를 얻은 반면, 《주홍색 연구》는 거의 주목받지 못했다. 그러나 그로부터 4년 뒤 잡지 〈스트랜드 매거진 Strand Magazine〉에 단편 〈보헤미아의 추문〉을 연재하면서 상황은 달라졌다. 보통 사람을 뛰어넘는 비범한 두뇌, 그리고 약간 인간적인 불완전함을 갖춘 홈스는 수많은 사건을 해결하면서 전 세계 독자들의 사랑을 받았다.

이렇게 1880년대 말부터 1890년대 초반까지 셜록 홈스의 대성공에 힘입어 영국에서는 명탐정의 활약에 무게를 둔 단편 추리소설이 크게 유행하기 시작했다. 가스등 아래 마차가 달리고 칼잡이 잭Jack The Ripper과 같은 살인마가 출몰하던 짙은 안개 속의 대도시 런던을 무대로 홈스에 뒤지지 않는 대활약을 펼치는 명탐정과 괴도怪盜들이 등장했다. 이른바 '셜록 홈스의 라이벌들Rivals of Sherlock Holmes' 이 속속 탄생한 것이다. 당시의 대표적인 작가와 주인공을 들자면 아서 모리슨Arthur Morrison의 마틴 휴이트Martin Hewitt와 G. K. 체스터튼Gilbert Keith Chesterton의 브라운 신부Father Brown, 어네스트 브라마Ernest Bramah의 시각장애인 탐정 맥스 캐러도스Max Carrados, 배로니스 오르치Baroness Orczy가 창조한 안락의자 탐정 구석의 노인Old Man in the Corner, R. A. 프리먼Richard Austin Freeman의 법의학자 손다이크 박사Dr. John Evelyn Thorndyke 등이며, 대서양을 건너 미국에서는 재크 푸트렐Jacques Futrelle의 '생각하는 기계The Thinking Machine' 오거스터스 S. F. X 밴 듀슨Augustus S. F. X. Van Dusen 교수, 멜빌 데이비슨 포스트Melville Davisson Post의 도덕적 인물 엉클 애브너Uncle Abner를 꼽을 수 있겠다.

이들 작가가 창조한 주인공들은 각기 다른 독특한 개성과 능력을 가지고 있지만 '천재적'이라는 공통점이 있다. 그리고 그들은 주로 퍼즐puzzle, 즉 기묘한 수수께끼를 가진 사건을 해결한다. 오르치의 레이디 몰리Lady Molly 같은 여주인공도 있지만 대개 남성이 주인공이다(이것은 당시 시대상 어쩔 수 없는 일로 여겨진다).

이러한 작품의 등장에 가장 큰 공헌을 한 것은 당시 연이어 발간되던 대중 잡지였다. 풍부한 삽화가 곁들여진 이들 잡지들은 내용도 오락적이면서 가격도 저렴한 편이어서 순식간에 많은 독자를 얻었으며 막 태동하던 추리소설을 대중화시키는데 큰 역할을 했다.

그중 대표적인 잡지로는 1891년 1월 창간한 〈스트랜드 매거진Strand Magazine〉을 들 수 있다. 발행인 겸 편집장이었던 조지 뉴운스

George Newnes는 10년 전 영국 신문에 실린 재미있는 읽을거리를 모아 편집한 주간지 〈팃 빗츠Tit-Bits〉를 발간해서 대성공을 거뒀는데, 그는 더 나아가 영국 중산층을 대상으로 저렴한 월간지를 창간하려는 기획을 세웠다. 그리고 그의 세심한 지시 아래 허버트 그린하우스미스Herbert Greenhough Smith가 편집 실무를 맡아 창간한 〈스트랜드 매거진〉은 여타 잡지들과는 달리 참신한 기획으로 가득 차 있어 시대의 선구자와도 같은 역할을 했다.

가벼운 읽을거리와 재미있는 기사, 다채로운 사진과 훌륭한 삽화. 이것이 바로 편집장 뉴운스의 첫 번째 편집방침이었으며, 이를 위해 영국뿐만 아니라 러시아의 푸시킨, 프랑스의 빅토르 위고 등 외국 거장의 작품들도 번역해 수록했다. 또한 시드니 패짓Sidney Paget을 비롯한 일급 화가들을 투입, 소설의 성격을 살리는 삽화로 독자의 마음을 사로잡았다. 본 책에 실린 70여 컷의 삽화 역시 〈캐셀스 매거진〉을 비롯해 〈피어슨스 매거진Pearson's Magazine〉 〈윈저 매거진Windsor Magazine〉 〈로열 매거진Royal Magazine〉 등에 실렸던 것들이다. 이에 힘입어 〈스트랜드 매거진〉 창간호는 30만부를 찍었으며 5년 후에는 45만부에 달하는 성장세를 보였다.

그랜트 앨런Grant Allen, E. W. 호닝Ernest William Hornung, M. P. 실Matthew Phipps Shiel, H. G. 웰스Herbert George Wells, 로버트 바Robert Barr, 모리슨, 새퍼Sapper 등 수많은 작가들이 매달 잡지를 장식했지만, 그중에서도 〈스트랜드 매거진〉의 성공에 결정적으로 기여한 것은 역시 1891년 7월부터 연재를 시작한 코난 도일의 셜록 홈스 시리즈였다. 홈스의 활약에 매혹된 독자들 덕택에 잡지 판매량은 경이적으로 늘어났으며, 제임스 W. 스미스가 편집한 미국판 〈스트랜드 매거진〉도 창간되었다.

〈스트랜드 매거진〉의 대성공을 목격한 발행인과 편집자들은 경쟁하듯 대중잡지를 발간하기 시작했다. 제롬 K. 제롬Jerome K. Jerome

과 로버트 바가 함께 만든 〈아이들러Idler〉(1892년 2월), 〈윈저 매거진〉(1895년 1월), 〈로열 매거진〉(1898년 12월), 〈그랜드 매거진Grand Magazine〉(1905년 2월)등이 있으며, 이들 잡지마다 홈스 시리즈에서 영향받은 단편 추리소설이 실렸다. 그런 와중에 1893년 12월 〈마지막 사건The Final Problem〉에서 홈스가 숙적 모리어티 교수와 함께 라이헨바흐 폭포에서 모습을 감추며 모험담이 멈추어버리자 편집자 그린하우 스미스는 곤경에 빠지고 말았다. 홈스의 열성 독자들은 엄청난 비난을 했지만 정작 홈스를 사라지게 만든 도일은 역사소설 집필을 이유로 후속작 집필 요구를 완강히 거절한 것이다. 도일은 홈스의 작가로만 알려져 있지만 홈스 시리즈가 아닌 추리소설도 적지 않게 발표한 바 있다. 이 책에 수록된 〈시계를 많이 가진 남자〉와 〈사라진 특급열차〉 등이 바로 그러한 작품으로, 모두 홈스가 사라진 기간이었던 1898년에 〈스트랜드 매거진〉을 통해 발표되었고, 색다른 재미를 선사했다.

홈스가 빠진 구멍을 메운 작품은 급작스럽게 연재된 L.T. 미드L.T. Meade와 클리포드 핼리팩스Clifford Halifax의 합작 《어느 의사의 일기Stoes from the Diary of a Doctor》였다. 지금은 잊혀져버린 이 의학 미스터리는 2년 이상 연재하는 동안 별다른 인기를 얻진 못했지만 훗날 손다이크 박사로 이어지는 과학수사의 징검다리 역할을 했다는 의의를 지니고 있다.

1893년에는 탐정으로서 최장수 기록을 가지고 있는 섹스턴 블레이크Sexton Blake가 등장한다. 이듬해인 1894년 〈유니언 잭〉이 창간한 이래 그는 매주 한 번 이상 무시무시한 위험에 빠졌으며, 수많은 악당을 상대로 모험을 계속해왔다. 그가 등장하는 작품은 약 4천여 편이며, 집필에 참여한 작가는 2백 명 이상으로 알려져 있다. 등장 초기 홈스의 라이벌로서 탄생한 그는 홈스와 같은 베이커 거리에 사무실을 가지고 있으며 조수 소년인 팅커Tinker, 그리고 하숙집의

버델 부인^{Mrs. Bardell} 등 비슷한 설정을 취했다. 하지만 시대가 변화되면서 1950년대 중반 무렵부터 블레이크는 버클리 스퀘어의 호사스러운 사무실로 이사하고, 비서 폴라 데인^{Paula Dane}을 고용했다(후에는 매리언 랭^{Marion Lang}으로 바뀐다). 또 소년 조수 팅커에게는 에드워드 카터^{Edward Carter}라는 본명이 주어졌다. 그는 아직도 현역(?)으로 활약하고 있다.

아서 모리슨의 탐정 마틴 휴이트^{Martin Hewitt}는 〈스트랜드 매거진〉 1894년 3월호에서 처음 등장한다. 약간 살찐 듯한 체격에 둥근 얼굴에서 늘 사람 좋은 웃음이 떠나지 않는 서생書生같은 이 명탐정은 홈스의 전통을 이어받았으면서도 기인奇人형 탐정에서 벗어난 첫 번째 인물이다. 유머와 인간미가 넘치는 이 인물은 '셜록 홈스를 이은 수많은 후계자들 중에서도 가장 뛰어나다' 라는 밴 다인^{S. S. Van Dine}의 평가처럼, 홈스 이야기의 특징을 따라 하는 데 급급했던 대부분의 모방 작가들과는 달리 평범하면서도 확고한 개성을 갖춰 오랜 세월 동안 사랑받고 있다.

1895년에는 M. P. 실의 〈잘레스키 왕자^{Prince Zaleski}〉가 화단의 기재奇才 A.V.비어즐리^{Aubrey Vincent Beardsley}의 그림으로 장식되어 서점에 등장했다. 이 몰락한 러시아 귀족의 후예는 런던 교외의 낡고 커다란 저택에서 한 걸음도 나오지 않은 채 에티오피아 하인의 시중을 받으면서 의자에 앉아 신문기사를 읽으며 어려운 사건을 풀어나간다. 안락의자 탐정의 원조라고 볼 수 있다. M. P. 실은 잘레스키가 '뒤팽의 진정한 계승자이며 홈스는 사생아에 불과하다' 고 말했으나, 잘레스키 시리즈는 홈스의 〈마지막 사건〉이 나오던 시절 세 작품이 발표되었을 뿐이다.

가이 부스비^{Guy Boothby}의 니콜라 박사^{Dr.Nikola} 시리즈는 1895년 윈저 매거진에 연재되었다. 불로불사의 영약靈藥을 둘러싸고 수수께끼의 주인공 니콜라 박사, 거대한 음모 집단, 아시아의 비밀결사 등이 상하이, 중앙아시아, 베니스를 배경으로 파란만장한 이야기를 이끌어 나가며 당시의 독자들을 열광시켰다. 부스비는 이듬해 〈피어슨스 매거진〉에 사이먼 칸Simon Carne이 활약하는 〈사기꾼 왕자A Prince of Swindlers〉를 연재했다.

이듬해인 1896년에는 그랜트 앨런이 창조한 변장의 명수 괴도 클레이 대령Colonel Clay이 등장하는 《아프리카의 백만장자An African Millionaire》가 〈스트랜드 매거진〉에 1년 동안 연재된다. 전직 밀랍인형 조형사였던 그는 점토(클레이)를 이용해 아무도 알아볼 수 없도록 교묘한 변장을 하며, 똑같은 변장은 다시 하지 않는다. 오늘은 멕시코 사람이었다가 다음날에는 번듯한 영국 신사로 나타나기도 한다. 프랑스와 영국 두 나라의 국적을 가진 것으로 여겨지며, 동료인 여성(절세미인이지만 애인인지 동생인지 관계는 알 수 없다)과 함께 유럽을 누비며 사기 행각을 저지르고 다닌다. 본명이나 나이 역시 알려지지 않았으며, 다만 과거에 박물관 전속 밀랍인형 제작자였던 경력이 있는 것만이 확인되고 있다. 그에게 사기를 당한 아프리카의 백만장자 찰스 밴드리프트가 수모를 갚기 위해 그를 쫓고 있다. 작가인 그랜트 앨런은 그 시대의 주요 작가로 1894년에는 미스 케일리Miss Cayley, 1900년에는 홈스에 뒤지지 않는 추리력과 기억력에 미모까지 갖춘 간호사 힐다 웨이드Hilda Wade 등 두 명의 여성탐정을 창조해 〈스트랜드 매거진〉에 연재한 바 있다.

C. L. 퍼키스Catherine Louisa Pirkis는 당시로서는 드물었던 여성 주인공을 선보였다. 키가 크지도 않고 작지도 않으며, 아름답지도 추하지도 않은 외모의 소유자인 러브데이 브룩Loveday Brooke은 1897년 처음 세상에 등장하는데, 불우한 과거를 지닌 그녀는 여성 탐정으로서의 자질이 살아나면서 다양한 사건을 해결한다.

1899년, 도일의 처남인 E. W. 호닝이 신사 도둑 래플스A. J. Raffles를 선보였다. 낮에는 상류계급 출신의 유명한 크리켓 선수이자 사교계의 인기인이지만, 밤이 되면 도둑으로 변신하는 유니크한 괴도 신사 래플스는 영국판 아르센 뤼팽이라고 해도 과언이 아닐 것이다. 그는 올버니에 있는 호화로운 방에서 우아한 독신 생활을 즐기며 설리번 담배를 애용한다. 범죄를 게임처럼 여기며 페어플레이를 신조로 삼는 그는 약하고 어려운 사람의 물건은 절대 건드리지 않는다. 래플스의 학교 후배인 버니 맨더스가 조수이자 왓슨 역할을 한다. 도일의 일가인 호닝이 창조한 캐릭터 래플스가 홈스의 대척점에 있다는 점은 흥미로운 사실이다. 1932년에는 배리 페론^{Barry Perowne}이 새로운 래플스 시리즈를 이어서 썼다.

세기가 바뀐 1901년에는 배로니스 오르치가 '구석의 노인'을 〈로열 매거진〉에 등장시켰다. 오르치의 자서전에 따르면, 그녀가 타고 있던 런던의 마차가 거리에서 잠깐 멈추었을 때 눈에 들어온 홈스의 최신 작품을 알리는 선전 포스터를 보고 뭔가를 떠올렸다. 홈스와 완전히 다른 개성을 가진 인물을 만들어야겠다는 아이디어였다. 곧 새로운 주인공의 이미지가 떠올랐고, 찻집 구석에 앉아 끈을 만지작거리면서 기이한 사건을 설명하는 '구석의 노인' 이야기가 1901년부터 〈로열 매거진〉을 통해 연재되었다. 이름이나 나이, 과거 경력 직업이 전혀 밝혀지지 않은 '구석의 노인'은 37편의 단편을 통해 활약한다.

〈스트랜드 매거진〉의 대항마라고 할 수 있던 잡지는 1896년 창간한 〈피어슨스 매거진〉과 〈캐셀스 매거진^{Cassel's Magazine}〉이었다. 〈캐셀스 매거진〉의 편집주간은 모험소설과 추리소설을 여러 편 발표한 작가이기도 한 맥스 펨버튼^{Max Pemberton}으로, 잡지에서 고급스러운 맛을 보여주는 데 주력했다. 이 잡지에 1902년 6월부터 연재된 작품이 클리포드 애시다운^{Clifford Ashdown}의 《롬니 프링글의 모험 The Adventures of Romney Pringle》인데, 애시다운은 R. A. 프리먼이 작가 초기에 사용하던 필명이다. 프리먼은 할로웨이 교도소 촉탁의사

시절의 동료 존 제임스 피트케언과 함께 애시다운이라는 필명으로 〈캐셀스 매거진〉에 여러 편의 소설을 연재했다. 홈스 이야기를 독점했던 〈스트랜드 매거진〉의 옛 회사에 근무했던 피어슨이 독립해서 〈피어슨스 매거진〉을 발간했을 때, 코난 도일의 대항마로서 나선 작가는 바로 프리먼이었다. 1908년 〈피어슨스 매거진〉 크리스마스 특집호에는 프리먼의 〈푸른 장식물^{Blue Sequin}〉이 수록되었고, 뒤를 이어 일곱 편의 손다이크 박사 이야기가 연재된다. 이 온화하고 현실적이며 실증적인 명탐정은 그 과학수사법을 통해 당시 홈스와 맞먹는 인기를 누렸으며 이들 작품은 이른바 도치서술형 추리를 통해 지금도 기념비적인 작품으로 손꼽히고 있다.

아널드 베넷^{Arnold Bennett}은 1903년 〈윈저 매거진^{Windsor Magazine}〉에 세실 소롤드^{Cecil Thorold}가 등장하는 단편을 여섯 편 발표한다. 즐거움을 추구하는 백만장자인 세실 소롤드는 유럽의 대도시에서부터 멀리 사하라 사막까지 세계를 누빈다. 집사 레키, 미인 여기자 핀캐슬 등이 함께 하는 호화스러운 여행 도중 그는 장난삼아 사기를 치거나 때로는 악인을 혼내주면서 활약하는데, 엘러리 퀸은 '범죄학자와 흥행업자, 그리고 로빈 후드의 결합'이라고 평했다.

1905년 10월, 대서양 건너편의 미국에서는 〈보스턴 아메리칸^{Boston American}〉에 재크 푸트렐의 〈13호 독방의 문제〉가 6회에 걸쳐 연재된다. 철학박사이자 법학박사, 의학박사, 왕립학회 회원인 밴 듀슨 교수, 즉 '생각하는 기계'의 탄생이었다. 에드거 앨런 포 이후 미국에서는 단편 추리소설이 거의 나오지 않았으나, 푸트렐의 등장으로 새로운 방향이 제시되었다. 간결한 문체와 유쾌한 흐름으로 구성된 그의 작품은 세월이 흘렀음에도 신선함을 잃지 않고 있다.

이듬해인 1906년, 로버트 바가 전 프랑스 경찰 출신인 외젠 발몽^{Eugene Valmont}의 활약을 그린 단편집 《위풍당당 명탐정 외젠 발몽》을 발표했다. 미국의 추리소설 평론가 하워드 헤이크래프트는 "'문자 그대로 타고난 이야기꾼'인 그가 창조한 발몽은 최초의 유머러스한 탐정이라는 점과 일반적 명탐정의 '배후조종mastermind' 기질에 대한 반동反動은 주목할 만하다"고 평가했다.

1908년에는 아르센 뤼팽Arsene Lupin 시리즈가 처음으로 영어로 번역 출간되면서 라이벌들의 활약은 유럽 대륙까지 불이 붙는다. 1911년 체스터튼은 작고 평범해 보이는 성직자를 창조한다. '셜록 홈스의 라이벌들' 중 가장 유명하다고도 할 수 있는 브라운 신부이다.

브레트 하트Bret Harte가 창조한 탐정 헴록 존스Hemlock Jones는 이름만 봐도 짐작할 수 있듯이 셜록 홈스의 패러디이다. 그의 활약을 그린 〈사라진 시가 케이스The Stolen Cigar-Case〉는 〈스트랜드 매거진〉에 실렸으며 훗날 '셜록 홈스의 패러디 작품 중 가장 뛰어나다'는 엘러리 퀸Ellery Queen의 호평을 받기도 했다.

그리고 위대한 셜록 홈스의 라이벌들 중 마지막을 장식한 것이 어네스트 브라마가 창조한 시각장애인 명탐정 맥스 캐러도스이다. 맥스 캐러도스는 1차 세계대전 직전인 1914년 첫선을 보였으며, 가스등과 마차는 차츰 사라지던 시기였다. 어린 시절 사고로 시력을 잃은 캐러도스는 그 불행을 강인한 의사로 극복하고 새로운 능력을 개발한다. 시력 대신 남아있는 감각을 극도로 예민하게 만들면서 추리력이나 판단력도 한층 날카로워진다. 특히 그의 손끝은 잉크 자국을 더듬는 것만으로 글자를 읽을 정도. 그리고 그의 하인인 퍼킨슨은 한번 보는 것만으로도 모든 것을 상세하게 기억하는 놀라운 기억력으로 캐러도스를 보조한다. 취미는 옛 동전 수집. 옛 친구인 사립탐정 칼라일과 재회하면서 범죄 수사에 참여해 수많은 사건을 해결한다.

1920년대에는 앤소니 버클리, 애거서 크리스티, 도로시 세이어스 등 수많은 유명 작가들도 단편을 발표했지만 이들은 장편 중심으로 활동했으므로 홈스의 라이벌에는 포함되지 않는다.

홈스를 비롯한 수많은 탐정들이 비슷한 시기에 한꺼번에 등장한 배경은 빅토리아 시대 말기부터 20세기 초반까지 중류계급이 대두했고 그들이 즐길 수 있는 잡지가 대량으로 창간된 것에 연유한다. 경제적 능력을 어지간히 가진 중산층 사람들은 여행을 즐겼고, 기차역에서 판매하는 다양한 잡지를 사서 읽곤 했다. 잡지들은 수익을 올리기 위해 독자의 흥미를 끌 수 있는 단편소설을 원했고, 짧은 분량으로 긴장감과 재미를 줄 수 있는 읽을거리로 단편 추리소설이 단연 적합했던 것이다.

홈스를 의식한 작가들의 노력 끝에 수많은 명탐정들, 즉 홈스의 라이벌들이 탄생했고 활약했으며 일부는 고전으로 남았고 일부는 자취 없이 사라지기도 했다. 비록 전설과도 같은 홈스의 명성을 넘어서는 데는 실패했을지라도 이들 덕택에 독자는 읽기의 즐거움을 한껏 맛볼 수 있었고 추리소설의 저변이 넓어져 결국 미스터리 문학의 황금시대를 열 수 있었다. 오늘날 영미 문학의 상당 부분이 이 시대의 영향을 받았으며, 우리가 누리는 독서의 행복 또한 수많은 홈스의 라이벌들에게 얼마간 빚지고 있음을 생각해본다.

◎

이 책의 기획, 번역을 맡으셨던 정태원 선생님을 처음 뵌 것은 1992년 여름이었으니 벌써 20년이 다 되어가는군요. 당시에도 추리소설 애독자들 사이에서는 이미 유명한 분이어서 인사드릴 때 가슴이 두근거렸던 기억이 납니다. 10년 이상의 나이차가 있었지만 살가운 성격이신 데다가 추리소설을 좋아한다는 공통적 취향 덕택에 자주는 아니었지만 일 년에 서너 번 정도씩 기회 있을 때마다 만나 뵙고 이야기도 나누면서 많은 것을 배울 수 있었습니다.

다양한 외국 추리소설을 우리말로 옮긴 번역가로서, 또 방대한 양의 추리소설을 보유한 장서가로서 잘 알려져 있지만 2000년 이후의 활동을 살펴보면 코난 도일, 셜록 홈스 관련 연구에 많은 관심을 기울이신 것 같습니다. 셜록 홈스 시리즈 전작은 물론 홈스의 전기, 패스티시 단편집 번역 등이 그 결과물이며, 《셜록 홈스의 라이벌들》은 어쩌면 그 마지막 결실이 아닐까 여겨지는군요. 선생님의 해설이 있어야 할 자리에 제 글이 들어가게 된다는 것이 너무나 아쉽습니다.

아직 많은 나이도 아니셨고, 소개하고 싶은 작품도 많으셨을 텐데 이렇게 홀연히 떠나버리셔서 안타까울 따름입니다.

그동안 수고 많으셨습니다. 진심으로 감사드리고, 잊지 않겠습니다.

박광규(계간 미스터리 편집장)